Jennieke Cohen
Dangerous Relations
Eine unvergessliche Saison für Lady Victoria

Bisher bei Loewe erschienen:
Royal Taste
Dangerous Relations

Jennieke Cohen

DANGEROUS RELATIONS

EINE UNVERGESSLICHE SAISON FÜR LADY VICTORIA

Aus dem Amerikanischen übersetzt
von Yvonne Hergane

Dieses Buch enthält triggernde Inhalte:
häusliche und physische Gewalt
(auch gegenüber Kindern), Freiheitsberaubung sowie
versuchter sexueller Missbrauch.

ISBN 978-3-7432-1648-8
1. Auflage 2024
erschienen 2022 unter dem Originaltitel *Dangerous Alliance* bei HarperTeen,
einem Imprint von HarperCollins Publishers, New York.
Copyright © 2019 by Jennieke Cohen
Published by arrangement with HarperCollins *Children's* Books,
a division of HarperCollins Publishers.
Für die deutschsprachige Ausgabe © 2024 Loewe Verlag GmbH,
Bühlstraße 4, D-95463 Bindlach
Aus dem Amerikanischen übersetzt von Yvonne Hergane
Für die Zitate aus Jane Austens *Mansfield Park*:
© Jane Austen, Mansfield Park. Der deutschsprachigen Ausgabe:
2022 dtv Verlagsgesellschaft mbH & Co. KG München
Die Zitate aus Jane Austens *Emma* aus:
Jane Austen. Emma. Roman. Hamburg: Nikol Verlag 2022.
© Aufbau Verlage GmbH & Co. KG, Berlin 1965, 2008
(für die Übersetzung von Horst Höckendorf)
Das Zitat aus Jane Austens *Verstand und Gefühl* aus:
Jane Austen. Verstand und Gefühl. Roman. Hamburg: Nikol Verlag 2022.
© Aufbau Verlage GmbH & Co. KG, Berlin 1982, 2008
(für die Übersetzung von Erika Gröger)
Die Zitate aus Jane Austens *Stolz und Vorurteil* aus der Übersetzung von Karin von
Schwab, wobei die Zitate auf S. 261, 417 und 482 leicht abgewandelt wurden.
Der Titel des auf S. 322 erwähnten Stücks *Die Eroberung von Tarent* lautet
im Original *The Conquest of Taranto* und stammt von William Dimond.
Umschlagmotive: © denamorado/freepik.com, © Jingjing Yan/Shutterstock.com,
© Taigi/Shutterstock.com, © pikisuperstar/freepik.com
Umschlaggestaltung: Johanna Mühlbauer
Printed in the EU

www.loewe-verlag.de

*Für Jonathan Cohen und Nasson, die beide wussten,
dass dieser Tag einmal kommen würde.
Auf ins nächste Abenteuer!*

Erstes Kapitel

*Vorerst jedoch ahnte sie so wenig von dieser Gefahr,
dass sie darin durchaus kein Unglück sah.*
– Jane Austen, *Emma*

April 1817
Gut Oakbridge, Hampshire, England

Mit einem hohlen Klackern landete der mit Flechten bewachsene Stein auf dem hoch aufgeschichteten Felshaufen. Lady Victoria Aston ließ kurz ihre schmerzenden Hände darauf ruhen. Anschließend wischte sie sich die schmutzigen Handflächen an den Oberschenkeln ab, wobei sie die alte braune Kniehose ihres Vaters mit Schlamm beschmierte – aber wenn es darum ging, das Leben einer rastlosen Schafherde zu schützen, musste eben das eine oder andere Opfer gebracht werden.

Noch zwei große Steine und die Lücke in der Mauer wäre geschlossen. Dann könnte sie die 6.562 Morgen Grund, die zu Gut Oakbridge gehörten, nach dem Schäfer absuchen. Vicky musterte ein zauseliges altes Mutterschaf, eines der vielen Ausreißer, die sie auf der Nachbarweide hatte einsammeln müssen. Für die Tiere war es ein Leichtes gewesen, an der eingebrochenen Stelle über die Steinmauer zu springen, um sich auf der anderen Seite büschelweise unverdaulichen Klee einzuverleiben. Der würde ihre Bäuche schon bald so aufblähen, dass sie ohne die Hilfe des Schäfers ziemlich sicher verenden würden.

Vicky atmete tief die klare Morgenluft ein, in der ein süßlicher Duft von frisch gemähtem Gras hing, und bückte sich dann nach einem weiteren Stein. So etwas wäre einer Emma Woodhouse bestimmt nie passiert. Beziehungsweise hätte Emma Woodhouse nie *zugelassen*, dass ihr so etwas passierte. Nachdem sie *Emma* bereits zum dritten Mal seit Erscheinen gelesen hatte, erwischte sich Vicky in letzter Zeit immer wieder dabei, dass sie ihr eigenes Leben auf dem Land mit dem der Romanheldin verglich. Auch wenn Emma gar nicht ihre Lieblingsfigur aus den vier Büchern war, deren Autorin in der Öffentlichkeit nur als »eine Lady« bekannt war (wohingegen die heimischen Gesellschaftskreise von Hampshire wussten, dass es sich dabei um Miss Jane Austen handelte). Nein, diese Ehre ließ Vicky Miss Elizabeth Bennet aus *Stolz und Vorurteil* zuteilwerden.

Schon schob sich ein Bild vor ihr inneres Auge – Elizabeth, die eine Steinmauer reparierte und sich dabei das Kleid beschmutzte. So weit hergeholt war die Vorstellung gar nicht, schließlich war Elizabeth ganz allein mehrere Meilen geeilt, nachdem ihre Schwester Jane in Netherfield krank geworden war und sie brauchte. Vicky verzog die Lippen zu einem Lächeln – ja, ihre Lieblingsheldin würde durchaus gutheißen, was sie hier tat.

Als Vicky sich wieder aufrichtete, nahm sie in der Ferne eine kleine Bewegung wahr. Sie kniff die Augen zusammen. Auf der anderen Seite der Mauer galoppierte ein Reiter mit rostbrauner Jacke und dunklem Hut an der Hecke entlang über die smaragdgrünen Felder. Sein Gesicht konnte Vicky zwar nicht erkennen, aber seine Haltung kam ihr vertraut vor. Sie blinzelte.

Das konnte doch unmöglich der *eine* Mensch sein, den sie an diesem Morgen nun wahrlich nicht sehen wollte. So grausam würde das Schicksal gewiss nicht sein, oder?

Vicky blickte an der schlammverschmierten Hose ihres Vaters hinab. Diese betonte ihre Figur zwar nicht sonderlich, schlotterte ihr allerdings auch nicht locker um die Beine. Und sie umschloss ihre Hüften gerade so eng, dass sie ohne Gürtel oder Hosenträger oben blieb, Vicky aber trotzdem noch den Bund eines Musselinhemdes hineinstopfen konnte. Im Bestreben, dennoch halbwegs ordentlich gekleidet zu sein, hatte sie ihr grünes Reitkleid fast bis obenhin zugeknöpft. Nichtsdestotrotz konnte ihr Aufzug auf einen Fremden skandalös wirken.

Sie schielte wieder zu dem Reiter. Seine Körperhaltung wies ihn als Gentleman aus, aber seine Gesichtszüge waren immer noch nicht auszumachen. Er ritt einen eigenartigen, mittelgroßen Fuchs, der an einen Arbeitsgaul erinnerte. Diese Art Pferd hatte Vicky noch nie zuvor gesehen.

Nun denn, sollte der Mann – wer auch immer er sein mochte – von ihrem Aufzug schockiert sein, dann war das ganz allein sein Problem. Eine Kniebundhose bot ihr auf frühmorgendlichen Kontrollgängen über das Anwesen wesentlich mehr Bewegungsfreiheit als ein Kleid und erlaubte ihr zudem, im Herrensitz zu reiten. Dadurch konnte sie ihrem Vater viel besser helfen. Vor allem wenn irgendetwas schiefgegangen war und schnell behoben werden musste, so wie an diesem

Tag. Schließlich hing die Existenz von mehr als einhundert Menschen davon ab, wie sie das Gut bewirtschafteten. Wenn Vickys Vater und sein Verwalter es versäumten, auch nur dem kleinsten Teil des komplizierten Puzzles, welches das Anwesen ausmachte, genug Aufmerksamkeit und Mittel zukommen zu lassen, würden schnell Unschuldige darunter leiden. Also half Vicky mit, wo und so viel auch immer sie konnte.

Mit einem unwillkürlichen Ächzen hievte sie den vorletzten Stein auf die Mauer, bevor sie sich wieder dem Reiter zuwandte.

Er hatte inzwischen die Hecke übersprungen und hielt mit zunehmender Geschwindigkeit auf Vicky zu. *Was in aller Welt ...?*

Vicky verspannte sich, als sie sein Gesicht erkannte. Wie befürchtet war es Tom Sherborne. Verdammt! Sie verzog das Gesicht und starrte kurz auf ihre Hose, bevor sie den Blick wieder nach vorn richtete.

Sobald Tom nur noch etwa fünfzehn Meter entfernt war, hob er eine Hand und Vickys Herz machte einen Satz. Aber anders als gedacht hatte er sie nicht grüßen wollen, sondern deutete energisch mit ausgestrecktem Arm auf etwas hinter ihr.

Mit finsterer Miene wirbelte Vicky herum. Plötzlich krachte etwas Hartes voller Wucht gegen ihre Schläfe. Ein grellweißer Schmerz durchschoss sie und ihr Blick verschwamm. Schließlich knickten die Beine unter ihr weg, ihre Knie trafen auf die schwammige Erde – und alles wurde schwarz.

Vickys Kopf dröhnte rhythmisch. War das etwa ihr Puls? Mit jedem Schlag wurde das Grollen lauter. Sie atmete tief ein, und der Geruch nach feuchtem Gras, Schlamm und Schafsköttel drang ihr in die Nase. Stöhnend zwang sie sich, die Augen zu öffnen.

Sie lag seitwärts auf dem Boden, schien aber, den Schmerzen nach zu urteilen, aufs Gesicht gestürzt zu sein. Vorsichtig tastete sie nach ihrer Schläfe. Prompt verzog sie vor Qual das Gesicht und das Pochen in ihrem Kopf wurde noch schlimmer.

Was in aller Welt hatte sie da bloß getroffen? Durch die vor ihr aufragenden Grashalme erhaschte sie eine verschwommene Bewegung. Vicky stemmte sich mit beiden Händen vom feuchten Boden hoch, obwohl ihr jeder Zentimeter höllische Schmerzen bereitete, bis sie schließlich aufrecht saß. Sie blinzelte, um wieder schärfer zu sehen, und starrte der nahenden Gestalt entgegen.

Vicky wurde flau im Magen. Das Pferd und der Reiter, den sie vorhin gesehen hatte – nein, Korrektur, Tom Sherborne und sein Pferd –, sprangen nun mühelos über die Steinmauer und hielten auf sie zu.

Seit Tom nach England zurückgekehrt war, hatte sie noch nie mitbekommen, dass er zu solch einer frühen Stunde ausritt. Überhaupt hatte sie ihn im vergangenen Jahr nur zweimal gesehen, obwohl sein Anwesen direkt an Oakbridge grenzte: einmal im Dorf, wo er sofort in einer Taverne verschwunden war, als er Vicky am anderen Ende der Hauptstraße erblickt hatte, und einmal auf dem Markt, wo er ein Stück Lebkuchen gekauft hatte und dann gleich wieder weggeritten war.

Jeder andere Mensch hätte die Umstände dieser Nicht-

Begegnungen für zufällig gehalten, aber Vicky wusste es besser. Sie *wusste*, dass Tom Sherborne ihr absichtlich aus dem Weg ging. Und zwar zu unrecht. Und das schon seit fünf Jahren. Trotzdem war er jetzt hier, keinen Meter von ihr entfernt, er und sein seltsamer Fuchs.

»Alles in Ordnung?«, rief er aus dem Sattel zu ihr herunter.

In Vickys Kopf drehte sich alles, als sie zu dem Gesicht hochstarrte, das ihr als Kind so vertraut gewesen war. Das Haar fiel ihm in den gleichen mahagonifarbenen Wellen in die Stirn und um die Ohren wie damals und bildete einen leichten Kontrast zu seinen hellbraunen Augen. Er war glatt rasiert und seine Wangenknochen waren nun noch viel markanter als in seiner frühen Jugend. Nase und Stirn hätten der Marmorbüste eines römischen Kaisers entliehen sein können.

Immer noch dröhnte Vickys Herzschlag in ihren Ohren. Sie sog mühevoll die Luft ein. »Nun ...«

Tom presste die Lippen aufeinander und sah stirnrunzelnd zu ihr herab.

Wie hatte sie diese düstere Miene nur vermisst! Doch der Junge, den sie einst gekannt hatte, hatte ihre Freundschaft seinerzeit einfach weggeworfen, ohne ihr wenigstens einen Grund dafür zu nennen.

»Mein Kopf ...«, murmelte Vicky und tastete nach der Beule, die mit jeder Sekunde anzuschwellen schien. »Was ist passiert?« Sie schluckte trocken und hätte so einiges für ein Glas Wasser gegeben.

»Ein Mann hat dich angegriffen. Ich habe versucht, dich zu warnen.«

»Was meinst du mit ›angegriffen‹? Wer sollte mich denn angreifen wollen?«

Flüchtig sah Tom ihr in die Augen, bevor er den Blick wieder in die Ferne hinter ihr wandern ließ. »Wer auch immer es war, er hatte sein Pferd da am Waldrand angebunden.«

Vicky schüttelte den Kopf. »Aber warum …? Ich verstehe nicht –«

»Ich kann ihn immer noch erwischen«, unterbrach er sie. »Geht es dir gut genug, dass ich dich hier allein lassen kann?«

Vicky holte tief Luft und versuchte, vorsichtig den Kopf zu drehen. Der Schmerz war leicht abgeflaut. »Ich glaube schon.« Sie sah erneut zu Tom hoch. »Moment, wieso sollte ich hier allei–?«

»Tu's einfach«, sagte er und drückte seinem Pferd die Stiefelhacken in die Flanken. Schlammbrocken und Grasbüschel flogen durch die Luft, als er in aller Hast losritt.

»Warte!« Doch er war längst außer Hörweite.

Vicky biss die Zähne zusammen, während sie zusah, wie Pferd und Reiter in einem kleinen Wäldchen verschwanden. Wie konnte Tom es nur wagen, einfach abzuhauen und sie mitten auf dem Feld sitzen zu lassen? Erst recht, nachdem sie gerade einem Angriff zum Opfer gefallen war? Tja – wenn der Herr dachte, sie würde zulassen, dass er ihre Kämpfe austrug, dann hatte er sich aber geschnitten! Vicky beugte die Knie und hievte sich auf die Füße. Sternchen tanzten ihr vor den Augen. Sie unterdrückte einen sehr undamenhaften Fluch und atmete tief ein. Dann sah sie wieder in die Richtung, in die Tom geritten war.

Wenn Tom ihren Angreifer in diese Richtung verfolgte, war der offensichtlich zur Straße geflohen, die nach London führte. Doch es war sinnlos, dem Täter durch den dichten Baumbestand hinterherzujagen. So würde Tom ihn niemals einholen, das sollte er eigentlich wissen. Viel besser wäre es, über das offene Feld und um die Bäume herumzureiten, um dem Angreifer den Weg abzuschneiden.

Und wenn Tom das nicht tat, dann würde sie es eben selbst tun! Ganz bestimmt würde sie nicht wie eine invalide Jungfer hier hocken bleiben, nur weil sie Kopfschmerzen hatte. Für wen hielt Tom sich überhaupt, für ihren heldenhaften Retter? Ausgerechnet er, der sich die vergangenen fünf Jahre feige vor ihr versteckt hatte?

Vicky taumelte zu dem Baum, an dem sie ihre Stute Jilly festgebunden hatte. Sie löste die Zügel und führte sie zu einem unbeschädigten Stück Steinmauer, das sie nutzen konnte, um in den Sattel zu steigen. Eine Welle der Übelkeit erfasste sie. Vicky hielt inne und atmete ein paar weitere Male tief durch – was zwar Zeit kostete, aber nun mal nötig war.

Jetzt setz dich endlich in Bewegung. Vicky biss die Zähne zusammen, zog die Zügel nach rechts, drückte Jilly die Fersen in die Flanken und lenkte sie im Galopp übers Feld.

Als spüre das Tier, wie dringlich es war, stellte Jilly die Ohren auf und überquerte in Rekordzeit das freie Gelände. Während Vicky die Stute um das Wäldchen herumlenkte, peitschte ihr der Wind die offenen Haare ins Gesicht und ihr Herz pochte wie wild. Würde sie den Übeltäter noch erwischen, bevor er die Straße nach London erreichte?

Mit zusammengekniffenen Augen musterte Vicky den schmalen Feldweg vor ihr, der in die Poststraße Richtung Hauptstadt mündete. Sie schielte nach links – von dort mussten Tom und der Angreifer kommen. Noch konnte sie keinen der beiden sehen, doch bestimmt würden sie gleich auftauchen.

Schon drang Hufgetrappel an ihre Ohren.

Mit einem zufriedenen Seufzen drängte Vicky die Stute vorwärts und brachte die letzten Meter Feldweg hinter sich. Dann stutzte sie. Gut, sie hatte dem Angreifer den Weg abgeschnitten, aber was jetzt? Sie schaute sich um – wodurch konnte sie sich einen Vorteil verschaffen? Da waren nur totes Laub und verstreute Zweige. Nirgendwo ein dicker Ast oder zumindest ein Stein, den sie hätte werfen können, um den Übeltäter aufzuhalten.

Etliche Meter von ihr entfernt säumten mehrere Bäume eine der Straßenseiten. Auf der anderen stand eine hohe, überwachsene Hecke. Wenn Vicky die Stute quer dazwischen auf die Straße manövrieren könnte, würde der Mann anhalten *müssen*. Ob er wollte oder nicht. Also lenkte Vicky ihr Pferd dorthin und brachte Jilly so zum Stehen, dass ihr Kopf dicht an der Hecke war. Doch die verbliebene Lücke war nicht ganz so gering wie gedacht. Vermutlich könnte der Angreifer noch an ihnen vorbeischlüpfen, wenn auch nur langsam, denn für ein Pferd in vollem Galopp war definitiv nicht genug Platz.

Hämmernde Hufschläge ließen den Boden erzittern, als ein Mann mit Tuch vor Mund und Nase auf Vicky zuraste. Die Mantelschöße seines schwarzen Paletots schlugen im Wind wie der Umhang eines teuflischen Unholds aus einem dieser absonderlichen Liebesromane von Ann Radcliffe. In Vickys Magen ballte sich ein Knoten zusammen. Aber jetzt war es zu spät, ihren Plan noch zu hinterfragen. Tom und sein seltsames Pferd folgten dem Angreifer auf dem Fuße.

Vicky schluckte trocken. Der Mann sah nicht im Geringsten so aus, als wollte er seine Geschwindigkeit drosseln.

Sie packte die Zügel so fest, dass Jilly unter ihr erbebte. Um die Stute zu beruhigen, drückte sie ihr die Knie in die Flanken, woraufhin das Pferd jedoch nur noch mehr zitterte. Es spürte die Angst seiner Reiterin.

Tief einatmend schloss Vicky die Augen. »Ruhig, Jilly. Bleib ganz ruhig und steh still.« Und tatsächlich entspannte sich die Stute unter ihr. Erleichtert seufzte Vicky auf. Aber als sie die Augen wieder aufschlug, sah sie, dass der Mann immer noch in unvermindertem Tempo auf sie zugeschossen kam.

Jetzt war er nur noch wenige Meter von ihr entfernt – so nah, dass sie den weißen Schaum um das Maul seines Pferdes sehen konnte. Der Mann kniff die Augen zu. Er würde nicht stehen bleiben.

»Aus dem Weg!«, schrie Tom. »Geh aus dem Weg!«

Und auf einmal schien die Zeit stillzustehen. Vicky hätte Toms Aufforderung gern Folge geleistet, doch sie spürte ihre Beine nicht mehr. Überhaupt spürte sie nichts anderes als ihr wummerndes Herz und die ledernen Zügel, die ihr in die Handflächen schnitten. Gleich würde der Mann sie umreiten!

In Erwartung des unausweichlichen Zusammenpralls schloss Vicky die Lider. Da stieg ihr Pferd plötzlich so steil, dass sein Hinterkopf in Vickys Gesicht krachte. Sofort tanzten Funken vor ihrem inneren Auge und ein mächtiger Schwindel erfasste sie. Mit einem gewaltigen Windstoß rauschte der Angreifer auf seinem Pferd an ihnen vorbei. Dann stürzte Vicky rücklings hinunter, fiel und fiel und landete schließlich mit einem knochenerschütternden Aufprall auf einem matschigen Fleck Erde.

Vicky blinzelte. Einmal. Zweimal.

Vage nahm sie wahr, dass Jilly zumindest nicht auf sie getreten war. Sie versuchte, den Schmerz und die Übelkeit zu ignorieren. Stattdessen zwang sie sich, die Augen zu öffnen, damit sie sich vergewissern konnte, dass die Gefahr vorüber war.

Zu ihrer Linken zerrte Tom heftig an den Zügeln, um nicht mit Jilly zu kollidieren. Eine beängstigende Sekunde lang fürchtete Vicky, es würde ihm nicht gelingen, sein Pferd zum Halt zu bringen. Die Muskeln des Tieres spannten sich wie Drahtseile, bis es schließlich nur ganz knapp vor seiner Artgenossin zum Stehen kam.

Erleichtert ließ Vicky sich rücklings wieder zu Boden sinken – wobei ihr die Beschaffenheit der Erde erst wieder ins Bewusstsein rückte, als ihr Hinterkopf in den Schlamm klatschte. *Umpf.*

Unter den vielen peinlichen Momenten, die sie in ihren bisher siebzehn Lebensjahren gesammelt hatte, verdiente dieser eindeutig den ersten Platz.

Toms Pferd trampelte mit den Vorderhufen und auch seine Hinterbeine trippelten ungehalten, als würde es kaum erwarten können, die Jagd auf den dunklen Angreifer wieder aufzunehmen. Tom schien ebenfalls zu überlegen, ob er sich erneut in Bewegung setzen sollte, denn er zog das Pferd seitwärts um Vicky herum.

Hoffnung keimte in ihr auf. Auf so würdelose Weise vom Pferd zu stürzen, hatte ihrem Selbstbewusstsein einen mächtigen Schlag versetzt. Doch wenn Tom jetzt schnell weiterritt, würde ihr das zumindest die Peinlichkeit ersparen, sich aus ihrer Schlammkuhle heraus mit ihm unterhalten zu müssen. Um ihn zu ermuntern, die Verfolgung fortzusetzen, richtete sie sich senkrecht auf, wobei ihr unwillkürlich ein zischender Schmerzenslaut entwich.

Fluchend sprang Tom aus dem Sattel. »Unfassbar, dein Leichtsinn! Wieso kannst du nicht *einmal* tun, was man dir sagt?«

Zornentbrannt funkelte sie ihn an. Seit fünf Jahren hatte er kein Wort zu ihr gesagt und jetzt maßte er sich an, sie auszuschimpfen?

Vicky widerstand dem Drang, sich wieder hinzulegen und zu weinen. Diese Genugtuung würde sie ihm nicht gönnen! Seit Tom vierzehn Monate zuvor nach England zurückgekehrt war und sich in Halworth Hall niedergelassen hatte, hatte Vicky sich auf ihr erstes Aufeinandertreffen vorbereitet. Sie hatte gewusst, dass es irgendwann passieren musste, jetzt, da er nur wenige Meilen entfernt lebte. Die Aussicht, wieder mit ihm zu sprechen, hatte sie wochenlang abwechselnd mit Vorfreude und Entsetzen erfüllt. Dennoch hatte sie für den Tag X in weiser Voraussicht vorgesorgt. Wie ihre Schwester Althea zu sagen pflegte: *Planung zeichnet den hoch entwickelten Menschen aus.*

Also hatte Vicky sich vorgenommen, Tom höchst gefasst wiederzubegegnen – strahlend schön in ihrem Lieblingskleid, einem Traum von Ballkleid aus blassrosa Satin. Tom würde sich vor ihr verbeugen und sie würde ihm großmütig gestatten, ihre Hand zu nehmen. Und dann würde er erkennen, dass sie nicht mehr das ungehörige kleine Mädchen war, von dem er annahm, es wäre seiner Freundschaft nicht würdig.

Vicky biss sich auf die Unterlippe, bis sie vor Schmerz pulsierte. Im Moment gelang es ihr sichtlich schlecht, Tom zu beweisen, wie erwachsen sie geworden war. In ihren Augen brannten erneut Tränen. Nein. Nein, sie würde jetzt ganz bestimmt nicht weinen.

Also reckte sie das Kinn und versuchte, trotz ihrer jämmerlichen Sitzhaltung inmitten des Schlammlochs eine würdevolle Miene aufzusetzen. »Ich habe es nicht nötig, mich zurechtweisen zu lassen, Lord Halworth. Sie mögen mich vielleicht als Kind in Erinnerung haben, aber das bin ich längst nicht mehr.«

»Ja, natürlich. In Pfützen zu stürzen oder über Felder zu rasen, nachdem sie von einem Wahnsinnigen angegriffen wurden – ja, das machen sicherlich sehr viele Damen.«

Vicky sah sich um, als würde ihr jetzt erst bewusst werden, wo sie gelandet war. »Oh! Na vielleicht verbringe ich von nun an jeden schönen Frühlingstag in Schlammpfützen! Das ist der Gesundheit bestimmt sehr förderlich.«

Tom blinzelte verwundert – oder eher erbost? Vicky hätte es nicht sagen können. Dann runzelte er die Stirn. »Wie kannst du nur so gleichmütig sein? Du wurdest bewusstlos geschlagen, bist von deinem dämlichen Pferd gefallen, wärst beinahe von dem meinen zertrampelt worden –«

»Ich brauche keine Zusammenfassung der Geschehnisse.« Vicky richtete sich so weit auf, wie man sich im Sitzen nun mal aufrichten konnte. »Mein Gedächtnis wurde nicht in Mitleidenschaft gezogen.«

Tom schüttelte den Kopf. Dann sah er beiseite und band die Zügel seines Pferdes an einem dicken Ast der Hecke fest.

Vicky seufzte. Eigentlich hatte er ja schon recht. Sie war wirklich fahrlässig gewesen. »Ich dachte, ich könnte dem Unhold den Weg abschneiden. Was mir auch gelungen ist! Ich hatte nur nicht damit gerechnet, dass er sich weigern würde, stehen zu bleiben.«

»Aber wieso hätte er vermeiden wollen, dir wehzutun, wenn genau dies doch seine ursprüngliche Absicht war?«

Vicky stieß den Atem aus. Verdammt, gegen diese Logik konnte sie nichts mehr einwenden! Ja, sie hatte unüberlegt gehandelt und nun bestrafte das Schicksal sie dafür, indem es ihr diese erniedrigende Unterhaltung auferlegte. Eines hatte Vicky aber inzwischen gelernt – sich zu entschuldigen, konnte einiges bewirken ... Also versuchte sie jetzt krampfhaft, die richtigen Worte zu finden.

»Ich stehe dir als Reiterin in nichts nach«, begann sie. »Wenn ich mich recht entsinne, war ich dir in der Vergangenheit sogar schon mehrfach überlegen, und –«

»*Du* bist aus dem Sattel gestürzt«, unterbrach Tom sie. »Nicht ich.«

Vicky schmollte, wich seinem Blick aber nicht aus. Dieser Kerl war so unerträglich ... im Recht. Trotzdem war sie noch immer nicht bereit, klein beizugeben. Wenn er dachte, sie würde sich jetzt für etwas so Belangloses wie diesen Vorfall entschuldigen, während er sich für viel schlimmere Vergehen der Vergangenheit *nicht* entschuldigte, dann hatte er sich geschnitten. Vicky schob das Kinn weiter vor.

»Ich muss jetzt gehen und meinem Vater von diesem Grobian erzählen, der mich angegriffen hat. Und unserem Schäfer, dass die Schafe sich den Klee auf deiner Wiese geholt haben. Und dem Verwalter, dass die Steinmauer kaputt ist.« Langsam stellte sie einen Fuß auf den Boden, um sich hochzudrücken. »Also, wenn du und meine neue Freundin, die kleine Pfütze, mich jetzt entschuldigen würdet ...«

Tom griff sie bei den Armen und beugte sich nach hinten, bis sie auf beiden Beinen stand. Doch selbst dann ließ er sie noch nicht los. Vicky konnte sich nicht überwinden, ihm in die Augen zu sehen. Und sie spürte die Wärme seiner Hände an ihren Armen, obwohl er Reithandschuhe trug. Vom feuchten Schlamm waren ihre Beine und Schultern ganz kalt, aber in ihrem Nacken kribbelte es heiß. Vicky starrte auf sein weißes, auf einfachste Weise geknotetes Halstuch und ihr wurde bewusst, dass Tom einen halben Kopf größer war, als sie ihn in Erinnerung hatte.

Da zog er sie am linken Arm, sodass sie sich unwillkürlich seitwärts von ihm wegdrehen musste. Eine Duftmischung aus krossem Toast, Druckertinte und noch einer anderen Komponente – Zimt? – stieg ihr in die Nase, als er näher kam. Verwundert wandte sie den Kopf, bis ihr klar wurde, dass er sie so gedreht hatte, um ihren Rücken begutachten zu können. Er ließ den Blick über ihre mit Schlamm beschmutzte Kniebundhose gleiten, die mittlerweile sehr eng an ihren Hüften klebte. Vicky spürte, wie ihr das Blut ins Gesicht schoss.

»Was soll das?«

»Du brauchst einen Arzt. Wo tut es am schlimmsten weh?« Tom drehte sie wieder zu sich her.

Vicky räusperte sich. Also hatte er sie nur nach Verletzungen abgesucht. *Was auch sonst, du Dummchen?*

Auf Toms Stirn bildeten sich Furchen und seine Miene war ernst. Man hätte fast meinen können, er sei besorgt. Um *sie*.

Dann jedoch wandte er den Blick ab, und Vicky erinnerte sich wieder daran, dass er damals ihre so viele Jahre andauernde Freundschaft weggeworfen hatte, als wäre sie nichts wert gewesen.

Sie versuchte, sich aus seinem Griff zu lösen. Vergeblich. »Es geht mir gut, kein Grund zur Sorge.«

Sein Blick durchbohrte sie. »Wenn du denkst, ich lasse dich jetzt wieder allein durch die Gegend reiten, nachdem du gerade ...« Er sah weg und ließ Vicky los, sodass ihre Arme schlaff herabfielen. »... nachdem du gerade diesen Mistkerl hast entkommen lassen, dann täuschst du dich aber.«

Vickys Ohren begannen zu brennen. Gut möglich, dass er mit alldem recht hatte, doch es war nicht besonders gentlemanlike, ihr das Ganze immer wieder unter die Nase zu reiben. »Du hättest ihn doch sowieso nicht eingeholt. Er hatte einen riesigen Vorsprung.«

»Ich war nah genug, dass ich dich beinahe umgeritten hätte. Ich hätte ihn sehr wohl eingeholt, Victoria.« Tom starrte sie so eisig an, dass sie sich am liebsten weggeduckt hätte.

»Wir könnten sicherlich den ganzen Tag darüber streiten. Wenn du den Richter über den Vorfall informieren möchtest, bitte schön. Ich werde meinem Vater davon erzählen. Allerdings muss ich nun wirklich los und meinen Pflichten nachkommen. Also wenn du mir freundlicherweise aus dem Weg gehen könntest ...« Düster funkelte sie ihn an, obwohl sie wusste, dass ihr Blick dem seinen nicht im Entferntesten gewachsen war.

Tom knirschte mit den Zähnen. »Ob du nun Wert auf meine Gesellschaft legst oder nicht – ich werde dich nach Hause begleiten.«

Sie biss sich auf die Lippe. »Das ist ... sehr nett von dir.«

»Das macht man als Gentleman eben so.«

Mit einem Schnauben wandte Vicky sich ab. Ja, natürlich. Ein Gentleman würde eine verletzte Lady niemals allein auf einer matschigen Straße zurücklassen, statt sie in Sicherheit zu bringen. Und die Art, wie er es gesagt hatte, ließ durchblicken, dass Vicky ihm nicht mehr bedeutete als irgendeine unbekannte Dame, der er zufällig begegnet war und der zu helfen er sich verpflichtet fühlte.

Wahrscheinlich war sie für ihn inzwischen wirklich nur noch eine Fremde.

Seit Tom in jenem Sommer 1812 (der ansonsten ein herrlicher Sommer hätte sein können) nicht mehr auf ihre Briefe geantwortet hatte, hatte Vicky sich mit Gedanken darüber gequält, was sie wohl Schlimmes getan haben mochte, um ihn so zu vergraulen. Wochenlang hatte sie im Haus Trübsal geblasen und weder ihre Eltern noch ihre Schwester hatten sie aufzumuntern vermocht. Und dann war Tom von seinem Vater aufs Festland verbannt worden. Vicky verlor jeden Kontakt zu ihm und damit auch jede Möglichkeit, die Dinge wieder geradezubiegen.

Also hatte sie sich irgendwie ihrem Leben auf Oakbridge gefügt und – wenngleich ziemlich erfolglos – versucht, Tom zu vergessen. Und nachdem sein Vater im vergangenen Jahr gestorben und Tom als neuer Graf von Halworth zurückgekehrt war, hatte er sie auf jede erdenkliche Art gemieden. Keine leichte Aufgabe angesichts der Tatsache, dass ihrer beider Gutshöfe auf mehrere Meilen Länge aneinandergrenzten.

Na schön! Sollte ihr doch ganz recht sein. Schließlich hatte *er* den Schnitt gesetzt und Vicky aus seinem Leben ausgeschlossen. Wenn er keinen Wert auf ihre Gesellschaft legte, dann war das eben so.

Vicky presste die Lippen aufeinander. Diesen abweisenden Schnösel brauchte sie sowieso nicht!

Sie ging auf Jilly zu und nahm die Zügel in die Hand. Während sie nach einem Baumstumpf oder Felsen Ausschau hielt, den sie als Aufstiegshilfe nutzen konnte, kam Tom von hinten auf sie zu und bot seine Hände als Steigbügel an. Vicky seufzte. Sie hatte keine Wahl. Mit einem widerwillig gemurmelten Danke ließ sie sich von ihm in den Sattel helfen und verzog dabei das Gesicht – ihr Rücken schmerzte doch noch sehr.

Vor Demütigung ganz starr, sah sie auf die Zügel in ihrer Hand. Als Tom sich abwandte, sackte sie erleichtert in sich zusammen.

Das war einfach so verdreht. Sie hatte Tom all die Jahre unglaublich vermisst – ihre Gespräche, die unbeschwerten Abenteuer ihrer Kindheit, ja selbst ihre Streitigkeiten ... Und jetzt stand er da und begleitete sie nach Hause, bot ihr Hilfe an – und sie wünschte sich nichts anderes, als dass er wieder verschwand.

Was würde ihre Schwester, die immer wusste, was zu tun war, in dieser Situation wohl machen? Aber nein, Althea wäre ganz sicher gar nicht erst in so eine Situation geraten. Vicky biss sich auf die Lippe. Was würde Elizabeth Bennet an ihrer Stelle tun? Doch egal wie angestrengt sie überlegte – kein einziger Vorfall in *Stolz und Vorurteil* kam auch nur ansatzweise daran heran, von einem Maskierten mit schwarzem Paletot angegriffen und niedergeschlagen zu werden.

Vicky zwang sich, gerade zu sitzen. Jede Lady würde sich gegenüber einem Gentleman, der ihren Angreifer verfolgte und sie anschließend nach Hause begleitete, nachdem er geholfen hatte, ihren Angreifer zu verfolgen, freundlich und formvollendet benehmen. Nun sah Vicky zwar aktuell alles andere als ladylike aus und während des Vorfalls hatte sie sich auch alles andere als ladylike verhalten, aber *ab jetzt* würde sie es tun! Die Tatsache, dass er sie vor Jahren fallen gelassen hatte, würde sie nicht ansprechen. Und schon gar nicht würde sie darauf drängen, dass er sich dafür entschuldigte. Nein, das würde sie auf keinen Fall machen, egal wie sehr sie es wollte. Keine Lady würde das.

Vicky schob das Kinn vor. Eher würde sie den Leitochsen ihres Vaters rückwärts zum Markt reiten.

Unter ihren Wimpern schielte sie zu Tom, der mit entschlossenen Schritten zu seinem Pferd ging.

Sie presste die Lippen aufeinander. All die Jahre war sie ohne ihn klargekommen, dann würde sie das auch weiterhin schaffen. Umso besser – bestimmt hätte sie schon zehnmal auf dem Leitochsen ihres Vaters gesessen, bevor Tom sich auch nur ein einziges Mal entschuldigen würde.

Als Tom zu seinem Pferd ging, atmete er ein paarmal tief ein und aus in der Hoffnung, das Donnern in seiner Brust zu beruhigen. Mit einem unterdrückten Fluch sprang er in Horatios Sattel.

Das Bild von diesem maskierten Mann – wie er Vicky mit einem Ast niederschlug – ging ihm nicht mehr aus dem Kopf. Und es trug auch nicht gerade dazu bei, seinen Puls zu verlangsamen. Der Mistkerl hätte es noch ein zweites Mal getan, wenn Tom ihn nicht quer übers Feld angeschrien und seinem Pferd die Fersen in die Flanke getrieben hätte. Und der zweite Hieb hätte sicherlich bleibenden Schaden hinterlassen.

Was auch immer sein Ziel gewesen war, der Mann hatte keine Skrupel gehabt, Vicky massiv zu verletzen, um es zu erreichen. Das hatte er dann auch gleich noch einmal unter

Beweis gestellt, als er direkt auf sie zugeritten war – und *nicht* auf die Lücke zwischen ihrem Pferd und der Hecke. Was zum Teufel hatte das alles zu bedeuten?

Tom fuhr sich durchs Haar, lenkte Horatio voran und sah dabei nach hinten. Vicky schloss auf ihrem Pferd zu ihm auf. Sie hatte den Blick starr geradeaus gerichtet und weigerte sich, ihn anzusehen. Tom musterte ihre Stute. Blessuren schien sie keine davongetragen zu haben. Ganz anders als Vicky. Nach dem Schlag an die Schläfe und dem Sturz hatte sie ganz bestimmt eine Gehirnerschütterung. Und schon morgen würde sie von oben bis unten von blauen Flecken überzogen sein.

Seufzend schaute Tom wieder nach vorn. Wie dumm von ihm anzunehmen, dass sie an Ort und Stelle warten würde, wie er es ihr gesagt hatte. Irgendwie hatte er wohl gehofft, sie wäre in den vergangenen fünf Jahren erwachsen geworden – und vernünftig. Aber anscheinend hatte sie sich in der Hinsicht kaum verändert.

Er warf Vicky einen Seitenblick zu. Ihr Schmollmund betonte ihr spitzes Kinn, das perfekt zu ihrem herzförmigen Gesicht passte. Einige Strähnen ihres haselnussbraunen und kupferfarbenen Haars hatten sich aus den Haarnadeln gelöst und fielen ihr in Wellen über den Nacken. Doch der größte Teil ihrer Frisur war schlammverkrustet und von einigen Blättern gekrönt. Ihre Kleidung sah auch nicht besser aus. Schon als Kind hatte sie sich häufig wie ein Junge angezogen, wenn sie gemeinsam zum Angeln gingen oder auf Bäume kletterten. Deswegen hatte es Tom nicht gewundert, dass sie auch heute Männerkleidung trug – bis er bemerkt hatte, dass sie in den Jahren seiner Abwesenheit … kurviger geworden war. Die taillierte Jacke und die Kniebundhose, beide mit erdbraunem Schlamm verschmiert, schmiegten sich nun an genau diese Stellen. Und zwar auf eine Art und Weise, die kein Mann im Vollbesitz seiner geistigen Fähigkeiten hätte übersehen können.

Tom zwang sich, den Blick von Vickys Beinen abzuwenden und ihr ins Gesicht zu schauen. Zwar war sie sichtlich darum bemüht, sich nichts anmerken zu lassen, aber es war klar erkennbar, wie sie immer wieder leicht den Mund verzog. Dass sie ihre Schmerzen zu verbergen versuchte, überraschte Tom nicht im Geringsten. Vicky war schon immer sehr willensstark gewesen.

In den ersten Jahren seiner Verbannung hatte ihn der Gedanke an Vicky, seine Mutter und seinen Bruder sehr gequält. Deswegen hatte er mit der Zeit gelernt, die Erinnerungen in ein geheimes Gedankenverlies einzusperren, dessen Schlüssel er sich nur noch ausgesprochen selten zu benutzen erlaubte. Er hatte schon vor Ewigkeiten aufgehört, sich vorzustellen, was Vicky in seiner Abwesenheit wohl tat. Ihr sorgloses Lächeln und ihre glockenhellen Lachanfälle waren das Letzte gewesen, was er ins Verlies der Vergessenheit verbannt hatte.

Plötzlich hob Vicky den Kopf und sah ihn an. Ertappt schaute Tom ruckartig beiseite.

»Guck nicht so. Ich komme mir sowieso schon lächerlich genug vor.« Sie klang wütend, doch ihre Worte sagten etwas anderes.

»Ich habe nur überlegt, warum dieser Mann so darauf aus war, dir wehzutun.« Was ja nicht wirklich gelogen war.

Vicky legte die Stirn in Falten. Ob sie ihre Worte bereute oder ob sie dasselbe gedacht hatte – Tom hatte nicht den blassesten Schimmer. »Er muss ein Dieb gewesen sein oder so was.«

»Warum sollte sich ein Dieb hier draußen herumtreiben? Außer Schafe gibt es in dieser Gegend nichts zu holen.«

»Dann war er eben ein Schafdieb! Oder vielleicht wollte er das Haus ausspähen?« Es klang so, als würde sie selbst nicht an ihre Theorien glauben.

»Er hätte dich ein zweites Mal geschlagen, wenn ich mich nicht bemerkbar gemacht hätte.«

Finster funkelte Vicky ihn an. »Ich habe keine Ahnung, warum hier so etwas passiert. In dieser Region hat es doch noch nie irgendwelche Gewaltverbrechen gegeben.« Sie schüttelte den Kopf, als wäre schon der Gedanke daran völlig absurd.

Wenn sie nur wüsste … Tom schluckte schwer.

»Hast du sehen können, aus welcher Richtung er hergeritten ist?«, fragte Vicky. »Als ich ankam, war er noch nicht da.«

»Ich habe dich im Tal gesehen. Dann habe ich kurz weggesehen, und als ich wieder zu dir schaute, stand der Mann schon mit dem Ast in der Hand da, nur wenige Meter von dir entfernt. Er muss sich auf meiner Seite der Mauer versteckt haben, aber ich habe ihn vorher nicht bemerkt.«

»Vielleicht hatte er sich da versteckt, da, wo die Mauer eine Kurve macht.«

Das würde in der Tat erklären, warum Tom ihn nicht früher entdeckt hatte. Doch vielleicht wäre der Mann ihm schon eher aufgefallen, wenn er von Vickys Anblick nicht so überrascht worden wäre. Schließlich war eine hinter der Mauer kauernde, in einen verdächtigen schwarzen Paletot gehüllte Gestalt nicht gerade unauffällig.

Tom hatte versagt, er hatte Vicky nicht schützen können. Genau wie er schon fünf Jahre zuvor versagt hatte, an jenem entsetzlichen Tag ...

Tom schüttelte den Kopf. Auch wenn Vicky vermutlich bei Weitem nicht alles verstanden hatte, was sie an jenem entscheidenden Tag miterlebt hatte, so hatte sie sich doch genug zusammengereimt, um ihm hinterher Fragen zu stellen. Fragen, auf die er ihr nicht antworten konnte. Also hatte er sie weggestoßen und sich von ihr ferngehalten. Und dann hatte sein Vater ihn aus dem Haus verbannt.

»Was hattest du da draußen überhaupt zu suchen?«, fragte Vicky und wandte sich ihm zu.

»Ich habe doch wohl das Recht, mein Land zu inspizieren.«

Frustriert seufzte Vicky. »Ich meinte eher, wieso du so früh schon unterwegs warst. Du bist seit einem Jahr wieder hier, aber um diese frühe Uhrzeit habe ich dich noch nie dort draußen gesehen.«

Was absolut stimmte. Tom vermied es ganz bewusst, am frühen Morgen in die Nähe des Nachbargrundstücks zu kommen. Ob das daran lag, dass seine Mutter mal Vickys Gewohnheit erwähnt hatte, ganz früh auszureiten, oder daran, dass er sich um diese Uhrzeit lieber anderen Dingen widmete – darüber wollte er nicht genauer nachdenken. Seit seiner Rückkehr hatte er alle Hände voll damit zu tun, die Beziehung zu seiner Mutter und seinem Bruder zu verbessern und die zerbrochene Familie wieder zusammenzuschmieden. Doch er ertappte sich durchaus immer wieder dabei, dass er sich abwandte, wenn er Victoria auch nur aus der Ferne erblickte.

Sein Vater hatte ihm nicht nur sein Zuhause und seine

Familie geraubt, sondern auch seine engste Freundin. Jetzt, da der alte Mann nicht mehr am Leben war, hätte Tom eigentlich glücklich sein können. Und sich das zurückerobern sollen, was er verloren hatte. Vicky die Wahrheit über die Vergangenheit sagen können. Statt Freude verspürte er in seinem Inneren allerdings nur Leere, wenn er den Blick über die grünen Felder und Hügel gleiten ließ, über die sie als Kinder in wildem Galopp geritten waren. Er empfand einfach gar nichts.

Dass er die ganze Zeit die Fäuste geballt hatte, merkte Tom erst, als die Zügel durch das Leder seiner Handschuhe hindurch in seine Haut schnitten. Vicky murmelte etwas, das er nicht verstand.

Sie ritt inzwischen dicht neben ihm, keinen halben Meter entfernt. Aus dem Augenwinkel erkannte er, wie sie ihn besorgt musterte.

»Was ist denn los?«

Kopfschüttelnd lockerte er den Griff um die Zügel. »Nichts, gar nichts.« Dann schob er die erstbeste Ausrede hinterher, die ihm durch den Kopf schoss. »Ich habe zu Hause noch einiges zu erledigen.«

Vickys Kiefer verspannten sich. »Ich hab doch gesagt, du brauchst mich nicht zu begleiten. Zumal du offenbar so dringende Dinge zu tun hast, die deiner Aufmerksamkeit bedürfen.«

Augenscheinlich hatte er sie gekränkt. »Nein, das kann alles warten«, sagte Tom. »Ich habe versprochen, dich nach Hause zu bringen, und das halte ich auch. Ich muss mit deinem Vater sprechen.«

»Dazu besteht überhaupt keine Notwendigkeit.« Gereizt schüttelte sie den Kopf.

»Wir müssen ihm doch beide erzählen, was passiert ist, damit er Maßnahmen zu deinem Schutz ergreifen kann.«

Vicky schnaubte, während sie die uralte Eichenbrücke ansteuerten, der das Anwesen seinen Namen verdankte – Oakbridge.

Sie waren von Westen her über die Felder gekommen und es war nun das allererste Mal seit fünf Jahren, dass Tom das cremefarbene, aus Stein gebaute Gutshaus sah. Seine zweistöckige, im palladianischen Stil errichtete Fassade mit ihren weißen ionischen Säulen und den bogenförmigen Fenstern ragte wie ein Wachposten in der Landschaft auf. Heckenskulpturen und ein weitläufiger, sorgsam gepflegter Rasen rahmten das Gebäude ein. Von einem kleinen Hügel ein Stück dahinter blickten alte Bäume auf Haus und Garten hinunter. Alles war noch genau so, wie Tom es in Erinnerung hatte.

Na wenigstens das hier … Bei seinem eigenen Zuhause sah die Sache schon ganz anders aus. Allerdings hatte Halworth Hall auch in der Vergangenheit noch nie mit Oakbridge mithalten können. Sechzig Jahre zuvor hatte Toms Großvater die Mitgift seiner Frau dazu verwendet, die veraltete tudorianische Architektur des Hauses in eine riesige, erschlagend graue Monstrosität zu verwandeln. Inzwischen bedurfte sie an allen Ecken und Enden etlicher Reparaturen.

Unter lautem Hufgetrappel überquerten Vicky und Tom die Brücke. Er schielte am Haus vorbei zur mächtigen Eiche, die immer noch unerschütterlich neben dem Wassergarten aufragte. Am liebsten wäre er schnurstracks dorthin geritten, um mit Vicky die dicken Äste hochzuklettern. Aber er war längst kein Kind mehr. Mit einem tiefen Atemzug lenkte er Horatio in Richtung der Stallungen.

Vicky brachte ihr Pferd zum Stehen, als ihnen ein Stallbursche entgegenkam. Zumindest hatte er den Anstand, keine Miene zu verziehen, als er Vickys desolaten Zustand bemerkte.

Tom stieg ab und reichte dem Mann die Zügel seines Pferdes. Ohne auf Hilfe zu warten, sprang Vicky ebenfalls aus dem Sattel und landete mit einem leisen Stöhnen auf den Beinen.

Tom verzog das Gesicht. »Dein Stolz in allen Ehren, Victoria, doch du tust dir keinen Gefallen damit, dass du ihn über deine Gesundheit stellst.« Er bot ihr seinen Arm als Stütze an.

Vicky wirbelte auf dem Absatz herum und machte sich auf den Weg zum Haus. Tom sah ihr nach. Schon nach wenigen Metern verwandelten sich ihre zunächst raumgreifenden Schritte in ein unsicheres Humpeln.

Seufzend fuhr er sich durchs Haar, dann holte er Vicky rasch ein und griff nach ihrem Oberarm. »Ich bitte um Verzeihung, aber –«

Sie drehte sich halb zu ihm. »Könntest du bitte –?«

»Nein, kann ich nicht.« Er bückte sich, schob einen Arm unter ihre Kniekehlen und den anderen um ihre Taille und hob sie hoch. Vicky fühlte sich erstaunlich leicht an.

»W-was machst du denn da?«, keuchte sie.

»Wenn du schon nicht auf dich selbst Rücksicht nimmst, dann wirst du mir zumindest erlauben müssen, dich ins Haus zu tragen.« Tom setzte sich in Bewegung.

»Ich bin problemlos in der Lage, selbst zu laufen! Lass mich augenblicklich runter!«

Tom sah sie an, blieb allerdings nicht stehen. Ihre haselnussbraunen Augen sprühten vor Verachtung und sie schob trotzig das Kinn vor.

»Wenn ich dich runterlasse, versprichst du mir, besser auf dich aufzupassen?«

Sie wandte den Kopf ab. »Ich bin dir keine Antwort schuldig und auch sonst nichts.«

Ihre Worte gefielen ihm nicht, obwohl er wusste, dass sie recht hatte. Nach einem letzten Blick neigte er den Kopf und setzte Vicky vorsichtig wieder ab. Trockene Schlammkrusten segelten von seinen Jackenärmeln zu Boden. Tom stöhnte innerlich. Das war eine seiner wenigen neueren Jacken gewesen, aber da ließ sich jetzt nichts mehr machen. Er war ja selbst schuld.

Vicky schaute sich nach allen Seiten um und erst jetzt wurde Tom bewusst, wie die Szene auf einen Zuschauer wirken musste. Victoria war eine wunderschöne junge Frau, die Kniebundhosen trug – und die er eben noch auf den Armen getragen hatte. Ein hemmungsloser Kerl hätte wohl nicht gezögert, die Situation auszunutzen. Doch Tom war ein Gentleman. Und Vicky war … eben Vicky.

Außerdem war sie verletzt, er hatte nichts Unrechtes getan.

Vicky setzte sich wieder in Bewegung, ohne Tom auch nur eines weiteren Blicks zu würdigen. Er folgte mit einem Schritt Abstand. Und trotz ihrer Beteuerungen sah es nicht so aus, als würde sie vorsichtiger gehen.

Beim riesigen eisernen Eingangstor war ihr Humpeln schließlich ziemlich übel. Das Tor war so hoch wie zwei Mann übereinander und massiv. Tom konnte sich sehr gut daran erinnern.

Mit düsterer Miene wandte Vicky sich ihm zu. »Du musst dich nicht verpflichtet fühlen, mir zu helfen, nur weil du zufällig zugegen warst.«

Ihre Stimme klang eisig, aber das kaum merkliche Zittern darin durchbrach den kalten Nebel, der ihn einhüllte. Der alte Tom – der Tom, der er vor seiner Verbannung gewesen war – hätte Victoria gesagt, dass er ihr jederzeit zu Hilfe eilen würde, wann auch immer sie ihn brauchte. Jetzt brachte er diese Worte jedoch nicht heraus. »Das hätte jeder andere genauso gemacht«, sagte er stattdessen.

Vicky wirbelte herum und stieß das Tor auf.

Tom folgte ihr in die imposante, mit Marmor gefliese Eingangshalle und wusste, dass er ihr die Verärgerung nicht verdenken konnte.

Zweites Kapitel

Glück in der Ehe ist sowieso nur von Zufälligkeiten abhängig.
— Jane Austen, *Stolz und Vorurteil*

Während Vicky sich mit ihren schlammverkrusteten Haaren und Kleidern durch die Eingangstür von Oakbridge House schleppte, lösten sich Erdklumpen von ihren Stiefeln und verschmutzten den elfenbeinfarben schimmernden Marmorboden der Empfangshalle. Ihr Kopf dröhnte noch immer und sie verzog das Gesicht wegen des dumpfen Schmerzes, der bei jedem Schritt in ihrer linken Hüfte pochte.

Vickys Mutter betrat die Halle. Sie war wie immer vorbildlich gekleidet, wie es ihr Stand als Gräfin von Oakbridge erforderte, und auch jeder Quadratmillimeter Stoff saß perfekt. Ihr indigoblaues Morgenkleid fiel ihr in ordentlichen Falten um die gertenschlanken Hüften und ihre kaffeebraunen Locken waren zu einem eleganten Dutt hochgebunden. Beim Anblick von Vickys derangiertem Zustand kniff sie tadelnd die grünen Augen zusammen und ließ den Blick schnell zu Tom hinübergleiten.

Sie schenkte ihm nur eine kurze, ziemlich kühle Begrüßung, der sie eine Frage anschloss: »Könnten Sie mir bitte verraten, wieso meine Tochter so aussieht, als wäre sie gerade einem Froschteich entstiegen?«

Vicky sog scharf die Luft ein. Bevor Tom antworten konnte, berichtete sie, was auf dem Feld geschehen war, und schloss kleinlaut mit der Bemerkung, dass Tom mit ihrem Vater über den Vorfall sprechen wollte.

Sofort machte der missbilligende Ausdruck ihrer Mutter einer besorgten Miene Platz und die Countess riss Vicky in ihre Arme. »Oh, mein armes Kind! Wie konnte das nur passieren? Ich muss sofort deinem Vater davon erzählen. Wie entsetzlich, dass dies ausgerechnet am selben Tag ist wie …« Statt den Satz zu beenden, hielt sie Vicky auf Armeslänge von sich weg, um sie stirnrunzelnd von Kopf bis Fuß zu begutachten.

»Am selben Tag wie was, Mama?«, hakte Vicky nach.

Ihre Mutter ließ den Blick zu Tom wandern. »Das hier ist keine Lappalie!«

Vicky biss sich auf die Unterlippe. Ihre Mutter war immer so souverän und beherrscht – ob echte Krise oder kleiner Familienstreit, sie regelte einfach alles. Doch jetzt … Natürlich war sie wegen Vicky besorgt, aber da schimmerte noch etwas anderes, Stärkeres durch …

»Keine Angst, Mama. Der Mann ist bestimmt schon über alle Berge, vielleicht zurück nach London. Ein Tag Ruhe, dann bin ich wieder so gut wie neu.«

Ihre Mutter lächelte nicht. »Geh und zieh dich um, Liebes. Ich klingele gleich nach dem Zimmermädchen, damit es dir ein Bad einlässt. Komm bitte ins Arbeitszimmer deines Vaters, wenn du fertig bist. Wir haben einiges zu besprechen. Tom und ich begeben uns schon mal dorthin.«

Vicky wurde das Gefühl nicht los, dass etwas Schreckliches in der Luft lag. Etwas, worüber ihre Mutter in Toms Anwesenheit nicht sprechen konnte. Ihr stellten sich die Nackenhaare auf. »Mama?«

Die Gräfin ließ Tom nicht aus den Augen. »Beeil dich, Liebes.«

»Bitte um Verzeihung, Lady Oakbridge, aber ich hatte gehofft, Victoria könnte dem Grafen ihre eigene Version des Vorfalls erzählen«, wandte Tom ein.

Vickys Mutter nickte. »Dazu wird sie natürlich Gelegenheit bekommen. Das kann jedoch warten, bis sie sich zumindest etwas besser fühlt.« Sie sah Vicky an und deutete mit dem Kinn Richtung Treppe.

Vicky verstand den Wink sofort und setzte sich in Bewegung, da ließ Toms Stimme sie aber noch mal innehalten.

»Es wäre für den Grafen sicherlich einfacher, schnell zu handeln, wenn er unverzüglich alle nötigen Informationen erhält. Zumindest müssen wir den Richter sofort über diesen ungeheuerlichen Vorfall informieren. Da draußen ist ein gewaltbereiter Verbrecher auf freiem Fuß, Lady Oakbridge –«

»Und nach Victorias Einschätzung ist er längst auf und davon«, unterbrach ihn Vickys Mutter und schoss ihm einen Blick zu, der keine Widerrede duldete.

»Mag sein, dennoch sollten wir Vickys Sicherheit zuliebe –«

»Wenn Sie denken, ich würde die Sicherheit meiner Tochter auch nur im Entferntesten riskieren, dann täuschen Sie sich, Lord Halworth. Wenn Sie mit dem Grafen sprechen wollen, dann schlage ich vor, Sie folgen mir jetzt und gönnen *Lady* Victoria die Ungestörtheit, die sie braucht.«

Vickys Ohren begannen zu brennen. Warum war ihre Mutter so unfreundlich zu Tom? Völlig überflüssig, so zu betonen, dass er Vickys Adelstitel nicht genannt hatte. Ja, Tom hatte sie in Verlegenheit gebracht, gedemütigt und furchtbar von oben herab behandelt, allerdings kannten sie einander schon ihr ganzes Leben lang. Und zumindest hatte er *versucht*, ihr heute zu helfen.

Tom runzelte die Stirn und suchte ihren Blick, aber Vicky konnte ihm nicht in die Augen sehen. »Wie Sie wünschen, Lady Oakbridge«, sagte er schließlich zu ihrer Mutter und verbeugte sich vor Vicky. »Schönen Tag noch, Lady Victoria.«

Vicky machte einen Knicks, was sich in Kniebundhosen reichlich albern anfühlte, dann zwang sie sich, ihn doch anzuschauen. »Ebenso, Tom. Und vielen Dank.«

Sie würde sich nicht einschüchtern lassen, weder von ihm noch von ihrer Mutter. Elizabeth Bennet hätte in so einer Situation ausschließlich das gesagt, was sie selbst für richtig hielt – und genau das würde Vicky auch tun.

Eine halbe Stunde später klopfte Vicky zwar wesentlich sauberer, aber immer noch schmerzgeplagt an die Tür zum Arbeitszimmer ihres Vaters. Während ihres Bades hatte das Zimmermädchen sie mit der Nachricht erschreckt, dass ihre Schwester Althea unerwartet eingetroffen sei. Diese sollte eigentlich in ihrem Londoner Stadthaus sein und sich mit ihrem Ehemann auf den Beginn der Gesellschaftssaison vorbereiten. Deshalb war ihr überraschender Besuch mehr als nur ein wenig verwunderlich.

Als Vicky nun den ersten Schritt ins Arbeitszimmer ihres Vaters tat, stieg ihr der vertraute Duft nach Leder und Papier in die Nase. Der Graf von Oakbridge saß in einem Ledersessel an dem mittelalterlichen Eichenschreibtisch, von dem aus schon unzählige Generationen von Astons vor ihm die Immobiliengeschäfte der Familie geleitet hatten. Er trug ein kunstvoll gebundenes Halstuch und ein braunes Jackett, darunter eine grüne, bestickte Weste, die sein Kammerdiener makellos gestärkt hatte. Das frisch frisierte Haar des Grafen saß ebenfalls perfekt, was Vicky sehr ungewöhnlich fand. Denn hier auf dem Land achtete ihr Vater viel weniger auf sein äußeres Erscheinungsbild. Um diese Tageszeit waren seine braunen Locken – nur einen Farbton heller als die ihren und inzwischen grau meliert – normalerweise so zerzaust, dass sie seinem Kammerdiener regelrecht Schmerzen bereiteten. Aber nicht so heute.

Mit angespannten Gesichtszügen bedeutetete der Graf seiner Tochter einzutreten. Diese finstere Miene kannte Vicky noch aus ihrer Kindheit. Er setzte sie eigentlich nur auf, wenn er seiner Tochter einen Vortrag halten musste. Darüber, wie gefährlich es war, von einer Baumspitze in den Fluss zu springen, und wie unziemlich, auf einer Kuh zu reiten.

Dem Schreibtisch gegenüber saß Vickys Mutter auf der Kante eines Ohrensessels und Althea in einem identischen Sessel daneben. Letztere wandte sich Vicky zu, die mit ausgestreckten Armen durchs Zimmer eilte, um sie zu umarmen.

»Thea! Ich freue mich so, dich zu sehen!« Doch dann blieb Vicky wie angewurzelt vor ihrer Schwester stehen, da diese keine Anstalten machte, sich zu erheben. »Althea?«, fragte Vicky verdutzt und berührte sie am Arm. Trotz des lodernden Kaminfeuers in der Ecke war die Haut ihrer Schwester kalt und rau von der Gänsehaut, die sie überzog. Schließlich schaute Althea sie an.

Der Anblick ihrer Schwester traf Vicky bis ins Mark. Altheas große braune Augen waren ausdruckslos und leer. Ihr normalerweise glänzendes schokoladenbraunes Haar, das ihr Gesicht sonst in federnden Ringellocken umrahmte, hing schlaff und strähnig herab. Sie war schon immer schlank gewesen, aber nun wirkte sie beängstigend mager. Und das zarte Oval ihres Gesichts war blasser, als Vicky es jemals gesehen hatte.

Nach dem Bad waren Vickys Kopfschmerzen etwas abgeebbt, kehrten nun allerdings mit großer Macht zurück und ihre Kehle war wie ausgetrocknet. »Was ist passiert?«

Für den Bruchteil einer Sekunde wich die Hoffnungslosigkeit in Altheas Gesicht einem rasiermesserscharfen Ausdruck, den Vicky nicht an ihr kannte. Doch schon eine Sekunde später verbarg sie ihn wieder hinter der leeren Maske. Althea versteifte sich und faltete die Hände im Schoß. Es war die makellose Haltung, die sie bei gesellschaftlichen Anlässen immer annahm – nur ohne das dazugehörige Lächeln. Das Auftreten der perfekten, pflichtgetreuen Tochter des Grafen und der Gräfin von Oakbridge und der perfekten, pflichtgetreuen Gattin von Viscount Dain. Vicky hatte ihre Schwester schon immer für die Fähigkeit bewundert, sich so würdevoll zu präsentieren. Erst recht nach Vickys Gesellschaftsdebüt im letzten Jahr, als die ständigen bohrenden Blicke der Gesellschaft ihr das Gefühl vermittelt hatten, sie wäre ein Feldhase, der sich vor einem Raubvogel in Sicherheit bringen müsste.

Sie straffte die Schultern. Ja, sie kannte diese Haltung an

ihrer Schwester sehr gut, aber in ihrer Gegenwart hatte Thea sie schon seit Jahren nicht mehr eingenommen. Nicht, seit Tom weggegangen war und Vicky begonnen hatte, sich ihrer Schwester anzuvertrauen. Daher hätte sie zehn Guineen darauf verwettet, dass Althea das jetzt nur machte, um ihre Gedanken vor ihrer Schwester zu verbergen.

Victoria sah zwischen ihren Eltern hin und her. Ihre Mutter hielt die Hände ebenfalls im Schoß gefaltet und wirkte nach außen hin so gefasst wie immer. Trotzdem sah Vicky die feinen Fältchen zwischen ihren Brauen, die nur auftauchten, wenn sie sehr aufgewühlt war. Ihr Vater unternahm indes keinen Versuch, sein Stirnrunzeln zu kaschieren. Beunruhigt rieb er mit dem rechten Daumen über die Kuppe seines Zeigefingers. Vicky spürte erneut ein Kribbeln im Nacken und ihre Besorgnis um Althea wich einer entsetzlich finsteren Vorahnung. Ihre Schwester wandte sich dem Grafen zu, offenbar fest entschlossen, ihm das Wort zu überlassen.

Denn Vickys Frage stand noch immer unheilvoll im Raum.

Schließlich brach ihr Vater das Schweigen. »Althea ist aus London hierhergeflohen. Sie ist gestern Abend von dort weggeritten und später mit der Postkutsche ins Dorf gelangt.«

Vickys übles Gefühl verschlimmerte sich. Wenn Althea solch eine Flucht unternahm, musste in ihrem Haus etwas Entsetzliches geschehen sein. Und ihr verhärmtes Äußeres sprach Bände.

»Warum?«

Thea schwieg. Und diesmal wies nicht einmal ihr Blick darauf hin, dass sie Vickys Frage überhaupt vernommen hatte.

»Papa?«, bohrte Vicky weiter.

Der Graf bedeutete ihr, sich zu setzen, dann räusperte er

sich. Immer wieder glitt sein Daumennagel über seinen Zeigefinger. »Wie es aussieht, hat Lord Dain deine Schwester misshandelt.« Er hielt inne und holte tief Luft. »Ihr Gewalt angetan.«

Vicky sackte auf dem Sessel in sich zusammen, ohne darüber nachzudenken, welche Schmerzen die abrupte Bewegung durch ihren geschundenen Körper jagen würde. Gequält verzog sie das Gesicht, drehte sich aber so zu ihrer Schwester um, dass sie sie anschauen konnte.

»Oh, Thea …« Ihre Schwester senkte zwar den Kopf, doch es war nicht zu übersehen, dass ihre großen braunen Augen in Tränen schwammen. Als Althea ihren Blick schließlich auf Vicky richtete, erstarrte diese angesichts der Trostlosigkeit, die sie darin fand. Ihre Schwester öffnete den Mund, als wolle sie etwas sagen, schloss ihn dann allerdings sofort wieder und presste die Lippen aufeinander.

Vicky schüttelte den Kopf. Althea und Dain hatten so verliebt gewirkt! Thea war immer die perfekte ältere Schwester gewesen: geduldig, liebevoll, mit einer hervorragenden Menschenkenntnis ausgestattet und voller Verständnis für Vickys Flausen. Wenn es an ihr überhaupt einen Makel gab, dann höchstens, dass sie gelegentlich *zu* gütig war. Genau wie Elizabeth Bennets Schwester Jane.

Der Viscount und Thea hatten sich drei Jahre zuvor in London kennengelernt, zwei Jahre vor Vickys Gesellschaftsdebüt. Sofort hatte er begonnen, ihr den Hof zu machen, und bereits nach einem Monat um ihre Hand angehalten – und Althea hatte Ja gesagt. Mithilfe seines Charmes hatte Dain auch ihre Eltern schnell umgarnt und auch Vicky gegenüber hatte er sich stets sehr zuvorkommend verhalten. Deswegen hatte sie immer gedacht, dass ihre Schwester – genau wie Jane Bennet – ihren eigenen Mr Bingley gefunden hatte und die beiden glücklich und zufrieden in London lebten.

Die Weihnachtstage hatten Althea und Dain immer bei Vicky und ihren Eltern in Oakbridge verbracht und sie hatten sich zudem häufig zu gesellschaftlichen Anlässen in London getroffen. Aber mehr Berührungspunkte hatte Vicky mit ihrem Schwager im Grunde nie gehabt. An seinem Benehmen war ihr dabei nie etwas Sonderbares aufgefallen.

Andererseits hatte sie sich bei dem Mann auch nie ganz wohlgefühlt. Woher das Unbehagen stammte, das sie in seiner Gegenwart befiel, hätte sie nicht sagen können. Also verlor sie kein Wort darüber. Althea selbst hatte zu keinem Zeitpunkt angedeutet, dass es in ihrer Ehe Probleme geben könnte. Deshalb hatte Vicky ihr ungutes Gefühl verdrängt – schließlich kannte Althea ihren Mann sehr viel besser als sie.

Aber vielleicht hatten sie ihn beide überhaupt nicht gekannt. Vicky ballte die Fäuste. »Was hat er dir angetan?«

Statt zu antworten, kniff ihre Schwester die Augen fest zu und hob eine Hand an die Stirn, als könnte sie die bösen Erinnerungen mit schierer Willenskraft zurückdrängen. Dann schob sie die Haare beiseite, die ihr Gesicht umrahmten – und Vicky sah zum ersten Mal die rotblaue Schwellung an ihrer linken Schläfe, die sie bislang so geschickt versteckt hatte. Der Bluterguss reichte bis weit nach oben jenseits der Haarlinie. Eine Schnittwunde prangte über der geschwollenen Haut.

Das wütende Pochen in Vickys Kopf verdreifachte sich. Sie krallte sich in die hölzernen Armlehnen. Entsetzen und Abscheu drehten ihr schier den Magen um. Was musste man für ein Unmensch sein, um seiner Frau so etwas anzutun?

»Ich kann es nicht fassen! Dieser ...« Vicky deutete auf ihre eigene Stirn. »Dieser widerliche Mistkerl! Am liebsten würde ich ihn zehn wilden Hunden zum Fraß vorwerfen! Papa, was machen wir jetzt?«

»Victoria«, drang die tadelnde Stimme ihrer Mutter an ihr Ohr.

Vicky wirbelte zu ihr herum. »Schau dir doch nur ihr Gesicht an! Wie kann er es wagen? Das dürfen wir ihm nicht durchgehen lassen.« Der gesellschaftliche Status ihres Vaters war dem von Dain ebenbürtig – oder sogar überlegen, weil sein Adelstitel älter und damit höher angesiedelt war als Dains. Vicky beugte sich zum Schreibtisch ihres Vaters nach vorn. »Papa, du musst Anklage gegen ihn erheben. Er muss im Oberhaus vor Gericht!«

»Victoria, mäßige dich«, ging ihre Mutter dazwischen.

Verdattert sah Vicky zwischen ihren Eltern hin und her. In ihren Augen waren die beiden immer die perfekte Verkörperung eines Grafenpaares gewesen, aber diese Situation schien sie erschüttert zu haben. Ihr Vater hatte die Lippen zu einem feinen Strich aufeinandergepresst, während seine Frau Althea mit glasigem Blick musterte.

Schließlich holte die Gräfin tief Luft. »Du setzt Althea zu.«

Vicky drehte sich zu ihrer Schwester um – Tränen strömten über deren Wangen.

In Vickys Brust wurde es ganz eng. Wie hatte sie nur so gedankenlos sein können? »Es tut mir leid, Mama.« Dann ging sie zu Altheas Sessel, beugte sich über sie und schloss sie in die Arme, ohne sich darum zu kümmern, ob es ihr recht war oder nicht. »Es tut mir so unendlich leid, Thea.« Ihre Schwester schluchzte, Tränen durchnässten Vickys Schulter.

Sie drückte Althea noch fester und ließ sie erst los, als diese sich im Sessel zurücklehnte. Doch beim Anblick des rot geschwollenen Blutergusses an ihrer Stirn loderte der Zorn wieder in Vicky hoch. Dieser abscheuliche Mistk–

»Meine Liebe«, wandte sich der Graf an seine Frau. »Man kann Vicky nicht verübeln, dass sie das laut ausspricht, was wir alle denken. An ihre Manieren und ihr Vokabular können wir sie an einem anderen, normaleren Tag wieder erinnern. Aber heute ...« Er wandte sich Vicky zu. »Was deinen Vorschlag angeht – das wird wohl nicht möglich sein. Wenn ich ihn im Oberhaus vor Gericht bringe, hätte dies unausweichlich einen Skandal zur Folge. Er verfügt über mächtige Freunde und seine Unterstützer im Oberhaus könnten behaupten, ich würde aus reiner Bosheit versuchen, seinen Ruf zu ruinieren. Wir würden im Handumdrehen jede Zeitung und jedes Klatschblatt zieren, von London bis nach York.«

Vicky verzog das Gesicht und Althea erbleichte.

Ihr Vater schüttelte den Kopf. »Nein, das kann ich nicht riskieren. Es würde mehr Schaden anrichten als Nutzen bringen.«

Vicky wandte sich ihm zu, ohne Altheas Arm loszulassen. »Was können wir dann tun?« Ideen für angemessene Strafen hätte sie genug im Kopf – die meisten stammten aus einem dicken Lehrbuch zur Geschichte Englands, das sie einmal in der Familienbibliothek entdeckt hatte. Ihr erster Einfall beinhaltete einen rot glühenden Schürhaken, mit dem ein Herrscher im Mittelalter einst auf barbarische Art und Weise gefoltert worden war. »Thea muss natürlich bei uns bleiben, aber wird Dain dies erlauben?« Vicky kannte sich mit Gesetzen nicht gut aus, allerdings wusste sie, dass eine Frau ab der

Heirat gewissermaßen das Eigentum ihres Mannes war. Sie hatte unzählige Romane gelesen, in denen eine misshandelte Lady keinerlei Handhabe gegen ihren treulosen oder gewalttätigen Mann hatte.

»Ich werde augenblicklich nach London fahren und Dain zur Rede stellen«, entschied der Graf.

Vicky legte die Stirn in Falten.

»Ich muss auch seine Version der Geschichte hören …« Er hielt Ruhe gebietend eine Hand hoch, als Vicky den Mund aufmachte, um zu protestieren, und Althea den Kopf hochriss. »Und dann entscheiden wir, wie wir damit umgehen. Ich vermute, er wird alles abstreiten, aber vielleicht kann ich ihn immerhin dazu überreden, einer Trennung zuzustimmen. So geht es jedenfalls nicht weiter.« Entschlossen sah er seine Familie an.

Vicky und ihre Mutter nickten zustimmend, doch Altheas Gesicht blieb ausdruckslos. Sachte strich Vicky ihr über den Arm. Eine hilflose Geste, allerdings wusste sie nicht, was sie sonst hätte tun können.

»Nun denn«, schloss ihr Vater. »Ich reise noch vor Mittag ab und lasse euch eine Nachricht zukommen, sobald ich mit ihm gesprochen habe.«

»Was ist mit dem Mann, der Vicky angegriffen hat?«, fragte Thea.

Vicky blinzelte überrascht. Es war der erste Satz, den ihre Schwester seit ihrer Ankunft von sich gegeben hatte. Ihre Stimme klang so entsetzlich schwach und leise. Bei der ganzen Aufregung hatte Victoria ihren eigenen unangenehmen Vorfall fast vergessen. »Warst du dabei, als Tom mit Papa geredet hat?«

»Ich habe allein mit Lord Halworth gesprochen«, antwortete der Graf und benutzte dabei Toms neuen Titel. Anscheinend hatten ihre Eltern ihm nicht verziehen, dass er Vicky Jahre zuvor so wehgetan hatte. Oder zumindest legten sie Wert darauf, eine höfliche Distanz zu ihm zu wahren. »Deine Schwester war nicht in der Verfassung, andere Menschen zu treffen.«

»Nein, natürlich nicht«, murmelte Vicky.

»Halworth hat sich angeboten, unseren Schäfer aufzusuchen und ihn zu den betreffenden Schafen zu bringen«, fuhr ihr Vater fort. »Bestimmt werden sie die Sache schnell unter Kontrolle haben. Und da Halworth alle Details des Vorfalls kennt, habe ich ihn ebenfalls gebeten, den ortsansässigen Richter darüber zu informieren. Ich bezweifle allerdings, dass Sir Aylward mehr tun wird, als Halworths Meldung aufzunehmen.«

»Sollten wir nicht Sicherheitsvorkehrungen für den Fall treffen, dass er wiederkommt?«, fragte Althea.

»Sicherheitsvorkehrungen vor Tom?«, hakte Vicky ungläubig nach.

»Vor dem Angreifer, Victoria«, entgegnete ihre Mutter.

Vickys Wangen wurden heiß. »Oh.«

Ihr Vater nickte. »Ich werde Männer aus dem Dorf anfordern, die Haus und Grundstück bewachen sollen. Und dann lasse ich euch alle nach London nachkommen. Nach dem heutigen Tag braucht ihr Mädchen zumindest eine Nacht, um euch zu erholen.«

Thea sah Vicky an. »Wurdest du denn nicht verletzt?«

Vicky rang sich ein Lächeln ab und drückte den Arm ihrer Schwester. »Mein Kopf tut weh und die blauen Flecken werden mir sicher ein paar Tage zu schaffen machen, aber es ist nichts Ernstes.« Nichts im Vergleich zu dem, was Althea durchgemacht haben musste.

»›Nichts Ernstes‹ bedeutet bei dir, dass du vermutlich einen Arzt aufsuchen solltest«, sagte ihre Mutter. »Ich habe schon nach ihm schicken lassen.«

»Ja, ihr sollt beide untersucht werden«, fügte der Graf in einem Ton hinzu, der keinen Widerspruch duldete. Dann stand er auf und ging zur Tür.

Seine Frau erhob sich ebenfalls, und gerade als Vickys Vater nach dem Türknauf greifen wollte, hielt sie ihn auf und hakte sich bei ihm unter. »Bitte versprich mir, dass du ihn nicht zum Duell auffordern wirst, James«, sagte sie entschieden. »Gleichgültig, was passiert.«

Vicky riss erschrocken die Augen auf. Dass sie daran nicht gedacht hatte! Es kam sehr häufig vor, dass Gentlemen sich wegen solcher Vorfälle duellierten.

Ihr Vater nahm lächelnd die Hand seiner Frau. »Keine Sorge, nie im Leben würde ich so etwas tun.«

Doch die Gräfin starrte ihn trotzdem mit geschürzten Lippen an.

»Nun gut, in meiner Jugend mag ich so etwas vielleicht gemacht haben, Felicia. Aber inzwischen bin ich zu alt, um noch eine Pistole in die Hand zu nehmen. Außerdem …« Er lächelte seine Töchter an. »Außerdem habe ich nicht vor, euch in absehbarer Zukunft zu Witwe und Waisen zu machen.«

Seine Frau löste sich von ihm. »Ich werde Baden anweisen, dir alles Nötige einzupacken.« Damit verließ sie den Raum und rief nach dem Kammerdiener.

Seufzend folgte der Graf seiner Frau. »Meine Liebe, ich wollte dich nicht kränken ...« Seine Stimme verlor sich, als er außer Hörweite verschwand.

Vicky atmete tief durch. Ihre arme Mutter musste schon sehr besorgt sein, wenn sie auf den Versuch ihres Mannes, die Situation aufzulockern, so reagierte. Hoffentlich würde das diplomatische Geschick ihres Vaters bei Lord Dain wirkungsvoller sein als bei ihrer Mutter.

Vicky sah ihre Schwester an. »Thea, ich würde mich gern unter vier Augen mit dir unterhalten. Wir könnten in dein Schlafgemach gehen oder einen Spaziergang durch den Garten machen, wenn du möchtest.«

Althea wich ihrem Blick aus. »Ich glaube, ich hatte heute schon genug Unterhaltungen.«

Am liebsten hätte Vicky sich selbst geohrfeigt. Natürlich war ihre Schwester nach so einem Martyrium völlig erschöpft!

»Tut mir leid. Du hast recht, du brauchst Ruhe. Soll ich dir nach oben helfen?«

Kopfschüttelnd erhob Thea sich aus dem Sessel. »Mach dir keine Umstände.«

»Das sind keine Umstände. Ich weiß, dass das alles schrecklich für dich sein muss. Wenigstens bist du jetzt zu Hause. Papa wird sich schon um alles kümmern.«

Althea bedachte sie mit einem eisigen Blick. »Bist du wirklich so naiv? Früher oder später wirst auch du begreifen, dass manche Albträume nicht einfach verschwinden, wenn man wach wird.«

Vicky verzog das Gesicht. »Bitte verzeih, doch das kann ich einfach nicht glauben. Ich bin mir sicher, dass sich alles zum Guten wenden wird. Wir werden es gut *machen*.« Sie griff nach Altheas Hand, aber diese entriss sie ihr und rauschte aus dem Arbeitszimmer. Niedergeschlagen und besorgt blieb Vicky zurück.

Später, als ihr Vater nach London abgereist war, wagte sich Vicky in den Garten hinaus. Zuvor hatte sie ihm noch ihre Version von dem Vorfall am Vormittag erzählt, das war ihr wichtig gewesen. Der Graf hatte sich jedoch kaum dazu geäußert und ihr nur zugestimmt, welch ein Glück es gewesen sei, dass Tom zufällig vorbeigekommen war und Schlimmeres verhindert hatte. Gnädigerweise hatte er ihr eine Standpauke darüber, wie dumm es war, einen maskierten Mann verfolgen zu wollen, erspart. Allerdings war das vermutlich hauptsächlich der Tatsache geschuldet, dass er von anderen Sorgen abgelenkt gewesen war. Oder vielleicht hatte er nur entschieden, dass Vicky an diesem Tag schon genug durchgemacht hatte.

Jedenfalls war der Graf schließlich mit entschlossener Miene auf seinem Vollblüter davongeritten. Im Moment wirkte die Lage vielleicht aussichtslos, doch Vicky war sicher, dass sie keinen Grund hatten, sich ernsthaft Sorgen zu machen. Ihr Vater hatte schon immer so ziemlich jedes Problem gelöst – eine Fähigkeit, auf die er durchaus sehr stolz war.

Der Dorfarzt war auch bereits da gewesen und hatte bestätigt, dass Vicky wohlauf genug war, um einen kleinen Spaziergang zu unternehmen, wenn sie wollte. Von Ausritten und anderen körperlichen Anstrengungen hatte er ihr hingegen für die Dauer von mindestens einer Woche unbedingt abgeraten.

Anschließend hatte der Schäfer berichtet, dass leider sechs Schafe gestorben waren, bevor er gegen die Pansenblähung vorgehen konnte. Aber zumindest hatte er den Großteil der Herde retten können. Er war überzeugt, dass sie noch viel mehr Tiere verloren hätten, wenn Vicky sich nicht bemüht hätte, die Mauer wieder aufzubauen. Darüber freuen konnte Vicky sich jedoch nicht. Die Ereignisse des Tages und der Gedanke an die toten Schafe überschatteten die Zufriedenheit, die sie sonst immer empfand, wenn sie auf dem Anwesen etwas Positives bewirkt hatte.

Normalerweise half es Victoria, über die kiesbedeckten, von Buchsbäumen gesäumten Pfade des Kräutergartens zu spazieren, um ihre Gedanken zu ordnen. Heute nahm sie die Schönheit der Natur allerdings überhaupt nicht wahr. Ratlos sackte sie auf einer schmiedeeisernen Bank zusammen und rieb sich übers Gesicht. Doch das Bild, wie Althea am Vormittag verzweifelt in Tränen ausgebrochen war, schob sich unbarmherzig vor ihr inneres Auge.

Nach dem Gespräch im Arbeitszimmer hatte sich ihre Schwester in ihr Schlafzimmer zurückgezogen und seither niemanden außer ihrer Mutter und den Arzt sehen wollen. Vicky hatte von ihrem eigenen Zimmermädchen erfahren, dass Thea eine Kleinigkeit gefrühstückt hatte und sich später etwas Brühe aufs Zimmer hatte kommen lassen. Doch Vicky selbst hatte kein Wort mehr mit ihrer Schwester gewechselt.

Sie richtete sich auf und ließ den Blick in die Ferne schweifen, über die Gartenhecke hinweg, zu dem Fluss und der alten Holzbrücke hin, die dem Gutshaus seinen Namen verlieh. In der Familie der Astons war es eine exzentrische Tradition, dass jede Braut in einem mit Blumen gefüllten Boot von ihrem Bräutigam unter der Brücke hindurchgefahren wurde. Erst zwei Jahre war es her, seit Dain Althea mit einem selbstzufriedenen Lächeln den Fluss hinabgesteuert hatte. Etliche Aston-Verwandte waren aus allen Ecken Englands angereist, um dem Ereignis zusammen mit Vicky und ihren Eltern beizuwohnen. Alle hatten auf der Brücke gestanden und dem Brautpaar zugewunken, als es, in eine blumige Duftwolke gehüllt, unter der Brücke hindurchgeglitten war.

Althea hatte dabei vor Glück gestrahlt wie eine Märchenprinzessin. Ein Diadem aus lilafarbenen und weißen Blüten hatte ihr braunes Haar gekrönt, dessen helle Strähnen im Sonnenlicht glänzten. Vicky hatte das Herz wehgetan, als ihr bewusst wurde, dass ihre Schwester das Elternhaus verlassen und ihrer aller Leben nie mehr so sein würde wie früher. Doch der Gedanke, dass Althea glücklich war, hatte sie getröstet. Denn jetzt, da Thea ihren Märchenprinzen gefunden hatte, würde sie bis ans Ende ihrer Tage fröhlich und zufrieden leben – alles andere war undenkbar, oder nicht?

Aber Althea war nicht glücklich gewesen. Schon von Anfang an hatte sie auf Fragen nach ihrer Ehe nur sehr wortkarg und schmallippig geantwortet. Ob Vicky persönlich oder in Briefen nachfragte – immer hatte ihre Schwester nur nichtssagende Worte von sich gegeben und die Ausgestaltung ihres Alltagslebens allein Vickys Fantasie überlassen. Hatte sie so etwa damals schon die Wahrheit vertuschen wollen?

Vicky schloss die Augen und atmete den Duft der Hecken ein, die nach dem monatelangen Regen endlich wieder in der Sonne trockneten. Sie musste unbedingt herausfinden, was genau zwischen Althea und Dain vorgefallen war.

Sie stand auf und machte sich auf den Weg zurück ins Haus. Bei der Erinnerung daran, wie Dain seine Pferde gepeitscht hatte, als er sie nach Oakbridge brachte, ballte Vicky wütend die Fäuste. Ja, dieses grausame Verhalten legten viele Männer an den Tag, aber vielleicht war das auch eine Erklärung dafür, warum sie ihm nie wirklich über den Weg getraut hatte. Das mit den Pferden hatte sie sogar einmal Althea gegenüber erwähnt, doch ihre Schwester hatte es nur mit einem Achselzucken abgetan.

Vicky schluckte und versuchte, ihre Magenschmerzen zu ignorieren. Sie durchforstete ihre Erinnerungen nach weiteren Vorfällen, bei denen Dain ein seltsames Verhalten an den Tag gelegt hatte, allerdings kam ihr kein weiterer in den Sinn.

Nachdem sie zwei Lakaien und einen Hilfsgärtner nach Althea gefragt hatte, fand Vicky ihre Schwester im Gewächshaus, wo sie zwischen der kleinen Zucht tropischer Pflanzen umherwanderte. Thea trug ein Tageskleid, das Vicky noch aus der Zeit vor ihrer Ehe kannte – ein langärmliges, blassgelbes Musselinkleid, das mit winzigen rosa Blüten verziert war. Früher hatte der Stoff perfekt zu ihren blühenden Wangen und den Strähnen in ihrem Haar gepasst, aber heute konnte es nicht über Altheas Blässe hinwegtäuschen. Das Kleid schlackerte ihr um die schmalen Schultern. Leise rief Vicky von der Tür aus ihren Namen.

Mit einem panischen Ausdruck wirbelte Althea herum. Als sie Vicky erkannte, wich die Angst aus ihren Augen, ihre Körperhaltung erinnerte jedoch immer noch an ein verschrecktes Reh, das jederzeit zur Flucht bereit war. Ob ihre Schwester neben der Angst auch Wut oder einfach nur schlichtes Unbehagen empfand, hätte Vicky nicht beurteilen können.

Mit einem tiefen Atemzug wagte sie sich vor. Im Gewächshaus staute sich die feuchte Luft immer zwischen den vielen Glasscheiben, doch heute kam Vicky die Atmosphäre besonders drückend vor. Sie sah zu den Sonnenstrahlen auf, die durchs Glasdach hereindrangen. Dann schritt sie den Pfad entlang, bis sie nur noch wenige Meter von ihrer Schwester entfernt war, und deutete auf die Blüten, die sich in der feuchten Luft genüsslich zu rekeln schienen.

»Sind sie nicht einfach wunderschön?« Vielleicht würde ein bisschen Geplauder dem Tag wieder ein Stückchen Normalität zurückgeben. Als Althea nickte, fuhr Vicky fort: »Sie wurden aus Samen gezogen, die Papa vor Jahren einem Händler abgekauft hat, der gerade von den Westindischen Inseln zurückgekehrt war. Unser Gärtner hat viel Geduld und Mühe aufbringen müssen, damit sie erblühten.« Vicky bückte sich, um die seidigen Blätter einer glutroten kelchförmigen Blume mit gelbem Staubgefäß zu berühren. »Sie sind so ... so nicht-englisch, finde ich«, fügte sie lachend hinzu und schenkte ihrer Schwester ein breites Grinsen, während ihr der Duft der tropischen Blumen in die Nase stieg.

Thea wandte sich ab und schaute nach draußen.

Schlagartig war Vicky wieder das kleine Mädchen, das alles tat, um seine ältere Schwester zum Spielen zu animieren – nur dass diese sich inzwischen für erwachsen hielt. Offenbar war das belanglose Geplauder doch kein Türöffner zu Altheas Herz gewesen. Was würde Elizabeth Bennet in dieser Situation tun? Sie würde ihrer Schwester Jane ganz offen sagen, was sie dachte.

»Thea, es tut mir leid, falls ich dich verärgert haben sollte«, begann Vicky. »Mit dir zu streiten, ist wirklich das Letzte, was ich will.«

Langsam drehte Thea sich zu ihr um und nickte. Anscheinend hatte sie Vickys Entschuldigung angenommen.

»Wie fühlst du dich? Was hat der Arzt gesagt?«

»Dass mit mir alles in Ordnung ist.«

Vicky runzelte die Stirn. »Und dein Kopf?« Sie trat vor ihre Schwester, um sie besser betrachten zu können.

»Das ist nichts weiter«, sagte Althea und wich ihrem Blick aus. »Er hat mir eine Salbe dagelassen.«

»Aber wie kann das nichts sein?« Vicky hob eine Hand und strich ihr die Haarsträhnen, die den Bluterguss verdeckten, aus dem Gesicht.

Ihre Schwester wandte sich ab und ging auf die kleine Gruppe Orangenbäume zu, die ihnen während der Wintermonate den seltenen Luxus frischer Früchte boten.

Vicky schluckte den Kloß in ihrem Hals hinunter. Vielleicht wäre es besser gewesen, Thea in Ruhe zu lassen, immerhin schien sie genau das zu wollen. Und dennoch *musste* Vicky einfach mehr erfahren.

»Haben die Probleme erst vor Kurzem eingesetzt? Bei eurer Hochzeit hast du so glücklich gewirkt, ja selbst an Weihnachten noch. Wann hat er begonnen, sich zu verändern?«, fragte sie ihre Schwester.

Althea tat so, als hätte sie nichts gehört, und starrte durch die Glasscheibe des Gewächshauses nach draußen.

»Thea, bitte. Ich will dir nur helfen. Doch wie soll ich das tun, wenn du nicht mit mir redest?« Sie trat vor und legte ihrer Schwester eine Hand auf die Schulter.

Daraufhin fuhr Althea so schnell herum, dass sie Vickys Hand beinahe gewaltsam abschüttelte.

Als sie antwortete, lag Verbitterung in ihren Augen, und ihre leise Stimme klang steinern. »Frag mich nie wieder nach Dingen, von denen du nichts verstehst! Wie solltest du mir schon helfen können?«

Vicky klappte den Mund auf und zu, dann schüttelte sie den Kopf. »Das weiß ich nicht. Aber falls du es irgendwann wissen solltest, dann sag es mir bitte und ich werde alles tun.«

»Es gibt nichts, was du tun kannst. Nicht einmal Papa wird mir helfen können.«

Finster sah Vicky sie an. Dass Althea so wenig Vertrauen in ihren Vater zu haben schien, gefiel ihr nicht. »Doch, natürlich wird er das. Und wenn er es tatsächlich aus irgendeinem Grund nicht kann, dann werde *ich* es tun.«

Althea starrte sie nur an.

Vicky ging noch etwas auf ihre Schwester zu. »Ich verspreche dir, ich werde alles in meiner Macht Stehende unternehmen, um dich zu beschützen.«

Althea senkte den Blick. »Du hast keine Ahnung von solchem Leid … oder von Opfern, die man bringen muss. Ich habe diese leeren Versprechungen so satt!«

In Vickys Brustkorb krampfte sich alles zusammen. Noch nie hatte sie ein Versprechen an ihre Schwester gebrochen. Sie konnte sich allerdings denken, wer es getan haben musste. Obwohl Althea ihrem Mann physisch entkommen war, verfolgten seine Worte und Handlungen sie weiterhin.

Und genau in diesem Moment schwor sich Vicky, nicht eher zu ruhen, als bis Theas Zukunft abgesichert war. Sie nahm die kalte Hand ihrer Schwester in ihre und hielt sie fest. »Thea, ich gebe dir mein Wort. Ich werde dich niemals enttäuschen.«

Althea sah ihr ins Gesicht.

Ohne zu blinzeln, schauten die beiden Schwestern einander an. Und für den Bruchteil einer Sekunde meinte Vicky, in den Augen ihrer Schwester einen Hoffnungsfunken aufblitzen zu sehen.

Drittes Kapitel

Ich weiß überhaupt nicht, worin der vielgerühmte Vorzug Londons bestehen soll; etwa in den paar Geschäften und Vergnügungsstätten? Das Leben auf dem Lande ist doch unvergleichlich viel angenehmer als das in der Stadt […].
– Jane Austen, *Stolz und Vorurteil*

Als die Kutsche endlich langsamer wurde, atmete Vicky erleichtert auf. Obwohl die Fahrt nach London nicht einmal einen Tag dauerte, empfand sie das lange Sitzen als fürchterlich anstrengend. Lesen konnte sie bei dem Geschaukel auch nicht, weil ihr dann übel wurde, und so war sie der Folter ihrer eigenen wirren Gedanken ausgesetzt. Wovon sich so einige auf die Frage konzentrierten, warum Tom noch nicht auf Oakbridge nachgefragt hatte, ob es ihr besser ging. Zumindest eine Nachricht hätte er schicken können, um sie zu informieren, was der Richter gesagt hatte. Andererseits hätte sie sein Schweigen – angesichts ihrer gemeinsamen Geschichte – wohl nicht wundern dürfen.

Vicky glaubte nicht daran, dass sie und Tom jemals dort würden anknüpfen können, wo sie einst aufgehört hatten, trotzdem hatte sie durchaus die Hoffnung gehegt, dass sie sich als Erwachsene neutraler begegnen und vernünftig miteinander würden umgehen können. Doch wenn er das nicht wollte, bitte sehr! Es gab wirklich Wichtigeres, mit dem sich Vicky auseinandersetzen musste.

Kopfschüttelnd sah sie durchs Fenster zu dem dreistöckigen Gutshaus hinaus, vor dem die Kutsche gleich anhalten würde. Aston House war eines der höchsten Gebäude am Kingsford Square und bestand beinahe zur Gänze aus cremefarbenen Steinen. Zwei geriffelte Säulen flankierten die hohe rechteckige Eingangstür und stützten einen steinernen Balkon. Dieser verfügte über vier massive korinthische Säulen, die sich über die gesamte Höhe der ersten und zweiten Etage erstreckten und den Blick nach oben lenkten, zum verschnörkelten Gesims unterhalb des obersten Stockwerks. Obwohl Aston House die Londoner Wohnstätte ihrer Familie war, hatte Vicky sich hier noch nie vollkommen wohlgefühlt. Für sie strahlte das Gebäude nicht so viel Gemütlichkeit aus wie ihr Zuhause in Oakbridge.

Vielleicht lag es daran, dass sie auf dem Land die Freiheit besaß, zu tun und zu lassen, was sie wollte, während sie sich in London den Regeln der Gesellschaft unterwerfen musste, dachte sie seufzend. Auch wenn London unzählige Möglichkeiten zur Unterhaltung zu bieten hatte, sehnte sich Vicky jedes Mal spätestens nach einer Woche nach einem Ausritt über die grünen Felder und der frischen Luft von Oakbridge.

Vicky warf ihrer Schwester einen verstohlenen Seitenblick zu. Je mehr sie sich London genähert hatten, desto blasser und stiller war Althea geworden. Am frühen Morgen waren die beiden Schwestern mit ihrer Mutter aufgebrochen, nachdem am Abend zuvor ein Brief vom Grafen eingetroffen war. Schon den ganzen Tag über hatte Thea kaum ein Wort gesprochen. Inzwischen schaute sie nur noch stumm aus dem Fenster zu den von Bänken gesäumten Gehwegen rund um den Kingsford Square. Ob sie nach ihrem Ehemann Ausschau hielt? Ihr Gesichtsausdruck war undurchdringlich.

Schließlich hielt die Kutsche an und zwei Diener in Livree öffneten die Türen. Vickys Vater begrüßte seine Frau und Töchter in der Empfangshalle und umarmte alle der Reihe nach. Sofort fragte Vicky, wie sein Treffen mit Lord Dain verlaufen sei, aber er verriet nur, dass der Familienanwalt in zwei Stunden ins Haus kommen würde. Die drei Frauen eilten nach oben, um sich den Staub der Reise abzuwaschen und sich zurechtzumachen.

Zwei Stunden später saßen Vicky und ihre Familie mit Mr Barnes, dem Anwalt der Familie, im dunkel vertäfelten Arbeitszimmer des Grafen. Der Raum war kleiner als sein Gegenstück in Oakbridge House, der Schreibtisch allerdings genauso groß, wenn auch weniger kunstvoll verziert. Dahinter thronte der lederbezogene Sessel ihres Vaters, davor standen vier gepolsterte, mit schmalen Armlehnen versehene Stühle, die von einem Diener dort platziert worden waren.

Althea suchte sich rasch den Stuhl aus, der dem Kamin am nächsten war, ihre Mutter wählte den daneben. Vicky ließ sich auf dem am Fenster nieder und gemeinsam warteten sie darauf, dass die beiden Männer ebenfalls Platz nahmen, damit die Unterredung beginnen konnte. Der leicht untersetzte Mr Barnes wählte den Stuhl neben der Tür und rückte seine Brille zurecht.

»Ich bin sicher, alle sind gespannt zu erfahren, was mit Dain geschehen ist, deswegen will ich euch nicht weiter auf die Folter spannen«, begann der Graf. »Mr Barnes kennt die

Einzelheiten bereits, aber ich hoffe, er verzeiht mir, dass ich die Geschichte noch einmal erzähle.« Er neigte den Kopf in Richtung des Anwalts.

»Selbstverständlich, Lord Aston.«

Der Graf nickte. »Ich habe Dain am Folgetag meines Eintreffens in London aufgesucht. Dort habe ich ihm geradeheraus erzählt, dass Althea einige Tage zuvor auf Oakbridge erschienen war, ohne im Vorfeld jemanden über ihr Kommen zu informieren. Dain brachte seine Überraschung zum Ausdruck. Doch als ich ihn fragte, ob er wisse, warum Althea nach Hampshire gefahren war, ohne ihn davon in Kenntnis zu setzen, gab er an, von ihren Reiseplänen durchaus gewusst zu haben – was im Widerspruch zu seiner ursprünglichen Reaktion stand.«

»Das ist schlicht unwahr, Papa«, warf Althea leise ein. »Ich bin mitten in der Nacht aufgebrochen. Da war er …«, sie hielt inne, »… nicht im Haus. Und wurde auch in den folgenden Stunden nicht zurückerwartet.«

»Du hast ihm also nichts von deinen Plänen erzählt?«, fragte ihre Mutter.

»Hätte ich das getan, dann wäre ich jetzt nicht bei euch.«

Entsetzt sah Vicky ihren Vater an, der angesichts dieser Aussage die Augenbrauen zusammenzog.

»Ich habe ihm mitgeteilt, dass du in absehbarer Zukunft nicht in sein Londoner Haus zurückkehren wirst«, sagte der Graf dann. »Was ihn sehr erstaunt hat. Und als ich fragte, ob er zugeben würde, an Altheas überstürztem Aufbruch schuld zu sein, leugnete er, auch nur das Geringste falsch gemacht zu haben. Da habe ich es für angebracht gehalten, ihm zu verdeutlichen, was er nicht nur ihr, sondern uns allen angetan hat, indem er sich bislang immer als Mann der Ehre ausgab, nur um jetzt ein komplett gegenteiliges Bild von sich zu zeigen.«

Vicky nickte.

Ihr Vater hielt inne.

»Und was hat er gesagt?«, drängte sie.

»Er hat mich ausgelacht.«

Vicky riss die Augen auf, ihre Mutter keuchte.

»Er sagte, was auch immer Althea uns über ihn erzählt haben mag, seien alles nur die Hirngespinste einer eifersüchtigen Ehefrau. Althea, er behauptet, du seist wütend auf ihn gewesen, weil er sich eine Geliebte zugelegt hat. Deshalb wärst du mit erfundenen Geschichten über Misshandlungen zu uns gekommen, um ihn dafür zu bestrafen.«

Vicky wirbelte zu ihrer Schwester herum. Niemals würde sich Althea so etwas aus den Fingern saugen! Und obwohl Vicky bisher keinen nachweislichen Grund gehabt hatte, Dain zu misstrauen, war sie doch sicher, dass *er* in dieser Angelegenheit der Lügner war und nicht Thea.

Diese saß stumm auf ihrem Stuhl, die Hände im Schoß so fest gefaltet, dass die Fingerknöchel weiß hervortraten.

»Er sagte, wenn ich dich eindringlicher befrage«, fuhr ihr Vater fort, »dann würdest du deine Geschichte gewiss zurücknehmen. Und in einigen Wochen wäre Gras über die Sache gewachsen, du würdest ihm verzeihen und in euer Londoner Haus zurückkehren. Als ich ihn fragte, ob er einer Trennung zustimmen würde, hat er abgelehnt.«

Endlose Sekunden vergingen, ohne dass Althea ein Wort sagte.

»Aber hast du ihn auch nach Altheas Verletzungen gefragt,

Papa?«, platzte es aus Vicky heraus. »Welche geniale Ausrede hatte er denn dafür parat?«

»Er sagte, Althea wäre gestürzt und hätte sich den Kopf angeschlagen. Er habe einen Arzt gerufen, um die Wunde zu versorgen.«

»Hält der Mann uns für komplette Narren?«, konnte die Gräfin nicht mehr an sich halten.

Und schließlich begann auch Thea zu sprechen. Sie zitterte und Vicky hätte nicht sagen können, ob vor Wut oder vor Angst. Ihre zarten Hände umklammerten die Stuhllehnen, als müsste sie sich zwingen, sitzen zu bleiben.

»Ihr kennt ihn nicht. Ich kenne ihn ja selbst kaum. Mir ist irgendwann bewusst geworden, dass er immer und über alles lügt – darüber, wohin er geht, mit wem er sich trifft, was er macht … Vor einigen Wochen habe ich ihn dann mit seiner Unaufrichtigkeit konfrontiert und er …« Sie hielt inne und schluckte. »Er hat seinen Zorn darüber an mir ausgelassen. Danach hat er mich in mein Zimmer gesperrt und die Diener angewiesen, mich auf Schritt und Tritt im Auge zu behalten. Sie haben keinerlei Respekt mehr vor mir als Hausherrin. Sie haben es regelrecht genossen, mich zu demütigen.« Althea schloss die Lider.

Vicky hatte Mühe, ihre Tränen zurückzuhalten.

Nach einigen Sekunden machte Althea die Augen wieder auf. »Alle haben getan, was Dain befahl …« Sie schlug sich die Hände vors Gesicht. »Und ich hatte keine Chance, dem ein Ende zu bereiten. Der Stallmeister war der Einzige, der Mitleid mit mir hatte – er hat mich das Pferd nehmen lassen, mit dem ich geflohen bin. Und versprochen, auf Nachfrage zu behaupten, er wisse von nichts.«

Vicky starrte zu Boden, die Hände zu Fäusten geballt. Wie gern hätte sie ihre Schwester jetzt getröstet. Aber wie?

»Möchtest du alles für eine gesetzliche Trennung in die Wege leiten?«, fragte der Graf.

Althea hob den Kopf und nickte. »Ich kehre nie wieder in dieses Haus zurück.«

»Auch wenn dies unweigerlich einen gesellschaftlichen Skandal nach sich ziehen wird? Dein Ruf wäre auf immer beschädigt, ungeachtet seiner Schuld.«

Althea senkte den Blick. »Ich muss die Kraft finden, das durchzustehen.«

»Und wir helfen dir dabei, Thea«, sagte Vicky entschlossen, woraufhin ihre Schwester ihr jedoch einen Blick zuwarf, den sie nicht zu deuten wusste.

Schließlich reckte Althea das Kinn. »Ich will mich von ihm befreien, Papa.«

Angesichts dieses Entschlusses musste Vicky lächeln. Ja, das würde sie, und Vicky würde ihrer Schwester in jeder Hinsicht beistehen. Genau wie versprochen.

»So sei es.« Ihr Vater nickte und wechselte einen Blick mit seiner Frau, ehe er sich an den Anwalt wandte: »Mr Barnes, wären Sie so freundlich, uns die rechtlichen Schritte zu erläutern?«

Dieser räusperte sich. »Sehr gern. Der erste Schritt besteht darin, dass Lady Dain beim Kanzleigericht einen Antrag auf einen *supplicavit*-Beschluss stellt. Wird dieser bewilligt, ist sie ein Jahr lang vor ihrem Ehemann sicher. Er kann sie dann weder zwingen, in das gemeinsame Haus zurückzukehren, noch kann er sie in sonst irgendeiner Weise kontrollieren. Dies wäre die unmittelbarste und praktischste Lösung.«

»Aber sie wäre damit nur für *ein Jahr* in Sicherheit?«, hakte Vicky stirnrunzelnd nach.

Mr Barnes nickte. »Ihre Schwester könnte Lord Dain jedoch auch vor dem Kirchengericht verklagen und versuchen, eine Trennung aufgrund ehelicher Gewalt zu erwirken. Gewalt in der Ehe ist nicht selten, und sofern Beweise vorliegen, urteilen viele Richter zugunsten der Ehefrau. Wenn wir den Prozess gewinnen, wäre Lady Dain von ihrem Mann befreit, und das Gericht könnte ihn sogar dazu verurteilen, ihr Unterhalt zu bezahlen.«

Vicky fragte sich, ob es wirklich so einfach war, wie es sich anhörte.

»Ich muss allerdings betonen, Lady Dain ...«, wandte sich der Anwalt an Althea, »... dass Sie sich dann nicht wieder verheiraten dürften.«

Vicky sah erschrocken zu ihrer Schwester.

Die wirkte noch blasser als zuvor, nickte aber langsam. »Und was ist mit ihm?«

»Wenn unsere Klage Erfolg hat, wird Lord Dain auch keine neue Ehe eingehen dürfen. Seinen bisherigen Aussagen nach zu urteilen, müssen wir davon ausgehen, dass er der Klage widersprechen wird. Dann könnte sich der ganze Prozess bis zu zwei Jahren in die Länge ziehen.«

Vicky seufzte. Zwei Jahre klangen für Thea, die die Trennung sicher kaum erwarten konnte, bestimmt wie eine halbe Ewigkeit. Und nach Ende des Prozesses würde sie nie wieder heiraten dürfen. »Gegen das Verbot der Wiederverheiratung kann nichts getan werden?«, fragte Vicky.

»Nur wenn man eine Scheidung durch parlamentarischen Beschluss erwirken könnte. Dazu müsste allerdings Lord

Dain im Oberhaus einen Antrag einbringen und begründen, dass Lady Dain Ehebruch begangen habe.«

Was ihre Schwester eindeutig nicht getan hatte. »Aber Althea selbst kann so einen Antrag *nicht* stellen?« Schließlich hatte Lord Dain selbst zugegeben, eine Geliebte zu haben. »Oder vielleicht könntest du den Antrag in ihrem Namen stellen, Papa?«

Ihr Vater schüttelte den Kopf.

»Solch ein Antrag hat keine Aussicht auf Erfolg«, sagte Mr Barnes. »Von der Ehefrau eingereichte und mit Ehebruch des Mannes begründete Anträge haben schon vor dem Kirchengericht kaum eine Chance, geschweige denn vor dem Parlament.«

Sofort geriet Vickys Blut in Wallung. Das war so unfair! Wieso räumte das Parlament den Frauen nicht dasselbe Recht ein wie den Männern? Ihre Schwester hatte nichts Böses getan, sie war eine gute Ehefrau gewesen, und trotzdem würde ihr Leben von jetzt an nie wieder dasselbe sein.

Der Graf nickte. »Sprechen Sie weiter, Barnes.«

Der Anwalt sah Althea an. »Lady Dain, sind Sie immer noch fest entschlossen, die Trennung einzureichen?«

Thea nickte knapp. »Ja, das bin ich.«

Mr Barnes neigte den Kopf zur Seite. »In dem Fall liegt unsere Hauptaufgabe darin, Beweise zu finden. Lord Dain behauptet ja, er habe seiner Gattin nie ein Haar gekrümmt und ihre Verletzungen seien einem Sturz geschuldet. Man muss wohl davon ausgehen, dass seine Dienerschaft loyal zu ihm hält und für ihn aussagt – vielleicht mit Ausnahme des Stallmeisters. Alles in allem dürfte es angesichts fehlender Zeugen schwierig werden, Ihre Aussage mit Beweisen zu untermauern.«

»Aber ihre Verletzungen und der tadellose Ruf unserer Familie …«, warf Vicky ein. »Das müsste doch ausreichen, um einen Richter vom Ernst der Lage zu überzeugen.«

»Vielleicht«, erwiderte ihr Vater. »Allerdings müssen die Aussagen in schriftlicher Form vorliegen. Und der Charakter von Zeugen lässt sich an schriftlichen Aussagen nur schwer ablesen.«

»Das stimmt.« Mr Barnes schob sich mit Daumen und Zeigefinger die Brille auf der Nase hoch. »Und wir müssen wie gesagt annehmen, dass die meisten Bediensteten von Lord Dain nicht zugunsten von Lady Dain aussagen werden. Aber vielleicht können wir einen herausragenden Prozessanwalt engagieren, der Lady Dain vor Gericht vertritt. Und den Stallmeister dazu bringen, alles zu Protokoll zu geben, was er gesehen hat. Dann haben wir gute Chancen, dass das Gericht *zugunsten von* Lady Dain entscheidet.«

In Vickys Herz glomm neue Hoffnung auf. Sie sah sich um. Ihre Eltern wechselten einen Blick, der Graf nickte. Althea ließ den Kopf sinken, doch ihr Gesichtsausdruck blieb entschlossen.

Vicky lächelte. Alles würde wieder gut werden. Schon bald. Ihr Vater würde das Problem lösen, wie er es schon immer getan hatte.

»Du musst furchtbar erschöpft sein«, wandte sie sich an ihre Schwester. Althea, die ins Leere starrte, drehte bei ihren Worten den Kopf zur Tür. Vicky stand auf und verabschiedete sich von ihren Eltern. »Ich bringe Thea auf ihr Zimmer.«

Allerdings hielt ihre Mutter sie auf. »Es gibt noch mehr zu besprechen, Victoria«, sagte sie mit undurchdringlicher Miene.

»Mama, Thea braucht jetzt wirklich Ruhe«, beharrte Vicky vehement.

Wieder sahen ihre Eltern einander an.

»Victoria«, sagte ihr Vater, »du wirst heiraten müssen. Und zwar bis zum Ende der Saison.«

Vicky war es, als würde ihr das Herz stehen bleiben. Eine fatale Stille senkte sich über den Raum, nur das leise Knacken der Holzscheite im Kamin war zu hören. Das konnte ihr Vater unmöglich ernst meinen!

Vicky atmete tief ein, um sich zu sammeln. »Wieso? Was habe *ich* denn mit alldem hier zu tun?«

Der Graf stand auf und bedeutete ihr, sich wieder hinzusetzen. Dann nickte er dem Anwalt zu. »Mr Barnes, bitte erledigen Sie alles Nötige für den Antrag beim Kanzleigericht. Und dann machen Sie sich auf die Suche nach Prozessanwälten, die uns bei der Klage vor dem Kirchengericht vertreten können. Ich kann mich doch auf Sie verlassen?«

Der Anwalt erhob sich. »Selbstverständlich, Lord Aston. Lady Dain müsste sich noch eine Weile in London aufhalten, damit der Rechtsbeistand die Vorladungen zum Prozess gegen Lord Dain zustellen kann. Aber ich werde mich sofort auf die Suche nach dem besten Rechtsanwalt der Stadt machen.«

»Danke, Mr Barnes«, sagte Althea.

Der Mann schenkte ihr ein leicht melancholisches Lächeln, dann verbeugte er sich und verließ den Raum.

Der Graf kehrte zu seinem Platz zurück und wandte sich wieder Vicky zu.

Das Herz schlug ihr bis zum Hals. »Warum wolltest du nicht, dass Mr Barnes hierbleibt?«

»Wir dachten, das wäre für dich vielleicht angenehmer«, antwortete ihre Mutter.

Vicky schluckte. *Angenehm.* Wie rücksichtsvoll. Im Moment war ihr die Situation in etwa so angenehm, als wäre sie ein Hase mit dem Kopf in der Schlinge.

»Wie dir wohlbekannt ist«, begann ihr Vater, »seid du und Althea meine Erbinnen. Weil ihr keine Brüder habt, wird eine von euch meinen Titel übernehmen sowie das Oakbridge-Anwesen und alles, was dazugehört. Das Gesetz besagt, dass ich beim Königshof einen Antrag stellen muss, damit eine von euch als Erbin ausgewählt wird. Wenn ich diesen jetzt stellen würde – beim König oder vielmehr beim Prinzregenten –, würde er sich höchstwahrscheinlich für Althea entscheiden. Und damit für Dain. Weil sie die Ältere ist und zudem mit einem gleichrangigen Adeligen verheiratet. Eigentlich hatten deine Mutter und ich vereinbart, dir, Vicky, genug Zeit für die Suche nach einem Ehemann zu geben. Und dann wollten wir entscheiden, wer von euch beiden am besten dafür geeignet wäre, Oakbridge weiterzuführen, wenn ich einmal nicht mehr bin. Aber unglücklicherweise zwingen uns die aktuellen Umstände zu einer Planänderung.«

Vickys Kehle war wie ausgedörrt und sie musste husten.

»Wenn mir etwas passiert und wir mit dem Trennungsantrag gegen Dain nicht rechtzeitig Erfolg haben, wird das gesamte Anwesen und alles Hab und Gut in Dains Hände fallen. Und das können wir auf keinen Fall zulassen, nun, da wir sein wahres Gesicht kennen. Wir dürfen nicht riskieren, dass er die Kontrolle über Oakbridge bekommt. Deswegen darfst du nicht unverheiratet bleiben.«

Vicky atmete tief ein, um ihren hämmernden Herzschlag

zu beruhigen. In diesem ersten Jahr seit ihrem Gesellschaftsdebüt war ihr kein einziger Mann begegnet, der ihr auch nur ansatzweise reizvoll genug erschienen war, als dass sie für ihn ihre Freiheit hätte opfern wollen. Daher hatte sie entschieden, nach Möglichkeit für immer auf Oakbridge zu bleiben. Was sie ihren Eltern allerdings nicht mitgeteilt hatte. Sie hatte gehofft, die beiden würden irgendwann von allein drauf kommen. Und jetzt ... Was sollte sie nur tun? Als Allererstes musste sie verhindern, dass Dain auch *ihr* Leben ruinierte.

»Aber Papa ...«, begann sie und ärgerte sich über den frustrierten – oder war es verzweifelten? – Ton in ihrer Stimme. »Mr Barnes war doch zuversichtlich, dass wir den Prozess gewinnen werden.«

Ihr Vater schüttelte den Kopf. »Auf Spekulationen können wir uns nicht verlassen. Wir brauchen Gewissheiten. Und eine der Gewissheiten lautet, dass der Prinzregent diejenige unter euch als Erbin aussuchen wird, von der er denkt, dass sie dank des gesellschaftlichen Standes ihres Gatten des Vermächtnisses würdig ist. Selbst wenn Altheas Trennung rechtzeitig gelingen sollte, wird ihr der Skandal lebenslang anhaften und ihren Ruf ruinieren. Es ist sehr unwahrscheinlich, dass der Regent einer Übertragung von Titel und Ländereien an sie dann noch zustimmt. Und wenn du nicht verheiratet bist, kann es sein, dass er entscheidet, die Bewilligung des Erbantrags so lange hinauszuzögern, wie es ihm gefällt.«

Vicky keuchte auf. Sie wusste, was ihr Vater damit sagen wollte: Wenn der Regent nicht entschied, wer Oakbridge erben sollte, würden alle darunter zu leiden haben – die Familie, die Pächter und alle anderen, die von den Astons abhängig waren. Ohne einen legitimen Erben wüssten die Pächter nicht, an wen sie die Miete zahlen sollten. Ohne diese Einnahmen könnten auf dem Hof keinerlei Reparaturen und Verbesserungen vorgenommen werden. Und je länger dieser Ausnahmezustand andauerte, desto tiefer würde das jetzt so gut funktionierende Familienunternehmen ins Chaos stürzen.

Vicky machte die Augen fest zu. Es war, als sei der Raum plötzlich in dichten Nebel gehüllt, der sie von allen Seiten bedrängte. Ihr Herz raste, während sie sich vorstellte, sie würde einem charakterlosen Kerl wie Dain in die Hände fallen – einem Mann, der sich keinen Deut um ihr Mitspracherecht scherte, der sie in ihr Zimmer sperrte, wenn sie ihm nicht gehorchte. Die meisten Gentlemen, die sie kannte, waren extrem borniert, wenn es um die Frage ging, inwiefern sich Frauen in Angelegenheiten einmischen durften, die vermeintlich den Männern vorbehalten waren. Einer ihrer Nachbarn hatte sich einmal fast an seinem Wein verschluckt, als Vicky einen Artikel über Viehzucht bloß erwähnte, den sie kurz zuvor gelesen hatte.

Sie sah ihren Vater an, konnte dessen Gesichtsausdruck jedoch nicht recht interpretieren. Auch die Miene ihrer Mutter war so hoheitsvoll wie immer. Die Ehe ihrer Eltern – auf echter, nach wie vor lebendiger Liebe beruhend – war eher eine Ausnahme als die Regel. Die wenigsten Männer gewährten ihrer Frau die Entscheidungs- und Gedankenfreiheit, die Vickys Mutter schon seit Jahrzehnten genoss. Denn der Graf war noch nie ein Anhänger der Theorie gewesen, Frauen seien nur geringwertige, minderbemittelte Wesen.

Und Vicky hatte immer das Gefühl gehabt, von ihrem Vater genauso behandelt zu werden, wie er auch einen Sohn behandelt hätte. Bis jetzt.

Sie reckte das Kinn. »Also wollt ihr mich jetzt an den Meistbietenden verscherbeln wie eine Zuchtstute bei einer Auktion?«, stieß sie hervor.

»Natürlich nicht, Victoria«, entgegnete ihre Mutter im selben Moment, in dem ihr Vater sagte: »Möchtest du Oakbridge etwa an Dain verlieren?«

Vicky presste die Lippen aufeinander und rang die Hände. Nein, natürlich durfte sie nicht zulassen, dass Dain sich ihr Zuhause und alles, was ihre Familie über die vielen Jahre aufgebaut hatte, unter den Nagel riss. Die Menschen, das Land, die Familientradition … Die Erhaltung all dessen war weitaus wichtiger als ihr persönliches Glück. Wenn sie darauf beharrte, sich ihre Freiheit zu bewahren – wie sollte sie je glücklich werden im Bewusstsein, dafür alles geopfert zu haben, was ihr lieb und teuer war?

Aus den Augenwinkeln sah sie zu ihrer Schwester. Althea hielt den Kopf gesenkt und war blass. Zu blass. Vicky wusste, dass es egoistisch war, und dennoch fragte sie sich, ob ihre Schwester ein schlechtes Gewissen hatte wegen der Situation, in der Vicky sich jetzt befand.

Himmel, was war sie bloß für ein Mensch, solche Gedanken zu hegen?

In ihrem Magen rumorte es. Vicky starrte auf ihre Hände hinunter. Wie gern hätte sie die Zeit zurückgedreht, zurück zu ihrem Leben, wie es vor einer Woche gewesen war. Aber nein, wenn, dann lieber gleich zurück zu ihrer Kindheit, als alles noch so leicht und unbeschwert gewesen war.

»Du hast doch gesagt, du würdest alles tun, um zu helfen«, drang Altheas Stimme schwach an ihr Ohr.

Vicky wandte sich ihrer Schwester zu. Thea sah sie eindringlich an, als würde sie sie herausfordern – oder erwarten –, dass sie ihr Versprechen brach. Vicky schluckte ihre Bedenken hinunter. Dann richtete sie sich auf ihrem Stuhl kerzengerade auf. »Und das werde ich auch.«

Viertes Kapitel

Hochzeiten waren […] die Ursache von Veränderungen und daher immer etwas Unangenehmes.
– Jane Austen, *Emma*

Vicky stand neben ihrer Mutter auf dem oberen Absatz von Herzogin Rutherfurds beeindruckendem Treppenaufgang und sah atemlos nach unten zum Ballsaal. Hunderte Bienenwachskerzen erhellten den Raum, der im indischen Stil dekoriert war. In großen Bögen hingen farbenfrohe Seidenstoffe unter der Decke und tauchten den Saal in einen strahlend roten Schimmer. Exotische orangefarbene Blüten, frisch von den Westindischen Inseln importiert, bauschten sich üppig über den Rand riesiger Bodenvasen. Und die Tische bogen sich unter der Last ostindischer Delikatessen, die auf goldenen Tabletts angerichtet waren und nur darauf warteten, verkostet zu werden. Es war, als hätte man den Palast eines Maharadschas ins Zentrum von Mayfair versetzt.

Doch beim Klang der vielstimmig murmelnden Menge verging Vicky das Staunen. Sie wäre mehr als glücklich gewesen, den Ball von hier oben aus zu beobachten, anstatt sich selbst zum Objekt der Beobachtung zu machen. Aber sie hatte Althea ihr Wort gegeben.

Eigentlich hätte Thea mit einem fröhlichen Lächeln im Gesicht selbst hier sein und nicht aus Angst vor ihrem Unhold von Ehemann zu Hause bleiben sollen. Vickys einziger Trost bestand in dem Gedanken, dass alle Unholde, von denen sie in Büchern gelesen hatte, am Ende ihre wohlverdiente Strafe bekommen hatten. Auch wenn diese manchmal bloß in gesellschaftlicher Ächtung bestand wie im Fall des beredten Henry Crawford aus *Mansfield Park*.

Vicky biss sich auf die Unterlippe, während sie die Leute im Ballsaal musterte. In Jane Austens Romanen zogen auf Bällen sogar Mädchen mit Landmanieren und wenig Aussteuer die Blicke aller würdigen Gentlemen auf sich. *Sie* verfügte zumindest über eine bemerkenswerte Aussteuer. Damit würde sie doch schon bald einem Herrn ins Auge springen. Oder nicht?

Vicky legte den Kopf schief. Es gab keinen Grund anzunehmen, dass es ihr genauso ergehen würde wie in der letzten Saison, als es ihr nicht gelungen war, einen netten Gentleman kennenzulernen. Denn damals hatte sie gar nicht richtig Ausschau gehalten und ihre Eltern hatten sie tun und machen lassen, was sie wollte – was hauptsächlich darin bestand, so viel wie möglich zu tanzen und gehässigen Mädchen aus dem Weg zu gehen. Obwohl ihr Debütjahr bereits vergangen war, hatte sie trotzdem noch mehr zu bieten als Fanny Price aus *Mansfield Park*, deren erster Ballbesuch am Ende zu einem Heiratsantrag geführt hatte – zwar von Henry Crawford, aber immerhin. Ein Heiratsantrag war ein Heiratsantrag.

Ihre Mutter nickte ihr unmerklich zu, dann setzten sie sich gemeinsam in Bewegung.

Vickys Puls raste, als sie sah, wie die raubvogelartigen Augen der Versammelten sich aus allen Blickwinkeln auf sie richteten. Sie fuhr sich mit der Zunge über die Lippen. Der Ball der Herzogin von Rutherfurd war die erste prunkvolle Veranstaltung der Ballsaison und galt als inoffizielle Eröffnung des alljährlichen Heiratsmarktes. Vicky rümpfte kurz die Nase, fing sich aber sofort wieder und zwang sich zu lächeln. An diesem Abend musste sie sich so verhalten wie Fanny Price. Sie musste nach allen Seiten nicken und lächeln und ihre Ansichten für sich behalten. Einfach würde es nicht werden, doch sie würde einhalten, was sie Althea versprochen hatte. Koste es, was es wolle.

Hastig sah sie an sich hinab und war dankbar, dass ihre Mutter darauf bestanden hatte, neue Kleider nähen zu lassen. Ohne eine neue Garderobe konnte man sich unmöglich auf die Jagd nach einem Ehemann machen, so die Devise der Gräfin. Ob das nun stimmte oder nicht – in ihrem neuen fliederfarbenen Kleid sah Vicky an diesem Abend umwerfend aus, nicht einmal die pedantischsten Matronen würden einen Makel an ihr finden können. Das Mieder war zwar schlicht gehalten, aber die Flügelärmel waren mit teurer goldfarbener Spitze gesäumt und die Säume mit Borten aus demselben zarten Material verziert worden. Die Taille war hoch angesetzt, wie es derzeit Mode war, und der Rock, der mit winzigen Perlen bestickt war, bildete einen wunderbaren Kontrast zum Farbton des Oberteils und gab ihm ein kokettes und doch elegantes Aussehen.

Das Dienstmädchen hatte Vickys gewelltes Haar zu einem kunstvollen Knoten geflochten und seitlich einige Strähnen zu verspielten Löckchen gedreht, die ihr Gesicht umrahmten. Die ganze Prozedur hatte mehrere Stunden gedauert. Und sosehr sie ihr Äußeres in diesem Moment mochte, hätte Vicky dennoch ihre Lieblingskniebundhose vorgezogen – oder eins der praktischen Hauskleider, in denen sie zu Hause durch die Landschaft spazierte. Und statt hier auf den Ball zu müssen, hätte sie sich wesentlich lieber in eine Ecke der Bibliothek von Oakbridge verkrochen und ein gutes Buch gelesen.

Als Vicky und ihre Mutter unten an der Treppe ankamen, nahm die Herzogin von Rutherfurd sie in Empfang. »Ach, Lady Oakbridge, Lady Victoria«, sagte sie mit einem Blick über ihre Hakennase hinweg. »Welch Überraschung, Sie so früh in der Saison hier in der Stadt zu sehen. Ich hatte eigentlich gehört, die Astons würden frühestens im Juni nach London kommen. Und jetzt sind Sie schon da!«

Die Herzogin war eine recht korpulente Dame mit ergrauendem Haar und einer Vorliebe für schneidende Kommentare. Und unglücklicherweise verfügte sie – wie Vickys Mutter ihrer Tochter vor dem Ball eingetrichtert hatte – über einen so hohen gesellschaftlichen Stand, dass nur der Prinzregent – und manchmal nicht einmal dieser – sie zum Schweigen bringen konnte.

»Aber Herzogin, um nichts in der Welt würden wir Ihren alljährlichen Ball verpassen!«, erwiderte Vickys Mutter. »Es ist doch *das* Ereignis der Saison!«

Vicky lächelte die Gastgeberin höflich an. Ihre Mutter war schon immer eine Meisterin der Diplomatie gewesen. Vickys Neigung, ihre Meinung immer offen kundzutun, hatte hingegen dazu geführt, dass die älteren Mitglieder der Gesellschaft sie als höchstens mittelmäßige Gesprächspartnerin betrachteten. In Fällen wie diesen jedoch, wenn sie es mit einer missmutigen Gastgeberin zu tun hatte, bestand Vickys Strategie darin, den Mund schön geschlossen zu halten und zu lächeln.

Und so unterdrückte sie ihren Drang, dieser scheußlichen Frau ins Gesicht zu sagen, dass es auf der Welt weit Wichtigeres gab als ihren dämlichen Ball.

Die Herzogin beäugte die beiden. »Das ist in der Tat so. Meine Bälle sind kaum zu übertreffen.«

Vicky presste die Lippen fest aufeinander, um nicht loszuprusten.

»Und wo ist der Graf heute Abend?«, bohrte die Herzogin weiter.

»Ich fürchte, er ist unpässlich«, erwiderte Vickys Mutter. »Er lässt Ihnen seine herzliche Entschuldigung ausrichten.«

Ja, das war die übliche Ausrede von Vickys Vater, wenn er keine Lust hatte, einem gesellschaftlichen Anlass beizuwohnen, und er machte reichlich Gebrauch davon. Doch heute war er tatsächlich verhindert. Althea hatte sich geweigert, auch nur einen Fuß aus ihrem Elternhaus hinauszusetzen, und ihr Vater war bei ihr geblieben, um auf sie aufzupassen – für den Fall, dass Dain die Gelegenheit nutzen wollte, um sie gegen ihren Willen zurückzuholen. Bis der Graf diese Bedenken geäußert hatte, war Vicky noch gar nicht auf die Idee gekommen, Dain könnte so verzweifelt sein, um auf solche Methoden zurückzugreifen. Doch sie musste sich eingestehen, dass sie nicht wusste, wozu dieser Mann fähig war.

In den vergangenen Tagen war Althea Vickys Versuchen, mit ihr über ihre Ehe zu sprechen, immer wieder ausgewichen. Mit jedem weiteren Tag des Schweigens war Vickys Sorge um ihre Schwester gewachsen. Und wenn ihre Gedanken nicht gerade um Althea kreisten, dann um ihre eigene missliche Lage.

Die Herzogin schnaubte missbilligend. »Nun, wo ist Ihre

andere Tochter, Lady Oakbridge? Sie und Lord Dain hatten zugesagt, dem Ball wie jedes Jahr beizuwohnen.«

Verwundert riss Vicky den Mund auf, um nachzuhaken, als ihre Mutter ihr zuvorkam.

»Unglücklicherweise ist meine Tochter ebenfalls erkrankt. Aber es ist nichts Ernstes. Bestimmt hat sie Lord Dain zugesprochen, allein auf den Ball zu gehen. Ich bin sicher, er wird nachher noch eintreffen.«

Die Herzogin wich einen Schritt zurück. »Gleich zwei Kranke auf einmal! Ich hoffe, es ist nichts Ansteckendes. Nicht dass die Familie Aston am Ende noch ausstirbt.«

Vicky kniff die Augen zusammen. Was für eine hinterhältige Hyäne!

»Keine Sorge«, erwiderte Vickys Mutter eisig.

Die Herzogin ließ die beiden stehen, nicht ohne vorher darauf hinzuweisen, dass sie sich herrlich amüsieren sollten und dem Grafen hinterher erzählen müssten, was er alles verpasst habe.

»Mama, machst du dir denn gar keine Sorgen wegen Dain?«, raunte Vicky ihrer Mutter zu, als sie gemeinsam den Raum durchquerten.

»Nicht wirklich. Und das solltest du auch nicht. Althea muss die Einladung zum Ball schon vor Wochen erhalten und angenommen haben.«

»Meinst du, sie hatte Angst, ihm heute Abend hier zu begegnen?«

Ihre Mutter nickte.

»Hat Thea dir noch mehr Details darüber erzählt, was zwischen ihnen vorgefallen ist?«, fragte Vicky weiter.

»Victoria, das ist weder der richtige Ort noch der richtige

Zeitpunkt für solche Fragen.« Ihre Mutter sah sich um, ob auch niemand ihr Gespräch mitbekommen hatte. Immer mehr Gäste kamen die Treppe herunter. Kleine Grüppchen von Damen und Gentlemen verteilten sich überall im Saal, aber einige wenige standen tatsächlich in Hörweite.

»Bitte, Mama.« Da es anscheinend durchaus möglich war, dass Dain hier aufkreuzen würde, erschien es Vicky nur vernünftig, etwas mehr über seinen wahren Charakter zu erfahren.

Ihre Mutter zögerte, schritt dann aber auf eine leere Nische an der Seite des Ballsaales zu. »Ich weiß selbst nur sehr wenig«, flüsterte sie. »Althea hat mir weitere Blutergüsse gezeigt, wollte allerdings nicht darüber sprechen, wie sie entstanden sind. Dein Vater will heute Abend versuchen, etwas mehr aus ihr herauszukriegen. Vielleicht hat sie ihm inzwischen ja schon einiges erzählt. Ich hoffe inständig, dass es ihr guttut, den Abend unter dem Schutz eures Vaters und weit weg von Dain zu verbringen.«

Seufzend schickte auch Vicky ein Stoßgebet zum Himmel. »Und was machen wir, falls Dain hier auftaucht? Dann spricht er uns sicherlich an. Und ich kann sein Verhalten nicht im Geringsten vorhersehen. Ich weiß bloß: Wenn dieser Mistkerl mich angeht, werde ich ihm mehr als nur ein paar Takte geigen. Ich –«

»Nein«, unterbrach ihre Mutter sie stirnrunzelnd. »Vicky, du musst dich unter allen Umständen beherrschen und so tun, als wäre nichts passiert.«

Entrüstet sah Vicky sie an. »Nach allem, was er Thea angetan hat? Mama, das kannst du unmöglich ernst meinen.«

»Doch, das meine ich sehr ernst.« Mit einem höflichen Lächeln nickte ihre Mutter einem Grüppchen älterer Damen zu, das auf dem Weg zu den Erfrischungen an ihnen vorbeikam.

Vicky folgte dem Beispiel ihrer Mutter und schaffte es gerade so, einen Mundwinkel zu heben.

»Wenn du hier eine Szene machst, würde das deine Chancen bei den Gentlemen schmälern. Geh Dain einfach so gut wie möglich aus dem Weg. Komm notfalls zu mir oder bleib in Gesellschaft anderer. Gib ihm keine Möglichkeit, dich allein zu erwischen.«

In Vicky sträubte sich alles dagegen. Aus Solidarität mit ihrer Schwester hätte sie Dain nur zu gern entgegengeschleudert, was für ein abscheuliches Monster er war. Am besten vor Zeugen in aller Öffentlichkeit. Aber dank der Anweisungen ihrer Mutter würde sie ihn nun nicht einmal unter vier Augen beschimpfen können. Sie presste die Lippen aufeinander und erinnerte sich an ihren Vorsatz, wie Fanny Price zu agieren und ihre Ansichten für sich zu behalten.

Ihre Mutter, die das Schweigen ihrer Tochter offenbar als Zustimmung auffasste, wechselte das Thema und deutete auf einen jungen Herrn, den Vicky schon im letzten Jahr kennengelernt hatte. Lord Waring würde eines Tages ein Marquisat erben und war bereits im vergangenen Jahr wegen seines zukünftigen Titels bei den jungen Damen sehr begehrt gewesen. Vicky hatte nur ein oder zweimal mit ihm gesprochen, folgte nun jedoch ihrer Mutter, als diese sich auf den Gentleman zubewegte. Dabei stellte sie sich vor, dass er sie gleich um die ersten beiden Tänze bitten und sich als ganz reizender Gesellschafter entpuppen würde.

»Lord Waring, wie geht es Ihnen?«, begann die Gräfin.

»Bestens, Lady Oakbridge, und selbst?«, erwiderte er mit einer Verbeugung.

»Wunderbar, vielen Dank. An meine Tochter, Lady Victoria, erinnern Sie sich zweifellos?«

»Natürlich. Wie finden Sie den Ball bislang, Lady Victoria?«

»Nun, er hat ja eben erst begonnen«, sagte Vicky mit einem Lächeln.

»In der Tat«, gab Lord Waring ihr recht. Und verstummte.

»Die Herzogin hat sich einmal mehr selbst übertroffen«, setzte Vickys Mutter wieder an.

Lord Waring nickte und warf einen Blick in die Runde.

»Ich bin gespannt, ob das Essen sehr scharf sein wird«, warf Victoria ein. »Ich habe gehört, indische Speisen seien stark mit Chili und anderen Gewürzen verfeinert, selbst probiert habe ich die indische Küche allerdings noch nie. Sie vielleicht?«

»Ich fürchte, nein.«

Vicky nickte. »Dann wird es umso interessanter sein, heute die Gelegenheit zu bekommen, dies nachzuholen, nicht wahr?«

»Ja, bestimmt. Vielleicht sehen wir uns dann nachher beim Essen wieder. Einen schönen Abend, die Damen.« Er verbeugte sich und ließ die beiden stehen.

Vicky blinzelte. Eigentlich hatte sie gedacht, das Gespräch würde ganz gut verlaufen. Doch offenbar war Lord Waring anderer Meinung gewesen. Sie gab sich Mühe, das gelassene Achselzucken ihrer Mutter zu imitieren.

Die Gräfin nickte ihr zu. »Mach dir keinen Kopf, Liebes. Er sieht ohnehin ziemlich unterdurchschnittlich aus.«

So hätte Vicky es vielleicht nicht ausgedrückt, aber ein Mr Darcy war er eindeutig nicht. Plötzlich wurde ihr bewusst, dass sie überhaupt nicht wie Fanny Price agiert hatte. »Wahrscheinlich hätte ich weniger reden sollen.«

»Sein Vater hat für Konversation auch nichts übrig, es scheint in der Familie zu liegen.«

Trotzdem. Wenn sie wollte, dass dieser Abend sich halbwegs so entwickelte wie Fanny Price's triumphaler erster Ball in *Mansfield Park*, dann würde sie sich von jetzt an besser an ihren Plan halten müssen.

Da lenkte die Gräfin Vickys Augenmerk auf einen Herrn, den sie beide bereits kannten: Mr Carmichael. Dieser war etwa Mitte zwanzig und sein Geldvermögen genauso riesig wie sein Besitz. Im letzten Sommer hatten er und Vickys Vater ein Stück Land gekauft, das an den Kennet-und-Avon-Kanal grenzte. Dabei handelte es sich zwar um morastiges Marschland, sodass es nicht zur Landwirtschaft geeignet war. Sollte die Kanalbaugesellschaft aber beschließen zu expandieren, wäre sie darauf angewiesen, Wasser aus diesem Stück Land zu beziehen.

Und vor zwei Monaten war Mr Carmichael tatsächlich nach Oakbridge angereist, um zu berichten, dass die Kanalbaugesellschaft expandieren wollte. Er hatte für die Wasserrechte einen ordentlichen Handel herausgeschlagen. Außerdem würden er und Vickys Vater das Land gut als landwirtschaftliche Fläche nutzen können, wenn es einmal entwässert war. Diesen Erfolg führte der Graf auf Mr Carmichaels Geschäftssinn zurück und er bewunderte den Mann sehr. Auf Oakbridge hatte Vicky ihn als angenehmen Menschen empfunden. Sie hatten sogar harmlos geflirtet, doch darüber hinaus war nichts geschehen.

Und nun stand ebendieser Mr Carmichael hier am Tisch

mit Erfrischungen und sprach mit einem Mann, den Vicky nicht kannte. Er war etwas jünger als Mr Carmichael und sah durchschnittlich gut aus.

»Schön gerade halten, Liebes«, sagte Vickys Mutter und wies sie an, ihr zu folgen.

Vicky dachte an Fanny Price und setzte ein sittsames Lächeln auf, fest entschlossen, heute eine wirklich gute Figur abzugeben.

Noch bevor sie bei den Herren ankamen, verabschiedete sich der unbekannte junge Mann und verschwand in Richtung des Kartenspielzimmers. Gut, dann musste sie zunächst niemand Neues kennenlernen, dachte Vicky. Und Mr Carmichael kannte sie schon erheblich besser als Lord Waring.

Vickys Mutter streckte dem Gentleman ihre Hand entgegen. »Mr Carmichael, wie schön! Wir haben uns ja schon seit dem Winter nicht mehr gesehen.«

Mr Carmichael nahm ihre Hand. »Lady Oakbridge, das Vergnügen ist ganz meinerseits.«

Vicky sah zu, wie sein dunkler Schopf sich über die Hand ihrer Mutter beugte. So attraktiv hatte sie den Mann gar nicht in Erinnerung gehabt. Das schwarze Haar fiel ihm auf lässige Art über die Ohren und er trug ein teures schwarzes Jackett sowie eine dazu passende Hose. Beides war so figurbetont geschnitten, dass sie seine breite Brust und seine generell muskulöse Gestalt perfekt zur Geltung brachten. Einzeln betrachtet wirkten seine Gesichtszüge eher streng, doch zusammengenommen ergaben die gebogene Nase, das markante Kinn und die kantigen Wangen ein erstaunlich reizvolles Bild.

»Wie geht es Ihrer lieben Frau Mutter? Ist sie auch in der Stadt?«, fragte die Gräfin.

Carmichael nickte. »Ich bin sicher, Sie werden sie bald zu Gesicht bekommen.« Er sah sich kurz im Raum um. »Sie muss hier irgendwo sein.«.

Die Gräfin deutete auf Vicky. »An meine Tochter können Sie sich sicherlich erinnern?«

»Unmöglich, eine solche Schönheit je zu vergessen.« Carmichael lächelte Vicky an. »Lady Victoria, waren Sie bei unserer letzten Begegnung nicht noch etwas kleiner von Statur?«

Vicky warf ihm einen spitzbübischen Blick zu. Ja, an Carmichaels beträchtliche Körpergröße konnte sie sich noch gut erinnern. Mit ihren gerade mal einen Meter fünfundfünfzig war Vicky es gewohnt, zu Männern hochsehen zu müssen. Doch der Größenunterschied zwischen ihr und Mr Carmichael war geradezu absurd groß. Wenn sie nah genug beieinanderstanden, musste sie ihren Kopf in einem unbequemen Winkel nach oben recken, wenn sie ihm in die Augen schauen und sich nicht mit seinem Brustkorb unterhalten wollte.

Und das hatte sich in den letzten zwei Monaten auch nicht geändert – was ihm sicherlich absolut bewusst war. Wie typisch für ihn, auf ein Kompliment einen winzigen Seitenhieb folgen zu lassen. Auch auf Oakbridge hatte er schon keine Gelegenheit ausgelassen, sie aufzuziehen.

»Vielleicht sind Sie aber auch auf mysteriöse Weise geschrumpft, Mr Carmichael?«

Kaum hatte sie es ausgesprochen, hätte sie sich schon selbst dafür ohrfeigen können. *Fanny Price, Mansfield Park ...* wiederholte sie ihr Mantra im Kopf. *Sei ladylike und beherrsch dich ...*

Aber Carmichael lachte laut auf und Vicky hielt ihm schmunzelnd ihre Hand hin. Er beugte sich anmutig darüber und sah Vicky tief in die Augen, als er ihren Handschuh mit den Lippen streifte. Was durchaus als skandalös gelten konnte. Gespannt beobachtete er, wie Vicky darauf reagieren würde. Doch sie hatte nicht die Absicht, ihm die Genugtuung zu verschaffen, sie erröten oder ins Straucheln geraten zu sehen.

»Dieses schelmische Verhalten steht Ihnen nicht besonders«, sagte sie.

Carmichaels Augenbrauen schossen in die Höhe.

»Victoria«, zischte ihre Mutter.

»Mir war nicht bewusst, dass mein Verhalten derart ausgelegt werden könnte«, erwiderte Carmichael mit einem hochgezogenen Mundwinkel.

»Vielleicht legen Sie in der Stadt auch nur andere Manieren an den Tag als seinerzeit auf dem Lande«, sagte Victoria.

»Victoria!«, wiederholte ihre Mutter warnend.

»Lady Victoria hat durchaus recht, Lady Oakbridge«, sagte Mr Carmichael. »Ich werde mich bemühen, mich in Zukunft besser zu benehmen.« Er nickte ihr zu.

Vicky biss sich auf die Unterlippe. Sie hatte gar nicht vorgehabt, ihm vorzuschreiben, wie er sich zu verhalten hatte. Schließlich war er ein erwachsener Mann und absolut imstande, das selbst zu entscheiden.

So weit hätte sich Fanny Price sicher niemals aus dem Fenster gelehnt. »Nein, ich muss mich bei Ihnen entschuldigen. Ich wollte damit nicht andeuten … also … ich hoffe jedenfalls, dass das nicht …« Vicky verstummte verunsichert. Genau aus solchen Gründen konnte sie gesellschaftliche Anlässe nicht ausstehen. Auf Oakbridge hätte Carmichael sie so viel triezen können, wie er wollte – sie hätte sich niemals Gedanken über ihre Reaktion gemacht oder sich solche Fehler geleistet. Wobei, dort hätte sie vermutlich einfach gesagt, was ihr durch den Kopf schoss, und sich womöglich ebenfalls in der Wortwahl vergriffen, aber in ihrer vertrauten Umgebung wäre ihr das nicht halb so peinlich vorgekommen wie hier.

Carmichael schüttelte den Kopf. »Sie brauchen sich keineswegs zu entschuldigen. Sie haben mir einen Gefallen erwiesen, Lady Victoria. Ich möchte auf keinen Fall heuchlerisch oder unaufrichtig erscheinen.« Er lächelte, trotzdem schämte Vicky sich immer noch in Grund und Boden.

»Sie sind zu gütig, Mr Carmichael«, warf ihre Mutter ein.

»Keineswegs«, entgegnete er.

Vicky erwiderte sein Lächeln, entschied aber, ab sofort den Mund fest geschlossen zu halten.

»Oh, da ist ja Ihre reizende Frau Mutter«, sagte die Gräfin und deutete quer durch den Saal auf mehrere Damen, die zusammenstanden. »Bitte entschuldigen Sie mich für einen Moment.«

Carmichael verbeugte sich leicht. Vicky warf ihrer Mutter einen erschrockenen Blick zu – sie würde sie doch jetzt nicht etwa mit dem Mann allein lassen! Aber die Gräfin lächelte beiden nur flüchtig zu und rauschte dann davon.

Vicky seufzte innerlich. Ihre Mutter war kaum subtiler als Mrs Bennet in *Stolz und Vorurteil*. Schaudernd überlegte sie, welche unverblümten Taktiken ihre Mutter wohl noch an den Tag gelegt hätte, um ihr zu einem Ehemann zu verhelfen, wenn Vicky nicht über eine ansehnliche Mitgift verfügt hätte.

Sie schenkte Mr Carmichael ein weiteres Mal ein verlegenes

Lächeln, das dieser erwiderte. Ihn anzuschweigen, war jetzt eindeutig keine Option mehr.

»Wie ist es Ihnen ergangen, seit wir uns zuletzt begegnet sind?«, fragte sie in der Annahme, dass dies sicher ein ungefährliches und ziemliches Thema war.

»Oh ja, lassen Sie uns ein spannendes Gespräch über unserer beider Gesundheit führen! Vielen Dank, mir geht es blendend, genau wie Ihnen offenbar auch. Wir könnten jedoch auch zu dem noch fesselnderen Thema Wetter übergehen.« Mr Carmichael verschränkte die Hände auf dem Rücken.

Vicky lachte, presste aber schnell die Lippen wieder aufeinander. Gut, dann sollte er eben den Small Talk abtun und selbst sagen, worüber er lieber reden wollte. »Worüber möchten Sie sich denn stattdessen unterhalten?«

Stirnrunzelnd überlegte Carmichael. »Halten Sie sich schon lange Zeit in London auf?«

»Das ist nun wahrlich auch kein wirklich spannendes Thema«, erwiderte sie lächelnd.

Ihr Gesprächspartner nickte. »Das stimmt. Ich frage das allerdings lediglich, um herauszufinden, ob Sie genügend Gelegenheit gehabt haben könnten, das weise Schwein zu sehen.«

Vicky senkte den Kopf. »Das weise Schwein?«

Carmichael nickte mit ernster Miene. »Das intelligenteste Schwein von ganz England. Es heißt Toby und ist mit seinem Besitzer letzte Woche in Vauxhall Gardens aufgetreten.«

»Nie davon gehört.« Sie zog die Augenbrauen hoch. »Und was macht so ein weises Schwein?«

Mr Carmichael zuckte mit den Schultern. »Ich weiß nicht, was weise Schweine allgemein so machen, aber Toby kann buchstabieren, rechnen, die Uhr lesen und bestimmte Orte auf dem Globus finden.«

Um Vickys Mundwinkel zuckte es. »Bemerkenswert. Wenn es dazu noch Gedanken lesen könnte …« Sie riss die Augen auf. »Oder die Zukunft vorhersagen! Ich fand schon immer, dass die Welt mehr prophetische Schweine vertragen könnte.«

»Dann wird dieses Schwein Sie sicher nicht enttäuschen.«

»Tatsächlich? Wie können Sie das wissen?«

»Darauf gibt es eine ganz schlichte Antwort, Lady Victoria.« Carmichael beugte sich so zu ihr herunter, dass sein Gesicht nur wenige Zentimeter über ihrem war. »Das steht so auf dem Werbeplakat.«

Vicky blinzelte. Dann prustete sie los. Und zwar wesentlich lauter als beabsichtigt.

Grinsend richtete Mr Carmichael sich wieder auf.

»Verstehe.« Vicky wagte es nicht, sich umzusehen, wer sie beobachtet haben könnte. »Dann haben Sie Toby das Wunderschwein also auch noch nicht mit eigenen Augen gesehen?«

Als Carmichael lachte – ein vibrierendes, widerhallendes Lachen aus den Tiefen seiner Kehle –, musterte Vicky ihn lächelnd. Hoffentlich lachte dieser Mann häufig, denn es wäre eine Schande, der Welt dieses herrliche Geräusch vorzuenthalten.

»Bedauerlicherweise nicht«, sagte er schließlich.

»Was Sie sicherlich als großen Verlust empfinden«, fuhr Vicky fort.

Als er zurücklächelte, kribbelte es in ihrem Bauch. Dieser Mann war aber auch wirklich gut aussehend! Vor allem, wenn er sie, so wie jetzt, mit seinen schwarzbraunen Augen fixierte.

»Ich wusste gar nicht, dass Sie über derart viel Ungezwungenheit verfügen, Carmichael«, sagte plötzlich eine vertraute, unwillkommene Stimme. Vicky drehte sich langsam herum.

»Aber Dain«, gab Mr Carmichael zurück, »Sie müssten doch wissen, was für ein Quell an Frivolität ich bin.«

»So würde ich Sie wahrlich nicht beschreiben.«

Carmichael zuckte die Schultern. »Vielleicht kann ich das auch nur, wenn ich mich in der richtigen Gesellschaft befinde.« Er neigte den Kopf in Vickys Richtung.

»Offenbar.« Dain wandte sich ebenfalls ihr zu.

Vicky lief es eiskalt den Rücken hinab. Sie war nicht sicher, was sie erwartet hatte, doch weder waren Dain in der Zwischenzeit Reißzähne gewachsen, noch hatte sein Gesicht eine gespenstische Farbe angenommen. Er wirkte wie immer, ruhig und gelassen. Obwohl er nur von mittlerer Statur war, bewegte er sich mit dem Selbstbewusstsein eines Menschen, der sich allen anderen im Raum überlegen fühlt. Sein hellbraunes Haar kringelte sich in seiner Stirn, ganz im Stil der griechischen Statuen, die er so bewunderte. Und den Mund hatte er zu einem selbstgefälligen Lächeln verzogen.

Vicky hatte Mühe, ihm nicht ins Gesicht zu schnauben.

»Meine liebe Schwägerin, wie geht es dir an diesem wunderbaren Abend?« In seiner Stimme war keine Spur von Sarkasmus zu erkennen.

Vicky dachte an Althea, an all die Tage, die ihre arme Schwester vermutlich in dem Bestreben verbracht hatte, diesen Mann nicht zu verärgern. Wie oft hatte sie sich wohl vor ihm ducken müssen? Ihre ganze Familie hatte er mit seinem Charme in die Irre geführt.

Nach außen hin hatte Dain sich seit ihrer letzten Begegnung nicht verändert. Und dennoch bereitete ihr sein Anblick nun Übelkeit.

»Alles bestens, vielen Dank«, sagte sie kurz und bündig. Sie verspürte nicht den geringsten Wunsch, sich mit ihm zu unterhalten, aber wenn sie jetzt eine Szene machte, würden alle im Saal sofort wissen, dass es zwischen Dain und den Astons Streit gab. Und um Altheas willen musste sie alles tun, um den Skandal so gut wie möglich unter Verschluss zu halten.

Vicky versuchte, Carmichaels Blick aufzufangen, doch der starrte Lord Dain an. Sie zerbrach sich den Kopf, welches Thema sie wohl ansprechen könnte, um die Konversation wieder in Gang zu bringen – oder Dain dazu, sich zu verabschieden. »Haben Sie der neuen Oper schon einen Besuch abgestattet, Mr Carmichael?«

Carmichael schüttelte den Kopf und setzte zu einer Antwort an, als Dain ihm ins Wort fiel.

»Liebe Schwägerin, wie wäre es, wenn wir beide eine Runde durch den Ballsaal drehen?«

Sie starrte ihn an. Genau davor hatte ihre Mutter sie gewarnt. Und genau das durfte sie auf keinen Fall zulassen.

»Ich befürchte, ich habe im Moment andere Verpflichtungen.« Vicky lächelte Carmichael an, in der Hoffnung, dass er ihren Wink verstehen und sie vielleicht zum Tanzen auffordern würde. Aber die Musik hatte noch gar nicht eingesetzt.

»Das mag sein, allerdings geht es um deine Schwester«, beharrte Dain. Seine Miene verriet nichts über seine Gedanken. »Sie hat einen Wunsch, den ich dir lieber unter vier Augen unterbreiten würde.«

Vicky seufzte innerlich. Das konnte sie nun schwerlich ablehnen, ohne dass Carmichael sich fragte, warum sie es tat.

So unauffällig wie möglich suchte sie den Raum nach ihrer Mutter ab, doch die musste irgendwo in der Menschenmenge untergetaucht sein.

Zu ihrer Verwunderung schien Mr Carmichael zu spüren, dass etwas nicht in Ordnung war. »Lord Dain, dürfte ich Sie kurz auf eine Angelegenheit ansprechen, bevor ich es wieder vergesse? Es geht um etwas Geschäftliches.«

Vicky seufzte erneut, diesmal vor Erleichterung. Carmichael hatte sie gerettet, wenn auch nur für den Moment. Wieder sah sie sich im Saal um.

Derweil wandte Dain sich Mr Carmichael zu.

»Das kann sicherlich noch warten«, erwiderte er mit einem verärgerten Unterton. »Es wird sich bestimmt eine passendere Gelegenheit ergeben, bei der wir diese geschäftliche Sache besprechen können.«

Vicky runzelte die Stirn. Machten die beiden Herren wirklich Geschäfte miteinander?

Dain hielt ihr einladend den Arm hin. In Vickys Nacken stellten sich die Härchen auf und sie schluckte trocken. Ein zweites Mal würde Mr Carmichael sie jetzt nicht mehr retten können. Und was konnte sie selbst noch tun?

Doch die Rettung kam diesmal von unerwarteter Seite, als eine donnernde Stimme verkündete: »Lord Thomas Sherbourne, Graf von Halworth!«

Fünftes Kapitel

*Ich kann Dummheit und Niedertracht anderer Leute
nicht so leicht übersehen, wie ich es vielleicht sollte, und auch
ein schlechtes Betragen mir gegenüber nicht.*
– Jane Austen, *Stolz und Vorurteil*

Unzählige Köpfe wirbelten zu ihm herum und etliche Ballbesucher reckten den Hals, um ihn besser sehen zu können. Doch Tom zwang sich, das Meer bohrender Blicke zu ignorieren, und schritt mit einem Mindestmaß an Würde die Treppe hinunter – keine einfache Aufgabe angesichts der Tatsache, dass das Gekicher und Geflüster seinen Wunsch, seinem Bruder etwas Unaussprechliches anzutun, mit jeder Sekunde weiter verstärkte. Dieser Abend – der Abend, den Tom seit Wochen fürchtete – würde über das Schicksal ihrer Familie entscheiden. Und Tom war eigentlich der Meinung gewesen, dies seinem Bruder Charles ausreichend deutlich gemacht zu haben.

Charles hatte sogar geschworen, ihm beizustehen, im Namen der Familienehre, der Bruderliebe und ähnlich pathetischer Formulierungen. Doch als Tom an diesem Abend um elf Uhr seinen Butler zu Charles geschickt hatte, um zu überprüfen, wie weit er war, hatte der Butler bei seiner Rückkehr mit entschuldigender Miene verkündet: »Mr Sherborne lässt ausrichten, er braucht noch eine Viertelstunde.« Irgendwann nach Mitternacht klang die Mitteilung des Butlers dann schon so: »Mr Sherborne lässt ausrichten, Sie könnten sich auch direkt auf dem Ball treffen, wenn Sie ungeduldig seien.« Was Tom dann so aufgebracht hatte, dass er sich nicht mehr anders zu helfen wusste, als allein zum Ball aufzubrechen.

Er atmete tief ein und versuchte, seinen Zorn abzuschütteln. Eigentlich sollte er sich inzwischen doch daran gewöhnt haben, von anderen enttäuscht zu werden.

Tom suchte den Raum nach einem vertrauten Gesicht ab, begegnete aber nur unbekannten, neugierigen Blicken. Was keine Überraschung darstellte. Er war noch sehr jung gewesen, als sein Vater ihn mit kaum einem Shilling in der Tasche ins Exil geschickt hatte. Dadurch hatte er den Kontakt zu seinen Schulfreunden aus Eton verloren und kannte in der hiesigen Gesellschaft niemanden mehr außer einigen wenigen Bekannten seiner Eltern. Die Herzogin von Rutherfurd war eine dieser verbliebenen Verbindungen – und der Grund dafür, dass er eine Einladung zum Ball erhalten hatte.

Toms Mutter war der Ansicht, es sei höchste Zeit, dass er seinen Platz in der Gesellschaft einnahm und sich all das zurückholte, was sein Vater ihm fünf Jahre zuvor genommen hatte. Doch Toms Ambitionen diesen Abend betreffend hatten nichts mit dem Wunsch zu tun, sich seinen gesellschaftlichen Rang zurückzuerobern.

Wäre die Familie seiner Mutter nicht gewesen, hätte Tom mit vierzehn Jahren als vermutlich einziger junger Lord auf Londons Straßen hausen müssen. Er hatte nur überlebt, weil sein Onkel ihm Kost, Logis und eine feste Anstellung im

Bodmerhaus am Fluss geboten hatte, seinem Hotel im schweizerischen Solothurn. Mit der Zeit hatte sich Tom dort bis zum Direktionsassistenten hochgearbeitet.

Die Erfahrungen, die er im Hotel seines Onkels gesammelt hatte, hatten ihn auf die Idee gebracht, Londons allererstes europäisch geprägtes Luxushotel zu eröffnen. Nun, da Napoleon Bonaparte endlich auf St. Helena in der Verbannung festsaß, war das Reisen wieder sicherer geworden und Menschen vom Kontinent konnten erheblich einfacher nach England gelangen. Wenn schon in so einer kleinen Stadt wie Solothurn Hotels sehr erfolgreich Gewinne erzielen konnten, um wie viel mehr würde erst eine Metropole wie London von einem Unternehmen profitieren, wie es Tom vorschwebte?

Sein Bruder hatte versprochen, ihm heute bei diesem Unterfangen zu helfen, indem er ihn möglichen Geldgebern vorstellte. Doch Charles hatte sich als nicht verlässlich erwiesen und nun hatte Tom das Stadthaus ohne ihn verlassen, was vermutlich auch keine besonders kluge Entscheidung gewesen war.

Er hätte seinen Bruder die Treppen hinunter und in die Kutsche zerren sollen …

Aber Tom brachte den Gedanken erst gar nicht zu Ende, bevor er die letzte Stufe der grandiosen Treppe der Herzogin hinabstieg. Er lächelte, wie er die wohlhabendsten Stammkunden im Hotel seines Onkels angelächelt hatte, und beugte sich über die Hand, die ihm die Herzogin hinhielt. Verdammt, er würde es auch ohne die Hilfe seines Bruders schaffen!

»Lord Halworth, ich fühle mich geehrt, die Erste in London zu sein, die sich mit Ihnen als Gast schmücken darf«, begrüßte die Herzogin ihn mit herrschaftlicher Miene.

»Das Vergnügen ist ganz meinerseits. Es ist mir eine Ehre, von Ihnen eingeladen worden zu sein.«

»Ach was, Ihre Mutter und ich sind schon seit unserem Debütantinnenjahr miteinander befreundet. Seitdem haben die Sherbornes eine Dauereinladung zu meinem alljährlichen Ball.« Tom neigte dankbar den Kopf.

»Wo ist denn Ihre bezaubernde Frau Mutter?«

»Ich fürchte, sie hat es vorgezogen, auf dem Land zu bleiben. Sie ist immer noch in Trauer.«

»Ich hoffe doch sehr, nur noch in Halbtrauer. Das Dahinscheiden des Grafen liegt bereits mehr als ein Jahr zurück.«

Tom wusste darauf bloß mit einem weiteren Nicken zu antworten. Seine Mutter war tatsächlich nur noch in Halbtrauer, und sie konnte jederzeit jedem Ball und jedem gesellschaftlichen Ereignis beiwohnen, wenn sie es wollte. Trotzdem hatte sie ihre Söhne angewiesen zu sagen, sie würde weiterhin trauern.

»Sie richten ihr doch bitte aus, dass ich nach ihr gefragt habe?«, versicherte sich die Herzogin.

»Selbstverständlich.«

Erst als sie ihn schon mit einem Kopfnicken entlassen wollte, wurde Tom bewusst, dass die Lösung zu seinem Problem direkt vor ihm stand.

»Herzogin, wären Sie vielleicht so freundlich, mich einigen Ihrer Gäste vorzustellen? Ich muss gestehen, ich kenne hier so gut wie niemanden.«

Die Herzogin zog eine Augenbraue hoch.

»Mein lieber Junge, Sie verwundern mich doch sehr.«

Das wiederum gab Tom Rätsel auf. Schließlich war er fünf Jahre nicht mehr hier gewesen. »Tatsächlich?«

»Ich weiß mit Sicherheit, dass mindestens zwei Damen anwesend sind, die Ihnen bestens bekannt sein dürften.«

Tom hätte beinahe laut aufgestöhnt. Spielte die Herzogin etwa auf die beiden Damen an, an die er gerade dachte? »Ist dem so?«

»Ja, ich meine Lady Oakbridge und ihre Tochter.«

»Ah, gewiss. Und welche Tochter, bitte?« *Lass es Althea sein*, bat er innerlich.

»Lady Victoria.«

Natürlich, wer sonst?

»Ich bin sicher, die beiden werden Sie sehr gern mit anderen meiner Gäste bekannt machen. Ich bitte um Verständnis, dass ich dafür zu beschäftigt bin.«

Die Herzogin schaute sich im Raum um und Tom rang verzweifelt nach einer Idee, um aus dieser vermaledeiten Situation entkommen zu können. Das Letzte, was er wollte, war, sich Victoria und ihrer Mutter aufzudrängen. Bei ihrer Begegnung in der vergangenen Woche war die Gräfin ihm gegenüber sehr kurz angebunden gewesen und selbst ihr Gatte hatte ihn zwar höflich, aber ziemlich distanziert behandelt. Tom hatte das Gefühl gehabt, dass sie froh gewesen waren, als er wieder ging.

In Toms Kindheit hatte der Graf von Oakbridge sich dagegen mehr für ihn und seine Aktivitäten interessiert als sein eigener Vater. Der Gedanke, dass sich in den Jahren seiner Abwesenheit auf Oakbridge mehr verändert hatte als angenommen, hatte Tom davon abgehalten, noch einmal dorthin zurückzukehren, um sich nach Victorias Befinden zu erkundigen. Einige Tage nach dem Zwischenfall mit dem Angreifer hatte Toms Mutter ihm erzählt, die Astons seien nach

London abgereist. Und kurz darauf war auch Tom selbst in die Hauptstadt aufgebrochen. Dennoch war er aus irgendeinem dummen Grund nicht auf die Idee gekommen, dass die Astons heute hier sein könnten.

Die Herzogin deutete quer durch den Raum. »Ah, da ist ja Lady Victoria! Am Tisch mit den Erfrischungen.«

Toms Blick folgte ihrer juwelenbehangenen Hand. Vicky trug ein figurbetontes blasslilafarbenes Kleid und stand zwischen zwei Männern, von denen der eine sie um einiges überragte. Offensichtlich hatte sie den Angriff ohne bleibende Schäden überstanden und sich inzwischen gut erholt.

»Gehen Sie zu ihr«, forderte die Herzogin ihn auf. »Ich komme dann später zu Ihnen, wenn ich Zeit habe.«

Tom schluckte trocken. Am liebsten hätte er ihren Befehl verweigert. Das Ganze würde schrecklich unangenehm werden … Doch stattdessen versteckte er seine Grimasse hinter einer Verbeugung und verabschiedete sich von der Herzogin.

Langsam wanderte er an der Wand entlang. Er konnte unmöglich ausgerechnet jetzt direkt zu Victoria gehen. Denn die Musiker hatten gerade ihre Instrumente fertig gestimmt und viele der Gäste machten sich schon auf den Weg in die Saalmitte, um in der Reihenfolge ihrer Rangordnung ihren Platz zum Tanzen einzunehmen.

Der Geiger begann zu spielen, die Flötistinnen fielen mit ein und mehrere Tanzpaare wandten sich einander unter Verbeugungen und Knicksen zu.

Tom ging um eine goldene Bodenvase herum, aus der ein üppiger Strauß aus roten und orangefarbenen Blüten quoll. Auch an einer kniehohen Pappmaschee-Figur, die einen Elefanten mit dem zotteligen Schwanz eines Jagdhundes darzustellen schien, schlängelte er sich vorbei. Tom lief weiter an der Seite nach vorn, wobei er die Menschenmenge absuchte, in der Hoffnung, einen alten Schulfreund oder Ähnliches zu entdecken – aber da war niemand.

Es widerstrebte Tom, Vicky um einen Gefallen zu bitten, aber er hatte wohl keine andere Wahl. Wenn er es freundlich tat, würde sie es bestimmt nicht ablehnen, ihm ein paar Leute vorzustellen. Seufzend schlich er um eine Gruppe kichernder Mädchen herum, die sich hektisch Luft zufächelten, als er an ihnen vorbeiging.

Sollte er es nicht schaffen, sein Hotel aufzubauen und zum Erfolg zu führen ... Nein, an diese Möglichkeit durfte er nicht denken. Und wenn er seinen Stolz hinunterschlucken musste, um Vicky nach einer banalen Kleinigkeit zu fragen, dann würde er eben genau dies auch tun.

Um Vicky herum wandten sich alle Köpfe der Treppe zu.

Sofort waren ihre Gedanken an Dain und Mr Carmichael verflogen. Atemlos schlug sich Vicky eine Hand vor die Brust. Tom konnte doch unmöglich hier sein! Sie hätte sich gern umgedreht, aber sie fühlte sich wie gelähmt. Was hatte er denn hier in London zu suchen? Er hatte schließlich mit keinem Wort erwähnt, auf gesellschaftlichen Anlässen erscheinen zu wollen.

Vicky runzelte die Stirn. Nun ja, eigentlich hatten sie sich an dem Tag auf Oakbridge nicht wirklich miteinander unterhalten.

Langsam reckte sie den Hals Richtung Treppe. Und tatsächlich, es war Tom, der die Stufen herunterkam.

Seine Miene wirkte düster und er hielt den Kopf hoch erhoben. Er trug ein schwarzes Jackett sowie eine schwarze Hose, die in perfektem Kontrast zu seiner cremefarbenen Weste standen. Näher konnte sie ihn nicht in Augenschein nehmen, denn sobald er unten angekommen war, verschwand er in der Menge. Mit Mühe ließ Vicky ihre verkrampfte Hand wieder nach unten gleiten.

Von Toms Mutter wussten sie und ihre Familie, dass der alte Lord Halworth Tom verbannt und ihn an der Rückkehr nach Halworth Hall gehindert hatte. Aber in der Gesellschaft war sein Exil nicht bekannt. Die meisten Leute hatten nur gehört, dass der Erbe des Grafen viele Jahre außer Landes gelebt hatte.

Unglücklicherweise machte das Tom zu einer regelrechten Kuriosität. Normalerweise mussten die ältesten Söhne von Adeligen zu Hause bleiben, wo der Vater ihr Benehmen jederzeit überwachen konnte. Niemand schickte seinen Erben zu Kriegszeiten aufs Festland, besonders nicht weit vor dem Schulabschluss. Und wahrscheinlich gingen deswegen viele Leute davon aus, dass Tom sich etwas zuschulden hatte kommen lassen.

Was Toms Vater wohl auch gedacht hatte, nach dem zu urteilen, was Vicky 1812 mitbekommen hatte. Sie selbst kannte Tom zu gut, um ihm etwas Böses zu unterstellen, aber die Tatsache, dass er sich danach geweigert hatte, sich noch mit ihr zu treffen oder zu unterhalten, hatte ihr Vertrauen in ihn doch nachhaltig erschüttert. Und jetzt wusste sie gar nicht mehr, was sie denken sollte.

Mehrere junge Damen kicherten hinter vorgehaltener Hand und Vicky hörte einige Stimmen, die Toms Namen raunten. Die älteren Damen steckten die Köpfe zusammen, zweifellos, um Gerüchte zu verbreiten, und schielten lüstern zu ihm hin. Vicky schürzte die Lippen. Was für eine Ironie des Schicksals! Ausgerechnet Tom, der in dem ganzen Jahr seit seiner Rückkehr keinen einzigen Schritt aufs gesellschaftliche Parkett gewagt hatte, erntete an diesem Abend mehr Aufmerksamkeit als vermutlich in seinem ganzen bisherigen Leben.

Ihm innerhalb von zwei Wochen gleich zweimal unerwartet zu begegnen, erschien Vicky wie der Gipfel der Ungerechtigkeit. Sie holte tief Luft. Zumindest war sie diesmal angemessen gekleidet.

Als sie sich zu den beiden Herren zurückdrehte, fiel ihr wieder ein, dass sie gerade im Begriff gewesen war, Dain zu sagen, er solle sich zum Teufel scheren. Weil das nicht ging, wäre sie am liebsten zu ihrer Mutter gerannt und hätte sich wie ein erschrockenes Kind hinter deren Rockschößen versteckt. Schade, dass sie Toms Auftritt nicht mal als Vorwand nutzen konnte, um sich aus dem Staub zu machen – als junge Dame durfte man seine Begleiter nicht einfach stehen lassen, damit man sich ohne eine Anstandsperson einem einzelnen Gentleman nähern konnte. Mr Carmichael würde sie sonst für zudringlich oder ungesittet halten. Oder beides.

Vicky hob das Kinn. Sie würde diese Situation so meistern, wie Elizabeth Bennet es tun würde. Nachdem Mr Wickham mit Elizabeths Schwester Lydia nach London durchgebrannt war, war das Paar schließlich nach Longbourn zurückgekehrt. Wo Elizabeth sich Wickham gegenüber höflich verhalten, ihm aber auch deutlich gesagt hatte, dass sie wusste, was für ein Schuft er war.

Und genau so würde Vicky es mit Dain handhaben. Während sie sich zu voller Größe aufrichtete, bemerkte sie, dass Mr Carmichael seine schwarzbraunen Augen auf sie gerichtet hatte. Zwar konnte sie seine Gedanken nicht erraten, war sich aber sicher, dass sie von seiner Seite keine Hilfe mehr zu erwarten hatte. Er war nicht in der Position, sie von einem Familienmitglied fernzuhalten.

Dennoch sah Carmichael sie weiterhin unverwandt an, als Dain sich ihren Arm griff und ihn unter den seinen schob. Vicky presste die Lippen zu einer dünnen Linie zusammen. *Was bist du bloß für ein hinterhältiger, verfluchter …*

Mit einem Kopfnicken in Richtung Carmichael führte Dain sie weg.

Vicky schaute über die Schulter zu Mr Carmichael zurück. Er begegnete ihrem Blick, die Augenbrauen finster zusammengeschoben. Noch einmal hielt Vicky nach ihrer Mutter Ausschau, doch die war wie vom Erdboden verschluckt.

»Nun, meine allerliebste Schwägerin«, setzte Dain an. »Du siehst heute Abend umwerfend aus. Ist das ein neues Kleid?« Mit seinen bernsteinfarbenen Augen musterte er sie von oben bis unten.

In Vickys Magen ballte sich alles zusammen. »Du Schwein«, zischte sie. »Wie kannst du es wagen, mich auf diese Weise anzustarren?« So viel zu ihrem Vorsatz, höflich zu bleiben.

»Aber, aber, Lady Victoria, was für ein Vokabular!«, erwiderte er spöttisch.

Vicky kniff die Augen zusammen. »Nun ja, andererseits habe ich mir die Antwort auf meine Frage wohl schon selbst gegeben. Schweine sind Tiere ohne Verstand und Gewissen. Schließlich tun sie nichts lieber, als sich im Dreck zu wälzen.« Nicht gerade die subtile Ansprache, derer sich Elizabeth Bennet bedient hätte, doch das war jetzt auch egal. Dain hatte diese Beschimpfungen mehr als verdient!

Er legte seine freie Hand auf ihren Arm und drückte zu. Von außen sah diese Geste sicher nach brüderlicher Zuneigung aus, allerdings wurde der Druck mit jeder Sekunde schmerzhafter.

Vicky keuchte.

Dain stieß ein krächzendes Lachen aus.

Wie hatte er diese Grausamkeit nur all die Jahre vor allen verbergen können? Sie versuchte sich zu befreien, aber er hielt sie nur noch fester. Vicky hatte Mühe, nicht das Gesicht zu verziehen.

»Lass mich los«, presste sie zwischen zusammengebissenen Zähnen hervor.

»Sonst was, meine Liebe? Was solltest du schon gegen mich ausrichten können?« Dain grinste wieder.

Vicky schmeckte bittere Galle in ihrer Kehle. Hier war es also, das Ungeheuer, mit dem Thea zwei Jahre lang zusammengelebt hatte. Seine Frage war nicht von der Hand zu weisen: Was konnte sie schon gegen ihn ausrichten? Und wenn er sie jetzt aus dem Ballsaal entführte? Wer wusste, was er ihr antun würde, wenn ihn niemand mehr dabei beobachten konnte?

Vickys Herz pochte wie wild in ihrer Brust. Vielleicht konnte sie ihm ihren Pompadour ins Gesicht klatschen oder etwas weit Schmerzhafteres, wenn es hart auf hart kam. Doch das konnte sie unmöglich hier im Raum tun, ohne wie eine Wahnsinnige zu wirken. Und wenn sie wartete, bis er sie irgendwo anders hinzerrte, gab es keinerlei Garantie dafür, dass sie in der Lage sein würde, ihn abzuschütteln.

Plötzlich schoss ihr ein rettender Gedanke durch den Kopf. »Oh, Lord Dain«, sagte sie so laut, dass die Umstehenden sie hörten, »mir ist an der Pantolette ein Band gerissen. Wenn Sie mich kurz entschuldigen würden – im Waschraum findet sich gewiss eine Dame, die mir hilft, es in Ordnung zu bringen.«

In gespielter Besorgnis schürzte Dain die Lippen, dann deutete er auf die andere Seite des Ballsaales. »Dort drüben steht ein Stuhl. Ich helfe dir sehr gern.«

Vicky sprach jetzt noch eine Spur lauter. »Nein, nein, vielen Dank. Ich möchte mich lieber kurz zurückziehen.« Noch ein Wort mehr, und die gesamte Gästeschar würde denken, dass sie dringend auf die Toilette musste.

Dain zog sie an den Rand des Ballsaals. »Ich kann mich beim besten Willen nicht von dir trennen, meine liebste Schwägerin.« Seine Hand umklammerte ihren Arm mittlerweile wie ein Schraubstock.

Vicky funkelte ihn an. Die Genugtuung so eines Sieges über sie würde sie ihm nicht gönnen. »Lass mich sofort los, sonst schreie ich in der Öffentlichkeit die ganze Wahrheit hinaus«, flüsterte sie.

»Und welche Wahrheit soll das sein?«, höhnte Dain.

»Dass du meine Schwester so oft geschlagen hast, dass sie nur noch ein Schatten ihrer selbst ist und du mich jetzt nach draußen bringen willst, um dasselbe mit mir zu machen.«

Er verzog den Mund zu einem boshaften Grinsen. »Tja, liebe Schwägerin, das würde dir aber vermutlich niemand glauben.«

Dass er sie ständig »Schwägerin« nannte, verstärkte Vickys Drang, ihm ins Gesicht zu schlagen. »Mag sein, dass sie mir nicht glauben würden. Noch nicht.«

Dain zerrte sie am Arm zu sich. »Was soll das heißen?«

Vicky biss sich auf die Unterlippe. Sie hatte schon zu viel gesagt. Althea hielt sich erst seit einer Woche in London auf und die Anwälte hatten noch keinen Antrag auf gesetzliche Trennung stellen können. In Vickys Kopf drehte sich alles. Wie sollte sie Dain nun bloß von diesem Thema ablenken? »Das soll heißen, dass du dich von allein entlarven wirst. So wie heute Abend schon. Irgendwann bricht dein wahrer Charakter durch.« Ohne zu blinzeln, starrte sie ihn an.

Dain schnaubte. »Du solltest meine Geduld lieber nicht überstrapazieren«, stieß er hervor, wobei er jede Silbe mit Verachtung würzte.

Doch bevor sie noch etwas erwidern konnte, ließ er sie auf einmal los und trat einen Schritt zurück.

»Lady Victoria. Wie schön, Sie wiederzusehen.«

Vicky wirbelte herum – und stellte mit Freude und Bestürzung gleichermaßen fest, dass Tom hinter ihr stand.

Lächelnd nahm er ihre Hand.

Vicky konnte es kaum fassen – von all den vielen Menschen hatte er ausgerechnet sie gesucht und angesprochen? Wieso? Vicky blinzelte verständnislos. Und bemerkte erst dann, dass sie ihm ihre Hand eine Sekunde länger als ziemlich überlassen hatte. Sie zog sie zurück und senkte den Blick in der Hoffnung, dass niemand ihre brennenden Wangen bemerkte.

»L-Lord Halworth, welch Überraschung«, stammelte sie und zwang sich zu einem höflichen Lächeln.

»Gewiss. Man hat mich sicherlich noch in Hampshire vermutet.«

Vicky runzelte die Stirn. Wollte er damit etwa andeuten, dass ihre Familie sich in Halworth Hall hätte verabschieden sollen, bevor sie nach London aufgebrochen war? Ja, vielleicht hätten sie das tun sollen. Aber sie waren wegen Altheas Situation und des bevorstehenden Umzugs nach London so aufgebracht gewesen, dass sie schlicht nicht daran gedacht hatten. Zumindest hatte Vicky nicht daran gedacht. Für ihre Mutter konnte sie nicht sprechen. Außerdem hatte Tom sich auch nicht mehr gemeldet, um sich nach ihrem Befinden zu erkundigen.

»Murton«, wandte sich Tom an Dain, »wir haben uns auch sehr lange nicht mehr gesehen. Seit Eton nicht.«

Vicky zog erstaunt die Augenbrauen hoch. Ihr war nicht bewusst gewesen, dass die beiden Männer sich kannten.

»Heute heiße ich Lord Dain, Halworth«, entgegnete Dain herablassend. »Ich gebe zu, *dich* hätte ich bei einem Ereignis wie diesem nun wirklich nicht erwartet.«

»Für mich kam das auch überraschend«, gab Tom mit einem Lächeln zurück.

Die Falten auf Vickys Stirn vertiefen sich. War Tom davon ausgegangen, niemals hierher zurückzukehren? Schließlich war doch klar, dass sein Vater nicht ewig leben würde.

»Die Jungs haben schon gewettet, was hinter deinem langen Verschwinden stecken könnte«, fuhr Dain fort.

»Mein im Ausland lebender Onkel war krank. Und ich der Einzige, der ihm helfen konnte«, erklärte Tom wie auswendig gelernt.

»Sicher doch.« Dains Stimme troff vor Sarkasmus. »Muss ja eine sehr langwierige Erkrankung gewesen sein.«

»Der *Krieg* hat meine Rückkehr noch erheblich erschwert.«

Darauf wusste Dain offenbar keine Antwort mehr. Vicky unterdrückte ein befriedigtes Grinsen.

»Aber jetzt bin ich hier. Und zur Feier meiner Heimkehr habe ich große Lust zu tanzen.«

Verwundert legte Vicky den Kopf schief. Toms plötzliche Freundlichkeit stand in so starkem Gegensatz zu seiner Distanziertheit bei ihrer letzten Begegnung.

Er verneigte sich leicht. »Lady Victoria, würden Sie mir die Ehre des nächsten Tanzes erweisen? Ich glaube, es ist gleich so weit.«

»Oh«, hauchte Vicky mit aufgerissenen Augen. Hatte er wirklich ausgerechnet sie für den ersten Tanz auserkoren? Sie und keine der vielen anderen Damen im Saal? »Ich wäre entzückt, Lord Halworth.« Nicht dass sie ihm schon verziehen hätte, dass er … Egal, er bot ihr eine Möglichkeit, Dain zu entkommen, alles andere war unwichtig.

Tom hielt ihr seinen Arm hin, Vicky trat auf ihn zu und hakte sich ein. Ein finsterer Schatten huschte über Dains Gesicht, doch schon in der nächsten Sekunde ließ seine Miene keine Regung mehr erkennen. Vicky dankte Tom innerlich für die Rettung.

»Dain«, verabschiedete sich Tom.

Dain erwiderte nichts.

Während Tom sie auf die Tanzfläche führte, warf sie ihrem Schwager über die Schulter einen letzten eisigen Blick zu, doch sein Gesichtsausdruck war unverändert leer.

Schließlich sah Vicky zu Tom hoch. »Ich muss mich bei dir bedanken.«

Er zog eine Augenbraue in die Höhe. »Wofür?«

Sie zögerte. *Dafür, dass du mich vor diesem grässlichen Mistkerl gerettet hast.* »Du bist der Erste, der mich zum Tanz aufgefordert hat.«

Seine Mundwinkel zuckten, als er sie auf die Seite geleitete, wo die Paare sich in Reih und Glied aufgestellt hatten. Er beugte sich näher zu Vicky. »Und du bist die erste Dame, die je auf einem Ball mit mir tanzt.«

»Tatsächlich?«

Von Sekunde zu Sekunde wurde sein Lächeln breiter und entspannte seine strengen Gesichtszüge. Vicky konnte kaum den Blick von dem jungenhaften Grinsen abwenden, an das sie sich von früher so gut erinnerte. »Bist du denn im Ausland auf gar keinem Ball gewesen?«

Mit einem Kopfschütteln stellte Tom sich in die Reihe der Gentlemen. Und einen Augenblick später war jede Spur des Lächelns aus seinem Gesicht verschwunden. Wie wandelbar und verschlossen er doch sein konnte! Fast wie Edward Ferrars zu Beginn von *Vernunft und Gefühl*. Vielleicht war Tom ja auch insgeheim verlobt? Hatte Verpflichtungen gegenüber einer Dame vom Festland? Vicky hob eine behandschuhte Hand zum Mund, um ein Kichern zu unterdrücken. Sollte er sich unüberlegt an eine Frau gebunden haben, die ihn nur wegen seines Titels wollte? Das würde ihm nur recht geschehen. Auch wenn Vicky zugeben musste, dass sie das natürlich nichts anging.

Es war ein schneller Kontratanz mit häufigem Partnerwechsel angekündigt. Dabei würde es kaum Gelegenheit geben, Konversation zu betreiben. Mit dem Einsetzen der Musik traten Vicky und Tom aufeinander zu; sie griff nach seiner gegenüberliegenden Hand und tauschte mit ihm die

Position. Und wie er sie dabei anschaute, machte Vicky nervös. Deswegen war sie froh, als sie sich voneinander abwandten und zwischen den anderen Tänzern einfädelten.

Wirklich seltsam, Tom auf diese Art nahe zu sein, in einem Ballsaal unter lauter Erwachsenen – und nicht wie in ihrer Kindheit beim Angeln, Reiten oder Herumtollen auf dem Heuboden. Vicky kaute auf ihren Lippen. Wieso konnte sie nicht aufhören, an jene Zeiten zu denken und sie zu vermissen?

Am Ende der Reihe trafen die beiden wieder aufeinander. »Ich würde dich gern um etwas bitten«, sagte Tom, als sie die Hände ineinander verschränkten. »Aber wenn du lieber nicht ...« Er unterbrach sich, da zwei andere Paare zwischen ihnen hindurchtänzelten.

Vicky neigte den Kopf. Was in aller Welt konnte er nur von ihr wollen?

Sie wartete, bis sie wieder aufeinander zutanzten. »Worum geht es?«, fragte sie dann.

Doch wieder schoben sich Paare zwischen ihnen durch. Tom sah sich um und schien nicht gewillt, mehr zu sagen. Also verstummte Vicky auch und beschloss, einfach den Tanz zu genießen.

Je länger die fröhliche Musik spielte, desto stärker schien Toms Widerstand zu schwinden, bis er irgendwann augenscheinlich ganz vergaß, weswegen er eigentlich so abweisend gewesen war. Immer wenn er Vickys Hand nahm und ihren Blick auffing, blitzte in seinen Augen der Kern des kleinen Jungen auf, den sie von früher kannte – den Jungen, der so bereitwillig gelächelt und mit ihr im Rosengarten Fangen gespielt hatte und der stets gut gelaunt geblieben war. Egal ob er gewann oder verlor.

Als die letzten Töne verklangen und Vicky vor Tom einen Knicks machte, konnte sie einfach nicht aufhören zu strahlen. Ihre Wangen glühten vor Vergnügen und ihre Laune hätte kaum besser sein können. Das flackernde Kerzenlicht zauberte einen verlockenden Schimmer auf Toms Gesichtszüge, während er ihr lächelnd seinen Arm anbot.

Vicky legte ihre Hand auf seinen Jackettaufschlag. »Für jemanden, der nie auf Bälle geht, tanzt du aber erstaunlich gut.«

Tom stieß ein unterdrücktes Lachen hervor. »Ich habe nie behauptet, ich könnte nicht tanzen.«

Doch wo konnte er das nur gelernt haben? Vicky traute sich nicht zu fragen, aus Angst, dadurch die gute Stimmung zu verderben. »Das stimmt. Vielleicht könnten wir ja noch mal …?« Es kümmerte Vicky nicht, ob sie sich damit zu weit aus dem Fenster lehnte. Mit Tom zu tanzen, hatte so einen Spaß gemacht! Und auch er hatte regelrecht glücklich ausgesehen. Aber dann fiel Vicky ein, dass sie nicht hergekommen war, um Spaß zu haben – sondern um einen Ehemann zu finden.

Das war auch gut so, denn Toms Lächeln war ohnehin bereits aus seinem Gesicht verschwunden. Sie reckte das Kinn vor. Fanny Price hätte *niemals* einen Gentleman zum Tanz aufgefordert. Vicky presste die Lippen aufeinander. Nicht einmal Emma Woodhouse hätte es gewagt, die Gesetze der Gesellschaft auf solch dumme Art zu übertreten. Aus dem Augenwinkel schielte sie zu Tom, als würde sie fürchten, dass er gleich »Wahrhaftig, das war schlecht […] gehandelt!« ausrufen würde, genau wie Mr Knightley es auf dem Box Hill zu Emma gesagt hatte.

Doch Tom entgegnete nur: »Sicher.«

Auch wenn seine Miene bei dieser Antwort trotzdem sehr an Mr Knightley erinnerte.

»Aber ich wollte dich vorher noch um einen Gefallen bitten.«

Vicky nickte. »Stimmt, das hatte ich ganz vergessen.«

Tom räusperte sich. »Victoria, glaubst du ... also meinst du, du könntest ...«

Sie fing seinen Blick auf.

»Könntest du mich vielleicht netterweise einigen deiner Bekannten vorstellen?«

Vicky lachte. »Tom! Ist das alles? Ich dachte schon, du bittest mich um etwas völlig Unmögliches. Natürlich kann ich das tun.«

»Danke. Wenn man so lange weg war ...« Tom nickte ihr aufatmend zu. »Danke.« In seinen hellbraunen Augen lag eine Aufrichtigkeit, die sie berührte.

Vicky wandte den Blick ab. Seine ständig wechselnden Launen brachten sie wirklich durcheinander.

Und dann fiel es ihr wie Schuppen von den Augen. *Deswegen* hatte er ausgerechnet sie aufgesucht! »Dann kennst du überhaupt niemanden mehr hier?«

Tom führte sie um die Tanzenden herum zur Seite. »Doch, dich, Lady Oakbridge, Lord Dain und unsere Gastgeberin.«

»Ich verstehe.« Vicky runzelte die Stirn. Wieso war er denn ganz allein auf den Ball gekommen? Charles oder seine Mutter hätten ihn doch begleiten können – besonders wenn er neue Bekanntschaften knüpfen wollte.

»Sind die Gräfin und Charles auch mit nach London gekommen?«

Tom räusperte sich wieder. »Meine Mutter ist auf dem

Land geblieben. Und Charles … wurde heute Abend kurzfristig aufgehalten.«

Vicky biss sich auf die Unterlippe. »Dass du Dain und meine Mutter nicht fragen mochtest, liegt auf der Hand. Aber was ist mit der Herzogin?«

»Sie ist … sehr beschäftigt.« Tom brachte es nicht fertig, ihr in die Augen zu sehen.

Vicky richtete sich auf. »Dann wolltest du mich eigentlich gar nicht um einen Tanz bitten, sondern nur um meine Hilfe.«

Tom fing ihren Blick auf. »Ja, du hast recht. Ich brauche deine Hilfe. Wenn du so freundlich wärst …« Die Ehrlichkeit in seiner Stimme ließ ihren Zorn zur Hälfte wegschmelzen. Nun, vielleicht auch mehr als nur zur Hälfte. »Ja, natürlich.« Bestimmt hätte Althea an ihrer Stelle dasselbe getan.

»Vielen Dank noch mal«, sagte Tom und verneigte sich mit einem Lächeln, das sie sicherlich verzaubert hätte – wenn es sich auch in seinen Augen widergespiegelt hätte.

Vicky war sich nicht sicher, ob dieser neue Tom ihr wirklich gefiel. Dieser verhaltene, übervorsichtige und anscheinend nicht immer offene Tom.

»Hast du dich von dem Geschehnis letzte Woche vollständig erholt?«, fragte Tom.

Im ersten Moment dachte Vicky, er würde die Sache mit Althea meinen, dann fiel ihr der Überfall wieder ein. »Ich? Ach so, ja, meinem Kopf geht es viel besser.«

»Das freut mich zu hören. Ich hatte deinem Vater eine Nachricht geschrieben, aber ich glaube, er hat sie nicht erhalten. Sir Aylward hatte einen Suchtrupp mit Hunden losgeschickt, um den Angreifer aufzustöbern, jedoch leider ohne Erfolg.«

Seufzend dachte Vicky daran zurück, mit welch rücksichtsloser Entschlossenheit der Mann direkt auf sie zugaloppiert war. »Er ist bestimmt längst nicht mehr in der Gegend.«

Tom nickte. »Vermutlich.« Dann zögerte er. »Woher kennst du Dain eigentlich?«

Vicky runzelte verwirrt die Stirn. »Er ist mein Schwager.«

Tom zuckte wie getroffen zusammen und starrte sie an. »*Er ist Altheas Ehemann?*«

»Wusstest du das etwa nicht?«

»Meine Mutter hat mir erzählt, dass sie geheiratet hat, ich kann mich allerdings nicht entsinnen, dass sie Dains Namen erwähnt hätte. Wann war denn die Hochzeit?«

»Vor knapp zwei Jahren.«

Tom nickte finster. »In den letzten Jahren sind nur wenige Briefe aus England durchgekommen. Die Franzosen haben die meisten abgefangen.«

»Das muss alles so merkwürdig gewesen sein«, sagte Vicky kopfschüttelnd. »Ich kann mir kaum vorstellen, wie du da gelebt hast ...«

»Ja. Aber es bringt nichts, daran zu denken, das ist jetzt Vergangenheit. Wir haben überlebt.«

Vicky beschloss, ihn nicht weiter zu bedrängen. Auf Oakbridge war es nie ums Überleben gegangen. Sie hatten zusätzliches Getreide angebaut, das sie zugunsten der im Ausland kämpfenden Soldaten an die Regierung verkauft hatten. Und für diese Mühen waren sie ordentlich entlohnt worden. Ansonsten war das Leben jedoch genauso weiterverlaufen wie vorher. Nur dass Tom gefehlt hatte.

»Nun gut«, sagte Vicky möglichst heiter. »Wollen wir dich dann ein paar Leuten vorstellen oder möchtest du lieber den ganzen Abend alle Ecken des Ballsaales mit mir ausloten?«

»Lady Victoria, ich folge Ihnen.«

Vickys Blick fiel auf Mr Carmichael, der in ein Gespräch mit zwei Herren verwickelt war. Einen der beiden erkannte sie als Viscount Axley, einen Freund ihrer Eltern. Zielstrebig führte sie Tom auf die Dreiergruppe zu.

Zunächst entschuldigte sich Vicky dafür, das Gespräch der Herren unterbrochen zu haben, und machte dann alle angemessen miteinander bekannt. Lord Axley begrüßte Tom herzlich und Mr Carmichael nickte ihm kurz zu. Der dritte Gentleman war derselbe Mann, mit dem Carmichael sich schon früher am Abend unterhalten hatte. Er hatte glattes dunkles Haar und schien einen Tick jünger zu sein als Mr Carmichael.

»Lady Victoria, darf ich Ihnen den Ehrenwerten Rupert Silby vorstellen?«, sagte Carmichael. »Er ist der Sohn von Baron Scarborough.«

Vicky senkte lächelnd den Kopf.

»Silby, dies ist Lady Victoria Aston.«

»Lady Victoria.« Mr Silby nahm ihre Hand und beugte sich darüber. »Es ist mir ein Vergnügen, Sie kennenzulernen. Während Sie getanzt haben, hatte ich schon die Ehre, die Bekanntschaft Ihrer Mutter zu machen.«

Offenbar hatte er die Gräfin um Erlaubnis gebeten, Vicky vorgestellt zu werden. »Ah, sehr angenehm.« Dann stellte sie Mr Silby und Tom einander vor.

Die beiden Männer nickten sich zu. »Ich hörte, Sie waren mehrere Jahre im Ausland«, sagte Silby zu Tom. »Wo genau haben Sie sich aufgehalten?«

»Hauptsächlich in der Schweizerischen Eidgenossenschaft. In Solothurn. Ich bin letztes Jahr nach England zurückgekehrt.«

»Oh, da bin ich auf meiner großen Rundreise auch mal vorbeigekommen«, erwiderte Lord Axley. »Obwohl ich sagen muss, dass mir Luzern besser gefallen hat. Als ich im Frühjahr '98 den Ärmelkanal überfuhr, wurde mir gesagt, dass ich die Invasion durch die Franzosen nur knapp verpasst hatte.«

»Dann haben Sie großes Glück gehabt, Sir«, sagte Tom mit ernster Miene.

Silby und Axley stellten Tom noch weitere Fragen über seine Zeit im Ausland. Offenbar waren sie fasziniert davon, wie die Schweizer mit den Franzosen zurechtgekommen waren und wie jemand so lange ohne stetigen Nachschub an englischem Essen überleben konnte. Bereitwillig beantwortete Tom ihre Fragen, auch wenn er größtenteils nur Allgemeinheiten zum Besten gab. Mit zwei Männern, die er eben erst kennengelernt hatte, konnte er also über seine Zeit im Ausland reden, mit ihr jedoch nicht. Verärgert wandte Vicky sich ab.

Na fein, dachte sie. Sein ganzes bisheriges Verhalten legte nur einen einzigen Schluss nahe: Er wollte zu ihr nichts weiter als eine Bekanntschaft pflegen.

Umso besser. Nach diesem Abend würde sie ihn eben als jemanden betrachten, der ausschließlich ihrer Vergangenheit angehörte. Jemanden, an den sie sich von Zeit zu Zeit mit kindlicher Zuneigung, aber ohne jegliches Bedauern zurückerinnern würde. So wie es Emma Woodhouse mit Frank Churchill getan hatte.

Als sie wieder hochschaute, sah sie, dass Mr Carmichael den Blick, im Gegensatz zu allen anderen, nicht auf Tom, sondern auf sie gerichtet hatte. Seine Augen waren sehr dunkel, nur ein, zwei Nuancen heller als schwarz, und zwischen seinen Brauen war erneut die Furche zu sehen, die Vicky vorhin bereits an ihm bemerkt hatte. Sie schluckte. Plötzlich wandte Carmichael sich von ihr ab und schaute an ihr vorbei in den Raum.

Vicky folgte seinem Blick. Hielt er Ausschau nach Dain? Nur einen Moment später sah Carmichael wieder sie an und lächelte. Wollte er ihr damit bedeuten, dass ihr Schwager nicht mehr da war? Mit einem Schlag stieg Carmichael in Vickys Gunst. Als sie zurücklächelte, fiel ihr eine kleine, dünne Narbe über seiner linken Augenbraue auf.

Aus Angst, ihn zu lange angestarrt zu haben, wandte sie ihre Aufmerksamkeit wieder Tom und dem Gespräch der Herren zu. Zwischendurch schielte sie kurz zu Mr Carmichael. Und auch er schaute sie immer noch an, sodass Vickys Puls sich beschleunigte.

»Haben Sie in letzter Zeit eine interessante Lektüre genossen, Lady Victoria?«, wechselte Carmichael das Thema so abrupt, dass die anderen Herren erstaunt zu ihm sahen.

»Äh ... ja«, stammelte Vicky verlegen.

»Lady Victoria ist eine sehr eifrige Leserin, soweit ich weiß«, wandte sich Carmichael an die anderen Herren. Ob er sich erneut über sie lustig machen wollte? In seinem Gesicht war jedoch keine Spur von Schalk zu erkennen.

»Tatsächlich?«, fragte Lord Axley.

»Nun, so eifrig auch wieder nicht.« Vicky dachte an die wenigen Male, als sie im vergangenen Jahr versucht hatte, mit Gentlemen über Bücher zu sprechen – und die leeren Blicke, die sie dafür geerntet hatte. Doch bei Carmichaels Besuch auf Oakbridge hatte Vickys Vater mit ihren Kenntnissen in Landwirtschaftswesen geprahlt und Mr Carmichael hatte keineswegs missbilligend darauf reagiert. »Aber ich versuche immer auf dem neuesten Stand zu bleiben, was Viehzucht, Grundsteuern und die einträglichsten Methoden der Betriebsführung angeht.«

Lord Axley und Mr Carmichael nickten ihr lächelnd zu, während Tom schwieg und Mr Silby die Augen ungläubig aufriss.

»Ansonsten lese ich hauptsächlich Romane.«

»Und welche mögen Sie am liebsten?«, hakte Lord Axley nach.

»*Stolz und Vorurteil*, *Emma* sowie *Vernunft und Gefühl*«, erwiderte Vicky, ohne zu zögern.

»Ah, Miss Austens Bücher also«, sagte Lord Axley. »*Emma* hat mir auch gut gefallen.«

Als Vicky ihn anlächelte, fühlte es sich an wie das erste wirklich echte Lächeln des Abends. »Tatsächlich?«

»Oh ja. Obwohl ich *Mansfield Park* eigentlich für den besseren Roman halte«, sagte er.

Vicky nickte. Althea war genau seiner Meinung und die beiden Schwestern hatten schon mehrfach über dieses Thema diskutiert.

»Mag sein, aber Elizabeth Bennet ist mit Sicherheit die faszinierendste Heldin, die Miss Austen erschaffen hat«, ging Carmichael dazwischen.

Überrascht wirbelte Vicky zu ihm herum. »Das finde ich auch!«

Er nickte, als würde ihn dies nicht im Geringsten verwundern. »Und was sagst du dazu, Silby?«

»Ich bin kein Freund von Romanen«, antwortete Mr Silby. Er wirkte abwesend, als würde er der Unterhaltung nur mit halbem Ohr folgen.

»Haben Sie die Bücher gelesen, Lord Halworth?«, fragte Lord Axley.

Tom schüttelte den Kopf. »Ich fürchte, ich hatte bisher nicht die Gelegenheit. Sind sie so ähnlich wie die Romane von Mrs Radcliffe?«

»Nein, nicht im Entferntesten«, sagte Vicky. Ann Radcliffe schrieb eher reißerische Bücher, in den Frauen öfter irgendwelchen schrecklichen Missetätern und Schurken zum Opfer fielen. »Mrs Radcliffes Romane sind aufgeplusterte Versionen unrealistischer Lebensentwürfe – mit finsteren Abteien, in denen es von Skeletten in Wandschränken, Geheimtüren, Entführungen und Mordanschlägen nur so wimmelt. Alles Dinge, die kein normaler Mensch erlebt. Miss Austens Romane dagegen spiegeln schon eher das echte Leben wider.«

»In der Tat?«, fragte Tom.

Vicky nickte. »Damen, die über keine Mitgift verfügen, finden wohlhabende Ehemänner, die sie aufrichtig lieben. Charakterstarke Männer verhalten sich ehrenwert. Zumindest *sollte* das Leben so sein und solche Happy Ends beinhalten.«

Falten gruben sich in Toms Stirn und er sah betreten zur Seite.

Mit aufeinandergepressten Lippen beschloss Vicky, sich von seiner Herablassung nicht beeindrucken zu lassen. Was wusste er schon? Schließlich hatte er keinen einzigen von Jane Austens Romanen gelesen.

»Und woher kennen Sie Lady Victoria, Lord Halworth?«, fragte Mr Silby.

Vicky sah Tom an, der sich lächelnd mit der rechten Hand durchs Haar fuhr. Er musste sich die braunen Locken vor dem Ball gekämmt haben, aber inzwischen fielen sie ihm ziemlich zerzaust in die Stirn. Zumindest in dieser Hinsicht hatte er sich anscheinend nicht geändert.

»Wir sind zusammen aufgewachsen, auf benachbarten Anwesen. Ist das nicht unglaublich?«, sagte Tom.

»Ach wirklich?«, sagte Silby.

»Ja, wirklich. Bis weit ins Jugendalter hinein waren wir unzertrennlich.«

Vicky hatte das Gefühl, ihr würde eine eiserne Faust die Brust zerdrücken. Alles war heute so anders als damals.

»Das kann ich mir wirklich nicht vorstellen«, stieß Silby hervor. »Als Junge wäre es mir peinlich gewesen, mit einem Mädchen befreundet zu sein. Selbst mit so einem bezaubernden wie unserer Lady Victoria«, fügte er hastig hinzu.

Carmichael klopfte ihm auf den Oberarm. »Da hast du dann was verpasst.«

Axley lachte. »Allerdings!«

Silby warf Carmichael einen wütenden Blick zu, den dieser geflissentlich ignorierte. Toms Miene blieb dagegen undurchdringlich.

Vicky überging Mr Silbys Kommentar mit einem gnädigen Lächeln, obwohl seine Worte ihr durchaus die Röte ins Gesicht getrieben hatten. Denn schließlich war genau das geschehen: Offenbar war Tom ihre Freundschaft auch irgendwann peinlich geworden und er hatte Vicky fallen lassen. Einfach so. Und ohne ihr die Gelegenheit zu geben, sich dazu zu äußern.

Sie holte tief Luft. Sollte Tom sich doch zum Teufel scheren! Sie war nicht hergekommen, um sich seinetwegen Gedanken zu machen. Sie verfolgte ein bestimmtes Ziel – für Althea.

»Wenn Sie mich nun entschuldigen würden, Gentlemen – ich glaube, ich habe gerade meine Freundin erblickt. Ich möchte sie schnell begrüßen, bevor sie zum Tanz entführt wird.« Eine lahme Ausrede, schließlich hatte sie keine einzige Freundin hier im Saal. Ja, sie konnte jetzt eine der jungen Damen ansprechen, die im vergangenen Jahr mit ihr zusammen debütiert hatten, aber keine von ihnen würde sich aufrichtig freuen, Vicky zu sehen. Vielleicht, wenn sie nur über die neueste Handschuhmode sprach und – anders als auf Lady Gremblys Ball letztes Jahr – kein Wort darüber verlor, ob Milchkühe lieber mit Steck- oder Kohlrüben gefüttert werden sollten, um den besten Milchertrag zu erzielen ...

»Nein, Sie dürfen noch nicht weglaufen, Lady Victoria«, sagte Lord Axley lächelnd. »Nicht bevor Sie einwilligen, den nächsten Tanz mit mir zu tanzen.«

Ganz offensichtlich hatte er ihre missliche Lage bemerkt und versuchte, ihr behilflich zu sein. Denn Lord Axley war schon Ende dreißig und überzeugter Junggeselle. Vicky war gerührt – wie Mr-Knightley-artig von ihm!

»Selbstverständlich, Lord Axley«, sagte sie lächelnd. »Es wäre mir eine Freude.«

Oben auf dem Balkon setzten die Musiker zu den ersten Klängen eines Menuetts an. Lord Axley bot Vicky seinen Arm an und sie hakte sich bei ihm unter. Dieser Abend verlief zwar nicht ganz so erfolgreich wie erwartet, aber immerhin hatte sie noch jemand anderes als Tom zum Tanzen aufgefordert – selbst wenn Lord Axley dies nur aus Gütigkeit getan hatte.

Während er sie aufs Parkett führte, sah Vicky aus dem Augenwinkel verstohlen zu Tom. Der fragte Mr Silby gerade, ob er auch nach Eton gegangen war.

Vicky schüttelte den Kopf. Nein, diesen neuen Tom konnte sie wirklich nicht besonders gut leiden.

Doch was spielte das schon für eine Rolle? Sie war hergekommen, um das Versprechen einzulösen, das sie Althea gegeben hatte. Vicky reckte das Kinn und nahm ihren Platz in der Reihe der Damen ein, direkt gegenüber von Lord Axley. Sie würde nicht zulassen, dass Tom, Dain oder sonst irgendjemand ihr in die Quere kam.

Sechstes Kapitel

Dieser abscheuliche Hochmut sollte sein Freund gewesen sein?
– Jane Austen, *Stolz und Vorurteil*

Aus dem Augenwinkel beobachtete Tom, wie Victoria an Lord Axleys Arm davonschlenderte. Er schickte ein Stoßgebet zum Himmel dafür, dass er ihre Begegnung überstanden hatte. Dann holte er tief Luft. Er hätte wirklich gedacht, dass Victoria inzwischen etwas reifer geworden wäre. Aber sie schien immer noch das kleine Mädchen zu sein, das an Märchen glaubte, auch wenn diese nun in Form der Romane einer gewissen Jane Austen daherkamen.

Tom seufzte. Doch wieso hätte sie sich ändern sollen? Ihr idyllisches Leben war schließlich auch unverändert geblieben. Vicky war bloß etwas älter geworden – und ins heiratsfähige Alter gekommen.

Natürlich war Tom ihr dankbar dafür, dass sie ihn einigen Leuten vorgestellt hatte, und er wünschte ihr nur das Beste. Dennoch gehörte Vicky zu seiner Vergangenheit, genau wie die schlechten Erinnerungen seiner Kindheit. Und er würde nicht zulassen, dass das Vergangene ihn von seinem gegenwärtigen Vorhaben ablenkte.

Daher wandte Tom seine Aufmerksamkeit nun wieder

Mr Silby zu. Anscheinend war der Mann auf die Harrow-Schule gegangen, sie konnten also keine gemeinsamen Freunde haben. Deshalb suchte Tom nach einem neuen Gesprächsthema. Er musste Silby oder Carmichael davon überzeugen, ihn weiteren Leuten vorzustellen. Nachdem sie sich gerade erst kennengelernt hatten, wagte er es jedoch noch nicht, sie schon darum zu bitten. Silby war gleichermaßen wichtigtuerisch wie seltsam und gab einen schwierigen Gesprächspartner ab. Und Carmichael hatte mit Tom kaum mehr als zwei Sätze gewechselt, seit Vicky sie miteinander bekannt gemacht hatte.

Tom musste unbedingt mit so vielen Menschen wie möglich sprechen, wenn er potenzielle Geldgeber für sein Hotel finden wollte. Doch wie sollte er das schaffen, solange er nur diese beiden Herren hier kannte?

Da kam ihm eine Idee. »Hätte vielleicht jemand Lust, mich ins Kartenspielzimmer zu begleiten?«

»Besser, als mit Debütantinnen zu tanzen, was, Halworth?«, meinte Silby.

Das sah Tom anders, lächelte allerdings trotzdem, um gute Miene zum bösen Spiel zu machen.

»Ich bin überrascht, dass Sie aus Ihrem Ruf kein Kapital schlagen wollen, Halworth«, sagte Carmichael tonlos. »Der ganze Saal war völlig aus dem Häuschen, als Sie angekündigt wurden.«

»Ich bin nur aufgrund familiärer Verpflichtungen hier.«

»Und Sie der Runde hier vorzustellen, war Lady Victorias Verpflichtung?«

»Keineswegs. Sie hat mir lediglich einen Gefallen getan.« Nicht, dass Carmichael das etwas angegangen wäre.

»Ah, natürlich. Weil Sie beide ja schon immer unzertrennlich waren«, fuhr Carmichael fort.

»Wie gesagt, Lady Victoria und ich sind zusammen aufgewachsen.« Worauf wollte dieser Kerl eigentlich hinaus?

»Und jetzt maßen Sie sich an, diese Verbindung für Ihre Zwecke zu nutzen.«

Tom erstarrte. Er hatte überhaupt nicht vorgehabt, Vicky auszunutzen. Dennoch hatte er auch ein Recht darauf, mit ihr zu sprechen – sofern sie es ebenfalls wünschte. Und selbst wenn er ihre Freundschaft wirklich hätte wieder aufleben lassen wollen, hatte sich Carmichael gefälligst nicht darin einzumischen.

»Ich maße mir etwas an? Wenn ich mich nicht täusche, ist es kein Verbrechen, mit Nachbarn Konversation zu betreiben, selbst nachdem man einige Jahre im Ausland war.«

Carmichaels Miene blieb undurchdringlich. »Von Verbrechen hat niemand etwas gesagt. Allerdings steht zu befürchten, Sie könnten den gütigen Charakter der Dame auf unehrenhafte Weise ausnutzen.«

Tom sah Silby an – würde er sich zu Carmichaels Verhalten äußern? Doch Silby lauschte dem verbalen Schlagabtausch nur stumm und mit interessiert aufgerissenen Augen.

Tom wandte sich wieder Carmichael zu, der ihn mit einem weiterhin ausdruckslosen Blick anstarrte. Der Mann legte den Hochmut eines Adeligen an den Tag! Sehr ungewöhnlich für einen bürgerlichen Gentleman.

»Unhöflichkeit könnte man auf der Liste unehrenhaften Verhaltens auch recht hoch ansetzen«, gab Tom mit ruhiger Stimme zurück.

Carmichael kniff die Augen zusammen.

Tom schob das Kinn vor. Von Carmichael und Silby konnte er ganz offensichtlich keinerlei Unterstützung für sein Hotel erwarten. Also beschloss er, sich allein ins Kartenzimmer zu begeben – vielleicht würde er dort unter dem Vorwand, spielen zu wollen, die eine oder andere Bekanntschaft machen. Es gab viele Männer, die sich schnell in ein Gespräch verwickeln ließen, wenn man bereit schien, Geld zu verlieren. Diesen geringen Preis war Tom gern bereit zu bezahlen.

Er bedachte Carmichael und Silby mit einem herablassenden Kopfnicken, das dem seines Vaters alle Ehre gemacht hätte, und ging ohne einen Blick zurück davon.

Siebentes Kapitel

Es war […] unmöglich, Ruhe zu finden.
– Jane Austen, *Mansfield Park*

Spät in der Nacht schleppte Tom sich die Stufen zu seinem Stadthaus hinauf und wankte mit einem erschöpften Seufzer durch die Tür. Nachdem er diese hinter sich abgeschlossen hatte, nahm er den Kerzenständer, den der Butler auf dem Beistelltisch für ihn bereitgestellt hatte. Denn bevor Tom zum Ball aufgebrochen war, hatte er den Bediensteten gesagt, dass sie nicht aufbleiben mussten, um auf ihn zu warten.

Die Hand schützend vor die flackernde Kerze haltend, ging Tom durch die Eingangshalle zur Bibliothek, dem nächstgelegenen Raum, der hoffentlich nicht eiskalt war. Die Möbel im Haus waren mit weißgrauen Staubtüchern verhüllt und wirkten wie unbewegte Gespenster, die ihn von jenseits des Kerzenscheins beobachteten.

Gott, wie er dieses Gemäuer hasste! Zumindest verband er nur wenige Kindheitserinnerungen damit. Aber so richtig abstoßend fand er es erst, seit er wusste, in welcher Form sein Vater es viele Jahre lang genutzt hatte.

Es kümmerte ihn auch keinen Deut, dass es sich schon seit fünfzig Jahren im Familienbesitz befand. Schon am nächsten

Morgen würde er sich irgendwo anders eine günstige Unterkunft für den Rest der Saison suchen und ein Gutachten dazu erstellen lassen, wie viel Geld dieser Ziegelsteinhaufen einbringen könnte.

Tom fröstelte und ging schneller. Im Haus war es noch kälter als draußen.

Vor der Bibliothek angekommen, fiel ihm ein Lichtstreifen ins Auge, der unter der Tür durchschimmerte. Tom riss sie auf.

Charles lag ausgestreckt auf einem Armsessel und schnarchte. Sein Kopf hing zur Seite herunter, auf seinem Schoß befand sich ein aufgeschlagenes Buch und er trug immer noch seine schwarze Ausgehkleidung.

Unter normalen Umständen hätte Tom seinen Bruder gern seinen Träumen überlassen. Aber das hier waren nun mal keine normalen Umstände.

Dieser Nichtsnutz war einfach *eingeschlafen* und nie auf dem Ball aufgetaucht. Er hatte Tom im Stich gelassen, ihn den Wölfen zum Fraß vorgeworfen.

Charles schnaubte kehlig im Schlaf.

Zähneknirschend stellte Tom den Kerzenständer ab. Er war nicht in der Stimmung, großmütig zu sein. Also nahm er das Buch in die Hand, in dem Charles gelesen hatte, und knallte es lautstark zu – was ihm eine ziemliche Genugtuung verschaffte.

Sein Bruder zuckte zusammen, riss die Augen auf und schaute sich suchend um. Er blinzelte ein paarmal, ehe sein Blick schließlich auf Tom fiel.

»Guten Morgen. Wie spät ist es?«

»Drei Uhr.«

»Morgens? Was mache ich denn hier?«

»Das ist eine sehr gute Frage. Vor allem weil du mich eigentlich zum Ball der Herzogin hättest begleiten sollen.«

Charles setzte sich auf und rieb sich mit einer Hand über die Stirn. »Oh, der Ball. Verdammt. Tut mir leid.«

»Ja, der Ball, für den du immer noch angezogen bist. Der Ball, auf dem du mich eigentlich potenziellen Geldgebern vorstellen solltest. Na, klingelt da etwas bei dir?« Tom ging zum Kamin und stocherte in der Glut. Kurz genoss er die wohltuende Wärme, bevor er sich in den Armsessel gegenüber dem von Charles fallen ließ.

»Und, wie ist es gelaufen?« Sein Bruder unterdrückte ein Gähnen.

Bevor Tom antworten konnte, knackten die Bodendielen hinter ihm.

»Tom?«

Das Mädchen, das hinter ihm auftauchte, trug nur ihr Nachtkleid und einen dünnen Morgenmantel. Bestimmt fror sie in diesem Aufzug, aber ihre rotblonden Locken wippten vor Aufregung auf und ab. »Wie war es?«

Tom seufzte. »Susan, ich hatte doch gesagt, du sollst nicht auf mich warten.«

»Ich habe gehört, wie du reingekommen bist. Wie soll ich schlafen, ohne zu erfahren, wie es dir auf deinem ersten gesellschaftlichen Ereignis ergangen ist?«

Das konnte er ihr nicht verdenken. »Komm her«, sagte er seufzend. »Und schließ die Tür. Es ist eiskalt in der Eingangshalle.«

Susie zog die Tür hinter sich zu und nahm auf einem kleinen goldfarbenen Stuhl am Feuer Platz. Sie zog die nackten

Füße unter sich und rieb die Hände vor den Flammen aneinander.

»Wenn du morgen während des Unterrichts einschläfst, bist du selbst schuld.« Tom hatte Susie wöchentliche Tanz- und Rhetorik-Stunden besorgt, damit sie auf ihr gesellschaftliches Debüt vorbereitet wurde – ein kleiner Teil dessen, was er ihr ermöglichen wollte.

»Keine Sorge, Tom«, sagte sie mit einem breiten Lächeln, das ihre Wangengrübchen hübsch zum Vorschein brachte.

Charles räusperte sich. »Können wir jetzt weitermachen?«

Tom schoss ihm einen eisigen Blick zu. »Die Frauen im Saal haben mich alle angestarrt, als wäre ich ein köstliches Stück Fleisch. Was mir eigentlich gar nicht so unrecht war. Nur dass ich leider niemanden hatte, der mich angemessen hätte vorstellen können.« Noch ein eisiger Blick in Richtung seines Bruders.

Charles wirkte alles andere als reumütig. »Wieso hat das die Herzogin von Rutherfurd nicht übernommen? Sie tut doch immer so, als wären sie und Mama gute Freundinnen.«

»Das hat sie mir auch erzählt. Doch dann hat sie mich den Astons zugeschoben.«

Sein Bruder stieß ein heiseres Lachen aus.

Tom runzelte die Stirn. »Charles ...«

»Ich bitte um Verzeihung.« Er räusperte sich, allerdings funkelten seine Augen immer noch belustigt.

»Und wie ist es gelaufen?« Susie sah zwischen den beiden hin und her.

Verlegen schluckte Tom. »Sie ... Victoria ... war sehr freundlich.«

Charles kicherte.

Darum bemüht, ruhig zu bleiben, atmete Tom tief durch. Charles wusste wirklich, wie er ihn auf die Palme brachte. Zwar verfügte sein Bruder über genug gesunden Menschenverstand, um nicht den liederlichen Lebenswandel ihres gemeinsamen Vaters nachzuahmen, dennoch war er zum eitlen Zweitgeborenen eines Adeligen aufgewachsen. Auf dem Land verbrachte er seine Tage mit Jagen und Reiten und in London besuchte er den Herrenklub und ließ sich von seinen Freunden zum Abendessen einladen. »Charles, unsere Situation wird uns bald in eine prekäre soziale Lage bringen. Wir können es uns nicht leisten, eine so einflussreiche Person wie die Herzogin geringschätzig zu behandeln. Und die Astons auch nicht.«

»Da gebe ich dir durchaus recht«, sagte Charles. »Aber ausgerechnet Victoria zu bitten, dich in der Gesellschaft vorzustellen ... Ein Jahr lang bist du ihr aus dem Weg gegangen und jetzt warst du schon zum zweiten Mal innerhalb von zwei Wochen gezwungen, mit ihr zu sprechen.« Er kratzte sich am Kinn. »Welch Ironie des Schicksals.«

Tom setzte ein ausdrucksloses Gesicht auf und versuchte, nicht daran zu denken, wie enttäuscht Victoria gewirkt hatte, als sie verstand, warum er sie wirklich zum Tanzen aufgefordert hatte.

»Hör nicht auf ihn, Tom«, sagte Susie. »Wen hast du denn nun alles kennengelernt?«

»Victoria hat mich drei Herren vorgestellt. Von denen Lord Axley der Einzige war, der mir halbwegs geholfen hat.« Im Kartenzimmer war Tom gerade dabei gewesen, sich das Spiel mit dem niedrigsten Geldeinsatz auszusuchen, als der Lord neben ihm aufgetaucht war. Tom hatte ihn nach den weiteren Stationen seiner ausgedehnten Reise gefragt und Axley im Gespräch als angenehmen und vernünftigen Mann erlebt. Und dann hatte dieser ihn weiteren Bekannten vorgestellt. Im Verlauf des Abends waren sie schließlich auch auf Lord Axleys Interesse an Geldanlagen und Investitionen zu sprechen gekommen. Und einige der Männer, mit denen er Tom bekannt gemacht hatte, hatten sich sogar als mögliche Geldgeber für Toms Hotelprojekt herausgestellt.

Tom wandte sich wieder seinem Bruder zu. »Kennst du einen Mr Carmichael?«

»Carmichael kennt doch jeder. Wieso?«

Tom nickte. Das überraschte ihn nicht – Gerüchte, Pferderennen und Frauen waren Charles' Lieblingsthemen. In genau dieser Reihenfolge. »Er hat mich beschuldigt, Victorias Hilfsbereitschaft auszunutzen.«

Charles schnaubte. »Klingt ganz nach ihm, ja. Was ich so über ihn gehört habe, hat er sich schon mit jedem zweiten Gentleman in London angelegt. Ich weiß aus sicherer Quelle, dass der Herzog von Devonshire nicht einmal mehr seinen schieren Anblick erträgt.«

Das konnte Tom sich gut vorstellen. »Und aus welchem Grund?«, hakte er nach.

Mit angewidertem Ausdruck schüttelte Charles den Kopf. »Wegen Carmichaels unfassbaren Vermögens. Ich habe gehört, sein jährliches Einkommen belaufe sich auf über fünfundsiebzigtausend Pfund.«

Susie stieß den angehaltenen Atem aus.

Tom dagegen neigte zweifelnd den Kopf. »Du übertreibst.«

»Leider nein. Sein Einkommen ist höher als das des Herzogs und reicht beinahe an das des Prinzregenten heran.«

Tom blickte ihn finster an. »Und wo hat er das ganze Geld her?«

»Gentlemen unseres Rangs geben sich nicht mit solchen Dingen ab. Meinetwegen kann Carmichael reich wie Krösus sein und du den Familiennamen besudeln, indem du Geldgeschäfte machst – aber frag *mich* bitte nicht nach der Quelle von anderer Leute Reichtum.«

Verdammt. Tom rieb sich die Schläfen. Er war einfach zu erschöpft, um sich jetzt mit den Standesdünkeln seines Bruders auseinandersetzen zu können.

»Außerdem«, fuhr Charles ungewöhnlich ernst fort, »verfügt Carmichael über viele Freunde im Ober- und Unterhaus. Mächtige Verbündete, für deren Kooperation er fürstlich zahlt, wenn man den Gerüchten Glauben schenken darf. Ich würde mich jedenfalls nicht trauen, auf die falsche Seite eines Rechtsstreits mit ihm zu geraten. Du hingegen hast einen Sitz im Oberhaus inne, den du ignorierst, und alle Beziehungen zu Vaters alten Unterstützern abgebrochen.«

»Was absolut nötig wa–«, setzte Tom an.

»Das laste ich dir auch gar nicht an«, unterbrach Charles ihn und winkte ab. »Aber mit Carmichael ist wirklich nicht zu spaßen.«

Susie rutschte unruhig auf ihrem Stuhl hin und her.

Charles warf ihr einen vielsagenden Blick zu. »Mein Freund Kirkham hat ihn neulich wegen irgendeiner unbedeutenden Angelegenheit zum Kampf aufgefordert. Die Partie soll morgen früh in Gentleman Jacksons Box-Klub stattfinden.« Er sah Tom an. »Hast du Lust, dir anzuschauen, wie Carmichael eine gute Tracht Prügel bekommt?«

Tom schüttelte den Kopf. Auf der Liste seiner bevorzugten Freizeitbeschäftigungen standen Faustkämpfe sehr weit unten.

»Ein Boxwettkampf könnte die perfekte Plattform bieten, um Geldgeber für deine Pläne aufzutreiben, würde ich behaupten«, sagte Charles und zog die Augenbrauen in die Höhe. »Es sind keine Damen anwesend, die die Herren ablenken könnten.«

»Nur Männer, die bis zur Besinnungslosigkeit aufeinander einschlagen«, zischte Susie.

»Genau. Würden die Zuschauer sich nicht eher für den Wettkampf interessieren als für Gespräche?« Tom lächelte Susie an.

Charles verdrehte die Augen. »Ich werde euch bestimmt nicht erklären, wie gesellschaftliche Anlässe funktionieren. Ich hatte fast vergessen, über welch unerschöpfliche eigene Erfahrung ihr beide auf diesem Gebiet verfügt.« Sarkasmus troff aus jeder seiner Silben.

Mit zusammengepressten Zähnen erwiderte Tom: »Susie gehört jetzt zu dieser Familie.« Woraufhin diese ihm ein kleines Lächeln schenkte.

Charles kniff die Augen zusammen und wischte eine Falte im linken Ärmel seines schwarzen Abendmantels glatt. »Ganz wie du meinst. Jedenfalls ... wir könnten nachher etwas früher in den Klub gehen, dann stelle ich dir einige Leute vor.« Er fing Toms Blick auf. »Als eine Art Wiedergutmachung für den vergangenen Abend.«

Tom seufzte. »Also gut. Wenn du es so ausdrückst, wie könnte ich da Nein sagen?«

Achtes Kapitel

Ich glaube, er ist einer der gutmütigsten Menschen,
die es je gegeben hat.
– Jane Austen, *Emma*

Vicky verstrich einen Klecks Brombeermarmelade auf ihrem Toast und biss ein winziges Stück von der Ecke ab. Sie schloss die Augen und genoss die süßsaure Geschmacksexplosion in ihrem Mund. Mit etwas Glück würde das gute Wetter noch eine Weile anhalten und dann hätten sie ganz bald wieder frische Beeren. Verstohlen schaute sie zu ihrer Mutter, und da diese gerade damit beschäftigt war, Salz auf ihr Ei zu sprenkeln, leckte Vicky hastig einen Klumpen Marmelade von ihrem Brot und lächelte in sich hinein. In ein paar Monaten könnte sie sich endlich sonnenwarme Beeren direkt vom Strauch in den Mund schaufeln.

Wenn sie bis dahin jedoch tatsächlich einen Ehemann fand, würde sie dann möglicherweise schon auf *seinem* Anwesen wohnen. Und was, wenn es dort keine Brombeersträucher und keinen Erdbeergarten wie auf Oakbridge gab? Schmollend legte Vicky ihren Toast auf dem Teller ab und nippte an ihrem Tee.

Schließlich sah sie zu Althea, die ihr gegenübersaß, in ihre

Schüssel mit Porridge starrte und nur gelegentlich einen Löffel voll zum Mund führte. Vicky schluckte, als der Hass auf Dain wieder in ihr hochstieg. Sie durfte nicht zulassen, dass dieser Grobian ihrer aller Leben ruinierte. Sie würde einen Ehemann finden. Ihr Herz fing an zu rasen, und sie atmete tief ein, um die aufkommende Panik zurückzudrängen.

Sie würde jemanden finden, dem es wichtig war, was sie dachte. Dann würden sie gemeinsam das Weiterbestehen von Oakbridge sichern und gleichzeitig Altheas Trennung ermöglichen. Und alles wäre wieder gut.

Vickys Vater, der am Kopfende des Tisches saß, spießte mit der Gabel ein Stück Räucherfisch auf. »Hast du dich auf dem Ball amüsiert, Victoria?«

Mit ihrem Plan, sich wie Fanny Price zu verhalten, war Vicky gnadenlos gescheitert, aber ansonsten war der Ball durchaus ein annehmbarer Erfolg gewesen. Daher nickte sie.

»Deine Mutter hat erzählt, du hättest ganze zwei Mal mit Mr Carmichael getanzt.«

Zumindest schien Mr Carmichael ihr Mangel an Fanny-Price-artigem Verhalten nichts ausgemacht zu haben. »Ja, Papa.«

»Und er hat dir angeboten, dich heute Nachmittag zu *Gunter's* zu begleiten?«

Gunter's Tea Shop am Berkeley Square war für seine Eiskreationen berühmt. Und Vicky verpasste nie eine Gelegenheit, ihrer Liebe zu Eiscreme freien Lauf zu lassen. Der kratzbürstige französische Koch, den sie auf Oakbridge beschäftigten und dessen Kochkünste Vicky ansonsten sehr liebte, weigerte sich leider, mehr als dreimal pro Jahr Eis herzustellen. Dafür buk er Teigwaren, gleichgültig wie kompliziert das Rezept auch war, auf seine besondere französische Art – und im Überfluss.

»Ja, er wird um zwei Uhr hier sein«, sagte Vicky und dachte daran, welche Geschmacksrichtungen *Gunter's* heute wohl hatte. Das Bild cremig glänzenden Schokoladeneises tauchte vor ihrem inneren Auge auf und sofort besserte sich ihre Laune.

»Du brauchst eine Anstandsdame«, sagte ihre Mutter über den Rand ihrer Teetasse hinweg.

Vicky sah ihre Schwester an. »Ich wünschte, du würdest mitkommen, Thea.«

Diese riss den Blick von ihrem Porridge, das sie kaum angerührt hatte. Als sie tief einatmete, hoben und senkten sich ihre Schultern. »Ich –«

»Das ist ausgeschlossen«, ging Vickys Vater dazwischen.

»Ja, ich glaube auch nicht, dass es ratsam wäre«, pflichtete seine Frau ihm bei.

Althea senkte den Blick wieder.

Und Vicky biss sich auf die Innenseite ihrer Wange. »Ich weiß. Ich … ich wünschte nur, dass es möglich wäre«, murmelte sie.

Althea sah sie an und schenkte ihr ein winziges trauriges Lächeln, bevor sie wieder wegschaute.

»Sarah kann dich begleiten«, sagte ihre Mutter.

Vicky runzelte die Stirn. Die Gesetze des Anstands erlaubten es durchaus, dass ihr Zimmermädchen sie begleitete, aber nur dann, wenn keine besser geeignete Anstandsdame verfügbar war. »Und warum nicht du, Mama?«

»Dein Vater muss zu Mr Barnes ins Büro, deswegen werde ich bei deiner Schwester bleiben.«

Vicky nickte.

»Und dann gibt es da noch einen zweiten Grund.« Ihre Mutter tupfte sich mit ihrer Serviette die Mundwinkel ab und wechselte einen Blick mit ihrem Mann. »Dein Vater und ich sind sehr erfreut darüber, dass du und Mr Carmichael offenbar so gut miteinander auskommt.«

»Er ist ein wirklich großartiger Bursche«, fügte ihr Vater hinzu und hörte kurz auf, seine Toastscheibe mit Butter zu bestreichen.

Vicky hob die Augenbrauen. »Ja, er ist sehr nett, Papa.«

Ihr Vater nickte. »Deswegen glauben deine Mutter und ich, er ist der beste Heiratskandidat für dich.«

Vicky fiel beinahe die Kinnlade herunter. »Wie bitte?«

Krachend biss ihr Vater in seinen Toast.

»Schau einfach, wie du ihn heute findest, Victoria«, sagte ihre Mutter.

Vicky tippte mit ihren Fingern auf die Tischplatte. Ja, Mr Carmichael hatte sie von allen Gentlemen, die sie gestern kennengelernt hatte, am meisten gemocht. Doch die Tatsache, dass ihre Eltern ihr eigenes Gefallen an ihm so schnell kundtaten und ihn gleich zum auserkorenen Ehemann erklärten, brachte sie dennoch aus der Fassung.

»Aber ... er trägt keinen Adelstitel. Wäre das nicht ein wesentlicher Faktor für die Entscheidung des Prinzregenten, was das Erbe von Oakbridge angeht?«

»Mr Carmichaels Mutter ist die Tochter eines Barons aus dem Norden«, erwiderte die Gräfin.

»Und bei seinem Vermögen könnte sich Carmichael auf Wunsch auch einen Titel kaufen«, fügte ihr Mann hinzu. »Vielleicht ist das allerdings überhaupt nicht nötig. Ich weiß zufällig, dass er dem Prinzen einen Gefallen erwiesen hat, den dieser nur zu gern zurückzahlen möchte. Außerdem verfügt Carmichael über gute Beziehungen zum Ober- und Unterhaus.«

Vicky seufzte. »Papa, ich weiß, dass du ihn sehr schätzt, weil er die Idee hatte, das Land am Kanal zu kaufen, aber –«

»Ich habe noch nie einen Mann getroffen, der in so jungen Jahren schon solch ein Händchen für Geschäfte und Geldangelegenheiten hatte. Doch auch dessen ungeachtet wäre er die mit Abstand beste Wahl. Und die naheliegendste«, betonte er mit einem vielsagenden Gesichtsausdruck. »Ich weiß, dass wir Carmichael vertrauen können. Schon allein deswegen würde ich mich glücklich schätzen, ihn in unserer Familie willkommen zu heißen. Ich würde es vorziehen, mich nicht mit einem weiteren Schwiegersohn wie Dain belasten zu müssen.« Er warf Althea einen reuevollen Blick zu.

Althea legte ihren Löffel weg und sah beiseite.

Vicky atmete tief durch. Sie versuchte sich vorzustellen, wie es wäre, mit Mr Carmichael verheiratet zu sein, aber es wollte ihr einfach nicht gelingen. Zugegeben, das mochte daran liegen, dass sie ihn noch viel zu wenig kannte, um sich ausmalen zu können, wie ein Leben mit ihm wäre. Sein gutes Aussehen und sein wacher Verstand waren nicht zu verleugnen. Und er hatte sie sogar zum Lachen gebracht, was durchaus als gutes Omen gelten konnte. Trotzdem widerstrebte es ihr, sich jetzt schon eine Zukunft mit ihm vorzustellen. »Bitte entschuldigt mich«, sagte sie und stand auf. »Ich glaube, ich sollte mich noch etwas ausruhen, bevor ich nachher ausgehe.« Damit hastete sie aus dem Esszimmer und ließ ihre Eltern mit enttäuschten Mienen zurück.

Vicky rückte ihre Haube zurecht und wandte den Kopf nach beiden Seiten, um sich zu vergewissern, dass sie perfekt saß. Im Spiegel überprüfte sie, welche Wirkung ein Lächeln auf ihre Gesamterscheinung hatte. Schlicht und schäbig wirkte ihre Aufmachung schon mal nicht, sagte sie sich. Doch im nächsten Moment fiel ihr Lächeln in sich zusammen. Vicky wandte sich ab und ließ sich auf einem Stuhl nieder.

Nur weil Mr Carmichael sie in knapp einer Stunde abholen würde, hieß das noch lange nicht, dass sie sich jetzt schon wie eine aufgeplusterte Gans aufführen musste. Hätten ihre Eltern bloß nicht gesagt, wie sehr sie sich wünschten, sie würde Mr Carmichael heiraten! Wenn sie den heutigen Tag einfach als netten Ausflug in Begleitung eines angenehmen Herrn hätte betrachten können, dann wäre sie sicher eher in der Lage gewesen, ihn zu genießen.

Vicky wandte sich ihrem Zimmermädchen Sarah zu. »Vielleicht sollte ich lieber etwas anderes anziehen? Dieser gelbe Musselinstoff wirkt, als würde ich zu krampfhaft versuchen, Mr Carmichaels Aufmerksamkeit auf mich zu ziehen.«

Sarah schüttelte den Kopf. »Nein, nein, Mylady. Das Kleid steht Ihnen ausgezeichnet.«

»Ist aber vielleicht etwas zu modisch für einen kurzen Ausgang. Was soll er denn von mir denken?«

»Bitte um Verzeihung, Mylady«, beharrte das Zimmermädchen in einem Ton, der alles andere als um Verzeihung bat. »Allerdings *kann* eine Lady Ihres Standes überhaupt nicht zu modisch aussehen. Mr Carmichael wird bestimmt finden, dass Sie in dem Kleid beinahe so bezaubernd sind wie gestern Abend.«

Vicky seufzte unbehaglich. Warum fiel ihr das alles bloß

so schwer? Sie würde schließlich nur mit einem charmanten Gentleman einen zivilisierten Ausflug machen, um ihr geliebtes Zuhause und ihre Familie abzusichern – nicht in eine Räuberhöhle hineinspazieren.

Was ihr wirklich fehlte, war der Rat ihrer Schwester. Nach Toms Verbannung waren sie und Althea so eng zusammengewachsen, wie sie selbst als Kinder nie gewesen waren. Immer wenn Vicky ihrer Schwester von ihren Ängsten erzählt hatte, Oakbridge verlassen zu müssen, hatte diese sie liebevoll beruhigt. Althea hatte sie in der Kunst unterrichtet, bei gesellschaftlichen Anlässen jederzeit würdevoll und selbstsicher zu wirken. Vicky hatte ihre Schwester stets für ihre Gabe bewundert, furchtlos durch die oft tückischen Gewässer gesellschaftlichen Lebens zu segeln. Und obwohl sie selbst es nie geschafft hatte, sich alle Feinheiten dieser Kunst anzueignen, hatte sie Thea sehr dafür geliebt, dass sie sich die Mühe gemacht hatte, sie ihr beizubringen.

Vicky hastete zum Zimmer ihrer Schwester und klopfte an deren Tür. Seit jenem Tag im Gewächshaus von Oakbridge hatte Thea es vermieden, mit ihr allein zu sein. Außerhalb der täglichen Mahlzeiten, zu denen Althea ohnehin nicht immer auftauchte, hatten sie kaum ein Wort miteinander gewechselt. Das Schweigen, das zwischen ihnen herrschte, bereitete Vicky regelrecht Schmerzen.

Wie würde Althea reagieren, wenn sie sie in Bezug auf Männer um Rat fragte, gerade jetzt, in dieser Ausnahmesituation? Vicky hätte es nicht vorhersagen können – aber sie musste es einfach versuchen.

»Herein«, drang die Stimme ihrer Schwester aus dem Zimmer und Vicky öffnete die Tür.

Thea saß in einem gepolsterten Stuhl vor dem Kamin und las ein Buch. Als Vicky eintrat, hob sie den Blick von den Seiten. »Wolltest du heute nicht einen Ausflug machen?«

Vicky nickte. »Ja, nachher. Sieht mein Aufzug zu bemüht aus?«

»Nein, finde ich nicht.«

»Thea ...« Wie gern hätte Vicky hätte ihrer Schwester gesagt, dass sie eigentlich überhaupt niemanden heiraten wollte. Dass der Gedanke, in einer Zweckehe gefangen zu sein, ihr fürchterliche Angst einjagte. Dass sie wünschte, es wäre nicht nötig. Doch nichts von alledem kam ihr über die Lippen. Natürlich war es die Wahrheit, aber was nützte diese schon? Sie hatte ihrer Schwester etwas versprochen und sie würde es einhalten.

Vicky ging zum Fenster. Altheas Zimmer lag, genau wie ihres, im vorderen Teil des Stadthauses und verfügte über ein riesiges Fenster, durch das man auf den Platz hinausschauen konnte. Berittene Gentlemen nickten Damen zu, die in offenen Kutschen vorbeifuhren, und Kindermädchen schauten ihnen verstohlen hinterher, während ihre jungen Schutzbefohlenen auf dem Rasen spielten.

»Ich wünschte, Mama und Papa hätten mit ihrer Eröffnung noch etwas gewartet«, sagte Vicky und wandte sich ihrer Schwester zu. »Was, wenn Mr Carmichael und ich uns gar nichts zu sagen haben?«

Stirnrunzelnd sah Althea sie an. »Hattet ihr euch denn gestern Abend etwas zu sagen?«

Vicky sah auf ihre Finger hinunter. »Ja, er war ein sehr netter Gesprächspartner.«

»Trotzdem machst du dir Sorgen, dass es heute anders sein könnte?«

Vicky biss sich auf die Lippe. Wie sollte sie nur ihre Bedenken formulieren, ohne dass es sich so anhörte, als wolle sie ihr Versprechen brechen?

Althea ließ einen Finger ins Buch gleiten und klappte es zu. »Findest du Mr Carmichael weniger nett, jetzt, da du weißt, dass unsere Eltern ihn bevorzugen?«

Vicky schüttelte den Kopf. »Natürlich nicht, das wäre doch töricht.« Schließlich hatte sie vorher schon gewusst, dass ihre Eltern Mr Carmichael sehr schätzten. Sie hatte nur nicht gewusst, dass sie ihn als *Ehemann* für sie ins Auge gefasst hatten.

»Dann tu so, als hätten sie nichts gesagt.«

Vicky atmete tief ein. Die Wünsche ihrer Eltern hin oder her – sie war Mr Carmichael ja schließlich noch nicht versprochen. »Du hast recht, Thea. Wenn ich heute feststellen sollte, dass ich ihn nicht leiden kann, werde ich eben jemand anderen finden, den ich heiraten kann.«

»Jemand anderen, der über ein großes Vermögen, die Billigung des Prinzregenten und ein moralisch einwandfreies Benehmen verfügt«, murmelte Althea.

Schmollend drehte Vicky sich wieder zum Fenster. Wenn Althea es so formulierte, hörte es sich wie ein geradezu unmögliches Unterfangen an. »Ich weiß, dass ich gestern Abend nicht alles perfekt gemacht habe. Zwar habe ich einige Male getanzt, aber der einzige Gentleman, den ich neu kennengelernt habe, war Mr Silby, der vermutlich nicht allzu viel von mir hält. Auch wenn er mich gefragt hat, ob ich ihn auf einen Ausflug begleiten würde.« Nach ihrem gemeinsamen Tanz hatte Silby sie tatsächlich gebeten, ihn zum Ende der Woche in den Hyde Park zu begleiten.

»Ich weiß nicht, ob er wirklich eine gute Partie abgeben würde«, sagte ihre Schwester.

»Thea …« Vicky wandte sich wieder zu ihr um. »Du sagst doch immer, man sollte einen Plan haben. Also habe ich gedacht …« Sie zögerte, auf einmal kam ihr das Ganze reichlich dumm vor. »Ich hatte gedacht, wenn ich mich so verhalte, wie es Fanny Price auf ihrem ersten Ball getan hat, dann würden mich alle Gentlemen im Saal einfach unwiderstehlich finden.«

Althea riss die Augen auf. »Aber das hier ist kein Roman, Vicky. Das ist unser Leben!«

Seufzend erwiderte sie: »Dessen bin ich mir wohl bewusst, trotzdem kann man auch aus Büchern einiges lernen.«

Althea richtete den Blick zur Decke. »Du warst sonst nie damit einverstanden, wie Fanny Price sich verhält. Wieso wolltest du denn jetzt auf einmal ihr Benehmen kopieren?«

»Ich wollte, dass der Abend ein Erfolg wird.«

»Du hast gleich zwei Einladungen von zwei Gentlemen geerntet. Das kann man doch schwerlich einen Misserfolg nennen.«

Vicky blinzelte. »Nein, wahrscheinlich nicht. Dennoch habe ich eine miserable Fanny-Price-Kopie abgegeben.«

»Was mich nicht sonderlich überrascht. Wenn du schon jemanden nachahmen willst, dann solltest du dir wenigstens eine Person aussuchen, die du wirklich bewunderst.«

Vicky biss sich auf die Innenseite ihrer Wange. Thea hatte recht. Sie hatte versucht, jemand zu sein, der sie nun einmal nicht war. Kein Wunder, dass sie damit nicht das erreicht hatte, was sie sich vorgenommen hatte. »Mr Carmichael hat sogar gesagt, Elizabeth Bennet sei von allen Jane-Austen-Figuren seine Lieblingsheldin.«

»Tatsächlich? Na siehst du, ihr scheint viel gemeinsam zu haben. Dann könnt ihr den Nachmittag mit Gesprächen über *Stolz und Vorurteil* verbringen.«

Vicky nickte und lächelte ihre Schwester an. Auf einmal war ihr viel leichter ums Herz.

»Erwarte nur nicht von ihm, Mr Darcy zu sein«, sagte Althea und senkte den Blick wieder zu ihrem Buch.

Womit sie die Unterhaltung offenbar für beendet erklärte, aber Vicky drehte sich wieder zum Fenster um. »Ich erwarte nicht, jemals einen Mr Darcy zu finden.« Nicht dass sie sich das nicht wünschte. »Aber ich hoffe von Herzen, nicht an jemanden wie Dain zu geraten. Was denkst du, wie kann ich verhindern, dass mir das passiert?«

»Da fragst du die Falsche«, antwortete Althea nüchtern.

Vicky verzog das Gesicht und rang die Hände. Wieso schaffte sie es nie, das Richtige zu sagen? Seufzend beobachtete sie das Treiben auf der Straße. Ein eleganter schwarzer Landauer, der von zwei identisch aussehenden rotbraunen Pferden gezogen wurde, trat aus dem fließenden Verkehr heraus und blieb vor dem Haus der Astons stehen. Ein Mann mit dunkelgrauem Jackett und schwarzem Hut stieg aus der Kutsche. Mr Carmichael.

Vicky atmete dreimal aus und ein, doch der Knoten in ihrem Bauch wollte sich nicht lösen. »Tut mir leid, Thea. Keine Sorge, ich werde die Familie nicht enttäuschen.«

Nach einem letzten Blick in Altheas Augen, die übergroß aus deren abgemagertem Gesicht hervorleuchteten, streckte Vicky den Rücken durch und verließ den Raum.

Vicky stieg die Stufen zur Eingangshalle mit einer, wie sie hoffte, gelassenen Miene hinunter. Am Fuß der Treppe stand Mr Carmichael, der mit seinem dunkelgrauen Jackett und der blauen Weste heute besonders groß und breitschultrig aussah. Er hatte sich den Hut unter einen Arm geklemmt und verzog den Mund bei Vickys Anblick zu einem schiefen Lächeln. Sofort waren ihre früheren Bedenken verschwunden und sie errötete. In ihrem Magen flatterte es, als sie Carmichael ihre behandschuhte Hand reichte.

»Mr Carmichael.« Sie neigte den Kopf und kam sich dabei wunderbar sittsam und elegant vor.

Er beugte sich über ihre Hand, wobei er den Blick nicht von ihr abwandte. »Lady Victoria.«

Sie lächelte und er ließ ihre Hand los.

Da tauchte Sarah zu ihrer Linken auf und Vicky stellte die beiden einander vor.

Carmichael nickte Sarah freundlich zu und bot Vicky dann den Arm an. »Wollen wir?«

Auf Mr Carmichaels Landauer prangten weder Wappen noch sonstige Adelszeichen. Nur die Innenverkleidung aus schwarzem Holz mit goldfarbenen Verzierungen zeugte von einer dezenten Kultiviertheit, die perfekt zu ihm passte. Sein Kutscher hatte sogar das Verdeck abgenommen, sodass sie den sonnigen Tag genießen konnten.

Während Mr Carmichael ihr die Tür öffnete, bewunderte Vicky die Füchse, die vor den Landauer gespannt waren. Dann half Carmichael sowohl Vicky als auch Sarah hinein, bevor er selbst einstieg. Glücklich, dass sie sich für den Platz in Fahrtrichtung entschieden hatte, lächelte Vicky Carmichael an, der ihr und Sarah gegenübersaß. Als sie sich alle bequem eingerichtet hatten, gab er dem Kutscher das Zeichen zur Abfahrt. Der Mann ließ die Zügel schnalzen und die Pferde setzten sich in gemächlichem Tempo in Bewegung. Leicht hin und her wiegend rollte der Landauer über die kopfsteingepflasterte Straße.

Während Mayfair an ihr vorbeistrich, dachte Vicky an eine Stelle aus *Vernunft und Gefühl*. In dieser nahm Mr Willoughby Marianne Dashwood in seiner Kutsche mit, um ihr das Haus zu zeigen, das er einmal erben sollte, und sie kehrten erst Stunden später zurück. Die beiden waren natürlich ohne die Begleitung einer Anstandsdame ausgefahren, dennoch fragte Vicky sich, wie lange Mr Carmichael diesen Ausflug wohl zu gestalten dachte. Würden sie genug Gesprächsstoff haben, um mehrere Stunden zu füllen? Würde er gewillt sein, noch einmal über *Stolz und Vorurteil* zu sprechen? Nun, einen Versuch war es jedenfalls wert.

»Ich glaube, ich habe noch nie einen Gentleman kennengelernt, dem *Stolz und Vorurteil* ebenso gut gefällt wie mir, Mr Carmichael«, begann sie mit einem leichten Lächeln in seine Richtung.

»Die meisten Männer wissen gar nicht, was gut für sie ist«, gab er zurück.

Sie zog eine Augenbraue in die Höhe. »Und Sie schon?«

Carmichael zuckte leichthin die Schultern. »Ich habe wenig Zeit für die Edmund Bertrams dieser Welt. Ein Gentleman sollte sich nichts aus Schmeicheleien und Firlefanz machen.« Ein kleines Schmunzeln umspielte seine Lippen und er neigte den Kopf. »Nach Möglichkeit.«

Damit bezog er sich klar darauf, dass Edmund Bertram in *Mansfield Park* ein unglückseliges Interesse an der mit Fehlern behafteten Mary Crawford hegte. Und das trotz der beständigen, selbstlosen Liebe, die Fanny Price für ihn empfand.

»Dann sagt Ihnen Mr Darcy also mehr zu?«

»Zumindest weiß er, was er will«, erwiderte Mr Carmichael. »Obwohl er wirklich lachhaft steife Manieren hat.«

Vicky legte die Stirn in Falten. »Inwiefern *lachhaft*?«

Er überlegte kurz. »Vielleicht finde ich ihn auch einfach nur etwas mangelhaft.«

»Nun ja, zu Beginn ist er etwas mangelhaft«, versuchte Vicky seiner Argumentation zu folgen.

Mr Carmichael nickte. »Eigentlich ist er gar nicht so verkehrt. Bis zum Ende des Romans sieht er all seine Fehler selbst ein. Aber ich habe mich immer gefragt, was für eine Art Leben er und Elizabeth Bennet wohl führen mögen. Irgendwann muss ihr seine steinerne Miene doch fürchterlich langweilig geworden sein.«

Erstaunt blinzelte Vicky. Althea hatte wieder einmal recht behalten. Mr Carmichael war kein Mr Darcy. Allerdings war das vielleicht auch nicht von Nachteil. »Gut möglich«, gab sie zu, obwohl sie in Bezug auf Elizabeth und Mr Darcy nie etwas anderes in Betracht gezogen hatte als die Vorstellung, dass die beiden bis ans Ende ihrer Tage glücklich gelebt hatten. Dennoch – wie erfrischend, einen Mann vor sich zu haben, der zu ihren Lieblingsbüchern so ungewöhnliche, komplexe Meinungen hatte! »Ich gestehe, Ihre Kenntnis von Miss Austens Romanen verblüfft mich. Ich hätte nicht angenommen, dass Sie überhaupt Zeit zum Lesen haben. Jedenfalls nicht zum Lesen von Romanen.«

»Von Akten und Geschäftsbüchern allein wird der Geist nicht satt. Und von Traktaten über *Viehzucht* auch nicht.«

Mr Carmichael lächelte. »Ich muss häufig verreisen und ich finde, Romane bieten die beste Ablenkung, wenn man in einem Gasthof einkehren muss.«

Vicky schmunzelte. »Bewundernswert, muss ich sagen.« Vor ihrem inneren Auge tauchte ein Bild auf: sie beide, wie sie Seite an Seite in einem sonnendurchfluteten Wintergarten saßen und das gleiche Buch lasen, wobei sie einander immer wieder wissend anlächelten.

Mr Carmichael zuckte mit den Schultern. »Wie fanden Sie den Ball gestern Abend eigentlich?«

»Ich hätte ihn weit vergnüglicher gefunden, wenn ein weissagendes Schwein dort aufgetreten wäre.«

Carmichael grinste breit. Am Abend zuvor hatten seine Augen beinahe schwarz gewirkt, jetzt im Sonnenschein leuchteten sie eher wie dunkles Rosenholz, auf dem kleine braune Flecken funkelten. »Und welches Schicksal hätte es Ihnen prophezeien sollen?«

Nachdenklich sah Vicky zur Seite. »Gesundheit und Glück für meine ganze Familie.«

Mr Carmichael nickte. Als sie nichts hinzufügte, hakte er nach: »Und nichts weiter?«

»Und dass Oakbridge weiter gedeihen möge.«

Sein Grinsen wurde noch breiter. »Und für Sie selbst?«

Mit großen Augen sah Victoria ihn an. »Was könnte ich mir denn mehr wünschen als das?«

Carmichael musterte sie unverwandt. »Schön gesagt.«

Vicky errötete erneut. »Und Sie? Welche Zukunft würden Sie sich für sich selbst wünschen?«

Lächelnd schüttelte er den Kopf. »Ach, ein Gentleman muss auch ein paar Geheimnisse haben.«

Sie runzelte die Stirn. Das Letzte, was sie gebrauchen konnte, war ein Ehemann mit Geheimnissen. »Muss er das wirklich?«

»Zumindest die paar, die er nicht ohne Gesichtsverlust offenbaren kann.«

Vicky biss sich auf die Lippe. »Verstehe.«

Mr Carmichael machte gerade den Mund auf, um noch etwas zu sagen, da kam die Kutsche auf einmal zum Stehen.

»Oh!« Vicky sah nach links. »Wir sind da!«

Vor Mr Carmichaels Landauer hatten bereits etliche weitere Kutschen und Phaetons am Berkeley Square angehalten. Elegant gekleidete Damen stippten auf ihren Sitzen zierliche Löffelchen in ihre Eiskreationen, während ihre männlichen Begleiter am Geländer lehnten, das die Rasenfläche begrenzte, und den Damen mehr Beachtung schenkten als ihrem eigenen Eis.

Carmichael stieg aus und winkte einem Ober zu, der gerade die Bestellung eines Paares mit Kindern aufgenommen hatte. Der Mann kam zu ihrem Landauer und zählte Vicky, Sarah und Mr Carmichael die verschiedenen Eissorten auf. Sie gaben ihre Bestellung auf, der Ober verabschiedete sich und Mr Carmichael setzte sich wieder in die Kutsche.

»Darf ich fragen, wie Ihnen Lord Halworth nach seiner jahrelangen Abwesenheit vorgekommen ist?«

Vicky erschrak, als sie Toms Namen hörte. Sie hatte den ganzen Tag kaum an ihn gedacht. »Er erschien mir … um einige Jahre älter«, sagte sie.

Carmichael lachte. »Wie nicht anders zu erwarten.«

Vicky zuckte lächelnd mit den Schultern in der Hoffnung, er würde den Wink verstehen und das Thema wechseln.

Aber nein. »Und sonst?«

»Sonst nichts«, antwortete Vicky leichthin.

Mr Carmichael wischte sich eine unsichtbare Fluse vom Knie. »Silby und ich fanden es recht schäbig von ihm, Sie darum zu bitten, ihn vorzustellen.«

Vicky runzelte die Stirn. Zwar hatte sie das auch ähnlich empfunden, würde dies jedoch nicht zugeben. »Das hat mir nichts ausgemacht.«

»Wo war denn seine Familie?«

Unbehaglich rutschte sie auf ihrem Sitz hin und her. »Ich bin nicht sicher.« Eine ausweichende Antwort, allerdings auch keine blanke Lüge. Sie wusste nur das, was Tom ihr erzählt hatte.

»Ich hingegen weiß mit Gewissheit, dass Charles Sherborne sich in der Stadt aufhält«, beharrte Carmichael.

Vicky rang sich ein Lächeln ab. »Auf dem gestrigen Ball war er jedenfalls nicht. Oder haben Sie ihn etwa gesehen?«

Er schüttelte den Kopf.

»Dann macht es doch auch keinen Unterschied. Verstehe ich das richtig? Sie würden also nie eine alte Freundin darum bitten, Sie anderen Leuten vorzustellen, Mr Carmichael?«

Er überlegte. »Nur wenn ich sicher wäre, wie meine Bitte aufgenommen wird. Ich würde mich sicherlich niemandem aufdrängen und weder Umstände noch Kummer bereiten wollen.«

Vicky zuckte zusammen. *Kummer.* Wie hatte er das nur erraten? Standen ihr die Gefühle so deutlich ins Gesicht geschrieben? Wenn ja, dann musste sie von nun an noch besser aufpassen. Und wie sollte sie jetzt auf seine Worte reagieren? Sollte sie lügen und so tun, als hätte Toms Verhalten ihr nichts ausgemacht? Oder sollte sie die Wahrheit sagen?

Dass Mr Carmichael offenbar intuitiv begriff, wie es ihr am Abend zuvor ergangen war, erweckte in ihr den Wunsch, sich ihm anzuvertrauen. Einfühlungsvermögen war schließlich eine sehr willkommene Eigenschaft bei jemandem, den man als Ehemann in Betracht zog.

Doch zum Glück kehrte just in diesem Moment der Ober mit ihrer Eisbestellung zurück und Vicky musste sich keine Antwort überlegen.

Beim Anblick ihres Schokoladeneises seufzte sie auf. Auch Sarah beäugte ihr eigenes Wassereis aus Berberitze voller Vorfreude, nachdem der Ober es ihr gereicht hatte. Vicky fing Sarahs Blick auf, lächelte und probierte einen Löffel von ihrer Portion. Genießerisch schloss sie die Augen, als die kalte Köstlichkeit auf ihrer Zunge zerging.

Dann schielte Vicky verstohlen zu Mr Carmichael. Er hatte einen Becher mit hellgrün schimmerndem Pistazieneis bestellt. Vicky rümpfte die Nase. Diese Sorte wäre sicherlich nicht ihre erste Wahl gewesen.

Carmichael schien ihre Miene nicht zu entgehen. »Ist wohl nicht ganz Ihr Geschmack?«, fragte er.

»Nein. Oh, Sie meinen *mein* Eis?«, stammelte sie. »Doch, doch, es schmeckt köstlich. Genau wie ich es mir vorgestellt hatte.«

Carmichael lächelte angesichts ihrer Verlegenheit. »Ich habe gehört, Sie sind für Donnerstag mit Silby verabredet?«

Vicky nickte und leckte sich einen Tropfen Schokoladeneis aus dem Mundwinkel. »Sind Sie beide gut miteinander bekannt?«

»Mehr oder weniger. Er war früher gut mit meinem Vetter Gerard Rackham befreundet.«

»War?«

Er nickte. »Gerard ist bei Waterloo gefallen.«

Vicky schaute von ihrem Becher auf. »Mein Beileid.«

Mit einem Nicken bedankte er sich. »Ich hatte ihn schon seit unserer Kindheit nicht mehr gesehen. Aber Silby hat der Verlust schwer getroffen. Er hatte eigentlich vorgehabt, mit Gerard nach Belgien zu gehen, doch dann hat sein Vater in letzter Sekunde von dem Plan erfahren und Silby gezwungen, zu Hause zu bleiben. Silby ist der einzige Erbe, wissen Sie.«

Nachdenklich schob sich Vicky einen Löffel Eis in den Mund. Armer Mr Silby. Den Schmerz, einen geliebten Freund zu verlieren, konnte sie nur zu gut nachempfinden. Nur dass Tom glücklicherweise nicht gestorben war. Mr Silbys Leid musste unvergleichlich viel schlimmer sein.

Als sie wieder hochschaute, fing sie Mr Carmichaels belustigten Blick auf.

»Ich glaube, ich kann Ihre Gedanken lesen«, sagte er.

Vicky zog die Augenbrauen in die Höhe. »Ach tatsächlich?«

»Könnte es sein, dass meine Worte Ihr gütiges Herz für Mr Silby erweicht haben?«

Vicky lächelte. »Ich habe lieber ein gütiges Herz als einen Magen, der so eine erbsengrüne ... Kreation verträgt, wie Sie sie gerade zu sich genommen haben.«

Carmichael sah auf seinen Becher hinunter und lachte. »Bedauern Sie Silby ruhig, wenn Sie nicht anders können. Aber ich glaube, nach Ihrem gemeinsamen Ausflug werden Sie von ihm nicht mehr so entzückt sein.«

Vicky war zwar jetzt auch schon nicht von Silby *entzückt*, dennoch musste sie nachfragen: »Wie kommen Sie darauf?«

»Das würde ich Ihnen nur zu gern weiter ausführen, aber ich bezweifle, dass Sie mir glauben würden.«

»Mr Carmichael«, sagte Vicky. »Ihre vagen Andeutungen finde ich ausgesprochen ärgerlich. Gibt es etwas, was ich wissen sollte, bevor ich mit Mr Silby ausgehe?«

»Bloß dass er nicht der Mann ist, der Sie verdient.«

Vicky schürzte die Lippen und musterte ihn argwöhnisch. »Und wer wäre dann dieser Mann, wenn ich fragen darf?«

»Vielleicht wäre niemand Ihrer wirklich würdig«, gab er mit einem Lächeln zurück. »Diejenigen unter uns, die sich alle Mühe geben, zu solch einem Mann zu werden … Das sind die Gentlemen, mit denen Sie Ihre kostbare Zeit verbringen sollten.«

Carmichael sah sie mit seinen dunklen Augen an und Vickys Herz stolperte. Wie schaffte er es nur, solche Gefühle in ihr auszulösen? Er konnte sich so gewandt ausdrücken, als wäre er tatsächlich einem von Miss Austens Romanen entsprungen. Übte er sich mit allen Damen in seinem Bekanntenkreis in solchen Unterhaltungen?

Sie brach den Blickkontakt ab, indem sie auf ihren inzwischen geleerten Becher hinunterschaute. Aus dem Augenwinkel sah sie, wie Carmichael seine Taschenuhr hervorzog.

»Wenn Sie erlauben, Lady Victoria«, sagte er, »werde ich den Ober rufen, damit er unser Geschirr nimmt.«

Vicky blinzelte. »Wollen wir auf dem Heimweg eine Runde durch den Park fahren?«

Auf Carmichaels Stirn bildeten sich Falten. »Ich fürchte, das geht nicht. Meine Mutter hat angekündigt, heute Nachmittag meine Hilfe in Anspruch nehmen zu wollen.«

»Ihre Mutter?«

»Ja. Sie hat mich gebeten, sie heute zu einer Einkaufstour zu begleiten, bevor die Läden schließen. Tut mir leid, aber das konnte ich nicht ablehnen. Bitte entschuldigen Sie, dass ich unseren Ausflug deswegen etwas abkürzen muss; ich soll um vier Uhr bei ihr sein.«

»Natürlich«, sagte Vicky, ohne sich ihre Bestürzung anmerken zu lassen. Sehr merkwürdig von ihm, sie zu einem Ausflug einzuladen, wenn er nur wenig später mit seiner Mutter verabredet war.

Auf Carmichaels Wink kam der Ober und sammelte ihre leeren Becher ein.

Vickys Gedanken kreisten um die seltsame Wendung dieser Verabredung. Konnte es sein, dass Mr Carmichael sich in ihrer Gesellschaft nicht wohlfühlte? Sie rang die Hände im Schoß und kam sich reichlich dumm vor. Gleichzeitig ärgerte sie sich darüber, dass sie angenommen hatte, er würde mehrere Stunden mit ihr verbringen wollen, wie Willoughby es mit Marianne getan hatte.

Vicky hätte Mr Carmichael nie für die Art Mann gehalten, der seine Mutter zum Einkaufen begleitete. Und Mrs Carmichael war in ihrer Wahrnehmung auch nie eine Frau gewesen, die ihren Sohn als Begleiter bei solch einer banalen Beschäftigung brauchen würde.

Nachdem Mr Carmichael seinen Platz wieder eingenommen und dem Kutscher befohlen hatte, sie zurück zum Haus der Astons zu fahren, wandte sich Vicky an ihn. »Mrs Carmichael kann sich glücklich schätzen, so einen hilfsbereiten Sohn wie Sie zu haben.«

»Das ist doch selbstverständlich und das Mindeste, was ein Sohn tun sollte.«

»Keineswegs«, neckte Vicky ihn weiter. »Solch innige Zuneigung zu seiner Mutter findet man nur selten. Sehr beeindruckend.«

Carmichael beäugte sie, als sei er sich nicht sicher, ob sie es ernst meinte.

Erstaunt erkannte sie, dass sein Eifer, das Treffen vorzeitig zu beenden, sie tatsächlich enttäuscht hatte.

Zwar hatte sie weiterhin keine Eile, sich in eine Ehe zu stürzen, allerdings hatte Mr Carmichael auch heute wieder einen sehr guten Eindruck auf sie gemacht. Und er kümmerte sich um seine Mutter, was auch auf einen vorzeigbaren Charakter hindeutete. Sie musterte ihn verstohlen unter den Wimpern hindurch und fragte sich, was er wohl seinerseits von ihr halten mochte.

»In seinem letzten Brief hatte Ihr Vater angedeutet, Ihre Familie würde frühestens in einem Monat nach London kommen. Welchem glücklichen Umstand habe ich denn das Vergnügen zu verdanken, dass Sie nun doch schon da sind?«

»Ähm ... ja ...« Vicky versuchte, sich zu sammeln und eine möglichst undurchdringliche Miene aufzusetzen. »Vielleicht wäre es besser, wenn Sie sich darüber mit meinem Vater unterhalten, Mr Carmichael.«

Er schaute sie irritiert an. »Ist irgendetwas passiert?«

»Ja.« Angesichts seiner besorgten Miene ruderte Vicky gleich wieder zurück. »Oder eigentlich ... nein.«

Nun wirkte Carmichael völlig verwirrt.

Was um Himmels willen sollte sie bloß sagen? Dass das Leben nie wieder so sein würde, wie es früher mal gewesen war? Dass sie nicht hatte zu Hause bleiben können, wo sie hingehörte? Dass sie nicht die hellsten Rhabarberstauden aussuchen, die Kirschblüten bewundern, den Schafen beim Lammen helfen konnte …? Und stattdessen hier sein musste, um verzweifelt nach einem Ehemann Ausschau zu halten, weil ihr Leben nicht mehr ihr selbst gehörte?

Nein. Nichts davon konnte sie ihm erklären.

Sie seufzte. »Mr Carmichael, ich fürchte, es steht mir nicht zu, etwas darüber zu sagen.« Sie lächelte im Versuch, die Situation mit einem Scherz zu retten, wie Elizabeth Bennet es vielleicht getan hätte: »Auch Damen müssen manchmal ihre Geheimnisse haben … genau wie Gentlemen.«

Carmichael lehnte sich stirnrunzelnd in seinem Sitz zurück und sprach kein Wort mehr.

Seufzend wandte Vicky den Blick ab. Diese ganze Flirterei war einfach zwecklos. Und so ermüdend! Umso besser, dass sie bereits nach Hause zurückfuhren. Mariannes und Willoughbys Ausflug ohne Anstandsdame hatte ohnehin nur ins Unglück geführt.

Während die Stadthäuser an ihr vorüberzogen, sehnte Vicky sich nach dem Anblick der grünen Hügel und saftigen Täler von Oakbridge. Sie schloss die Augen, als sie einen Müllmann sah, der noch mehr Pferdeäpfel auf seine ohnehin schon vollbeladene Karre schaufelte. Wie hatte sich ihr Dasein nur in so einen übel riechenden Misthaufen verwandeln können? Tom, Althea, Dain, ihre Eltern … Sie alle hatten ihr Leben aus den Fugen gehoben und sie zu einer hilflosen Marionette gemacht. Nun konnte sie nur noch nach dem Motto »Augen zu und durch« weitermachen, in der Hoffnung, dass sie aus dem Chaos irgendwann wieder in eine halbwegs normale Ordnung zurückfinden würde.

Vielleicht sollte sie sich bei Mr Carmichael entschuldigen.

Sie schlug die Augen auf und war gerade im Begriff, ebendies zu tun, da fiel ihr Blick auf einen Herrn am Straßenrand. Er trug einen schwarzen Umhang und eine schwarze Hose, hatte dunkles Haar und schaute direkt zu ihr herüber. Vicky konnte sich nicht entsinnen, den Mann je zuvor gesehen zu haben, dennoch kam ihr etwas an ihm merkwürdig bekannt vor. Er stand an der Straßenecke, einen Arm auf dem Rücken, und starrte sie so unverwandt an, dass die Haut in ihrem Nacken zu prickeln anfing.

Sie runzelte missbilligend die Stirn, doch statt sich abzuwenden, neigte der Mann nur kaum merklich den Kopf. Vicky verzog angesichts seiner Unverfrorenheit das Gesicht und schaute vielsagend beiseite. Sie würde Mr Carmichael auf ihn hinweisen. Doch als sie noch einmal einen verstohlenen Blick nach draußen warf, war der Mann, wer auch immer er war, plötzlich verschwunden.

Neuntes Kapitel

Den Glücklichen fällt es sehr schwer, demütig zu sein.
– Jane Austen, *Emma*

Als Tom kurz vor vier Uhr am Nachmittag das Haus Nr. 13 in der Bond Street betrat, stieg ihm sofort der Geruch von altem Schweiß in die Nase. *Gentleman Jacksons Boxing Saloon* bestand aus mehreren Zimmern, in denen der Besitzer an den meisten Tagen junge Herren in der Kunst des Faustkampfs unterrichtete. Heute füllten zahlreiche Gentlemen den großen rechteckigen Raum und rangen um die besten Aussichtsplätze für den bevorstehenden Kampf.

Tom folgte seinem Bruder Charles, der sich einen Weg durch die Menschenmenge bahnte. Die Zuschauer unterhielten sich angeregt darüber, über wie viele Runden der Kampf wohl gehen würde. Doch die meisten liefen eilig umher, weil sie in letzter Minute noch eine Wette abschließen wollten. Beinahe alle Anwesenden waren gut gekleidete Herren in hohen Positionen. In der Mitte des Raumes befand sich ein großer Kreis, in dessen Innerem ein drei mal drei Fuß großes Quadrat aufgemalt war.

»Es ist noch nicht vier Uhr«, sagte Charles. »Wir haben noch ein paar Minuten, bevor der Kampf beginnt.«

Tom zuckte zusammen. »Ein paar Minuten? Hattest du nicht gesagt, der Kampf fängt erst um halb fünf an?«

Charles tippte sich ans Kinn. »Hatte ich?«

»Ja. Und dass wir weit vorher hier sein würden.«

Charles riss die Augen in gespielter Unschuld auf. »Merkwürdig. Na ja, dann stelle ich dich eben hinterher vor.«

Tom knirschte mit den Zähnen, versuchte dann aber seine Schultern zu lockern.

Charles ignorierte den wütenden Blick seines Bruders und schaute sich im Raum um. Dann grinste er Tom von der Seite an. »Willst du eine Wette abgeben?«

Tom entschied, dass diese Frage nicht einmal eine Antwort wert war. »Was bedeutet das Quadrat innerhalb des Kreises?«, fragte er stattdessen. Es war das erste Mal, dass er sich in einem Boxclub aufhielt, und er hatte keine Ahnung vom Regelwerk.

Charles grummelte verärgert darüber, dass sein Bruder nicht auf seinen Wettvorschlag eingegangen war. »In dem Kasten stehen sich die Kontrahenten vor jeder Runde gegenüber. Sobald sie beide das Quadrat betreten, kann der Kampf überall innerhalb des Rings beginnen. Wenn ein Mann in die Knie geht, hat er eine halbe Minute Zeit, um wieder hochzukommen und in den Kasten zurückzukehren. Sonst hat er verloren.«

»Und wie lange dauert so ein Kampf?«

»Ich habe schon von welchen gehört, die über mehr als sechzig Runden gingen, aber das sind Ausnahmen. Es wird gekämpft, bis einer k. o. geschlagen wird oder aufgibt.«

In Toms Ohren klang das schrecklich brutal. Doch bevor er weitere Fragen stellen konnte, wurde der Geräuschpegel um sie herum auf einmal lauter.

Mr Carmichael, Mr Silby, Charles' Freund Kirkham und ein weiterer Mann drängten sich durch die Menge zum Ring im Zentrum des Raumes. Carmichael und Kirkham trugen beide Kniehosen und hellbraune Jacken ohne Rockschöße – offenbar eine Art Box-Uniform, schlussfolgerte Tom, denn auch eine Handvoll weiterer Herren war so gekleidet. Mit seiner Statur und den Armmuskeln, die sich selbst unter seiner Jacke abzeichneten, sah Carmichael wie ein gut angezogener Hafenarbeiter aus, der andere zur Unterhaltung in den Boden stampfte.

Kirkham dagegen war ein etwa achtzehnjähriger Mann mit hellem Haar, dem etwas seltsam Fahriges anhaftete. Er war schmaler und fast einen Kopf kleiner als Carmichael, wirkte aber sehr wendig. Vielleicht würde ihm das ermöglichen, Carmichaels Hieben auszuweichen. Der Mann, der Kirkham begleitete und ihn mit einer Hand stützte, musste dessen Sekundant sein. Und Silby war offenbar der von Carmichael.

Die wenigen Männer, die sich im Ring befanden, traten beiseite, als Kirkham und Carmichael ihre Plätze einnahmen. Auch die beiden Sekundanten postierten sich am Rand.

Ohne die stützende Hand schien Kirkham regelrecht zu schwanken.

»Der Dummkopf ist betrunken«, raunte Charles Tom ins Ohr. »Bestimmt wird der Kampf nicht lange dauern.«

Nachdem die beiden Gegner sich aus den Reihen der Zuschauer je einen Schiedsrichter ausgesucht hatten, stellten sie sich im Quadrat in der Mitte auf und der Kampf begann.

Von beiden Seiten schwappten Anfeuerungsrufe in den Ring.

Carmichael nahm eine geduckte Haltung ein und umkreiste Kirkham. Offensichtlich war ihm der Zustand seines Gegners nicht entgangen, denn er schien den rechten Augenblick abpassen zu wollen, um zuzuschlagen.

Kirkham hingegen griff Carmichael bei jeder sich bietenden Gelegenheit an. Immer wieder stürzte er nach vorn und schlug mit der Faust ins Leere, nur um dann gleich wieder zurückzuwanken.

Ab und zu übertraten einige der Umstehenden den Ring, sodass die Sekundanten und Unparteiischen sie zurückschieben mussten.

Auf einmal stolperte Kirkham und drohte hinzufallen. Die Menge hielt den Atem an.

Doch dann erlangte er sein Gleichgewicht wieder und führte seine Angriffe auf Carmichael fort.

Tom sah sich um – alle Anwesenden schienen sich ausnahmslos auf den Kampf zu konzentrieren. Beim besten Willen konnte er nicht verstehen, was an zwei erwachsenen Männern, die – erfolglos – alles dafür taten, um einander zu Tode zu prügeln, so faszinierend war. Tom schielte zur Tür und überlegte, wie lange er wohl brauchen würde, um durch die Meute dorthin zu gelangen. Gerade als er sich seine Fluchtroute so halbwegs zurechtgelegt hatte, schrien Charles und die anderen Zuschauer plötzlich auf.

Kirkham versuchte, mit der rechten Faust Carmichaels Gesicht zu treffen.

Dieser wich dem Schlag jedoch mit Leichtigkeit aus – und in der nächsten Sekunde, als Kirkham seine Deckung fallen ließ, richtete Carmichael sich groß auf, packte seinen Gegner bei den Haaren und stieß ihm die Faust ins Gesicht.

Einige Männer jubelten, während Kirkhams Anhänger

empört buhten. Die Unparteiischen taten dagegen nichts. Carmichael platzierte einen zweiten Hieb in Kirkhams Gesicht und noch einen und noch einen, bis der junge Mann auf einmal erschlaffte und Carmichael sein Gewicht nicht mehr allein am Schopf stemmen konnte.

Sofort ließ er seinen Gegner los, der blutüberströmt zusammenbrach und mit einem dumpfen Krachen auf den Boden knallte.

Sein Sekundant eilte zu ihm.

Währenddessen drehte Carmichael sich zum Publikum und riss die Arme hoch, um sich bejubeln zu lassen. Silby klopfte ihm auf die Schulter. Und Tom schaute zu Kirkham, der regungslos am Boden lag.

Carmichael hatte gewonnen.

»Widerwärtig«, murmelte Charles und wandte sich von Kirkham ab, der mit dem Gesicht nach unten dalag.

Ausnahmsweise musste Tom seinem Bruder recht geben. »Warum hat man Carmichael denn nicht aufgehalten?«

»Wie er gekämpft hat, war nicht gegen die Regeln. Ich glaube sogar, Gentleman Jackson selbst hat sich der gleichen Taktik bedient, als er gegen Daniel Mendoza um den Titel angetreten ist. Erscheint mir dennoch eher ungehobelt.«

Tom schüttelte den Kopf. »Ungehobelt« war nicht gerade das Wort, das ihm passend erschien. Für ihn war Carmichael ein Rohling im wahrsten Sinne des Wortes. Ein Rohling, der zweifellos in keiner Situation zögern würde, sich alles zu nehmen, was er wollte.

»Willst du nicht vielleicht nach Kirkham schauen?«, fragte Tom.

Kopfschüttelnd schob sich Charles durch die Menge. »Das

macht sein Sekundant schon«, sagte er über die Schulter nach hinten. »Außerdem war es ja seine eigene Entscheidung, sich vor dem Kampf zu betrinken. Er hätte Carmichael sowieso gar nicht erst herausfordern sollen.«

»Kirkham hat Carmichael herausgefordert?«

Charles blieb stehen, als drei Männer vor ihm durchliefen. Tom kämpfte sich zu ihm durch, bis sie Schulter an Schulter nebeneinanderstanden.

»Carmichael hat ihn im Theater umgerannt, wollte sich aber nicht entschuldigen, weil Kirkham ihm bei dem Zusammenprall etwas aus seinem Glas übergekippt hat«, erklärte Charles, als sie sich gemeinsam Richtung Ausgang voranschoben. »Carmichael wollte dann unbedingt, dass Kirkham sich entschuldigt. Der hat sich aber natürlich geweigert, weil es schließlich Carmichael war, der ihn angerempelt hatte. Und am Ende hat ihn Kirkham schließlich zum Kampf herausgefordert. Was echt ziemlich dämlich von ihm war. Trotzdem hätte Carmichael ihn nicht so niederzuknüppeln brauchen. Wie betrunken Kirkham war, konnte doch jeder sehen, der Augen im Kopf hat.« Er hielt inne. »Man sollte diesen widerlichen Riesen wirklich mal in seine Schranken weisen.«

Tom wollte gerade entgegnen, so groß sei Carmichael nun auch wieder nicht, da brachen mehrere Gentlemen bei der Tür in lautstarkes Gelächter aus.

»Famoser Kampf, Carmichael.«

»Er kann bestimmt mehrere Tage nicht aus dem Bett aufstehen.«

»Armer Kerl, war so besoffen, dass er gar nicht wusste, wie ihm geschah.«

Inmitten der Umstehenden ragte Carmichael heraus und lachte sich schlapp über die Kommentare seiner Freunde.

»Er war ja noch nie ein gut aussehender Mann«, sagte er grinsend. »Ich habe im Grunde nur seine Kinnlinie etwas ansehnlicher gemacht.«

Die Männer um ihn herum grölten.

Charles ballte die Fäuste und murmelte etwas Unverständliches vor sich hin. Tom sah, wie etliche der Männer sich ihm und seinem Bruder zuwandten.

Carmichael grinste sie an. »Haben Sie mir was zu sagen, Sherborne?«, fragte er Charles.

Der schwieg, aber in seinem Gesicht zuckte ein Muskel.

»Hätten Sie selbst Lust auf eine Lektion?«, fuhr Carmichael fort. »Oder sind Sie dazu nicht Manns genug?«

Seine Begleiter johlten.

Da stürzte sich Charles auf Carmichael.

Tom packte seinen Bruder am Arm. Dieser versuchte sich loszumachen, aber Tom trat vor ihn und hielt ihn an der anderen Schulter fest. Dann sah er nach hinten zu Carmichael, dessen Grinsen nur noch breiter wurde. »Ihre Taktiken sind ganz schön skrupellos für einen selbst ernannten Verfechter ehrenhaften Benehmens, Carmichael«, sagte Tom.

»Sie können sagen, was Sie wollen, Halworth«, entgegnete Carmichael. »*Mich* hat jedenfalls noch niemand je beschuldigt, eine Lady auszunutzen.«

Mit zusammengekniffenen Augen begegnete Tom Carmichaels verächtlichem Blick. Eins musste man dem Mann lassen: An Arroganz war er kaum zu überbieten.

Tom knirschte mit den Zähnen. Er hatte noch nie mit jemandem Schindluder getrieben, schon gar nicht mit einer

Lady. Aber sich jetzt auf eine Diskussion mit Carmichael und seinen Kumpanen einzulassen, wäre vollkommen sinnlos.

»Als ich sie zuletzt sah, hatte Lady Victoria wenig Vorteilhaftes über Sie zu berichten«, ergänzte Carmichael mit hochgezogener Augenbraue.

Die Männer um ihn herum funkelten Tom finster an.

»Sie werden verzeihen, dass ich Ihren Worten keinen Glauben schenken kann«, sagte Tom, obwohl ein Teil von ihm sich schon insgeheim fragte, ob Victoria sich Carmichael auf dem Ball nicht doch anvertraut haben könnte. Schließlich hatte Tom den Rest des Abends im Kartenspielzimmer verbracht und konnte nicht wissen, was im Saal passiert war.

Tom umklammerte die Schulter seines Bruders fester und versuchte, diesen wegzudrängen. Doch sie waren noch keine zwei Schritte weit gekommen, da packte Carmichael plötzlich Tom am Arm.

Er fuhr zu ihm herum. Ein unbeherrschterer Mann hätte Carmichael jetzt sicher zum Kampf herausgefordert. Seine Gefühle unter Verschluss zu halten, gehörte allerdings glücklicherweise zu den Dingen, die Tom in den Jahren gelernt hatte, als er gezwungen gewesen war, mit einem Vater wie Henry Halworth aufzuwachsen. Natürlich würde es ihm Genugtuung bereiten, Carmichael sein großes Maul zu stopfen. Jedoch würde Tom sein Leben nicht aufs Spiel setzen, nur weil ein Mistkerl ihn mal beleidigte.

Stattdessen starrte er Carmichael eisig an. »Ich würde Ihnen dringend raten, meinen Arm loszulassen.«

Und tatsächlich zog dieser seine Hand zurück, sagte aber glucksend: »Ja, überlassen Sie die Kämpfe den echten

Männern, Halworth. Nichts anderes habe ich von Ihnen erwartet.«

Charles wollte sich wieder losreißen, um sich auf Carmichael zu stürzen, doch Tom schüttelte nur den Kopf und schob seinen Bruder aus dem Boxclub hinaus.

»Der Mann ist schlichtweg unausgeglichen«, sagte Tom, als sie auf die Albemarle Street bogen.

»Hättest du mich nicht weggezerrt –«

»Charles, Carmichael ist stärker als wir beide zusammen.«

»Als würde der sich trauen, gegen jemanden von demselben gesellschaftlichen Rang zu kämpfen!«, schnaubte Charles.

»Willst du damit vorschlagen, dass Gentlemen *vom selben gesellschaftlichen Rang* sich auf offener Straße prügeln sollten, wenn sie nicht der gleichen Meinung sind?«, fragte Tom scherzhaft, um die Stimmung aufzulockern.

Charles warf ihm einen Seitenblick zu. »Unglaublich, dass er dich vor Zeugen angegriffen hat. Anscheinend denkt er, er stünde über dem Gesetz.«

Tom runzelte die Stirn. »Ich glaube, du misst der Sache zu viel Bedeutung zu …«

»Ist dir bewusst, dass du seine Vorwürfe im Grunde bestätigt hast, durch deine Weigerung, ihn herauszufordern?«

»Seine Vorwürfe entbehren jeglicher Grundlage.«

»Was aber keinerlei Rolle spielt! Er hat deinen Ruf beschmutzt.«

Tom seufzte. Teil der hohen Gesellschaft zu sein, war noch weit ermüdender, als er erwartet hatte.

Schließlich bogen sie auf die Palmer Street und die graue Fassade ihres Stadthauses kam in Sicht. Eine Mietdroschke stand direkt vor den Eingangsstufen. »Wem gehört die denn?« Susans konnte es nicht sein. Sie verließ das Haus niemals ohne Begleitung – die in den meisten Fällen Tom war.

»Ich habe nicht die leiseste Ahnung«, erwiderte Charles.

Damit blieb nur eine einzige Erklärung übrig – sie hatten unerwarteten Besuch.

Tom beschleunigte seinen Schritt.

Gemeinsam betraten die Brüder das Haus und fanden in der Eingangshalle, in der Ecke hinter der Tür, zwei Männer vor, die Tom noch nie gesehen hatte: Ein korpulenter, kahlköpfiger Herr stand neben einem Stuhl, von dem sich nun ein klein gewachsener zweiter Mann mit dunklem Backenbart erhob. Beide Herren trugen graue Hosen und Jacketts. Ihr Aufzug sowie Charles' hastiger Rückzug Richtung Küche führten Tom zu der Schlussfolgerung, dass die beiden keine Freunde seines Bruders waren.

»Lord Halworth?«, wandte sich der Kleinere mit einer Verbeugung an Tom.

Der nickte flüchtig. »Und Sie sind?«

»Mein Name ist Nathaniel Clarkson und das ist mein Mitarbeiter, Mr Talbot. Wir sind hier wegen der Summe von insgesamt 327 Pfund, 6 Shilling und 2 Pence, die einem gewissen Mr Smithfield, dem Lebensmittellieferanten in der Broughton Street, geschuldet wird.«

Tom blieb bei der Nennung der Summe schier die Luft weg. »Gentlemen, ich versichere Ihnen, dass ich Mr Smithfields Laden noch nie betreten habe.«

Daraufhin holte Mr Clarkson ein Blatt Papier aus seiner

Jackentasche und reichte es Tom. »Wie Sie sehen können, besteht das Kundenkonto des Grafen von Halworth bei Smithfields bereits seit 1799. Die Rechnungen wurden schon seit Jahren nicht mehr beglichen. Es ist allgemein bekannt, dass Sie die Grafschaft erst vor einem Jahr geerbt haben, doch auch nach dem Tod des Grafen wurden dort weiterhin regelmäßig Käufe getätigt.«

Tom ließ den Blick übers Papier gleiten, auf dem eine lange Liste mit Lebensmitteln prangte, die im vergangenen Jahr bestellt worden waren. »Ich habe diese Käufe aber nicht bewilligt«, sagte er.

Sein Kopf begann zu pochen. Es war leicht zu erraten, wer zu diesen speziellen Schulden ihres Vaters beigetragen hatte. Und wahrscheinlich aß Charles, der Verursacher dieses Übels, just in diesem Augenblick ein paar Löffel des eingeschmuggelten Kaviars.

»Mag sein, Lord Halworth. Dennoch hat Mr Smithfield deswegen Klage gegen Sie erhoben. Entweder Sie bezahlen die Rechnung oder mein Mitarbeiter und ich sind gezwungen, uns in Ihrem Stadthaus einzuquartieren.«

»Sie wollen sich *hier* einquartieren?«, stieß Tom hervor. In seinem Kopf dröhnte es jetzt schmerzhaft. »Das kann unmöglich Ihr Ernst sein.«

»Unglücklicherweise ist das mein voller Ernst. Wir bleiben so lange und überwachen Ihre Ausgaben, bis wir einen Weg gefunden haben, wie Sie Ihre Schulden begleichen können.«

Mit einer Hand rieb Tom sich übers Gesicht. Er hätte Charles den Hals umdrehen können! Zum Glück konnte ein Lord nicht ins Schuldgefängnis gesteckt werden. Doch Clarkson hatte recht – Gläubiger durften ihr Geld eintreiben, indem sie Gerichtsvollzieher im Haus des Schuldners unterbrachten. Und der Vollzieher nahm dann alles Geld, das ins Haus kam, und übergab es an den Gläubiger.

Aber damit konnte sich Tom heute unmöglich befassen. »Hören Sie, Mr Clarkson«, setzte er an und ging auf diesen zu.

Da schob sich Mr Talbot mit seiner stämmigen Statur vor seinen Vorgesetzten.

»Tom!«

Er drehte sich in Richtung der Stimme. Susie kam die Treppe heruntergesaust und ihre rotblonden Locken hüpften bei jeder Stufe auf und ab.

»Hallo, Miss Naseby«, drang Mr Clarksons Stimme hinter Mr Talbots Rücken hervor. Tom sah, wie Talbots Blick zu Susie wanderte und der Mann sich dann höflich vor ihr verbeugte.

Susie lächelte die beiden Besucher an. Als Talbot, dieser Unhold, daraufhin rot anlief, hätte Tom beinahe laut geschnaubt. Susies bezauberndes Wesen und ihr niedliches Gesicht machten es Männern sehr schwer, sie nicht zu mögen. Ihr Lächeln, das ihre Wangengrübchen aufblitzen ließ, lenkte selbst in dieser Situation von ihrem zerschlissenen maulbeerfarbenen Kleid ab.

Toms Puls verlangsamte sich und wieder einmal staunte er darüber, wie Susies Anwesenheit seine Stimmung schlagartig verbesserte. Doch als sie näher kam, übermannte ihn Traurigkeit. Susies abgewetztes Kleid erinnerte ihn schmerzlich daran, in welch prekärer Lage sich die Familie befand. Es war ihm weder möglich, diese Männer auszuzahlen, noch Susie die dringend benötigte neue Kleidung zu kaufen. Tom hatte sich selbst geschworen, das Leben seiner Schwester nach seiner Rückkehr zu verbessern – aber Susie sah immer noch so aus, als wäre sie im besten Fall eine arme entfernte Verwandte und im schlechtesten Fall eine Bedienstete. Obwohl sie in Wirklichkeit das einzige Mitglied der Familie war, das den Wert von Geld zu schätzen wusste.

»Susan, du kennst die beiden Herren?«, fragte Tom.

Mr Clarkson trat hinter seinem Mitarbeiter hervor. »Miss Naseby war vorhin so freundlich, uns zu empfangen«, wandte er sich an Tom.

Dieser warf Susie einen fragenden Blick zu. Doch statt ihm eine Erklärung zu liefern, lächelte sie nur. »Gentlemen, wenn Sie uns bitte einen Moment entschuldigen würden?«

»Susan …« Tom verstummte, als er ihren vielsagenden Blick auffing.

Die Männer nickten und Susie lief den Flur hinunter. Tom folgte ihr. Gemeinsam betraten sie die Bibliothek und er schloss die Tür hinter ihnen.

»Tut mir leid, dass ich nicht mit dir gesprochen habe, bevor die Herren hergekommen sind«, sagte Susie.

»Vielleicht könntest du sie mit deinem Charme dazu bewegen, das Haus wieder zu verlassen. Ich will sie nicht hierhaben.«

»Aber sie sind fest entschlossen, sich bei uns einzuquartieren, wenn du ihnen das Geld nicht gibst.«

Gerichtsvollzieher im Haus aufzunehmen, war jedoch nicht die schlimmste aller Schanden. Auch Lord Byron hatte zwei Jahre zuvor schon ihre Anwesenheit in seinem Haus ertragen müssen. Trotzdem würden die Herren Tom in jeder Sekunde daran erinnern, dass er seine Familie im Stich gelassen hatte.

Dass er die Schulden nicht selbst verursacht hatte, spielte dabei keine Rolle. Er war der Graf von Halworth, also lagen sie in seiner Verantwortung.

»Ich habe allerdings ein paar Ideen, wie wir die Herren beschwichtigen könnten«, sagte Susie.

»Tatsächlich? Hast du vielleicht auch einen Weg gefunden, wie wir den Rest der verdammten Schulden unseres Vaters loswerden können?«

»Zumindest habe ich mir dazu einige Gedanken gemacht.«

Tom lief zum Kamin und bedeutete ihr weiterzureden.

»Ich glaube, ich könnte sie davon überzeugen, statt Bargeld etwas anderes zu akzeptieren.« Als Tom schwieg, fuhr sie fort: »Dein Pferd, Tom.«

Ein neuer Schmerz explodierte, diesmal in Toms Nacken, und er hob seine Hand, um ihn wegzumassieren. »Soll das ein Witz sein? Wie soll ich denn ohne Pferd überall hinkommen?«

»Wir haben doch noch die Kutschpferde. Und du könntest zu Fuß gehen. Oder hast *du* vielleicht eine andere Idee, was wir ihnen anbieten könnten?«

Tom seufzte. Nein, hatte er leider nicht. Die Wertgegenstände der Familie, einschließlich der Gemälde von Tizian und Brueghel, wurden in Form einer Stiftung verwahrt. Und weder die Sherbornes noch ihre Erben durften etwas davon veräußern – so bestimmte es das Vermächtnis von Toms Großvater, dem siebten Grafen von Halworth. Einen Monat zuvor hatten sie das Mobiliar der Gästezimmer beider Häuser verkauft, wodurch sie beinahe alle Gehälter der Angestellten auszahlen konnten. Außerdem hatte Tom verfügt, dass im Stadthaus nur noch die drei Schlafzimmer beheizt wurden sowie die Räume der Bediensteten, die Küche und die

Bibliothek. Selbst diese wenigen Teile des Hauses zu heizen, grenzte an Wahnsinn. Doch wenn sie das nicht taten, würde das Haus regelrecht unbewohnbar werden.

Toms Mutter war nur deswegen auf Halworth Hall geblieben, weil die Familie es sich schlicht nicht leisten konnte, sie an der Ballsaison teilhaben zu lassen. Susie hatte das Debütantinnenalter noch nicht erreicht und konnte deswegen noch gar nicht zu gesellschaftlichen Anlässen gehen. Weil ihr Unterhalt in London allerdings genauso viel kostete wie auf Halworth Hall, war sie mit ins Stadthaus gezogen.

Alle anderen Ausgaben, Lebensmittel inbegriffen, wurden auf Kredit getätigt. Tom hätte viel lieber die Kutschpferde verkauft als sein eigenes, aber das wäre eine unvernünftige Wahl gewesen. Schon allein, weil er, Susie und Charles es dann schwer haben würden, zum Ende der Ballsaison nach Hampshire zurückzukehren.

Trotzdem war für Tom der Gedanke, Horatio zu verkaufen, schlicht unerträglich. Sein Onkel war seinerzeit extra nach Preußen gereist, um den sanftmütigen, stämmigen Trakehner zu kaufen und ihn Tom zum siebzehnten Geburtstag zu schenken. Es war das erste Mal in Toms Leben gewesen, dass ihm ein Mann etwas anderes geschenkt hatte als ausrangierte oder abgetragene Sachen. Und seither hatte Tom seinen neuen Freund immer mit größter Fürsorge behandelt. Bei der Rückkehr nach England hatten sie auf dem Weg durch die Schweizerische Eidgenossenschaft und durch Frankreich häufig haltgemacht, und Tom hatte sich immer eigenhändig um das Pferd gekümmert. Auch der Kanalüberfahrt hatte Horatio ohne jeden Zwischenfall getrotzt. Tom konnte ihn unmöglich verkaufen!

»Hattest du nicht gesagt, du hättest auch noch weitere Ideen?«, fragte er und rieb sich wieder den Nacken.

Susie nickte. »Wir müssen meinen Unterricht aussetzen.«

Schweigend verzog Tom das Gesicht. Ja, Susies Unterricht wurde immer mehr zu einer überflüssigen finanziellen Belastung. Wenn kein Geld da war, um ihr die passende Garderobe zu kaufen, würde er es sich ohnehin nicht leisten können, ihr gesellschaftliches Debüt zu finanzieren. Zumindest noch nicht. Also würde sie auf ihr Debüt warten müssen, bis Tom über genug Mittel verfügte, um sie so auszustatten, wie sie es verdiente.

»Und …« Sie zögerte. »Ich muss mir eine bezahlte Beschäftigung suchen.«

Er stöhnte. »Nein. Es sind nicht deine Schulden.«

»Deine aber auch nicht. Unser Vater hat sie angehäuft. Doch unglücklicherweise sind sie jetzt nun mal an uns übergegangen und ich möchte bei der Rückzahlung helfen. Das bin ich dir schuldig.«

Tom ging zu einem Sessel und ließ sich darauf fallen. »Du bist mir gar nichts schuldig.«

»Ich verdanke dir mein Leben, Tom.«

Unbehaglich rutschte er hin und her. Diese Unterhaltung wollte er wirklich nicht noch einmal führen.

»Was geschehen ist, ist geschehen. Es ist Vergangenheit. Ich werde deinen Unterricht vorübergehend aussetzen, es gibt allerdings meines Erachtens keinen Grund, dich wieder einer Beschäftigung zuzuwenden. Außerdem hast du im Laufe der Jahre schon mehr als genug für mich getan.«

Susie schüttelte den Kopf. »Ich könnte wieder als Zimmermädchen arbeiten, aber ich glaube, als Gouvernante würde ich mehr Geld verdienen.«

Tom seufzte. »In England arbeiten Ladies nicht. Und besonders du solltest nur allzu gut wissen, was hübschen sechzehnjährigen Mädchen zustoßen kann – Zimmermädchen oder Gouvernante hin oder her. Ich werde nicht zulassen, dass dein guter Ruf Schaden nimmt.«

Susie legte den Kopf schief. »Muss ich dich daran erinnern, dass ich die uneheliche Tochter eines Grafen und eines Hausmädchens bin? Ich habe überhaupt keinen guten Ruf. In Solothurn haben wir beide außerdem auch gearbeitet. Ich hatte kein Problem damit, im Hotel deines Onkels die Fußböden zu wischen. Genau wie du kein Problem damit hattest, es zu leiten, wenn er es dir überlassen hat.«

Nun begannen auch Toms Schläfen wieder heftig zu pochen. Susie hatte nur zum Teil recht. Es war tatsächlich erfreulich gewesen, wenn sein Onkel ihm das Hotel anvertraut hatte. Das *Bodmerhaus am Fluss* gehörte zu den wenigen Hotels in Solothurn, in denen wohlhabende Reisende verweilten. Es verfügte über einige der geräumigsten Unterkünfte in der Stadt beziehungsweise im gesamten Kanton. Es war nicht immer spaßig, sich mit den Marotten der Gäste herumzuschlagen oder niedrige Tätigkeiten zu verrichten. Aber Tom erinnerte sich durchaus daran, wie stolz er jedes Mal gewesen war, wenn er seinem Onkel dabei helfen konnte, einen besonders anspruchsvollen Gast zufriedenzustellen. Sobald sie dann unter sich waren, hatte sein Onkel ihm auf die Schulter geklopft und ihn unter seinem Schnurrbart hindurch angelächelt.

Toms Onkel und Tante hatten keinen eigenen Sohn, nur drei Töchter, die allesamt bereits verheiratet waren, als Tom und Susie nach Solothurn kamen. Also hatte Toms Onkel ihn unter seine Fittiche genommen. Währenddessen hatte seine Tante, eine schlichte, aber warmherzige Frau, die meiste Zeit bei ihren Töchtern verbracht und die Erziehung ihrer Enkelkinder überwacht. Sie hegte eine besondere Schwäche für Süßes und kaufte häufig *Läckerli* oder *Magenbrot* – beides Schweizer Lebkuchensorten, die Tom nie hatte auseinanderhalten können.

Gedankenverloren zupfte Tom an seinem Hosenbein. Er vermisste die Familie seines Onkels und die kopfsteingepflasterten Straßen von Solothurn. Immer wieder stieg ihm das Bild des gemütlichen Hauses vors innere Auge – die handgeschnitzten Holzmöbel und der massive Kaminofen aus Keramik, der das große Wohnzimmer so schnell beheizte. Er erinnerte sich daran, wie sein Onkel und seine Tante zusammensaßen und ein frühes Abendessen aus Kochschinken, saftigem Emmentaler Käse, Sauerkraut und Graubrot einnahmen, und sofort fing sein Magen an zu knurren.

Doch leider befand Tom sich nun hier – in seinem langweiligen grauen Stadthaus, in dem einem die Kälte fast genauso schlimm in die Knochen und ins Gemüt kroch wie auf Halworth Hall. Außerdem aß er so wenig und fade, dass er jeden Monat mehrere Kilogramm abnahm, während er sich unentwegt Sorgen machte, wie er das Familienanwesen erhalten konnte.

Zum ersten Mal im Leben führte Tom ein Unternehmen ganz allein. Nur dass er diesmal einen uralten, undankbaren Grundbesitz stemmen musste und kein geschäftiges Hotel. Er hätte Halworth mit derselben Leidenschaft führen sollen wie damals das *Bodmerhaus am Fluss*. Allerdings war das Familienanwesen, anders als das Hotel seines Onkels, gleich auf mehrfache Weise belastet: durch Schulden, Vernachlässigung und, am schlimmsten, durch die quälenden Erinnerungen, die damit verbunden waren.

Tom räusperte sich. »Unser Leben ist jetzt anders. Ich habe mir nach unserer Rückkehr geschworen, dass zumindest *dein* Leben hier ein besseres sein sollte.«

Susan machte den Mund auf, um etwas zu sagen, doch Tom hielt eine Hand hoch. »Ich habe ein Gut und einen Titel geerbt, die ich beide nicht haben wollte. Du hingegen hast keinerlei solche Verpflichtungen. Ich möchte nicht, dass du wieder arbeitest. Du bist die Tochter eines Grafen und ich will, dass du als solche behandelt wirst. Sobald ich einige seiner Schulden beglichen habe, wirst du die Ballsaison erleben, die dir zusteht. Ich weiß, dass du bloß helfen willst, aber vergiss nicht – als Mann in hoher Position kann ich nicht in Schuldhaft genommen werden. Also bin ich erst einmal in Sicherheit.«

In seinem Magen ballte sich ein schmerzhafter Knoten, als ihm klar wurde, was er würde tun müssen. »Ich werde Horatio verkaufen. Allerdings will ich, dass auch Charles' Pferd verkauft wird. Denn durch seine Lebensmittelbestellungen im letzten Jahr hat sich der Schuldenberg noch vergrößert und sein Vollblut wird sicher mehr einbringen als Horatio. Ich werde die beiden Pferde eigenhändig zur Auktion bringen und den Gerichtsvollziehern die Erlöse übergeben. Ich gehe gleich hin und sage es ihnen.«

Er stemmte sich aus seinem Sessel hoch.

»Nein, Tom, lass mich das machen«, bot Susie an.

Dankbar nickte Tom ihr zu und setzte sich wieder. Dann streckte er den Rücken durch. Seine Schmerzen hatten sich inzwischen im ganzen Kopf ausgebreitet.

Sie ging zur Tür, hielt dann aber noch einmal inne, die Hand auf der Klinke. »Du bist früher als erwartet zurück. Hast du den Nachmittag bei diesem barbarischen Männerritual etwa nicht genossen?«

Er verzog das Gesicht.

Susie hob die sanft geschwungenen Augenbrauen. »Was ist denn passiert?«

Tom erzählte ihr von den Vorfällen im Boxklub.

Mit jedem Satz riss sie die Augen weiter auf. »Tom, du musst wirklich aufpassen.«

»Mach dir keine Sorgen.« Er lächelte sie beruhigend an. »Ich hege nicht die Absicht, diesem Kerl so schnell wieder zu begegnen.«

Susie runzelte die Stirn, machte dann jedoch die Tür auf. »Dann will ich mal zu den beiden Herren gehen. Du verkaufst die Pferde wirklich, oder? Ich weiß, wie viel Horatio dir bedeutet, doch die Situation gerät langsam außer Kontrolle. Wenn wir nicht schleunigst etwas Geld zusammenbekommen, werden uns die Gerichtsvollzieher wirklich in die Mangel nehmen.«

»Dazu wird es hoffentlich nicht kommen. Ich verkaufe die Pferde, versprochen.«

Mit einem letzten Nicken wandte sie sich ab.

»Und dann kürze ich Charles' Ausgaben«, murmelte Tom. »Vielleicht kann *er* sich ja eine Beschäftigung suchen. Was meinst du, wie würde Charles sich als Stallausmister machen?«

Susie brach in Gelächter aus. »Zumindest könnte er dann nicht mehr *dich* dafür verantwortlich machen, den Familiennamen zu beschmutzen.«

Tom hätte gern gelacht, allerdings erinnerte Susies Scherz ihn nur einmal mehr daran, dass Charles es nach dem Boxkampf nicht geschafft hatte, ihn potenziellen Geldgebern vorzustellen. Schon wieder. Auch wenn er fairerweise zugeben musste, dass es diesmal Carmichael gewesen war, der das Unterfangen vereitelt hatte.

Erschöpft lächelte Tom seine Schwester an. An manchen Tagen war sein Drang, mit Susie und Horatio ein Schiff zu besteigen und England zu verlassen, so stark, dass er den Duft des frisch gemähten Solothurner Grases, der von jenseits des Flusses Aare entgegenwehte, förmlich riechen konnte. Ohne die Schulden und die endlosen Verpflichtungen hätte das Leben so schön sein können! Doch jedes Mal hielt ihn der Gedanke zurück, wie boshaft sein Vater im Grab lachen würde, wenn Tom so etwas täte. Nein, er konnte hier nicht weg und seine Familie im Stich lassen. Er würde nicht zulassen, dass der alte Tyrann siegte.

Zehntes Kapitel

Sie war bereit zuzugestehen, daß er mehr gute Eigenschaften haben mochte, als sie bisher angenommen hatte.
– Jane Austen, *Mansfield Park*

Vicky nickte ihrem Butler Sheldon zu, als sie, mit Sarah auf den Fersen, die Empfangshalle der Astons betrat. Der Ehrenwerte Bartholomew Shore, der sie den Nachmittag über begleitet hatte, schlurfte nach ihnen hinein. Dann nahm Sarah Vicky den Schal ab und verschwand im Haus.

Vicky wandte sich Mr Shore zu. »Vielen Dank für den Ausflug. Er war sehr … angenehm.«

Dieser wackelte mit seinen Augenbrauen. Offenbar war er der Überzeugung, die Geste versprühe einen verwegenen Charme, denn er hatte sie in der vergangenen Stunde nicht weniger als zehnmal gemacht – Vicky hatte mitgezählt. Leider ließ ihn das Augenbrauengewackel aber nur dümmlich aussehen – oder höchstens, wenn man viel Wohlwollen an den Tag legte, ziemlich verwirrt. Die Kunst, die es in der Ausstellung der Royal Academy zu sehen gab, hatte sich als Fluch und Segen zugleich erwiesen: Sie hatte erfreulicherweise verhindert, dass Vicky sich Mr Shores spezielle Geste im ersten Gemälderaum ansehen musste. Als sie ihr jedoch schließlich aufgefallen war, befanden sie sich schon so tief in der Ausstellung, dass ihr nichts anderes übrig blieb, als weiterzugehen – wenngleich deutlich schnelleren Schrittes.

»Das Vergnügen war ganz meinerseits, Lady Victoria.« Mr Shore ging auf den Tisch im Zentrum der Eingangshalle zu und wischte einen unsichtbaren Staubfussel von der Tischplatte.

Vicky sah Sheldon an, der stocksteif neben der Haustür stand und sich seiner Aufgabe als stummer Diener zu sehr verpflichtet fühlte, um einen Kommentar zu äußern. Dagegen konnte Vicky sich nur mit Mühe beherrschen, nicht das Gesicht zu verziehen – so sehr missfiel ihr Mr Shores Anspielung, dass das Personal im Aston House es mit der Sauberkeit nicht so genau nähme.

Trotzdem – Mr Shore war so nett gewesen, sie zu einem Ausflug einzuladen, ohne sie vorher je getroffen zu haben. Also würde sie zumindest höflich bleiben.

Im Bestreben, Vicky neben Mr Carmichael noch andere Heiratskandidaten zu verschaffen, hatte Victorias Mutter etliche ihrer Freundinnen angeschrieben, die sich derzeit in London aufhielten. Und einige von ihnen hatten sehr zuvorkommend geantwortet, darunter auch Lady Allenby, eine frühere Schulfreundin der Gräfin. Mr Shore war ihr zweitgeborener Sohn, der zwar niemals die Grafschaft seines Vaters erben würde, dessen Eltern ihm aber ein beachtliches Anwesen in Berkshire zu übertragen planten, sobald er volljährig wurde.

Wieder wackelte er mit den Augenbrauen, was beinahe einem seltsamen Zwinkern glich. »Nach so viel Kunst dürstet es einen nach einer Erfrischung.«

Vicky presste die Lippen aufeinander. Aha, er wollte also, dass sie ihm etwas zu trinken anbot. Natürlich hätte sie ihn jetzt fragen können, ob er auf eine Tasse Tee bleiben wollte, doch als er einen Schritt näher kam und seine buschigen rötlichen Augenbrauen zum zwölften(!) Mal auf und ab tanzen ließ, wusste sie, dass Tee auf keinen Fall infrage kam. Ganz zu schweigen von der verstörenden Vorstellung, diesem Augenbrauen-Manöver für die nächsten Jahrzehnte beiwohnen zu müssen, wenn sie ihn heiratete.

»Vielleicht gibt es in Ihrem Klub Erfrischungen«, sagte Vicky und schenkte ihm ein gnädiges Lächeln.

Mr Shore ging einen weiteren Schritt auf sie zu. »Ja, allerdings dachte ich ...« Er verstummte, als er ihrem Blick begegnete, und diesmal wirkte das Augenbrauengewackel so, als hätte er Mühe, die Fassung zu bewahren.

Dreizehn. »Ich fürchte, ich habe heute Nachmittag noch eine weitere Verabredung, aber vielen Dank für den Ausflug.« Victoria wandte sich dem Butler zu. »Sheldon, wären Sie so nett, Mr Shore hinauszubegleiten?«

Der Butler nickte. »Natürlich, Lady Victoria.« Dann hielt er dem unerwünschten Besucher die Tür auf. »Mr Shore«, sagte er bestimmt.

Dieser begriff endlich, dass er entlassen war. Er verbeugte sich vor Vicky. »Dann hoffentlich ein andermal, Lady Victoria.«

Sie hob die Mundwinkel, sagte jedoch nichts.

Er ging zur Tür und warf ihr einen letzten Blick zu. Sein Lächeln wirkte wirklich echt. »Einen schönen Tag noch.«

Vicky zuckte zusammen. So übel war der Mann anscheinend auch wieder nicht. Vielleicht würde seine Gesellschaft erträglicher werden, wenn sie ihn nur etwas näher kennenlernte … Sie musste aufpassen, keine voreiligen Schlüsse zu ziehen. Mr Shore ging die Stufen zur Straße hinunter.

»Ihnen auch einen schönen Tag, Mr Shore«, rief sie ihm nach.

Da drehte er sich noch einmal um und gab einen absurden Augenbrauentanz zum Besten.

Vicky presste die Lippen zusammen und warf Sheldon einen vielsagenden Blick zu.

Dieser schloss wortlos die Tür.

»Vielen Dank für den Ausflug, Mr Fothergill, er war … sehr angenehm«, sagte Vicky.

Ihr Begleiter schwenkte seinen Spazierstock und knallte ihn versehentlich gegen den Türpfosten, als er Sarah über die Schwelle in die Eingangshalle des Aston House folgte.

»Na, so was!«, rief er und schaute zwischen Stock und Tür hin und her. »Wie konnte das denn passieren?«

Diese Frage hatte er sich auch schon an der großen Treppe des *British Museum* gestellt. Vicky fing Sarahs Blick auf und hatte Mühe, nicht die Augen zu verdrehen. Dann sah sie zu Mr Fothergills ramponiertem Stock aus Ebenholz. Sarah unterdrückte ein Lachen, nahm Vicky Haube und Handschuhe ab und verschwand im Haus. Und Vicky hätte nichts lieber getan, als ihrem Beispiel zu folgen.

Man hätte eigentlich meinen können, nach der Erfahrung mit Mr Shore habe sie in Sachen Nachmittagsausflüge ihre Lektion gelernt. Aber Mr Fothergill war der älteste Sohn von

Viscount Lindsley und sie hatte ihn tatsächlich schon einmal auf einer Feierlichkeit auf Oakbridge getroffen, als sie beide noch Kinder gewesen waren. Damals war er ein kleiner, rotgesichtiger Junge gewesen, der sich gefreut hatte, mit ihr, Tom, Charles und Althea Papierschiffchen den Fluss hinuntertreiben zu lassen. Vicky hatte gehofft, der Nachmittag im *British Museum* würde ihnen helfen, ihre Bekanntschaft als Erwachsene zu erneuern, während sie sich gleichzeitig ein paar interessante Kunstgegenstände ansehen konnte.

Doch Mr Fothergill war zu einem schlaksigen, großen jungen Mann herangewachsen, der immer noch Mühe zu haben schien, seinen Körper unter Kontrolle zu bekommen. Zweimal wäre er beinahe über Vicky gestolpert. Und sie hätte fast laut aufgeschrien, als er mit dem Spazierstock gegen den Sockel des Glaskastens gekracht war, in dem der Stein von Rosette ausgestellt wurde. Über all das hätte Vicky noch hinwegsehen können. Was sie hingegen *nicht* ertragen konnte, war die Tatsache, dass er während ihres Besuchs im Museum gleich viermal darauf bestanden hatte, dass sie stehen blieben, damit er eine Prise Schnupftabak aus seiner mit Edelsteinen besetzten Dose nehmen konnte. Nur um ihn dann in seiner Tollpatschigkeit jedes Mal nach allen Seiten zu verstreuen. Beim ersten Mal hätte er den Tabak fast über einer etruskischen Vase ausgekippt, beim zweiten Mal über Vickys neuem blauen Kleid. Sie war mit einem Sprung nach hinten ausgewichen, und die Schnupftabakdose war neben den Skulpturen aus dem Parthenon auf dem Boden gelandet. Dabei ging die Hälfte des Tabaks verloren und Mr Fothergill hatte etliche eisige Blicke seitens der Umstehenden geerntet. Das hatte ihn aber nicht davon abgehalten, schon wenige Minuten später wieder danach zu angeln.

»Ja, das war ein perfekter Tag für diesen Ausflug«, sagte Mr Fothergill und nickte. »Weil es nicht so warm und sonnig war. Bei schönem Wetter wäre es ja eine Schande, sich in einem muffigen Raum aufzuhalten und ein paar verstaubte Münzen und Urnen anzuschauen.«

Vicky rang sich ein Lächeln ab. Für sie bestand die Ausstellung nicht aus irgendwelchen *verstaubten* Sachen, sondern aus faszinierenden Zeugnissen der Vergangenheit. Aber ja, bei Sonnenschein konnte man den Tag vielleicht doch besser an der frischen Luft verbringen.

Mr Fothergill rieb den silbernen Griff seines Spazierstocks gegen sein Hosenbein und Vicky hielt den Atem an, als die Spitze durch die Luft wedelte. »Wenn das Wetter wieder besser wird, könnten wir eine kleine Ausfahrt wagen.«

Unwillkürlich riss Vicky die Augen auf, als sie sich vorstellte, wie er mit den Zügeln klarzukommen versuchte, während er eine Prise Schnupftabak aus der Dose fingerte. Um nicht antworten zu müssen, lächelte sie breiter.

Mit einem Kopfnicken holte Mr Fothergill seine Tabakdose heraus. Er hielt sie mit einer Hand fest, während er den Spazierstock zwischen die letzten drei Finger der anderen Hand klemmte und mit Daumen und Zeigefinger eine Prise Tabak herauszupfte. Während er diesen schließlich in die Nase zog, schielte Vicky zu Sheldon. War es wirklich so viel verlangt, dass ein potenzieller Heiratskandidat mehr an ihr als an seinem Schnupftabak interessiert war? Oder sein Laster zumindest so zügeln konnte, dass er ihm nur am richtigen Ort und zur richtigen Zeit frönte? Sheldon fing ihren Blick auf, aber wie immer verriet seine Miene keine Regung.

Vicky sah wieder Mr Fothergill an, der von irgendwoher ein dunkles Taschentuch hervorgezaubert hatte. Damit wischte er sich jetzt die Nase, wobei ihm der Spazierstock aus der Hand fiel und zu Boden krachte. Als er sich bückte, um ihn aufzuheben, hätte er beinahe erneut die Tabakdose ausgekippt. In letzter Sekunde hielt er sie mit der anderen Hand fest, was aber dazu führte, dass das feuchte Taschentuch zu Boden segelte.

Vicky sah Sheldon an und verzog das Gesicht.

»Wenn Sie erlauben, Sir.« Sheldon ging in bedächtigem Tempo von seinem Posten an der Tür auf Mr Fothergill zu.

Der starrte den Butler an. »Nicht nötig, guter Mann. Ich muss nur schnell meinen Schnupftabak wieder in die Tasche stecken ...«

Doch da hatte der Butler schon Stock und Taschentuch aufgehoben und kehrte damit zurück zum Eingang. Vicky folgte ihm in der Hoffnung, dass Mr Fothergill den Wink verstehen würde.

Nachdem dieser seinen kostbaren Tabak wieder sicher in der Tasche verstaut hatte, bemerkte er die beiden an der Tür und ging auf sie zu.

»Vielen Dank für diesen bezaubernden Nachmittag, Mr Fothergill«, sagte Vicky lächelnd.

»Es war mir eine Freude, Lady Victoria«, gab er zurück.

»Ihr Stock, Sir«, warf Sheldon ein und schob ihm den Stab vielsagend vors Gesicht.

Mr Fothergill griff danach und wollte zur Tür hinaus.

»Und Ihr Taschentuch, Sir«, ergänzte der Butler und hielt das Tuch mit spitzen Fingern hoch.

Mr Fothergill schnappte sich dieses, nickte Vicky zu und

trat aus dem Haus. Als sein Stock dabei wieder gegen den Türpfosten schlug, zuckte Vicky zusammen.

Mit Schwung warf Sheldon die Tür zu.

Vicky hielt vor dem Eingang ihres Stadthauses inne und wandte sich Lord Blankenship zu, der zwei Stufen unter ihr stand. Hinter ihr schloss Sarah die Tür auf und schlüpfte ins Aston House.

»Vielen Dank für den Ausflug, Lord Blankenship. Er war … sehr angenehm.« Und zum Glück auch recht kurz. Nach dem letzten Mal hatte Vicky endlich ihre Lektion gelernt und sich heute nur auf einem kurzen Spaziergang zum Hyde Park und zurück begleiten lassen.

»In der Tat, Lady Victoria. Ausgesprochen angenehm«, sagte der junge Viscount und stieg noch eine Stufe höher. Beim *P* schleuderte er winzige Speicheltröpfchen nach allen Seiten.

Vicky wich bis zur Haustür zurück. Im Park, wo sie nur nebeneinander herliefen und sie ihm nicht gegenüberstehen musste, war ihr die Konversation gar nicht so übel vorgekommen – obwohl der Anblick des niedergehenden Speichelregens, der im Sonnenlicht aufblitzte, auch nicht wirklich schön gewesen war. Doch wie sollte sie sich jetzt, da er von Angesicht zu Angesicht mit ihr reden wollte, vor dieser feuchten Unannehmlichkeit schützen?

»Der Park ist für schöne Spaziergänge immer gut geeignet.«

Sie zuckte zusammen, als jetzt nicht nur bei den *Ps*, sondern auch bei jedem *T* die Spucketröpfchen herunterprasselten. Es war ihr vollkommen gleichgültig, ob seine Mutter oder die ihre diesen Mann als den perfekten Ehekandidaten für sie betrachtete. Um nichts in der Welt würde sie sich lebenslang diesem Gesabber aussetzen. Sie drehte sich um und sah Sheldon in der Tür stehen, aufrecht und ernst wie immer.

»Vielleicht sehen wir uns dann auf Lady Tefts Gartenparty wieder.«

Die *Ps*, *Ts* und *Fs* schleuderten Speichelstürme in Vickys Richtung. Eilig flüchtete sie ins Haus. Ausgerechnet Lady *Tefft* hatte also beschlossen, eine Gartenparty auszurichten und ihn dazu einzuladen! »Vielleicht, Lord Blankenship.« Sie warf Sheldon einen vielsagenden Blick zu.

Der Lord stieg zur Türschwelle hinauf. »Aber unbedingt, unbedingt –«

Doch der letzte Spuckeregen traf nur noch die Tür, die der Butler ihm vor der Nase zuwarf.

Mr Silby lenkte im Hyde Park seinen gelb lackierten offenen Zweispänner auf den langen, schnurgeraden Weg, der als *Rotten Row* bekannt war. Währenddessen verzog Vicky das Gesicht zu einem Lächeln, das hoffentlich als mitfühlend durchgehen würde.

»Also sagte ich diesem unverschämten Kerl, ich würde ihm keins seiner Zahnstocher-Kästchen abkaufen. Nicht einmal dann, wenn der König selbst es in den höchsten Tönen anpreisen sollte«, erzählte Mr Silby feixend, was sein gutes Aussehen etwas schmälerte.

Vicky nickte nachdenklich. Mr Carmichael hatte recht behalten. Silby mochte vielleicht in Bedrängnis sein, das änderte allerdings nichts daran, dass er ein ausgesprochen unangenehmer Mensch war. Was wirklich eine Schande war, denn er war erst um die zwanzig Jahre alt. Vicky gefielen seine schönen Gesichtszüge und sein glattes dunkles Haar, doch dieser Mann war und blieb ein echter Tölpel. Auch wenn Victoria nach all den Herren mit zuckenden Augenbrauen, Schnupftabaksucht und feuchter Aussprache vermutlich fast schon hätte dankbar sein müssen, dass Mr Silby sich nicht mit einem der Zahnstocher im Mund herumpulte, für die er kein Kästchen kaufen wollte.

Vicky hatte gerade einen zwanzigminütigen Bericht über Silbys Begegnung mit dem Ladenbesitzer über sich ergehen lassen müssen. Offenbar hatte der Händler die Dreistigkeit besessen, ihm zu erklären, dass blankes Gold als Metall zu weich war und damit kein gutes Zahnstocher-Kästchen abgeben würde. Daraufhin hatte Silby ihm eine Strafpredigt gehalten, die im Kern beinhaltete, dass für den Sohn eines Barons reines Gold *gerade gut genug* war.

Vicky sah zu den Bäumen hinüber, sodass er ihr desinteressiertes Gesicht nicht sehen konnte. Seine Bemerkung über den König war alles andere als passend, denn König George war bereits seit mehreren Jahren dem Wahnsinn verfallen. Ein winziges Lächeln umspielte ihre Lippen, als sie sich vorstellte, wie der Händler sich über Mr Silbys Snobismus amüsiert haben musste.

Doch dann besann sie sich darauf, aus welchem Grund sie heute hier war, und machte eine ernste Miene. Mr Silby war ganz bestimmt nicht die Sorte Mann, mit der sie die nächsten vierzig Jahre zusammenleben wollte. Allein bei der Vorstellung fröstelte sie innerlich. Ihre Gedanken wanderten wieder zu Mr Carmichael. Wie hatte er damals gleich nach ihrem gemeinsamen Ausflug bereits wissen können, dass sie Mr Silby nicht mögen würde? Kannte er sie bereits so gut? Oder war es kein Geheimnis, dass Mr Silby alle Damen gleichermaßen abschreckte? Vicky beschloss Letzteres anzunehmen.

Nach den Erfahrungen der vergangenen Tage konnte sie nicht umhin zu resümieren, dass Mr Carmichael sich mit Abstand von allen anderen Herren abhob, die sie kennengelernt hatte. Auch wenn das angesichts von deren Macken wahrlich nicht allzu schwer war.

Während Mr Silby sich weiter über die Inkompetenz von Ladenbesitzern im Allgemeinen beschwerte, ließ Vicky den Blick weiter über die grüne Parklandschaft gleiten. Es war ein herrlicher Tag. Etwas kühl vielleicht, aber immerhin blitzte die Sonne zwischen den Bäumen hindurch. Enten watschelten über den Rasen und warteten darauf, dass die nächsten Kinder mit ihrem Kindermädchen im Schlepptau daherkamen und sie fütterten. Ein paar Gentlemen trabten hoch zu Ross über die Pfade. Da für die feine Gesellschaft noch nicht die rechte Uhrzeit war, um hochmodisch gekleidet durch den Park zu schlendern, war die *Rotten Row* noch nicht allzu überfüllt.

Mr Silby hatte in letzter Minute vorgeschlagen, dass sie, statt wie ursprünglich geplant in den Park zu reiten, seinen neuen offenen Zweispänner nahmen. Dabei handelte es sich um ein Streitwagen-ähnliches Gefährt, das nur Platz für Fahrer und Beifahrer bot sowie einen schmalen Rücksitz für die Anstandsdame. Vickys Spaziergang mit Lord Blankenship war ihr bislang kürzester Ausflug gewesen und Vicky hatte gedacht, ein Ritt würde ebenso schnell vonstattengehen. Den

Park mit der Kutsche zu durchqueren, hätte eigentlich genauso kurz sein sollen, doch hier konnte sie nicht das Tempo bestimmen. Und so hatte Vicky die Idee zunächst ohne große Begeisterung aufgenommen, musste sich Mr Silbys hartnäckigen Überredungskünsten am Ende allerdings unterwerfen.

Doch jetzt, da der schmale Zweispänner sie zwang, näher als gewünscht bei Mr Silby zu sitzen und sein weihrauchgeschwängertes Rasierwasser einzuatmen, wünschte sich Vicky, sie hätte darauf bestanden, auf ihrem Pferd hierherzureiten.

Silby räusperte sich neben ihr und Vicky warf ihm einen Seitenblick zu. Zwei junge Männer tippten sich an den Hut, als sie an der Kutsche vorbeiritten. Einer von ihnen trug eine dunkelorangefarbene Jacke, der andere eine rote Weste. Ihr pompöser Kleidungsstil amüsierte Vicky, und sie lächelte höflich.

»Was für lächerliche Gecken«, sagte Mr Silby, als die beiden außer Hörweite waren.

Vicky verdrehte die Augen. Ihrer Meinung nach legte Silby auch keinen besseren Geschmack an den Tag. »Wieso sagen Sie das?«, fragte sie mit einem unschuldigen Lächeln.

»Haben Sie die blutrote Weste etwa nicht gesehen? Was denkt der denn, wo er ist, auf dem Kontinent?«

Vicky musterte Silbys lachsrosa Weste und seinen lilafarbenen Frack – was für eine Kombination! Die ihn zudem abstoßend bleich aussehen ließ. Er war keinen Deut weniger *Geck* als die beiden Herren, die eben vorbeigeritten waren. Zu schade, dass er sich so unvorteilhaft kleidete – auf dem Ball hatte er in seinem schwarzen Anzug wirklich attraktiv gewirkt.

Mr Silby zählte ungerührt weiter alle Modefehler auf,

welche die beiden Gentlemen seiner Meinung nach gemacht hatten. Vicky beschloss, ihn zu ignorieren und nur ab und zu flüchtig zu nicken.

»Haben Sie das eben bemerkt?«, fragte Silby plötzlich.

»Wie bitte?« Verwirrt schüttelte Vicky den Kopf.

»Die Kutsche hat geruckelt und jetzt ziehen die Pferde nicht mehr gleichmäßig.«

»Oh.« Vicky sah nach vorn zu den beiden grauen Tieren, die ihrem Empfinden nach völlig normal weitertrabten. »Ich habe nichts gespürt, aber ich bin überzeugt, dass Sie Ihren Zweispänner besser kennen als ich.«

»Ich sollte lieber aussteigen und das Gefährt inspizieren.«

Silby brachte die Kutsche zum Stehen und drückte Vicky die Zügel in die Hand. Dann stieg er ab und bückte sich, um die linke Seite des Fahrzeugs zu begutachten.

Währenddessen drehte Vicky sich auf ihrem Sitz zu Sarah um, die auf dem winzigen Platz saß, der für den *Anstandswauwau* reserviert war. Die Arme umklammerte Vickys Rückenlehne so fest, dass ihre Fingerknöchel weiß hervortraten. Es musste schrecklich für sie sein, sich auf dem Notsitz so durchrütteln lassen zu müssen und zusätzlich noch Mr Silbys Schwadronieren hilflos ausgeliefert zu sein. Aber Vickys Mutter hatte nun einmal beschlossen, sie wieder als Anstandsdame mitzuschicken, was Vicky etwas mehr Privatsphäre gab, um Mr Silby kennenzulernen.

Vicky hatte zwar Verständnis für die Entscheidungen ihrer Mutter, fühlte sich allerdings dennoch schuldig, weil sie Sarah die ganzen ermüdenden Ausflüge der vergangenen Woche zugemutet hatte. Sie nahm sich vor, etwas besonders Nettes für Sarah zu tun, sobald sie wieder zu Hause waren.

»Lady Victoria«, sagte Sarah. »Würde es Ihnen etwas ausmachen, wenn ich absteige?«

»Nein, natürlich nicht.« Vicky schielte zu Mr Silby und vergewisserte sich, dass er sie nicht hören konnte. »Tut mir leid wegen des beengten Sitzens«, flüsterte sie dann. »Ich hatte keine Ahnung, dass er auf diesem seltsamen Gefährt bestehen würde.«

Sarah zuckte mit den Schultern, deutete kaum merklich auf Silby und rümpfte die Nase. Vicky verbarg ihr Lachen hinter einem künstlichen Husten. Nachdem Sarah von der Kutsche heruntergesprungen und auf dem sandigen Pfad gelandet war, drehte sich Vicky wieder nach vorn.

Plötzlich wieherte das Pferd, das direkt neben Silby stand, und stieg mit den Vorderhufen, sodass der gesamte Zweispänner nach hinten kippte.

Vicky krachte mit dem Rücken gegen ihre Lehne. Einen Augenblick lang fürchtete sie, hinunterzufallen und auf dem harten Boden zu landen. Doch da donnerte das Gefährt mit einem ohrenbetäubenden Aufprall vorne wieder herunter.

Die Pferde schossen davon.

Vicky stützte sich mit der rechten Hand ab, und plötzlich wurde ihr bewusst, dass sie vor Schreck die Zügel losgelassen hatte. Sie sah sich nach ihnen um und musste feststellen, dass die Schlaufen, über die Kante der Kutsche zu rutschen drohten. Mit jedem Ruckeln des Zweispänners schlitterten sie weiter von ihr weg. Es wäre nur noch eine Sache von Sekunden, bis sie unerreichbar wären.

In Vickys Ohren rauschte das Blut. Sie musste dringend etwas tun! Doch sie konnte sich einfach nicht überwinden, den Sitz loszulassen.

Mittlerweile waren die Zügel waren nur noch Millimeter vom Rand entfernt.

Vicky stürzte nach vorn und versuchte, danach zu greifen. Ihre Finger strichen über das steife Leder, doch dann ruckte die Kutsche erneut und die Zügel rutschten über den Rand.

Am Parkeingang angekommen, brachte Tom sein Pferd zum Stehen. Zwei Dandys, in Rot und Orange gekleidet, ritten an ihm vorbei. Obwohl sie im Sattel auf und ab wippten, nahmen sie sich die Zeit, sich zum Gruß an den Hut zu tippen. Tom antwortete seinerseits mit einem Nicken und lehnte sich zurück.

Er tätschelte Horatio den Hals. Zusammen hatten sie heute schon einen großen Teil der Stadt durchquert, und Tom wusste, dass sein alter Freund dringend eine Pause brauchte und abgerieben werden musste. Er zog seine Taschenuhr hervor. Vor drei Stunden hatten sie das Stadthaus verlassen. Tom strich Horatio entschuldigend über die haselnussbraune Mähne.

Trakehner waren stämmige Pferde, die für die Landwirtschaft und die preußische Armee gezüchtet wurden. Sie waren in der Lage, auch schwere Anstrengungen auszuhalten, doch Tom achtete immer sehr darauf, Horatio nicht allzu viel zuzumuten. Wahrscheinlich hatte er das Pferd regelrecht verwöhnt. Tom ging nie zu den Stallungen, ohne eine Leckerei für Horatio in der Tasche zu haben, und er gestand ihm weit mehr Karotten und Äpfel zu, als er vermutlich sollte. Die drei Karotten, die er heute für ihn mitgebracht hatte, waren von Horatio längst verschlungen worden.

Tom seufzte. Der Gedanke, sich von seinem verfressenen sanften Riesen trennen zu müssen, war unerträglich für ihn. Aber morgen war es so weit. Zusammen mit Charles würde er die Pferde gleich frühs zu Tattersalls Viehversteigerung bringen. Das war so verflucht ungerecht!

Wieder tätschelte er dem Pferd den Hals und schwor sich, einen Weg zu finden, Horatio bald zurückzukaufen. Unglaublich, dass dies ihr letzter gemeinsamer Ausritt sein sollte. Und dennoch machte Tom sich Sorgen, dass er seinen Freund heute zu lange beansprucht hatte.

Er stellte sich in die Steigbügel und sah den Reitweg entlang. Quer durch den Hyde Park war wahrscheinlich der kürzeste Weg nach Hause. Doch leider waren jetzt haufenweise Höhenflieger der Gesellschaft auf der Rotten Row unterwegs, um zu sehen und gesehen zu werden, und Tom war nicht in der Stimmung, Konversation zu betreiben. Zumindest war es noch nicht ganz fünf Uhr, sodass die Damen, die in London für die Gerüchteküche zuständig waren, noch nicht in Massen herumfuhren.

Tom atmete tief ein und sah zu seinem Pferd hinunter. Um dessentwillen würde er trotz allem den kürzesten Weg wählen. Er tätschelte Horatio noch einmal und setzte ihn dann sachte in Bewegung.

Auf der *Rotten Row* angekommen, begutachtete Tom die Lage erneut. Es waren nicht ganz so viele Leute unterwegs wie befürchtet, nur eine Handvoll Gentlemen zu Pferde und ein paar offene Kutschen. Vielleicht würde der Heimweg doch nicht ganz so mühsam werden.

Tom drückte Horatio die Fersen in die Flanken, woraufhin das Pferd zu trotten anfing, und bewunderte die Landschaft.

Natürlich konnte diese sich weder mit den saftigen Wiesen und Hügeln von Hampshire noch mit dem grünen Weideland rund um Solothurn messen. Doch zumindest war der Hyde Park eine kleine Oase inmitten der schmutzigen, wuseligen Großstadt.

Ein Stück weiter den Pfad hinunter sah Tom einen gelb lackierten Zweispänner, der stehen geblieben war und dessen Fahrer, ein Mann mit hässlicher lilafarbener Jacke, gerade ausstieg. Eine der beiden Damen kauerte hinten auf dem kleinen Sitz, der normalerweise dem Diener des Fahrers vorbehalten war, und trug ein schlichtes Kleid, das sie als Bedienstete auswies. Die andere Dame war, ihrer leuchtend gelben Haube nach zu urteilen, eine Lady. Als sie sich zu der anderen Frau umdrehte, erkannte Tom zu seinem Erstaunen Victorias Gesicht.

Sofort verspannten sich seine Schultern. Er hatte Vicky seit dem Ball nicht mehr gesehen. Aber Charles hatte ihm erzählt, dass die Anschuldigungen, die Carmichael nach dem Boxkampf geäußert hatte, in der Gerüchteküche der Gesellschaft längst die Runde machten.

Gerüchte hin oder her – Tom würde bei dem Zweispänner anhalten und seine Hilfe anbieten müssen. Horatio wieherte leise und Tom versuchte sich zu beruhigen. Das Letzte, was er jetzt gebrauchen konnte, war, dass sein Pferd nervös wurde. Je schneller Tom seine Pflicht erfüllte, desto schneller konnte er Horatio nach Hause bringen. Also drängte er das Tier in einen schnelleren Trott.

Vickys Zimmermädchen – denn um sie musste es sich handeln – sprang aus dem Rücksitz herunter. So schnell würde der Zweispänner offenbar nirgendwohin fahren.

Doch dann stieg das eine Pferd plötzlich.

Die Kutsche kippte nach hinten, landete anschließend wieder mit einem heftigen Aufprall, und die beiden Pferde stürmten in atemberaubendem Tempo los. Einen Moment lang war Tom wie erstarrt. Was um Himmels willen war da bloß passiert? Allerdings konnte er sich kein Zögern leisten. Der Zweispänner beschleunigte immer mehr.

Tom gab Horatio die Sporen.

Vicky brach auf dem Boden der Kutsche zusammen. Wieso hatte sie sich bloß nicht schneller bewegt? Was sollte sie jetzt nur tun? Ohne Zügel in der Hand würde sie die Pferde nicht zum Stehen bringen können. Ihre einzige Rettung bestand darin, abzuspringen. Sie schielte hinaus, sah den sandigen Boden an ihrem Auge vorbeirauschen und ihr Magen drehte sich um.

Nein, Abspringen war keine Option. Sie würde die Zügel irgendwie zu fassen kriegen müssen.

Vicky zog sich am Sitz auf die Knie hoch und hielt nach den Zügeln Ausschau. Die rutschten über der Querstrebe hin und her, die das Gefährt mit der Stange zwischen den beiden Pferden verband. Vicky kniff die Augen zusammen, als sie etwas bemerkte: Die Holzstrebe zwischen den Pferden schien angebrochen zu sein, wahrscheinlich seit das eine Tier vorne gestiegen war. Wenn das Ding brach, würde Victoria mit Sicherheit aus der Kutsche geschleudert werden und konnte von Glück reden, wenn das Gefährt sich nicht auch noch überschlug und auf sie herunterkrachte.

Schwer schluckend streckte Vicky sich nach den Zügeln, doch die baumelten mehr als eine Armlänge außerhalb ihrer

Reichweite. Um sie zu erreichen, würde sie aufstehen und sich weit nach vorn aus dem Zweispänner hinauslehnen müssen. Ein riskantes Unterfangen, denn das geschnitzte Holz der vorderen Kante sah nicht so aus, als könnte es viel Gewicht aushalten. Vicky sah sich nach etwas um, womit sie ihre Reichweite verlängern könnte, aber da war nichts.

Also hatte sie keine andere Wahl, sie musste es riskieren. Mit zusammengebissenen Zähnen stand sie auf, beugte sich vor und streckte eine Hand nach den Zügeln aus.

Und dann spürte sie, wie das Holz unter ihr zersplitterte.

So rücksichtslos hatte Tom Horatio noch nie geritten, doch dem Tier schien es nichts auszumachen. Wie ein Rennpferd raste es hinter der außer Kontrolle geratenen Kutsche her. Als sie näher kam, sah Tom, dass Vicky sich mit dem Oberkörper weit nach vorne beugte. Was in aller Welt ... ?

Sie hatte die Hand ausgestreckt, als wolle sie nach irgendetwas greifen. Sie musste die Zügel verloren haben! Deswegen hatte sie die Pferde bislang noch nicht zum Stehen bringen können.

Tom schloss zum Zweispänner auf und bremste Horatio so weit ab, dass er mit gleicher Geschwindigkeit neben der Kutsche herreiten konnte. Er lenkte Horatio so nah wie möglich an die Grauschimmel heran und streckte dann eine Hand nach dem Zaumzeug des linken Pferdes aus.

Erst war seine Hand einen halben Meter entfernt, dann nur noch wenige Zentimeter. Einen Augenblick später konnte er die Finger endlich um das Leder schließen. Er lehnte sich im

Sattel zurück und zog das Pferd am Zaumzeug nach hinten. Doch die Kutschpferde ignorierten ihn völlig.

Tom zog fester, zerrte mit aller Kraft. Da tauchten vor ihnen zwei breite, offene Kutschen auf, die nebeneinanderfuhren – und direkt auf sie zukamen! Die eine fuhr mehr zur Rechten, die andere direkt in der Mitte des Reitweges. Bei gleichbleibender Geschwindigkeit war es lediglich eine Frage der Zeit, bis Horatio frontal gegen die mittlere Kutsche krachen würde.

Tom ließ das Zaumzeug des grauen Pferdes los und trieb Horatio an. Stück für Stück überholten sie die Kutsche. Aber sie waren nicht schnell genug und für den Bruchteil eines Moments dachte Tom mit Entsetzen, Horatio würde es nicht schaffen.

Die zwei Kutschen kamen immer näher.

Tom blieb keine Zeit mehr. Er bohrte Horatio die Fersen in die Flanken, sodass das Tier nach vorn schoss und die Kutschpferde endlich überholte. Tom zerrte sein Pferd nach links und in letzter Sekunde schossen die entgegenkommenden Kutschen an ihnen vorbei.

Der Fahrtwind zerrte an Toms Hut. Er schaute über die rechte Schulter zum Zweispänner zurück, um herauszufinden, wie weit er zurücklag.

Doch die Kutsche fuhr gar nicht mehr hinter ihnen her.

Tom drehte den Kopf nach links – der Zweispänner hatte den Weg verlassen und raste über die Grasfläche auf den Serpentine Lake zu.

Wenn er nicht rasch handelte, würden die Pferde – und mit ihnen Victoria – geradewegs in den See stürzen.

Vicky hielt nach Tom Ausschau. Gerade als das Holz unter ihrem Gewicht zu bersten drohte, war er wie aus dem Nichts aufgetaucht. Ein Glück – jetzt würde er sie retten und später würden sie gemeinsam darüber lachen, wie knapp sie der Katastrophe entgangen war. Doch dann war Tom mit seinem Pferd nach vorn, vor Mr Silbys Zweispänner geritten, woraufhin die Kutschpferde abrupt die Richtung geändert hatten.

Vor ihr glitzerte der Serpentine Lake. Sie hatte gerade noch Zeit, sich ein letztes Mal nach Tom umzudrehen. Er stürmte auf seinem Pferd hinter ihr her und war beinahe am rechten Hinterrad angelangt, schien jedoch nicht weiter beschleunigen zu können. Vicky starrte auf die Wasserfläche vor ihr.

Sie beugte sich links aus dem Sitz. Der Rasen schoss als grüner Nebel an ihr vorbei. Dann holte Vicky tief Luft, schloss die Augen – und sprang.

Sie landete mit den Knien zuerst am Boden, stürzte mit dem Oberkörper nach rechts und fing sich mit beiden Armen ab. Dann rutschte sie einige Meter seitwärts über die Erde, bevor sie schließlich liegen blieb.

Mit verschwommenem Blick versuchte sie herauszufinden, ob sie sich etwas gebrochen hatte. Schließlich stemmte sie sich auf einen Ellbogen hoch und setzte sich aufrecht hin. Ihre Knie pochten, ließen sich aber anwinkeln. Bestimmt waren sie aufgeschlagen und würden tagelang schmerzen, allerdings war immerhin nichts kaputt. Sie sah zum See, doch das Wasser schimmerte glatt und unberührt. Am Ufer stand Tom auf seinem Pferd, hatte das Zaumzeug von einem der Grauen gepackt und lenkte beide samt Kutsche vom Wasser weg.

Vicky seufzte. Zumindest hatte er die Pferde gerettet. Sie stellte einen Fuß auf dem Rasen auf, als sie jedoch das Knie belastete, um aufzustehen, schoss ein scharfer Schmerz durch ihr Gelenk. Vicky verzog das Gesicht und setzte sich wieder. Dann sah sie zu Tom. Der Mann verfügte wirklich über ein perfektes Timing.

Langsam führte Tom die Pferde vom See weg. Erleichtert atmete er auf. Victoria war gerettet, die Pferde waren heil geblieben, auch der Zweispänner hatte keinen Schaden davongetragen.

Horatio hatte sich selbst übertroffen und die Kutsche in letzter Sekunde eingeholt. Doch als Tom ins Innere des Zweispänners schaute, um nach Victoria zu sehen, fuhr ihm der Schreck in die Knochen.

Er konnte sie nicht entdecken.

Er stellte sich in die Steigbügel, um zu sehen, ob sie vielleicht auf dem Boden der Kutsche kauerte. Doch da war niemand. Tom hielt den Atem an.

Plötzlich hörte er hinter sich ein Räuspern.

Er wirbelte herum.

Vicky kam auf ihn zugehumpelt. Ihre dunkelblaue Reitkleidung war mit feuchter Erde beschmutzt. Ein Ärmel war auf Höhe des Ellbogens aufgeschlitzt, der andere am Übergang zum Oberteil gerissen. Und ihre gelbe Haube schien als Einziges unbehelligt geblieben zu sein, nur ein paar Grashalme baumelten von den seitlichen Bändern herunter.

»Gütiger Gott!«, raunte Tom. Sie war *abgesprungen*!

Obwohl er nicht wusste, was die Kutschpferde tun würden, ließ er deren Zügel los und stieg aus dem Sattel. Horatio hinter sich herziehend, ging er auf Vicky zu. »Hier, nimm meinen Arm.«

Ohne zu widersprechen, legte Vicky ihm eine Hand auf den Arm, verlagerte ihr Gewicht aber nicht darauf.

Tom runzelte die Stirn. »Geht es dir gut?«

Vicky verzog das Gesicht. »Nicht so richtig.«

Er drehte den Arm mit der Handfläche nach oben. »Stütz dich lieber auf meine Hand.«

Vicky warf ihm einen zweifelnden Blick zu, tat dann jedoch wie ihr geheißen.

»Und jetzt versuch zu gehen.«

Vorsichtig machte sie einen Schritt nach vorn, gab allerdings sofort einen unterdrückten Schmerzenslaut von sich.

»Halt dich ruhig richtig an meiner Hand fest.«

Vicky sah ihn mit leicht geweiteten Augen an. »Ja ... natürlich.« Sie senkte den Blick, während sich ihre kleine Hand fester um seine große schloss. »Ich will dir nur nicht wehtun.«

Tom lächelte. »Ich weiß deine Sorge durchaus zu schätzen, aber dein Wohlergehen ist mir im Moment wichtiger.«

»Na dann, wenn du meinst«, murmelte sie, umklammerte seine Hand und ging ein paar Schritte.

»Wird's besser?«, fragte Tom.

»Ja, ein bisschen. Und wie geht es deiner Hand?«

Tom konnte nicht verhindern, dass sein Mund sich zu einem breiten Lächeln verzog. »Alles bestens.«

»Gut«. Vicky nickte. »Danke«, fügte sie nach einer kleinen Pause hinzu.

Tom schüttelte den Kopf. »Keine Ursache.«

»Doch. Danke, dass du versucht hast, mich zu retten.« Sie warf ihm einen Seitenblick zu.

Toms Brust zog sich zusammen. »Ich hätte schneller sein müssen.«

Durchdringend blickte Vicky ihn aus ihren haselnussbraunen Augen an. »Du konntest ja nicht ahnen, dass uns die zwei Kutschen entgegenkommen würden.«

Er wollte gerade etwas erwidern, als Mr Silby angerannt kam, Vickys Zimmermädchen dicht auf den Fersen.

»Sind Sie verletzt?« Silby keuchte vor Anstrengung und musterte Victoria von oben bis unten. Sein Blick blieb kurz an ihrer Hand hängen, die noch immer auf der von Tom ruhte. »Ich habe versucht, hinter der Kutsche herzurennen, bis ich sah, dass Lord Halworth sich schon auf die Aufholjagd gemacht hatte.« Er fing Toms Blick auf und runzelte die Stirn. »Ich weiß nicht, wie es passieren konnte, dass die Pferde so gescheut haben.«

Tom biss die Zähne zusammen, um sich zu beherrschen. Nach seinen zwei Begegnungen mit Silby hatte er ohnehin schon keine besonders hohe Meinung von ihm gehabt. Aber nach dem, was eben geschehen war, hatte er sein Urteil endgültig gefällt: Der Mann war ein Hohlkopf. Am liebsten hätte er ihn angebrüllt, weil er Vicky so in Gefahr gebracht hatte, doch er hielt wohlweislich den Mund. Das Ganze ging ihn nichts an.

Sarah eilte zu Vicky, ganz aufgeregt über deren Erscheinungsbild.

Diese lächelte Silby kühl an. »Meine Aufmachung mag etwas anderes sagen, aber ich versichere Ihnen, dass es mir bald wieder besser gehen wird. Dennoch möchte ich jetzt umgehend nach Hause.«

Während Tom sich um Victoria gekümmert hatte, waren

die Kutschpferde ein gutes Stück weggetrottet. Silby ging ihnen nun nach, packte das Zaumzeug und machte sich daran, seine Tiere und die Kutsche zu untersuchen. »Bis auf den Schreck scheinen die Tiere nichts abbekommen zu haben und der Zweispänner ist heil«, sagte er, als er zurückkam. »Ich kann Sie sofort nach Hause fahren, Lady Victoria.«

Tom biss die Zähne zusammen, um nicht zu widersprechen, doch Vicky kam ihm zuvor.

»Vielen Dank, Mr Silby. Aber wenn Sie genau hinsehen, werden Sie erkennen, dass die Holzstange an der Stelle, wo sie auf die Querstrebe trifft, angebrochen ist.«

Silby blinzelte zweimal.

Vicky stützte sich auf Toms Hand ab und ging zum Zweispänner, wo sie hinter den grauen Pferden stehen blieb. Dort beugte sie sich vor und zeigte auf die schwarz lackierte Stange. Wie sie gesagt hat, war das Holz an einer Stelle stark zersplittert.

Tom nahm das Holz nun selbst in Augenschein. Die Schadstelle hätte jedem ins Auge springen müssen, der wusste, wo man hinzusehen hatte.

»Damit können Sie unmöglich nach Hause fahren«, sagte Tom und sah Silby an. »Das wäre nicht nur für Sie, sondern auch für die Pferde gefährlich.«

Silby ging von der anderen Seite auf den Zweispänner zu und blickte stirnrunzelnd auf die Bruchstelle hinunter. »Die war vorhin noch nicht da.«

Tom richtete sich auf. »Aber natürlich war sie *da*. Lady Victoria hat sie schließlich gesehen.« Er warf Vicky einen Blick zu und sie biss sich auf die Lippe. »Die Frage ist doch, warum *Sie* sie *nicht* gesehen haben, Silby.«

Silby warf ihm einen finsteren Blick zu. »Hören Sie, Halworth –«

»Ich bin sicher, es war nur ein Versehen«, ging Vicky dazwischen.

Tom starrte sie an. Sie hatte die Lippen fest aufeinandergepresst. Dann wandte er sich ab. Er hätte sich nicht einmischen sollen.

»Ja, natürlich war es ein Versehen.« Silby schaute Tom immer noch an.

An Toms Wange zuckte ein Muskel, doch er hielt dem Blick stand.

Schließlich sah Silby zuerst weg und nickte Vicky zu. »Ich werde Sie nach Hause bringen, Lady Victoria.«

»Das wird nicht nötig sein. Lord Halworth kann mich begleiten«, erwiderte sie.

Tom schaute sie verwundert an.

»Ich bin sicher, Sie wollen Ihren Pferden und dem Zweispänner Ihre ganze Aufmerksamkeit schenken, Mr Silby«, fuhr Vicky fort. »Und es wäre besser, die Tiere direkt nach Hause zu bringen, statt noch den Umweg über das *Aston House* zu machen.« Sie warf Tom einen flehentlichen Blick zu.

Er zog eine Augenbraue hoch, sagte aber nichts.

Silby schüttelte den Kopf. »Lady Victoria, ich muss wirklich darauf bestehen, dass –«

»Mr Silby«, unterbrach Vicky ihn erneut. »Die Pferde benötigen Ihre Zuwendung weit dringender als ich. Sie sind so ein gut aufeinander eingespieltes Gespann und ich kann mir vorstellen, dass es Sie viel Zeit und Mühe gekostet hat, sie zu züchten und auszubilden.«

Silby klappte regelrecht die Kinnlade herunter. Tom hätte

nicht sagen können, ob ihn Victorias Pferdezucht-Kenntnisse so irritierten oder die Tatsache, dass sie ihn so abkanzelte.

Vicky legte den Kopf schief. »Ich habe Sarah und Lord Halworth als Begleitung, Ihre Pferde haben nur Sie. Bitte haben Sie Verständnis für meine Lage.«

Silby blinzelte Tom an. Dann kniff er die blauen Augen zusammen und trat einen Schritt vor. »Halworth«, sagte er mit schriller Stimme. »Ich werde nicht zulassen, dass Sie –«

»Dass er was, Mr Silby? Dass er meiner Bitte nachkommt?«, ging Vicky dazwischen und funkelte ihn an. »Wenn Sie jetzt so freundlich wären, uns zu entschuldigen …«

Ihre Stimme zitterte leicht, aber die Entschlossenheit darin war nicht zu überhören.

In Toms Brust rührte sich ein seltsames Gefühl – War es Belustigung darüber, dass Silby seiner Kindheitsfreundin nicht gewachsen war, die heute noch genauso starrköpfig war wie mit sechs? Oder steckte mehr dahinter?

Silby musste bemerkt haben, dass er dabei war, den Kürzeren zu ziehen, denn er trat einen Schritt zurück. Immer wieder klappte sein Mund auf und zu wie bei einem aus dem Wasser gezogenen Karpfen.

Toms Mundwinkel verzogen sich angesichts Silbys fischartigem Schnappen zu einem Lächeln. Dann sah er Vicky an. »Wollen wir?«

Als sie den Park schließlich verließen, warf Vicky Tom einen verstohlenen Seitenblick zu.

Er ging zu ihrer Rechten und hielt den linken Arm

angewinkelt, damit sie sich darauf abstützen konnte, während er mit der anderen Hand sein Pferd am Zügel führte.

Sarah lief links von Vicky. Sie hatte angeboten, Victoria ebenfalls zu stützen, aber Tom hatte ihr versichert, dass er das allein konnte. Sein Angebot, sich in den Sattel zu setzen, wodurch der Heimweg vielleicht weniger schmerzhaft gewesen wäre, hatte Vicky abgelehnt und stattdessen darauf bestanden, zu Fuß zu gehen. Unter anderen Umständen hätte sie es genossen, solch ein schönes, ungewöhnliches Pferd zu reiten, doch nach den heutigen Erlebnissen traute sie erst einmal nur noch ihren eigenen zwei Beinen.

Allerdings ließen Vickys schmerzende Knie sie diese Entscheidung bereuen. Und das bereits kurz, nachdem sie sich Richtung Mayfair in Bewegung gesetzt hatten. Doch nach einiger Zeit wurden die Beschwerden erträglicher und sie konnte, beinahe ohne zu humpeln, gehen – vor allem wenn sie sich fest auf Toms Hand abstützte. Eine sanft aufkommende Brise kitzelte die Härchen in ihrem Nacken und wehte den unverwechselbaren Duft nach krossem Toast und Zimt heran, den Tom schon bei seinem Besuch auf Oakbridge getragen hatte. Die Art, wie er sich heute um Vicky kümmerte, war jedoch ganz anders als an jenem Tag. Und nach dem, wie ihre letzten Begegnungen abgelaufen waren, erschien ihr seine Aufmerksamkeit geradezu verwunderlich.

»Dein Pferd scheint eine seltene Rasse zu sein«, sagte Vicky.

Tom holte tief Luft. »Ja, Horatio ist ein Trakehner. Das Vatertier gehörte zur preußischen Kavallerie, die Mutterstute war eine Variante derselben Rasse, die zur Landarbeit eingesetzt wird.«

Vicky zog die Augenbrauen in die Höhe. In England waren preußische Kavalleriepferde selten. Und Vickys Geografiekenntnisse reichten durchaus aus, um zu wissen, dass Preußen nicht gerade in der Nähe der Schweizerischen Eidgenossenschaft lag.

»Und wie bist du zu ihm gekommen?«

»Mein Onkel hat ihn mir zum siebzehnten Geburtstag geschenkt. Er ist persönlich nach Preußen gereist, um ihn zu kaufen. Wir haben schon viel zusammen durchgemacht, Horatio und ich.« Mit einem jungenhaften Grinsen schaute Tom zu seinem Pferd.

Vicky musste angesichts seiner Zuneigung zu dem Tier gerührt lächeln. »Dann standet ihr euch sicher nahe, dein Onkel und du. Hast du gern in Solothurn gelebt? Ich weiß, dass deine Mutter sich immer Sorgen um dich gemacht hat, vor allem als keine Korrespondenz mehr über den Kanal gelangte.«

»Ich schließe daraus, dass unsere Mütter also auch nach meinem Weggang befreundet geblieben sind«, gab Tom zurück.

Als er nichts weiter hinzufügte, wandte Vicky den Kopf ab und schürzte die Lippen. Nach dem, wie er sich auf dem Ball benommen hatte, hätte sie es besser wissen und den Krieg lieber nicht erwähnen sollen.

Tom räusperte sich. »Ja, im Haus meines Onkels war ich wirklich glücklich«, sagte er mit gepresster Stimme und sah dabei in die Ferne.

»Wie war es dort so?«, fragte Vicky, nicht sicher, ob er ihr darauf antworten würde.

Tom hielt den Blick weiter nach vorn gerichtet. »Heimelig. Geschäftig. Zum allerersten Mal habe ich mit Menschen zusammengelebt, die die Gegenwart der anderen tatsächlich genossen.«

Vicky nickte. Schon als Kind hatte sie gespürt, dass es eine unausgesprochene Wahrheit über das Verhältnis zwischen Toms Eltern gab. Der Graf und die Gräfin von Halworth hatten eine alles andere als glückliche Ehe geführt. Auch in seiner Kindheit hatte Tom kaum von seinem Vater gesprochen. Und in seiner Jugend – wenn, dann nur mit Zorn in der Stimme.

»Erstaunlich, dass du überhaupt zurückgekommen bist.« Sie meinte das ernst, dachte nun aber noch einmal genauer darüber nach. Und plötzlich erschreckte sie die Vorstellung, er wäre nicht nach England zurückgekehrt. Sie schüttelte den Kopf. Ja, er war jetzt so freundlich, sie nach Hause zu begleiten. Dennoch hatte seine Rückkehr – anders als Vicky lange Zeit gehofft hatte – bei Weitem nicht dazu geführt, dass sie ihre frühere Freundschaft wieder aufgenommen hatten.

»Hätte mich meine Mutter nicht gebeten, nach Hause zu kommen, wäre ich auch wirklich dort geblieben.«

Vicky runzelte die Stirn. Der arme Tom. Mit gerade mal vierzehn Jahren war er aus seinem Zuhause verbannt worden. Und das, nur um Jahre später aus Pflichtgefühl seiner Familie gegenüber gezwungen zu sein, wieder zurückzukommen – und dabei den einzigen Ort zu verlassen, an dem er je glücklich gewesen war.

Toms Miene war unergründlich, doch seinem in die Ferne gerichteten Blick nach zu urteilen, war Vicky sicher, dass er gerade an die Vergangenheit dachte. Vielleicht waren sie sich doch viel ähnlicher, als sie nach den letzten Begegnungen gedacht hätte. Denn auch Vicky musste ihr persönliches Glück hintanstellen, um den familiären Verpflichtungen nachzukommen.

Tom räusperte sich. »Victoria, ich glaube, ich muss dir etwas sagen.«

Ihre Blicke trafen sich kurz, dann sah er wieder weg. »Charles hat erzählt, Mr Carmichael würde ein Gerücht über mich verbreiten – ich hätte mich dir auf dem Ball der Herzogin aufgedrängt.« Er seufzte leise.

»Aber warum sollte er so etwas …« Vicky verstummte, als ihr einfiel, wie abfällig Mr Carmichael neulich über Tom gesprochen hatte. Wenigstens hatte sie ihm nicht recht gegeben.

»Er kann mich nicht leiden. Neulich hat er versucht, mich zu provozieren, damit ich ihn zum Boxkampf herausfordere. Als ich ablehnte, hat er seinen Kumpanen erzählt, ich hätte versucht, deine Hilfsbereitschaft auszunutzen.«

»Ach du lieber Himmel.« Vicky biss sich auf die Lippe und sah zu Tom hoch. »Hast du denn überhaupt etwas fürs Boxen übrig?«

»Nicht im Geringsten! Carmichael allerdings schon. Vorgestern hätte er Kirkham, einen Freund von Charles, fast totgeprügelt.«

»Er hätte … was?«

Tom zögerte. Dann erzählte er Vicky alles über den Faustkampf – wobei sie jedoch vermutete, dass er die schlimmsten Einzelheiten ausließ, um sie zu schonen.

»Hat Mr Kirkham sich inzwischen wieder erholt?«, fragte sie, nachdem er zu Ende berichtet hatte.

»Charles sagt, sein Gesicht sähe immer noch wie ein blutig geklopftes Schnitzel aus, aber er wird wohl wieder gesund. Vielleicht waren seine Muskeln im alkoholisierten Zustand etwas entspannter, das hat ihn möglicherweise geschützt.«

Vicky furchte die Stirn. »Und du sagst, das wäre alles von den Boxregeln gedeckt?«

Seufzend erwiderte er: »Sieht ganz so aus. Dennoch …« Er schluckte. »Jedenfalls möchte ich mich für mein Benehmen auf dem Ball entschuldigen. Egal was Carmichael und die feine Gesellschaft behaupten mögen, ich wollte mich in keinster Weise …«, er musterte Vickys Gesicht, »… aufdrängen. Bitte verzeih mir.«

Vicky wich den braunen Augen aus, die ihr als Kind einst so vertraut gewesen waren. »Sehr nett von dir, das zu sagen. Danke.«

Sie hörte, wie er aufatmete.

Doch dann stutzte sie. »Ich verstehe immer noch nicht, warum Mr Carmichael so ein Verhalten an den Tag legen sollte. Immerhin ist er ein enger Freund meines Vaters.«

Tom runzelte die Stirn. »Tatsächlich?«

Vicky nickte. »Und mein Vater hatte für Faustkämpfe noch nie etwas übrig. Ich kenne Mr Carmichael nicht besonders gut, doch ich weiß, dass mein Vater ihm vertraut.« Andererseits hatte der Graf auch Dain vertraut – und das so sehr, dass er ihm erlaubt hatte, Althea zu heiraten. Also war sein Urteilsvermögen – auch wenn es Vicky schwerfiel, sich das einzugestehen – offenbar nicht ganz fehlerfrei. »Dafür muss es eine Erklärung geben«, murmelte sie.

»Bestimmt«, sagte Tom, klang aber alles andere als überzeugt. »Bitte pass einfach auf dich auf.«

Es hörte sich an, als mache er sich ehrlich Sorgen um sie. Vielleicht hatte Vicky ihn falsch eingeschätzt. Vielleicht wollte er im tiefsten Inneren doch noch mit ihr befreundet sein. Sie lächelte. »Ja, danke, das mache ich.«

Tom nickte. »Findest du wirklich, dass Silbys Pferde so ein gutes Gespann sind?«

Sie legte den Kopf in den Nacken, um ihn anzusehen. »Zumindest was die Schnelligkeit betrifft.«

Ihm entfuhr ein kehliges Geräusch, von dem Victoria hoffte, es könnte ein unterdrücktes Lachen sein. Es klang, als habe Tom schon lange nicht mehr gelacht.

»In dem Punkt würde ich dir absolut recht geben.«

»Aber sie waren viel zu kräftig für das geringe Gewicht des Zweispänners«, sagte Vicky.

»Und viel zu feurig«, fügte Tom hinzu. »Hast du mitbekommen, was sie so erschreckt hat?«

Seufzend schüttelte Vicky den Kopf.

»Wann ist dir denn aufgefallen, dass die Holzstange angebrochen war?«

»Als ich mich nach vorne gebeugt habe. Ich nehme an, es muss passiert sein, als das eine Pferd stieg. Doch als ich Mr Silby davon erzählte, habe ich noch mal genauer hingeschaut. Und der Schaden schien mir irgendwie zu groß zu sein, um nur von einem steigenden Pferd verursacht worden zu sein.« Sie überlegte. »Findest du das auch etwas seltsam?«

Tom schnaubte. »Auf jeden Fall ist es unverzeihlich, dass er die Schadstelle nicht bemerkt hat.«

»Du hast ausgesehen, als würdest du ihn gleich um einen Kopf kürzer machen wollen.«

Eindringlich sah Tom sie an. »So etwas würde ich niemals tun.«

Vicky zog eine Augenbraue hoch.

»Silby ist nicht der Typ Mann, der so ein Fahrzeug selbst pflegt, sondern alles einem Stallburschen überlässt. Und

Zweispänner gehören nicht gerade zu den sichersten Gefährten – er wusste es also nicht besser. Wobei man meinen sollte, die geringe Erfahrung müsste ihn vorsichtiger machen, nicht *un*vorsichtiger«, grummelte er leise.

»Und genau aus diesem Grund werde ich mit Mr Silby nie wieder irgendwohin gehen oder fahren.«

Tom verzog das Gesicht. »Er scheint allerdings ein enger Freund von Carmichael zu sein.«

Vicky schüttelte den Kopf. »Wenn man Mr Carmichael Glauben schenkt, eher nicht. Anscheinend war Mr Silby eher mit Mr Carmichaels verstorbenem Cousin befreundet.«

Er runzelte die Stirn. »Silby war bei dem Boxkampf neulich Carmichaels Sekundant. Welcher Mann würde einem anderen, den er nur flüchtig kennt, diese vertrauensvolle Aufgabe übertragen?«

Nachdenklich sah Victoria ihn an. »Na ja, vielleicht kennt Mr Silby sich auch nur sehr gut mit dem Regelwerk aus?«

Tom zog die Augenbrauen in die Höhe, sagte aber nichts. Doch dann schien ihn ein neuer Gedanke zu streifen. »Es ist sehr wahrscheinlich, dass Silby Carmichael erzählt, dass du mich gebeten hast, dich nach Hause zu begleiten.«

Vicky legte den Kopf schräg. Ja, und das konnte gut und gern unziemlich wirken. Andererseits hatte Mr Carmichael selbst gesagt, dass sie Silby bestimmt nicht mögen würde. »Es kümmert mich nicht, ob jemand denkt, ich hätte Mr Silby loswerden wollen«, entschied sie und nickte entschlossen.

Tom lächelte, doch schon einen Moment später war seine Miene wieder ernst. Als sie aufsah, stellte Vicky fest, dass sie vor dem Aston House angekommen waren.

Sarah verkündete, für Vicky gleich ein Bad einzulassen.

Nachdem Vicky ihr dafür gedankt hatte, verschwand das Zimmermädchen mit einem kurzen Knicks an Tom im Haus. Während des Gesprächs hatte Vicky ganz vergessen, in welch derangiertem Zustand sie sich befand. Aber jetzt, als sie an sich herabschaute, sah sie die Matschflecken auf ihrem Kleid, die langsam trockneten und abzubröckeln begannen. Sie musste auf den Straßen durch Mayfair einen höchst komischen Anblick geboten haben!

»Erstaunlich, dass wir nicht noch mehr angestarrt wurden«, raunte sie.

»Ein paar verwunderte Blicke hast du vielleicht auch verpasst«, erwiderte Tom sichtlich amüsiert.

Vicky lächelte. »Danke. Für alles.«

Er schüttelte den Kopf. »Ich muss dir erst noch die Treppe hochhelfen. Vorher nehme ich keinen Dank an.«

Überrascht keuchte Victoria auf, obwohl sie selbst nicht wusste, warum sie weniger von ihm erwartet hätte. »Also gut.«

Tom band Horatio an einem Geländer fest, dann bot er Vicky wie schon im Park seine Hand an. Sie griff danach, stützte sich fest darauf ab und gemeinsam stiegen sie eine Stufe nach der anderen die Treppe hinauf.

»Ich könnte dich auch wieder tragen, wenn dir das lieber wäre«, sagte Tom.

Bestimmt machte er nur einen Witz, aber sie schoss ihm dennoch einen finsteren Blick zu. »Lord Halworth, wenn Sie es wagen sollten, das zu versuchen, dann ...«

Er grinste sie an.

»Na ja, keine Ahnung, was ich dann tun würde, doch angenehm wäre es sicher nicht, so viel steht fest.«

Das Lächeln, das sich auf seinem Gesicht ausbreitete, wirkte genauso warmherzig wie auf dem Ball und Vicky hatte Mühe, es nicht zu erwidern.

»Ich habe die Warnung vernommen, Lady Victoria«, sagte er, als sie auf der obersten Stufe ankamen.

Diesmal war sich Victoria ziemlich sicher, dass er nur einen Spaß machte. Auf der Schwelle drehte sie sich zu ihm um.

Er neigte den Kopf und sein Blick drang ihr bis ins Mark. »Bitte pass auf dich auf.«

Unfähig zu sprechen, nickte Vicky nur und ließ seine Hand los. Aus dem Augenwinkel sah sie, dass Sheldon wie gewöhnlich bereit stand und ihr die Tür aufhielt. Plötzlich verspürte sie den Drang, doch noch etwas zu sagen. Also drehte sie sich erneut zu Tom um. »Möchtest du vielleicht hereinkommen und eine Erfrischung zu dir nehmen?«

Tom sah über die Schulter zurück. »Das würde ich gern, aber ich muss Horatio nach Hause bringen. Es war ein langer Ritt.« Besorgt sah er das Pferd an.

Vicky fühlte sich schuldig daran, dass das Pferd sich überanstrengt hatte. »Das tut mir leid. Ich könnte den Stallburschen anweisen, ihn abzureiben, wenn du möchtest.«

Wieder schüttelte Tom den Kopf. »Vielen Dank, allerdings kümmere ich mich immer eigenhändig um Horatio. Wir sollten jetzt besser los.«

Vicky nickte. »Natürlich.«

Nachdem er die Treppe hinuntergegangen und Horatio losgebunden hatte, drehte Tom sich noch einmal zu ihr um. »Ich bin erleichtert, dass du nicht allzu schlimm verletzt wurdest.«

Ihre Mundwinkel hoben sich. »Danke.« Es war wirklich

herzerwärmend gewesen, endlich wieder eine normale Unterhaltung mit ihm führen zu können. Als sie ihm nun in die braunen Augen sah, empfand sie es zum allerersten Mal nicht als störend, dass er nicht mehr der kleine Junge von damals war. »Gehst du am Sonntag zum Chadwick-Hauskonzert?«

Tom antwortete lange nicht. Dann sagte er: »Wir sehen uns dort.«

Überrascht nickte Vicky und ging ins Haus.

Zumindest hatte er zugestimmt, zu einem gesellschaftlichen Anlass zu erscheinen. Sie schielte zu Sheldon und meinte, in seinem faltigen Gesicht ein winziges Lächeln zu sehen. Doch schon im nächsten Augenblick war es verschwunden, sodass Vicky sich fragte, ob sie es sich vielleicht nur eingebildet hatte – schließlich hatte sie Sheldon noch nie lächeln sehen.

Sie drehte sich noch einmal um und winkte Tom durch die offene Tür zu. Er hob die Hand zum Abschied und führte Horatio dann die Straße hinunter.

Vicky sah ihm nach, wie er um die Ecke bog, dann seufzte sie. Trotz der Aufregung des heutigen Tages fühlte sie sich so zufrieden wie schon sehr lange nicht mehr.

Nachdem ein Arzt gerufen wurde, der verkündet hatte, dass Vicky nach einigen Tagen der Erholung wieder vollständig bei Kräften sein würde, tauchte Victoria in die nach Lavendel duftende Wanne ein. Das warme Wasser wusch den Schmutz ab und dämpfte den pochenden Schmerz in ihren Knien und

Ellbogen. So langsam sickerte in ihr Bewusstsein, welcher Katastrophe sie nur knapp entkommen war. Als die Pferde durchgegangen waren, hätte sie wirklich schwer verletzt werden können – oder gar sterben. Wäre sie nicht abgesprungen oder hätte Tom nicht eingegriffen, hätte das Ganze ein schreckliches Ende nehmen können.

Vicky ließ sich tiefer in die Wanne sinken, bis ihr Kopf fast komplett unter Wasser war, und lächelte. Mit etwa zehn Jahren hatte sie Tom einmal zu einem Wettkampf überredet – wer von ihnen beiden würde auf den höheren Heuballen klettern, ohne hinunterzufallen? Vicky hatte gewonnen, aber nur, weil sie beinahe ausgerutscht wäre und Tom ins Straucheln geraten war, als er sie auffangen wollte, damit sie nicht auf den harten Boden krachte. Vicky war unverletzt geblieben, während Tom sich zum Dank eine dicke Beule an der Stirn eingefangen hatte. Der Arme. Auch jetzt noch musste er immer wieder verhindern, dass Vicky sich das Genick brach.

Doch er war heute so liebreizend gewesen, hatte ihr auf dem ganzen Heimweg seinen Arm zum Abstützen angeboten und sich für sein Benehmen auf dem Ball entschuldigt. Sie hatte nur wenig Ahnung von dem, was er seit seinem Abschied aus England erlebt haben musste. Deswegen gab sie sich erst gar nicht der Illusion hin, er würde bei ihrem nächsten Treffen nicht doch wieder zu seinem seltsam unnahbaren Verhalten zurückkehren. Dennoch freute sie sich darauf, ihn unter weniger dramatischen Umständen wiederzusehen.

Vicky summte vor sich hin, als sie die Beine ausstreckte und mit den Zehen im Wasser spielte.

Später, nachdem sie sich frisch angezogen und die Beine auf einem Kissenberg hochgelegt hatte, hörte sie ein leises

Schaben an der Tür, die sich kurz darauf öffnete, und sah hoch.

Althea schlüpfte ins Zimmer.

Überrascht blinzelte Vicky. Sie war nicht sicher, was sie vom plötzlichen Auftauchen ihrer Schwester halten sollte. »Thea, wie schön.«

Mit kleinen Schritten kam diese auf das Bett zu. Eine dicke Sorgenfalte durchzog ihre elfenbeinblasse Stirn. »Vicky, ich wollte nach dir sehen. Mama hat mir von deinem Unfall erzählt.«

Vicky deutete auf ihre Knie. »Die tun weh, aber das geht sicher bald vorbei.«

Althea nickte. »Kann ich … kann ich dir vielleicht etwas bringen?«

Lächelnd schüttelte sie den Kopf. »Nein, danke. Lieb von dir, dass du fragst.«

»Oder soll ich Sarah kommen lassen?«

»Nein, die hat auch dringend etwas Erholung nötig. Vielleicht könntest du mir meinen Roman geben?« Sie zeigte auf den Ankleidetisch hinter Thea.

Ihre Schwester holte das Buch und schlug den Umschlag auf. »Du lieber Himmel, schon wieder *Stolz und Vorurteil*?«

Vicky seufzte. »Das lese ich immer, wenn ich mich für eine Weile woandershin flüchten möchte«, sagte sie in der Hoffnung, ihre Worte neutral genug gewählt zu haben, um nicht wieder einen Streit vom Zaun zu brechen. Obwohl sie diesmal eigentlich nur in ihr Lieblingsbuch schauen wollte, um zu überprüfen, ob Mr Carmichaels Einschätzung von Mr Darcy nachvollziehbar war.

Althea reichte ihr den Roman. »Ich bin immer noch der

Meinung, dass es *Mansfield Park* nicht das Wasser reichen kann.«

»Das hat Lord Axley auf dem Ball auch gesagt. Und natürlich ist Fanny Price, dieses Leuchtfeuer moralischer Makellosigkeit, kein Vergleich zu Lizzy Bennet mit ihren Vorurteilen.« Vicky lächelte. Das Thema hatten sie schon so oft debattiert, dass sie die Argumente ihrer Schwester auswendig kannte. »Ich werde nie verstehen, wie du diese bedauernswerte Fanny mögen kannst. Sie sitzt doch nur da und beobachtet alles. Tut aber selbst kaum etwas dafür, um ihre eigene Lage in Mansfield zu verbessern.«

Thea schüttelte den Kopf. »Was könnte sie denn schon tun? Sie hat kaum irgendeine Handhabe. Also tut sie, was sie kann, und schafft es dennoch am Schluss, den Mann zu heiraten, den sie liebt.«

»Aber das hat sie nicht ihrem eigenen Handeln zu verdanken.« Auf einmal wurde Vicky bewusst, dass dies Altheas und ihre erste normale Unterhaltung seit Wochen war. »Edmund wird eines Tages klar, dass er sie liebt, und sie profitiert von diesem glücklichen Umstand. Übrigens hat Mr Carmichael neulich gesagt, er hätte kein Verständnis für die Edmund Bertrams dieser Welt.«

Ihre Schwester zog eine Augenbraue hoch. »Ich kann nicht behaupten, dass mich das besonders überraschen würde. Und wie stehst du dazu?«

Vicky zuckte mit den Schultern. »Es ist nicht so, dass ich Edmund Bertram je wirklich missbilligt hätte. Doch manchmal denke ich schon darüber nach, was passiert wäre, hätte Fanny Price versucht, Henry Crawford zu verändern … Vielleicht hätte sie einiges bewirken können. Manche Leute glauben, geläuterte Wüstlinge gäben die besten Ehemänner ab.«

Thea wandte sich ab. »Männer ändern sich nie.«

Vicky verstummte. Auf einmal ging es nicht mehr nur um fiktive Gestalten. »Aber ...«, sagte sie im Bestreben, die Stimmung wieder aufzuhellen, »... ich glaube, so wie Fanny als Figur literarisch angelegt ist, geben sie und Edmund schon ein passendes Paar ab.«

»Vicky.« Abrupt drehte ihre Schwester sich wieder zu ihr um. »Ich bin hergekommen, um mich zu entschuldigen.«

Vicky presste die Lippen aufeinander und hielt den Atem an, um bloß nichts Falsches zu sagen.

»Ich habe mich dir gegenüber wirklich schlimm benommen.« Althea starrte auf ihre Hände hinunter.

Als sie nichts mehr sagte, erwiderte Vicky leise: »Es geht dir nicht gut. Aber du sollst wissen, dass es mir unendlich leidtut, dass du das alles ertragen musstest.«

Thea setzte sich ans Fußende des Bettes und rieb sich die Augen. »Ich habe Angst, mich niemals von ihm befreien zu können.«

Vicky wurde ganz eng in der Brust. »Wenn ihr erst geschieden seid –«

»Habe ich immer noch meine Erinnerungen«, unterbrach Althea sie. »Selbst wenn die gesetzliche Trennung gelingen sollte, werden meine Erinnerungen mich stets verfolgen.«

Vicky verzog das Gesicht. »Mit der Zeit werden sie sicher verblassen. Und du wirst wieder glücklich werden.« Sie griff nach Theas Hand, die schmal und kalt war.

»Allerdings kann ich nie wieder heiraten.«

Vicky biss sich auf die Lippe. »Gab es nicht diesen Skandal, als wir noch Kinder waren? Um Lord und Lady Boringdon, die sich hatten scheiden lassen? Hat sie nicht später ein zweites Mal geheiratet?«

Ihre Schwester runzelte die Stirn. »Ja, einen Sir Arthur Paget. Aber die beiden hatten schon … eine Beziehung, noch bevor sie geschieden war. Deswegen hatte ihr Ehemann eine Annullierung der Ehe erwirken können.«

Vicky nickte. Ja, jetzt erinnerte sie sich auch – das Parlament hatte damals die Ehe zwischen Lord und Lady Boringdon aufgrund von Ehebruch aufheben lassen. Der Skandal war durch jede Londoner Zeitung gegangen und hatte auch in Hampshire lange Zeit die Gerüchteküche gefüttert. Vicky kannte zwar die gesetzlichen Hintergründe nicht, erinnerte sich an den Fall jedoch zum einen, weil Lady Borngdon die Tochter des Grafen von Westmorland war, und zum anderen, da sie ihren zweiten Mann in einer Dorfkirche geheiratet hatte, die nur ein Stück nördlich von Oakbridge lag.

»Weißt du, wo sie sich heute aufhalten?«, fragte sie.

Althea warf ihr einen Seitenblick zu. »Wer weiß das schon?«

Vicky biss sich auf die Innenseite der Wange. »Wenn du dich aufs Land zurückziehen müsstest, würdest du die hiesige Gesellschaft wahrscheinlich vermissen, oder?«

Mit einem tiefen Seufzer bestätigte Thea ihre Vermutung.

Nichts anderes hatte Vicky erwartet. Wenn *sie selbst* der Londoner Gesellschaft fernbleiben könnte, würde sie dagegen ein Freudentänzchen aufführen.

Doch Althea war eben anders.

Ihre Schwester drückte ihre Hand. »Tut mir wirklich leid wegen deiner Knie. Ich mache mir Vorwürfe deswegen.«

Vicky legte ihrerseits die andere Hand auf Theas. »Das ist lächerlich. Es war ein Unfall.«

»Aber wenn ich nicht wäre, müsstest du nicht so dringend nach einem Ehemann Ausschau halten und ganz bestimmt wärst du dann nicht mit Mr Silby ausgefahren.«

»Selbst nach dieser Logik ist es eher Dain, der daran Schuld trägt. Wäre er nicht so ein Ungeheuer, hättest du ihn nicht verlassen müssen.« Da schoss ihr ein neuer Gedanke durch den Kopf. Althea hatte Kinder schon immer geliebt, doch jetzt, da ihre Zukunft unsicher war, würde sie vielleicht niemals welche haben können. »Bist du sicher, dass du nicht auch mit jemandem … ähm … Ehebruch begehen möchtest? Dann würde Dain auf eine Aufhebung der Ehe bestehen und du könntest jemand anderen heiraten«, platzte es aus ihr heraus.

Schockiert riss ihre Schwester die Augen auf. »Du willst, dass ich meinen Ruf noch weiter beschmutze?«

Vicky schüttelte den Kopf. »Ich dachte nur, man könnte das vielleicht in Betracht ziehen – wenn es dir die Möglichkeit eröffnet, eines Tages eine eigene Familie zu gründen …«

Mit geschürzten Lippen sah Althea zu Boden. »Ich glaube, ich lasse dich jetzt lieber ausruhen.« Sie stand auf, wandte sich ab und murmelte etwas, das Vicky nicht hören konnte. Sie verstand nur einen Satzfetzen: »… als ich in seinem Haus gefangen war.«

»Thea, was war, als du in seinem Haus gefangen warst?«

Aber Althea hastete zur Tür.

»Althea!«

Ihre Schwester blieb nicht stehen. Vicky schwang die Beine über die Kante. Doch als sie aufstehen wollte, um ihr nachzulaufen, gab ihr rechtes Knie nach, und sie stöhnte vor Schmerz auf.

»Verdammt!« Vicky ließ sich aufs Bett fallen und rieb wimmernd über ihr Knie. Für den Augenblick konnte sie nichts weiter tun, als sich mit Mr Darcy abzulenken.

Elftes Kapitel

Enttäuschung und Bedauern ließen ihn nicht zur Ruhe kommen, er war bekümmert über das, was gewesen war, und wünschte sich, was niemals sein konnte.
– Jane Austen, *Mansfield Park*

Tom nahm einen Schluck Whisky. Der torfige Geschmack des malzigen Getränks bereitete ihm in Kombination mit dem stechenden Rauch der Pfeifen und Zigarren, der den Klub erfüllte, regelrecht Übelkeit. Er stellte sein Glas auf dem runden Eichenholztisch ab. Schon jetzt bereute er, dass er sich von Charles hatte überreden lassen, ins *White's* zu kommen.

Nachdem sie früher am Tag die Pferde bei der Tattersall-Auktion abgegeben hatten (Tom konnte es nicht ertragen, Horatios Versteigerung mit anzusehen), hatte Charles vorgeschlagen, dass sie hierherkamen, um sich mit einem Drink von ihren Sorgen abzulenken. Tom hatte nur unter der Bedingung zugestimmt, dass Charles ihm half, potenzielle Geldgeber kennenzulernen. Doch schon bald hatte Tom herausgefunden, dass die Männer, die sein Bruder kannte, entweder zu jung und dem Lotterleben verfallen waren, oder aber schon über fünfzig waren und mit warmer Zuneigung in Erinnerungen an seinen Vater schwelgten.

Tom hatte aber keinerlei Absicht, sein Auskommen von jemandem abhängig zu machen, der auch nur ansatzweise mit seinem Vater verbunden war. Und so hatte er irgendwann akzeptiert, dass dieser Tag ihm nichts als Unglück bringen würde. Er war als Gast seines Bruders dageblieben, während er sich innerlich selbst dafür hasste, dass er zu einem Mann geworden war, der einen Drink brauchte, um sich halbwegs normal zu fühlen.

Je mehr er trank, desto schlimmer wurde die Verspannung in seinen Schultern. Was nicht nur an dem illegal aus Schottland eingeführten Whisky liegen konnte, dessen Verbrauchssteuer er sich niemals leisten könnte, wenn er selbst eine Flasche kaufen wollte. Sein Vater hatte Toms Namen schon auf die Warteliste für eine Klub-Mitgliedschaft hier setzen lassen, als dieser noch ein Kind gewesen war – ein weiterer Beweis dafür, dass sein Vater ihn niemals verstanden hatte. Nicht dass Tom überhaupt einen weiteren Beweis dafür gebraucht hätte. Während Tom sich im Ausland aufgehalten hatte, hatte sein Vater seinen Namen dann aber gegen den von Charles ausgetauscht.

Die ledernen Armsessel im Klub waren glatt und unbequem, die Luft rauchgeschwängert. In dem Raum, in dem Tom war, saßen Männer, die Whisky tranken und in Scheiben geschnittenen Braten aßen. Der Klub servierte alle möglichen Gerichte, die sein Vater geliebt hatte. Und die anwesenden Mitglieder strahlten genau die gleiche nichtssagende, adelige Aufgeblasenheit aus, die auch sein Vater immer so stolz vor sich hergetragen hatte. Der einzige Zeitvertreib, an dem auch Tom etwas Vergnügen gefunden hätte, war ein Billardtisch, der aktuell jedoch von zwei Gentlemen aus Bath in Beschlag genommen wurde.

Die Mitgliedschaft wäre bei Tom wahrlich vergeudet gewesen. Er nahm einen weiteren Schluck Whisky und setzte das Glas mit einem lauten Klirren ab.

Charles sah von seinem eigenen Getränk auf und warf seinem Bruder einen verärgerten Blick zu. »Musst du dich unbedingt so aufführen? Du störst meine schöne schlechte Laune.«

Tom schüttelte den Kopf. »Deine Laune kümmert mich einen Dreck. Ich musste heute das beste Pferd verkaufen, das ich je hatte. Und das nur, weil du uns mit deiner Vorliebe für Feinkost Schulden eingebrockt hast.«

»Die Schulden stammen nicht alle von mir«, entgegnete Charles und starrte in seinen Whisky.

»Ja, dass die meisten auf Vaters Konto gehen, glaube ich gern«, sagte er. »Trotzdem hast du nicht aufgehört, weiter einzukaufen, obwohl du wusstest, wie unsere finanzielle Lage aussieht.« Er holte scharf Luft.

Charles schwieg für einen Moment »Jemand musste doch den Schein wahren. Ich konnte nicht zulassen, dass sich in London herumspricht, wir hätten kein Geld.«

»Aber wir haben nun mal kein Geld!«, knurrte Tom.

Charles hob sein Glas. »Was sich allerdings zum Glück noch nicht herumgesprochen hat«, sagte er und nippte am Whisky.

Da biss Tom die Zähne so fest zusammen, dass sein Kiefer schmerzte. »Du bist schuld an dieser Misere.«

»Ist mir egal. Du bist übrigens auch nicht der Einzige, der heute ein Pferd hergeben musste.«

Tom beugte sich vor, um Charles wegen all seiner Verfehlungen die Leviten zu lesen, als Geoffrey Murton plötzlich den Raum durch die geschnitzte Holztür betrat. Tom machte den Mund zu und richtete den Blick ins Glas, während er gleichzeitig Murton – oder Dain, wie er seinem Titel entsprechend genannt wurde – aus dem Augenwinkel beobachtete.

Beinahe hätte er laut aufgestöhnt, als Dain auf seinen Tisch zusteuerte. Was in aller Welt konnte er für ein Interesse daran haben, Tom anzusprechen? Sie hatten einander noch nie leiden können. In Eton hatte Dain ständig andere schikaniert. Er suchte sich die kleinsten, schwächsten Jungs aus und zwang sie, seinen Befehlen zu folgen und die Schuld auf sich zu nehmen, wenn er in Schwierigkeiten geriet. Zwar war Tom zwei Jahre jünger als Dain, aber er hatte sich immer wieder verpflichtet gefühlt dazwischenzugehen. So manchen Jungen hatte er mit subtilen Mitteln vor der Tracht Prügel bewahrt, die ihm von einem der Professoren geblüht hätte, wenn Dains fiese Pläne aufgegangen wären.

Doch irgendwann war Dain dahintergekommen, dass Tom seinen Opfern half. Anders als diese hatte Tom da schon Erfahrung gemacht mit Leuten, die andere schikanierten. Und so hatte Dain feststellen müssen, dass Tom gegen seine Einschüchterungsversuche immun war. Deswegen hatten sie die gemeinsamen Schuljahre in stummer Feindschaft zugebracht.

»Gentlemen.« Dain nickte Tom und seinem Bruder zu.

Tom erwiderte den Gruß. »Dain.«

»Mr Sherborne«, wandte Dain sich nun explizit an Charles.

»Lord Dain«, sagte Charles.

»Ihr kennt euch bereits?«, fragte Tom.

»Mr Sherborne war Gast auf meiner Hochzeit«, erwiderte Dain.

Charles nickte.

Sekundenlang sagte niemand ein Wort und Tom hoffte

schon, Dain würde sich nach diesem Austausch der Begrüßungsformalitäten wieder entfernen. Leider beschloss dieser, sich stattdessen auf den leeren Sessel Tom gegenüber fallen zu lassen. Tom nahm noch einen Schluck und wappnete sich innerlich.

»Mir scheint, keiner von Ihnen beiden ist an einer Konversation interessiert«, sagte Dain.

Tom warf ihm einen eisigen Blick zu.

»Wie Sie sehen können, brauchten wir nur eine kleine Stärkung.« Charles hob wie zum Beweis sein Glas. »Wir haben einen anstrengenden Tag hinter uns.«

»Wie schade«, sagte Dain, ohne darauf einzugehen. »Dann lassen Sie mich Ihnen noch eine Runde spendieren.«

Bei dem Gedanken an eine weitere Ladung Torfmalz wurde Tom ganz unwohl. Trotzdem schwieg er beharrlich in der Hoffnung, Dain würde den Wink irgendwann verstehen.

Charles schüttelte den Kopf. »Vielen Dank, Lord Dain, aber das wird nicht nötig sein.«

Tom zog eine Augenbraue in die Höhe. Es sah Charles nicht ähnlich, einen Drink auszuschlagen. Vielleicht hatte er Toms Abneigung Dain gegenüber bemerkt?

»Doch, doch, ich bestehe darauf«, sagte Dain lächelnd. »Ich habe nämlich Grund zu feiern.«

Tom war sich nicht sicher, wie lange er den Small Talk mit diesem aufgeblasenen Fatzke noch ertragen würde. »Und wieso lässt du deine Großzügigkeit ausgerechnet unserem Tisch zuteilwerden?«

Dain ignorierte Toms feindseligen Ton. »Ich habe bei Tattersall's gerade zwei herrliche Hengste ersteigert«, sagte er gut gelaunt. »Einer ist sogar ein Vollblut –«

»Ja, tolle Pferde, diese Vollblüter«, unterbrach Charles ihn und schwenkte gedankenverloren die bernsteinfarbene Flüssigkeit in seinem Glas herum.

Dain nickte. »Und das andere Pferd ist etwas ganz Besonderes«, fuhr er fort. »Zugegeben, ich war etwas überrascht, es auf der Auktion zu sehen. Solche Pferde werden eigentlich nur in Preußen gezüchtet.«

Tom presste die Zähne aufeinander.

»›Trakehner‹ wird die Rasse wohl genannt.«

Dieser Widerling hatte Horatio gekauft! Tom kribbelte es in den Händen, Dain das blöde Grinsen aus dem Gesicht zu schlagen. Aber er zwang sich, ruhig zu bleiben und sich nichts anmerken zu lassen. Charles dagegen rutschte unbehaglich auf seinem Sessel hin und her.

»Seltsam nur, dass der Vorbesitzer darauf bestanden hat, anonym zu bleiben«, sagte Dain. »Ich musste mich ziemlich anstrengen und einen Haufen Geld ausgeben, um herauszufinden, wer die Pferde zur Auktion freigegeben hat.«

Tom reckte das Kinn vor und schaute Dain durchdringend an. »Und was genau bringt dir diese erworbene Information nun?«

Dain hielt seinem Blick stand. »Ein Druckmittel.«

Tom ließ den Blick zu Charles hinüberwandern, der scheinbar ungerührt in sein Glas starrte.

»Was besitzen wir denn, was du haben willst, Dain?«, fragte Tom betont ruhig.

»Wie mir scheint, sind die Sherbornes in eine ernste Notlage geraten. Wieso sonst sollten sie solche Tiere anonym verkaufen? Allein der Name Halworth hätte den Startpreis doch um einiges erhöht.«

Dem konnte Tom beim besten Willen nicht widersprechen. Dain lächelte wieder.

»Wobei die Integrität des Namens Halworth auch merklich angekratzt wäre, wenn eure prekäre finanzielle Lage bekannt würde. Ich habe mich selbst schon immer als ausgesprochen hilfsbereiten Mann betrachtet. Ich biete also an, einen Teil eurer finanziellen Last abzunehmen.«

Tom lehnte sich vor. »Ich mache mit Erpressern keine Geschäfte. Ich sehe es so: Mein Vater hat seinem Titel und dem Namen Sherborne weit mehr geschadet, als du es jemals tun könntest. Ich schlage also vor, dass du uns jetzt allein lässt.«

»Aber Tom«, ging Charles dazwischen. »Nicht so hastig. Wir könnten uns doch wenigstens anhören, was Lord Dain anzubieten hat.«

Tom funkelte seinen Bruder finster an.

»Was möchten Sie denn haben?«, fragte Charles.

Dain grinste breiter. »Ich will Halworth.«

Tom meinte sich verhört zu haben. »Halworth? Du willst unser Anwesen?«, wiederholte er ungläubig. Sein Bruder wirkte genauso verdattert wie er. »Halworth gehört den rechtmäßigen männlichen Erben der Familie Sherborne. Ich kann es dir gar nicht verkaufen. Genauso könnte ich versuchen, fliegende Igel zu züchten.«

Charles schnaubte.

»Ich bin kein Idiot«, gab Dain eisig zurück. »Die Erbschaftsregeln sind mir durchaus vertraut. Allerdings wird es sicher große Teile eures Anwesens geben, die verkäuflich sind.«

»Liegt dein Hauptwohnsitz nicht irgendwo im Norden?«, fragte Tom.

»Land kann man nie genug haben, Halworth«, erwiderte Dain mit steinerner Miene.

Ja, habgierig war Dain schon immer gewesen. »Deine Frau wird doch ohnehin irgendwann Oakbridge erben. Wozu willst du denn auch noch unseren Grundbesitz haben?«

»Weil ich es kann.«

Tom knurrte, genervt darüber, dass die Unterhaltung überhaupt schon so lange andauerte. »Danke für dein Angebot. Aber Halworth steht nicht zum Verkauf. Du kannst dein Wissen um unsere Situation meinetwegen von jedem Dach an der Mayfair hinunterbrüllen – es interessiert mich keinen Deut.« Was natürlich gebluff war, denn sollte Dain ihre prekäre Finanzlage wirklich publik machen, würde dies Toms Chancen, Geldgeber für sein Hotel zu finden, erheblich schmälern. Dennoch stand er auf und schenkte Dain ein verächtliches Grinsen, das seines Vaters würdig gewesen wäre. »Scher dich zum Teufel, mitsamt deinem losen Mundwerk.«

Er sah Charles auffordernd an, aber der machte keine Anstalten, ihm zu folgen. »Kommst du?«

»Sobald ich ausgetrunken habe. Wir sehen uns dann später.«

Tom starrte seinen Bruder ungläubig an, der allerdings ungerührt sitzen blieb.

Tom ballte die Fäuste. Erst provozierte ihn Dain bis aufs Blut und jetzt auch noch Charles …

Er vergaß regelrecht zu atmen. Und ihm war furchtbar übel. In seinem Kopf drehte sich alles, vor seinem inneren Auge glühte der Zorn. Aus Angst, die Fassung zu verlieren, wirbelte er ohne ein weiteres Wort auf dem Absatz herum und verließ den Klub. Es kostete ihn jeden Funken Selbstbeherrschung, seine Wut unter Kontrolle zu halten, während er auf die Straße hinaustrat und sich auf den Heimweg machte.

Einatmen, ausatmen ... *Du kannst das*, sagte er sich. *Du hast dich unter Kontrolle.* Und es gelang ihm. Doch er konnte nicht verhindern, dass ihm sein Puls in den Ohren pochte. Und er wurde das widerliche Gefühl nicht los, dass er sich selbst nur etwas vormachte.

Zwölftes Kapitel

Sie besitzt einen großen Scharfblick.
– Jane Austen, *Mansfield Park*

Frustration war eine Empfindung, der Susie nur selten nachgab. In ihren nunmehr sechzehn Lebensjahren hatte sie schon viel Enttäuschendes und Schmerzliches erlebt – allem voran den frühen Tod ihrer Mutter. Doch sollte sie deswegen ewig hadern und ihrer Traurigkeit nachhängen? Dann wäre sie ein unglücklicher Mensch und das wollte sie nicht.

Sie erinnerte sich selbst daran, wie viel Glück sie hatte: Sie hatte einen Halbbruder, der sie liebte und sie vor einem Leben auf der Straße bewahrt hatte. Und dennoch konnte sie nicht umhin zu spüren, wie in ihrem Inneren der Frust köchelte, seit Tom ihren Vorschlag zur Bewältigung der Geldprobleme abgelehnt hatte. Seit er Horatio gestern hatte verkaufen müssen, wandelte Tom wie getrieben durchs Haus, mit einem Blick, der zwischen Wut und Verzweiflung schwankte.

Wenn er ihr bloß erlauben würde, sich eine Anstellung zu suchen!

Als Dienstmädchen im Hotel von Toms Onkel hatte sie stets etwas zu tun gehabt. Die regelmäßige Arbeit war ihr so vertraut gewesen, dass sie sich seit ihrer Rückkehr immer noch nicht daran gewöhnt hatte, das inaktive Leben eines normalen englischen Mädchens zu führen.

Dass es im Stadthaus der Halworths außer Lesen kaum etwas zu tun gab, machte die Sache auch nicht gerade besser. Und Tom erlaubte ihr nicht, das Haus ohne Begleitung zu verlassen – wie er behauptete, aus Angst um ihren guten Ruf, der leiden könnte, wenn jemand sie unterwegs allein antraf und erkannte. Da es innerhalb der hochwohlgeborenen Londoner Gesellschaft niemanden gab, der auch nur von ihrer Existenz wusste, war sein Argument kaum haltbar. Susie schrieb es deshalb der überfürsorglichen Art zu, mit der er auf seine Halbschwester aufpasste.

Lächelnd schüttelte sie den Kopf, als sie ihr Schlafgemach verließ und Richtung Treppe ging. Wäre vor anderthalb Jahren, als sie noch Laken faltete, jemand zu ihr gekommen und hätte gesagt, sie würde schon bald in einem imposanten Londoner Stadthaus leben und außer Bücher lesen nichts anderes zu tun haben – sie hätte ihn für verrückt erklärt. Tom hatte darauf bestanden, dass sie lesen, schreiben und die Grundrechenarten erlernte. Und sie hatte sich irgendwann widerwillig der Verpflichtung seiner täglichen Lektionen gefügt. Ansonsten wäre Susie jetzt nicht einmal in der Lage gewesen, zu unterschreiben, geschweige denn *Die Große Geschichte der normannischen Eroberung* zu Ende zu lesen, die gerade unter ihrem Arm klemmte.

Lächelnd ging sie die Treppe hinunter. Schon bald würde sie über die Geschichte Englands und Frankreichs mehr wissen als Tom und Charles zusammen. Wenn sie ihre Bildung mithilfe der Bücher aus der Bibliothek immer mehr erweiterte, würde Tom irgendwann vielleicht nicht umhinkönnen, ihr zu erlauben, Gouvernante zu werden. Angesichts der sich verschlechternden finanziellen Lage der Familie konnte es nicht mehr lange dauern, bis Tom Susies Hilfsangebot annehmen musste.

Der Gedanke hob ihre Stimmung. Federnden Schrittes öffnete sie die Tür zur Bibliothek. Sie hatte gerade einen Schritt in den Raum gemacht, als plötzlich ein Buch krachend zugeschlagen wurde. Susie drehte sich in die Richtung, aus der das Geräusch kam. Charles stand mit steinerner Miene am Schreibtisch. Bei Susies Anblick entspannte er sich.

»Ah, Susan. Was führt dich hierher?«

Susie schielte zu dem zugeklappten Buch. Der Größe und Dicke nach zu urteilen, musste es eins der Kassenbücher der Familie sein. Sie sah Charles ins Gesicht. Das gewellte hellbraune Haar fiel ihm verwegen in die Stirn, was sehr gut zu seinen markanten Augenbrauen und den aristokratischen Zügen passte. Schon bei ihrer ersten Begegnung hatte Susie ihn als das entlarvt, was er war – ein junger Mann, der sich bewusst verwegen gab, um den entsprechenden Ruf zu erwerben. Ob er diesen auch zu Recht trug, hatte Susie allerdings immer noch nicht ergründen können.

Wenn sie beide allein waren, benahm er sich ausnehmend höflich. Doch Susie wusste, dass er sich in ihrer Gegenwart nicht vollkommen wohlfühlte. Was sie ihm aber kaum verübeln konnte. Sicherlich stellte sie für ihn eine lebende Mahnung des väterlichen Seitensprungs dar. In diesem Moment blickten Charles' grüne Augen sie jedoch ganz treuherzig an.

Susie zog das Buch unter ihrem Arm hervor. »Ich wollte mir nur eine neue Lektüre aussuchen.«

Charles kam auf sie zu und streckte die Hand aus.

Sie reichte ihm den dicken Geschichtsband.

»*Die Große Geschichte der normannischen Eroberung.* Du lieber Himmel, du musst dich wohl sehr langweilen, um dich ausgerechnet mit diesem alten Schinken zu quälen.« Charles lachte.

Lächelnd zuckte Susie die Schultern. »Es war in der Tat ein bisschen trocken. Aber was ist mit dir? Wieso bist du nicht im Klub?« Sie nahm ihm das Buch wieder ab.

»Ich habe den Klub satt«, sagte er, wandte sich ab und ließ den Blick über die Bücherregale gleiten. »Heutzutage trifft man bei *White's* nur noch langweilige Gestalten an.«

Sie runzelte die Stirn, unsicher, was sie von diesem schnippischen Ton halten sollte. Um diese Uhrzeit war Charles nur selten zu Hause. Hatte er den Klub wirklich satt? Und wieso schaute er sich die Kassenbücher an? Natürlich hatte er dazu jedes Recht, aber seit sie und Tom nach England gekommen waren, hatte Charles noch nie auch nur ansatzweise Interesse an den Geschäften des Familienunternehmens gezeigt.

Wo Tom wohl gerade war?, fragte sich Susie. Sie erinnerte sich daran, dass er erwähnt hatte, er wäre auf der Suche nach Geldgebern fürs Hotel. Sie hätte allerdings nicht mehr sagen können, ob es dabei speziell um einen Termin am heutigen Tag ging. Normalerweise traf Tom immer schon am frühen Nachmittag zu Hause ein. Dann sah er die Kassenbücher durch und arbeitete an seinen Hotelentwürfen, bis es Zeit wurde, sich zum Abendessen umzuziehen. Die Veränderung in Charles' Verhalten würde ihn sicher überraschen.

Susie ging um den Schreibtisch herum und schlug das Kassenbuch in der Mitte auf. »Warst du auf der Suche nach etwas Bestimmtem?«, fragte sie wie beiläufig.

Charles wirbelte zu ihr herum. »Was meinst du damit?« Er starrte auf das offene Buch.

»Als ich hereinkam, hast du ganz schnell das Kassenbuch zugeschlagen. Du hast also gerade darin gelesen, oder nicht?«

Verdutzt schwieg Charles, ehe er den Kopf schüttelte. »Nein. Es hatte schon offen auf dem Schreibtisch gelegen, ich habe es nur zugeklappt. Vater mochte es nicht, wenn wichtige Papiere offen herumlagen, sodass jeder Dienstbote sie sehen konnte.«

Susie nickte zustimmend. Sie hatte keine Ahnung, warum Charles die Kassenbücher lesen sollte. Andererseits hatte er eigentlich auch keinen Grund abzustreiten, dass er reingeschaut hatte. Vielleicht hatte er das Buch wirklich einfach nur geschlossen. Susie schlug den Band nun selbst zu. Dann lächelte sie Charles an.

»Wo ist Tom eigentlich?«

Charles zuckte mit den Schultern. »Ich habe keinen Schimmer.« Damit zog er ein Buch aus dem Regal und öffnete es. »Wie heißt es doch so schön – ich bin nicht meines Bruders Hüter.« Er machte das Buch wieder zu, drehte sich zu Susie um und lächelte geheimnisvoll. »Und das solltest du auch nicht sein, Susan. Sonst wirst du am Ende vielleicht nur enttäuscht.« Mit dem Buch in der Hand ging er Richtung Tür.

Susie sah ihm nachdenklich hinterher. Was hatte er damit gemeint? Von wem würde sie am Ende enttäuscht sein – von ihm oder von Tom? Aber egal ... Außer den beiden hatte Susie keinerlei Familie. Sie holte tief Luft und streckte den Rücken durch. Charles kannte sie vielleicht noch nicht allzu gut, doch eines war jedenfalls sicher: Sie würde sich von seinem mürrischen Benehmen nicht davon abhalten lassen, sich um ihre beiden Brüder zu kümmern, so gut sie nur konnte.

Vicky schlug die Augen auf, und ein erstickter Laut drang aus ihrer Kehle. Sie wälzte sich auf die andere Seite des Bettes, während Bilder aus ihrem Albtraum noch einmal vor ihrem inneren Auge abliefen. Sie zwang sich, ruhiger zu atmen. Im Traum hatte sie auf groteske Weise ein zweites Mal den Tag vor vielen Jahren durchlebt, an dem sie seinerzeit nach Halworth Hall gegangen war, zu Tom. Und zu ihrem Entsetzen gesehen hatte, wie Toms Vater ihn mit seinen fleischigen Fäusten zu Boden schlug. Ein Zimmermädchen mit rot verweintem Gesicht hatte in der Ecke leise vor sich hin geschluchzt. Doch Toms Vater hatte Vicky unbekümmert begrüßt, ihr nur ein »Ach, so sind Jungs nun mal« hingeworfen und war dann lächelnd aus dem Raum spaziert. Victoria war völlig ratlos zurückgeblieben.

Nachdem das Zimmermädchen verschwunden war und Tom sich mühsam vom Parkettboden aufgerappelt hatte, hatte er sich geweigert, auch nur eine einzige von Vickys Fragen zu beantworten. Und sie hatten auch später nie über den Vorfall gesprochen. Bis zu Toms Weggang war Victoria jeden Tag nach Halworth Hall gegangen, um Tom zu besuchen. Allerdings wurde sie vom Butler an der Tür immer abgewiesen. Nachdem ihre Mutter ihr schließlich erzählt hatte, Tom wäre weg und würde nicht zurückkehren, hatte Vicky ihm über seine Mutter Briefe geschickt, auf die sie nie eine Antwort bekommen hatte. Sie wusste nicht einmal, wie viele er davon überhaupt erhalten hatte.

Vielleicht war es ja ganz normal, dass sie von jenem Tag träumte, jetzt, da sie Tom während der vergangenen Wochen so häufig gesehen hatte. In der Nacht hatte Victoria nur wenig und unruhig geschlafen. Deswegen hatte sie sich zu Mittag auf ihr Zimmer zurückgezogen, um ein bisschen auszuruhen, bis es Zeit wurde, sich für das Hauskonzert bei Chadwicks umzuziehen. Und nun dieser Albtraum. So viel zum Thema Ausruhen. Da hätte sie auch gleich wach bleiben können, das wäre besser gewesen.

Sie schielte zur Uhr auf dem Kaminsims. Offenbar hatte sie sehr viel länger geschlafen als beabsichtigt. Vicky strich sich über das Knie, um zu prüfen, wie sehr es noch schmerzte. Zum Glück schien es sich deutlich erholt zu haben, und sie konnte aufstehen, um nach Sarah zu klingeln. Dann setzte sie sich an ihren Frisiertisch, bürstete sich die Haare und überlegte, warum Sarah sie nicht schon früher geweckt hatte.

Vicky tupfte nach Flieder duftendes Kölnischwasser auf die Innenseite ihrer Handgelenke. Vielleicht war Sarah gerade bei ihrer Schwester und half ihr beim Ankleiden. Beim Frühstück hatte ihr Vater erzählt, es sei Mr Barnes gelungen, einen Beamten zu finden, der Theas Trennungsantrag beim Kirchengericht einreichen konnte. Was schon sehr bald geschehen sollte.

Um diese frohe Kunde zu feiern, hatte Vickys Mutter vorgeschlagen, dass auch Althea dem Hauskonzert beiwohnen sollte. Wenn sie allzu lange allen gesellschaftlichen Anlässen fernbliebe, würde das irgendwann unweigerlich die Gerüchteküche anfachen. Vickys Vater hatte seiner Frau zugestimmt, nachdem Thea zugegeben hatte, dass Dain Hauskonzerte hasste und sein Erscheinen deswegen höchst unwahrscheinlich war.

Victoria wusste, dass ihre Eltern nur ihr Bestes taten, aber insgeheim fürchtete sie, dass ihre Schwester noch nicht so weit war, um einen gesellschaftlichen Anlass durchzustehen. Althea hatte Vickys dahin gehende Gesprächsversuche seit dem Frühstück abgeblockt und irgendwann hatte Vicky aufgegeben. Fürs Erste.

Ob sie ihre Hilfe nun wollte oder nicht – Vicky hatte beschlossen, den ganzen Abend lang Theas Schatten zu sein. Sie kniff die Augen zusammen und betrachtete ihr Spiegelbild. Wehe dem, der versuchen sollte, Althea in irgendeiner Form Schaden zuzufügen!

Dreizehntes Kapitel

*Sogar jetzt ist ihre Selbstbeherrschung durch
nichts zu erschüttern.*
– Jane Austen, *Verstand und Gefühl*

Vicky klebte regelrecht an Altheas Arm, als sie gemeinsam das Musikzimmer von Lord und Lady Chadwick betraten. Unzählige Bienenwachskerzen, die in Wandleuchtern steckten, tauchten den Raum in einen warmen gelben Schein. Thea hatte auf der Kutschfahrt hierher und bei ihrem Eintreffen eine erstaunliche Gefasstheit an den Tag gelegt. Doch jetzt begannen ihre Hände bei jedem Schritt in den Raum hinein immer stärker zu zittern. Als Marianne Mr Willoughby in *Verstand und Gefühl* Wochen nach der Trennung erstmals wiedersah, hatte sie sich so unmöglich aufgeführt, dass Elinor sie hatte nach Hause bringen müssen.

Vicky wusste, dass ihre Schwester ein wesentlich besonnenerer Mensch war als Marianne Dashwood, aber seit sie Dain entkommen war, hatte sie noch keine einzige Minute in der Öffentlichkeit verbracht. Vicky war sich nicht sicher, was ihre Schwester tun würde, wenn die Angst sie überwältigte. Ihre Eltern schienen Altheas Unbehagen nicht zu bemerken und ließen sich deswegen von ein paar alten Freunden weglocken.

Vicky stützte Theas Arm, um sie ihres Beistands zu versichern.

»Lass uns irgendwo einen Sitzplatz finden«, sagte Vicky.

Ihre Schwester wandte nichts dagegen ein und so machten sie sich auf den Weg zu den vergoldeten Sesseln, die an der Wand aufgereiht standen. Doch dann blieb Vicky wie vom Donner gerührt stehen, als sie in einer Ecke Mr Silby erspähte, der in ein Gespräch mit einem ihr unbekannten Herrn vertieft war. Seine Abendkleidung war modisch betrachtet wieder recht dezent, das dunkelblaue Jackett nur eine entfernte Erinnerung an die beinahe lilafarbene Jacke, die er bei dem Ausflug durch den Park angehabt hatte.

»Was ist denn?«, fragte Althea.

»Mr Silby«, raunte Vicky. »Lass uns schnell weitergehen.« Doch da hatte Silby die beiden bereits gesehen.

Er entschuldigte sich bei seinem Gesprächspartner und kam auf die zwei Schwestern zu.

»Zu spät«, murmelte Thea.

Vicky presste die Lippen aufeinander. Von allen misslungenen Ausflügen, die sie bislang hatte über sich ergehen lassen müssen, war der mit Mr Silby mit Abstand der schlimmste gewesen. Der Schmerz, der soeben durch ihr rechtes Knie schoss, erinnerte sie daran, sich nie wieder von einem Gentleman davon abbringen zu lassen, sich auf die eigenen zwei Beine oder das eigene Pferd zu verlassen.

Mr Silby war im Begriff, Vicky zuzunicken, doch dann erregte etwas oder jemand anders seine Aufmerksamkeit. Sofort bog er in Richtung des Flurs ab, der sich jenseits des Musikzimmers befand. Erleichtert atmete Vicky auf und eilte mit Althea auf die aufgereihten leeren Sessel zu.

»Wie unhöflich von ihm, uns nicht zu begrüßen«, sagte Thea, während Vicky auf zwei Stühle nahe dem Mittelgang deutete.

Victoria hingegen, die schon einen ganzen Nachmittag das zweifelhafte Vergnügen gehabt hatte, Mr Silbys sprunghaften Gedankengängen zu folgen, war von dessen Verhalten weniger überrascht. »Vielleicht hat er neulich doch gespürt, wie sehr mich das Ganze belastet hat.« Angesichts seiner mangelhaften Beobachtungsgabe war das jedoch sehr unwahrscheinlich.

»Was umso mehr bedeutet hätte, dass er sich nach deinem Befinden hätte erkundigen – oder dir eine Entschuldigung hätte anbieten müssen.«

»Da möchte ich dir nicht widersprechen.« Vicky ließ den Blick zu den Instrumenten schweifen, die im vorderen Teil des Raums aufgebaut waren.

Die Chadwicks hielten ihre vier Töchter für hochbegabt, weswegen sie jedes Jahr ein Hauskonzert veranstalteten. Vicky dagegen stufte das Talent der drei ältesten Töchter als eher bescheiden an. Emily hingegen, die jüngste Tochter, war eine der besten nichtprofessionellen Glasharmonika-Spielerinnen, die Vicky je erlebt hatte. Das Instrument sah äußerlich wie ein rechteckiges Pianoforte aus. Es verfügte aber anstelle der Tasten über eine Reihe von Glasschüsseln, die in aufsteigender Größe an einem Eisendraht aufgespannt waren, der über ein Stück Korken in der Mitte der Schüsseln führte. Wenn man die Glasschüsseln mit befeuchteten Fingern berührte und dazu das Fußpedal betätigte, erklang eine beinahe überirdische Musik, die das Publikum auf eine verzauberte Waldlichtung zu entführen schien.

Vorausgesetzt, die Musikerin wusste mit dem Instrument umzugehen. Was niemand, der Emily Chadwick je spielen gehört hatte, auch nur ansatzweise bezweifelt hätte. Allerdings hatte Vicky traurigerweise gehört, Emily sei erkrankt und ihr gesundheitlicher Zustand würde sich immer weiter verschlechtern.

Dankbar dafür, dass sie selbst bis auf ihre schmerzenden Knie wohlauf war, rutschte Vicky auf ihrem Sitz hin und her. Zugegeben, seit dem Kutschenunfall am Donnerstag tat ihr so ziemlich der ganze Körper weh. Um beide Knie und einen Ellbogen herum hatten sich Blutergüsse gebildet, weswegen sie Letzteren heute mit einem Tuch bedeckt hatte. Trotzdem wäre Vicky nie auf die Idee gekommen, wegen dieser Verletzungen das Bett zu hüten, während Althea gezwungen war, hierherzukommen. Außerdem hatte ihre Mutter erzählt, dass auch Mr Carmichael anwesend sein würde. Vielleicht würde sie die Chance bekommen, wieder mit ihm zu sprechen und ihn wegen seines Verhaltens Tom gegenüber zur Rede zu stellen.

Plötzlich tippte ihr jemand leicht auf die linke Schulter. Vicky wirbelte herum. Mr Carmichael stand hinter ihr und lächelte zu ihr herunter. *Wenn man vom Teufel spricht ...*

»Überrascht, mich zu sehen?«, fragte er belustigt. Die kaffeebraunen Farbkleckse, die sie am Tag ihres Ausflugs zu *Gunter's* in seinen Augen bemerkt hatte, waren jetzt im Kerzenschein kaum zu sehen. Dennoch zog sein Blick Vicky wie magisch an.

»Keineswegs. Ich hatte sogar just in diesem Moment an Sie gedacht.«

Grinsend neigte Carmichael den Kopf. »Tatsächlich? Ich hoffe, es waren nur schmeichelhafte Gedanken?«

Vicky zuckte mit einem leisen Lächeln die Schultern. Wäre der Mann doch bloß nicht so gut aussehend! Dann fiele es ihr womöglich leichter, sein Benehmen kritisch infrage zu stellen.

Carmichael wandte sich Althea zu. »Schön zu sehen, dass Sie Ihre Schwester begleiten, Lady Dain.«

»Danke, Mr Carmichael«, erwiderte Thea.

»Dürfte ich mich Ihnen vielleicht anschließen?«, fragte er.

Vicky bedeutete Althea, einen Stuhl weiter zu rücken. Beide Schwestern erhoben sich und rutschten zur Seite, um Carmichael den Platz am Mittelgang zu überlassen. Er ließ sich auf den Stuhl sinken.

»Haben Sie Ihren Ausflug mit Silby genossen?«

Beinahe hätte Victoria laut geschnaubt. »Er wird mir auf jeden Fall ewig in Erinnerung bleiben, das steht fest.«

Carmichael zog die Augenbrauen hoch. »Inwiefern?«

Daraufhin erzählte Vicky ihm, was im Park vorgefallen war. Carmichaels Ausdruck wechselte im Verlauf ihres Berichts von Belustigung zu Ungläubigkeit und schließlich zu Verärgerung.

»Was zum Teufel dachte Silby denn, was er da tut?« Carmichael hielt inne und entschuldigte sich hastig für seine barsche Wortwahl.

Vicky wedelte seine Entschuldigung mit einer Handbewegung beiseite. »Ich bin sicher, das war alles nur ein Versehen.«

»Er hätte Ihnen unbedingt aus der Kutsche helfen müssen, bevor er sich daran zu schaffen macht.« Mr Carmichael drehte sich auf seinem Stuhl herum, als halte er nach Mr Silby Ausschau.

Vicky seufzte. »Nun denn, was geschehen ist, ist geschehen.«

»Wurden Sie verletzt?« Carmichael musterte sie von Kopf bis Fuß.

Unsicher, wie viel sie verraten sollte, räusperte Vicky sich. Schließlich wollte sie nicht dafür verantwortlich sein, dass Carmichael möglicherweise auf die Idee kam, Mr Silby mit Fäusten zur Rechenschaft zu ziehen. Sie schielte zu Althea, die sie aber nur mit hochgezogenen Augenbrauen ansah, was Victoria nicht deuten konnte. »Nicht der Rede wert.«

Mr Carmichael runzelte finster die Stirn. »Sagen Sie es mir trotzdem.«

»Es geht mir immerhin gut genug, dass ich diesem Hauskonzert beiwohnen kann. Also belassen wir es doch dabei, Mr Carmichael.«

Er neigte den Kopf. »Wenn die Damen mich kurz entschuldigen würden ...«

»Wo wollen Sie denn hin?«, fragte Vicky, obwohl sie schon eine gewisse Vermutung hatte.

»Bitte um Verzeihung, aber solch idiotisches Verhalten kann nicht unbeantwortet bleiben.« Carmichael stand auf.

Vicky riss die Augen auf. »Mr Carmichael, sollten Sie auch nur einen Schritt in die Richtung von Mr Silby machen, werde ich Ihnen garantiert *nicht* verzeihen.« Sie hielt seinem starren Blick stand, um zu zeigen, dass sie es ernst meinte.

»Mr Carmichael, dies ist wirklich weder die richtige Zeit noch der richtige Ort«, mischte sich Althea ein.

Carmichael murmelte etwas Unverständliches vor sich hin und setzte sich wieder, doch sein Blick blieb unverändert finster. »Konnten Sie zumindest mit dem vermaledeiten Gefährt wieder nach Hause zurückkehren? Oder war es dafür zu stark beschädigt?«

Vicky stieß den angehaltenen Atem aus. »Eine Stange war gebrochen und ich hatte Angst um die Pferde. Aber zufällig hielt Lord Halworth sich zur selben Zeit im Park auf, und er war so freundlich, mich nach Hause zu begleiten.«

Mr Carmichael schwieg einen Moment. »Lord Halworth?«

Sie nickte.

»Nach den Erfahrungen auf dem Ball der Herzogin waren Sie wahrscheinlich nicht besonders erpicht auf seine Gesellschaft.«

Vicky war durchaus bewusst, dass sie ihm diesen Eindruck selbst vermittelt hatte. »In der Situation hätte ich so ziemlich jedermanns Gesellschaft der von Mr Silby vorgezogen«, erwiderte sie leise. »Es war wirklich ein Glück, dass Lord Halworth zugegen war.«

Mr Carmichael schwieg, aber an seiner Wange zuckte ein Muskel. Vicky hatte ihrem Vater von Toms Bedenken Carmichael gegenüber erzählt, doch er hatte sie mit einem Achselzucken abgetan und Vicky versichert, dass Carmichaels Box-Fähigkeiten legendär waren. Er hatte sogar angedeutet, er selbst hätte – wäre er auf den Ball mitgegangen – Tom geraten, sich von Vicky fernzuhalten. Daran, dass Carmichael Gerüchte über Tom in die Welt setzen würde, glaubte er nicht, und er sah auch sonst nichts Fehlerhaftes an seinem Betragen.

Dennoch war Vicky selbst nicht gänzlich überzeugt. Auch Mr Carmichaels heftige Reaktion auf ihre Erzählung von Mr Silbys Benehmen im Park trug nicht gerade dazu bei, ihr Vertrauen in ihn zu stärken. Genau wie Colonel Brandon auf der Suche nach seinem vermissten Mündel würde auch sie Mr Carmichael auf den Zahn fühlen müssen, wenn sie die ganze Wahrheit erfahren wollte. Sie sah sich um, ob auch niemand ihre Unterhaltung mithören konnte, doch alle Leute um sie herum waren in Gespräche vertieft. Dann richtete sie ihren Blick auf Mr Carmichael.

»Haben Sie ... also, ich meine ...« Sie hielt inne. Wieso fühlte sich das so unangenehm an? »Kann es sein, dass Sie Lord Halworth nicht leiden können?«

Sie spürte regelrecht, wie Althea sie von hinten mit Blicken durchbohrte.

Mr Carmichael drehte sich zu ihr um. »Wie kommen Sie darauf? Ich kenne den Mann kaum!«

Vicky schüttelte den Kopf und versuchte, seinen Gesichtsausdruck zu deuten. Er wirkte zwar sehr gefasst, aber irgendetwas an seiner Miene strafte seine Worte Lügen.

»Mir ist zu Ohren gekommen, Sie und Mr Silby seien auf dem Ball und bei einem gewissen Boxkampf recht unfreundlich zu ihm gewesen.«

Nachdenklich legte Carmichael den Kopf schief. »Auf dem Ball war ich nur unfreundlich zu ihm, weil ich sehen konnte, wie sehr Sie seinetwegen gelitten haben. Ich kenne Ihre Familie seit langer Zeit, daher würde ich es jedem übel nehmen, der versucht, Ihr freundliches Gemüt auszunutzen.«

Vicky biss sich auf die Lippe. »Verstehe.« Dann hatte er also tatsächlich bemerkt, dass sie sich an dem Abend unwohl gefühlt hatte.

»Und was den Boxkampf angeht ...« Carmichael schenkte ihr ein Lächeln, das reuevoll wirkte. »Was soll ich sagen ...« Er zuckte mit den Schultern. »So sind Männer nun mal.«

Er hatte also nicht vor, sich für sein Verhalten zu entschuldigen. Und noch etwas nagte an Vicky, ohne dass sie es hätte festmachen können ... Dann wurde es ihr schlagartig klar.

Genau dasselbe hatte Toms Vater gesagt, nachdem er Tom geschlagen hatte. Damals, vor vielen Jahren. *So sind Jungs nun mal.*

Vicky verengte die Augen zu Schlitzen. »Dann finden Männer es also normal, sich gegenseitig zu diffamieren, indem sie den Namen einer Dame erwähnen? Einer Dame, die Ihnen gesagt hatte, dass sie mit besagtem Gentleman keinerlei Probleme hat?«

Eine Falte zerfurchte Mr Carmichaels Stirn. »Wenn besagter Gentleman es verdient hat, vielleicht schon.«

Seufzend wandte Vicky den Blick ab.

Carmichael schnaubte. »Sie haben recht. Das war unter meinem Niveau. Ich habe nur wenig Geduld mit Leuten, die sich anderen aufdrängen, aber ...« Er schluckte. »Ich hätte Sie nicht mit hineinziehen dürfen. Ich hoffe sehr, Sie können mir verzeihen.«

Vicky musterte sein Gesicht. In seinen dunklen Augen spiegelten sich Reue und Besorgnis gleichermaßen. Sie schielte zu Althea – auch diese schien ihren Eindruck zu teilen, dass Mr Carmichaels Bedauern echt war.

»Das kann ich – sofern Sie mir versprechen, niemandem gegenüber je wieder ein Wort über die Angelegenheit fallen zu lassen.« Vicky reckte das Kinn.

Bedächtig nickte Carmichael. »Selbstverständlich.«

Vicky lächelte. »Dann sei Ihnen hiermit verziehen.«

Carmichael schmunzelte. »Vielen Dank.«

Thea beugte sich zu ihm herüber und fragte, ob er Emily Chadwick schon einmal die Glasharmonika habe spielen hören.

Er drehte sich zu Vickys Schwester um. »Nein, allerdings

hat man mir gesagt, sie spiele ganz hervorragend.« Vicky warf ihrer Schwester einen Blick zu, dankbar darüber, dass sie das Thema gewechselt hatte.

»Spielen Sie selbst auch ein Instrument?«, fragte Althea Mr Carmichael.

Dieser lächelte bedauernd. »Ja, jedoch mit nur mäßigem Können, fürchte ich.«

Erstaunt hob Vicky die Augenbrauen. »Tatsächlich? Was spielen Sie denn?«

»Meine Mutter wollte, dass ich das Pianoforte erlerne. Als ich jünger war, hat sie sogar einen Musiklehrer für mich engagiert.«

Vicky konnte sich Carmichael nicht als Kind vorstellen. Sie sah auf seine großen, langfingrigen Hände, die eher fürs Boxen geeignet schienen als zum Erschaffen schöner Musik auf der Tastatur eines Pianofortes.

»Spielen Sie denn heute noch?«, fragte Althea.

»Als ich älter wurde, hielt mein Vater nicht mehr viel davon.«

»Er hielt nichts von Musik?«, hakte Vicky nach.

Carmichael zögerte. »Er hielt nichts von mir«, sagte er dann tonlos.

Mit so einem Eingeständnis hatte Vicky nicht gerechnet.

»Aber inzwischen ist er bestimmt sehr stolz auf Sie«, sagte Thea. »Wie könnte es auch anders sein?«

Zähneknirschend erwiderte er: »Mein Vater ist schon lange tot.«

»Oh, das tut mir leid«, sagten Vicky und ihre Schwester wie aus einem Mund.

Carmichael schüttelte den Kopf, als würde ihm das nichts

bedeuten, doch der Blick aus seinen dunklen Augen sagte etwas anderes. Vicky biss sich auf die Lippe. Wie konnten einige Menschen nur so grausam zu ihren eigenen Kindern sein?

»Nun …« Sie beschloss das Thema zu wechseln. »Dann sollten Sie unbedingt wieder anfangen, das Pianoforte zu spielen.«

Althea schnalzte missbilligend mit der Zunge, als sei Vickys Einwurf eine Aufforderung an Mr Carmichael, dem Willen seines Vaters zuwiderzuhandeln. Doch Carmichael fing an zu lachen.

»Ich denke, Sie haben recht, Lady Victoria.« Als er zu ihr hinabblickte, wurden seine Gesichtszüge weich. Seine Augen waren warm und die braunen Sprenkel darin brachten Victoria zum Lächeln.

In diesem Moment betraten die Chadwick-Schwestern den Raum und gingen zu ihren Instrumenten. Die Gäste verstummten, als sich eine strahlende Lady Chadwick vorne hinstellte, um jede ihrer Töchter einzeln vorzustellen.

Vicky wandte den Blick von Mr Carmichael ab, konnte aber spüren, dass er sie immer noch anschaute. Währenddessen machten die Chadwick-Mädchen einen Knicks, nahmen ihre Plätze ein und begannen zu spielen. Victoria hörte schnell heraus, dass der Flötistin und der Violinistin hin und wieder ein falscher Ton unterlief. Doch das Glasharmonikaspiel der fünfzehnjährigen Emily war fehlerfrei. Mit perfektem Taktgefühl entlockten ihre Finger dem Rand der Glasschüsseln zarte, beschwingte Töne.

Vicky wünschte sich, sie könnte auch nur halb so gut Musik machen. Am Pianoforte hatte sie noch nie besonderes Talent gezeigt, aber vielleicht war es noch nicht zu spät, an der Glasharmonika einen neuen Versuch zu starten. Möglicherweise lag ihr dieses Instrument ja viel mehr?

Aus dem Augenwinkel sah sie, wie Mr Carmichaels Fuß im Takt der Musik auf und ab wippte.

Althea beugte sich zu ihr herüber. »Was hast du dir bloß dabei gedacht?«, flüsterte sie ihr ins Ohr.

»Wovon sprichst du?«, raunte Vicky zurück.

»Wieso hast du Mr Carmichael wegen Tom zur Rede gestellt?«, wisperte Thea.

»Ich dachte, auf diese Art würde ich Antworten auf die Fragen bekommen, die mich bekümmern.«

»Allerdings weiß er jetzt, dass du und Tom über ihn redet.«

Vicky blickte ihre Schwester finster an. »Na und?«

»Du willst ihn doch nicht etwa eifersüchtig machen. Ich glaube kaum, dass ihm das gefällt.«

»Wenn er schon eifersüchtig wird, nur weil ich mit anderen Männern *spreche*, dann glaube ich kaum, dass *er mir* gefallen würde.«

Althea holte tief Luft, dann lehnte sie sich auf ihrem Sitz zurück und starrte auf ihre Hände im Schoß. Doch dann wirbelte sie plötzlich herum und sah hektisch von links nach rechts, als fühle sie sich beobachtet. Eine Sekunde später wandte sie den Kopf mit einem erleichterten Seufzen wieder nach vorn.

Anscheinend hatte sie befürchtet, Dain sei aufgetaucht. Verstohlen schielte Vicky nach hinten und sah, dass Tom gerade hereingekommen war. Er sah sich nach einem leeren Stuhl um, und sein Blick blieb an Vicky hängen. Sie lächelte ihm zu, er nickte kurz und machte sich dann auf den Weg zum freien Platz eine Reihe hinter ihr.

Auch Carmichael war Toms Ankunft nicht entgangen. Bei seinem Anblick hielt sein Fuß inne und an seiner Wange zuckte ein Muskel. Als er sich wieder den Musikerinnen zuwandte, war seine Abneigung Tom gegenüber in seinem Gesicht deutlich zu erkennen, auch für Vicky.

Was deren Sorgen erneut anfachte. Sie verstand einfach nicht, wieso Mr Carmichael Tom nicht leiden konnte.

Ja, Tom hatte selbst eingesehen, dass er sich auf dem Ball nicht richtig verhalten hatte – sonst hätte er sich wohl kaum dafür entschuldigt. Aber Mr Carmichael hatte sein eigenes Benehmen noch nicht wirklich erklärt. Vicky seufzte. Ob sie ihn noch einmal darauf ansprechen sollte?

Die Musik endete und das Publikum spendete den Chadwick-Schwestern einen warmen Applaus. Nachdem die Gäste so pflichtschuldigst zugehört hatten, strömten die meisten nun zu dem Tisch mit Erfrischungen oder schoben sich auf die Musikerinnen zu, um ihnen zu ihrem Auftritt zu gratulieren.

Mr Carmichael stand auf und bot Vicky seinen Arm an. »Darf ich Ihnen etwas holen? Wie es aussieht, gibt es auch Schokoladeneis.« Er grinste. »Und …«, er reckte den Hals, um über die Menge hinwegzuschauen, »… von Pistazie keine Spur.«

Trotz ihrer Angespanntheit musste Vicky nur auflachen. »Wenn das so ist … Sehr gern, Mr Carmichael.«

Carmichael wandte sich an Althea. »Lady Dain, möchten Sie uns ebenfalls begleiten?«

Als diese keine Antwort gab, warf Vicky ihr einen fragenden Blick zu. Thea war leichenblass, sie hatte die Augen weit aufgerissen und wirkte wie gelähmt vor Angst.

Vicky folgte dem Blick ihrer Schwester. Dain stand in der Tür zum Musikzimmer.

Vickys Kehle war plötzlich wie ausgetrocknet und sie schluckte schwer. Was in aller Welt hatte Dain hier zu suchen?

Carmichael schien der Ausdruck der beiden nicht entgangen zu sein. »Ist mit Ihnen beiden alles in Ordnung?«

Vicky wusste nicht, was sie antworten sollte. Sich die Freiheit zu nehmen, ihn über Dain aufzuklären, erschien ihr nicht richtig, schon gar nicht hier und jetzt. Also sollte sie lieber so tun, als wäre alles in bester Ordnung? Sie drehte sich Hilfe suchend zu ihrer Schwester um, doch die stand stumm da und zitterte am ganzen Körper.

Victoria blickte zu Dain. Er war zwar in ein Gespräch mit einem Gentleman mittleren Alters vertieft, doch sein Blick fixierte Althea. Dieser gelang es heute nicht, ihre Gefühle zu verbergen, so wie sie es all die vergangenen Monate getan hatte. Jetzt trat genau das ein, was Vicky befürchtet hatte: Nun musste sie selbst agieren – und zwar wesentlich schneller, als Elinor Dashwood es in Bezug auf ihre eigene Schwester getan hatte. Hier hing eine Katastrophe in der Luft und Victoria musste Althea davor bewahren. »Mr Carmichael, ich muss Sie um einen Gefallen bitten«, sagte sie.

»Selbstverständlich, Lady Victoria.« Er sah sie besorgt an.

»Könnten Sie Lord Dain heute Abend von mir und meiner Schwester fernhalten?«

Carmichael musterte sie sekundenlang, dann wanderten seine Augen zu Althea. Es war ihm anzusehen, dass es in ihm arbeitete. »Darf ich fragen, wieso?«, sagte er schließlich.

»Ich fürchte, das kann ich Ihnen nicht erklären.« Vicky sah wieder Dain an. »Ich weiß, dass es sich merkwürdig anhört, aber Sie würden uns damit wirklich einen riesigen Gefallen tun. Für den wir Ihnen sehr dankbar wären.«

Mr Carmichael drehte sich erneut zu Thea, die seinem Blick allerdings auswich. Daraufhin runzelte er nur schweigend die Stirn.

Vicky biss sich auf die Lippe. Wenn Mr Carmichael ihnen seine Hilfe verweigerte, würde Dain freie Bahn haben, gleich herzukommen und Althea wegzubringen. Victoria könnte ihn nicht daran hindern. Doch dann fiel ihr Tom wieder ein und sie drehte sich zu ihm um. »Na gut. Dann frage ich eben Lord Halworth. Tom?«

Mr Carmichael erblasste, als er hörte, dass sie Tom beim Vornamen nannte.

Letzterer wandte sich von dem älteren Herrn ab, mit dem er gerade gesprochen hatte. »Ja, Lady Victoria?«

Doch bevor sie ihn bitten konnte, ihnen Dain vom Leib zu halten, ging Carmichael dazwischen.

»Nein, schon gut, ich stehe Ihnen zu Diensten«, sagte er entschlossen.

Ohne Tom eines Blickes zu würdigen, verbeugte er sich flüchtig vor den beiden Schwestern und marschierte auf Dain zu. Erleichtert atmete Vicky auf.

Tom verabschiedete sich von seinem Gesprächspartner und kam auf sie zu. »Was war denn da los?«, fragte er.

»Mr Carmichael hat etwas Dringendes zu erledigen.«

Mit hochgezogenen Augenbrauen wartete Tom darauf, dass sie ihre Antwort weiter ausführte.

»Nun …« Vicky wurde plötzlich bewusst, dass sie ihm unmöglich mehr verraten konnte. »Wir brauchen jetzt unbedingt eine Erfrischung.« Sie wandte hastig den Blick ab.

»Ich könnte euch ein Eis bringen, wenn gewünscht. Ist Schokolade immer noch deine Lieblingssorte?«

Victoria nickte lächelnd. Er hatte es also nicht vergessen. »Und Althea mag Zitrone.«

Als Tom sich dem Tisch mit Erfrischungen näherte, sah er Carmichael neben Lord Dain stehen. Mit welchem Auftrag ihn Vicky wohl losgeschickt hatte? Hatte Dain etwas damit zu tun?

Tom ging so nah wie möglich an die beiden Männer heran. Glücklicherweise wurden seine Schritte dabei von dem dicken türkischen Teppich gedämpft, der den Boden bedeckte. Die Gentlemen standen gleich hinter der Tür zum Musikzimmer. Tom stellte sich mit dem Rücken zur Wand neben den Türpfosten, konnte wegen der Lautstärke der anderen Gäste allerdings nur Bruchstücke der Unterhaltung zwischen Dain und Carmichael auffangen.

»Du hättest nicht herkommen sollen«, sagte Carmichael.

»Was soll das heißen?«, erwiderte Dain.

Ein Herr ging hustend an ihnen vorbei, sodass Tom Carmichaels Antwort nicht hören konnte. Er schob sich näher auf die Türöffnung zu.

»Komm mir nicht in die Quere, Carmichael. Du weißt, was alles auf dem Spiel steht.«

»Hier geht es aber nicht ums Geschäft. Die Astons fühlen sich deinetwegen unbehaglich und das kann ich nicht gebrauchen. Nicht gerade jetzt.«

Was in aller Welt ging da vor? Tom trat von einem Bein aufs

andere. Sollte er sich zu erkennen geben oder lieber abwarten, ob er noch weitere Informationen erlauschen konnte?

»Du solltest gehen. Jetzt«, sagte Carmichael im Befehlston.

»Ich weigere mich«, gab Dain kurz angebunden zurück.

Tom schaute schnell über seine Schulter, um Carmichaels Reaktion zu sehen. Der beugte sich zu Dain vor und flüsterte ihm etwas ins Ohr. Wutentbrannt starrte Dain ihn an. Tom drehte sich etwas, um besser sehen zu können. Da packte Carmichael Dain beim Arm und zerrte ihn zur Eingangstür des Hauses.

Tom sah den beiden nach und ging dann in die Eingangshalle, um zu prüfen, ob außer ihm noch jemand den Vorfall beobachtet hatte. Doch da war niemand. Sollte er den beiden folgen? Er schaute zum Musikzimmer zurück. Würde sein Fehlen dort auffallen? Er fing Vickys Blick auf. Verdammt! Das Eis hatte er ganz vergessen.

Tom ging auf den Tisch mit Erfrischungen zu, wobei er überlegte, wie die Unterhaltung, die er gerade mit angehört hatte, sich wohl deuten ließ. Mit Schokoladen- und Zitroneneis kehrte er dann zu den beiden Schwestern zurück.

»Wo warst du denn so lange?« Vicky nahm ihm ihr Eis und einen Löffel ab.

»Ich wurde überraschend aufgehalten.« Tom reichte Althea die andere Schüssel, die sie mit einem leise gemurmelten Danke entgegennahm.

»Es ist wirklich schön, dich nach so vielen Jahren endlich wiederzusehen, Althea«, sagte Tom – und verzog entschuldigend das Gesicht, als ihm bewusst wurde, dass er in der Öffentlichkeit nicht so formlos mit ihr sprechen sollte. »Bitte um Verzeihung. Lady Dain.«

»Du musst dich nicht entschuldigen.« Althea sah hoch und fing seinen Blick auf. »Wir kennen uns schon so lange, da brauchen wir doch keine Höflichkeitsfloskeln.« Sie schenkte ihm ein kleines Lächeln, das ihre Augen aber nicht erreichte.

Tom nickte, doch dann fiel ihm zum ersten Mal auf, wie blass sie war, und er runzelte besorgt die Stirn. Althea war immer schon einige Zentimeter größer gewesen als Victoria und hatte schon allein deswegen sehr schlank gewirkt. Allerdings war sie jetzt geradezu mager. So dünn war sie selbst in ihrer Kindheit nie gewesen. Vielleicht war sie krank? »Ich habe gerade deinen Ehemann und Mr Carmichael zusammen gesehen –«

»Wir sind dir sehr zu Dank verpflichtet, weil du Victoria neulich geholfen hast«, unterbrach Althea ihn. »Und für letztens auf Oakbridge auch. Anscheinend wird es dir langsam zur Gewohnheit, meine Schwester aus widrigen Umständen zu retten.«

Kopfschüttelnd warf Tom Vicky einen Blick zu, doch die starrte nur auf ihr Eis und schlang Löffel um Löffel schweigend hinunter. »Aber nicht doch«, sagte er. Anscheinend hatten die beiden Schwestern nicht die Absicht, über Carmichael und Dain zu sprechen. Um Altheas willen hoffte Tom sehr, dass Dain mit den Jahren etwas milder geworden war. Mögen würde er den Mann dennoch eindeutig nie.

»Hast du heute auch wieder irgendwelche Damen aus Schwierigkeiten gerettet?«, unterbrach Vicky seine Gedanken.

»Nein, leider war der Fahrer der durchgebrannten Kutsche, die ich *heute* aufhalten musste, so dumm, auf dem Kutschbock sitzen zu bleiben«, sagte er mit einem angedeuteten Lächeln.

»Oh, dein Heldentiming wird also besser.«

Tom legte den Kopf schief. »Jeden Tag ein kleines bisschen, würde ich behaupten wollen.«

Vicky kicherte und ihre grünen Augen funkelten.

Tom hatte ganz vergessen, wie sehr ihr Kichern ihn immer zum Lächeln gebracht hatte und wie ihre Belustigung ihr Gesicht erstrahlen ließ. Mit voller Wucht traf ihn die Erinnerung an gemeinsame Kindertage. »Weißt du noch, wie wir mal angeln gegangen sind und du darauf bestanden hast, unbedingt mitten im Bach dein Glück zu versuchen?«

»Und mit dem Fuß im Schlammloch stecken geblieben bin, meinst du?«

Belustigt nickte Tom. »Ich musste zu dir waten, um deinen Fuß herauszuziehen, und dann sind wir beide baden gegangen.«

Vicky lachte aus vollem Halse. »Oh ja, ich erinnere mich.« Sie sah ihre Schwester an. »Den Stiefel habe ich damals nicht mit rausbekommen.«

Lächelnd erwiderte Althea: »Und dann bist du den ganzen Weg bis nach Hause auf einem Strumpf gehumpelt?«

Vicky dachte nach. »Nein, ich habe den anderen Stiefel ausgezogen und in den Fluss geworfen. Als Geschenk für die Wasserelfen.«

Althea schnaubte belustigt. »Die Wasserelfen, also wirklich …«

Kopfschüttelnd sagte Tom: »Ja, stimmt. Wenn ich mich recht entsinne, hattest du in dem Sommer ein besonderes Interesse an Geschichten über Elfen und Feen.«

Vicky schob das Kinn vor. »Also bitte, ich war acht Jahre alt! Mag sein, dass ihr beiden kein Faible für Fantasiegestalten habt. Aber das liegt nur an eurem Mangel an Fantasie. Darum bemitleide ich euch.«

»Hast du denn schon mal eine Fantasiegestalt *gesehen*?«, fragte Althea.

Vicky schüttelte den Kopf. »Noch nicht. Was allerdings nicht heißt, dass das nicht noch passiert. Mr Carmichael hat erzählt, in Vauxhall Gardens sei ein Schwein aufgetreten, das die Uhr lesen kann.«

»Unsinn«, sagte Althea.

»Gut möglich«, gab Vicky ihr recht. »Wäre es nicht trotzdem wunderbar, wenn es stimmen würde?«

Ach Vicky, dachte Tom. Wie wenig sie sich doch verändert hatte!

Althea seufzte frustriert, fast als hätte sie seine Gedanken gelesen.

»Das wäre wirklich lustig«, sagte Tom. »Aber wozu soll das gut sein, ein Schwein, das die Uhr lesen kann?«

»Ja, genau das frage ich mich auch«, sagte Althea.

Vicky rümpfte die Nase. »Wieso muss immer alles zu irgendwas gut sein? Kann es nicht einfach auch lustig sein, weil es lustig ist?«

Ob sie wusste, wie abstrus sich das aus ihrem Mund anhörte? Wie naiv? Wie sollte sie mit solchen Ansichten in einer Welt voller Grausamkeiten überleben? Doch anscheinend war die Welt zu *ihr* noch nicht grausam gewesen. Vielleicht hatte sie sich deswegen ihre hübsche Vorstellung bewahren können. Und vielleicht würde sie genau deswegen später nur noch schlimmer verletzt werden.

Tom wusste, er würde ihr erzählen müssen, worüber sich Carmichael und Dain unterhalten hatten. Sie musste es erfahren und selbst entscheiden, was sie mit den Informationen anfangen wollte. »Darf ich morgen vielleicht bei euch vorbeikommen?«

Vicky zog eine Augenbraue hoch. »Wenn du deinen Zynismus bis dahin ablegen kannst.«

»Ah, das könnte sich als unmöglich erweisen, fürchte ich.«

Seufzend erwiderte Vicky: »Na gut. Aber dann lass ihn wenigstens den einen Tag zu Hause.« Dann schob sie sich einen Löffel Eis in den Mund.

Tom blinzelte und versuchte, nicht auf ihre Zungenspitze zu schauen, mit der Victoria einen Tropfen Eis aus dem Mundwinkel leckte. Dann räusperte er sich. »Ich werde mein Bestes tun, versprochen.«

Vierzehntes Kapitel

Etwas Schlimmeres kann ich mir nicht denken.
– Jane Austen, *Stolz und Vorurteil*

Vicky starrte durch das Kutschfenster auf die dunklen Londoner Straßen hinaus. Wie nett Tom an diesem Abend gewesen war! Er hatte sogar Althea dazu gebracht, sich zu unterhalten. Der alte Tom mochte unwiderruflich verschwunden sein, aber zumindest war der neue Tom nicht mehr nur ein kühler Fremder, der ihr aus reinem Pflichtgefühl aus der Patsche geholfen hatte. Er hatte sogar überraschend gefragt, ob er morgen vorbeikommen konnte. Vicky summte eine der Melodien vom Hauskonzert vor sich hin.

Ihre Mutter, die ihr in der Kutsche gegenübersaß, musterte sie eindringlich. Victoria verdeckte ihren Mund mit der Hand und tat so, als müsste sie sich an der Wange kratzen. Eigentlich hatte sie ja keinen echten Grund, so gut gelaunt zu sein. Tom würde ihr sicher nur einen Höflichkeitsbesuch abstatten. Vielleicht würde er das Ganze auch komplett vergessen und gar nicht erst aufkreuzen.

Vicky nahm die Hand herunter und sah zu ihrer Schwester, die aus dem Fenster auf der anderen Seite hinausschaute. Dain war nicht mehr ins Musikzimmer zurückgekehrt.

Mr Carmichael allerdings auch nicht, was Vicky sehr bedauerte. Aber vielleicht hatte er sich verpflichtet gefühlt, Dain irgendwo anders hinzubegleiten und bei ihm zu bleiben.

Nachdem Tom sich verabschiedet hatte, war Mr Silby zu Vicky und Thea gekommen, hatte sich für den Vorfall im Park wortreich entschuldigt und ihnen versichert, dass er sein Gefährt einer gründlichen Untersuchung unterzogen hatte. Er hatte sogar die Dreistigkeit besessen, Vicky zu einer zweiten Ausfahrt einzuladen. Sie hatte seinen Vorschlag unter Zuhilfenahme von Ausflüchten abgelehnt – keine zehn Pferde würden sie je wieder dazu bewegen, mit diesem Mann eine Kutsche zu besteigen!

Wäre Mr Carmichael bei diesem Gespräch dabei gewesen, hätte er vielleicht etwas Unüberlegtes dazu gesagt oder getan. Ja, es war wirklich das Beste gewesen, dass er damit beschäftigt war, ihnen Dain vom Leib zu halten.

Vicky strich Althea über den Oberarm. »Thea, du kannst stolz auf dich sein. Du hast dich deiner größten Angst gestellt.«

Aber ihre Schwester starrte nur weiter aus dem Fenster. »Ihm zu begegnen, ist nicht meine größte Angst.«

»Mag sein«, ging ihre Mutter dazwischen. »Trotzdem hast du dich wirklich gut geschlagen. Und wir sind Mr Carmichael zu Dank verpflichtet, weil er Dain zum Gehen bewogen hat.«

»Carmichael ist ein feiner Kerl«, sagte der Graf und warf Victoria einen vielsagenden Blick zu.

Sie nickte. »Das stimmt. Ich mag ihn auch sehr.«

Daraufhin schaute ihre Mutter Vickys Vater bedeutungsschwanger an.

Vicky hatte Mühe, nicht die Augen zu verdrehen. »Was allerdings nicht heißt, dass ich schon eine Entscheidung gefallen hätte.« Sie brauchte mehr Zeit. Sie kannte Mr Carmichael immer noch nicht besonders gut. Was, wenn vielleicht doch noch jemand Besseres vorbeikam? »Papa, du solltest Mr Carmichael wirklich von –«

Doch da knallte es auf einmal ganz fürchterlich und Vicky zuckte erschrocken zusammen. Ein Schuss! Die Pferde wieherten und brachten die Kutsche abrupt zum Stehen. Verängstigt sah Vicky zu ihren Eltern. Ihr Vater umklammerte mit einer Hand den Türknauf der Kutsche, mit der anderen den Arm seiner Frau, die bei dem plötzlichen Ruck beinahe vom Sitz gerutscht wäre und sich nun verzweifelt an ihrem Mann festhielt.

»Papa?«, fragte Vicky zögerlich.

Er legte sich kopfschüttelnd einen Finger an die Lippen. Vicky drehte sich zu Althea, die leichenblass war, und schob ihre Hand in deren Armbeuge. Von draußen drangen Schreie an ihre Ohren. Alle vier blieben angespannt in der Kutsche sitzen und versuchten zu verstehen, was da gerufen wurde.

Plötzlich wurden beide Türen der Kutsche aufgerissen, und zwei Männer starrten zu ihnen herein. Der eine direkt neben Vicky war so stämmig, dass er die Türöffnung ausfüllte und seine ausgefranste Kleidung seinen Leib eng umspannte. Angesichts des Körpergestanks, der von ihm ausging, rümpfte Vicky unwillkürlich die Nase. Der Mann wandte sein pockennarbiges Gesicht mit einem Grinsen Vickys Vater zu und richtete seine Pistole auf ihn.

»Mylord«, sagte er mit breitem East-London-Akzent und seine Stimme troff vor Sarkasmus.

Vicky versuchte, an ihm vorbeizuspähen, und hoffte, weder den Kutscher noch den Diener tot auf der Straße liegen zu sehen. Die Bediensteten der Astons trugen immer Pistolen bei sich, um die Familie im Notfall beschützen zu können. Denn die Anzahl der Überfälle auf wohlhabende Bürger schien sich mit jedem Jahr zu erhöhen.

»Was wollen Sie?«, fragte der Graf.

Der Mann neben Vicky sagte nichts, sondern deutete nur auf seinen Komplizen, der auf der anderen Seite der Kutsche stand. Der war kleiner, roch aber genauso streng, und seine Kleidung, die aus kaum mehr als Lumpen bestand, schlackerte um seinen hageren Körper.

Auf einmal packte er Altheas Arm. Sie schrie auf und Vicky umklammerte Theas anderen Arm noch fester. Sie würde nicht kampflos zusehen, wie ihre Schwester entführt wurde.

»Verdammt«, fluchte der Mann neben Vicky. »Doch nicht die. Schnapp dir *die hier*.« Er zeigte auf Vicky.

»Gentlemen!«, ging Vickys Vater lautstark dazwischen. »Vielleicht können wir ja zu einer friedlichen Einigung finden. Ich gebe Ihnen jegliche Summe, die Sie fordern. Nur lassen Sie meine Töchter in Ruhe.«

Der pockennarbige Mann wedelte mit der Pistole vor dem Gesicht des Grafen herum. »Klappe halten! Sonst hamse nich mehr viel vom Leben. Wir nehmen sie mit, basta.« Er drehte sich zu seinem Komplizen um, der immer noch Altheas Arm festhielt.

Verzweifelt versuchte die, sich aus seinem Griff zu befreien.

»Ich hab doch gesagt, es ist die andere hier.« Damit schnappte der Stämmige sich Vickys Arm.

Der andere Mann schüttelte den Kopf, wobei er den Blick auf ein missgestaltetes Ohr freigab. »Nein, die da«, beharrte er und zerrte an Altheas Arm.

»Beweg deinen Hintern hier rüber und schnapp dir die da, sonst erschieß ich dich!«, schnaubte der Pockennarbige.

Sein Kumpan verzog das Gesicht, ließ Altheas Arm dann aber los und entfernte sich von der Kutschtür, um auf die andere Seite herumzukommen.

In diesem Augenblick schlug Vickys Vater dem pockennarbigen Mann gegen die Hand, in der er die Pistole hielt, wodurch sich ein ohrenbetäubender Schuss löste. Die Pulverladung schlug in die Decke der Kutsche ein. Die Gräfin schrie auf. Der Mann ließ verwirrt Vicky los, die zu ihrem Entsetzen mit ansehen musste, wie ihr Vater sich auf den Angreifer stürzte und ihn draußen zu Boden warf. Ihr Vater fiel auf ihn und fing sofort an, auf den Schuft einzudreschen.

Doch im nächsten Moment kam sein hagerer Komplize bei den beiden an und trat dem Grafen heftig in die Rippen. Wieder schrie Vickys Mutter schrill auf. Indes sah Vicky sich nach einer Waffe um, doch das Einzige, was sie zum Hauskonzert dabeigehabt hatte, war ihr Pompadour. Damit würde sie zwar nur wenig ausrichten können, aber etwas anderes hatte sie nun mal nicht zur Verfügung. Sie sprang aus der Kutsche und hieb dem hageren Mann den Pompadour auf den Kopf. Der Angreifer wirbelte herum und packte sie so heftig am Arm, als wollte er ihn zerquetschen.

»Lass sie los!«

Vicky hob den Blick.

Ihre Schwester stand vor der Kutsche, das Gesicht grau, jedoch fest entschlossen. Der Angreifer schnaubte verächtlich. Ohne Vicky loszulassen, stürzte er sich auf Althea, die vor Angst noch bleicher wurde.

Und da sah Vicky rot. Instinktiv hob sie das Knie und

rammte es dem Angreifer so kraftvoll wie möglich in den Unterleib. Augenblicklich verschwand das Grinsen aus seinem Gesicht, er ließ sie los, presste die Hände an seinen Unterleib und taumelte ein paar Schritte zurück.

Vicky sah ihre Schwester an. Die zitterte, als würde sie gleich ohnmächtig werden.

»Thea! Schnell, zurück in die Kutsche!« Vicky half ihrer Schwester hinein und knallte von außen die Tür zu.

Dann sah sie über die Schulter zu ihrem Vater. Der Pockenmann hatte ihn irgendwie von sich heruntergeschubst und war wieder auf die Beine gekommen. Jetzt umkreisten sie einander wie Raubtiere. In der Pistole war zwar kein Schießpulver mehr, aber der Wegelagerer hielt sie, als würde er den Grafen mit dem Griff schlagen wollen.

Aus dem Augenwinkel sah Vicky, wie einige Leute vom Bürgersteig zu ihnen herschauten. »Hilfe!«, schrie sie.

Doch niemand rührte sich. Was war denn nur los mit denen? Vicky schrie wieder, verfluchte die teilnahmslosen Zuschauer und hielt verzweifelt nach dem Kutscher und dem Bediensteten Ausschau. Letzteren entdeckte sie schließlich bewusstlos am Boden, er hatte eine blutende Wunde am Bein davongetragen. Der Kutscher hingegen war spurlos verschwunden.

Vickys Vater hatte sich in der Zwischenzeit einen Hieb in den Bauch eingefangen und krümmte sich, woraufhin sein Gegner ihm mit der Faust ins Gesicht zu schlagen begann.

Da kam eine Pferdedroschke aus der entgegengesetzten Richtung auf sie zu, und Vicky wedelte aufgeregt mit den Armen, um sie anzuhalten. Aber trotz ihrer Schreie und des Gewimmers, das ihre Mutter und Schwester in der Kutsche ausstießen, fuhr die Droschke ungerührt weiter. Der zweite

Angreifer – derjenige, den Vicky getroffen hatte – rappelte sich auf die Knie hoch. Allerdings waren seine Augen noch geschlossen, und Vicky konnte nur hoffen, dass er noch zu benommen war, um seinem Komplizen zu helfen.

Der schlug immer weiter auf ihren Vater ein. Also sprang Vicky mit voller Wucht auf den Rücken des Stämmigen, griff ihm mit einer Hand ins Haar und zerrte seinen Kopf so heftig wie möglich nach hinten. Grunzend warf er Vicky ab, sodass sie rücklings auf den Boden knallte. Der dumpfe Schmerz, den sie beim Sturz am Donnerstag davongetragen hatte, flammte wieder in ihren Gelenken auf und etwas Kühles bohrte sich in ihre Hüfte. Sie griff danach – und ertastete kaltes Metall. Die Pistole des Bediensteten!

Vicky begutachtete die Waffe. Sie war noch geladen. Dann stand sie auf und zielte auf den Angreifer.

»Aufhören oder ich schieße!«, brüllte sie.

Der Widerling schlug ihrem Vater noch einmal in die Seite, bevor er sich zu ihr umdrehte. Der Graf sackte in sich zusammen und blieb regungslos am Boden liegen.

In Victorias Augen brannten Tränen, ihre Kehle war wie zugeschnürt.

»Komm schon, Schätzchen, gib uns die Waffe«, knurrte der Mann und kam einen Schritt auf sie zu.

Sie betrachtete den Rohling, der vielleicht gerade ihren Vater umgebracht hatte. Er trug dasselbe widerliche Grinsen im Gesicht, das er schon beim Aufreißen der Kutschtür gezeigt hatte. Vicky presste ihre Kiefer so fest zusammen, dass sie schmerzten. Verächtlich schürzte der Mann die Lippen. Offenbar glaubte er nicht, dass Vicky abdrücken würde. Er hatte nicht im Geringsten Angst vor ihr.

Säure brannte in ihrer Kehle. »Kommen Sie ja nicht näher! Außer Sie wollen sich ein dickes Loch in der Brust einfangen.« Sie entsicherte die Pistole und das Klacken echote laut in der stillen Nachtluft.

Der Mann erstarrte.

Doch jetzt schob sich der andere von der Seite auf sie zu.

Vicky wirbelte zu ihm herum. Als sie auf ihn zielte, blieb er wie vom Blitz getroffen stehen.

»Sie beide verschwinden jetzt, bevor ich Sie erschieße!«

»Du hast aber nur noch eine einzige Ladung Schießpulver, Schätzchen«, knurrte der Pockennarbige. »Egal wen von uns du abknallst, der andere macht dich kalt.«

Sie funkelte ihn hasserfüllt an. »Möchten Sie riskieren, dass Sie derjenige sind, den ich *abknalle*? Nur zu, dann bleiben Sie ruhig hier.«

Die zwei Männer wechselten einen unsicheren Blick. Ganz offensichtlich war keiner von ihnen bereit zu sterben.

»Das wird noch 'n Nachspiel haben, Schätzchen«, grunzte der Mann mit den Pockennarben.

»Verschwindet!«, schrie Vicky und zielte auf seinen Kopf, den Finger am Abzug.

Der Angreifer spuckte ihr vor die Füße, ehe er seinem Komplizen ein Zeichen gab. Und dann verschwanden sie gemeinsam in der Dunkelheit.

Fünfzehntes Kapitel

»Aber«, fragte Elisabeth nach einer Weile, »was mag ihn zu einer so gemeinen Handlungsweise getrieben haben?«
– Jane Austen, *Stolz und Vorurteil*

Unterwegs zu Vickys Stadthaus musste Tom sich bremsen, um nicht zu rennen. Zweifellos freute er sich darauf, sie wiederzusehen. Auf dem Hauskonzert nur wenige Stunden zuvor hatte er noch geglaubt, er würde sie nur aufsuchen wollen, um ihr von dem Gespräch zwischen Dain und Carmichael zu berichten. Aber jetzt war er sich da nicht mehr so sicher.

Vicky war immer noch genau das Mädchen, das er aus seiner Kindheit in Erinnerung hatte. Die Vicky, die ihr Pferd angetrieben hatte, über wahnwitzig hohe Hecken zu springen, und die sich auf Oakbridge in die Küche geschlichen hatte, um Erdbeeren zu stibitzen – von denen sie dann so viele gegessen hatte, dass ihr übel wurde.

Tom hatte sich alle Mühe gegeben, diese Erinnerungen zu verdrängen. Denn sie verursachten ihm ja doch nur einen dumpfen Schmerz tief in seiner Brust. Gestern allerdings, als sie über jenen Tag gesprochen hatte, an dem sie ihren Stiefel im Bach verloren hatte, da hatte ihm das so ein Gefühl des … Trostes vermittelt.

Bevor er als Kind nach Eton aufgebrochen war, hatten Tom und Vicky die meisten Tage miteinander verbracht. In ganz jungen Jahren waren auch Charles und Althea oft mit dabei gewesen, aber irgendwann dann nicht mehr. Sie hatten aufgegeben, denn Tom und Vicky hatten den beiden nie besonders viel Aufmerksamkeit geschenkt. Sie hätten netter sein sollen zu ihren Geschwistern, dachte Tom reuevoll. Besonders da Charles und er später so viele Jahre getrennt gewesen waren.

Mit dem schlechten Gewissen kam auch sein Hass auf seinen Vater wieder zurück. In Toms Kopf wirbelten Erinnerungsfetzen durcheinander – wie er mit Charles auf den Treppenstufen Soldat gespielt hatte – und der böse Blick seines Vaters, als er das bemerkte. Die Ohrfeige, die er Tom verpasste und von der ihm noch den ganzen Tag der Kopf brummte. Die Art, wie sein Vater seine Frau am Arm zerrte, sie gegen einen Schrank schleuderte und wegen irgendeiner eingebildeten Kränkung anbrüllte. Charles' zitternde Hände und seine weit aufgerissenen Augen, als Tom ihm auf die Beine half und ihn nach oben schleifte, um sich im Kinderzimmer zu verstecken, während die gedämpften Schreie ihrer Mutter immer leiser wurden … Tom holte tief Luft, um die Erinnerung daran zu vertreiben und das Schamgefühl, seiner Mutter nicht geholfen zu haben, zu ersticken. Und um den Zorn zurückzudrängen, der sich jedes Mal in seiner Brust aufstaute, wenn er an jene Zeiten zurückdachte.

Der Zorn, der ihn seinem Vater immer ähnlicher machte. Dabei wünschte er sich nichts mehr, als den Mann endlich vergessen zu können.

Als der Brief seiner Mutter über den Tod seines Vaters eingetroffen war, hatte Tom keine einzige Träne vergossen. Bis heute nicht. Stattdessen hatte er sich angesichts des Ablebens dieses alten Tyrannen einen noch dickeren Gefühlspanzer zugelegt. Er wusste zwar, dass er dies vielleicht nicht hätte zulassen sollen, aber diese emotionale Taubheit war immer noch besser, als ... zu fühlen.

Tom rieb sich die Schläfen und bog auf den Kingsford Square ein. Das Stadthaus der Astons ragte direkt gegenüber auf. Eine Pferdedroschke stand davor. Hatte Vicky vielleicht eine andere Verabredung? Verunsichert schielte Tom auf seine Uhr. Er hatte aus seinen Fehlern in Sachen Anstand gelernt und deswegen sehr darauf geachtet, zu einer angemessenen Besuchszeit hier aufzutauchen.

Er überquerte den kleinen grünen Park auf dem Platz, schlenderte zur Eingangstür und spähte verstohlen durch das Erdgeschossfenster. Mehrere Menschen huschten im Inneren des Hauses hin und her. Und zwar viel zu hektisch.

Hier stimmte etwas nicht! Tom klopfte an die Tür.

Als statt des Butlers Vickys Zimmermädchen öffnete, wurde seine Besorgnis nur größer.

»Guten Tag, Sarah. Ist Lady Victoria anwesend?«

»Ja, Lord Halworth, sie ist jedoch gerade bei ihrem Vater.«

»Darf ich warten?« Doch genau in dem Moment, als Sarah zu einer Antwort ansetzen wollte, kam Vicky die Treppe herunter. Sie riss die Augen auf, als sie Tom erblickte.

»Tom! Du bist gekommen!«

Prüfend musterte er sie von Kopf bis Fuß. Doch bis auf einen blauen Fleck am Arm, den sie vermutlich am Vorabend schon gehabt hatte, aber unter ihrem Tuch verdeckt haben musste, schien sie unversehrt zu sein. »Wenn ich ungelegen komme, kann ich auch später –«

»Nein, bitte komm rein.« Vicky kam auf ihn zu und Sarah ging beiseite.

»Ich muss dringend mit dir sprechen«, flüsterte Vicky ihm zu.

Stirnrunzelnd nickte Tom und trat ein. Vicky bedeutete ihm, ihr zu folgen. So aus der Nähe bemerkte er an ihren Händen und Handgelenken nun doch einige Kratzer, die er am Abend zuvor nicht gesehen hatte. Victoria eilte einen Flur hinunter und Tom beschleunigte den Schritt, um zu ihr aufzuschließen.

»Ist dir etwas passiert?« Er deutete auf ihre Hände.

Sie sah auf die Kratzer. »Nein, mir geht's gut. Nur um Papa müssen wir uns Sorgen machen. Er wurde bewusstlos geschlagen. Der Arzt ist gerade bei ihm.«

Bewusstlos geschlagen. Großer Gott! Dann gehörte die Droschke, die draußen stand, also dem Arzt. »Was ist denn geschehen?«

Statt zu antworten, zeigte sie auf ein Zimmer, das zur Straße lag. Tom folgte ihr und fand sich in einem kleinen Wohnzimmer mit blau vertäfelten Wänden wieder. Vicky setzte sich aufs Sofa und bedeutete ihm, auf einem Stuhl ihr gegenüber Platz zu nehmen. Dann erzählte sie ihm, wie sie am Abend davor überfallen worden waren.

Tom war sprachlos. Wie konnte es sein, dass einem einzigen Mensch so viel Unglück in so kurzer Zeit widerfuhr?

Als Vicky sagte, einer der Angreifer hätte damit gedroht, dass alles *noch 'n Nachspiel* haben würde, zuckte sein linkes Auge nervös.

»Tom, hältst du es für möglich, dass diese ganzen Unglücke der letzten Tage überhaupt keine Unglücke sind?«, fragte Vicky. »Ich werde den Gedanken nicht los, dass der Schaden an Mr Silbys Zweispänner irgendwie zu groß schien, um so plötzlich entstanden zu sein.«

Tom tippte mit den Fingern auf die Armlehne. Silby selbst war nicht schlau genug, um solch einen »Unfall« selbst zu inszenieren. Außerdem kam es ziemlich häufig vor, dass Kutschpferde scheuten und durchgingen, und besonders Zweispänner galten nicht gerade als die sichersten Gefährte. Tom schüttelte den Kopf. Er wollte unbedingt glauben, dass die Vorfälle nichts miteinander zu tun hatten.

Andererseits war da auch noch der Mann auf Oakbridge gewesen. Der hatte Vicky mit Absicht verletzt.

»Könnte der Kerl mit dem Pferd dahinterstecken?«, überlegte er laut.

Entschieden schüttelte Vicky den Kopf. »Die Angreifer gestern waren heruntergekommene Halunken mit deutlichem Akzent.«

»Aber wir haben den Kerl nie sprechen gehört«, beharrte Tom.

Auf Vickys Stirn bildeten sich Falten. »Auch wieder wahr. Doch der Paletot, den er anhatte … Die zwei Männer gestern sahen aus, als könnten sie sich kaum die Fetzen leisten, die sie am Leib trugen, geschweige denn einen Paletot.«

Er nickte. »Vielleicht hat jemand sie für den Überfall bezahlt. Nur wer?« Der Kerl, der Vicky als Erster angegriffen hatte? Oder vielleicht steckte hinter beiden Überfällen derselbe Auftraggeber?

Plötzlich riss sie die Augen auf und starrte Tom an. »Dain.«

Tom zog die Augenbrauen zusammen. »Du glaubst, Altheas Ehemann könnte hinter alldem stecken?«

Vicky nickte. Dann seufzte sie. »Eigentlich kann ich dir jetzt auch genauso gut die ganze Geschichte erzählen. Ich hoffe, Thea nimmt es mir nicht übel, aber ...« Sie fuhr sich mit der Zunge über die Lippen. »Du musst versprechen, es niemandem zu verraten. Keiner Menschenseele.«

In Toms Bauch bildete sich ein harter Knoten. »Natürlich. Du hast mein Wort.«

Sie holte tief Luft, ehe sie ihm ein kleines Lächeln schenkte. »Althea möchte sich gesetzlich von Lord Dain trennen. Er ist ihr gegenüber gewalttätig geworden. Sie ist nach Hause zurückgeflohen – an dem Tag, an dem dieser Halunke mich angegriffen hat. Mitten in der Nacht musste sie aus ihrem gemeinsamen Haus flüchten.«

Tom lehnte sich auf seinem Stuhl zurück. »Gütiger Himmel.«

In seiner Kehle brannte bittere Galle. Um Altheas willen hatte er gehofft, Dain hätte sich geändert. Doch offenbar war er immer noch derselbe eigennützige Widerling, der er schon zu Schulzeiten gewesen war. Oder war sogar noch schlimmer geworden.

Er schluckte seinen Abscheu hinunter, aber dann traf ihn die Erkenntnis, dass er möglicherweise eine Mitschuld trug. »Wäre ich hier gewesen, während er damals um sie warb, hätte ich euch über seinen wahren Charakter aufklären können.«

Vicky hob die Augenbrauen. »Was meinst du damit?«

»In Eton hat er immer die jüngeren Kinder schikaniert. Hat sie gezwungen, Dinge zu tun. Sachen stehlen, die er haben wollte, zum Beispiel. Und sie mussten die Strafen einstecken, die eigentlich er verdient gehabt hätte. Er hat es genossen, Macht über andere zu haben.«

Vicky starrte auf ihre Hände. »Als du auf den Ball kamst, war er gerade dabei, mich einzuschüchtern. Er schien sich darüber zu freuen, dass ich ihm nichts entgegensetzen konnte.«

Tom ballte die Fäuste so fest, dass sie schmerzten. »Ich hätte euch dieses ganze Leid ersparen können.« Wäre er doch nur zu Hause gewesen, als Altheas Verlobung bekannt gegeben wurde! Er konnte sich nicht erinnern, den Namen ihres zukünftigen Mannes zu jener Zeit erfahren zu haben – weder von Charles noch von seiner Mutter. Sie hatten in Briefen zwar erwähnt, dass Althea geheiratet hatte, aber selbst *wenn* sie seinen Namen geschrieben hätten, wäre es da längst zu spät gewesen. Und damals waren die Briefe seiner Familie dank Bonapartes Armee ohnehin nur selten angekommen.

»Ich glaube nicht, dass du Thea von ihren Heiratsplänen hättest abbringen können«, sagte Victoria leise und senkte den Kopf. »Ich hätte von Anfang an merken müssen, was für ein Mensch er ist.«

Tom seufzte. Die arme Vicky. Die arme Althea. »Mach dir keine Vorwürfe. Woher hättest du das denn wissen sollen?«

Ohne aufzusehen, schüttelte Victoria den Kopf. »Keiner von uns hat seine charmante Fassade durchschaut. Und Thea hat nie etwas gesagt ...« Ihre Stimme versiegte. »Sie spricht auch heute noch kaum mit mir.«

Toms Schultern verspannten sich. »Hat es zwischen euch ein Zerwürfnis gegeben?«

Vicky sah beiseite. »Sie will mir nicht erzählen, was Dain

ihr angetan hat. Unsere Gespräche sind immer sehr kurz und angespannt.«

Dieses Gefühl kannte er nur zu gut. Seit dem Verkauf der Pferde war das Verhältnis zwischen ihm und seinem Bruder keinen Deut besser geworden. Nicht dass Tom überhaupt damit gerechnet hätte …

»Ich weiß, das ist dumm, aber … Nachdem du …« Vicky sah ihn an. »Nachdem du weg warst, sind Althea und ich sehr innig zusammengewachsen. Wir hatten ja nur noch einander. Und jetzt habe ich …«

Sie brach ab, doch Tom wusste ohnehin, was sie hatte sagen wollen: *Jetzt habe ich niemanden mehr.* Aber sie hatte immerhin noch ihre Eltern, denen ihr Wohlbefinden sehr am Herzen lag – und das war mehr, als Tom gehabt hatte, nachdem er verbannt worden war. Bis er Susan kennengelernt hatte und ins Haus seines Onkels eingezogen war, hatte er sich wirklich sehr einsam gefühlt.

»Für Opfer solcher … Männer wie Dain kann es sehr schwer sein, über das zu sprechen, was sie erleiden mussten.«

Überrascht blinzelte Vicky ihn an.

Tom räusperte sich. »Hab Geduld. Sie wird sich mit der Zeit sicher erholen.« Die Worte kamen ihm leicht über die Lippen, dafür, dass er selbst nicht sicher war, ob sie stimmten. Und Vicky schien seine Zweifel zu teilen, denn Tränen glitzerten in ihren Augen. Ihr Kinn bebte und Tom verspürte den Drang, sie in den Arm zu nehmen. Die Erkenntnis traf ihn mit solcher Wucht, dass er wie vom Donner gerührt sitzen blieb.

Er schluckte schwer. Er hatte es so satt, sich zurückhalten zu müssen.

Als habe sie ihren eigenen Willen, schoss seine Hand nach vorn und umschloss die von Vicky. Ihre tränenerfüllten Augen sahen ihn an – und für einen Moment schien es, als bliebe die Zeit stehen.

Dann holte Vicky tief Luft. »Hast *du* dich denn je davon erholt?«

Tom hielt den Atem an. Unfähig zu sprechen, schüttelte er nur stumm den Kopf.

Vicky wischte sich mit der freien Hand die Tränen weg, die ihr übers Gesicht strömten. »Es tut mir so leid.«

»Es gibt nichts, wofür du dich entschuldigen müsstest.«

»Es macht mich krank, was Althea durchmachen musste. Was *du* durchmachen musstest.«

Tom erstarrte in Erinnerung an Vickys haselnussbraune Augen, die ihn schockiert anstarrten, nachdem sein Vater ihn zu Boden geschlagen hatte. Wie hatte er seinen Vater gehasst, als der anschließend für Vicky ein freundliches Gesicht aufgesetzt hatte. Er erinnerte sich an seine Verzweiflung, als das Zimmermädchen rausgerannt war. Und daran, wie er sich geschämt hatte, als Victoria sich neben ihn auf den Boden gekauert und ihm geholfen hatte aufzustehen.

Es gelang Tom beim besten Willen nicht, den Kloß in seinem Hals hinunterzuschlucken.

Vicky sah auf seine Hand, die immer noch die ihre hielt. »Ich habe nach jenem Tag so oft versucht, mit dir darüber zu reden. Aber du wolltest mich nicht sehen. Hast du zumindest meine Briefe bekommen?«

Tom schloss die Augen. Er war so um ihre Sicherheit besorgt gewesen, dass er unmöglich zulassen konnte, dass sie unerwartet vorbeikam. Nicht mit einem Vater im Haus, der zu solchen Dingen fähig war. Vor seinem inneren Auge tauchte das Bild wieder auf, wie sein Vater das Zimmermädchen an die Wand gepresst hatte, wie sie verzweifelt versucht hatte, sich aus seinem Griff zu befreien ... Der Klang ihrer Hilfeschreie, als sein Vater ihre Rockschöße hochgeschoben hatte ... Tom verschloss sein Gedächtnis vor dem Rest dessen, was geschehen war.

Seitdem hatte er an nichts anderes denken können als an die Frage, was Vicky zustoßen könnte, wenn sie vorbeikam und seinem Vater allein in die Hände fiel. Schon die Vorstellung drehte ihm den Magen um. Es war zwar unwahrscheinlicher, dass der Wüstling die Tochter eines Grafen anfassen würde, aber wenn doch, wäre es fast unmöglich gewesen, ihn dafür zu belangen, und Vickys Ruf wäre für immer zerstört gewesen. In den Augen der Gesellschaft hätte sie ihre Ehre verloren – und damit kein Anrecht mehr auf eine respektable Zukunft gehabt. Tom hatte auf keinen Fall zulassen können, dass ihr so etwas widerfuhr.

Er schlug die Augen auf, ließ Vickys Hand los, stand auf und ging zum Fenster, um den Schmerz nicht mit anzusehen, den er ihr jetzt unweigerlich zufügen musste. »Ja, ein paar Briefe hab ich bekommen. Ich wusste nicht, was ich sagen sollte.«

Er hörte, wie Vicky scharf die Luft einsog.

»Du hättest einfach ... *irgendwas* sagen können, egal was. Wir haben doch vorher immer miteinander reden können.«

Für einen kurzen Moment schloss Tom die Augen wieder. Vielleicht war nun doch der Zeitpunkt gekommen, ihr die ganze Wahrheit zu erzählen. Sie wollte es schließlich wissen. Aber als er sich zu ihr umdrehte, wobei er ihrem Blick krampfhaft auswich, schienen die Worte in seiner Kehle festzustecken. Er brachte sie einfach nicht heraus. Tom konnte sie ja nicht einmal richtig denken, wie hätte er sie da laut aussprechen können? Also sagte er das Einzige, was er sagen konnte – das, was er ehrlich empfand: »Es tut mir leid.«

Zögerlich sah er sie nun doch an. Vicky nickte knapp, aber ihr Gesichtsausdruck war unergründlich.

»Ich kann nicht –«

»Nein, Tom.« Mit düsterer Miene schaute sie zu ihm hoch. Tom presste die Kiefer aufeinander.

»Die Vergangenheit ist vergangen. Wir müssen lernen, das zu akzeptieren.« Es war, als würde sie zu sich selbst sprechen, und da wusste Tom, dass sie nicht verstand, was er mit seiner Entschuldigung gemeint hatte. Sie dachte, er würde sich dafür entschuldigen, dass er ihr keine Erklärung liefern konnte. Aber in Wahrheit hatte er sich für all das entschuldigen wollen, was seit jenem Tag fünf Jahre zuvor geschehen war – das Zerbrechen ihrer Freundschaft, Altheas Eheschließung. Alles, was er nicht hatte verhindern können, weil er so damit beschäftigt gewesen war, gegen die Grausamkeit seines Vaters anzukämpfen.

»Auf jeden Fall …«, versuchte Vicky das Thema zu wechseln, »… muss Dain diese Grobiane beauftragt haben, uns zu überfallen. Wer sonst sollte einen Grund haben, so etwas zu tun?«

Tom atmete durch und setzte sich wieder. »Ich könnte ja noch verstehen, wieso er sich einbildet, seine Frau nach Hause zurückschleifen zu können. Doch was hätte er denn davon, wenn er *dich* entführen lässt? Braucht er dich als Druckmittel gegen Althea oder gegen deinen Vater?«

Vicky runzelte die Stirn. »Die Männer wirkten ziemlich

verwirrt. Ich glaube, sie haben mich nur aus Versehen geschnappt.«

»Aber der Mann auf Oakbridge hatte es gezielt auf *dich* abgesehen, nicht auf deine Schwester. Und wie hätte jemand wissen können, dass sie schon hier war? Es ist viel wahrscheinlicher, dass *du* von Anfang an das Ziel warst.«

Vickys Gesicht verfinsterte sich noch mehr.

Da schoss Tom ein neuer Gedanke durch den Kopf. Er hatte einen anderen Verdacht, wer hinter den Angriffen stecken konnte. »Wenn Dain der Drahtzieher wäre, wären seine Probleme alle gelöst, sobald er Althea entführen lässt. Nicht dich.«

Vicky nickte.

»Deswegen glaube ich nicht, dass es Dain war, der das alles eingefädelt hat.«

»Aber wer sollte dann –?«

Tom antwortete, noch bevor sie die Frage zu Ende gesprochen hatte. »Carmichael.«

Als Susie schnell einen Schritt zurückwich, hinter die lange Reihe der Häuser, die den großen Platz säumten, wurde ihr bewusst, wie töricht dieses Unterfangen war. Sie schüttelte den Kopf, unzufrieden mit sich und den Entscheidungen, die sie getroffen hatte. Zu dumm, dass sie sich von ihrer Neugierde hatte leiten lassen – von der Neugierde, die entfacht worden war, als sie Charles neulich in den Kontobüchern hatte blättern sehen.

Seitdem hatte er sich immer wieder merkwürdig benommen. Das Stadthaus war zwar groß, aber das Getuschel der Bediensteten trotzdem nicht zu überhören. Wegen der brennenden Öfen war die Küche der wärmste Raum von allen und so setzte sich Susie öfter dorthin, irgendwo an den Rand, wo sie der Köchin nicht im Weg war, um ein gutes Buch zu lesen. Und der Köchin war aufgefallen, dass Charles nicht wie sonst das Mittagessen zur ersten Mahlzeit des Tages machte, sondern sich tatsächlich das Frühstück aufs Zimmer kommen ließ und dann noch vor Mittag das Haus verließ, jeden Tag.

Dieses seltsame Verhalten, verbunden mit ihrer Begegnung in der Bibliothek, hatte Susie dazu bewogen, Charles heute zu folgen. Was allerdings, wie ihr jetzt klar wurde, auch nur ihrer Langeweile und Einsamkeit geschuldet sein mochte.

Sie hatte nicht damit gerechnet, dass es so schwer sein würde, jemanden in diesem Teil von London zu verfolgen. Hier in Mayfair standen nämlich nur wenige Bäume und es schlenderten mit Abstand zu wenig Menschen herum, als dass man sich dazwischen hätte verstecken können. Außerdem klebten die meisten Häuser Wand an Wand aneinander, sodass Susie nicht durch enge Gassen schlüpfen konnte. Hätte diese Verfolgung doch nur in dem Teil von London sein können, in dem sie aufgewachsen war! Da gab es Gassen, dunkle Ecken und Winkel in rauen Mengen, und ihre Aufgabe wäre um Längen leichter gewesen. Doch hier war es wohl nur eine Frage der Zeit, bis Charles sich umdrehte und sie dabei erwischte, wie sie sich in eine Ecke duckte.

Sie spähte um die Mauer herum. Charles holte seine Taschenuhr heraus und schien keinerlei Verdacht zu hegen.

Soweit sie wusste, hatte er geplant, in den Klub zu gehen. Wie immer war sein Haar perfekt frisiert, sein brauner Anzug verlieh ihm einen Hauch lässiger Eleganz. Er schwang den Spazierstock im Takt seiner Schritte.

Susie seufzte. Es war wirklich töricht von ihr gewesen herzukommen. Was hatte sie damit zu erreichen gehofft? Selbst wenn sie Charles dabei beobachtete, wie er etwas Merkwürdiges tat, was hätte sie zu ihm sagen sollen? Oder zu Tom?

Sie sah wieder zu Charles und schüttelte den Kopf. Kein Wunder, dass es ihm schwerfiel, mit ihr zu reden. Sie war ja nicht mal bereit, ihm die Unschuldsvermutung zuzugestehen oder ihm seine Privatsphäre zu lassen.

Susie beschloss, wieder nach Hause zurückzukehren. Sie warf einen letzten Blick auf Charles, in der Erwartung, er würde um die nächste Ecke biegen und außer Sicht verschwinden. Doch stattdessen blieb er vor einem großen Haus am hinteren Ende des Platzes stehen. Dort schaute er zum Eingangstor hoch, wobei er sich leicht auf seinem Stock abstützte, einen Fuß vor den anderen gestellt, eine Pose, die Susie bei Adeligen schon häufig gesehen hatte. Charles schien zu überlegen, ob er die Treppe zum Haus hochgehen sollte oder nicht.

Dann sah er rasch nach links und rechts. Wollte er sichergehen, dass ihm niemand gefolgt war? Er zögerte noch eine Sekunde, ehe er die Stufen nach oben ging und anklopfte. Ein mürrisch blickender Butler öffnete die Tür und ließ Charles nach einem kurzen Wortwechsel eintreten.

Susie runzelte die Stirn. Wieso hatte sich Charles so umgeschaut, als wolle er sichergehen, dass er auch wirklich nicht beobachtet wurde? Hatte er gespürt, dass sie hinter ihm her war? Und – die wichtigste Frage überhaupt – wen wollte er in diesem Haus besuchen?

Tom berichtete so wortgenau wie möglich von der Unterhaltung zwischen Dain und Carmichael, die er am Abend zuvor aufgeschnappt hatte. Aber als er endete, schüttelte Vicky nur den Kopf.

»Tom, mein Vater vertraut Mr Carmichael zu hundert Prozent. Sie sind Geschäftspartner. Welchen Grund sollte Carmichael haben, ihm körperlich zu schaden?«

Er drehte die Handflächen nach oben. »Wer sagt denn, dass er vorhatte, ihm oder sonst jemandem körperlich zu schaden? Vielleicht bestand der Plan einfach nur darin, dich zu entführen, und diese Männer haben die Sache selbst in die Hand genommen. Außer, Carmichael würde auf irgendeine Weise vom Tod deines Vaters profitieren ... Du sagst, sie sind Geschäftspartner?«

Vicky rang die Hände im Schoß. »Ich kenne die genauen Verflechtungen ihrer Geschäftsbeziehungen nicht, ich könnte allerdings danach fragen.«

Tom nickte. »Wenn Carmichael dich heiratet und es Althea gelingt, die Trennung durchzusetzen, würde Carmichael nach dem Tod deines Vaters die Kontrolle über Oakbridge zufallen.«

»Doch wozu sollte er Oakbridge überhaupt wollen? Er ist selbst ausgesprochen reich und besitzt mindestens drei riesige Anwesen in verschiedenen Teilen des Landes.«

»Na ja ... wieso nicht noch ein viertes hinzufügen?« Je mehr Tom darüber nachdachte, desto schlüssiger erschien es ihm. Carmichael hatte im Grunde seit dem ersten Moment ihrer Begegnung versucht, Tom von Vicky fernzuhalten. Wenn Tom mit seiner Theorie richtiglag, dann würde das auch erklären, warum Carmichael versucht hatte, Toms gesellschaftlichen Ruf zu ruinieren.

»Aber warum sollte er dazu Unfälle inszenieren?«, gab sie zu bedenken. »Ich kann mir wirklich nicht vorstellen, dass Mr Carmichael mich noch heiraten würde, wenn ich verstümmelt oder sonst irgendwie dauerhaft geschädigt wäre.«

»Ob er dir nun wirklich schaden wollte oder nicht – vielleicht hat er diese Unfälle nur inszeniert, damit *du* einen Grund mehr hast, schnell zu heiraten.«

Vicky strich sich über den Hals. »Wenn er das getan hat – und davon bin ich *nicht* überzeugt –, dann hat er sein Ziel durchaus erreicht«, sagte sie mit einem vielsagenden Blick.

Er runzelte die Stirn. »Inwiefern?«

Victoria rutschte unbehaglich auf dem Sitz hin und her. Und dann schaute sie Tom in die Augen, als hätte sie eben eine Entscheidung getroffen. »Ich *muss* heiraten. Wenn ich verhindern will, dass Oakbridge irgendwann an Dain fällt, habe ich keine andere Wahl. Meine Eltern hatten vor, mir noch bis zum Ende der Ballsaison Zeit zu lassen. Aber nach allem, was jetzt passiert ist, werden sie mir sicher zureden, es wäre töricht, mit der Entscheidung noch länger zu warten.«

Tom klappte regelrecht die Kinnlade herunter. Hatte sie Carmichael deswegen so verteidigt? Weil ihre Eltern sie zur Heirat drängten? »Warum ihn?«

Vicky blinzelte. »Im Moment ist Mr Carmichael meine beste Option.«

»Ich verstehe«, sagte Tom, obwohl er nicht im Mindesten verstand. »Wenn Althea allerdings ohnehin eine gesetzliche Trennung anstrebt, wieso musst du dann überhaupt noch heiraten?«

Victoria nestelte an einem Stück Spitze ihres Kleides. »Es ist nicht sicher, dass sie die Trennung durchsetzen kann. Und das Ganze könnte Jahre dauern. Ich muss so bald wie möglich heiraten, damit mein Vater beim Prinzregenten eine Petition einreichen kann und ich zur rechtmäßigen Erbin ernannt werde.«

Tom ließ sich in seinen Sessel sinken. Das Ganze war noch viel komplizierter, als er gedacht hatte. Und das nur, weil Althea Dain geheiratet hatte. Er schob seine Gewissensbisse beiseite und sah Vicky an. Bedrückt biss sie sich auf die Unterlippe und wich seinem Blick aus. Was er ihr nicht verdenken konnte. Es musste sie eine Menge Überwindung gekostet haben, ihm all das zu erzählen.

Und er hatte kein Recht, sich ihren Plänen in den Weg zu stellen. Sie musste heiraten und versuchen, mit der getroffenen Wahl glücklich zu werden. Doch der Gedanke, sie in Carmichaels Arme rennen zu lassen, in die Arme eines Mannes also, der wahrscheinlich in irgendwelche üblen Machenschaften verwickelt war, bereitete Tom Magenschmerzen.

»Wenn Dain und Althea sich nicht trennen würden, müsstest du nicht heiraten – außer, du möchtest es.«

Vicky nickte langsam.

Langsam fügte sich in Toms Gedanken alles zusammen. »Dann hat Carmichael vielleicht das Ganze inszeniert, um dich in die Position zu drängen, dass du ihn heiraten *musst*.«

Vor Erstaunen blieb Vicky der Mund offen stehen.

»Weiß er denn von Althea und Dain?«, fragte Tom.

Sie schüttelte den Kopf. »Zumindest hat er sich so verhalten, als wüsste er es nicht. Ich wollte meinen Vater gerade darum bitten, dass er ihm davon erzählt, da wurden wir plötzlich überfallen. Und seitdem geht es Papa so schlecht, dass ich ihn noch nicht wieder darauf ansprechen konnte.«

»Gestern Abend hat Dain gesagt, es stünde viel auf dem Spiel, und Carmichael sagte, genau aus diesem Grund würde er nicht zulassen, dass Dain deine Familie verärgert. ›Nicht gerade jetzt‹, sagte er, das weiß ich noch genau.« Tom zog die Augenbrauen in die Höhe. »Für mich klingt es so, als wüsste Carmichael durchaus über die Trennungspläne Bescheid. Hatte er dir davor jemals signalisiert, dass er Interesse an dir hegt?« Denn wenn nicht, wäre dies ein weiterer Hinweis darauf, dass Carmichael seinen Plan erst gefasst hatte, nachdem er von Altheas Trennungsabsichten erfahren hatte.

Vicky zuckte mit den Schultern. »Als wir uns im Winter begegnet sind, war er höflich und freundlich zu mir. Doch da war er nur auf Oakbridge gewesen, um mit meinem Vater Geschäftliches zu besprechen. Nicht um mich zu besuchen.«

»Er hat dir also keine besondere Aufmerksamkeit zukommen lassen.«

Vicky zog die Augenbrauen zusammen. »Hm. Nicht so richtig.«

»Und wie ist es jetzt?«, bohrte Tom weiter.

Sie wich seinem Blick aus. »Ich glaube, er mag mich.«

Das überraschte Tom zwar nicht, traf ihn jedoch mehr als

gedacht. »Und du magst ihn«, sagte er und gab sich dabei alle Mühe, neutral zu klingen.

Vicky machte den Mund auf, als wollte sie etwas sagen, seufzte dann aber nur.

Tom stand auf und ging zum Fenster, damit sie ihm seine Anspannung nicht ansehen konnte. »Was, wenn du deine Familie noch mehr in Gefahr bringst, indem du ihn heiratest?«

»Das ist jetzt doch ziemlich weit hergeholt, Tom«, gab sie zurück.

Er drehte sich wieder zu ihr um.

»Meinst du wirklich, Mr Carmichael würde solche Mistkerle dafür bezahlen, dass sie Thea – oder gar mich – verschleppen, damit ich Angst bekomme und ihn heirate?«, fuhr Vicky fort. »Und Oakbridge dadurch in seine Hände fällt? Warum sollte er so etwas tun?«

»Dain hat mir neulich vorgeschlagen, ich sollte ihm Teile von Halworth verkaufen. Natürlich habe ich abgelehnt, aber eines ist klar: Er und Carmichael stecken irgendwie unter einer Decke. Vielleicht besitzt das Land, das Oakbridge mit Halworth verbindet, einen besonderen Wert, den wir nur noch nicht kennen?«

Wieder biss Vicky sich auf die Unterlippe. »Das hört sich alles so an, als wäre es einem von Mrs Radcliffes Romanen entsprungen. Nicht wie etwas, was im echten Leben geschieht.«

Tom versuchte, das Brennen in seiner Brust zu ignorieren. »Das ganze Szenario ist unwirklich, das stimmt. Aber wieso sollte so etwas nicht auch im echten Leben passieren? Glaubst du immer noch, Entführungen und Verschwörungen gehörten allein ins Reich der Fantasie?«

»Das ist einfach nicht ... Solche Romane sind nun mal sehr lebensfremd.«

Tom fuhr sich mit einer Hand durchs Haar. »Nur weil in Romanen spektakuläre Ereignisse geschildert werden, heißt das ja nicht, dass sie nicht auch in der Wirklichkeit vorkommen können. Ja, normalerweise ist unser aller Leben eine Aneinanderreihung von normalen Dingen. Trotzdem kann jederzeit etwas Unerwartetes passieren.«

Vicky reckte das Kinn.

»Ich wage zu behaupten, dass wir beide das besser wissen als die meisten anderen Menschen«, fuhr er fort.

Sie antwortete nicht, und Stille senkte sich wie Blei herab. Dann seufzte sie. »Du bist echt unerträglich, wenn du recht hast.«

Tom stieß den angehaltenen Atem aus.

»Dennoch finde ich, du solltest mal Jane Austens Romane lesen.«

»Sehr gern – wenn du mir versprichst, dass du gut auf dich aufpasst.«

Victoria nickte lächelnd. »Ich gebe zu – sollte Mr Silbys Kutsche manipuliert gewesen sein, hätte Mr Carmichael wegen seiner Freundschaft zu ihm durchaus Möglichkeiten gehabt, sich vorher daran zu schaffen zu machen.«

»Das stimmt.«

»Doch als ich Carmichael gestern von dem Unfall erzählt habe, schien er über Mr Silbys Nachlässigkeit aufrichtig erzürnt zu sein.«

Tom runzelte die Stirn. »Nun, er hätte sich ja auch schlecht darüber erfreut zeigen können, oder?«

»Vermutlich nicht.«

Tom seufzte. »Trau ihm einfach nicht über den Weg, solange du nicht mehr über ihn weißt. Dain mag ein Mistkerl sein, aber besonders schlau ist er nicht. Ich glaube kaum, dass er das alles allein ausgeheckt haben kann.«

»Und was ist mit dem Halunken auf Oakbridge? Und dem ...« Sie verstummte und schaute weg.

»Dem was?« Hatte es noch einen anderen Zwischenfall gegeben, von dem sie ihm nichts erzählt hatte?

Vicky kaute an einem Fingernagel. »Ich habe neulich bemerkt, wie mich ein seltsamer Mann beobachtete. Er hat einen schwarzen Umhang getragen und stand an einer Straßenecke.«

Tom erstarrte.

»Ich saß in einer Kutsche – mit Mr Carmichael.« Als sie aufschaute, sah er die Besorgnis in ihren Augen. »Das würde ihn doch entlasten, oder nicht?«

Er überlegte. »Schon möglich. Es könnte allerdings auch sein, dass er jemanden beauftragt hat, dich zu beobachten.«

Victoria wurde bleich.

»Hat Carmichael den Mann auch gesehen?«

Vicky schüttelte den Kopf. »Ich wollte gerade auf ihn zeigen, da ist er plötzlich verschwunden. Aber ich habe Mr Carmichael hinterher von ihm erzählt.«

»Konntest du den Mann gut sehen?«

Sie nickte. »Schwarze Haare, unscheinbares Gesicht. Er kam mir irgendwie bekannt vor, doch ich konnte ihn nicht einordnen.«

»Der Mann auf Oakbridge hatte auch schwarzes Haar.« Wegen der Maske war es das einzige Merkmal, das wirklich gut zu erkennen gewesen war.

Vicky sah Tom in die Augen. »Ja, er könnte es gewesen sein.«

Tom nickte knapp »Hat deine Familie besondere Vorsichtsmaßnahmen getroffen?«

Sie runzelte die Stirn. »Ich werde mit meinen Eltern noch mal darüber sprechen. Ich weiß es übrigens sehr zu schätzen, dass ich mit dir über all das reden kann. Es tut gut zu wissen, dass ich mir das nicht einbilde. Dass außer mir noch jemand denkt, dass diese Häufung von Unglücken kein reiner Zufall sein kann. Selbst wenn wir noch lange nicht die ganze Wahrheit kennen.«

Ihre Worte überraschten Tom. »Natürlich, ich helfe immer gern.«

Vickys Lächeln verblasste.

»Ich könnte es nicht ertragen, wenn dir etwas zustoßen würde.« Die Worte waren ihm entschlüpft, ehe er sie zurückhalten konnte. Noch bevor er sie überhaupt gedacht hatte. Aber sie entsprachen der Wahrheit. Und als Vickys Mundwinkel sich wieder hoben, war es ihm gleichgültig, wie er sich angehört haben könnte. Er sah in ihre haselnussbraunen Augen, in denen grüne Einsprengsel aufblitzten, und konnte den Blick einfach nicht mehr davon abwenden.

Victoria schaute als Erste beiseite. »Danke, Tom.«

Er schloss die Augen. Sie hatte ihm den Atem geraubt, und er verspürte den Drang, sein Halstuch zu lockern. »Ich schaue bald wieder vorbei, um sicherzugehen, dass es dir gut geht.«

Vicky blickte ihn unter langen Wimpern hindurch an. »Das wäre schön.«

Tom nickte. »Herzliche Grüße an deine Familie.« Er erhob sich, denn plötzlich konnte er gar nicht schnell genug von hier wegkommen – weg von diesen Augen, die ihn wie magnetisch anzogen. »Bitte pass auf dich auf«, fügte er hinzu.

Sie stand ebenfalls auf, und die Wärme ihres Lächelns, das ihn an frühere, glücklichere Zeiten erinnerte, war einfach umwerfend. Dann hielt sie ihm ihre zarte Hand hin. Tom zögerte nur eine Sekunde, bevor er danach griff.

»Darauf kannst du dich verlassen«, sagte Vicky und ihre grünbraunen Augen strahlten ihn gnadenlos an.

Sechzehntes Kapitel

Es war wirklich eine traurige Geschichte!
– Jane Austen, Emma

Eine Stunde nachdem Tom gegangen war, verließ Vicky die Behaglichkeit ihres Schlafzimmers und ging auf den Flur hinaus, um ihre Schicht an der Seite ihres Vaters anzutreten. Auch der Arzt hatte sich kurz nach Toms Aufbruch verabschiedet und dem Grafen Bettruhe verordnet. Dabei leisteten ihm seine Frau und Töchter nun abwechselnd Gesellschaft. Laut Arzt hatte er nicht nur etliche Prellungen und Schnitte an Gesicht und Körper davongetragen, sondern auch noch zwei gebrochene Rippen und einen verstauchten Knöchel. Sein Gesicht sah schlimm aus, aber Vicky war dankbar, dass er lebte und wieder völlig gesund werden würde.

Sie tippte sich mit dem dritten Band von William Godwins Roman *Fleetwood* gegen den Oberschenkel. Dieser gehörte nicht zu ihren Lieblingsbüchern, denn sie fand die Hauptfigur ausgesprochen unsympathisch, obwohl seine Großtaten um Längen glaubwürdiger waren als die der Charaktere in Mrs Radcliffes Romanen. Doch ihr Vater hatte kürzlich den zweiten Teil ausgelesen, und so hoffte sie, er würde sich freuen, das Ende der Geschichte zu hören. In Erinnerung an

Toms Worte über Unterhaltungsliteratur war sie so abgelenkt, dass sie auf dem Flur beinahe mit Althea zusammenstieß. In letzter Sekunde wich Vicky zur Seite aus.

Thea hielt die Enden ihres mit Blumenmuster bedruckten Halstuchs umklammert. »Ich wollte dich schon holen kommen. Papa sagt, du bist jetzt dran.«

»Geht es dir gut?«, fragte Vicky. Hoffentlich hatte ihr Vater nichts gesagt, was Althea noch mehr verstören würde. Der Graf hasste es, ans Bett gefesselt zu sein, und seine Schmerzen konnten vielleicht dazu führen, dass er mit seiner Tochter schroff redete.

»Ich bin müde.«

»Dann solltest du dich ausruhen.« Sie alle hatten nicht mehr als ein paar Stunden geschlafen. Denn seit ihrer Heimkehr war das ganze Haus in Aufruhr gewesen. Der Kutscher war nach dem Überfall zum Stadthaus gelaufen, um Hilfe zu holen, und war mit dem Großteil der männlichen Bediensteten sowie mehreren Pistolen zurückgekehrt. Der Arzt hatte nicht nur Vickys Vater behandelt, sondern auch die Kugel aus dem Fuß des angeschossenen Dieners entfernt. Letzterer würde sich bald wieder erholen – sofern die Wunde nicht zu eitern anfing.

Althea nickte.

»Wie geht es Papa?«, fragte Vicky.

»Anscheinend ganz gut. Er hat mir seine Korrespondenz diktiert. Ich habe gehört, dass Tom da war?«

»Ja, er war sehr besorgt um uns alle. Außerdem hat er mir von einer Unterhaltung zwischen Mr Carmichael und Dain erzählt, die sie gestern Abend geführt haben, bevor sie verschwunden sind. Offenbar hat einer der beiden irgendwelche

Geschäfte erwähnt, die etwas mit dem anderen zu tun haben. Weißt du vielleicht etwas darüber?«

Ihre Schwester schüttelte den Kopf. »Ich hatte nie Einblick in Dains Geschäfte.«

»Ich habe Tom von meiner Vermutung erzählt, dass Dain hinter dem Überfall letzte Nacht stecken könnte, aber er denkt, dass Mr Carmichael und Dain gemeinsame Sache machen könnten. Nach dem Gespräch mit ihm bin ich mir nicht mehr sicher, ob er nicht recht hat.«

Althea sog scharf die Luft ein. »Hat Tom gefragt, warum du Dain verdächtigst?«

Ertappt biss Vicky sich auf die Innenseite ihrer Wange. Sie hatte nicht gewollt, dass ihre Schwester es auf diese Weise erfuhr. »Sei nicht böse auf mich, Thea. Nachdem er mir erzählt hatte, was er gehört hat, musste ich es ihm sagen – allerdings nur das Allernötigste.«

»Nein.« Althea funkelte sie wütend an. »Dazu hattest du kein Recht.«

»Er hat geschworen, niemandem etwas zu verraten. Und er wird sein Wort halten.«

»Woher willst du das wissen?« Thea sah zur Decke. »Du kennst ihn doch gar nicht mehr!«

»Ich weiß, dass er mein Vertrauen niemals missbrauchen würde. Ja, er ist nicht mehr der Junge, der damals von hier weggegangen ist, aber –«

»Du ergreifst immer noch für ihn Partei. Das hast du schon immer gemacht. Selbst nach allem, was er dir angetan hat.« Althea blitzte sie wieder an. »Und deine eigene Schwester lässt du …«

»Lasse ich was?«, fragte Vicky.

»Als ich versucht habe, dir von *meiner* Lage zu erzählen, hast du mich einfach ignoriert.«

Vicky schüttelte den Kopf. »Wann hast du das denn versucht? Wir haben uns doch kaum jemals wirklich unterhalten ...«

»Ich meine, in den Monaten, die ich in London verbracht habe. Als ich eine Gefangene in meinem eigenen Haus war.« Altheas braune Augen verdunkelten sich. »Du hast kein einziges Mal darauf geantwortet, als ich dich um Hilfe bat. In meinen Briefen habe ich mein Elend immer nur angedeutet, weil ich dachte, du würdest mich sicher verstehen. Hätte Tom dir geschrieben, hättest du für ihn bestimmt das nächste Schiff über den Kanal bestiegen, um zu ihm zu gelangen.«

Vicky beschloss die Bemerkung über Tom zu übergehen. »Thea, ich habe nie einen Brief von dir bekommen.«

Doch die hörte ihr gar nicht zu. »Ich habe jede Woche darauf gewartet, dass Papa mir zu Hilfe eilt oder dass wenigstens du versuchen würdest, mich zu besuchen, damit ich dir persönlich erzählen könnte, was mir widerfährt. Aber nein, du warst wohl zu beschäftigt oder begriffsstutzig, um mich zu verstehen.«

Vicky schluckte trocken. »Ich habe dir jede Woche einen Brief geschrieben. Allerdings habe ich nie eine Antwort darauf erhalten, weswegen ich dachte, ich hätte etwas getan, was dich gekränkt hat. Oder dass du zu viel zu tun hast, um mir zu schreiben.«

Althea verschränkte die Arme vor der Brust. »Von Mama und Papa habe ich jede Woche Briefe bekommen – von dir nie. Keinen einzigen.«

»Bist du nie auf die Idee gekommen, dass Dain sie vielleicht abgefangen hat?«

Thea riss den Mund auf. »Das ergibt doch keinen Sinn. Wieso sollte er Mamas und Papas Briefe durchlassen, deine aber nicht?«

»Ich weiß nicht, welche Gründe er dafür gehabt haben könnte, aber ich *weiß*, dass ich dir viele, viele Briefe geschrieben habe. Denkst du wirklich, ich wäre so hartherzig, dich deinem Schicksal zu überlassen, wenn ich gewusst hätte, was er dir antut?«

Althea sah beiseite und umklammerte ihr Halstuch, als würde es ihr Halt geben.

Vicky stieß den angehaltenen Atem aus. »Du kannst mich ruhig hassen. Aber wenn du die Wahrheit erfahren willst, frag Poole – er kann meine Angaben jederzeit bestätigen.« Der Butler überwachte alle Post, die auf Oakbridge ein und aus ging, sodass nichts verloren gehen konnte.

»Ja, ich werde ihn fragen.«

»Jetzt muss ich erst einmal zu Papa«, sagte Vicky und seufzte. »Es tut mir leid, dass ich Tom davon erzählt habe, ohne dich vorher um Erlaubnis zu bitten. Die letzten Tage waren für uns alle nicht einfach. Danke, dass du mir gestern Abend beigestanden hast.«

Althea wich ihrem Blick aus. »Ich habe doch gar nichts gemacht.«

»Hättest du den Mann nicht abgelenkt, hätte ich keine Gelegenheit gehabt, ihn zu treten.«

»*Ich* wäre fast in Ohnmacht gefallen. *Du* hast Papa das Leben gerettet.« Theas Tonfall klang gereizt.

Ob sie eifersüchtig war? Vicky runzelte die Stirn. »Ohne deine Hilfe wäre es mir nicht gelungen.«

»Das bezweifle ich. Und nun entschuldige mich bitte.«

Althea schob sich an ihr vorbei und rauschte den Flur hinunter.

Vicky seufzte wieder. So gern hätte sie ihre Schwester getröstet, aber so langsam wusste sie nicht mehr, was sie sagen sollte. Das schlechte Gewissen nagte an ihr. Zumindest wusste sie jetzt, warum Thea sich ihr nicht anvertrauen wollte – sie dachte, Vicky hätte sie im Stich gelassen. Vielleicht würde sich Altheas Meinung von ihr ändern, wenn sie von Poole die Wahrheit erfuhr.

Auf dem Weg zum Schlafgemach ihres Vaters kam ihr Theas Bemerkung über Tom wieder in den Sinn. Und so unrecht hatte ihre Schwester damit nicht. Vicky hätte jeder Gefahr getrotzt, selbst dem Krieg, um zu Tom zu gelangen. Aber um Althea vor Dain zu bewahren, hätte sie den Kanal durchschwommen, notfalls nackt, wie Gott sie geschaffen hatte.

Schon bald begann Vicky sich zu wünschen, sie hätte einen anderen Roman ausgesucht – oder hätte ihren Vater diesen hier allein lesen lassen.

»›Für diesen einen Augenblick, vielleicht dem letzten Augenblick für den Rest unseres Lebens, will ich glauben, dass sie unschuldig ist!‹ Ich stahl den reifsten Lippen, die die Natur je erschaffen, einen linden Kuss. Sie streckte die Arme nach mir aus, und ich küsste sie erneut. Ein Blitz himmlischer Seligkeit durchfuhr mich, und ich spürte den Abgrund nur eine Haaresbreite von mir entfernt. Berauscht vom süßen Wahnsinn, erhob ich mich.«

Vicky räusperte sich. Sie hatte vollkommen vergessen, wie

Fleetwood sich über seine Frau und seine früheren Geliebten auf dem Kontinent äußerte. Jedes Mal, wenn sie solch eine delikate Szene vorlesen musste, schielte sie aus dem Augenwinkel zu ihrem Vater. Der lag auf dem Rücken, den Blick starr an die Decke gerichtet, und sagte kein Wort, um sie aufzuhalten.

Also las sie weiter, um ihre Verlegenheit zu kaschieren. Fleetwood hatte sich gerade von seinem Freund davon überzeugen lassen, dass seine Frau ihm untreu gewesen war.

»›Man hat Ihnen wohl nicht zugetragen, wie häufig sie sich getroffen haben.‹

›Dann hat dieser vermaledeite Verleumder mich also an der Nase herumgeführt, mit seinen Andeutungen, seinen abgebrochenen Sätzen und seinen Mehrdeutigkeiten hat er mir die schlimmsten Schlussfolgerungen aufgedrängt.‹«

Als jemand an die Tür klopfte, atmete Vicky auf, dankbar für die Unterbrechung.

»Herein«, sagte ihr Vater.

Sheldon trat ein und senkte den grauhaarigen, immer kahler werdenden Kopf. »Mr Carmichael wartet unten, Mylord.«

Vicky zog die Augenbrauen hoch. »Hast du ihn kommen lassen?«, fragte sie ihren Vater.

»Nein, aber ich bin froh, dass er hier ist.«

Ob er nur genauso erleichtert war wie sie, die gemeinsame Lektüre nicht fortführen zu müssen?

»Ich muss ihn etwas fragen. Bitte geh du schon einmal hinunter und erzähl ihm, was passiert ist, damit er informiert ist, bevor ich ihn treffe.«

Vicky lächelte. »Natürlich, Papa.« Sie stand auf. Doch als sie das Zimmer verließ und den Flur durchschritt, fragte sie sich, warum Carmichael wohl so überraschend hier auftauchte. War er gekommen, um zu erklären, warum er auf dem Hauskonzert mit Dain verschwunden und dann nicht zurückgekehrt war? Welchen Grund er auch haben mochte, Vicky würde Vorsicht walten lassen müssen.

Sie ging die Treppe hinunter. Mr Carmichael stand in der Eingangshalle, mit einem perfekt sitzenden schwarzen Anzug bekleidet. Er stand von ihr abgewandt, sodass sie sein Gesicht nicht sehen konnte. Doch mit dem Fuß tippte er nervös auf den Fußboden.

Vicky räusperte sich.

Erschrocken wirbelte Carmichael zu ihr herum. »Lady Victoria! Wie schön zu sehen, dass Sie wohlauf sind.« Als sie unten angekommen war, griff er nach ihren Händen und musterte sie mit besorgter Miene von oben bis unten. Als sein Blick auf ihre zerkratzten Arme fiel, kniff er die Augen zusammen.

Über seinen Gefühlsausbruch ebenso verdutzt wie über die Erkenntnis, dass er offenbar über den gestrigen Überfall Bescheid wusste, trat Vicky einen Schritt zurück.

»Hat meine Mutter nach Ihnen geschickt, Mr Carmichael?«

Er blinzelte und ließ ihre Hände los. »Nein. Ich habe gehört, was geschehen ist, und bin sofort hergekommen.«

Aber wie bitte konnte er davon gehört haben? Hatte Tom etwa recht – steckte Mr Carmichael hinter dem Angriff? Und bildete sie sich das nur ein oder wirkte er tatsächlich leicht schuldbewusst?

Nein. Vicky wischte die törichten Gedanken beiseite. Für all das musste es eine einleuchtende Erklärung geben.

»Wie haben Sie davon erfahren?«, fragte sie.

»Ein Bekannter von mir, der beim *Weekly Tattler* arbeitet, weiß von meinen Geschäftsbeziehungen zu Ihrem Vater. Er hat mir heute Nachmittag davon erzählt.«

Das klang durchaus wie eine einleuchtende Erklärung.

»Ich musste ihn … überreden, in der Zeitung nichts über den Vorfall zu veröffentlichen.«

»Sehr nett von Ihnen.« Hätte er das nicht getan, wären sie vermutlich längst in aller Munde. Wie viel er seinem Bekannten wohl hatte bezahlen müssen, damit der Stillschweigen bewahrte?

»Wie geht es Ihren Eltern und Ihrer Schwester?«, unterbrach Carmichael ihre Gedanken.

»Mein Vater wurde als Einziger verletzt. Er hat zwei gebrochene Rippen und üble Prellungen davongetragen, aber der Arzt war vorhin da. Und jetzt ruht er sich aus.«

Mr Carmichael atmete erleichtert auf. »Darf ich zu ihm?«

Vicky zögerte. Sie wollte zwar immer noch nicht an Toms Theorie glauben, doch die Möglichkeit, dass Mr Carmichael mit Dain unter einer Decke steckte, konnte sie trotzdem nicht einfach so ignorieren. Sie hatte ihren Vater immer noch nicht danach gefragt, was im Falle seines Todes mit seinem Anteil aus der Vereinbarung mit Carmichael passieren würde – eigentlich hatte sie damit warten wollen, bis er sich von dem Überfall etwas erholt hatte. Ob Mr Carmichael nun hinter dem Angriff steckte oder nicht – es wäre unklug, ihn mit ihrem Vater allein zu lassen. Allerdings hatte der Graf ja leider darum gebeten, dass Mr Carmichael zu ihm geführt würde.

Vicky überlegte kurz, ob sie Mr Carmichael bitten konnte zu gehen, um sich dann ihrem Vater gegenüber irgendeine

Ausrede einfallen zu lassen. Das hätte jedoch bedeutet, dass sie gleich beide würde belügen müssen, und das brachte sie einfach nicht über sich. Und Toms Theorie war ... eben auch nur eine Theorie.

»Ich bin sicher, dass Papa sich über ein *freundliches* Gesicht freuen würde«, sagte sie betont, aber Mr Carmichaels Reaktion bestand nur aus einem flüchtigen Nicken. Also führte Vicky ihn die Treppe hoch und klopfte leise an die Tür zum Zimmer ihres Vaters. Dann trat sie ein, Mr Carmichael auf den Fersen.

Der Graf hatte sich inzwischen etwas aufgerichtet und den Rücken gegen mehrere Kissen gelehnt.

»Lord Oakbridge, wie geht es Ihnen?«, fragte Mr Carmichael.

Vicky musterte sein Gesicht. Mr Carmichael hatte die Stirn gerunzelt und wirkte aufrichtig besorgt, auch wenn sich dies nicht in seinem Tonfall niederschlug.

»Lady Victoria hat mir von Ihren Verletzungen erzählt«, fuhr er fort.

»In Anbetracht der Umstände geht es mir gut. Bitte nehmen Sie doch Platz. Ich bin dankbar für die Gelegenheit, meine Gedanken von dem gestrigen Vorfall abzulenken.« Die Stimme des Grafen klang gepresst, als hätte er Schmerzen.

»Papa, du solltest nicht so viel sprechen«, ging Vicky besorgt dazwischen. »Das ist deiner Heilung nicht zuträglich.«

»Victoria, die kleine Unterhaltung mit Mr Carmichael kannst du mir nicht verwehren. Es wird auch nicht lange dauern.«

Womit sie eindeutig aus dem Raum komplimentiert war. Sie hätte gern protestiert, wusste aber auch, dass der Graf nicht umzustimmen war, wenn er sich etwas in den Kopf gesetzt hatte.

»Wie du wünschst, Papa«, sagte sie zweifelnd und ging zur Tür.

Carmichael verbeugte sich, bevor sie das Zimmer verließ.

Die Hand auf der Klinke, sah Vicky noch einmal zu ihrem Vater zurück. Er bedeutete Mr Carmichael, sich auf den Stuhl neben dem Bett zu setzen, von dem sie vorhin aufgestanden war. Leise schloss Vicky die Tür hinter sich. Hätte sie doch bloß bleiben können! Welche Information, die ihr Vater von Mr Carmichael brauchte, konnte so privat sein, dass er sie nur ohne Zeugen erfragen konnte?

Natürlich hätte sie das Ohr ans Schlüsselloch legen und lauschen können. Ladylike war so etwas natürlich nicht, aber ungewöhnliche Zeiten erforderten ungewöhnliche Maßnahmen.

Vicky bückte sich und hielt das Ohr ans Schlüsselloch. Das Türblatt war ziemlich dick, aber zumindest einige Fetzen der Unterhaltung waren durchaus zu verstehen.

»Danke, dass Sie gekommen sind«, sagte Vickys Vater.

»Das ist das Mindeste, was ich tun kann«, entgegnete Mr Carmichael.

Vicky blinzelte erstaunt. Hatte ihr Vater also doch nach ihm verlangt? Aber wieso sollte er seine Tochter wegen so einer banalen Frage belügen? Und wann hätte er ihn kommen lassen sollen? Auf dem Hauskonzert hatten die beiden Männer nicht einmal miteinander gesprochen, jedenfalls hatte Vicky sie nicht zusammen gesehen. Sie war so in Gedanken versunken, dass sie die folgenden Sätze der Unterhaltung verpasste. Wütend auf sich selbst konzentrierte sie sich wieder aufs Lauschen.

»Schön, dass Sie sich daran erinnert haben«, sagte ihr Vater gerade. »Ich mache mir Sorgen wegen Mr Barnes, unserem Anwalt.«

»Wieso, ist ihm etwas zugestoßen?«, fragte Mr Carmichael. Was Vicky als erste Vermutung reichlich suspekt vorkam.

»Er hat noch auf keine meiner Anfragen geantwortet. Eigentlich wollte ich diese Angelegenheit nicht außerhalb der Familie bekannt machen, allerdings lassen mir die aktuellen Umstände keine andere Wahl. Ich würde Sie wirklich nicht darum bitten, wenn Mr Barnes nicht auch Ihr Anwalt wäre.«

Carmichael antwortete nicht, aber Vicky glaubte gehört zu haben, wie er sich auf dem Stuhl bewegte – sich vielleicht näher zu ihrem Vater beugte? Sie drückte das Ohr fester ans Schlüsselloch.

»Wie Sie wissen, wollen wir gegen Lord Dain vor dem Kirchengericht Klage erheben – für eine gesetzliche Trennung von Lady Althea.«

Vicky hätte beinahe laut aufgekeucht. Tom hatte recht! Mr Carmichael hatte tatsächlich von der Sache mit Dain gewusst. Also warum hatte er sie danach gefragt, als sie ihn am Vorabend gebeten hatte, ihnen Dain vom Leib zu halten?

»Doch solche Dinge brauchen Zeit«, fuhr ihr Vater fort. »Deshalb sollte Barnes in der Zwischenzeit beim Kanzleigericht einen Beschluss erwirken, der sie gegen Dains Einflussnahme schützt.«

»Ich werde mich persönlich an Mr Barnes wenden und nachfragen, was da los ist«, sagte Mr Carmichael.

»Vielen Dank. Genau darauf hatte ich gehofft. Aber ich meine mich auch zu erinnern, dass Sie beim Kanzleigericht einen Freund haben. Einen Sekretär oder so?«

Carmichael antwortete nicht sofort. »Ja, das stimmt. Und Sie möchten, dass ich ihn frage, ob der Antrag bereits bearbeitet wurde?«

»Das wäre ganz großartig von Ihnen«, sagte der Graf.

Vicky runzelte die Stirn. Carmichael hatte ihrem Vater seine Hilfe nicht von selbst angeboten – wieso nicht?

Da hörte sie plötzlich, wie sich Schritte der Tür näherten. Auf Zehenspitzen huschte sie den Flur hinunter und verschwand im nächstbesten Raum – einem leeren Gästezimmer. Sie zog die Tür hinter sich ran, ließ sie aber einen Spaltbreit offen.

Die Tür zum Schlafzimmer ihres Vaters knarzte leicht, als Mr Carmichael sie öffnete. Er wünschte dem Grafen gute Besserung und ging zur Treppe. Vicky schob den Kopf durch den Türspalt und sah ihm nach. Sie hasste es zwar, Toms Theorie Glauben schenken zu müssen, konnte aber nicht abstreiten, dass Carmichaels Verhalten gestern Abend und seine jetzige Reaktion auf die Bitten ihres Vaters ziemlich verdächtig wirkten. In Verbindung mit der seltsamen Unterhaltung, die Tom mitgehört hatte, erschien es Vicky nun doch möglich, dass Mr Carmichael in üble Machenschaften verwickelt sein könnte – und zwar zusammen mit dem Mann, den sie mehr hasste als jeden anderen auf der Welt!

Vicky starrte Mr Carmichaels dunkler, breiter Gestalt nach, als er nun die Treppe hinunterstieg. Ein Mr Darcy war er wahrlich nicht, auch kein Mr Knightley, nicht einmal ein Colonel Brandon. Aber er …

Kurz bevor er außer Sicht verschwand, drehte sich Mr Carmichael plötzlich noch einmal um. Vicky duckte sich hastig hinter den Türpfosten, hätte allerdings nicht sagen können, ob er sie gesehen hatte. Sie lauschte angestrengt. War sie ertappt?

Dann schienen sich seine Schritte endlich zu entfernen.

Vicky atmete tief durch, um sich zu beruhigen. Was war sie bloß für eine dumme Gans! Es hätte ihr gleichgültig sein sollen, ob Mr Carmichael sie gesehen hatte oder nicht. Lauschen war schließlich kein Verbrechen. Eine Elizabeth Bennet hätte wahrscheinlich sogar gewunken und fröhlich gegrüßt, wenn jemand sie dabei erwischt hätte.

Doch als Victoria daran dachte, wie hektisch er sich umgesehen hatte, fast als hätte er vor, mit demjenigen zu kämpfen, der ihn möglicherweise beobachtete, war sie froh, sich versteckt zu haben. Heldin hin oder her – Lizzy Bennet hatte sich niemals mit solch schrecklichen Vorfällen herumschlagen müssen wie jenen, denen Vicky in den letzten Wochen ausgesetzt gewesen war.

Toms Worte echoten in ihrer Erinnerung: *Nur weil in Romanen spektakuläre Ereignisse geschildert werden, heißt das ja nicht, dass sie nicht auch in der Wirklichkeit passieren können.* Die Erkenntnis schmerzte sie, aber er hatte recht behalten. Vickys Leben sah immer weniger wie in einem Jane-Austen-Roman aus – und immer mehr wie eine einzige Katastrophe.

Siebzehntes Kapitel

Sie wollte möglichst jeden Streit vermeiden.
– Jane Austen, *Emma*

Susie riss die Augen auf, als Charles in die Küche kam. Es war noch weit vor dem Abendessen, sie saß neben dem Ofen und hatte Mühe, sich auf ihr Buch zu konzentrieren. In dem verzweifelten Versuch, sich von den Gedanken an Charles und seinem morgendlichen Unterfangen abzulenken, wollte sie *Stolz und Vorurteil* zu Ende lesen. Das war seit Monaten der erste Roman, den sie sich erlaubte.

Wenige Minuten nachdem Charles in dem Stadthaus verschwunden war, war Susie nach Hause geeilt, nur um dort zwei neue Geldeintreiber vorzufinden. Auf der vorgelegten Rechnung von *Fortnum & Mason* waren mehrere Wildgeflügel sowie zwei große Schinken aufgelistet – und sie stammte von letzter Woche.

Charles.

Kein Zweifel, er musste die Lebensmittel gekauft haben. Aber wann hatte er sie gegessen? Heimlich allein? Vermutlich, jedenfalls war bei ihren gemeinsamen Mahlzeiten nichts davon aufgetaucht.

Und jetzt durchstöberte Charles hier die Speisekammer

und schüttelte die Frage der Köchin ab, ob sie ihm etwas zubereiten solle. Susie dachte daran, wie viele Opfer Tom schon für seine Mutter und seinen Bruder gebracht hatte: Er hatte sich aus Solothurn verabschiedet, hatte dem zufriedenen Leben, das er sich bei der Familie seines Onkels aufgebaut hatte, den Rücken gekehrt, um hierher zurückzukommen – in ein Zuhause, das ihm immer nur Schmerz bereitet hatte. Sogar sein Pferd hatte er verkauft, um für Charles' Schulden aufzukommen.

Und wie dankte Charles es ihm? Er hatte kaum einen Finger gerührt, um Tom bei der Suche nach Geldgebern für sein Hotel zu helfen – obwohl das die einzige Hoffnung auf ihrer aller Überleben war und auf die Chance, das Anwesen zu erhalten.

Susie starrte Charles an, der sich mehrere Scheiben von einem Käselaib abschnitt und sie auf einem dicken Stück Brot stapelte. Offenbar verstand er wirklich kein bisschen, was Tom für sie alle tat. Oder vielleicht kümmerte es ihn auch einfach nicht. Der Gedanke brachte Susie regelrecht in Rage.

Sie musste Charles zur Rede stellen. So ein schäbiges Verhalten hatte Tom nicht verdient – schon gar nicht von seinem eigenen Bruder.

»Charles?«

Er sah über die Schulter nach hinten.

»Susan, ich hab dich gar nicht gesehen.« Er biss in sein Brot und drehte sich zu ihr um.

Das erschien Susie ziemlich unglaubwürdig. Charles wusste sehr wohl, dass die Küche wegen der fehlenden Heizung einer von nur zwei Räumen war, in die sie sich am Nachmittag zurückziehen konnte.

»Dachte ich's mir doch, dass du es mit der trockenen Geschichte nicht lange aushalten würdest«, sagte er schnaubend und deutete auf ihren Roman.

Susie beschloss, die Bemerkung zu ignorieren. »Wie war dein Ausflug?«

»Ganz passabel«, erwiderte er und drehte ihr wieder den Rücken zu, um die Speisekammer zu durchforsten.

»Warst du in deinem Klub?«

Charles grunzte etwas, was nach Ja klang. »Da ist es wenigstens wärmer als in diesem alten Steinhaufen hier, weißt du.«

Susie schürzte die Lippen. »Nein, woher sollte ich das wissen?«

Als er nichts erwiderte, stand sie auf. »Charles, könntest du bitte mit nach oben kommen?«

Er runzelte angesichts ihrer entschlossenen Miene die Stirn. Dann warf er einen Blick auf die Köchin und das Küchenmädchen und fragte sich offenbar, wieso Susie unbedingt unter vier Augen mit ihm sprechen wollte. Aber schließlich schnappte er sich nur wortlos einen weiteren Brotkanten und bedeutete Susie vorauszugehen.

Sie führte ihn über die Dienstbotentreppe nach oben und in einen leeren Flur. Tom beschäftigte im Stadthaus nur zwei Diener und sie wusste, dass sich keiner von ihnen zu dieser Tageszeit in diesem halbdunklen Flur aufhalten würde. Trotzdem sah sie erst prüfend nach allen Seiten, bevor sie sich vor Charles aufbaute.

»Heute waren schon wieder zwei Geldeintreiber da, Charles. Mit einer Rechnung von *Fortnum & Mason*. Die *du* unterschrieben hast.«

Charles ließ sich nicht anmerken, ob er wusste, worauf sie hinauswollte.

»Und, was ist damit?«

»Da standen mehrere Wildgeflügel auf der Rechnung und zwei Schinken.«

Charles schwieg.

»Was hast du mit den Lebensmitteln gemacht?«, fragte Susie leise.

»Sie wurden natürlich hierhergeliefert.«

Susie seufzte. »Wir haben schon keinen Schinken mehr gegessen, seit wir aus Halworth Hall hergekommen sind. Und ich habe in das Haushaltsbuch geschaut, das die Köchin über eingehende Waren führt. *Fortnum & Mason* hat seit unserem Einzug nichts hierhergeliefert. Also was ist mit dem Einkauf geschehen? Ich bin sicher, wenn du Tom alles erklärst, wird er Verständnis dafür haben. Es ihm zu sagen, ist besser, als wenn er wütend wird, weil er die Rechnung bekommt und keine Ahnung hat, wie sie zustande gekommen ist.«

Doch er zuckte nur mit den Schultern. »Was kümmert dich das alles überhaupt?«

»Ich mache mir Sorgen um dich. Wir sind schließlich eine Familie.«

Er versenkte die Zähne in sein Käsebrot. »Würdest du dir auch noch Sorgen machen, wenn dein persönliches Wohlergehen nicht von Tom abhinge?«

Susie überging die spöttische Bemerkung. »Vielleicht hast du die Lebensmittel ja auch zu den Leuten gebracht, die in dem Stadthaus wohnen, das du heute aufgesucht hast.«

Charles kniff die Augen zusammen und starrte sie eisig an. »Was für ein Stadthaus?«

»Also … ich …«, stammelte Susie. »Ich bin dir gefolgt.« Trotzig reckte sie das Kinn.

»Du bist mir *gefolgt?*« Charles stand die Fassungslosigkeit ins Gesicht geschrieben.

»Du hast ein Haus am Harborough Square betreten. Und vorher hast du in alle Richtungen geschaut, als wolltest du dich vergewissern, dass dich niemand sieht. Wer wohnt in dem Haus, Charles?«

»Für wen zum Teufel hältst du dich eigentlich?!«, donnerte er plötzlich los.

Der abrupte Ausbruch erschreckte Susie dermaßen, dass sie einen Schritt zurückwich. Doch sie war nicht gewillt, klein beizugeben. »Du benimmst dich in letzter Zeit sehr merkwürdig. Schon an dem Tag, als ich dich dabei erwischte, wie du in die Kontobücher geschaut hast … Die Bediensteten sagen, du würdest immer früher das Haus verlassen. Ich wollte nur sichergehen, dass mit dir alles in Ordnung ist.«

Charles kam auf sie zu. »Eines wollen wir gleich mal klarstellen, ja? Was ich mache, geht dich nichts an. Es ist mir völlig gleichgültig, ob wir blutsverwandt sind oder nicht. Du kennst mich nicht. In Zukunft behältst du deine Besorgnis gefälligst für dich. Und wenn du mich noch einmal verfolgst, wird es dir leidtun.«

Damit machte er auf dem Absatz kehrt und verschwand Richtung Dienstbotentreppe.

Mit klopfendem Herzen sah Susie ihm nach. Dann atmete sie tief durch. *Wenn du denkst, dass ich so schnell aufgebe, Bruderherz, dann kennst du mich aber auch sehr schlecht.*

Achtzehntes Kapitel

*Er war nicht so veranlagt, dass er eine Bevorzugung, wie ich sie
genoss, mit Gleichmut hätte ertragen können.*
– Jane Austen, *Stolz und Vorurteil*

Nachdem er sich von den Astons verabschiedet hatte, fuhr Tom mit einer Mietdroschke nach Covent Garden. Auf dem Hauskonzert hatte er gehört, wie Lord Axley davon gesprochen hatte, am Mittwochabend ins Theater zu gehen. Und da Axley und seine Bekannten derzeit die einzigen halbwegs aussichtsreichen Geldgeber zu sein schienen, plante Tom, ihn im Theater auf sein Hotel anzusprechen – oder zumindest einen anderen angemessenen Termin zu vereinbaren, um mit ihm darüber zu reden.

Bei diesen Aussichten war seine Laune deutlich besser, als er in seinem Stadthaus eintraf. Während er die Stufen zum Eingang hochging, fiel sein Blick auf die massive Fassade und das nur leicht beschädigte Dach. Er seufzte. Vielleicht konnte er das Haus doch bald verkaufen. Die Familie sollte nicht gezwungen sein, in dem Gebäude zu leben, das der Schauplatz des schändlichen Tuns seines Vaters gewesen war. Tom hatte zwischendurch ganz aus den Augen verloren, dass er eigentlich ein anderes Haus hatte anmieten wollen. Aber vielleicht konnte er das jetzt, da vom Verkauf der Pferde noch etwas Geld übrig war, doch endlich in Angriff nehmen. Er nahm sich vor, einen Blick in die Kontobücher zu werfen.

Gerade als er die Haustür hinter sich schloss, kam Susie in einem dunkelbraunen Kleid in die Eingangshalle. Tom versuchte, angesichts des tristen Kleides nicht zu kritisch zu schauen.

»Ist dein Besuch bei Lady Victoria gut gelaufen?«

Tom beschloss, Susie nichts von dem Überfall auf die Astons zu erzählen. Das hätte ihr nur unnötig Sorgen bereitet. »Ja, danke.«

»Das freut mich.« Susie zögerte und warf einen Blick nach hinten. »Ich spiele nur ungern die Überbringerin schlechter Nachrichten, Tom, aber heute waren wieder zwei Schuldeneintreiber hier.«

Er stöhnte.

»Es scheint sich herumzusprechen, dass die Sherbornes ihre Rechnungen nicht mehr bezahlen können.«

Tom fluchte leise. Das hatten sie bestimmt Dain zu verdanken. Sicher hatte er Carmichael inzwischen von den Pferden und Toms finanziellen Problemen erzählt. Vielleicht saßen sie genau in diesem Moment zusammen und überlegten sich, wie sie ihn am besten in den Ruin treiben konnten. In Toms Kopf drehte sich alles bei dem Gedanken, wie leicht sie seinen Plan vom Hotel zerstören könnten, noch bevor er überhaupt die dringend benötigten Geldgeber hatte auftreiben können. Er musste seine Anstrengungen unbedingt beschleunigen.

Tom überlegte, ob er Susie vielleicht doch von seinen Sorgen erzählen sollte. Vor allem davon, was den Astons zugestoßen war und dass Carmichael vermutlich ein gefährliches Spiel spielte, um Victoria für sich zu gewinnen. Aber beim Anblick von Susies finsterer Miene entschied er sich dagegen. Mit den Geldeintreibern hatte Susie schon genug Sorgen.

»Ich vermute, wir haben nicht genug, um deren neue Forderungen abzudecken?«, murmelte Tom und legte seinen Hut auf den Tisch am Eingang.

»Wir haben aus dem Verkauf der Pferde noch einiges, aber ich glaube, das Problem wird sich in der nächsten Zeit erst verschlimmern, bevor es besser werden kann.«

Er kniff sich mit zwei Fingern in die Nasenwurzel. Wenn der Erlös aus dem Pferdeverkauf komplett an die Gläubiger ging, hätte er keine Möglichkeit mehr, ein Haus für die Familie anzumieten. So viel zum Verkauf seines verfluchten Stadthauses. Außerdem würde das Ganze sowieso viel zu lange dauern. Und jetzt, da Carmichael und Dain von seiner finanziellen Lage wussten, würde die Problematik nur umso deutlicher zutage treten, wenn er versuchte, das Haus zum Verkauf auszuschreiben.

»Ich glaube, wir sollten uns mal mit Charles unterhalten«, sagte Susie.

»Was soll das bringen?« Tom fuhr sich mit einer Hand durchs Haar. »Du weißt selbst, dass er nicht aufhören wird, Geld auszugeben.«

»Dann müssen wir vielleicht ernstere Maßnahmen ergreifen.«

Tom wandte den Blick zur Decke. »Du meinst, seinen Gläubigern einen Besuch abstatten? Ihm den Geldhahn zudrehen und seine Kreditwürdigkeit kappen? Dann weiß im

Handumdrehen ganz London, dass wir uns der Armutsgrenze nähern.«

Susie starrte ihn stumm flehend aus ihren großen braunen Augen an.

»Also gut«, gab er sich geschlagen. »Wir treffen uns nachher in der Bibliothek. Lass einen Diener Charles dazurufen.«

»Das wird nicht nötig sein«, drang Charles' Stimme durch die Eingangshalle. Er trat aus dem Flur hervor, der zum Küchentrakt führte, ein Hühnerbein in der Hand. »Was gibt's denn?«

Tom schüttelte den Kopf. »Komm mit.«

Er setzte sich in Bewegung, Susie dicht auf den Fersen. Charles trottete als Letzter hinterher. In der Bibliothek angekommen, stellte Tom sich dankbar vor den wärmenden Kamin, wusste aber, dass seine Freude nur von kurzer Dauer sein würde. Tief Luft holend setzte er sich auf den Stuhl, der nah am Feuer stand, während Susie den roten Armsessel ihm gegenüber wählte. Tom verzog das Gesicht, als Charles einen Stuhl zu sich zog und dabei den Parkettboden zerkratzte.

»Na wenn das kein hübsches Dreieck ist«, sagte Charles und biss wieder von dem Hähnchenschenkel ab.

Tom stieß den angehaltenen Atem aus. »Schön, dass du wenigstens gute Laune hast. Das macht diese Angelegenheit vielleicht etwas angenehmer.«

Sein Bruder zog die Augenbrauen in die Höhe.

Susie warf Tom einen auffordernden Blick zu. Seufzend kam er zur Sache.

»Ich werde dir das Kreditlimit kappen.«

Charles starrte auf das Hühnerbein. Vermutlich überlegte er, welche Optionen ihm jetzt noch blieben. Nach einigen

Sekunden hob er den Blick. »Und was genau soll das bringen?«

Beinahe hätte Tom schroff aufgelacht. »Es wird verhindern, dass ich für deine extravaganten Ausgaben aufkommen muss. Und es wird dich davon abhalten, dieser Familie und dem Anwesen weiteren Schaden zuzufügen.«

Langsam schüttelte Charles den Kopf. Tom wartete ab, ob sein Bruder etwas erwidern würde, doch als das nicht geschah, sprach er weiter.

»Du musst endlich begreifen, in welcher Lage wir uns befinden, und zum Teil der Lösung werden statt zum Teil des Problems.«

Charles stand auf und stapfte zum anderen Ende der Bibliothek. Als er sprach, klang seine Stimme gepresst. »Meinst du, *ich* bin der Einzige, der das Problem erschaffen hat?«

»Na ja, hilfreich ist dein Verhalten jedenfalls nicht«, antwortete Tom.

Susie ging zwischen die beiden: »Ich glaube, Tom meint damit —«

»Nicht!«, unterbrach Charles sie barsch. »Versuch du mir nicht zu erklären, was mein Bruder meint. Ich habe seine Worte sehr wohl verstanden.« Er drehte sich zu Tom um und zeigte mit einem Finger auf Susie. »Dann ist *sie* im Gegensatz zu mir also hilfreich, ja? Inwiefern trägt *sie* denn zum Unterhalt dieser Familie bei?«

»Du weißt selbst sehr gut, dass sie als Tochter eines Grafen nicht arbeiten gehen kann. Aber davon abgesehen gibt sie auch kein Geld *aus*. Was meinst du denn, wie Susan sich fühlt, wenn sie sieht, wie du Abend für Abend ausgehst und dich nach Herzenslust amüsierst, während ich es mir nicht einmal leisten kann, ihr Kleider zu kaufen, die nicht wie alte Lumpen aussehen?«

»Pfff«, schnaubte Charles. »Mir ist völlig egal, wie sie sich fühlt. Du hältst eher zu einem Bastard, einer Halbschwester, die du von der Straße aufgelesen hast, als zu deinem Bruder, den du schon dein Leben lang kennst. Wieso sollte es mich also kümmern, was ihr beiden von mir haltet?«

Tom sprang auf. »Hüte deine verfluchte Zunge!«

Wutentbrannt riss sein Bruder die Augen auf. »Für wen hältst du mich eigentlich? Irgendeinen Bauerntrampel, den du nach Belieben herumscheuchen kannst? Und eine Frage musst du dir noch gefallen lassen, mein hochverehrter Bruder: Was tust *du* eigentlich dafür, diese großartige Familie zu retten?«

»Du weißt ganz genau, was ich alles tue. Ich versuche Geldgeber für mein Hotel aufzutreiben – ein Unterfangen, für das ich dich schon mehrfach um Hilfe gebeten habe, wenn du dich erinnerst –, damit wir auf Jahre hinaus ein gutes Auskommen haben können.«

Charles schnaubte wieder. »Ach ja? Und du tust alles, was in deiner Macht steht, um das zu erreichen?«

Tom knirschte mit den Zähnen. »Was in aller Welt soll das jetzt schon wieder bedeuten? Natürlich tue ich das, du Idiot.«

»Wieso hast du dann keinen Handel mit Lord Dain abgeschlossen? Das hätte unsere Geldsorgen mit einem Schlag aus der Welt geschafft. Aber nein, du bist zu stolz, um dich mit einem früheren Rivalen zu einigen. Du bist zu stolz, um dir einzugestehen, dass du das Familienanwesen nicht leiten kannst. Dass du ein Versager bist!«

Tom erstarrte. »Hast du überhaupt je gelernt, dir eine eigene Meinung zu bilden? Oder plapperst du nur den Schwachsinn unseres Vaters nach?«

Charles' Gesicht lief krebsrot an. »Ich plappere niemandes Worte nach! So viele Jahre musste *ich* mich hier *allein* mit ihm herumschlagen, während du schön bequem in deinem kleinen Schweizer Paradies gesessen hast. Du hast dich nicht getraut, Vater die Stirn zu bieten. Also bist du abgehauen und hast Mutter und mich die Scherben deines Abgangs auflesen lassen. Und nach Vaters Tod kommst du auf einmal zurück und nimmst mir alles weg, was er mir geben wollte! Tut mir leid, ich hab es satt, immer nett und freundlich zu tun! Ich bin fertig mit dir!« Er wandte sich zur Tür.

Das Blut rauschte in Toms Ohren. Wusste Charles denn gar nicht, warum er damals gegangen war? So viele Kindheitsjahre hindurch hatte Tom die Schläge seines Vaters eingesteckt, hatte zusehen müssen, wie er seine Mutter und seinen Bruder schikanierte und kontrollierte, ohne dass er etwas hätte dagegen tun können. Bis zu dem Tag, als er hereinplatzte und miterlebte, wie sein Vater sich an einem der Hausmädchen verging. Da hatte er endlich begriffen, wie durch und durch verdorben der Graf wirklich war.

Nach diesem Vorfall, dessen Auswirkungen auch Victoria hatte miterleben müssen, erklärte Tom seinem Vater, dass er sein Tun nicht mehr mittragen würde. Woraufhin sein Vater zwei seiner kräftigsten Gefolgsleute beauftragt hatte, Tom nachts aus dem Bett zu zerren und ihn in die Kälte hinauszuwerfen. Einer der beiden war wenigstens so nett gewesen, Tom ein paar zusätzliche Kleider hinterherzuschleudern.

Ja, Tom hatte sich erst gegen ihren Vater aufgelehnt, als es schon zu spät war. Aber immerhin hatte er es *versucht*. Auch wenn es nicht viel gebracht hatte.

Wusste Charles etwa auch nicht, dass Tom das Gut nur wegen der Versäumnisse seines Vaters geerbt hatte? Tom hatte den verfluchten Besitz weder haben wollen, noch hatte er damit gerechnet, ihn zu erben. Der Graf hätte vor Gericht beantragen können, Tom zu enterben, allerdings hatte er das nicht getan. Die Gründe dafür kannte niemand, doch nun war es eben so.

»Charles …« Tom trat vor und griff nach dem Arm seines Bruders.

Dieser wirbelte herum und hieb ihm ohne Vorwarnung eine Faust in den Magen. Der Schlag ließ Tom zwei Schritte nach hinten taumeln, und der Schmerz schoss in Wellen durch seinen ganzen Körper. Er rang nach Luft.

Mit einem Schrei sprang Susie aus dem Sessel auf.

Energisch riss Charles die Bibliothekstür auf, trat über die Schwelle und knallte die Tür hinter sich so heftig zu, dass aus dem Regal daneben vier Bücher zu Boden polterten. Tom hörte Charles' Schritte, die auf dem Marmorboden des Flurs widerhallten, bis er das Haus schließlich mit dem Türknallen der Eingangstür verließ.

Keuchend kniete Tom noch immer auf dem Boden und versuchte verzweifelt, wieder zu Atem zu kommen.

»Alles in Ordnung?« Susie beugte sich besorgt zu ihm herunter.

Er nickte.

»Das hätte man vielleicht auch etwas besser lösen können«, sagte sie mit einem schiefen Lächeln.

»Ich weiß«, brummte Tom.

»Sollen wir ihm nachlaufen?«

Er schüttelte den Kopf. »Lassen wir ihm Zeit, sich wieder zu beruhigen. Irgendwann wird er schon zurückkommen.«

Susie richtete sich auf und begann, im Raum hin und her zu tigern.

»Tom, das hätte ich dir eigentlich schon längst sagen sollen, aber ich war mir nicht sicher, ob wirklich etwas im Argen liegt. Charles benahm sich einfach nur seltsam –«

Tom schüttelte wieder den Kopf. »Bitte erzähl mir ganz genau, was dir aufgefallen ist.« Er erhob sich und ließ sich auf einen Stuhl fallen.

Susie setzte sich ihm gegenüber und berichtete, wie sie seinerzeit Charles dabei erwischt hatte, als er in die Kontobücher sah. An dem Tag, nachdem sie die Pferde verkauft hatten. Und wie er seither das Haus früher verließ als sonst. »Sei nicht böse auf mich, Tom, aber heute früh habe ich beschlossen, ihm zu folgen.«

Tom hatte noch immer Mühe, normal zu atmen. Sein erster Impuls bestand darin, Susie eine Standpauke zum Thema Sicherheit zu halten, doch sie würde bestimmt dagegenhalten und er hatte jetzt einfach keine Kraft, ein weiteres Streitgespräch zu führen. »Erzähl mir, was du gesehen hast.«

»Eigentlich nicht allzu viel – nur wie Charles in ein Haus ging. Ich wollte ihn hinterher gar nicht darauf ansprechen, aber als ich nach Hause kam und die Rechnung von *Fortnum & Mason* sah, die er unterschrieben hatte, konnte ich einfach nicht anders. Ich stellte ihn wegen der Rechnung und wegen des Hauses zur Rede und da ist er völlig durchgedreht. Ich weiß nicht, was da vor sich geht, allerdings glaube ich, mit

Charles stimmt etwas nicht. Hast du schon mal erlebt, dass er so die Fassung verliert wie gerade eben?«

Er schüttelte den Kopf. »Nein, zumindest nicht im vergangenen Jahr. Als wir Kinder waren, hatte er kein solch aufbrausendes Temperament. Das muss sich erst entwickelt haben …« Die Veränderung, die sein Bruder durchlaufen hatte, konnte man kaum ausschließlich dem Einfluss ihres Vaters anlasten. Tom fühlte sich ebenfalls dafür verantwortlich. Denn mit einer Sache hatte Charles schon recht gehabt: Toms Exil war im Vergleich zu den Jahren, die sein Bruder unter der Fuchtel ihres Vaters hatte verbringen müssen, sicher angenehmer gewesen. Kein Wunder also, dass Charles sich so unberechenbar benahm, oder nicht?

Tom seufzte. Das schlechte Gewissen machte ihm wieder zu schaffen, dabei hatte er an diesem Tag wahrlich schon genug ertragen müssen. Er spürte regelrecht, wie ihm die Dinge entglitten, und er hatte keine Ahnung, was er dagegen tun konnte. »Es war richtig, dass du mir von deinen Beobachtungen berichtet hast«, sagte er schließlich. »Aber zerbrich dir bitte nicht den Kopf darüber. Was auch immer Charles da treibt – in Zukunft dürfte ihm das dank der gekappten Kredite deutlich schwerer fallen.«

»Tom, eines kann ich über Charles mit Sicherheit sagen – es gibt kaum etwas, was ihn davon abhalten könnte, seinen Willen durchzusetzen.«

Während Tom darüber nachdachte, lehnte er sich in seinem Stuhl zurück und versuchte durchzuatmen.

Susie näherte sich dem Bücherregal und fischte einen dicken Band heraus. »Das ist jetzt vielleicht nicht der perfekte Zeitpunkt, aber ich habe gerade dieses Buch zu Ende gelesen.

Vielleicht bietet es dir auch ein paar Stunden willkommene Ablenkung.« Sie reichte ihm das Buch.

Tom schlug den Umschlag auf. Auf der Titelseite stand:

STOLZ UND VORURTEIL
ROMAN IN 3 BÄNDEN
VON DER AUTORIN VON
VERSTAND UND GEFÜHL

War das nicht das Buch, von dem Vicky und Carmichael auf dem Ball gesprochen hatten? Das Buch, das auch Vicky ihm schon ans Herz gelegt hatte?

»Darin kommt ein Mr Darcy vor, der mich sehr stark an dich erinnert«, sagte Susie.

Zweifelnd zog er eine Augenbraue hoch. »Susan, ich habe wirklich nicht die Zeit …«

»Ja, genau so etwas in der Art würde Mr Darcy auch sagen.« Susie lächelte. »Lies es bitte. Vielleicht hilft es dir, deine wahre Natur besser zu verstehen.«

Tom stand mit einem resignierten Schnauben auf und ging zum Schreibtisch, *Stolz und Vorurteil* in der Hand.

Neunzehntes Kapitel

Es war töricht, sich dadurch stören zu lassen.
– Jane Austen, *Emma*

Victoria, hör dir das an!«, rief Vickys Mutter von ihrem Schreibtisch herüber.

Vicky, die in einer Ecke des blauen Salons saß, sah von ihrer Stickerei auf. Die Gräfin hatte sich auf dem Stuhl herumgedreht und wedelte triumphierend mit einem Brief durch die Luft.

Sie hielt sich das Blatt vor die Augen und las laut vor: »*Mrs Jacoba Carmichael und ihr Sohn, Mr Simon Carmichael, geben sich die Ehre, den Grafen und die Gräfin von Oakbridge, Lady Dain und Lady Victoria Aston zu einem Besuch in ihrer Theaterloge am Covent Garden einzuladen. Gespielt wird* Die Eroberung von Tarent, *kommenden Mittwoch um fünf Uhr nachmittags.*« Vickys Mutter hob den Blick. »Wenn das nicht perfekt ist!«

Ein Theaterbesuch würde sicher unterhaltsam werden, aber »perfekt« hätte Vicky das nicht gerade genannt. Sie sah zu Althea, die den Blick von ihrem Buch gehoben hatte, um sich die Neuigkeiten ihrer Mutter anzuhören. Doch Thea mochte ihr nicht in die Augen sehen.

»Wirklich sehr nett von Mrs Carmichael, uns einzuladen«, sagte Victoria.

»Ja, ausgesprochen nett. Und der Anlass kommt wie gerufen«, fügte ihre Mutter hinzu und wandte sich wieder ihrem Schreibtisch zu, um eine Antwort zu verfassen.

Vicky zog die Augenbrauen zusammen. »Wieso denn? Papa kann in seiner Verfassung doch unmöglich ins Theater gehen. Außerdem sind diese Entführer immer noch auf freiem Fuß –«

»Papperlapapp, meine Liebe. Althea und dein Vater werden natürlich zu Hause bleiben, während du und ich ins Theater gehen, in Begleitung zweier Wachmänner, die dein Vater angeheuert hat. Ich bin sicher, Mr und Mrs Carmichael werden nichts dagegen einwenden, dass wir das so handhaben.«

Wieder sah Vicky zu ihrer Schwester, die sich allerdings bereits ihrem Buch zugewandt hatte. »Aber Mama, meinst du wirklich, dass es in einem vollen Theatersaal sicher genug für uns ist? Selbst in Begleitung der Wachen …«

»Mr Carmichael kann ja als dritter Wachmann fungieren.«

Vicky rümpfte die Nase. »Was meinst du damit?«

Ihre Mutter wirbelte herum und fixierte sie mit ernster Miene. »Dir ist doch sicher nicht entgangen, dass er einen Narren an dir gefressen hat, meine Liebe?«

»Einen *Narren* an mir gefressen? Mama, wir kommen gut miteinander aus. Trotzdem hat er mir bisher keinen Grund gegeben anzunehmen, dass ich ihm besonders gut gefallen würde.«

Ihre Mutter und Althea schnaubten beide ungläubig.

Vicky stand auf. Noch vor wenigen Tagen hätte es ihr geschmeichelt zu erfahren, dass Mr Carmichael sie anderen

Damen vorzog, aber jetzt, nach Toms Theorien und der Unterhaltung zwischen Mr Carmichael und ihrem Vater, wusste sie nicht mehr, was sie davon halten sollte.

Ein Klopfen an der Tür unterbrach ihre Gedanken.

»Herein«, sagte die Gräfin.

Sheldon trat ein und verbeugte sich. »Mylady, Mr Silby ist hier. Er möchte Lady Victoria sehen.« Er warf Vicky einen raschen Blick zu.

Erschrocken riss sie die Augen auf. »Bitte sagen Sie ihm, wir seien nicht zu Hause, Sheldon.«

Er nickte, doch Vickys Mutter rief empört: »Victoria!«

»Tut mir wirklich leid, Mama, aber ich hege nicht die Absicht, Mr Silby zu heiraten. Wäre Tom neulich nicht zufällig im Park gewesen, hätte Mr Silby darauf bestanden, Sarah und mich in seiner beschädigten Kutsche nach Hause zu fahren. Er ist absolut rücksichtslos. Und ein Langweiler obendrein.«

»Für einen Anstandsbesuch ist es zudem reichlich früh«, sagte Althea mit einem Blick zu ihrer Mutter.

»Also gut.« Die Gräfin winkte den Butler hinaus. »Tun Sie, was Lady Victoria sagt.«

»Sehr wohl, Mylady«, erwiderte er mit ernstem Nicken.

»Und diese Anweisung gilt für Mr Silby auf Dauer«, fügte Vicky hinzu.

Sheldon verneigte sich und Vicky schenkte ihm ein Lächeln, als er ihren Blick auffing und dann den Raum verließ.

»Und was ist mit Mr Fothergill, Mr Shore und Lord Blankenship?«, fragte ihre Mutter.

Vicky blinzelte. Ob ihre Mutter wusste, dass sie Sheldon für die drei Herren eine ähnliche Anweisung erteilt hatte? Vermutlich schon. »Wärst du bei meinen Treffen mit ihnen zugegen gewesen, hättest du bestimmt dasselbe empfunden, Mama.«

Ihre Mutter seufzte leise. »Dann ist also nur noch Mr Carmichael übrig.«

»Und selbst der hatte vorhergesagt, dass ich Mr Silby nicht würde leiden können«, sagte Vicky.

Ihre Mutter zog eine Augenbraue in die Höhe. »Victoria, hast du schon mal erlebt, dass Mr Carmichael einer anderen Dame so viel Aufmerksamkeit geschenkt hätte?«

»Wie sollte ich? Wir sind schließlich nicht die ganze Zeit zusammen«, gab sie zurück und lief zur Tür.

»Hmm ... Ich verstehe.«

Vicky drehte sich noch einmal um. Sie konnte einfach nicht anders. »Was genau meinst du zu verstehen, Mama?«

»Du traust ihm nicht über den Weg.«

»Wie bitte? Also ... ja. Ich meine ... nein. Ich ...« Vicky war sich nicht sicher, wie viel sie ihrer Mutter über Toms Argwohn verraten sollte. Althea hatte sie davon erzählt, aber die hatte seither kein Wort darüber verloren. Vicky sah zu ihrer Schwester hin. Diese senkte den Blick und sagte nichts. Anscheinend hatte sie nicht vor, sich über Toms Bedenken zu äußern. Was Vicky nur recht sein konnte. Sie wollte Mr Carmichael ohnehin lieber selbst zur Rede stellen. Es war immer noch möglich, dass sich Toms Besorgnis als unbegründet herausstellte, und sie wollte nicht, dass ihre Eltern schlecht von Mr Carmichael dachten, wenn er sich gar nichts hatte zuschulden kommen lassen.

»Du magst Mr Carmichael doch, oder nicht?«, fragte Althea.

Vicky holte tief Luft. »Also ... ich ...«

»Ja, genau das ist die entscheidende Frage«, sagte ihre Mutter.

Vicky schloss den Mund wieder. Mochte sie Mr Carmichael? Sie erinnerte sich an seinen durchdringenden Blick, der ihr das Gefühl gab, er könnte ihre Gedanken lesen. Und als würden sie ihm gefallen. Sie musste lächeln. Ja, sie *hatte* ihn gemocht – bis Tom ihr den Samen des Zweifels eingepflanzt hatte. Aber bislang hatte sie keinen nachweislichen Grund dafür, Mr Carmichael für irgendetwas zu verurteilen. Und sie hatte seine Gegenwart wirklich sehr genossen.

Natürlich mochte sie ihn. Trotzdem blieb da immer noch die Frage, ob sie ihm auch trauen konnte.

»Lady Oakbridge, Lady Victoria, welch Vergnügen«, sagte Mr Carmichaels Mutter lächelnd zur Begrüßung, erhob sich und machte einen höflichen Knicks. Mr Carmichael, der hinter ihr in der Theaterloge stand, drehte sich um und verbeugte sich. Die Loge verfügte über mit rotem Samt bezogene Sitze und Vorhänge. Goldene Kerzenmuscheln säumten die plüschgefütterten Wände. Da die Loge im Theater nur ganz leicht seitlich der Mitte angesiedelt war, bot sie einen perfekten Blick zur Bühne.

Lächelnd knickste auch Vicky.

Mrs Carmichael küsste erst die Gräfin und dann Vicky auf beide Wangen. Mit ihrem glänzend schwarzen Haar, das noch von keinem Grau durchzogen wurde, und ihrer beeindruckenden Körpergröße, mit der sie sowohl Vicky als auch die Gräfin überragte, hätte Carmichaels Mutter durchaus

Respekt einflößend wirken können. Doch sie strahlte so etwas Warmes und Einladendes aus, dass Vicky nicht anders konnte, als sie sofort ins Herz zu schließen.

»Ich wusste gar nicht, dass Lady Dain derzeit bei Ihnen residiert. Wie schade, dass sie und Lord Oakbridge Sie nicht hierherbegleiten konnten. Aber ...« Mrs Carmichael senkte die Stimme. »... Simon hat mir von dem Überfall erzählt. Ich hoffe, der Graf ist auf dem Weg der Besserung?«

Vickys Mutter nickte. »Ja, in der Tat. In einer Woche ist er bestimmt wieder ganz der Alte.«

»Bei seiner guten Verfassung vielleicht sogar schon früher, hoffe ich.« Mr Carmichael trat vor. »Lady Oakbridge, vielen Dank, dass Sie uns Gesellschaft leisten.« Dann wandte er sich lächelnd Vicky zu.

Trotz ihrer Zweifel erwiderte sie das Lächeln. Mr Carmichaels Freundlichkeit war eigentlich nicht anders als sonst, jedoch spürte sie nun Schmetterlinge in ihrem Bauch flattern und wusste nicht recht, was sie davon halten sollte. Verlegen senkte sie den Blick. Nachdem Mrs Carmichael die Aufmerksamkeit der Gräfin auf eine gemeinsame Bekannte in einer Theaterloge gegenüber gelenkt hatte, beugten die beiden sich zur Brüstung der Loge vor.

Vicky fuhr sich mit der Zunge über die Lippen. »Kennen Sie das Stück bereits, Mr Carmichael?«

Er zog einen Mundwinkel hoch. »Ich kann nicht behaupten, viel darüber zu wissen – nur dass es wohl eine romantische Liebesgeschichte sein soll.«

Vickys Augenbrauen schnellten nach oben. »*Die Eroberung von Tarent?* Was könnte an einer Eroberung denn romantisch sein?«

Erst als er lachte, wurde ihr bewusst, was sie da gesagt hatte.

»Außer natürlich ... Tarent ist eine Person und kein Ort«, stammelte sie beschämt.

Mr Carmichael räusperte sich. »Aber dann wäre das Stück wohl eher nicht für Damen geeignet«, sagte er und schaute Vicky dabei tief in die Augen.

Sie spürte, wie sie rot anlief. »Natürlich nicht, da haben Sie recht.« Dann kniff sie die Augen zusammen. »Perfekt geeignet wäre es hingegen wohl für die Sorte Herren, die gewohnheitsmäßig Boxklubs aufsuchen.«

Ein Grinsen machte sich in seinem Gesicht breit.

Und wieder spielten die Schmetterlinge in Vickys Magen verrückt. Was war denn nur los mit ihr? Eigentlich hatte sie ihn gerade beleidigt, aber das schien ihm nicht das Geringste auszumachen. Und sie schien seinem Charme mit jeder Minute mehr zu verfallen.

Sie schielte zu ihrer beider Mütter hin, die am anderen Ende der Loge in ein Gespräch vertieft waren. Auf der gegenüberliegenden Seite standen ihre zwei Leibwächter und auf einmal wurde Vicky bewusst, dass die Loge nur vier Sitze beherbergte. Die zwei Männer würden doch hoffentlich nicht stundenlang stehen müssen!

Sie beugte sich zu Mr Carmichael hin. »Wären Sie so gütig, zwei weitere Stühle für unsere ... Begleiter holen zu lassen?«

Mr Carmichael schien die Leibwächter erst jetzt zu bemerken, obwohl er doch gewusst haben musste, dass sie mitkommen würden. Schließlich hatte Vickys Mutter sie in ihrer Antwort auf die Einladung ausdrücklich erwähnt.

»Ah, das war sicher nur ein Versehen«, sagte er und verließ die Loge, um die Stühle zu besorgen.

Mit einem Lächeln in Richtung der Leibwächter ging Vicky zu ihrer Mutter und Mrs Carmichael.

»Oh, Victoria«, sagte die Gräfin. »Ich sprach gerade davon, wie freundlich es von Mr Carmichael doch war, deinen Vater so bald nach dem Überfall zu besuchen.«

Vicky stöhnte innerlich. Ihr war der Besuch damals eher merkwürdig vorgekommen.

»Nein, nein, Lady Oakbridge, das war doch das Mindeste. Mein Sohn hätte eigentlich viel mehr tun sollen.«

»Aber was hätte er denn tun können?«, hakte Vickys Mutter nach.

Mrs Carmichael fächelte sich Luft zu. »Ach, so einiges! Zum Beispiel die Unholde aufspüren, die das getan haben?«

»Diese Aufgabe obliegt doch eher den Strafverfolgungsbeamten aus der Bow Street, nicht Ihrem Sohn«, widersprach die Gräfin. »Und tatsächlich ist ein Mann speziell auf diesen Fall angesetzt.«

Bislang hatte dieser allerdings noch nichts Nennenswertes entdeckt. Als Vicky jedoch den Mund aufmachte, um genau das zu sagen, warf ihre Mutter ihr einen Blick zu, der eindeutig besagte, sie sollte es besser lassen.

»Mrs Carmichael, Ihnen ist es doch sicher lieber, wenn Ihr Sohn zu Hause bleibt und in Sicherheit ist?«, sagte sie stattdessen. »Dann ist er auch immer verfügbar, um Sie zum Einkaufen zu begleiten. Das ist für eine Mutter doch sicherlich beruhigender als der Gedanke, dass er irgendwo draußen unterwegs und möglicherweise Gefahren ausgesetzt ist?«

»Ach, was für ein gutes Herz Sie doch haben, meine Liebe. Simon bringt doch gar nicht die Geduld auf, mich zum Einkaufen zu begleiten.«

Überrascht hielt Vicky die Luft an. »Aber an dem Tag, an dem wir bei *Gunter's* waren, sagte er, er würde Sie noch begleiten wollen.«

Mrs Carmichael lachte. »Zum Einkaufen? Du liebe Güte, nein. Da wäre er mir allerdings auch von keinerlei Hilfe, muss man sagen.«

»Oh … Dann … Dann muss ich da wohl etwas missverstanden haben.« Vicky überlegte. Einige Tage danach hatte Tom ihr von dem Boxkampf berichtet. Hatte Mr Carmichael etwa *dahin* gewollt?

»Zerbrechen Sie sich darüber nicht den Kopf, meine Liebe.« Mrs Carmichael lächelte. »Mein Sohn sagt, Sie hätten eine Schwäche für Pferde?«

Vicky nickte.

»Simon hält auf unserem Anwesen in Ostengland mehrere herrliche Vollblüter«, berichtete Mrs Carmichael. »Unser Haus liegt sehr nahe bei Newmarket – was für die Teilnahme an Pferderennen sehr günstig ist. Hat er Ihnen schon davon erzählt?«

»Nein, ich kann mich nicht erinnern, dass er es erwähnt hätte.«

Mrs Carmichael schüttelte liebevoll den Kopf. »Der arme Junge hat einfach zu viel um die Ohren. Aber ich sorge dafür, dass er Ihnen alles darüber erzählt.«

Ohne Vickys Antwort abzuwarten, redete Mrs Carmichael weiter. »Ihre Frau Mutter hat mir berichtet, Sie hätten großes Interesse an Immobilienverwaltung.«

»Oh …« Verunsichert sah Vicky ihre Mutter an. Normalerweise sprach diese mit niemandem außerhalb der Familie über Vickys ungewöhnliche Interessen. Aber jetzt sah ihre

Mutter sie aufmunternd und strahlend an. »Ja, ich versuche mich auf Oakbridge so nützlich wie möglich zu machen. In allen Bereichen, die mit dem Gutsbesitz zu tun haben.«

»Wirklich außergewöhnlich. Mich würden die Angelegenheiten rund um ein so großes Anwesen wie Oakbridge geistig sicherlich überfordern.« Mrs Carmichael tippte Vickys Mutter auf den Arm. »Liebe Gräfin, Sie haben Glück, solch eine geschäftstüchtige junge Frau zur Tochter zu haben.«

Vickys Mutter nickte.

Dann wandte Mrs Carmichael sich wieder Vicky zu. »Wussten Sie eigentlich, dass Simon erst kürzlich ein Grundstück im südlichen Teil von Hampshire erworben hat?«

Vicky blinzelte überrascht. »Nein, ich –«

»Nun, wie gesagt, das ist noch nicht lange her. Er hat wirklich schrecklich lange suchen müssen, um endlich ein Stück Land in dieser Gegend zu finden. Und er musste alles auf postalischem Wege erledigen, was durchaus eine Herausforderung war … Oh, da kommt er ja wieder! Dann kann er Ihnen gleich alles selbst erzählen.«

Vicky drehte sich zu Mr Carmichael um, der mit zwei zusätzlichen Stühlen zurückgekehrt war. Die Leibwächter dankten ihm, setzten sich aber noch nicht hin. Er tat ihre Dankbarkeit mit einer Handbewegung ab und gesellte sich zu den drei Damen.

»Simon«, sagte seine Mutter, »erzähl unseren Gästen doch von deiner Neuerwerbung in Hampshire.«

»Ja, bitte.« Vickys Mutter warf ihrer Tochter einen Seitenblick zu. »Ich hatte keine Ahnung, dass Sie in unserer Gegend auf der Suche waren.«

Vicky war sich nicht sicher, ob das wirklich stimmte.

Außerdem beschlich sie der starke Verdacht, dass ihre potenzielle Heirat mit Mr Carmichael das Einzige war, was die beiden Mütter beschäftigte. So war es auch Fanny Price ergangen, als ihre Verwandten in Mansfield Park versucht hatten, sie von einer Eheschließung mit Henry Crawford zu überzeugen. Stirnrunzelnd sah Vicky zu Boden. Hoffentlich war Mr Carmichael kein so treuloser Schuft wie Henry Crawford. Tom mochte das vielleicht glauben, aber sie wollte das noch lange nicht.

»Das Land liegt auch nicht wirklich in Ihrer Nähe, Mrs Oakbridge«, sagte Carmichael. »Das Haus darauf ist eine ehemalige Abtei am Rand von New Forest. Jedoch ist es von einer schönen Parklandschaft umgeben. Ich glaube, es liegt etwa fünfundzwanzig Meilen von Oakbridge entfernt.«

Was mit der Kutsche nur eine halbe Tagesreise bedeutete, wenn die Wege gut befahrbar waren. Vicky schluckte trocken. Hatte er das Anwesen etwa nur gekauft, um ihr zu gefallen? Die Lage am Rand von New Forest klang absolut ideal. Als Kinder waren Vicky und Althea von ihren Eltern oft dorthin ausgeführt worden, und Vicky hatte nicht nur die kleinen Dörfer geliebt, sondern auch die Wildpferde, die dort durch die Wälder streiften. Einmal hatte sie ihren Vater gefragt, ob sie eins der Ponys einfangen und nach Oakbridge mitnehmen könnten, aber er hatte gesagt, so etwas dürfte nur der König höchstselbst entscheiden. Und jetzt besaß Mr Carmichael dort ein Anwesen!

»Erzähl Lady Victoria von deinen Schwierigkeiten bei der Suche nach einem Verwalter«, drängte Mrs Carmichael ihren Sohn.

Doch bevor er etwas sagen konnte, war das Orchester

mit dem Stimmen der Instrumente fertig und bedeutete dem Publikum, dass das Stück in Kürze anfangen würde. Mrs Carmichael und die Gräfin nahmen auf den beiden Stühlen vorne in der Loge Platz, und während Carmichael die Tür zur Loge schloss, setzte Vicky sich hinter ihre Mutter.

Victoria holte tief Luft. Der ganze Abend war also nur dazu gedacht, die Verbindung zwischen ihr und Mr Carmichael zu fördern. Wieso konnten ihre Eltern ihnen die Entscheidung nicht selbst überlassen? Wenn er ihr einen Antrag machen wollte, dann würde er das schon tun. Und Vicky ... Nun, sie wusste noch gar nicht, was sie wollte. Hatte Mrs Carmichael ihn vielleicht dazu gedrängt, das Anwesen in Hampshire zu kaufen, oder hatte er das aus eigenem Antrieb gemacht? Toms Theorie, dass der Besitz vieler Grundstücke ihn nicht davon abhalten würde, weitere zu erwerben, hatte sich zumindest als zutreffend erwiesen. Aber er würde doch sicher keine ehemalige Abtei in Hampshire erwerben, wenn er darauf spekulierte, eines Tages Oakbridge zu besitzen?

»Es tut mir leid.«

Vicky drehte sich zu Mr Carmichael um. Sie war so in Gedanken versunken gewesen, dass sie gar nicht bemerkt hatte, wie er neben ihr Platz genommen hatte. »Was tut Ihnen leid?«

Er sah sie von der Seite an. »Dass meine Mutter darauf bestanden hat, ich soll Sie mit der mühsamen Suche nach einem Hausverwalter langweilen.«

Vicky runzelte die Stirn. »Wieso sollte mich das denn langweilen?«

Mr Carmichael zog eine Augenbraue hoch. »Vielleicht weil wir uns gerade im Theater befinden?«

»Aber was hat das eine denn mit dem anderen zu tun?«

Daraufhin beugte er sich näher zu ihr. »Die meisten jungen Damen interessieren sich nicht für solche Themen.«

Vicky schürzte die Lippen. »Mag sein.« Sie hätte es wissen sollen – anscheinend hielt er, wie so viele andere Männer, Frauen für reine Zierde.

»Ich hoffe, ich habe Sie nicht beleidigt?«

Vicky stieß den Atem aus. »Wie Sie sich vielleicht entsinnen können, bin ich mit Immobilienangelegenheiten recht vertraut.«

Mr Carmichael verzog das Gesicht. »Natürlich. Das war mir leider entfallen, bitte entschuldigen Sie.«

»Genau wie es Ihnen *entfallen* ist, Ihrer Mutter zu sagen, dass Sie unseren Ausflug zu *Gunter's* abgekürzt haben, um sie zu Einkäufen zu begleiten?«

Mr Carmichael sog scharf die Luft ein. »Es tut mir wirklich leid. Ich hatte an jenem Tag eine andere Verabredung, die ich auf keinen Fall verpassen durfte.«

»Ja, ich weiß. Ihr Boxkampf.« Vicky verengte die Augen. »Ich lasse mich nicht gerne anlügen.«

Er fing ihren Blick auf und schwieg einige Sekunden. »Ich auch nicht«, sagte er, kicherte leise und wandte dann den Blick ab. »Aber leider kann man nicht immer alles aussprechen, was man gerne aussprechen würde.«

»Mag schon sein. Doch die Wahrheit zu verschleiern, ist auch keine Alternative.«

»Manchmal unterliegt man eben gewissen Zwängen. Aus Gründen des Anstands, der Sicherheit oder auch nur um einem Kontrahenten gegenüber einen Vorteil zu erringen.«

Vicky funkelte ihn finster an. »Das mit der Sicherheit kann

ich nachvollziehen, aber was die anderen beiden Aspekte angeht, sind wir wohl unterschiedlicher Meinung.«

Verdutzt betrachtete Mr Carmichael sie. »Sie überraschen mich immer wieder, Lady Victoria.«

Es war eher sein Blick als seine Aussage, aus dem sie herauslas, dass er ihr damit ein Kompliment gemacht hatte.

»Danke«, sagte sie nach kurzem Zögern.

Sie musterte Carmichael verstohlen. Im Sitzen überragte er sie nicht mehr auf so unangenehme Weise. »Warum haben Sie die Abtei in Hampshire erworben?«

Seine Miene verdüsterte sich. »Weil ich noch kein Anwesen in Hampshire hatte.«

»Und es reicht Ihnen nicht, in anderen Teilen des Landes Anwesen zu besitzen?«

»Ganz offensichtlich nicht«, erwiderte er mit einem Grinsen, das sie verärgerte.

Wütend darüber, dass er ihrer Frage ausgewichen war, drehte Vicky sich wieder weg und richtete den Blick auf die Leute, die gerade in der Loge gegenüber Platz nahmen. Wie sollte sie Mr Carmichael je richtig kennenlernen, wenn er auf klare Fragen keine klaren Antworten lieferte? Wie sollte eine Verbindung zwischen ihnen unter solchen Umständen überhaupt funktionieren? Er hatte selbst zugegeben, dass er der Wahrheit oft aus dem Weg ging. Und dann war da noch die Tatsache, dass er auf dem Hauskonzert schon von der Situation mit Dain gewusst und sie trotzdem mit Fragen bedrängt hatte, als sie ihn bat, den Unhold zum Gehen zu bewegen.

»Sind Sie wegen irgendetwas bekümmert?«

Victoria zuckte beim Klang der Worte, die er ganz dicht in ihr Ohr geflüstert hatte, zusammen. »Ja, ich ...« Wie viel konnte sie ihm anvertrauen? Sie musste versuchen, sich ihm verständlich zu machen. Ansonsten würde sie sich von ihm abwenden und jemand anderen ins Auge fassen, mit dem eine unverblümte Kommunikation möglich war. »Bitte verzeihen Sie meine Direktheit, aber ich möchte eine Sache betonen: *Ich würde es in Zukunft vorziehen, immer die Wahrheit gesagt zu bekommen.* Wenn Sie das Gefühl haben, diesem Anliegen nicht nachkommen zu können, sehe ich keinen Sinn darin, dass wir beide unseren Umgang miteinander auf diese Art weiterführen.«

Sie warf einen verstohlenen Blick zu den beiden Müttern, die so ins Gespräch vertieft waren, dass sie nicht auf die Unterhaltung ihrer Kinder achteten. »Ich bin Ihnen wirklich dankbar, dass Sie Lord Dain vom Hauskonzert weggelockt haben«, fuhr Vicky fort. »Doch warum haben Sie mir nicht gesagt, dass Sie die Wahrheit über ihn und meine Schwester längst kannten?«

Mr Carmichael blinzelte, verunsichert, wie es ihr schien. »Ihr Vater hat mir einige Zeit nach unserem Ausflug zu *Gunter's* davon erzählt. Den genauen Tag könnte ich Ihnen nicht nennen.«

»Das hatte ich vermutet. Allerdings wussten Sie an dem Abend bei Chadwicks eindeutig schon Bescheid und haben sich trotzdem so verhalten, als wüssten Sie es nicht.«

»Das habe ich nicht«, protestierte er.

Vicky schüttelte den Kopf. »Mr Carmichael, ich bin keine fragile Blume, die schon bei der bloßen Erwähnung von Gewalt eingeht.«

»Victoria!«, zischte ihre Mutter und drehte sich zu ihr um. »Leiser, bitte!«

Vicky funkelte sie an, schloss aber den Mund. Ihre Mutter wandte sich wieder nach vorn, zweifellos um Mrs Carmichael von den zahlreichen Tugenden ihrer jüngeren Tochter vorzuschwärmen. Mr Carmichael feixte. Schmollend legte Vicky die Hände in den Schoß und sah zu, wie ein paar Bühnenbildner mehrere kleine Pappbäume vor den Vorhang platzierten, was wohl eine üppig bewachsene spanische Küste nachbilden sollte.

»Ich möchte mich entschuldigen«, sagte Mr Carmichael nach einer Weile. Er klang ernst, auch wenn immer noch ein leises Lächeln seine Mundwinkel umspielte. »Nie im Leben würde ich Sie für eine fragile Blume halten.«

Sie nickte.

»Und Sie haben mein Wort, dass ich Ihnen in Zukunft nie wieder eine Unwahrheit auftischen werde.«

Zweifelnd musterte Vicky ihn.

»Mein Ehrenwort als Gentleman.«

Langsam verschwand Vickys düsterer Blick.

»Dann verzeihen Sie mir also?«, raunte er und beugte sich mit einem zerknirschten Lächeln zu ihr.

Vicky versuchte, nicht auf die braunen Sprenkel zu starren, die in seinen Augen tanzten. Es verwirrte sie, wie charmant er sein konnte. Und wieder schoss ihr der Gedanke an Henry Crawford durch den Kopf. Nein, so leicht würde sie sich nicht einwickeln lassen.

»Erst wenn Sie erklären, warum Sie gezögert haben, als ich Sie bat, Lord Dain wegzulotsen.«

Mr Carmichael lehnte sich wieder zurück. »Meine Güte! Darf man sich als Mann denn nicht einmal mehr eine Sekunde des Zögerns erlauben? Ich wollte nur nicht, dass die schmutzige Wäsche Ihrer Familie in der Öffentlichkeit gewaschen wird.«

Seine Mutter drehte sich zu ihm um und starrte ihn eisig an, sodass er verstummte. Solch einen Gefühlsausbruch hatte Vicky noch nie an ihm erlebt und einen Moment lang war sie vor Freude ganz still. Doch die verärgerte Miene seiner Mutter und die Art, wie er gehorsam verstummt war, entlockten ihr unwillkürlich ein Kichern. Und noch eins. Sie sah Mr Carmichael an, der ihren Blick argwöhnisch erwiderte. Beinahe wäre sie in lautstarkes Gelächter ausgebrochen.

Dann musste Mr Carmichael auch kichern. Und Vicky natürlich mit.

»Meine Güte!«, äffte sie ihn nach. Woraufhin er, der sich sonst immer so im Griff hatte, das Lachen nicht mehr unterdrücken konnte. Was besonders unangenehm auffiel, da das Theaterpublikum genau in diesem Moment verstummt war, nachdem ein Trompetentusch den Bühnenauftritt des Helden zum ersten Monolog angekündigt hatte.

Als Mr Carmichael losprustete, drehten sich also sofort alle Köpfe in den oberen Logen zu ihm herum. Der Schauspieler, dem die erste Textzeile ruiniert worden war, sah ebenfalls nach oben und funkelte sie voller Verachtung an. Vor Scham saß Vicky stocksteif da und hatte Mühe, das Lachen zu unterdrücken. Ein Blick zu Mr Carmichael, und sie wusste, dass er die gleichen Schwierigkeiten hatte. Also taten die beiden das Einzige, was ihnen übrig blieb: Sie beugten sich gleichzeitig nach vorn, schlugen sich die Hände vor den Mund und kaschierten das Lachen mit einem gespielten Hustenanfall.

In der Hoffnung auf etwas Besseres als den Gin, den viele Zuschauer im Parkett zu sich nahmen, wandte sich Tom der Treppe zu, die nach oben zu den Rängen führte – und blieb wie vom Donner gerührt stehen. Da war Victoria, in ein gelbes, figurbetontes Seidenkleid gehüllt und Arm in Arm mit Carmichael! Ihrem Gesicht war deutlich anzusehen, dass sie sich bestens amüsierte, und sie redete eifrig, während sie gemeinsam dahinschlenderten. In Toms Brust verkrampfte sich etwas, als er sah, wie Carmichael sich zu ihr beugte und ihr etwas ins Ohr flüsterte. Victoria schenkte ihm ein schiefes Lächeln und er wirkte sehr selbstzufrieden.

Tom ging ein paar Schritte auf die beiden zu, doch dann wurde ihm bewusst, dass es zu einer unschönen Szene führen könnte, wenn er ihr kleines Tête-à-Tête störte. Wie konnten sie denn auf einmal so innig sein, nachdem Vicky doch erst vor einigen Tagen versprochen hatte, dem Mann gegenüber vorsichtig zu sein, der möglicherweise hinter dem Überfall auf ihre Familie steckte? Tom starrte die beiden aus der Entfernung an.

Dann atmete er tief durch, um sich zu beruhigen. Was konnte Carmichael in der Öffentlichkeit schon tun? Vicky hatte bestimmt eine Anstandsdame dabei. Und wenn Carmichael sie wirklich heiraten wollte, hätte er schließlich keinen Grund, ihr vor der Hochzeit schaden zu wollen. Stirnrunzelnd wandte Tom sich ab und ging in die andere Richtung. Er war ja nicht ins Theater gekommen, um das Stück zu genießen, sich mal wieder mit Carmichael anzulegen oder auch nur Victoria zu helfen. Und dennoch ...

Er warf einen Blick zurück über die Schulter. Vielleicht sollte er Vicky zumindest begrüßen? Und wenn es nur dazu diente, Carmichael wissen zu lassen, dass es da jemanden gab, der ihn nicht aus den Augen ließ. Tom drehte sich schon um, da löste sich ein großer, breitschultriger Mann aus der Menge und heftete sich an Victorias Fersen. Carmichael beachtete ihn nicht weiter, Vicky hingegen drehte sich zu ihm um und lächelte ihn an. Der Mann behielt jederzeit die anderen Zuschauer im Blick, während er Victoria folgte. Anscheinend war er eine Art Leibwächter. Tom erinnerte sich an die Zeit, als manchmal österreichische Fürsten Solothurn einen Besuch abgestattet hatten – in Begleitung von Wachleuten, die genauso aussahen wie dieser Mann hier. Anscheinend hatten die Astons, genau wie er gehofft hatte, Maßnahmen zu ihrem persönlichen Schutz ergriffen.

Tom atmete auf. Er würde Victoria auch nicht besser schützen können als ihr Leibwächter. Er machte sich auf den Weg nach unten. Doch der Gedanke, dass Carmichael offenbar Vickys bester Heiratskandidat sein sollte, nagte an ihm. Er rieb sich die Brust, die sich noch immer merkwürdig eng anfühlte. Aber was sollte er schon tun? Resigniert ließ Tom die Hand sinken. Er würde gleich morgen nach Victoria sehen und sie fragen, was sie über Carmichael in Erfahrung gebracht hatte. Mehr konnte er nicht tun.

Und in der Zwischenzeit musste er sich damit begnügen, seine Hotelpläne nach Kräften zu befördern. Lord Axley hatte ihn im Parkett auf eine Zigarre eingeladen und Tom hatte nicht die Absicht, sich die Gelegenheit auf eine Unterhaltung mit dem einflussreichen Mann entgehen zu lassen.

Zwanzigstes Kapitel

Sie hoffte, dass sie jetzt wieder Freunde werden würden.
— Jane Austen, *Emma*

Vicky trat näher an ihren Spiegel heran und nestelte an den Locken, die ihr Gesicht umrahmten – sie wollte an diesem Tag besonders hübsch sein. Am Morgen hatte Tom ihr eine Nachricht zukommen lassen, in der stand, dass er sie zum Nachmittagstee besuchen würde.

»Du siehst bezaubernd aus.«

Vicky sah über die Schulter nach hinten – Althea stand auf der Türschwelle. Überrascht darüber, dass ihre Schwester ihr wirklich ein Kompliment gemacht hatte, biss Vicky sich auf die Lippe.

Thea sah selbst so gut aus wie lange nicht mehr. Sie war immer noch sehr dünn, aber ihre Wangen glänzten etwas rosiger, wozu ihr Kleid in der Farbe blühender Pfingstrosen hervorragend passte. Vicky lächelte sie an und wandte sich wieder ihrem Spiegelbild zu, um sich mit den Fingerspitzen etwas Farbe auf die Wangen zu zupfen.

»Danke dir. Meinst du, die Köchin serviert heute Erdbeertörtchen zum Tee?«, fragte sie in der Hoffnung, dass es am besten wäre, bei alltäglichen Themen zu bleiben.

»Ich *meine*, du machst dir ganz schön viel Mühe für einen Jungen, der dir vor langer Zeit das Herz gebrochen hat.«

Wie erstarrt blieb Vickys Hand in der Luft stehen. Thea hatte ganz recht. Das war doch nur ein Nachmittagstee! Eigentlich sollte Toms Besuch sie nicht so beschäftigen. Aber sie wollte trotzdem hübsch aussehen, einfach für sich selbst. Sie sah an ihrem kornblumenblauen Kleid mit den Flügelärmeln hinab und nickte zufrieden – es brachte ihre Figur bestens zur Geltung.

Wer sagte denn, dass man sich nur zurechtmachte, um die Aufmerksamkeit eines Mannes auf sich zu ziehen? Vicky war überzeugt, dass Tom sich keineswegs als *Mann* für sie interessierte. Hatte er noch nie getan. Und sie war nicht so eingebildet anzunehmen, dass ihr Aussehen ihn auf solche Gedanken bringen würde.

»Tom hat mir nicht das Herz gebrochen. Er hat nur unsere Freundschaft zerstört«, sagte Vicky.

Sie sah ihre Schwester im Spiegel an. Althea senkte den Kopf. »Zu jener Zeit bestand zwischen den beiden Dingen kein großer Unterschied.«

In den Wochen nach Toms Verschwinden hatte Vicky jeden, der sie ansprach, barsch abgewiesen. Und als ihr klar wurde, dass Tom aus dem Ausland nicht mehr zurückkehren und auf ihre Briefe wahrscheinlich nie antworten würde, hatte sie sich bei ihrer Mutter bitterlich die Augen ausgeweint.

Vicky holte tief Luft. Ganz allmählich fühlte sich die Verbindung zwischen ihr und Tom doch wieder vertraut an. Er war besorgt um sie, und zwar nicht nur aus einem allgemeinen männlichen Beschützerinstinkt heraus. Vicky war sicher, dass er heute nur vorbeikommen wollte, um nach ihr zu sehen. Also legte er offenbar bis zu einem gewissen Grad doch Wert darauf, dass sie wieder Freunde wurden. Was sie sehr erfreulich fand angesichts der vielen Jahre, in denen sie ihn vermisst hatte.

Sie strich sich an der Schläfe eine Strähne aus dem Gesicht. »Keine Sorge, Thea. Tom kommt bestimmt nur, um sicherzugehen, dass es uns gut geht.«

Ihre Gedanken wanderten zu Mr Carmichael. Der schöne Abend im Theater hatte dazu geführt, dass sie ihn jetzt noch ein bisschen mehr mochte. Er hatte all ihre Fragen nach seinem merkwürdigen Verhalten zu ihrer Zufriedenheit beantwortet. Und so hatte sie zum ersten Mal seit Langem das Gefühl, dass alles sich zum Guten wenden würde. Ihr Leben hatte sich in den vergangenen Wochen in einen reißerischen Roman verwandelt, aber am Ende würde alles gut ausgehen. Genau wie in *Stolz und Vorurteil* – Vicky würde glücklich werden und gleichzeitig ihrer Familie helfen.

Sie drehte sich zu Althea um. »Ich habe die Aufgabe, einen Ehemann zu finden, und ich werde mich nicht vor meiner Pflicht drücken«, sagte sie mit einem entschlossenen Nicken. Das klang zwar etwas nach Armeeoffizier, doch Thea nickte trotzdem zurück, auch wenn ihre Mundwinkel sich nach unten bogen.

Vicky wollte schon fortfahren, um sie weiter zu beruhigen, da steckte plötzlich Sarah den Kopf zur Tür herein.

»Bitte um Entschuldigung, Lady Dain, Lady Victoria. Lord Halworth ist soeben eingetroffen.«

Der Teebesuch war wesentlich besser verlaufen, als Vicky befürchtet hatte. Ihre Sorge, ihre Eltern würden Tom wegen der Ereignisse früherer Zeiten zur Rede stellen, erwies sich als unbegründet. Vickys Vater war in seinem Schlafzimmer geblieben, da er immer noch angeschlagen war, und ihre Mutter verhielt sich Tom gegenüber zwar nicht ausnehmend freundlich, aber dennoch bewundernswert höflich. Und Tom selbst war guter Stimmung gewesen und hatte die Astons mit Geschichten aus der Schweiz unterhalten, vor allem über die Vorliebe der Schweizer für Kühe.

Selbst Althea hatte sich einmal in die Unterhaltung eingebracht, um Tom nach der schweizerischen Landschaft zu fragen. Also hatte er von den riesigen, schneebedeckten Alpen erzählt, deren Gipfel sich bis in den Himmel reckten, und von Wasserfällen und munteren Bächen, die mit der Zeit Risse und Spalten in die Bergflanken schnitten. Vicky wünschte sich, sie hätte all das auch mit eigenen Augen sehen können.

»Das muss ein wahres Wunderland sein«, sagte sie seufzend.

Tom aß ein Stück von seinem Kuchen. »Nun, ganz so würde ich das nicht sagen.«

»Warum?«, hakte Thea nach.

Er neigte den Kopf zur Seite. »Wie überall sonst gibt es auch in der Schweiz viel Armut – obwohl die Bedürftigen dort nicht unter solch schrecklichen Bedingungen leben müssen, wie ich sie hier in London gesehen habe.«

Abrupt hob Vicky den Kopf. »Wirklich? Was hast du denn gese–«

»Wo ist denn Charles heute, Lord Halworth?«, unterbrach die Gräfin ihre Tochter.

Als Vicky sie verblüfft ansah, erntete sie einen vielsagenden Blick.

Tom nippte an seinem Tee und räusperte sich. Vicky verdrehte heimlich die Augen. Ihre Mutter hatte wirklich ein Talent dafür, jede Unterhaltung von »nicht damenhaften« Themen wegzulotsen.

»Leider ist er bereits anderweitig verpflichtet«, sagte Tom. »Aber er lässt Ihnen allen die besten Grüße ausrichten.« Er fing Vickys Blick auf und deutete mit einer kaum wahrnehmbaren Kopfbewegung zur Tür.

Sie runzelte die Stirn. Wollte er etwa schon wieder gehen?

»Ich hatte auch gehofft, dass er mich hierherbegleiten würde«, fuhr Tom fort. »Allerdings ist mir sein Terminplan ein ewiges Rätsel. Manchmal sucht er den Klub auf, doch noch häufiger ist er einfach irgendwo *draußen* unterwegs.« Er betonte das Wort ganz besonders und deutete noch einmal mit dem Kopf zur Tür.

Diesmal war die Botschaft unmissverständlich. Vicky stellte ihre Teetasse ab.

»Mama, was hältst du davon, wenn ich Tom unseren Garten zeige?«, fragte sie lächelnd. »Ich glaube, er hat ihn noch nie gesehen und die Sonne ist gerade rausgekommen.« Sie zeigte wie zum Beweis Richtung Fenster.

Ihre Mutter folgte ihrer Handbewegung. »Warum nicht? Vielleicht möchte Althea auch mit? Ein paar Sonnenstrahlen würden ihr guttun.«

Alle Blicke richteten sich auf Thea, die auf ihrem Stuhl hin und her rutschte.

»Nein, vielen Dank«, erwiderte sie mit gesenktem Blick.

Vicky hätte sie vor Dankbarkeit küssen können.

Tom stellte seinen Kuchenteller ab, und als Victoria aufstand, folgte er ihrem Beispiel. Nach einem Dank an die Gräfin bedeutete er Vicky, vorauszugehen.

»Aber bleibt nicht zu lange, Victoria«, sagte ihre Mutter.

Diese seufzte unhörbar. »Natürlich nicht, Mama.«

Der Blick ihrer Mutter zeigte deutlich, wie wenig sie davon hielt, dass Vicky und Tom allein unterwegs waren, doch Victoria beschloss, ihn zu ignorieren. Gemeinsam gingen sie auf den Flur, der zu einem ziegelgepflasterten Gartenpfad hinausführte. Im Vergleich zum Anwesen von Oakbridge war der hiesige Garten geradezu winzig. Trotzdem gab es einen mehrstufigen Zierbrunnen, der beinahe die halbe Breite einnahm, Rosenbeete zu beiden Seiten und eine bezaubernde alte Bank in der hintersten Ecke, die von einem mächtigen Holunderbusch beschattet wurde. Vicky entschied sich für den linken Pfad um die Rosen.

Mit schnellen Schritten schloss Tom zu ihr auf.

Vicky sah über die Schulter zu ihm nach hinten. »Tut mir leid. Mama ist manchmal etwas herrisch.«

Er zuckte mit den Schultern, doch ein kleines Lächeln umspielte seine Lippen.

»Ich hatte deine Andeutungen so aufgefasst, dass du dich unter vier Augen mit mir unterhalten möchtest«, fuhr sie fort.

Tom nickte. »Ich bin froh, dass du meine Botschaft verstanden hast. Ich weiß nicht, was ich als Nächstes noch hätte versuchen können – außer deine Mutter mit der Frage zu erzürnen, ob ich dich in den Garten entführen darf.«

Vicky lächelte. »Das wäre bestimmt lustig geworden.« Sie ging um das Rosenbeet herum zum Brunnen.

Dort schaute sie auffordernd zu Tom hinüber, doch sein Blick war aufs Wasser gerichtet.

»Ehrlich gesagt ... Seit ich dich neulich verletzt nach Oakbridge schleppen musste, warte ich darauf, dass sie mich ausschimpft, als wäre ich immer noch der kleine Junge von damals.«

Vicky hob die Augenbrauen. »Wieso das denn?«

Zögerlich sah er in ihre Richtung. »Weil ich mich damals so verhalten habe. Dich weggestoßen habe.«

Langsam drehte sie sich zu ihm um. Hatte er das eben wirklich gesagt? »Wieso hast du es denn getan?«, fragte sie leise.

Toms Miene verfinsterte sich. »Um dich zu beschützen«, erwiderte er.

Verständnislos schüttelte sie den Kopf. »Mich beschützen? Aber vor wem denn?«

»Vor *ihm*«, murmelte Tom.

Wen konnte er damit bloß meinen? Doch dann fiel ihr jener Tag auf Halworth Hall wieder ein – der Tag, an dem Tom von seinem Vater zu Boden geschlagen worden war. »Vor deinem Vater?«

Tom nickte. »Er war ... kein guter Mensch.«

Sie presste die Lippen aufeinander. Natürlich hatte sie gewusst, dass die Ehe zwischen dem Grafen und der Gräfin von Halworth nicht glücklich war. Als junges Mädchen hatte ihr eigener Vater sie ermahnt, sich von dem Grafen fernzuhalten, wenn sie Tom zu Hause besuchte. »Aber er hätte mir doch bestimmt nichts getan, oder?«, wisperte sie.

Tom starrte wieder ins Wasser. »Das Risiko konnte ich nicht eingehen.« Er hielt inne. »Er war nie zimperlich und es kümmerte ihn nicht, wen er verletzte.«

Vicky atmete tief durch. Die Bürde, die auf ihr gelastet hatte, seit Tom damals den Kontakt abgebrochen hatte, schien sich auf einmal von ihrer Seele zu heben. Sie war also nicht schuld, sie hatte nichts getan, um Toms Hass auf sich zu ziehen. Mehr noch, er hatte sie offenbar nie gehasst. In diesem Moment hätte Vicky nichts lieber getan, als seine Hand zu nehmen und sie fest zu drücken.

»Tom«, setzte sie kopfschüttelnd an, »ich hätte nie an dir zweifeln –«

»Nein«, unterbrach er sie. »Ich mache dir keinerlei Vorwurf. Ich konnte einfach nicht darüber reden, es war zu schmerzhaft. Ich kann es bis heute nicht.« Er wandte sich vom Wasser ab und deutete auf die Bank im hinteren Teil des Gartens.

Vicky nickte und sie setzten sich gemeinsam in Bewegung. Sie wusste nicht recht, was sie sagen sollte. Sie selbst war wirklich vom Glück geküsst gewesen, solche Eltern wie die ihren zu haben. Tom hätte einen besseren Vater verdient gehabt.

»Altheas Lebensfreude scheint wieder zu erwachen«, sagte Tom.

»Ja, heute ist das erste Mal seit Langem, dass ich sie in so guter Stimmung erlebt habe«, gab Vicky ihm recht. »Ich bin deinem Rat gefolgt und habe mir Mühe gegeben, geduldig zu sein. Dennoch hatten wir neulich eine Auseinandersetzung. Sie ist so anders als früher.«

»Was kaum verwunderlich ist.«

Fragend blickte sie zu ihm.

Sein Kiefer sah angespannt aus. »Was sie mit Dain erleiden musste … Das würde jeden Menschen verändern.«

Vicky zog die Augenbrauen zusammen. »Ich muss zugeben, dass ich immer noch nicht ganz verstehe, was da passiert ist.«

Tom sah sie von der Seite an. »Die Welt ist nicht so perfekt und märchenhaft, wie du vielleicht glaubst. Auch wenn ich mir kaum etwas Perfekteres vorstellen kann als Oakbridge und eure Familie.«

Sie blinzelte. Hatte er deswegen immer versucht, so viel Zeit wie möglich bei ihnen zu verbringen?

»Du und deine Familie hattet damals nur wenig Einblick in das, was meine Familie erleiden musste. Und manchmal ist es das Beste, solche Dinge in der Vergangenheit zurückzulassen und nach vorn zu blicken.«

Vicky wurde es ganz eng in der Brust.

»Ein Glück, dass Althea Dain entkommen konnte. Jetzt hat sie die Chance, zu ihrem alten Ich zurückzufinden«, fuhr Tom nach einer kleinen Pause fort.

Vicky schluckte den Kloß in ihrem Hals hinunter. Wenn sie doch nur wüsste, was sie sagen sollte! Aber vielleicht gab es einfach nichts, was sie sagen konnte – oder was half. Und das war ein sehr ernüchternder Gedanke.

An der Bank angekommen, wartete Tom, bis Vicky Platz genommen hatte, ehe er sich neben sie setzte. Der süße Duft nach Kuchen und Rosen umwehte ihn. Und das verwirrte ihn so sehr, dass er sich wesentlich näher zu Vicky setzte, als angemessen gewesen wäre. Als sie ihn ansah, umspielte ein zögerliches Lächeln ihre Mundwinkel. Tom lehnte sich zurück und fühlte sich wie der größte Dummkopf.

Er musste dringend zum Zweck seines Besuchs zurückfinden. »Ich habe dich gestern Abend mit Carmichael im

Theater gesehen«, sagte er, die Augen auf ein winziges Gänseblümchen gerichtet, das den Kopf aus dem Rasen streckte.

Vicky drehte sich zu ihm, aber Tom wich ihrem Blick aus.

»Wieso hast du mich nicht begrüßt?«

Tom schluckte. »Du schienst dich so gut zu unterhalten. Ich dachte, meine Gegenwart würde dazu führen, dass Carmichael seine guten Manieren vergisst.«

Vicky schnaubte und Tom musterte sie eindringlich.

»Hast du ihn danach gefragt, was er mit Dain zu tun hat?«

Sie schürzte die Lippen. »Anscheinend hatte mein Vater Mr Carmichael von Altheas Lage berichtet. Ich habe ihn gefragt, warum er gezögert hatte, Dain von Thea und mir fernzuhalten, und er sagte, er habe um meiner Familie willen keine Szene machen wollen.«

Tom schüttelte den Kopf. »Das erklärt aber noch nicht, was er auf dem Hauskonzert zu Dain gesagt hat.«

»Vielleicht hatte er gemeint, er wolle nicht, dass dieser unsere Familie wegen Thea stört? Und ich glaube nicht, dass Carmichael sich Oakbridge unter den Nagel reißen will. Er hat gerade eine ehemalige Abtei gekauft, die nur einen halben Tagesritt entfernt liegt.«

Tom widerstand der Versuchung, das Gesicht zu verziehen. Carmichael war kein Dummkopf. Ein Anwesen so nah an Oakbridge zu besitzen, würde es ihm nur leichter machen, Victoria für sich zu gewinnen. »Noch ein Grund mehr für dich, ihn zu heiraten.«

Falten gruben sich in Victorias Stirn. »Ich fand seine Erklärungen eigentlich sehr einleuchtend.«

»Für mich klingen seine Erklärungen eher vage.«

Vicky reckte das Kinn vor. »Er ist nicht der Einzige in

meinem Bekanntenkreis, der für seine Handlungen keine oder nur vage Erklärungen liefert.«

Tom hätte gern protestiert, blieb jedoch stumm. Im Grunde hatte sie ja recht.

Seine Reaktion schien Vicky zu erweichen. »Wieso bist du eigentlich so überkritisch Mr Carmichael gegenüber?«

Tom seufzte. »Er und Dain haben irgendetwas vor, das weiß ich genau. Ich weiß nur nicht, was.«

»Es könnte so ziemlich alles sein. Und zwar nicht unbedingt etwas Schlimmes.« Vicky lächelte.

Doch Tom schüttelte den Kopf. Die beiden Männer hatten auf dem Hauskonzert erwähnt, dass etwas Großes auf dem Spiel stand – und es hatte nicht so geklungen, als würden sie sich über ein Glücksspiel oder ein Rennen unterhalten. Aber Carmichael war Vickys bester Heiratskandidat und sie schien sich in den Kopf gesetzt zu haben, ihm zu vertrauen.

»Was erzählt dein Vater eigentlich über seine geschäftliche Verbindung zu Carmichael?«

Sie zögerte. »Ich habe Papa noch nicht danach fragen können. Ich wollte abwarten, bis es ihm besser geht.«

Eigentlich hielt Tom die Sache für so wichtig, dass man sie nicht auf die lange Bank schieben sollte. Allerdings vermutete er, dass Vicky sich nicht dazu drängen lassen würde. »Ich habe meiner Mutter geschrieben – wegen des Halworth-Grundstücks, das Dain hatte kaufen wollen. Noch habe ich keinen neuen Verwalter eingestellt, aber ich hoffe, sie findet einen geeigneten Gutachter, der in meiner Anwesenheit den Wert des Landes schätzen kann. Vielleicht solltet ihr den Verwalter deines Vaters bitten, dasselbe mit Oakbridge zu tun – vor allem in Bezug auf das Land an der Grenze der beiden Anwesen.«

Vicky fuhr sich mit der Zunge über die Lippen. »Ich werde noch heute mit Papa sprechen. Ich denke auch, es wäre am besten, alle Fakten zu haben, bevor ich … meine Entscheidung treffen muss.«

Tom stieß den Atem aus und wandte sich ihr zu. »Bitte überstürz bloß nichts. Ich möchte nicht, dass auch du eines Tages aufwachst und feststellst, dass du an einen Mann gefesselt bist, den du überhaupt nicht kennst.«

Sie senkte den Blick. »Irgendjemanden *muss* ich doch heiraten.«

Tom runzelte die Stirn. »Ich weiß.« Niemand wusste so gut um die Last der Verantwortung wie er. Die Heirat mit Carmichael würde nicht nur Vickys Familie retten, sondern auch das Zuhause, das sie so liebte. Außerdem würde sie ihr eine herausragende gesellschaftliche Stellung, Reichtum, ein ehrbares Leben und ein Haus in der Nähe von Oakbridge garantieren. Doch wenn Carmichael und Dain wirklich ein geheimes Abkommen Oakbridge betreffend hatten, wie Tom vermutete, dann würde diese Heirat Vicky ins Verderben führen. Und sie wäre auf ewig darin gefangen. Keine Familienehre konnte gleich zwei Trennungen verkraften, selbst wenn sie gerichtlich durchsetzbar sein sollten.

Tom riss seinen Blick von der kleinen Haarlocke los, die sich in Vickys Nacken kringelte, und richtete ihn wieder auf das Brunnenwasser, das sich mit einem besänftigenden Rauschen über die Steine ergoss.

Er hätte Vicky so gern geholfen, aber er kannte einfach niemanden, der ihrer würdig gewesen wäre. Vielleicht fiel Charles ja jemand ein … Nein, die Freunde von Charles, die Tom bisher kennengelernt hatte, waren allesamt nicht passend.

Es musste doch eine andere Lösung geben! Nur leider fiel ihm keine ein.

Er durfte nicht zulassen, dass Vicky sich für immer an Carmichael band. Auf keinen Fall! Er musste es verhindern, selbst wenn er sie dafür höchstpersönlich heiraten musste!

Plötzlich wurde Tom von einer Hitzewelle erfasst. Kaum war der Gedanke in seinem Kopf aufgetaucht, da schob er ihn auch schon wieder hastig beiseite. Es war eine dumme Idee, geboren allein aus seinem Misstrauen Carmichael gegenüber. Tom hatte Vicky doch gar nichts zu bieten – kein Geld, keine Sicherheit, nicht einmal Liebe, nur einen nutzlosen Adelstitel und die Erinnerung an eine gemeinsam verbrachte Kindheit. Es wäre ihr gegenüber nicht fair. Und würde sie in Gefahr bringen. Es würde auch bedeuten, dass er sie in eine Familie hineinzerrte, deren Blut von niederträchtigen Ahnen und bösen Begierden beschmutzt war. Und Vicky verdiente wirklich etwas Besseres.

Seufzend rieb Tom sich über die Stirn.

»Ich habe mit *Stolz und Vorurteil* begonnen«, sagte er, um sich selbst von dem Thema abzulenken.

Vickys Gesicht hellte sich auf. »Tatsächlich?«

Tom nickte. »Elizabeth Bennet … So allmählich verstehe ich, warum du sie so magst. Sie ist bezaubernd.«

Lächelnd sah Vicky ihn an. »Wie schön, dass du so denkst. Sie ist mir von Jane Austens Heldinnen die liebste.«

Tom sah die grünen Sprenkel in ihren Augen und wandte sich ab. »Dass ich Mr Darcy gut leiden kann, lässt sich bisher allerdings nicht behaupten«, gab er zu und dachte an Susies Worte, dass Darcy sie an ihn selbst erinnern würde.

Vicky brummte zustimmend. »Ja, Mr Carmichael hat auch

schon gesagt, dass er ihn nicht besonders gut leiden kann. Ich bin gespannt, ob ihr nach Ende der Lektüre immer noch derselben Meinung seid.«

Die Vorstellung, in irgendeinem Bereich derselben Meinung zu sein wie Carmichael, behagte Tom überhaupt nicht, aber er schwieg.

»Ich weiß, dass du deiner Familie gegenüber eine große Verantwortung trägst«, sagte er schließlich. »Dennoch solltest du nichts überstürzen. Vielleicht lernst du ja auf dem nächsten Ball jemanden kennen. Ich könnte dir sogar dabei behilflich sein, wenn du möchtest.« Ihr dabei helfen, einen Fremden zum Heiraten kennenzulernen – das konnte doch unmöglich gut gehen.

Vicky neigte den Kopf zur Seite. »Ja, du könntest mich vielleicht wirklich unterstützen. Immerhin bist du fast wie ein Bruder für mich.«

Ein Bruder? In ihrer Kindheit war er wohl so etwas wie der Bruder gewesen, den sie nie hatte. Doch jetzt behagte ihm der Gedanke so gar nicht mehr. Er räusperte sich. »Ja … so etwas in der Art.«

Sein Magen zog sich zusammen. Nein, das konnte wirklich nicht gut gehen. So gar nicht gut.

Einundzwanzigstes Kapitel

Etwas schnell zu erledigen reizt immer mehr,
als etwas in Ruhe zu vollenden.
– Jane Austen, *Stolz und Vorurteil*

Leichten Herzens betrat Vicky den Salon, dicht gefolgt von Tom. Doch auf der Türschwelle blieb sie wie angewurzelt stehen, als sich plötzlich Mr Carmichael aus dem Sessel gegenüber von Althea erhob. Einen Augenblick lang spürte sie Toms beruhigende Anwesenheit im Rücken, bis er hinter ihr hervortrat und sich neben sie stellte. Carmichael schenkte Vicky ein Lächeln, doch als er Tom erblickte, gefror seine Miene und er rang sich eine höfliche Verbeugung ab.

»Victoria«, sagte ihre Mutter aus dem Sessel direkt neben Mr Carmichael. »Sieh nur, wer zu Besuch ist.«

Vicky machte einen Knicks. »Mr Carmichael, welch angenehme Überraschung. Ich habe Lord Halworth gerade unseren Garten gezeigt.«

Tom nickte. Der Blick, mit dem er Carmichael bedachte, war eisig, aber er brachte immerhin ein höfliches Lächeln zustande. Was man von Mr Carmichael nicht behaupten konnte, dessen Gesichtsausdruck wie in Stein gemeißelt war.

»Guten Tag, Mr Carmichael«, sagte Tom.

»Lord Halworth«, erwiderte dieser kurz angebunden, als wäre er erzürnt, dass er überhaupt etwas sagen musste.

Vicky presste die Lippen fest aufeinander. Tom hatte recht. Mr Carmichaels Manieren waren in Toms Gegenwart kaum noch vorhanden.

»Der Garten ist wirklich bezaubernd, Lady Oakbridge«, wandte Tom sich an Vickys Mutter. »Ich wollte nur noch einmal kurz hereinkommen, um mich zu verabschieden und Ihnen für den Tee zu danken.«

»Es war wirklich sehr nett von Ihnen, uns aufzusuchen«, sagte die Gräfin mit einem Lächeln, das eher höflich als herzlich wirkte.

»Besuchen Sie uns gerne wieder, Lord Halworth«, warf Althea zu Vickys Überraschung aus ihrem Sessel ein.

Tom verzog den Mund zu einem seltenen Lächeln. »Vielen Dank, Lady Dain. Das mache ich gerne.« Er verbeugte sich und verließ nach einem letzten Blick in Vickys Richtung den Raum.

Sie sah ihm nach. Den Entschluss, sich zu verabschieden, konnte man ihm angesichts von Carmichaels Feindseligkeit kaum übel nehmen. Mit beiden Männern im Raum hätte sich die weitere Unterhaltung bestenfalls merkwürdig entwickelt.

Vicky wandte sich Mr Carmichael zu, der sie mit gerunzelter Stirn beobachtet hatte.

Sie reckte das Kinn. Ob *er* verstimmt war, interessierte sie nicht im Geringsten. Schließlich waren sie einander ja nicht versprochen. Was sie tat, ging ihn nichts an.

»Und wie geht es Ihnen heute, Mr Carmichael? Ich hoffe, der Theaterbesuch gestern Abend hat Ihnen nicht geschadet?«, fragte sie mit einem vielsagenden Blick.

Sein Gesicht hellte sich kaum merklich auf. »Aber wie könnte er, wo ich doch das Vergnügen Ihrer Gesellschaft genießen durfte?«

Das war ein hübsches Kompliment und er wusste es. Und Vicky war auch nicht ganz immun dagegen, schließlich hatte sie sich, Toms Bedenken hin oder her, auch blendend mit ihm unterhalten. Sie lächelte ihn an und er lächelte zurück.

»Wenn Lady Oakbridge nichts dagegen hat, könnten Sie mir vielleicht ebenfalls den Garten zeigen? Ich kann mich nicht entsinnen, ihn je gesehen zu haben.«

»Oh, aber sicher«, sagte Vicky überrascht und sah ihre Mutter an.

Die Gräfin beeilte sich, die beiden nach draußen zu entlassen.

Vicky führte Mr Carmichael zum Brunnen und deutete auf das sich kräuselnde Wasser. »Und?«

»Sehr schön angelegter Garten. Erinnert mich an den in Chatsworth, nur in kleinerem Maßstab.«

Mit schräg gelegtem Kopf betrachtete Vicky ihn. »Dann sind Sie also mit dem Herzog bekannt? Dem eingefleischten Junggesellen?«

Der Herzog von Devonshire war einer der einflussreichsten Hochadeligen in England und möglicherweise der mit Abstand wohlhabendste. Vicky war ihm in der vergangenen Saison mehrfach begegnet, doch für ihren Geschmack war er eindeutig zu alt. Er musste schon auf die dreißig zugehen und schien immer noch nicht geneigt zu sein zu heiraten, weshalb ihm inzwischen der Beiname »eingefleischter Junggeselle« anhaftete – sehr zum Verdruss jeder Mutter von Damen im heiratsfähigen Alter.

Carmichael nickte. »Weitläufig bekannt. Ich war bisher erst einmal auf Chatsworth eingeladen.«

»Einmal mehr als ich. Und wieso nur einmal?«

»Das ist eine ziemlich … unangenehme Geschichte.«

Ungläubig starrte Vicky ihn an.

Carmichael lächelte. »Aber Sie sind ja bekanntlich keine *fragile Blume*.«

Sie nickte.

»Einer der anderen Gäste scheint erwähnt zu haben, dass mein Vermögen sich mit dem des Herzogs messen könnte. Seitdem wurden weder diese Person noch ich jemals wieder eingeladen«, erzählte er mit einem verlegenen Lachen.

Vicky schüttelte den Kopf. »Wie töricht ihr Männer doch manchmal seid! Ihr tut immer so zivilisiert, fühlt euch allerdings schon bei der kleinsten Kleinigkeit beleidigt und reagiert mit Gewalt darauf. Mit Boxkämpfen zum Beispiel. Ich sehe nicht, mit welchem Recht sich Männer als den Frauen überlegen bezeichnen könnten. Im Grunde seid ihr doch viel schlimmer als wir.«

Schnaubend drehte sich Carmichael zu ihr um. »Ist das so?«

Sie hielt seinem Blick stand. »Natürlich. Und zwar wegen eurer Gewaltbereitschaft. Ansonsten sind Männer und Frauen in allem gleich.«

»Ich kenne jedoch auch einige Frauen, die durchaus gewaltbereit sind.«

Vicky runzelte die Stirn. »Tatsächlich?«

Er nickte. »Auch die Geschichte ist voll davon. Cleopatra hat versucht, ihren Bruder zu töten, Eleanore von Aquitanien ihren Ehemann und Sohn, und Königin Maria Tudor hat Hunderte Menschen hingerichtet.«

»Sie haben recht.« Als sie sich auf die Lippe biss, wanderte sein Blick zu ihrem Mund. »Dann gibt es wohl überhaupt keine Unterschiede zwischen Männern und Frauen.«

Er kam einen Schritt näher, sodass sie den Kopf in den Nacken legen musste, um ihm ins Gesicht zu sehen. Seine Augen blitzten warm im Sonnenlicht. »Ja, im Grunde sind wir in vielerlei Hinsicht ein und dieselbe Person.«

Verständnislos blinzelte Vicky. Was sollte das nun wieder heißen? Carmichael stand inzwischen so nah vor ihr, dass sie züchtig den Blick senken musste und jetzt sein weißes Halstuch anstarrte.

»Wir sind beide sehr klug …« Carmichael nahm Vickys Hand. Sie sah nach unten auf ihre behandschuhten Finger, die in seiner viel größeren Hand beinahe verschwanden. »Wir sind beide einfühlsam …« Er legte auch die zweite Hand auf Vickys und sie spürte die Wärme, die er ausstrahlte. »Und wir wissen beide, was wir vom Leben wollen.« Er unterstrich seine Worte, indem er ihre Hand drückte.

Vicky hob den Blick, um ihn anzusehen. »Ich bin mir nicht sicher, ob ich wirklich weiß, was ich will.«

Sie wusste natürlich, was ihre Eltern von ihr erwarteten. Und jetzt, da Mr Carmichael so nah vor ihr stand und sie betörend ansah …

Er löste seine obere Hand von ihrer und berührte sie sanft am Kinn. »Vielleicht kann ich Ihnen ja dabei behilflich sein, es herauszufinden.« Seine dunklen Augen bohrten sich in ihre, als er sich hinunterbeugte und ihren Mund mit seinem streifte. Seine Lippen waren überraschend weich und Vicky erstarrte, weil sie nicht wusste, was sie tun sollte. Mr Carmichael roch nach Sandelholz und den Erdbeertörtchen, die die Köchin zum Tee serviert hatte. Der kleine Kuss gefiel Vicky, und als Carmichael den Kopf wieder hob, muss sie noch begeisterter ausgesehen haben, als sie sich fühlte, denn er verzog den Mund zu einem Lächeln.

Einen Moment später legte er ihr eine Hand um die Taille, während er sie mit der anderen am Kinn erneut zu sich heranzog.

Als ihre Lippen sich diesmal berührten, schloss Vicky die Augen, um sich den seltsam übernahen Anblick zu ersparen. Seine Lippen streiften die ihren und Vicky konnte nicht mehr klar denken. Mit den Fingern strich er zärtlich über ihre Wange. Es wäre so leicht gewesen, sich in seine Umarmung hineinfallen zu lassen.

Als Mr Carmichael sich von ihr löste, hob und senkte sich sein Brustkorb. Vicky holte tief Luft und starrte auf sein Halstuch. Sie konnte ihm einfach nicht in die Augen schauen. Ihr erster Kuss. Er war wirklich schön gewesen. Gern hätte sie es ein weiteres Mal getan, aber zu ihrer Entscheidungsfindung hatte es nichts beigetragen.

Wollte sie diesen Mann wirklich an ihrer Seite haben? Für ewig?

Immer noch strich er ihr mit dem Daumen über die Wange, und Vicky hob den Blick, um ihn zu mustern. In der Art, wie er sie anlächelte, schien zum ersten Mal eine aufrichtige Zärtlichkeit zu liegen. Mit Belustigung oder Freundschaft im Blick hatte er sie durchaus schon öfter angesehen, aber noch nie mit Zärtlichkeit. Vickys Herz schlug schneller.

»Victoria«, sagte Carmichael leise. »Möchtest du meine Frau werden?«

Vicky riss die Augen auf, ihrer Kehle entrang sich ein heiseres Keuchen. »Oh!«

»Ich weiß, das kommt überraschend«, sagte Carmichael mit einem schiefen Grinsen. »Aber eigentlich bin ich schon seit gestern Abend entschlossen, dich zu fragen.« Er musste ihr Stirnrunzeln bemerkt haben, denn er fuhr fort: »Wir kommen doch wunderbar miteinander aus, das musst du zugeben.« Er suchte in ihren Augen nach der Antwort.

»Ja, das stimmt«, sagte Vicky.

»Nur wenigen Damen ist es bisher gelungen, mich zum Lachen zu bringen. Erst recht in der Öffentlichkeit.«

Sie lächelte und er umschloss ihre Hände mit seinen.

»Ich werde dich beschützen. Dich und deine Familie.« Er drückte ihre Hand.

Ihre Familie. Dies war der Moment, auf den Vickys Familie hingearbeitet hatte. Mr Carmichael wollte sie heiraten. Wenn sie jetzt *Ja* sagte, wäre Oakbridge vor Dain sicher. Sie würde die Herrin über ihr Zuhause werden. Sie würde die Mittel haben, ihrer Schwester zu helfen – ihr vielleicht sogar ein eigenes Haus kaufen können. Alles, was sie dafür tun musste, war, *Ja* zu sagen.

Aber sollte sie sich *so* fühlen? Zumindest hatte sie keineswegs so empfunden, als Vicky die Szene gelesen hatte, in der Elizabeth Bennet und Mr Darcy einander endlich ihre Gefühle gestanden hatten. Oder die Szene, in der Edward Ferrars Elinor Dashwood gesagt hatte, dass sie nun frei waren, zusammen sein zu können. Da hatte Vicky ein ganz anderes Glücksgefühl gehabt.

Die Erinnerung daran, wie Tom sie gebeten hatte, bis zum nächsten Ball zu warten, schoss ihr durch den Kopf. Sie hatte ihm so quasi versprochen, nichts zu überstürzen. Das *Ja*, das sie Mr Carmichael schenken wollte, blieb ihr im Hals stecken. Natürlich schuldete sie es Tom nicht zu warten. Schließlich hatte er ihr auch keine Alternative anzubieten, aber vielleicht … war sie es ja sich selbst schuldig.

Vicky glaubte nicht, dass sie in Mr Carmichael verliebt war. Sie mochte ihn, sogar sehr. Sie hatte es schön gefunden, von ihm geküsst zu werden, doch war sie deswegen wirklich überzeugt, ihn heiraten zu wollen? Nein. Noch nicht. Nur wie sollte sie ihm das jetzt erklären?

Sie fuhr sich mit der Zunge über die Lippen, was sie aber wieder an ihren Kuss erinnerte, und holte einmal tief Luft. Dann legte sie ihm die freie Hand auf den Arm. »Danke für den wunderbaren Antrag. Könnte ich …« Sie sah unter den Wimpern hindurch zu ihm hoch. »Könnte ich bitte ein paar Tage Bedenkzeit haben?«

Carmichaels Lächeln verschwand und zwei Sorgenfalten erschienen auf seiner Stirn. Vicky biss sich auf die Unterlippe und betete insgeheim, er möge nicht böse auf sie sein.

»Natürlich«, sagte er gefasst.

»Ich möchte nur …« Vicky suchte nach den richtigen Worten. »Ich muss nur einige Dinge überdenken.« Sie drückte seine Hand.

Carmichael presste die Kiefer aufeinander. »Haben einige dieser ›Dinge‹ vielleicht mit Lord Halworth zu tun?«

Vicky ließ seine Hand los und er zog sofort beide Arme zurück. Sie runzelte die Stirn. »Woher stammt diese Abneigung ihm gegenüber?« Entschlossen reckte sie das Kinn.

»Woher stammt Ihre *Zuneigung* ihm gegenüber?«, schoss Carmichael laut zurück.

»Wir sind Freunde«, entgegnete Vicky.

»Sicher doch, *Freunde*.« Er schüttelte den Kopf.

»Ja, Freunde. Und zwar schon sehr lange. Wesentlich länger, als wir beide uns kennen.«

Carmichael funkelte sie finster an. »Menschen verändern sich.«

»Ja, natürlich. Mir ist absolut bewusst, dass Tom sich verändert hat. Und ich auch. Aber das erklärt immer noch nicht, welchen Grund *Sie* haben, ihn nicht zu mögen.«

Kopfschüttelnd wandte er sich ab und ging auf den Brunnen zu. Doch dann machte er auf dem Absatz kehrt und kam zurück. »Ihr Vater hat mir von dem Vorfall mit dem Halunken auf Oakbridge erzählt.«

Vicky zuckte mit den Schultern. »Ja, und?«

»Kommt es Ihnen nicht merkwürdig vor, dass Halworth zufällig gerade rechtzeitig aufgetaucht ist, um das Ganze mit anzusehen, den Angreifer dann aber nicht erwischen konnte?«

»Das war meine Schuld. Ich habe mich ihm in den Weg gestellt und –«

»Und dann«, unterbrach er sie, »taucht er ein zweites Mal wie durch Zauberhand auf, als Silbys Pferde mit Ihnen durchgehen. Und wenn ich mich nicht täusche, hat er Ihnen auch da nicht wirklich geholfen.« Herausfordernd zog er eine Augenbraue hoch.

»Ich bin selbst von der Kutsche abgesprungen. Er hätte das Ganze gar nicht verhindern können.«

»Sie hätten erst gar nicht in die Zwangslage kommen dürfen, abspringen zu müssen. Das hätte er sehr wohl verhindern können, wenn er etwas davon verstünde.«

Vicky funkelte ihn an. «Dann stören Sie sich also daran, dass er versucht hat, mir zu helfen, und ihm das nicht gelungen ist? Oder beschuldigen Sie ihn irgendeines anderen Vergehens?«

Carmichael zögerte. »Erinnern Sie sich an den Tag, als wir zu *Gunter's* gefahren sind?«, sagte er dann. »An den Mann, den Sie herumlungern gesehen haben? Wie war seine Statur, welche Größe hatte er? Könnte es möglicherweise Halworth gewesen sein?«

Vicky blieb der Mund offen stehen. »Mr Carmichael!«, stieß sie hervor. »Das ist absurd! Der Mann hatte schwarzes Haar. Außerdem – warum sollte uns Tom aus einer dunklen Gasse heraus beobachten?«

»Aus demselben Grund, aus dem er uns gestern Abend im Theater beobachtet hat. Ich habe ihn in der Pause gesehen.«

»Er wollte uns vermutlich nur nicht begrüßen, um Sie nicht in Rage zu bringen«, erwiderte sie mit einem lauten Schnauben.

Carmichael verdrehte die Augen. »Solche Überlegungen haben ihn bislang auch nicht davon abgehalten.«

Vicky funkelte ihn an. »Ich finde, das ist wirklich nicht gerech–«

»Ich weiß nur, dass seine Finanzen, anders, als man denken könnte, sich in einem desolaten Zustand befinden. Ich habe erfahren, dass sein verstorbener Vater das Anwesen in Schulden gestürzt hat. Indes halten sich Halworth und sein Bruder in London auf und nehmen an der Gesellschaftssaison teil. Was zufällig das erste Mal ist, dass Lord Halworth sich überhaupt in gesellschaftlichen Kreisen zeigt. Soweit ich sehen konnte, schenkt er Damen dabei keinerlei Aufmerksamkeit – außer einer. Ihnen.« Er machte eine Pause und Vicky hielt den Atem an. »Es gäbe für ihn keinen besseren Ausweg aus seinen beträchtlichen Geldproblemen, als Sie zu heiraten. Das Mädchen, mit dem er aufgewachsen ist, dessen Besitz an den seinen grenzt und das zufällig über eine bemerkenswerte Mitgift verfügt.«

Vicky spürte, wie ihr die Farbe aus dem Gesicht wich. Dass Toms Vater ein lasterhafter Mensch und Verschwender gewesen war, war gemeinhin bekannt. Durchaus möglich, dass Tom deswegen finanzielle Probleme hatte. Was auch seine Garderobe erklären würde – die, wie Vicky im Rückblick klar wurde, ein winziges bisschen abgetragen wirkte. Die Jacke, die er heute angehabt hatte, war am Ellbogen abgewetzt gewesen, aber bisher hatte Vicky einfach angenommen, sein Kammerdiener sei etwas nachlässig.

Trotzdem konnte Carmichael schon aus einem schlichten Grund nicht recht haben: Tom hatte keineswegs die Absicht, sie zu heiraten. Das hatte er heute mehr als deutlich gemacht, als er angeboten hatte, ihr bei der Suche nach einem Ehemann zu helfen. Genauer gesagt nach einem anderen Ehemann als Mr Carmichael.

»Er möchte mich aber gar nicht heiraten«, durchbrach Vicky das Schweigen.

Er sah sie nur durchdringend an.

»Das hat er ausdrücklich gesagt.« Selbst in ihren Ohren klang das mehr als töricht.

Kopfschüttelnd erwiderte Carmichael: »Seine Anwesenheit bei den gesellschaftlichen Anlässen und sein Verhalten im Allgemeinen kommen mir höchst verdächtig vor. Ich gehe stark davon aus, dass er auf Ihre Aussteuer aus ist und einiges zu tun bereit ist, um sie zu bekommen.«

Vicky verengte erneut die Augen. »Das ist doch völlig absurd, Mr Carmichael! Zu solchen Intrigen wäre Tom gar nicht in der Lage.«

»Das werden wir ja sehen.«

Sie stieß den Atem aus und blickte gen Himmel. Sowohl Carmichael als auch Tom benahmen sich einfach lächerlich. Tom zweifelte Carmichaels Loyalität an, Carmichael Toms Charakter. Dennoch schlich sich der winzige Stachel des Zweifels in ihr Herz. Dass Tom sowohl bei dem Angriff auf Oakbridge als auch bei dem Unfall im Hyde Park zugegen gewesen war, war schließlich schon ein ziemlich großer Zufall.

»Ich gehe jetzt besser«, unterbrach Carmichael ihre rasenden Gedanken. »Aber Sie sollen wissen, dass *ich* Sie für einen wunderbaren, großmütigen Menschen halte. Sie sind die Frau, die ich heiraten möchte. Ich könnte es nicht ertragen, Sie an einen Mann gebunden zu sehen, der nur Ihr Geld will. Sie hätten wahrlich etwas Besseres verdient.« Er nahm ihre Hand und küsste sie.

Angesichts seiner liebevollen Worte schlug Vickys Herz schneller und sie konnte nicht verhindern, dass sich ein Lächeln auf ihrem Gesicht ausbreitete. Carmichael erwiderte es und ließ ihre Hand los. Dann drehte er sich um und ging. Als sie ihm hinterhersah, diesem großen, breitschultrigen Mann, der ihr soeben einen Antrag gemacht hatte, fragte sich Vicky, wie in aller Welt sie nur so durcheinander sein konnte.

Als Vicky in den Salon zurückkam, fand sie dort ihren Vater und Althea nebeneinander auf dem Sofa vor.

»Solltest du nicht lieber im Bett bleiben, Papa?«, fragte sie besorgt.

»Es geht mir gut genug, um hier zu sitzen«, erwiderte er. »Wie ich sehe, ist Mr Carmichael wieder gegangen? Was hast du zu ihm gesagt?«

Vicky holte tief Luft. »Dass ich etwas Zeit brauche, um über seinen Antrag nachzudenken.«

»Dann hat er dir also tatsächlich einen Antrag gemacht!«, rief ihre Mutter. – »Etwas Zeit?«, stieß ihr Vater gleichzeitig aus.

Mit entschlossener Miene sah Vicky zwischen ihren Eltern hin und her und nickte.

»Aber was gibt es da noch nachzudenken?«, erwiderte ihr Vater. »Carmichael ist wohlhabend, gut aussehend und einflussreich. Und du hast selbst gesagt, dass du ihm sehr zugetan bist. Er würde einen wunderbaren Ehemann abgeben, vor allem in dieser prekären Situation.« Er warf Thea einen Seitenblick zu.

Auch Vicky musterte ihre Schwester, die leichenblass aussah. Vicky schüttelte den Kopf angesichts der unbedachten Worte ihres Vaters, die Althea bestimmt verletzt hatten – und sie selbst auch. Seine Verwundung schien sich auf sein sonst einfühlsames Wesen negativ auszuwirken.

»Hast du vielleicht einen anderen Gentleman im Auge, der infrage kommen könnte?«, hakte ihre Mutter nach.

Vicky zögerte, als sie an ihre Treffen mit den jungen Herren dachte, die wahrscheinlich die anstrengendsten in ganz England waren. Und dann dachte sie an Tom und sein

Versprechen, ihr bei der Suche zu helfen. »Nein, eigentlich nicht.«

Entnervt seufzte ihr Vater. Er stemmte sich an einem Sofakissen hoch, als wollte er gleich aufspringen und durchs Zimmer tigern, griff sich dann aber an die Seite und ließ sich wieder ins Polster zurücksinken. Nachdem er ein paarmal tief ein- und ausgeatmet und seine Beine in eine bequemere Position gebracht hatte, sagte er: »Leider ist genau der Faktor *Zeit* im Moment essenziell für uns. Bevor er zu dir ging, hat Mr Carmichael mir nämlich eine bestürzende Nachricht überbracht. An dem Tag, als uns diese Männer überfielen…«, er deutete auf seine Verletzung, »… hatte ich Mr Carmichael gebeten, etwas für mich zu tun. Ich hatte schon seit einiger Zeit nichts mehr von Mr Barnes gehört, daher bat ich Carmichael, ihn aufzusuchen und nachzufragen, ob es im Hinblick auf Altheas Trennungsabsichten schon neue Entwicklungen gibt.« Er strich sich über das linke Bein. »Doch wie es aussieht, wird Mr Barnes vermisst.«

Stirnrunzelnd schaute Vicky ihre Schwester an, die den Kopf ruckartig gehoben hatte. Victoria hatte zwar von Mr Carmichaels Auftrag gewusst, aber diese Nachricht kam wirklich überraschend.

»Was soll das heißen, *vermisst*, James?«, fragte Vickys Mutter.

»Carmichael fand ihn weder in seinem Büro noch zu Hause. Und seine Familie weiß auch nicht, wo er sich aufhält. Daraufhin ist Carmichael zum Kanzleigericht gegangen, nur um dort zu erfahren, dass auch der Antrag auf den *supplicavit*-Beschluss verschwunden ist. Er war dort zwar eingegangen, dann allerdings irgendwie vom Schreibtisch des bearbeitenden Beamten verschwunden.«

»Wie ist das möglich?«, fragte Vicky und sah wieder zu ihrer Schwester, deren Gesichtsfarbe noch geisterhafter geworden war.

»Offenbar hat jemand am Gericht dafür gesorgt, dass die Akte entfernt wird«, sagte ihr Vater.

»Dain«, murmelte Althea tonlos.

»Meinst du, sein Einfluss reicht so weit? Kennt er jemanden am Gericht?«, fragte Vicky.

»Ist anzunehmen. Viele Männer haben keinerlei Skrupel, wenn es um Bestechungsgelder geht«, erwiderte ihr Vater.

Seine Frau nickte zustimmend.

Fröstelnd erinnerte Vicky sich daran, wie Mr Carmichael davon gesprochen hatte, einen Freund am Kanzleigericht zu haben. Sie dachte an Toms Theorie über Mr Carmichaels wahre Absichten. Was, wenn Carmichael hinter dem Verschwinden des Trennungsantrags steckte? Und vielleicht sogar hinter Mr Barnes' Verschwinden? Sie versuchte, die verstörenden Gedanken abzuschütteln. Wieso sollte er so etwas tun, wenn er sie doch auch so heiraten konnte, ohne diese ganzen üblen Machenschaften? Dennoch ... Toms Verdacht, ihre Gefühle, die Wahrheit ... In ihrem Kopf wirbelte alles durcheinander und umnebelte ihren Verstand so stark, dass sie keinen klaren Gedanken fassen konnte.

»Und was ist mit dem Verfahren am Kirchengericht?«, fragte sie schließlich.

»Der Aufsichtsbeamte, mit dem ich in Verbindung stehe, wird Dains Vorladung in den nächsten Tagen aufsetzen«, berichtete ihr Vater.

Vicky lächelte Althea an. Das war doch wenigstens mal eine gute Nachricht. Der *supplicavit*-Beschluss würde sie ohnehin nur ein Jahr lang schützen. Doch wenn das Kirchengericht Theas Trennung zustimmte, wäre diese endgültig.

»Es gab auf Oakbridge allerdings weitere Vorfälle ähnlich wie der, dem du zum Opfer gefallen bist«, fuhr ihr Vater fort.

Sie erstarrte. »Was für Vorfälle?«

»Unsere Pächter berichten, sie hätten fremde Männer auf dem Anwesen gesehen. Trotz der teuren Reparaturen letztes Jahr ist die Brücke zum Dorf einsturzgefährdet, und eins unserer preisgekrönten Vollblüter ist so krank, dass es sich vielleicht nicht mehr erholen wird. Erst heute hat mir der Verwalter in einem Brief davon berichtet.«

Vicky erschauerte. Sabotageakte! Aber wer war zu so etwas imstande? Jetzt bereute sie es noch mehr, durch ihr unbedachtes Handeln verhindert zu haben, dass Tom den Angreifer damals erwischte. Der Mann hätte ihnen verraten können, wer hinter alldem steckte. »Papa, was, denkst du, geht da vor sich?«

Ihr Vater zog die Augenbrauen zusammen. »Am wahrscheinlichsten ist, dass Dain dahintersteckt, auch wenn ich mir nicht vorstellen kann, warum er sich diese ganze Mühe machen sollte. Ich werde den Verwalter anweisen, strengere Vorsichtsmaßnahmen zu ergreifen, allerdings können wir nicht Tag und Nacht jeden Quadratmeter unseres Grundbesitzes bewachen lassen.«

Vicky biss sich auf die Innenseite ihrer Wangen. »Tom hat auf dem Hauskonzert bei den Chadwicks eine Unterhaltung zwischen Mr Carmichael und Dain mitbekommen«, sagte sie und sah zu ihrer Schwester.

Die bedeutete ihr mit einem Kopfnicken fortzufahren.

»Er hat gehört, wie die beiden davon sprachen, dass viel auf dem Spiel steht. Und Mr Carmichael hat zu Dain gesagt, er dürfe uns nicht verärgern.«

Ihr Vater runzelte die Stirn.

»Dain hat Tom ein Angebot gemacht, ihm Teile von Halworth abzukaufen«, erzählte Vicky weiter. »Tom hat abgelehnt. Er lässt jetzt den Besitz schätzen, um vielleicht besser zu begreifen, warum Dain so erpicht darauf ist. Tom glaubt, Mr Carmichael und Dain könnten sich zusammengetan haben, um sich Oakbridge unter den Nagel zu reißen oder zumindest das Land, das an unser Anwesen grenzt.«

»Lächerlich«, stieß ihr Vater hervor. »Das sind hauptsächlich Wiesen und Baumbestände – das Land allein ist von keinem besonderen Wert. Und Carmichael braucht Oakbridge nicht. Dain, genau genommen, auch nicht.«

»Das mag sein«, sagte sie zweifelnd. »Aber es scheint mir schon ein seltsamer Zufall, dass ich ausgerechnet an der Grenze zwischen den beiden Grundstücken auf diesen Ganoven gestoßen bin.« Sie erinnerte sich daran, wie Mr Carmichael versucht hatte, Dain von ihr fernzuhalten. »Mr Carmichael und Dain haben sich auf dem Ball der Herzogin über ›Geschäftliches‹ unterhalten. Hast du eine Ahnung, worum es da gegangen sein könnte, Papa?«

Finster schüttelte er den Kopf.

Vicky beschloss, auf seine pragmatische Ader zu zielen. »Vielleicht wäre es nicht verkehrt, den Verwalter unsere Seite der Grenze zwischen Halworth und Oakbridge in Augenschein nehmen zu lassen – und sei es nur zu unserer Beruhigung.«

Ihr Vater schien den Vorschlag zu überdenken. »Ja, ich werde die Idee in den Brief mit aufnehmen, den ich heute Abend an ihn schreibe.«

Vicky lächelte. »Danke, Papa. So langsam glaube ich wirklich, dass diese Unfälle, die uns in letzter Zeit widerfahren sind, gar keine Unfälle waren.«

»Was meinst du damit, Victoria?«, fragte ihre Mutter.

Vicky sah sie an. »Ich denke, jemand hat sich vor unserer Ausfahrt an Mr Silbys Zweispänner zu schaffen gemacht. Und ich gebe es nur sehr ungern zu, aber Mr Carmichael hätte durchaus Zugang zur Kutsche gehabt.«

Ihre Mutter keuchte. »Victoria, wie kannst du nur –«

»Mama, ich mag Mr Carmichael wirklich. Aber …« Sie seufzte. Es war doch nur vernünftig, sich seiner Unschuld hundertprozentig zu versichern, bevor sie seinem Heiratsantrag zustimmte, oder nicht? Sie wandte sich ihrem Vater zu. »Darf ich fragen, was mit dem Stück Land am Kanal geschehen würde, das du und er zusammen erworben habt, wenn dir etwas zustoßen sollte?«

»Deine Mutter würde meine Hälfte erben einschließlich aller Einkünfte daraus, und zwar für alle Zeit«, antwortete ihr Vater mit ruhigem Blick.

Erleichtert atmete Vicky auf. Zumindest wusste sie jetzt, dass Mr Carmichael nicht auf diese Weise vom Tod ihres Vaters profitieren könnte. »Da bin ich froh.«

Ihre Eltern wechselten einen Blick. »Vicky, du darfst nicht zulassen, dass Toms Hirngespinste auf dich überspringen«, sagte ihr Vater. »Er könnte seine eigenen Beweggründe haben.«

»Was meinst du damit?«

»Er ist nicht mehr der Junge, der damals ausgewandert ist. Und er steht kurz vor dem finanziellen Ruin.«

Vicky legte die Stirn in Falten.

»Man kann nicht jedes Wort glauben, das er sagt«, fügte auch ihre Mutter hinzu.

»Willst du Mr Carmichael nicht zumindest danach fragen, welche Geschäfte er mit Dain betreibt, Papa?«

»Da du ihn vermutlich früher treffen wirst als ich, kannst du ihn doch auch selbst danach fragen«, erwiderte er. »Ich werde allerdings anderweitig ein paar ... Erkundigungen einziehen.«

Sie nickte.

»Meine Liebe«, sagte ihre Mutter. »Wir tun wirklich alles, was wir können, doch du musst trotzdem bald eine Entscheidung fällen.«

Vicky sah ihre Schwester an. Altheas Augen wirkten traurig, aber sie schenkte Vicky einen unerwartet aufmunternden Blick. »Ich verstehe.«

Trotzdem konnte sie nicht verhindern, dass ihr ein eisiger Schauer den Rücken hinunterlief.

Vicky verließ den Salon, um den unbehaglichen Blicken ihrer Eltern zu entgehen. Sie wollte allein sein und die Ereignisse des Tages in Ruhe überdenken.

Sie war gerade an der Treppe angekommen und wollte die erste Stufe erklimmen, als sie Althea ihren Namen rufen hörte. Vicky blieb stehen und wartete, bis ihre Schwester zu ihr aufgeschlossen hatte, ehe sie die Treppe gemeinsam nach oben liefen. »Tut mir leid wegen der Unterlagen, Thea, aber du darfst die Hoffnung nicht aufgeben.«

Die zuckte mit den Schultern. »Vielleicht lässt er mich ja nie gehen.«

»Wenn das Kirchengericht sagt, dass er es tun muss, dann wird ihm gar nichts anderes übrig bleiben. Wart's ab, Papa wird immer weiterkämpfen, bis du Dain los bist.«

Angesichts von Altheas niedergeschlagener Miene vergaß Vicky ihre eigenen Sorgen. Sie hakte sich bei ihrer Schwester ein.

»Und ich kämpfe auch weiter, komme, was wolle. Ich kann Mr Carmichael heiraten und ihn davon überzeugen, sein großes Vermögen dafür einzusetzen, sich die Gunst des Kirchen- und Kanzleigerichts zu erkaufen.«

Althea sah Vicky naserümpfend an. Solch moralisch verwerfliche Pläne waren eindeutig nicht in ihrem Sinne.

»Ich meine, nur wenn wir keine andere Wahl haben«, murmelte Vicky.

»Und was, wenn du wirklich keine andere Wahl hast, als Mr Carmichael zu heiraten?«, fragte Althea.

Vicky tat es mit einem Schulterzucken ab, als wäre das nicht genau die Frage, die sie die ganze Zeit quälte. »Wie Mama und Papa schon sagten, er ist ein guter Mann.«

»Ja, das ist er.«

Vicky nickte.

»Aber ist er auch der Mann, den du willst?«

Vicky hielt mitten im Schritt inne und drehte sich mit argwöhnischer Miene zu ihrer Schwester um. Althea schien die Frage ohne Hintergedanken gestellt zu haben. War es wieder wie früher, als sie einander die engsten Vertrauten gewesen waren?

Vicky holte tief Luft. Sie dachte daran, dass Tom ihr heute viele seiner persönlichsten Gedanken anvertraut hatte. Wie er ihr angeboten hatte, ihr bei der Suche nach einem

Ehemann zu helfen – so wie ein echter Freund es eben tat. Dann schweiften ihre Gedanken zu Mr Carmichael ab, zu dem Kuss und der Erinnerung daran, mit welcher Zärtlichkeit er sie angesehen hatte. Er schien wirklich etwas für sie zu empfinden. Doch er *liebte* sie nicht. Zumindest hatte er nicht von Liebe gesprochen.

»Ich weiß es nicht.«

Altheas braune Augen durchbohrten sie. »Dann musst du deiner Intuition folgen. Egal welche Konsequenzen das haben könnte. Beziehungsweise ...«, verbesserte sie sich. »Du musst akzeptieren, dass deine Entscheidungen immer Konsequenzen haben werden.«

Vicky zögerte. »Aber du ...«

»Es hat auch in meinem Fall von Anfang an Zeichen gegeben. Schon während er mir den Hof machte. Allerdings habe ich sie ignoriert. Habe nicht auf meine Intuition gehört.« Thea wandte den Kopf ab, während sie sprach, und ging weiter die Treppe hoch.

Mit stummer Verwunderung folgte Vicky ihr bis nach oben. »Welche Zeichen gab es denn?«

Thea schüttelte den Kopf. »Das spielt jetzt keine Rolle mehr.«

»Doch, bitte sag es mir.« Vicky ging Toms Theorie nicht aus dem Kopf.

Althea seufzte. »Zum Beispiel wollte er immer wissen, wo ich an einem bestimmten Tag gewesen sei. Und er war auf jeden Mann eifersüchtig, von dem er annahm, er sei in mich verliebt. Anfangs zählte er mir nur deren vermeintliche Verfehlungen auf, aber ich glaube, irgendwann fing er dann an, die Männer zu warnen oder gar zu bedrohen, damit sie sich von mir fernhielten. Das habe ich natürlich alles erst nach unserer Eheschließung erfahren.«

Vicky klopfte das Herz bis zum Hals. Mr Carmichael hatte sie vor dem Ausflug mit Mr Silby vor dessen Makeln gewarnt – wobei er damit ja durchaus recht behalten hatte. Und heute hatte er dasselbe im Hinblick auf Tom getan. Und dann war da noch seine mangelnde Aufrichtigkeit, was Vicky immer noch Sorgen bereitete. »Hat er ... hat er dir auch manchmal Dinge vorenthalten?«

Althea nickte. »Meistens bot er mir nur irgendwelche Halbwahrheiten, deswegen konnte ich kaum zwischen der Wirklichkeit und seiner Wahrnehmung unterscheiden.« Sie wirkte so, als wolle sie noch mehr sagen, schloss den Mund dann aber, machte auf dem Absatz kehrt und lief in Richtung ihres Schlafzimmers.

Vicky folgte ihr. »Thea, warum erzählst du mir das ausgerechnet jetzt?«

Ihre Schwester drehte sich um, eine Hand auf dem Türknauf. »Ich habe Poole geschrieben und ihn nach deinen Briefen gefragt.«

Mit einem aufmunternden Nicken bedeutete Vicky ihr weiterzusprechen.

»Er hat mir bestätigt, dass er deine Briefe immer abgeschickt hat. Dain muss sie ...« Althea wandte sich ab, vermutlich, damit Vicky ihre Tränen nicht sehen konnte.

Vicky legte ihrer Schwester eine Hand auf den Arm und drehte sie zu sich um, damit sie sie umarmen konnte. Stumm legte Thea den Kopf auf ihre Schulter.

»Ich war so dumm.« Altheas Stimme bebte. »Wie konnte ich dir nur so etwas unterstellen?«

Vicky schüttelte den Kopf. Es war Dain gewesen, der ihre Schwester so misstrauisch gemacht hatte. »Wir bringen alles wieder in Ordnung, versprochen. Ich hätte alles dafür gegeben damit dir das Ganze erspart worden wäre.«

Althea schluchzte an ihrer Schulter. »Und ich, wenn dir diese Zwangsheirat erspart bleiben könnte. Zumindest wirst du sicherlich eine klügere Entscheidung treffen als ich damals.«

Vicky strich ihr über den Rücken. Die Zweifel im Hinblick auf Mr Carmichael, die sie zu verdrängen versucht hatte, waren jetzt mit voller Wucht zurückgekehrt. »Meinst du, Mama und Papa haben recht mit ihrer Einschätzung von Tom?«

Thea wischte sich über die Augen. »Ich weiß es nicht. Vielleicht nehmen sie ihm einfach noch übel, wie er dich vor seiner Auswanderung behandelt hat.«

»Thea, er hat mir heute alles erklärt. Er hat sich dafür entschuldigt.«

Ihre Schwester zog die Augenbrauen in die Höhe.

»Toms Vater war genauso ein Ungeheuer wie Dain. Tom hatte Sorge, sein Vater würde mir etwas antun, wenn ich ihn immer wieder auf Halworth besuche. Das letzte Mal, als ich da war, habe ich miterlebt, wie Tom von seinem Vater zu Boden geschlagen wurde. Der Graf hat das mit einem Lachen abgetan und gesagt, Tom sei selber schuld. Ich wusste damals nicht, was ich davon halten soll. Aber ich glaube nicht, dass Tom schuld war.«

Althea schüttelte den Kopf. »Das glaube ich auch nicht.«

Vicky verzog das Gesicht. »Was soll ich jetzt nur tun, Thea?«

Ihre Schwester schaute sie aus rot geweinten Augen an. »Du darfst keinen Mann heiraten, dem du nicht vertraust.«

»Woher soll ich wissen, wem ich vertrauen kann und wem nicht?«

Althea seufzte. »Das kann ich dir auch nicht sagen, tut mir leid. Du hättest jedenfalls etwas Besseres verdient als so eine überstürzte, aus der Not geborene Suche nach einem Gatten.«

Vicky lächelte. »Danke. Trotzdem muss ich auch um Oakbridges willen schnell einen Ehemann finden.«

Altheas Miene fiel in sich zusammen.

Da kam Vicky zum ersten Mal ein ganz neuer Gedanke. »Wolltest *du* nicht die Herrin über Oakbridge werden? Den Titel erben, den Besitz verwalten?«

Althea hob das Kinn. »Doch, natürlich hätte ich das getan. Es ist schließlich unser Zuhause. Du wirst das alles allerdings viel besser tun, als ich es je könnte. Ich hege wenig Interesse an Themen wie Entwässerung oder Ernteertrag.«

Vicky atmete auf. »Dann würdest du es mir also nicht übel nehmen, wenn ich den Familienbesitz erbe?«

Erstaunt sah Thea sie an. »Wieso sollte ich? Ich beneide dich wahrlich nicht um deine Lage. Ach Vicky, du hast noch dein ganzes Leben vor dir! Eigentlich solltest du dich nicht schon so jung festlegen müssen.«

»Du bist aber auch noch jung genug, um ein neues Leben anzufangen, Thea.«

Althea biss sich auf die Unterlippe. »Was hat Tom im Garten noch zu dir gesagt?«

Also erzählte sie ihrer Schwester davon, dass er sie gebeten hatte, bis zum nächsten Ball zu warten, bevor sie eine Entscheidung fällte. Und dass er ihr Hilfe in jeder Form angeboten hatte.

Althea nickte nachdenklich. »Das ist sehr nett von ihm. Er hat recht. Wir müssen dir beide helfen. Das räumt dir etwas Zeit ein, dir über deine Gefühle Mr Carmichael gegenüber klar zu werden, und vielleicht finden wir auch jemand Neues, den wir dir vorstellen können.«

Sofort war Vicky etwas leichter zumute. Wenn sowohl Thea als auch Tom ihr zur Seite standen, hatten sie vielleicht viel mehr Möglichkeiten. Auch wenn die Wahrscheinlichkeit, jemanden kennenzulernen, der einen besseren Heiratskandidaten abgab als Mr Carmichael, verschwindend gering war. Aber das machte nichts.

Vicky zog ihre Schwester wieder an sich. Tom hatte recht gehabt. Ihre Geduld hatte sich ausgezahlt. Althea erholte sich langsam, Tom war wieder ihr Freund und Mr Carmichael hatte um ihre Hand angehalten. Auf einmal sah die Welt nicht mehr ganz so düster aus. Vielleicht würde es doch noch ein glückliches Ende geben wie in Jane Austens Romanen. Vicky lächelte, das Gesicht in Altheas Haar gepresst.

Zweiundzwanzigstes Kapitel

*Zwischen gern tanzen und sich verlieben war nur noch
ein kleiner, ein fast unvermeidlicher Schritt!*
– Jane Austen, *Stolz und Vorurteil*

Mit federnden Schritten betrat Tom den Ballsaal von Lord und Lady Branbury. Nach dem Treffen mit seinen neuen Geldgebern früher am Tag ging er immer noch wie auf Wolken. Lord Axley und seine Geschäftspartner, Mr Parker und Mr Risdale, hatten einen Vorvertrag mit ihm unterschrieben. Schon morgen würde Tom sich daranmachen, das Stück Land zu kaufen, das er nur ein Stück außerhalb von Mayfair entdeckt hatte. Das würde dann der Standort von Londons allererstem Luxushotel werden. Tom grinste vor sich hin, was dazu führte, dass mehrere Debüttantinnen, die in einem Halbkreis am Rand standen, sich kichernd hinter ihre Fächer flüchteten. Aber heute konnte selbst das Tom nicht die Laune verderben. Jetzt würde er sich den ganzen Abend darauf konzentrieren können, Victoria zu helfen.

Er suchte mit den Augen den Ballsaal ab.

Anders als auf dem Ball der Herzogin von Rutherfurd, der themenbezogen dekoriert worden war, hatten die Branburys den Raum auf sehr viel traditionellere Art und Weise eingerichtet. Riesige goldene Kandelaber und Hunderte von Bienenwachskerzen tauchten den Saal in ein weiches, flackerndes Licht. Entlang der Wände waren genug Stühle für erschöpfte Tanzende und ältliche Tratschtanten aufgestellt worden. Allerdings konnte Tom Vicky und ihre Familie nirgends entdecken.

Merkwürdigerweise war er darüber enttäuscht und ging auf den Tisch mit Erfrischungen zu, in der Hoffnung, jemanden anzutreffen, den er vom Rutherfurd-Ball schon kannte. Da fiel ihm plötzlich Mr Silby ins Auge. Tom verzog das Gesicht. Anscheinend war dieser in die gleiche Richtung wie er selbst unterwegs. Bevor Tom ihm ausweichen konnte, entdeckte Silby ihn und sah ihm in die Augen. Tom nickte höflich und wollte sich schon an ihm vorbeischieben, da stellte Silby sich ihm in den Weg und zwang ihn, stehen zu bleiben.

»Lord Halworth«, sagte Silby.

»Mr Silby.«

Tom wartete darauf, dass er fortfuhr, aber der Dummkopf starrte ihn nur stumm an. Ob er sich vielleicht an ihm vorbeidrängeln könnte? Doch ganz offensichtlich war der Mann mit Absicht an ihn herangetreten, und es war vermutlich besser, die Sache schnellstmöglich hinter sich zu bringen. Tom hielt Silbys Blick stand, bis der Mann endlich zu sprechen anfing.

»Ich hatte bisher noch keine Gelegenheit, mich für Ihre Hilfe neulich zu bedanken.«

Obwohl ihm die Danksagung keineswegs aufrichtig vorkam, nickte Tom. »Keine Ursache. Ich konnte ja schlecht einfach tatenlos zusehen.«

»Trotzdem ... Ich weiß nicht, was ich getan hätte, wenn ich eins meiner Pferde verloren hätte. Lady Victoria hatte absolut recht – es wäre nicht leicht gewesen, die Tiere zu ersetzen.«

Tom runzelte die Stirn. »Ja, das wäre sicher ein tragischer Verlust gewesen. Und noch viel mehr, wenn der Dame *im Inneren* des Zweispänners etwas zugestoßen wäre.«

Silby schwieg ein paar Sekunden. »Aber ja. Welch ein Glück, dass Sie gerade da waren und ihr helfen konnten.«

Was war mit dem Kerl eigentlich los?, dachte Tom zähneknirschend. War er minderbemittelt oder einfach nur taktlos? Tom holte tief Luft. Vielleicht ja auch beides.

»Wenn Sie mich jetzt entschuldigen würden …« Tom nickte kurz und wandte sich ab, bevor Silby noch etwas sagen konnte.

Endlich am Tisch mit den Erfrischungen angekommen, nahm Tom sich ein Glas Champagner und sah auf der Suche nach einem potenziellen Gesprächspartner in die Runde. Und da entdeckte er Victoria – sie war gerade hinter Althea und ihrer Mutter am Eingang aufgetaucht. Der Graf war vermutlich zu Hause geblieben, um sich weiter von seinen Verletzungen zu erholen.

Mit einer Anmut, die Tom ihr bislang gar nicht zugetraut hätte, schwebte Vicky in einem hellblauen, mit weißer Spitze gesäumten Kleid in den Saal. Ihre haselnussbraunen und kupferroten Locken waren auf kunstvolle Weise frisiert, wobei einige kleine Strähnchen ihr Gesicht umrahmten und ihre hohen, zarten Wangenknochen betonten. Ein bezauberndes Lächeln umspielte ihre Lippen.

Tom blinzelte, als ihm bewusst wurde, dass er mitten in der Bewegung innegehalten hatte, und ließ das Champagnerglas sinken. Fasziniert sah er zu, wie Vicky immer weiter in den Raum hineinlief.

Die Gräfin begrüßte links und rechts bekannte Gesichter, während Althea sich im Hintergrund hielt und darauf wartete, dass Vicky zu ihr aufschloss. Althea trug ein tiefrotes Kleid und sah wesentlich besser aus als beim letzten Mal. Doch so im direkten Vergleich der beiden Aston-Schwestern würde kein Betrachter umhinkönnen, Vicky als Erste zu bewundern.

Tom nahm sich zwei weitere Champagnerkelche vom Tisch und schritt am Rand des Parketts entlang auf Vicky und Althea zu. Sein Weg führte ihn an einigen Familien und grüppchenweise versammelten Gentlemen vorbei, bis er schließlich nur noch wenige Meter von den Astons entfernt war.

Vicky sah aus, als würde sie im Saal nach etwas oder jemandem suchen. Während Tom noch einen Schritt auf sie zumachte, trafen sich ihre Blicke. Beide lächelten und Tom näherte sich ihr weiter.

»Lady Dain, Lady Victoria«, sagte er und reichte den Damen ihre Gläser. »Sie sehen beide umwerfend aus.«

Althea bedankte sich mit einem Lächeln für das Kompliment, aber Tom meinte zu erkennen, dass Vickys Wangen einen Hauch röter wurden. »Vielen Dank, Lord Halworth«, sagte Althea. »Sie sehen ebenfalls sehr gut aus.«

»Danke, mir geht es auch sehr gut«, erwiderte er und erst in diesem Moment ging ihm auf, dass es tatsächlich stimmte – es ging ihm so gut wie schon lange nicht mehr. Er spähte über Vickys Schulter. »Heute ohne Leibwächter hier?«

»Wir hätten nicht gewusst, wie wir ihre Anwesenheit auf dem Ball hätten erklären sollen«, erwiderte Vicky. »Aber sie haben auf der Fahrt hierher mit uns in der Kutsche gesessen.«

Tom war froh, das zu hören. »Und was steht heute Abend auf dem Plan?«

Victoria sah ihre Schwester an. »Nun, Tanzen auf jeden Fall. Und neue Bekanntschaften schließen. Als mein … *Bruder* für den heutigen Abend hast du mir dafür ja Unterstützung in dieser Hinsicht versprochen«, fügte sie lächelnd hinzu.

Womit sie absolut recht hatte. Doch bei dem Wort »Bruder« schwappte eine seltsame Welle der Enttäuschung über ihn hinweg.

»Selbstverständlich.« Allerdings hatte er heute nicht mehr Bekannte als gestern. Außer, man zählte Lord Axleys Geschäftspartner dazu – oder besser gesagt, *seine* neuen Geschäftspartner –, doch er meinte gehört zu haben, dass sowohl Mr Parker als auch Mr Risdale verheiratet waren. Außerdem wusste er gar nicht, ob sie heute hier sein würden.

»Stimmt etwas nicht, Tom?«, fragte Vicky.

Er schüttelte den Kopf und versuchte zu ignorieren, wie der Kerzenschein auf ihren kupferfarbenen Locken tanzte. »Ich habe nur festgestellt, dass der einzige Herr, den ich hier kenne, Mr Silby ist.«

Althea unterdrückte ein Keuchen.

Vicky verdrehte die Augen. »Dem Mann scheint man ja kaum entkommen zu können!«

Tom lachte und wandte sich dann Althea zu. »Hast du vielleicht jemanden gesehen, der es wert wäre, dass wir ihm Vicky vorstellen?«

Stirnrunzelnd sah Thea sich um. »Ich fürchte, nein.«

»Hm …«, murmelte Vicky. »Wie wäre es mit dem Herrn, der sich gerade mit Helen Chadwick unterhält?«

Tom drehte sich um. Die älteste Chadwick-Tochter stand neben einer hoch aufragenden Topfpflanze und sprach mit einem großen blonden Mann, der eigentlich durchschnittlich gut aussah. »Der?«, stieß Tom dennoch hervor, bevor er sich bremsen konnte.

Vicky warf ihm einen empörten Blick zu, während Althea sagte: »Das ist George Harcourt. Er ist Anhänger der Sklaverei, seine Familie besitzt immer noch eine Plantage auf den Westindischen Inseln.«

Vicky hakte ihn sofort enttäuscht ab.

Tom rang sich einen mitfühlenden Blick ab, war aber merkwürdig erfreut, dass sein erster Eindruck ihn nicht getrogen hatte. »Wie schade.«

Vicky kniff die Augen zusammen. »Ist das etwa deine Vorstellung von ›Hilfe leisten‹?«

»Wenn ja, dann habe ich darin offenbar kläglich versagt.«

»Könntest du stattdessen dann bitte etwas *tun*?«, bohrte Vicky weiter.

Toms Blick fiel auf einen schlaksigen Mann auf der anderen Seite des Raums. »Wie wäre es mit dem Kerl da drüben, der gerade seine Schnupftabakschachtel heraushholt? Er kommt mir irgendwie bekannt vor.«

Vicky riss die Augen auf. »Wo?«

Tom deutete auf den Herrn. Als Vicky und Althea hinsahen, zog er gerade eine Prise Tabak in die Nase.

Mit angewiderter Miene wandte Victoria sich ab. »Gütiger Himmel, ich hoffe bloß, er fordert mich nicht zum Tanzen auf.«

»Wieso, wer ist das?«, hakte Tom nach.

»Arthur Fothergill«, erklärte Althea. »Als wir Kinder waren, hat er uns einmal auf Oakbridge besucht.«

»Der Sohn von Viscount Lindsley?« Der kleine Knirps mit rotem Gesicht, den Tom in Erinnerung hatte, war also zu einem blassen, schlaksigen Kerl herangewachsen, der sich ständig über die Nase wischte. »Aber wieso würdest du denn nicht mit ihm tanzen wollen?«, fragte er Vicky.

»Sie hat mit ihm einen ziemlich unglücklichen Ausflug zum *British Museum* unternommen«, sagte Althea.

»Er ist ein ungehobelter Klotz und hätte seinen Schnupftabak zweimal fast über mir ausgekippt«, erzählte Vicky und blieb weiterhin so stehen, dass Fothergill sie nicht erkennen konnte.

Tom senkte den Kopf, damit sie sich im Flüsterton unterhalten konnten, und Althea folgte seinem Beispiel. »Noch ungehobelter als Silby?«

»Niemand könnte ungehobelter sein als Mr Silby«, raunte Vicky mit einem angedeuteten Lächeln. »Aber Mr Fothergill rangiert wirklich knapp dahinter.«

Unwillkürlich grinste Tom sie an, sah jedoch gleich wieder weg, als die Musiker auf dem Balkon über ihnen zum Eröffnungstanz ansetzten.

»Da die Herren heute Abend beide hier sind«, wandte sich Tom wieder an Vicky, »kann ich nichts anderes tun, als dich zum Tanzen aufzufordern, bevor sie diese Ehre für sich beanspruchen. Vielleicht ist das unserer Sache ja sogar förderlich, denn nichts reizt Männer mehr als eine begehrte Dame.«

Er stellte sein halb leeres Champagnerglas auf dem Tablett eines vorbeikommenden Dieners ab, und Vicky tat dasselbe. Dann bot er ihr seinen Arm an. »Wenn es Ihnen nichts ausmacht, Lady Dain?«

Diese schüttelte den Kopf. »Natürlich nicht. Während ihr tanzt, werde ich nach weiteren potenziellen Kandidaten Ausschau halten. Viel Vergnügen euch beiden.«

»Mama steht gleich da drüben, Thea.« Vicky deutete nach links in den Saal. Offensichtlich hatte sie Bedenken, ihre Schwester hier allein stehen zu lassen.

»Sollen wir dich vielleicht dorthin begleiten?«, bot auch Tom an.

»Nein, nein, alles bestens.« Althea winkte ihnen kurz zum Abschied und setzte sich in Richtung ihrer Mutter in Bewegung.

Vicky nahm Toms Arm und ging mit ihm zur Tanzfläche.

»Oh nein«, keuchte sie dann plötzlich und blieb wie angewurzelt stehen.

»Was ist los?«, fragte Tom erschrocken.

»Ich hatte gehofft, der erste Tanz wäre ein Walzer«, flüsterte sie, während er sie weiter zu den anderen Paaren führte.

»Verstehe.« Tom ging es da ganz anders als ihr. »Aber dann wären wir wohl beide enttäuscht.«

Fragend sah sie zu ihm hoch.

»Ich kann keinen Walzer tanzen.«

Vicky blinzelte. »Was soll das heißen, du kannst keinen Walzer tanzen?«

»In der Schweizerischen Eidgenossenschaft war der Walzer wegen seiner Anstößigkeit verboten. Deswegen habe ich erst auf Herzogin von Rutherfurds Ball das allererste Mal erlebt, wie Menschen Walzer tanzen.«

»Oh«, sagte Vicky, während er sie in die Reihe der Tanzpaare führte. »Dann musst du es unbedingt lernen.«

Tom zog die Augenbrauen hoch.

»Mein *Bruder* kann doch auf diesem Gebiet unmöglich so ungebildet bleiben.« Sie hatte es natürlich scherzhaft gemeint, aber der Kommentar traf Tom dennoch.

Der Herr rechts neben ihm schaute kurz zu ihm herüber, dann beugte er sich zu seiner Tanzpartnerin, woraufhin diese Tom ebenfalls einen merkwürdigen Blick zuwarf. Sie war jung, hatte blonde Löckchen und machte den Eindruck, über mehr Schönheit als Verstand zu verfügen. Tom nickte ihr flüchtig zu, woraufhin sie hastig beiseitesah.

Verärgert verbeugte er sich vor Victoria, wie die Tanzregeln des Menuetts es erforderten, und nahm ihre behandschuhte Hand. Die ersten Tanzschritte führten sie näher aufeinander zu. »Vielleicht solltest du aufhören, mich als ›Bruder‹ zu betiteln, wenn du möchtest, dass unsere kleine Scharade funktioniert«, raunte Tom ihr so leise wie möglich zu.

Vickys Blick war finster, als sie sich wieder voneinander entfernten.

Bei der nächsten Annäherung flüsterte sie zurück: »Welche Scharade?«

»Dass du eine begehrte Partie seist«, raunte er während der Seitwärtsdrehung.

Vicky wirbelte halb zu ihm herum, obwohl sie eigentlich weiter nach vorn hätte schauen müssen. »Wie bitte?«

»Du hast mich schon verstanden«, flüsterte er im Bemühen, die Unterhaltung privat zu halten.

Sie trennten sich und tanzten um das Paar zu ihrer Linken herum, ehe sie ein paar Takte später gleich wieder zusammenkamen.

»Es ist zufälligerweise so, Lord Halworth«, zischte Vicky und betonte dabei seinen Titel ganz besonders, »dass ich keineswegs so wenig begehrt bin, wie Sie vielleicht denken.«

Angesichts ihres Tonfalls runzelte Tom die Stirn.

»Mr Carmichael hat um meine Hand angehalten«, fuhr

Vicky so laut fort, dass die Paare um sie herum es mithören konnten.

Von beiden Seiten wandten sich einige Köpfe zu ihnen und Tom schnürte es regelrecht die Kehle zu. Er stammelte ein paar unverständliche Silben, bis er sich räusperte und mühsam versuchte, die Fassung wiederzuerlangen. »Er will dich heiraten?«

Vicky nickte mit unlesbarer Miene.

»Und was hast du ihm geantwortet?«, flüsterte Tom.

»Ich habe ihm gesagt, dass ich darüber nachdenken muss«, erwiderte sie, auch diesmal gut hörbar.

Er fühlte sich vor den Kopf gestoßen. Doch was hatte er erwartet? Carmichaels Absichten waren doch glasklar gewesen. Aber verdammt! Vicky durfte den Mann nicht heiraten! Sie lösten sich voneinander und tanzten in spiegelverkehrten Kreisen umeinander herum.

»Und was ist mit seinem merkwürdigen Verhalten?«, fragte er, als sie sich wieder gegenüberstanden.

»Das ist einer der Gründe, weswegen ich darüber nachdenken muss.«

Tom dachte an ihr Gespräch neulich zurück. »Du hast doch gesagt, du würdest noch warten, bevor du in Bezug auf Carmichael eine Entscheidung triffst.«

»Ja, und ich habe gewartet«, sagte Vicky und sah ihm ins Gesicht.

Tom schluckte schwer. Die Erinnerung daran, wie sie an dem Abend im Theater Carmichael angelächelt hatte, wie sie Arm in Arm herumgeschlendert waren, schoss ihm durch den Kopf und verursachte ihm Übelkeit. Er atmete tief durch, um sich zu beruhigen.

Eindringlich sah Vicky ihn mit ihren haselnussbraunen Augen an. »Entweder ich finde heute Abend jemand anderen oder es wird Carmichael sein. Ich habe keine andere Wahl.« Diesmal gab sie sich Mühe, ganz leise zu sprechen.

Tom hätte nicht genau sagen können, welches Gefühl sich in ihrem Gesicht widerspiegelte.

Er keuchte. »Aber was … was, wenn er es war, der den Mordanschlag auf deinen Vater verübt hat?« Er sah sich um, ob auch niemand mithören konnte. Die Musik wurde lauter, sie schritten umeinander herum und tauschten die Plätze.

Vicky schüttelte den Kopf. »So etwas traue ich ihm wirklich nicht zu. Außerdem würde meine Mutter im Fall von Papas Tod seinen Besitzanteil erben – Mr Carmichael würde davon also nicht profitieren.«

Gnädigerweise endete der Tanz schließlich, und Tom konnte seinen Ärger hinter einer Verbeugung verstecken. Wie konnte Victoria auch nur in Betracht ziehen, sich an diesen … Trampel zu ketten? Selbst wenn er nicht vom Tod des Grafen profitieren würde, war es dennoch möglich, dass er die ganzen *Unglücke* dazu nutzte, um Vicky zu einer schnellen Heirat zu drängen. Zudem hatte Tom immer noch keine Nachricht von seiner Mutter, ob sie jemanden gefunden hatte, der das von Dain begehrte Stück Land schätzen konnte – was demnach hieß, dass er den Wert des Grundbesitzes erst nach Vickys Entscheidung erfahren würde.

Er fluchte innerlich. Wie sollte er an einem einzigen Abend einen besseren Kandidaten für sie finden? Er kannte doch jetzt auch nicht mehr Gentlemen als zuvor.

Tom bot Vicky den Arm an und spürte, wie sie ihre zarte Hand auf seinen Ärmel legte. Und auf einmal befiel ihn eine tiefe Zufriedenheit, ein Gefühl, das er eigentlich gar nicht kannte. Und das so plötzlich kam, dass er verblüfft zu Vicky hinuntersah. Das Lächeln, das sie ihm schenkte, war so strahlend, dass es ihn komplett entwaffnete. Er wusste genau, warum Carmichael sie wollte. Sie war so arglos und gütig, so wunderschön und tapfer. Insofern konnte er Carmichael seinen Geschmack ja gar nicht verübeln. Victoria wäre für jeden Mann ein Segen. Im Grunde unglaublich, dass sich die Heiratswilligen nicht längst um sie scharten. Waren die Londoner Gentlemen denn komplette Idioten?

Tom verzog das Gesicht. Ja, anscheinend war es so. Und damit war Victoria Carmichael ausgeliefert. Das würde Tom schlicht akzeptieren müssen. Doch der Gedanke daran machte ihn immer noch krank.

Er führte Vicky so langsam wie möglich zum Rand der Tanzfläche zurück. Eine Alternative gab es aber noch. Und überraschenderweise ließ ihn die Idee alles andere als kalt. Auch wenn ihm dabei ganz mulmig wurde.

Am Rand des Parketts angekommen, drehte er sich zu Vicky um.

Sie ließ seinen Arm los, die Pupillen leicht geweitet, doch in ihren Mundwinkeln erblühte ein Lächeln. »Geht es dir gut?«

Tom nickte. Vielleicht hatte er komplett den Verstand verloren, vielleicht hatte ihn die Freude darüber, endlich etwas erreicht zu haben, auf sonst undenkbare Gedanken gebracht. Aber das spielte jetzt auch alles keine Rolle. Er musste verhindern, dass Vicky einen schrecklichen Fehler beging. »Was, wenn ich jemand anderen für dich finde?«, sagte er. »Also, zum Heiraten.« Als ob das noch der Erklärung bedürfte.

Sie riss die Augen auf. »Jemand anderen? Wen denn? Ist er hier?« Sie versuchte, an ihm vorbeizuspähen.

Tom zögerte und räusperte sich. »Was, wenn … Wenn *ich* derjenige wäre?«

Vicky keuchte auf, öffnete den Mund und schloss ihn wieder. »Bist du es denn?«, brachte sie schließlich hervor.

Mit pochendem Herzen musterte er sie. Bot sie ihm gerade noch einen letzten Fluchtweg? Oder glaubte sie, er meine es nicht ernst? Er hätte sie jedem anderen eher gegönnt als Carmichael. Warum dann nicht sich selbst, da er sie doch schon so lange kannte und ihr Wohlergehen ihm am Herzen lag?

Mit ernster Miene nickte er. »Möchtest du mich heiraten?«

Vickys Blick war bohrend. »Bist du … bist du sicher, dass auch du mich heiraten willst?«

»Ich möchte nicht mit ansehen, wie du einen Fehler machst. Carmichael ist nicht der Richtige für dich.«

Vicky schwieg einige Sekunden. »Aber liegt dir auch etwas an mir?«, fragte sie dann leise.

In ihren Augen tanzten die grünen Sprenkel wie winzige Smaragde. Tom verspürte den Drang, ihre Hand zu nehmen oder mit dem Daumen über die sanfte Wölbung ihrer Wange zu streichen, allerdings kämpfte er dagegen an. Beides hätte sich nicht geziemt. »Vicky, du musst doch *wissen*, dass mir etwas an dir liegt.«

»Vielleicht auch mehr als nur … etwas?«, wisperte Vicky.

Die Hoffnung, die in ihrer Stimme mitschwang, schmerzte ihn in der Brust. Und dann wurde es ihm schlagartig klar. Victoria wollte mehr als nur die Zweckehe, die er meinte. Mehr als nur einen Ausweg aus ihrem Familiendilemma. Mehr, als *er* ihr bieten konnte. Er war ein Mensch mit kaputter Seele. Sein

Vater hatte sie ihm zerstört. Tom war zu kaputt, um Vicky so zu lieben, wie sie es sich wünschte und wie sie es verdiente.

»Vicky«, setzte er an. Er war es ihr schuldig, die Wahrheit zu sagen, selbst wenn diese ihr wehtun sollte. »Mir wird immer sehr viel an dir liegen. Aber ich ... ich bin innerlich unrettbar beschädigt, fürchte ich. Seit dem Tod meines Vaters bin ich nicht mehr in der Lage gewesen ...« Zitternd holte er Luft. »Meine Gefühle sind nicht mehr dieselben, wie sie einst waren.« Mit geschlossenen Augen fuhr er sich durchs Haar. »Ich weiß nicht, wie ich das erklären soll ... Ich bin innerlich ... erkaltet. Vielen Sachen gegenüber einfach gleichgültig. Den meisten, um genau zu sein.« Als er ihrem Blick begegnete, waren ihre Augen voller Mitgefühl.

»Nur *du* erinnerst mich noch an den Menschen, der ich einmal gewesen bin. In deiner Gegenwart fühle ich mich wieder ... normal.« Er musterte Vickys Gesicht, konnte ihre Miene jedoch nicht deuten. »Ich weiß nicht, ob das ausreicht. Ich weiß nur, es ist viel weniger, als du verdienen würdest.« Er hielt inne. »Aber ich schwöre, ich werde immer auf dich aufpassen. Solange ich kann.«

Vicky seufzte. »Das weiß ich, Tom.«

Er dankte ihr mit einem Nicken.

»Dennoch ...« Sie senkte den Blick. »Ich weiß auch nicht, ob das ausreicht.«

Tom wurde es ganz eng in der Brust. »Hast du ... Bist du in ...«, stammelte er, dann fing er sich wieder. »Würde Carmichael dir das geben, was du dir wünschst?«

Sie sah ihn mit schonungsloser Offenheit an. »Genauso sehr wie du, denke ich. Oder vielleicht auch mehr«, murmelte sie leise.

»Dann hat er nicht von Liebe gesprochen?«, fragte Tom, obwohl er die Antwort bereits zu kennen meinte.

Als sie zu ihm hochschaute, spiegelte sich ihr innerer Konflikt in ihren Augen wider. »Nicht direkt, nein.«

Gott sei Dank.

»Tom ... Ich weiß, dass du nicht an Märchen glaubst. Aber ich habe meinen Wunsch nach einem Jane-Austen-Happy-End noch nicht aufgegeben.«

»Und du hättest wahrlich eins verdient.« Doch das Leben hatte ihr ein schlechtes Blatt ausgeteilt, und es würde ihr kaum etwas anderes übrig bleiben, als diese Tatsache zu akzeptieren. Tom räusperte sich wieder. »Aber nur weil man sich etwas wünscht, geht der Wunsch leider noch lange nicht in Erfüllung. Vielleicht wäre es in einer solchen Situation am besten, sich für das ... kleinere Übel zu entscheiden?« Er verzog das Gesicht. Bestimmt hatte es auf der ganzen Welt noch nie einen weniger verlockenden Heiratsantrag gegeben als den seinen.

Daraufhin schwieg Vicky für einen langen Moment. »Tom, könntest du mir bitte etwas zu trinken holen? Ich glaube, ich muss eine Weile nachdenken.«

Verunsichert nickte er. »Ja, natürlich. Ich bin gleich wieder da.«

Jetzt konnte er nur noch hoffen, dass sich das Schicksal zu seinen Gunsten wenden würde.

Dreiundzwanzigstes Kapitel

*[…] ist meine gute Meinung von jemandem dahin,
dann gleich für immer.*
– Jane Austen, *Stolz und Vorurteil*

Vicky ließ sich auf den Stuhl neben sich sinken und öffnete den Fächer, der an ihrem Handgelenk hing. Die Hoffnung, dass er sie etwas abkühlen würde, verflüchtigte sich aber schnell wieder – er schien sie nur noch nervöser zu machen. Sie verbarg ihr Gesicht dahinter und holte dreimal tief Luft.

Tom hatte ihr einen Heiratsantrag gemacht!

Er wollte sie tatsächlich heiraten!

Sie konnte es kaum fassen, dass das soeben wirklich passiert war. Niemals hätte sie damit gerechnet und doch war es gerade geschehen. Als Mädchen hatte sie durchaus davon geträumt, dass sie sich eines Tages ineinander verlieben würden und Tom ihr wie ein Ritter in strahlender Rüstung einen Antrag machen würde. Doch die Jahre seines Exils und die Zeit danach hatten solche Träume zunichtegemacht. Und der unerwartete Antrag vorhin glich in seiner Nüchternheit nicht im Entferntesten dem Wunschtraum, den sie damals gehegt hatte.

Ja, sein ritterlicher Beschützerinstinkt war ungebrochen.

Aber Tom liebte sie nicht. Er wusste nicht einmal, ob er es jemals tun würde. Als seine Ehefrau würde Vicky alles haben, was sie wollte – bis auf das eine, das sie sich am allermeisten wünschte.

Und was war mit Mr Carmichael? Auch er hatte mit keinem Wort von Liebe gesprochen, sondern nur angedeutet, dass dies in Zukunft zumindest denkbar war. Wenn mit Carmichael Liebe möglich war, bedeutete dies, mit ihm würde sie mehr haben als mit Tom, oder nicht? Tom selbst hatte doch gesagt, er wisse nicht, ob er zur Liebe fähig sei. Als er von seiner Melancholie erzählt hatte, war Vicky beinahe das Herz gebrochen. Sie konnte seine Gefühlskälte zwar nicht ganz nachvollziehen, aber zumindest erklärte sie im Nachhinein vieles von dem, was er getan hatte.

»Der Fächer wird Ihnen nicht gerecht.«

Beim plötzlichen Klang der tiefen Stimme zuckte Vicky zusammen. Mr Carmichael stand groß und breitschultrig wie immer neben ihr und lächelte. Instinktiv ließ sie den Fächer sinken. »Guten Abend, Mr Carmichael.«

»Tut mir leid, wenn ich Sie erschreckt habe.«

Sie lächelte. »Das macht nichts. Ich war nur so in Tagträume versunken.«

Er deutete auf den Stuhl neben ihrem. »Darf ich?«

»Ja, natürlich.« Obwohl sie nicht wusste, worüber sie mit ihm reden sollte. Oder wie sie sich im Moment überhaupt fühlte.

Carmichael hob den Stuhl an der Rückenlehne an und rückte ihn etwas näher an Vickys heran, ehe er sich setzte.

»Genießen Sie den Abend?«, fragte er.

»Ja, der Ball ist zauberhaft, danke.« Sie wandte sich den Tanzenden zu. »Und wie ist Ihr Abend bislang verlaufen?«

»Eher ereignislos ... und wenn ich das so sagen darf, ziemlich langweilig – bis ich Sie sah.«

Mit einem vergnügten Lachen wandte sie sich ihm zu. Er lächelte. Die kleinen Fältchen um seine Augen erinnerten sie daran, wie er sie geküsst hatte. Wie liebevoll er gewesen war. Und dass es ihr gefallen hatte. Dann dachte sie daran, wie es wohl wäre, wenn Tom sie küssen würde, und sie spürte sofort, wie sie rot anlief.

Carmichael lächelte noch breiter. »Hatten Sie inzwischen Gelegenheit, über meinen Antrag nachzudenken?«

»Ich ... Ja, ich habe darüber nachgedacht.«

»Und?«

Vickys Kehle war wie zugeschnürt. »Tut mir leid, ich konnte noch keinen Entschluss fassen. Ich brauche noch etwas Zeit.«

Sein Lächeln verschwand. »Verstehe.«

»Darf ich Sie etwas fragen?« Sie sah unter ihren Wimpern hindurch zu ihm hoch.

»Alles, was Sie wollen.«

»Denken Sie ... Sie könnten mich eines Tages ...« Angesichts seines verwunderten Gesichtsausdrucks brach sie ab und senkte den Blick. »Sie haben nie von Liebe gesprochen«, beendete sie den Satz beschämt.

»Ah.« Carmichael nahm ihre Hand. »Victoria, ich habe wirklich starke Gefühle für dich.«

Vicky musterte ihn. Seine Miene wirkte aufrichtig.

»Sonst hätte ich dir keinen Antrag gemacht. Hinter deiner Mitgift bin ich jedenfalls nicht her. Die brauche ich nicht, wie du weißt.«

Sie biss sich auf die Unterlippe. Also wollte er sie wirklich nur ihretwegen heiraten.

»Carmichael. Guten Abend.«

Vicky riss den Kopf hoch – und sah Tom direkt in die Augen. Scheinbar entspannt stand er da, ihr Rotweinglas in der einen Hand. Sein Gesicht verriet keine Regung, doch Vicky hörte die eisige Ablehnung hinter seiner freundlichen Begrüßung heraus. Er schaute auf ihre Hand, die immer noch in Carmichaels lag, und wieder spürte sie, wie ihr das Blut in den Kopf stieg.

»Halworth«, erwiderte Carmichael kühl.

Tom hielt Vicky den Rotwein hin.

Sie entzog Carmichael ihre Hand und nahm das Glas. »Danke.«

Sie nippte an ihrem Getränk, aber als sie den Blick wieder hob, starrten beide Herren sie an. Vicky unterdrückte den Drang, auf dem Stuhl hin und her zu rutschen. »Ein reizender Abend, nicht wahr?«, sagte sie, um das unangenehme Schweigen zu durchbrechen.

»Er wäre noch reizender, wenn Sie mir den nächsten Tanz gewähren würden«, sagte Carmichael lächelnd.

»Oh, ich –«

»Ich fürchte, Lady Victoria hat den nächsten Tanz mir versprochen«, ging Tom dazwischen.

Sie sah ihn überrascht an – von einem nächsten Tanz hatte er bisher kein Wort gesagt. Doch vielleicht hatte sein Antrag vorhin ihn davon abgelenkt.

Tom wich ihrem Blick aus und ließ stattdessen Carmichael nicht aus den Augen.

»Dann sind Sie mir wohl zuvorgekommen, Halworth«, sagte Carmichael. An seiner Wange zuckte ein Muskel. Dann wandte er sich Vicky zu. »Haben Sie die Quadrille ebenfalls schon vergeben?«

»Nei–«

»Ja«, unterbrach Tom sie.

Vicky starrte ihn an. Sie wusste zwar, dass er Mr Carmichael nicht leiden konnte, allerdings konnte er sie deswegen noch lange nicht für sich allein beanspruchen. Wenn sie den ganzen Abend immer nur zusammen tanzten, würde die Gesellschaft noch vor Ende des Balls davon ausgehen, dass sie verlobt waren. Oder wollte er etwa genau das damit bezwecken?

»Lord Halworth«, sagte sie so ruhig wie möglich. »Sie können nicht all meine Tänze für sich in Anspruch nehmen.«

Er sah sie mit demselben Ausdruck an wie damals, als er sie auf Oakbridge auf den Armen zur Tür hatte tragen wollen. »Ist dies nicht das Privileg eines Verlobten?«

Vicky klappte regelrecht die Kinnlade herunter und sie sprang auf. »Sie ... du bist jedoch nicht mein Verlobter!«

Sofort drehten sich mehrere Personen in ihre Richtung. Offensichtlich hatte Vicky zu laut gesprochen. In dem Versuch, ihre Wut unter Kontrolle zu bringen, presste sie die Lippen aufeinander.

»Du hast nicht *Nein* gesagt«, sagte Tom.

Sie riss die Augen auf. »Ich habe aber auch nicht *Ja* gesagt«, raunte sie zurück. Dann wandte sie sich Carmichael zu. »Mr Carmichael, ich möchte mich entschuldigen, ich –«

»Es gibt nichts, wofür Sie sich entschuldigen müssten, Lady Victoria«, sagte er, stand auf und baute sich zu voller Größe über den beiden auf. »Lord Halworth hat einmal mehr versucht, Ihre Gutmütigkeit für seine Zwecke auszunutzen. Genau so kennt man ihn. Hatten Sie ihm von meinem Antrag erzählt?«

»Ja, ich –«

»Dann wusste er also, dass heute seine letzte Chance ist, um Ihre Hand anzuhalten. Damit er sich Ihre Mitgift unter den Nagel reißen und damit seine zerbröckelnde Finanzdecke sanieren kann. Alles unter dem Vorwand, Sie könnten dann ganz nah bei Oakbridge bleiben und Ihre Lebensumstände würden sich kaum verändern. Was für eine schäbige Finte.« Er starrte Tom an. »Sie, Lord Halworth, sind von Kopf bis Fuß eine schäbige Gestalt.«

Tom hielt seinem Blick stand. »Meine finanziellen Angelegenheiten gehen Sie nichts an, Carmichael.«

»Bist du denn wirklich in Geldnöten, Tom?«, ging Vicky dazwischen. Das musste sie nun unbedingt wissen.

Er drehte sich zu ihr um. »Nein. Ich werde bald Londons erstes Luxushotel bauen lassen. Ich habe gerade alles mit den Finanzgebern unter Dach und Fach gebracht. Was auch immer du darüber wissen möchtest – ich kann es dir gerne erklären.«

Ein Hotel? Wie das seines Onkels? Hoffentlich würde ihn diese Aufgabe glücklich machen.

»Schon seltsam, dass er Ihnen jetzt erst davon zu erzählen bereit ist. Jetzt, da Zeugen anwesend sind«, warf Carmichael ein.

Tom wandte sich ihm zu. »Und was ist mit *Ihren* Geheimnissen? Ich habe Sie auf dem Chadwick-Hauskonzert mit Dain gesehen. Ich habe gehört, wie Sie über *gemeinsame Geschäfte* geredet haben. Vielleicht könnten Sie ja ein für allemal erklären, wie Sie sich mit einem so niederträchtigen Mann einlassen konnten – und dann die Tochter ebender Familie heiraten wollen, der er so viel Schaden zugefügt hat.«

Vicky sah zu Carmichael.

Die Hände an der Hosennaht zu Fäusten geballt, funkelte er Tom an. »Geschäft ist Geschäft«, knurrte er.

»Bitte entschuldigen Sie, dass ich über diese dumme Plattitüde nur lachen kann. Ihre Aussage hat Lady Victoria bestimmt bei ihrer Entscheidungsfindung geholfen.«

»Hören Sie, Halworth«, stieß Carmichael hervor und trat noch näher an Tom heran. »Wenn Sie glauben, ich würde zulassen, dass Sie Lady Victoria auch nur berühren ...«

»Und wenn Sie auch nur eine Sekunde lang glauben, ich würde zulassen, dass sie Ihren Heiratsantrag annimmt, Sie arroganter Schnösel ...«

»Gentlemen!«, ging Vicky dazwischen.

Wieder wandten sich die Köpfe der Umstehenden zu ihnen.

»Wobei Sie anscheinend beide diese Anrede gar nicht verdient haben!«, fuhr sie fort. »Wie können Sie es wagen, mir vorschreiben zu wollen, wen ich heiraten darf und wen nicht? Das ist *mein* Leben!« Zornig schaute sie die Herren an. »Ich weiß gar nicht mehr, ob ich überhaupt einen von Ihnen heiraten sollte. Schließlich scheinen Sie sich beide keinen Deut um meine Ansichten zu kümmern.«

Sie zeigte mit dem Finger auf Carmichael. »Sie haben immer noch nicht erklärt, welche *Geschäfte* Sie mit Dain betreiben.« Als er den Mund aufmachte, hielt sie Ruhe gebietend eine Hand hoch. »Nein, ich habe genug von Ihren Ausflüchten.«

Dann wandte sie sich Tom zu. »Und du ... Mir nur deswegen einen Antrag zu machen, damit ich nicht *ihn* heirate, ist wohl kaum eine gute Grundlage für eine Ehe. Ich möchte keine weitere Belastung für dich bedeuten. Und ich werde auch nicht *Ja* sagen, nur weil du meinst, mich wieder genauso beschützen zu müssen wie damals, als wir noch Kinder waren.« Sie spürte, wie Tränen in ihren Augen brannten, und hielt den Atem an, um sie zurückzuhalten.

Toms Blick wurde ganz weich. »Vicky, ich –«

»Nein.« Sie schob das Kinn vor. »Ich möchte jetzt allein sein.«

Sie sah Carmichael an, dessen Lippen sich teilten, als wollte er etwas sagen. Aber Vicky war so wütend, dass sie darauf keine Rücksicht nehmen konnte. »Lassen Sie mich in Ruhe. Alle beide.«

Tom sah Vicky hinterher, die geradezu fluchtartig in der Menge abtauchte. Was für ein Mistkerl er doch war! Er wollte ihr schon nachlaufen, um sich zu entschuldigen, da packte ihn plötzlich Carmichael beim Arm. Tom entriss sich ihm und starrte ihn so lange an, bis Carmichael ihn losließ.

»Fassen Sie mich bloß nie wieder an«, zischte Tom und hatte Mühe, seinen Zorn im Zaum zu halten.

Provokant neigte Carmichael den Kopf zur Seite. »Und wie genau wollen Sie mich davon abhalten?«

Toms Nerven sirrten vor Anspannung. Das Verhalten dieses Mannes, seine kaum verschleierten Drohungen, die er Tom nun schon zum zweiten Mal entgegenschleuderte, erinnerten ihn so sehr an seinen Vater, dass es ihm regelrecht den Magen umdrehte. »Sie widern mich an«, schleuderte er Carmichael ins Gesicht.

Dieser verengte die Augen. »Ich versichere Ihnen, das beruht auf Gegenseitigkeit.«

Tom warf ihm noch einen letzten vernichtenden Blick zu, dann machte er auf dem Absatz kehrt und begab sich auf die Suche nach Vicky. Sie hatte absolut recht gehabt. Er hatte sich ganz scheußlich benommen und musste sich dringend entschuldigen.

Schon nach wenigen Metern meinte er, ihr blaues Kleid aufblitzen zu sehen. Hastig bewegte sich ihre zarte Gestalt Richtung Ausgang. Ob sie zu den Waschräumen wollte? Dahin konnte Tom ihr natürlich nicht folgen. Er stürmte auf den Flur hinaus und schaute nach rechts und links, aber von Vicky keine Spur. Die Damentoilette lag zur Rechten, in die Empfangshalle und zum Hauptausgang musste man nach links. Tom konnte Vicky nirgends entdecken und lief deshalb nach links, um sicherzugehen, dass sie den Ball nicht verlassen wollte. Da hörte er hinter sich plötzlich feste Schritte über den Marmorboden laufen. Er wirbelte herum – mit starrer Miene kam Carmichael auf ihn zu. Tom baute sich entschieden vor ihm auf.

»Was wollen Sie jetzt schon wieder, Carmichael?«

»Dafür sorgen, dass Sie gehen, Halworth. Sie haben Lady Victoria schon genug Ärger bereitet.«

Tom schüttelte den Kopf und ging weiter in Richtung Ausgang. »Ich habe nicht die Absicht zu gehen.«

»Sollten Sie aber.« Carmichael folgte ihm auf den Fuß.

Tom presste die Zähne aufeinander, beschloss jedoch, die Provokation zu ignorieren. Als er in der Empfangshalle ankam, war diese vollkommen leer. Der Ausgang war zu und weit und breit waren keine Bediensteten zu sehen. Offenbar waren alle Gäste inzwischen eingetroffen, sodass die Dienerschaft anderweitig gebraucht wurde. Tom ging zur Tür, öffnete sie und schaute draußen in alle Richtungen. Von Victoria wieder keine Spur. Es wäre unvernünftig von ihr gewesen, allein hinauszugehen, selbst in Erwartung ihrer Kutsche, doch in ihrem aufgebrachten Zustand hätte Tom ihr selbst das zugetraut.

Mehrere Kutschen standen am Straßenrand bereit. Ein paar Kutscher, die sich miteinander unterhielten, schielten zu Tom herüber. Der Leibwächter, der im Theater auf Vicky aufgepasst hatte, befand sich ebenfalls unter ihnen.

Tom fing seinen Blick auf. »Hat Lady Victoria das Haus verlassen?«

Der Mann schüttelte den Kopf.

»Gott sei Dank«, murmelte Tom. Dann war sie offenbar doch nur in den Waschraum gegangen. Er würde auf dem Flur auf sie warten.

Er schloss die Tür wieder und zog sich in die Eingangshalle zurück. Als er sich umdrehte, stand Carmichael direkt vor ihm, nur wenige Zentimeter entfernt.

»Wo wollen Sie denn hin?«, knurrte er.

»Gehen Sie mir aus dem Weg, Carmichael«, zischte Tom.

»Auf keinen Fall.«

In Toms linker Schläfe begann es schmerzhaft zu pochen. »Ich möchte mich vergewissern, dass es Lady Victoria gut geht«, sagte er, wobei er jede Silbe einzeln betonte, um sich einerseits etwas zu beruhigen und um andererseits keinen Zweifel an der Ernsthaftigkeit seiner Absichten zu lassen.

»Am besten geht es ihr, wenn *Sie* sich von ihr fernhalten.«

»Sie hat uns *beide* gebeten, sie in Ruhe zu lassen, wenn ich mich recht entsinne«, gab Tom zurück. »Aber sie neigt dazu, törichte Dinge zu tun, wenn sie wütend ist.«

Carmichael funkelte ihn wütend an. »Das einzig Törichte, was sie je getan hat, war zuzulassen, dass Sie sich ihr Vertrauen erschleichen. Sie mit Ihren Schulden und Ihrer seltsamen Angewohnheit, zufällig immer dann aufzutauchen, wenn sie in Gefahr gerät.«

Tom wollte etwas erwidern, doch Carmichael ließ ihn nicht zu Wort kommen.

»Merkwürdigerweise scheinen Sie ihr nicht wirklich zu helfen. Sie wird trotzdem verletzt.« Carmichael beugte sich ganz nah zu ihm.

Tom ballte die Faust an der Seite. Das Pochen hatte sich inzwischen bis hinter seine Augen ausgebreitet. »Was genau wollen Sie damit andeuten?«, forderte er Carmichael heraus. Sollte der Widerling die haltlosen Anschuldigungen doch gerne laut aussprechen!

»Dass Sie das alles vielleicht selbst eingefädelt haben, damit Sie sich als ihr Retter aufspielen können und sie in Ihrer Schuld steht. Um dann von ihrer Mitgift zu profitieren und Ihr mickriges Anwesen zu retten.«

Tom spürte, wie es in seinem Nacken brannte. Das Pochen schwoll zu einem schmerzhaften Donnergrollen an, das in seinem ganzen Kopf wütete. Dass ihn jemand – und sei es so ein charakterloser Mistkerl wie Carmichael – solcher Schandtaten für fähig halten könnte (und ihm die auch noch ins Gesicht schleuderte!), lag völlig außerhalb dessen, was er fassen konnte.

»Was auch immer Sie zu besitzen und vorzuhaben behaupten, ist weniger wert als ein Staubkörnchen unter meinen Füßen«, fuhr Carmichael fort.

Der Feuersturm, der in Toms Innerem tobte, ließ sein

Gesicht zornesrot anlaufen. Vor Wut konnte er kaum mehr sprechen. »Was an Ihrer Geschäftsverbindung zu Dain so ehrenhaft sein soll, ist selbst für Victoria nicht nachvollziehbar«, stieß er hervor. »Hätte Dain sich nicht so abscheulich verhalten, müsste sie jetzt überhaupt nicht heiraten. Seltsamer Zufall, dass nun ausgerechnet Dains Freund sie zur Frau nehmen will.«

Carmichael schob sich nach vorn, bis zwischen die beiden kaum noch ein Blatt Papier gepasst hätte. »Begreifen Sie's endlich: Sie. Werden. Sie. Nicht. Bekommen.«

Nun platzte Tom endgültig der Kragen. Bevor er sich's versah, schnellte seine rechte Hand nach oben und stieß Carmichael von sich weg. Dieser riss die Augen auf und stolperte nach hinten. Dann fing er sich wieder und grinste. Es war dasselbe böse Grinsen, das Tom von seinem Vater kannte. Für einen Moment schoss ihm der verrückte Gedanke durch den Kopf, dass der Teufel seinen Vater wieder zum Leben erweckt haben könnte.

»Dann steckt in Ihnen ja doch noch ein Funken Mumm. Na schön, dann fordere ich Sie hiermit zum Duell auf, Halworth. Es sei denn, Ihre Ehre ist genauso schwächlich wie Ihre Faust.«

Diesmal konnte Tom die rot glühende Wut in seinem Inneren nicht mehr zurückdrängen. »Ich nehme die Herausforderung an.«

Vierundzwanzigstes Kapitel

Wie hatte sie nur so blind sein können!
– Jane Austen, *Emma*

Vicky warf sich auf ihr Bett und drückte das Gesicht tief ins Federkissen. Dann zog sie sich noch die Decke über den Kopf und machte die Augen fest zu. Doch nichts konnte die inneren Bilder von Tom und Carmichael vertreiben, die sie unablässig quälten.

Wenn sie darüber nachdachte, wie die beiden sich am Abend zuvor benommen hatten, hätte sie am liebsten etwas an die Wand geworfen und wie ein trotziges Kind mit dem Fuß aufgestampft. Aber sie war eine Lady, auf dieses infantile Niveau würde sie sich nicht herablassen.

Schmollend drückte sie sich tiefer ins Bett und boxte mit der Faust ins Kissen, bis die Federn durch die Luft wirbelten. Was waren das für schreckliche, widerliche, ungehobelte … *Höhlenmenschen!* Sie hatte die Nase voll von beiden. Von ihrer Grobheit, ihrer Unfähigkeit zuzuhören und ihrem egoistischen, selbstgefälligen Verhalten.

So musste sich Marianne Dashwood gefühlt haben, nachdem Willoughby mit ihr gebrochen hatte. Oder Fanny Price, als Henry Crawford mit ihrer verheirateten Cousine Maria durchgebrannt war. Selbst in Jane Austens Romanen waren Männer unwürdige Schufte gewesen. Gut, dass Marianne und Fanny die losgeworden waren!

Vicky drehte sich auf den Rücken und starrte an die Decke. Nach dem Debakel mit Tom und Mr Carmichael hatte sie den Rest des Ballabends im Damenwaschraum zugebracht, um den beiden aus dem Weg zu gehen. Was nicht besonders leicht zu bewerkstelligen gewesen war. Und angenehm auch nicht. Irgendwann hatten Althea und ihre Mutter sie gefunden. Doch da Vicky sich geweigert hatte, wieder in den Ballsaal zu gehen, waren sie früh nach Hause zurückgekehrt. Sie war nicht in der Lage gewesen, den beiden zu erzählen, was geschehen war – hätte sie es versucht, wäre sie unweigerlich in Tränen ausgebrochen.

Auch jetzt brannten ihre Augen schon wieder. Zum Teufel mit Tom und Mr Carmichael! Sie würde weder einen Mr Willoughby noch einen Henry Crawford heiraten. Ganz bestimmt würde sie noch irgendeine andere Lösung finden. Auch wenn sie schon so häufig vergeblich danach gesucht hatte.

Vicky krampfte sich der Magen zusammen. Sie kannte die Wahrheit – sie befand sich in einer unmöglichen Situation, in der sie nur zwischen Pest und Cholera wählen konnte.

Verzweifelt griff sie nach ihrem halb zerfetzten Kopfkissen und schlug es dreimal aufs Bett. Tränen strömten ihr übers Gesicht, als sie erneut auf das Kissen einschlug, einfach, weil viermal besser war als dreimal. Dann presste sie ihr Gesicht dagegen und schluchzte.

Tom wachte ruckartig auf, als er eine Hand auf seiner Schulter spürte. Doch es war nur Charles, der mit Spazierstock, Hut und Mantel vor seinem Bett stand. Anscheinend war er gerade erst nach Hause gekommen.

»Ich habe von deiner kleinen Eskapade gestern Abend gehört«, sagte er und musterte Tom vielsagend.

Verwirrt schüttelte dieser den Kopf.

Sein Bruder zog eine Augenbraue hoch. »Muss ich erst eine gewisse Verabredung erwähnen, damit du verstehst, was ich meine?«

»Großer Gott.« Dann war Carmichaels Aufforderung zum Duell doch nicht nur ein Albtraum gewesen, wie er gehofft hatte. Er strich sich mit einer Hand übers Gesicht und schwang die Beine über den Bettrand. »Wie hast du davon erfahren?« Er ging auf den Kleiderschrank zu.

»So etwas spricht sich schnell herum.«

Mit zusammengebissenen Zähnen fischte Tom nach einer Hose.

»Du wirst also einen Sekundanten brauchen – außer, du hast dir gestern Abend noch einen besorgt?«

»Habe ich nicht.«

»Gut. Ich werde die erforderlichen Vorbereitungen treffen. Ich schlage vor, dass du das ebenfalls tust.«

»Danke für deine Fürsorge, aber spar dir die Mühe.« Tom zog sich ein Hemd über den Kopf. Dann drehte er sich zu seinem Bruder um. »Ich werde mich entschuldigen.«

Charles klappte den Mund auf und er trat einen Schritt vor. »Das meinst du doch nicht ernst«, keuchte er.

»Das meine ich absolut ernst.« Tom knöpfte seine Weste zu. »Ich habe die Beherrschung verloren, aber ich bin Manns genug, für meinen Fehler einzustehen. Carmichael ist ...« Er hielt inne, als er spürte, wie sein Puls schon wieder in die Höhe schnellte, und holte tief Luft. »... der schlimmste Mistkerl, den man sich nur vorstellen kann. Doch ich finde, dass deswegen noch lange keiner von uns sterben muss.«

»Glaubst du wirklich, er wird deine Entschuldigung akzeptieren?«

Tom zuckte mit den Schultern. »Ich habe ihn beleidigt. Deswegen habe ich auch das Recht, um Verzeihung zu bitten. Gegen die Benimmregeln kann er doch nichts ausrichten. Hätte ich ihn zum Duell aufgefordert, stünde ihm dasselbe Recht zu.«

Charles wandte sich ab. »Das ist Wahnsinn. Was ist mit deiner Ehre? Mit der Familienehre?«

»Ich sehe meine Ehre keineswegs beschädigt, wenn ich mich entschuldige. Und die der Familie ist sowieso längst beschmutzt, wie du sicher weißt.«

Sein Bruder marschierte zur Tür. »Aber das wird sie endgültig und unwiederbringlich zerstören. Und diesmal bist du allein daran schuld.« Ohne ein weiteres Wort verließ er das Zimmer.

Tom legte sich das Halstuch um und band es ordnungsgemäß zu. »Dann ist es eben so«, murmelte er.

Der Mann am Empfang des *Brooks's Club* ignorierte Tom geflissentlich und kritzelte etwas in ein Kassenbuch. Angespannt starrte Tom zu ihm hinunter und gab sich alle Mühe, das Selbstbewusstsein eines echten Grafen auszustrahlen. Ein zweiter Angestellter war gerade losgezogen, um Carmichael im Inneren des Klubs zu suchen, nachdem Tom am Empfang mitgeteilt worden war, dass Nichtmitglieder den Klub nicht ohne Begleitung betreten durften.

Er konnte nur hoffen, dass man ihm seine Verärgerung nicht allzu sehr anmerkte. Unter normalen Umständen hätten ihn keine zehn Pferde in den *Brooks' Club* gebracht. Doch er hatte Carmichael nicht in seinem Stadthaus angetroffen, und dessen Mutter – eine überraschend reizende Dame – hatte Tom erklärt, dass ihr Sohn erst am späten Abend zurückkehren würde. So lange konnte Tom nicht warten. Er musste diese Angelegenheit auf friedliche Art klären, sonst landete er am Ende noch auf dem Duellplatz mit einer Pistole in der Hand.

Er widerstand dem Drang, ungeduldig mit dem Fuß auf den Boden zu klopfen, und sah die breite Treppe hinauf, in der Hoffnung, einen Blick auf Carmichael oder den Mann zu erhaschen, der ihn holen wollte. Große Porträts von Männern, nach der Mode des letzten Jahrhunderts gekleidet, säumten die Wände jenseits der Treppe. Es schien ihm, als würden sie sich über ihn und seine Situation lustig machen. Zähneknirschend wandte er sich wieder zur Tür.

Wie hatte er nur zulassen können, dass Carmichael ihn in eine solche Lage brachte? Die Taktik dieses Mannes sollte er doch inzwischen gut genug kennen. Egal wie sehr Carmichael ihn provozierte – er hätte ihn einfach wortlos stehen lassen sollen. Während Tom auf die lackierte Eingangstür starrte, hallten ihm Carmichaels Beleidigungen in den Ohren. So gern wäre er auf der Stelle nach Hause zurückgekehrt, aber er zwang sich, stehen zu bleiben. Nie hätte er gedacht, dass er sich mal bei diesem Mistkerl entschuldigen würde. Noch war Zeit, er konnte immer noch gehen. Das würde sicher auch den Feuersturm unbändiger Wut beruhigen, der sich in ihm bildete.

Aber wenn er jetzt ging, hätte er versagt. Es würde bedeuten, dass sein jahrelanger Kampf, ja nicht so zu werden wie sein Vater, vergebens gewesen war. Wenn er dieses Duell nicht verhinderte, wäre er genau seines Vaters Sohn – und wie sollte er mit dieser Erkenntnis weitermachen?

Tom ballte die Faust. Er war selbst schuld an dieser Misere. Er hatte Vicky gesagt, dass er ein gebrochener Mann war, und es dann durch sein Verhalten bestätigt. Zwar mochte Carmichael ihn provoziert und bedroht haben, jedoch war das im Grunde nur der Brandbeschleuniger gewesen.

Nun konnte Tom sich keinen Stolz mehr leisten. Er hatte Zukunftspläne und Menschen, für die er sorgen musste – das war weit wichtiger als die Frage, welchen Schaden sein Ego nehmen könnte.

»Wir sind erst morgen verabredet, Halworth. Oder hatten Sie gehofft, Sie könnten die Sache verschieben? Würde Ihnen ja ähnlichsehen«, dröhnte Carmichaels Stimme zu ihm, als dieser mit großen Schritten die Treppe herunterkam.

Beim Anblick der verächtlichen Miene hatte Tom Mühe, nicht mit demselben Hohn zu antworten. Das wäre nur das gewesen, was dieser Einfaltspinsel wollte. »Ich muss mit Ihnen reden, Carmichael.«

»Ja, dachte ich mir.«

Tom deutete auf eine Ecke ein Stück vom Empfangstresen und den beiden Angestellten entfernt. Die Eingangstür war zu. Wenn sie sich dorthin stellten, könnte niemand ihre Unterhaltung mithören.

Carmichael war inzwischen unten angekommen, machte aber keinerlei Anstalten, Toms Wink zu folgen.

Tom starrte ihn an und setzte sich dann Richtung Tür in Bewegung, wobei er sich zwang, nicht nach hinten zu schauen. Wenige Sekunden später hörte er Carmichaels Schritte hinter sich. An der Tür angekommen, blieb Tom stehen und drehte sich zu ihm um. Carmichael grinste ihn dümmlich an, den Kopf zur Seite geneigt.

»Ich will gleich zur Sache kommen«, begann Tom. »Ich möchte mich für mein Verhalten gestern Abend entschuldigen. Ich war im Unrecht.« Tom hielt inne. Die Worte auszusprechen, bereitete ihm Übelkeit, aber er hatte keine andere Wahl.

Carmichaels Miene war nicht zu deuten. Sein Blick war so leer, dass Tom spürte, wie sich sein Geduldsfaden anspannte.

»Haben Sie verstanden, was ich gesagt habe?«

Langsam nickte Carmichael und zog einen Mundwinkel nach oben. »Ich verstehe Sie nur zu gut, Halworth. Sie sind der größte Feigling, der mir je untergekommen ist.«

Den letzten Satz sprach er so laut aus, dass die zwei Männer am Empfang von ihrer Arbeit hochschauten. Als Tom ihnen einen finsteren Blick zuwarf, sahen sie hastig wieder weg.

»Nennen Sie es, wie Sie wollen«, erwiderte Tom mit so viel Selbstbeherrschung, wie er nur aufbringen konnte. In seinen Adern floss immer noch rot glühender Zorn. »Sie haben mich herausgefordert. Ich habe mich nun entschuldigt. Dementsprechend dürfte die Sache damit erledigt sein.«

Carmichael trat auf ihn zu. »*Sie* sind derjenige, der hier erledigt ist, Halworth. Keine Frau, die auch nur halbwegs bei

Verstand ist, würde Sie jetzt noch heiraten. Schon gar nicht Lady Victoria.«

In Toms Kopf drehte sich alles. »Wie bitte?«

»Lord Axley hat beschlossen, von Ihren Hotelplänen Abstand zu nehmen. Damit wäre das dann wohl eine Totgeburt.«

Heiße Flammen züngelten an Toms Nacken hoch. »Was haben Sie zu ihm gesagt?«

»Zu ihm? Gar nichts. Zu seinen Partnern? Zu all meinen anderen geschäftlichen Kontakten? Nun, über Ihre bemitleidenswerte finanzielle Lage gibt es ja einiges zu erzählen: der Bruder hoch verschuldet, das Anwesen mit noch größeren Erbschulden belastet … Kurz gesagt, Sie wären als Geschäftspartner ein großer Risikofaktor.«

Carmichael grinste und Tom blieb beinahe das Herz stehen. Carmichael hatte seine Situation gerade perfekt wiedergegeben. Wie konnte er so detailliert davon wissen? Dann erinnerte er sich daran, was Charles und Vicky über Carmichaels weit verzweigtes Verbindungsnetz gesagt hatten, und ihm wurde regelrecht schwarz vor Augen.

»Und ein Feigling sind Sie noch dazu«, sagte Carmichael.

Tom rauschte das Blut in den Ohren »Sie setzen hier nicht nur meine Existenz aufs Spiel. Ist Ihnen bewusst, dass auch meine Familie und Hunderte Pächter darunter leiden werden?«, stieß er hervor.

Carmichael zuckte mit den Schultern. »Wenn Sie Ihr Anwesen verlieren, wird es jemand anders übernehmen. Jemand, der fähiger ist, als Sie je sein werden, behaupte ich mal. Auf lange Sicht erweise ich Ihren Pächtern also sogar einen Gefallen.«

Tom sparte sich jeden Kommentar dazu, wie lächerlich diese Behauptung war. Wenn die Besitzverhältnisse sich änderten, mussten die Pächter immer darunter leiden. »Ach, und dieser Jemand werden Sie sein? Oder vielleicht einer Ihrer Geschäftspartner?«

Carmichael zog eine Augenbraue hoch, als wäre ihm der Gedanke noch gar nicht in den Sinn gekommen. Was Tom keine Sekunde glauben konnte.

»Jetzt, wo Sie das sagen ... Die Idee ist durchaus überlegenswert.«

Tom schüttelte den Kopf. »Sie wollen mich also in den Ruin treiben. Und erwarten dann, dass Victoria Ihnen dankbar dafür ist?«

»Machen Sie sich um Victoria keine Sorgen. Schon bald wird sie nichts mehr mit Ihnen zu tun haben.«

Das war zu viel für Tom. Wortlos machte er auf dem Absatz kehrt und wollte gehen. Doch da stand Charles in der Tür, das Gesicht grau und kalt wie Stein. »Charles, was machst du denn –?«

»Ich bin dir gefolgt. Ich wollte dir zureden, Vernunft anzunehmen, aber das hat sich jetzt erledigt. Ich werde dafür sorgen, dass dieser Abschaum von einem Menschen uns nie wieder beleidigen kann.«

Tom griff nach dem Arm seines Bruders, um ihn durch die Tür zu bugsieren.

Doch Charles schüttelte ihn ab, ging um ihn herum und stürmte auf Carmichael zu. »Hiermit fordere ich Sie –«

Tom packte ihn wieder beim Arm und zog ihn zurück. »Nein!«

Wutentbrannt riss Charles die Augen auf. »Sie verfluchter –«

»Hüte deine Zunge, verdammt!«, übertönte ihn Toms Stimme.

Charles starrte seinen Bruder genauso verächtlich an, wie Carmichael es zuvor getan hatte.

In Toms Innerem tobte solch ein Zornessturm, dass er das Gefühl hatte zu ersticken. Die Aggressivität, von der sein Vater immer gedacht hatte, sie würde ihm fehlen, brach sich nun endgültig Bahn.

»Wir sehen uns bei Sonnenuntergang, Carmichael«, stieß er hervor. Dann schubste er seinen Bruder durch die Tür und verließ, vom Blutrausch umnebelt, den Klub.

Fünfundzwanzigstes Kapitel

Wie mag es nur kommen, dass die Liebenswürdigkeit in Person sich zu einem solchen Menschen hingezogen fühlt?
– Jane Austen, *Stolz und Vorurteil*

Als Lady Oakbridge am Nachmittag an Vickys Tür klopfte, hatte Vicky das Gedankenkarussell in ihrem Kopf so satt, dass ihr der Besuch ihrer Mutter sehr willkommen war.

»Es ist beinahe drei Uhr«, sagte die Gräfin und trat ins Zimmer. »Bist du etwa krank?«

Vicky verzog das Gesicht. Jetzt würde sie ihr zu allem Rede und Antwort stehen müssen. Sie legte den dritten Band von *Stolz und Vorurteil* beiseite und überlegte fieberhaft, wie viel sie ihrer Mutter verraten konnte. »Ich habe Kopfschmerzen.«

»Dann solltest du vielleicht aufhören zu lesen.«

Vicky seufzte.

»Warst du gestern Abend zu müde, um mit uns zu essen?«, hakte die Gräfin nach.

Das Essen, das Sarah ihr aufs Zimmer gebracht hatte, war immer noch unangetastet. Vicky hatte das Tablett neben das Fußende ihres Bettes auf den Boden gestellt. Sie nickte, fest entschlossen, nicht näher auf die Frage einzugehen. Allein der Gedanke daran, wie Tom und Mr Carmichael sie gedemütigt hatten ... Diese Mistkerle! Vicky sah auf ihre Hände hinunter.

»Nun, da du schon mal wach bist, solltest du aber nach unten gehen. Mr Carmichael ist hier, du darfst ihn nicht warten lassen.«

Vicky keuchte. Was hatte er hier zu suchen? Hatte sie ihm nicht klargemacht, dass sie ihn nicht sehen wollte?

»Mama, ich kann jetzt nicht mit ihm sprechen. Mein Kopf schmerzt zum Zerspringen, ich muss im Bett bleiben.«

Eindringlich musterte ihre Mutter sie. »Was ist gestern Abend vorgefallen?«

Vicky ließ sich tiefer in die Kissen sinken. Irgendetwas würde sie ihrer Mutter sagen müssen.

»Mama, bitte, ich möchte einfach nicht mit ihm reden. Kannst du ihm nicht sagen, dass ich unpässlich bin?«

Die Gräfin setzte sich auf die Bettkante. »Victoria, hast du immer noch nicht entschieden, ob du seinen Antrag annehmen willst?«

Wie sollte sie ihrer Mutter erklären, dass sie den Mann nicht heiraten konnte, weil er sie wie ein dummes Kind behandelt hatte? Er war ihr einziger echter Heiratskandidat gewesen. Außer, man zählte auch Tom dazu. Was sie definitiv nicht tat!

Als Vicky keine Antwort gab, schürzte ihre Mutter die Lippen und schaute Vicky so lange an, bis diese ihr Schweigen brechen musste.

»Ich kann ihn nicht heiraten, Mama. Wenn du gehört hättest, wie die beiden gestern Abend mit mir geredet haben, würdest du das nicht von mir verlang–«

»Die beiden?«, unterbrach ihre Mutter sie.

Vicky blinzelte. »Tom und Mr Carmichael.«

Die Gräfin zog die Augenbrauen hoch. »Und was haben sie gesagt?«

Vicky senkte den Blick. »Ich kann ihre Worte unmöglich wiederholen.« Sie schluckte, um die aufsteigenden Tränen zu unterdrücken. Dann wischte sie sich ungehalten über die Augen und sah ihre Mutter an. »Das sind die schlimmsten Tyrannen diesseits der Themse! Ich werde mich an keinen von ihnen binden. Ich werde nicht so enden wie Althea. Ich kann nicht ...«

»Soll das heißen, Tom hat dir ebenfalls einen Antrag gemacht?« So erstaunt hatte sie ihre Mutter noch nie erlebt.

Vicky nickte. »Ich weiß, dass sich an der Lage nichts geändert hat und ich heiraten muss. Aber von den beiden werde ich jedenfalls keinen heiraten!« Sie stieß den angehaltenen Atem aus.

Ihre Mutter schwieg einige Sekunden. »Victoria, du hattest doch großen Gefallen an Mr Carmichael gefunden, bevor Tom ihn schlechtgeredet hat. Und jetzt hat Tom dir einen Antrag gemacht und du willst Mr Carmichael noch nicht einmal mehr sehen?«

Vicky runzelte die Stirn. »Nein, Mama, sie haben beide –«

»Bitte verzeih, Liebes, aber hast du etwa vergessen, was auf dem Spiel steht?«

Vicky versuchte, den Kloß im Hals hinunterzuschlucken. »Nein. Doch würdest du mich wirklich an einen Mann gefesselt sehen wollen, der mich nicht liebt?«

»Ich würde natürlich niemals zulassen, dass dir etwas Schlimmes geschieht, Victoria. Wenn Dain allerdings Herr über Oakbridge wird, wird genau das passieren. Dann wird es uns allen schlecht ergehen.«

Betreten senkte Vicky den Blick. Ihre Mutter hatte ja recht. »Dann heirate eben Tom, wenn du musst. Oder Mr Carmichael. So oder so, dann hätten wir jedenfalls eine Chance, das Anwesen in der Familie zu behalten.«

Vicky wurde ganz flau im Magen. Sie liebte Oakbridge und könnte es nicht ertragen, es zu verlieren. Andererseits tauschte sie ihre Zukunft für *Grundbesitz* ein! Auf diese Weise betrachtet, erschien ihr die Sache plötzlich überhaupt nicht mehr heldenhaft. Es fühlte sich an, als würde sie ihre Seele verkaufen. »Mama, du und Papa habt versprochen, dass ich mir meinen Ehemann selbst aussuchen darf.«

»Ja, das sollst du auch. Aber wir haben keine Zeit mehr. Du hast doch gehört, was auf dem Kanzleigericht passiert ist.«

»Das ist mir wohl bewusst, dennoch –«

Ihre Mutter erhob sich. »Tut mir leid, Victoria. Ich wünschte, es gäbe eine andere Möglichkeit, doch eine Liebesheirat wäre in dem Fall ein Luxus, den wir uns leider nicht mehr leisten können. Und egal wie du dich entscheidest – du wirst mit Mr Carmichael sprechen müssen. So viel hat er verdient.«

Vicky presste die Lippen aufeinander. Sie hätte wissen sollen, dass ihre Mutter nur wenig Verständnis für ihre Lage aufbringen würde. Jedoch waren nicht einmal die Heldinnen in Jane Austens Romanen je gezwungen worden, einen Mann zu heiraten, dem sie nicht vertrauten! Elizabeth Bennet hatte selbst dann noch den Antrag ihres Vetters Mr Collins abgelehnt, als ihm das Anwesen ihres Vaters überschrieben worden war. Und ihr Vater hatte sie sogar dazu ermutigt, den Antrag abzulehnen! Auch wenn man Mr Collins natürlich nicht mit Mr Carmichael vergleichen konnte.

Vickys Kopf pochte schmerzhaft. Ja, früher oder später

würde sie Mr Carmichael gegenübertreten müssen. Obwohl sie immer noch nicht wusste, was sie ihm sagen sollte. Wie sollte sie sich zwischen zwei Männern entscheiden, die sie im Moment beide nicht leiden konnte?

»Könntest du bitte nach Sarah läuten, Mama?« Sie musste sich anziehen. »Und dann sag Mr Carmichael bitte, dass ich gleich nach unten komme.«

Ihre Mutter nickte und zog am Glockenzug. Als sie schon aus der Tür wollte, überlegte sie es sich anders, kam auf Vicky zu und schloss sie in die Arme. »Es wird alles gut werden, Liebes. Du wirst schon sehen.«

Von der plötzlichen Zuneigung ihrer Mutter gleichermaßen überrascht wie erfreut, erwiderte Vicky die Umarmung. Nach einigen Momenten löste sie sich von ihrer Mutter.

»Ich sollte mich jetzt lieber fertig machen.«

Ihre Mutter lächelte.

Eine Viertelstunde später schritt Vicky die Treppe hinunter und gab sich alle Mühe, die Aufregung in ihrem Inneren nicht nach außen zu tragen. Sie fragte einen Bediensteten, wo Mr Carmichael war, und wurde in den Garten begleitet. Dort holte sie einmal tief Luft. Dass sie alles andere als perfekt aussah, wusste sie nur zu gut. Schließlich hatte sie den ganzen Tag im Bett verbracht und sich vorhin nur hastig angezogen. Aber was spielte das schon für eine Rolle? Sie war doch nicht verpflichtet, einen guten Eindruck zu machen. Wenn überhaupt, dann war es an Mr Carmichael, ihre Gunst zurückzugewinnen.

Ein leichter Wind kräuselte ihre Rockschöße und strich ihr übers Gesicht, als sie in den Garten hinaustrat. Dicke Wolken hingen am grauen Himmel.

Sofort entdeckte sie Mr Carmichael neben einer steinernen Bank, die im Zentrum einer kniehohen, halbrunden Buchsbaumhecke stand. Er trug einen maßgeschneiderten, modischen Mantel und eine dunkle Hose. Mit dem Rücken zu Vicky stand er da und starrte in den Garten – vielleicht zum Springbrunnen, an dem er Vicky den Heiratsantrag gemacht und sie geküsst hatte.

Das war erst wenige Tage her, wurde Vicky schlagartig bewusst. Wie hoffnungsvoll sie damals doch gewesen war – und er zweifelsohne ebenfalls. Was wenige Tage bloß für einen Unterschied machen konnten!

Mr Carmichael musste ihre Schritte gehört haben, denn er drehte sich um, als Vicky näher kam. »Guten Tag, Victoria.«

Wie seine Augen aufblitzten, als er sie erblickte, war nicht zu übersehen, doch Vicky lächelte nicht. »Guten Tag.«

»Sie sind gestern nicht wiedergekommen, deswegen dachte ich, ich sollte nach Ihnen sehen.« Er musterte sie von oben bis unten. »Wie fühlen Sie sich?«

Vicky funkelte ihn an. Offenbar sah sie noch schlimmer aus als befürchtet. »Ganz gut, danke.«

Carmichael runzelte die Stirn. »Ich muss mich für gestern Abend entschuldigen. Sie hätten nicht Zeugin dieser Auseinandersetzung werden dürfen. Ich –«

»Diese Auseinandersetzung hätte es überhaupt nicht geben dürfen! Sie haben sich beide wie kleine Kinder benommen, die sich um ein Spielzeug streiten«, entgegnete Vicky und spürte, wie ihre Wut wieder hochkam. »Ich dachte, ich hätte mich da ganz klar ausgedrückt, Mr Carmichael.«

Er betrachtete sie verunsichert. »Ich sehe Sie absolut nicht als Spielzeug. Halworth hingegen –«

Sie hielt einen Finger hoch. »Das reicht. Sie haben gestern schon mehr als genug zu dem Thema geäußert. Ich will nichts mehr darüber hören.« Damit wandte sie sich ab und sah zu einem gelben Rosenstrauch, der sich im Wind wiegte.

Aus dem Augenwinkel sah sie, wie er langsam nickte. »Können Sie zumindest meine aufrichtige Entschuldigung annehmen?«

Vicky drehte sich wieder zu ihm um. Seine Reue wirkte tatsächlich aufrichtig.

»Wieso müssen Sie überhaupt immer Dinge tun, die hinterher einer Entschuldigung bedürfen?«

Carmichael seufzte. Dann setzte er ein reuevolles Lächeln auf. »Sie sind der einzige Mensch, bei dem mich zu entschuldigen ich regelmäßig den Drang verspüre.«

Was sollte das denn nun wieder heißen? Was sagte das über ihn aus? Oder über sie?

»Dennoch werde ich nicht aufhören, mich immer wieder zu entschuldigen. Wenn Sie meinen Antrag annehmen.«

Vicky holte tief Luft. »Mr Carmichael, Ihr Heiratsantrag hat mich sehr geehrt. Tut er noch immer. Aber Sie können unmöglich von mir erwarten, mich jetzt zu entscheiden.«

Carmichael durchbohrte sie regelrecht mit Blicken, und sie wusste beim besten Willen nicht, was das zu bedeuten hatte. Mit jeder Sekunde wurde das Schweigen bedrückender.

»Ich bitte um Verzeihung, ich muss leider darauf bestehen, dass Sie sich jetzt entscheiden.«

Ungläubig starrte sie ihn an. »Tut mir leid, das kann ich nicht.«

Er kam einen Schritt auf sie zu. »Wegen Halworth.«

»Zum Teil«, gab Vicky zu. »Aber vor allem deswegen, weil

ich trotz Ihrer Entschuldigung immer noch wütend bin. Auf Sie beide.«

Carmichael öffnete den Mund, nur um ihn wieder zu schließen. Kopfschüttelnd fragte er: »Was möchten Sie denn von mir hören?«

Vicky seufzte. »Nichts. Ich möchte einen Ehemann, dem ich vertrauen kann. Jemanden, der nach meiner Meinung fragt und mir wirklich zuhört. Nicht jemanden, der mich in einem Ballsaal voller Menschen demütigt, indem er mich wie ein dummes Kind behandelt.«

»*Ich* habe Sie gedemütigt?« Er riss empört die Augen auf. »Ich habe Sie doch nur verteidigt!«

»Sie haben mich beide gedemütigt. Und danke, aber ich brauche niemanden zu meiner Verteidigung.«

»Das sah gestern ganz anders aus.«

Zornig wedelte Vicky mit den Händen durch die Luft. »Für wen halten Sie sich, das entscheiden zu dürfen?«

Er starrte sie an. »Für einen Mann, dem Ihr Wohlergehen am Herzen liegt.«

Das erweichte Vickys Herz wieder ein wenig. »Vielen Dank. Sich um mich zu sorgen, gibt Ihnen jedoch noch lange nicht das Recht, an meiner Stelle Entscheidungen zu fällen.«

Leise stöhnte Carmichael auf. »Sie möchten also nicht, dass Ihr Ehemann versucht, Sie vor Schaden zu bewahren?«

»Doch, natürlich. Allerdings nur dann, wenn das auch wirklich erforderlich ist.«

Schnaubend wandte er den Blick ab.

Vicky schürzte die Lippen. »Wenn Sie es genau wissen wollen: Ich habe unsere Angreifer mit einer einzigen Pistole in die Flucht geschlagen.«

Carmichael schnappte erschrocken nach Luft. »Sind Sie denn von allen guten Geistern verlassen? Sie hätten ernsthaft verletzt oder getötet werden können. Oder Schlimmeres.«

»Ich habe meinen Vater gerettet. Hätte ich nichts getan ...« Der Gedanke, was dann hätte passieren können, raubte ihr schier den Atem. »Und ich würde es wieder tun. So etwas tut man eben, wenn man die Menschen retten will, die man liebt.«

»Das ist wahr. Aber als Frau hätten Sie nicht –«

»Doch, auch als Frau habe ich genau richtig gehandelt«, unterbrach Vicky ihn.

Er senkte den Blick und schwieg. »Als Elizabeth Bennet erfuhr, dass Wickham mit ihrer Schwester durchgebrannt war, ist sie dann auch nach London geeilt, um die beiden aufzuspüren?«, sagte er dann.

»Nein, aber vielleicht auch nur deswegen, weil sie keine Ahnung hatte, wo die beiden sich aufhielten. Mein Fall war ganz anders gelagert – ich musste verhindern, dass mein Vater zu Tode geprügelt wird!« Mühsam schluckte sie den Kloß in ihrem Hals hinunter. »Das ist ja wohl kaum vergleichbar.«

»Mag sein. Jedoch ist das noch lange kein Grund dafür, dass Sie auch in Zukunft so leichtsinnig sein sollten.«

»Leichtsinnig?« Vicky biss sich auf die Lippe. Ja, vielleicht handelte sie manchmal wirklich unbedacht, noch unbedachter als Elizabeth Bennet – aber sie war nun mal nicht Elizabeth Bennet. Wie sehr sie ihrer Heldin auch nacheifern wollte – sie war und blieb doch nur sie selbst.

Mr Carmichael schüttelte den Kopf. »Dieses Gespräch ist vollkommen lächerlich.«

Das wiederum fand Vicky nicht im Geringsten.

»Sie werden sicherlich anders denken, sobald Sie einen Haushalt zu führen haben und anderen Verpflichtungen nachkommen müssen«, fuhr Carmichael fort.

Vicky erstarrte. Wollte er sie etwa deswegen heiraten? Damit sie ihm den Haushalt führte? Sicherlich erwarteten das die meisten Herren von ihrer Frau, aber bei Mr Carmichael hatte sie eigentlich gedacht, er würde in ihr mehr sehen als eine Haushälterin. Sie schüttelte den Kopf. »Das glaube ich weniger.«

Carmichael schnaubte wieder. »Ach, deswegen denken Sie darüber nach, Halworth zu heiraten. Weil Sie glauben, der würde Sie alles machen lassen, was Sie wollen.«

Vicky runzelte die Stirn. Tom kannte sie in der Tat gut genug, um zu wissen, dass er lieber nicht versuchen sollte, sie zu kontrollieren.

»Das käme Ihnen bestimmt sehr entgegen«, fuhr er fort. »Dann könnten Sie auf ewig ein kleines Mädchen bleiben, mit einem mickrigen Möchtegernehemann, der es nicht einmal schafft, seinen Besitz am Laufen zu halten.« Carmichael machte eine Pause. »Haben Sie etwa seine Schulden vergessen? Schulden, die Ihre Mitgift nur zum Teil ausgleichen würde. Und was wird aus Ihrer kleinen Vereinbarung, sobald er Ihr Geld aufgebraucht hat?«

»Er hat sein Hotel«, entgegnete Vicky eisig.

Carmichael sah ihr in die Augen. »Tut mir leid, Ihnen sagen zu müssen, dass dem nicht so ist.«

Vickys Kehle war schlagartig wie ausgedörrt. »Was wissen Sie darüber?«

»Mehr als genug.«

Finster starrte sie ihn an. »Wenn Sie finden, ich benehme

mich wie ein kleines Mädchen, verwundert es mich doch sehr, dass Sie mich heiraten wollen.«

Carmichael sah beiseite. »Irgendwann müssen wir eben alle unsere kindischen Vorstellungen ablegen.«

Ach, war es das, was *er* tat? Versuchte er, seine eigenen Vorstellungen abzulegen oder erwartete er das von *ihr*? So oder so – sie hatte eigentlich geglaubt, dass er wirklich etwas für sie empfand. Doch er schien sie überhaupt nicht zu kennen. »Das mag stimmen, Mr Carmichael, aber ich hege derzeit keinerlei Absicht, mein Verhalten in irgendeiner Form zu ändern.«

»Dann werden Sie auf dem Heiratsmarkt nur wenig Auswahl haben.«

Dain hatte Althea gewaltsam dazu gezwungen, sich zu verändern. Ihr würde das ganz bestimmt nicht geschehen. »Man hat immer eine Wahl«, sagte Vicky und hielt Carmichaels Blick stand.

Er schwieg.

»Es wäre wohl besser, wenn Sie jetzt gehen.« Die Worte klangen entschlossener, als sie sich fühlte. Diese überhebliche Seite an ihm gefiel ihr genauso wenig wie sein Benehmen am Abend zuvor.

Carmichael neigte den Kopf. »Also gut. Denken Sie über das nach, was ich gesagt habe.«

Er verbeugte sich und ging um Vicky herum, wobei sein Arm den ihren streifte. Die Berührung brachte Vicky aus dem Gleichgewicht und er griff nach ihr, um sie aufzufangen. Trotz allem, was gerade vorgefallen war, beschleunigte sich Vickys Herzschlag unter seinem Blick. Er ließ die Augen zu ihren Lippen hinabgleiten und Vicky hielt den Atem an. »Ich komme wieder, sobald Sie wieder zur Vernunft gekommen sind«, sagte er.

Zur Vernunft gekommen? Dann hielt er sie also für unvernünftig? Sie wollte schon protestieren, doch Carmichael sprach weiter: »Was man von Halworth sicher nicht behaupten kann.«

Vicky riss sich los. Ihre Wangen glühten. Wie sie diese ewigen Ausflüchte hasste!

Sie machte den Mund auf, um Carmichael zurechtzuweisen, doch bevor sie auch nur eine Silbe äußern konnte, war er schon ohne einen weiteren Blick aus dem Garten geeilt.

Sechsundzwanzigstes Kapitel

Ich habe immer nur an Sie gedacht.
– Jane Austen, *Emma*

Tom tigerte in der Empfangshalle der Astons hin und her, während er darauf wartete, dass Vicky die Marmortreppe herunterkam. Um seine verspannten Muskeln zu lockern, rieb er sich über den Nacken. Die unerlässlichen Pflichten des Tages hatte er bereits hinter sich gebracht. Zuerst war er bei Lord Axley gewesen, der ihm bestätigte, dass Mr Parker und Mr Risdale ihr Angebot zurückgezogen hatten. Und allein konnte Axley das Hotel nicht finanzieren. Carmichael hatte also alles dafür getan, Tom in den Ruin zu treiben. Was geradezu ironisch war angesichts der Tatsache, dass er ja vorhatte, Tom auf dem Duellplatz eigenhändig zu töten.

Tom verzog das Gesicht. Wie hatte er sich von Carmichael zu einem Duell hinreißen lassen können? Und zwar schon zum zweiten Mal! Gut, diesmal war Charles daran beteiligt gewesen. Aber Tom würde sich natürlich zwanzigmal lieber selbst mit Carmichael duellieren, als zuzusehen, wie sein Bruder sich *seinetwegen* in Gefahr brachte.

Dennoch – er hatte versagt, mal wieder. Die Last dieser Erkenntnis lastete tonnenschwer auf seinen Schultern. Wenn er morgen ums Leben kam, hätte er seine Familie im Stich gelassen. Und selbst wenn er überlebte, hatte er immer noch zugelassen, dass Carmichael sie ruinierte.

Tom blieb stehen und rieb sich über die Stirn. Was ihm am meisten zu schaffen machte: Egal wie der morgige Tag ausging, sein Vater hatte gewonnen. Seit Jahren hatte Tom dagegen angekämpft, zu einem Abbild seines Vaters zu werden. Doch sowohl am gestrigen Abend als auch heute war er damit gnadenlos gescheitert. Er hatte es nicht geschafft, sich mit dem Mann, der seine Ehre in den Schmutz zog, verbal auseinanderzusetzen und seinen überwältigenden Gewaltimpuls zu unterdrücken.

Zweimal war der Gentleman, der Tom immer zu sein strebte (ein vernünftiger, aufrechter Mann wie sein Onkel), im entscheidenden Moment im dunklen Schatten eines unkontrollierten, gewaltbereiten Vollidioten verschwunden.

Tom versuchte, die Übelkeit zurückzudrängen, die sich seiner bemächtigte. Wenn er überlebte, würde er das alles bis zu seinem letzten Tag zutiefst bedauern.

Aber er würde nicht zulassen, dass er sich auch Victoria gegenüber ein zweites Mal so schrecklich benahm. Seine letzte Verpflichtung an diesem Tag bestand darin, sich bei ihr zu entschuldigen. Er schielte die Treppe hinauf und atmete gegen seine Ungeduld an.

Dann näherte er sich dem runden Tisch in der Mitte der Empfangshalle und zwang sich, eine möglichst entspannte Haltung einzunehmen. Zwar hatte er inzwischen in Anwesenheit eines Anwalts für alle Fälle sein Testament aufgesetzt und Abschiedsbriefe an seine Mutter, an Susie sowie die Familie seines Onkels geschrieben, doch versuchte er, sich weiterhin selbst mit dem Gedanken zu besänftigen, dass seine Temperamentsausbrüche (zwei Stück in zwei Tagen) ihn sicher dennoch nicht sein Leben kosten würden. Tom war ein passabler Schütze, Carmichael hingegen – Charles zufolge – ein sehr viel besserer. Einen »unübertroffenen Präzisionsschützen« hatte sein Bruder ihn genannt.

Aber natürlich hing ein Duell oftmals genauso sehr vom Glück wie vom Können ab. Nur war Tom leider noch nie ein großer Glückspilz gewesen. Trotzdem: Er würde Victoria auf keinen Fall Carmichael und seinen Machenschaften überlassen und genauso wenig würde er seine Familie im Stich lassen.

Also sorg gefälligst selbst für dein Glück, du Dummkopf!, schalt er sich inzwischen schon seit Stunden. Selbst auf dem Weg hierher zu Vicky hatte er diesen Satz in seinem Kopf immer wieder wiederholt. Doch irgendwann war ihm bewusst geworden, dass er auch hierherkam, um Vicky ein womöglich letztes Mal zu sehen und sich bei ihr zu entschuldigen, bevor es vielleicht zu spät war. Die Erkenntnis traf ihn so heftig, dass er beinahe umgekehrt wäre. Ein Mann, der seines eigenen Glückes Schmied sein wollte, durfte solche Gedanken erst gar nicht zulassen.

Tom holte tief Luft und schaute erneut die Treppe hinauf. Würde Vicky ihn überhaupt sehen wollen? Und was würde er tun, wenn nicht?

Sobald Mr Carmichael gegangen war, rannte Vicky zurück ins Haus und blieb erst in ihrem Zimmer stehen, wo sie sich sicher fühlte. Hastig schloss sie die Tür hinter sich ab, warf sich aufs Bett, presste das Gesicht in die Tagesdecke und hieb mit den Fäusten auf die weiche Federmatratze ein.

Es war einfach unerträglich! Mr Carmichael wollte *sie* nicht! Er hatte gesagt, ihr Wohlergehen läge ihm am Herzen – aber offenbar verstand er darunter, dass er in der Ehe jeden Schritt und jeden Gedanken seiner Frau lenken würde. Vicky konnte nicht leugnen, dass sie sich von ihm angezogen fühlte, doch wie sollte sie einen Mann heiraten, der sie nicht so akzeptieren konnte, wie sie war? Vielleicht würde sie sich ja tatsächlich irgendwann ändern, aber dann ganz bestimmt nicht deswegen, weil ihr Gatte das so wünschte. Mr Carmichael verfügte sicher über viele gute Eigenschaften, aber wäre sie mit ihm verheiratet, säße sie in der Falle.

Womit dann nur noch Tom infrage käme. Bestimmt hatte er sich inzwischen an sie gewöhnt und würde nicht versuchen, sie zu verändern? Doch dann erinnerte sie sich an seinen Antrag und daran, dass er ihn nur gemacht hatte, um zu verhindern, dass sie Mr Carmichael heiratete.

Wenn sie Carmichaels Antrag ablehnte, hätte Tom auch keinen Grund mehr, sie zu heiraten. Vermutlich würde er sich ihr dennoch verpflichtet fühlen und es würde nicht seinem Charakter entsprechen, seinen Antrag zurückzuziehen. Also säße *er* dann genauso in der Falle, wie Vicky in einer Ehe mit Carmichael in der Falle sitzen würde.

Sie schlug sich die Hände vors Gesicht. Wie sollte sie ihm das antun im Bewusstsein, wie er sich dann fühlen würde? Nein, das ging nicht. Auch Tom verdiente etwas Besseres.

Vicky stand auf und ließ sich auf einen Stuhl neben dem Kamin fallen. Sie starrte das komplizierte Tapetenmuster an, als würde sie erwarten, dass daraus die Lösung für ihr

Problem aufsteigen würde. Ein Klopfen an der Tür riss sie aus ihrer Gedankenspirale.

»Wer ist da?«

»Ich bin's, Thea. Darf ich reinkommen?«

Seufzend erhob Vicky sich, um die Tür aufzuschließen. Thea keuchte erschrocken, als sie ihre Schwester erblickte. »Vicky, geht es dir nicht gut?«

Beschämt fuhr sie sich durch das zerzauste Haar. Dann ließ sie die Hand wieder sinken und ging zu ihrem Bett. Was spielte es schon für eine Rolle, wie sie aussah?

Einen Moment lang war sie versucht, so zu tun, als sei alles in bester Ordnung. Als wären nicht all ihre Hoffnungen zerschmettert worden. Aber sie brachte es einfach nicht über sich, ihre Schwester anzulügen. Sie setzte sich aufs Bett und sah Althea an, die ihren Blick stirnrunzelnd erwiderte.

»Thea, ich weiß einfach nicht, was ich machen soll.«

Diese nickte bedächtig. Sie hatte die Tür hinter sich geschlossen und nahm auf einem Stuhl Platz. »Mama hat mir erzählt, dass Tom dir einen Antrag gemacht hat. Weiß Mr Carmichael davon?«

Vicky nickte.

»Was hast du zu ihm gesagt?«

So viele Dinge, an die sie jetzt lieber nicht denken wollte ... »Dass ich einen Ehemann möchte, dem ich vertrauen kann.«

»Und was sagt er dazu?«

Vicky schluckte. »Dass ich meine kindischen Illusionen vergessen sollte.«

Althea zog die Augenbrauen hoch. »Es hat in nicht allzu weit zurückliegender Vergangenheit einige Gelegenheiten gegeben, wo ich ihm durchaus zugestimmt hätte.«

Vicky wandte den Blick ab.

»Und was ist mit Tom?«

»Ich kann ihn unmöglich an mich binden.«

Althea runzelte die Stirn. »Aber *er* hat doch *dir* einen Antrag gemacht.«

Sie konnte ihr nicht in die Augen sehen. »Er hat kein Wort von Liebe über die Lippen gebracht. Nur von Pflicht.«

»Vielleicht hat er ja auch andere Beweggründe, so wie Papa andeutete.«

Vicky gefiel es gar nicht, wie sich diese Unterhaltung entwickelte. »Und zwar?«

Ihre Schwester musste nichts sagen, denn sie wussten beide, was gemeint war – Vickys Mitgift. Wenn Mr Carmichael die Wahrheit sagte, dann brauchte Tom sie dringender, als er am Abend zuvor hatte zugeben wollen.

»Wenn Tom finanzielle Probleme hat«, sagte Althea, »dann wäre eine Ehe mit dir doch auf keinen Fall zu seinem Nachteil. Du könntest sie als eine Art ... Partnerschaft betrachten.«

In Vickys Kopf wirbelten wieder alle Gedanken durcheinander. Wenn das so weiterging, würde sie bald durchdrehen. Sie brauchte dringend Ruhe.

Sie sah auf ihre Hände hinunter und zwang sich, sie ruhig zu halten. Als sie von der Tür her ein leises Schaben hörte, riss sie den Kopf hoch.

»Wer ist da?« Sie hatte Mühe, ihre Stimme fest klingen zu lassen.

»Ich bin es, Sheldon, Lady Victoria.«

Beim Klang seiner Stimme atmete Vicky erleichtert auf. Noch jemanden, dem sie ihre Gefühle erklären müsste, konnte sie jetzt wahrlich nicht mehr gebrauchen.

»Ja, bitte?«

»Lord Halworth ist hier. Soll ich ihm sagen, dass Sie ihn empfangen?«

Althea zog eine Augenbraue in die Höhe.

Vicky fühlte sich nicht in der Lage, Tom zu sehen – nicht so, nicht jetzt, nicht hier. Auf ein neuerliches Treffen wollte sie sich erst vorbereiten können. Und sie hatte es satt, dass Herren ständig unangekündigt bei ihr auftauchten und ihr vorzuschreiben versuchten, was sie zu denken und zu tun hatte. »Sagen Sie Lord Halworth, er darf gerne morgen wiederkommen, wenn er möchte. Aber heute kann ich ihn leider nicht empfangen«, rief sie durch die geschlossene Tür.

»Wie Sie wünschen, Lady Victoria.«

Thea sah sie streng an. »Du solltest dir wenigstens anhören, was er zu sagen hat.«

Vicky schüttelte den Kopf. Sie starrte aus dem Fenster, nahm das geschäftige Treiben auf der Straße jedoch kaum wahr.

»Es sind nicht alle Männer so wie Dain.« Die Stimme ihrer Schwester klang entschlossener als in den vergangenen Wochen. »Mr Carmichael kann ich schlecht einschätzen, doch Tom kennen wir bereits seit unserer Kindheit. Wenn jemand für den Verlust der eigenen Großzügigkeit einen guten Grund gehabt hätte, dann er – vor allem wenn man bedenkt, wie sein Vater ihn hinausgeworfen hat. Trotzdem steht er über den Dingen. Und selbst wenn wir ihn nicht schon unser ganzes Leben lang kennen würden – sein guter Charakter ist nicht zu übersehen.«

Vicky drehte sich zu ihrer Schwester um, die mit geradem Rücken und gefasster Miene auf ihrem Stuhl saß. Sie hatte die zierlichen Hände im Schoß gefaltet und ihre Wangen glänzten rosig. Vicky schien es, als wäre ihre wahre Schwester endlich wieder da, nicht mehr ihr trauriger Schatten der vergangenen Wochen.

Doch selbst Altheas Gleichmut konnte Vickys Zweifel nicht zerstreuen. »Was, wenn er wirklich nur auf meine Mitgift aus ist?«

»Selbst wenn, ändert das ja nichts an seinem Charakter. Jetzt ist er hier, du könntest ihm diese Frage selbst stellen. Frag ihn, ob er auf deine Mitgift angewiesen ist. Dann kennst du zumindest die Wahrheit.«

Aber Vicky hätte es nicht ertragen, es ihn aussprechen zu hören. Schon beim bloßen Gedanken daran schnürte es ihr die Kehle zu. »Tom ist der letzte Mensch, den ich im Moment sehen möchte. Und ich will nichts mehr davon hören!« Sie wirbelte wieder zum Fenster herum und nun konnte sie die Tränen nicht mehr zurückhalten. Wütend über ihre eigene Schwäche, wischte Vicky sie hastig weg. Und dann spürte sie, wie sich ihre Schwester von hinten näherte. Als Thea sie zart am Arm berührte, fiel der letzte Rest ihrer Selbstbeherrschung in sich zusammen, und Vicky schluchzte unwillkürlich.

Althea drehte Vicky zu sich herum und nahm sie wortlos in die Arme. Es war so lange her, dass Vicky sich an der Schulter ihrer Schwester ausgeweint hatte. Sie umklammerte deren schlanke Gestalt und ließ all die Traurigkeit und die Verzweiflung, die sich in ihrem Herzen angestaut hatten, mit ihren Tränen hinausströmen.

Tom richtete den Blick auf die Vase auf dem Tisch, in der ein üppiger Strauß aus blauen und violetten Blumen steckte. Er hatte sich noch nicht entschieden, ob er Vicky vom Duell erzählen sollte. Einerseits hätte er ihr gern alles erklärt. Andererseits wollte er sie auf keinen Fall erneut verletzen, indem er ihr eröffnete, dass er Carmichaels Herausforderung zum Teil auch wegen ihr angenommen hatte.

Als er Schritte hörte, sah Tom hoch. Der Butler kam die Treppe herunter. Ohne Vicky.

»Lord Halworth«, sagte der Mann förmlich. »Lady Victoria sieht sich leider außerstande, Sie zu empfangen.«

Tom wich einen Schritt zurück. Erlaubte sich Sheldon etwa einen Scherz? Aber in den zweihundert Jahren, die der Mann inzwischen bestimmt auf dem Buckel hatte, hatte er noch kein einziges Mal gescherzt.

»Geht es ihr nicht gut?«

»Das kann ich nicht sagen«, erwiderte der Butler. »Doch sie lässt ausrichten, Sie können morgen wiederkommen, wenn es Ihnen beliebt.«

Morgen konnte es zu spät sein. »Ich muss sie allerdings heute sprechen.«

»Ich fürchte, das wird nicht geschehen, Mylord«, wiederholte Sheldon mit unbewegter Miene.

»Dann sagen Sie ihr bitte, dass ich mich weigere zu gehen«, sagte Tom.

Der Mann blinzelte, drehte sich dann jedoch um und ging zur Treppe.

Tom rieb sich über den Nacken. Noch einmal zehn Minuten darauf warten, dass Sheldon zurückkam? Unmöglich. Er schloss die Augen, holte einmal tief Luft, um den letzten Rest

Geduld zusammenzukratzen. Doch als er die Augen wieder öffnete, war der Butler gerade mal an der ersten Stufe angekommen. Und Tom riss endgültig der Geduldsfaden.

Mit wenigen großen Schritten stürzte er zur Treppe, überholte Sheldon und sprang die ersten Stufen hinauf. »Victoria! Victoria! Ich muss mit dir sprechen!«, rief er nach oben.

»Lord Halworth!«, stieß der Butler empört hervor.

So etwas hatte er sicher in seinem ganzen Leben noch nicht gesehen, aber darauf konnte Tom nun wirklich keine Rücksicht nehmen. »Vicky!«

Wie aus dem Nichts tauchten plötzlich zwei Männer auf und packten Tom schraubstockartig bei den Armen. In einem erkannte Tom den Mann, mit dem er am Abend zuvor gesprochen hatte.

»Lassen Sie mich los, verdammt!« Toms Hoffnung, entschieden genug zu klingen, um die kräftigen Kerle zu beeindrucken, stieß auf taube Ohren. »Vicky!«, rief er erneut, diesmal noch lauter.

Die Männer zerrten ihn die Stufen wieder hinunter.

Tom wehrte sich nach Kräften und griff dabei nach dem Treppengeländer. Dennoch war er der geballten Kraft der beiden Wachleute nicht gewachsen. Wortlos zerrten sie an seinen Armen, bis er gezwungen war, das Geländer loszulassen.

»Ich glaube, das wird nicht nötig sein«, ertönte da eine Stimme im Befehlston.

Tom griff wieder nach dem Geländer und drehte den Kopf. Vickys Vater war in der Empfangshalle aufgetaucht. Er hielt sich die Seite, als bereite es ihm starke Schmerzen, sprechen zu müssen. Doch vielleicht schmerzte es ihn auch nur, dieser Szene beiwohnen zu müssen.

Die Leibwächter ließen Toms Arme los, und der Graf bedeutete ihm mit einer Handbewegung, ihm zu folgen. Tom richtete sich zu voller Größe auf und warf Sheldon und den zwei Wachleuten böse Blicke zu. Sie beäugten ihn noch immer argwöhnisch. Sein kurzer theatralischer Ausbruch war jedoch zu Ende.

Tom richtete seine Weste wieder und schritt die letzten Stufen würdevoller hinunter, als er sich fühlte. Dann folgte er Vickys Vater den Flur entlang zu dessen Arbeitszimmer. Dort setzte der Graf sich an einen großen Schreibtisch und bedeutete Tom, ebenfalls Platz zu nehmen.

Er wählte einen Armsessel aus Walnussholz. Seit dem Angriff auf die Kutsche der Astons hatte er Vickys Vater nicht mehr gesehen. Auf dessen Wange prangte immer noch ein großer Bluterguss und auch die Schnittwunden an Augenbrauen und Lippen waren bisher nicht ganz verheilt. Sein hellbraunes Haar kam Tom grauer vor, als er es in Erinnerung hatte.

Einige Augenblicke sagte keiner von beiden ein Wort. Je länger sich das Schweigen zog, desto angespannter wurde Tom. Für so etwas hatte er keine Zeit. Er wollte einfach nur mit Vicky sprechen und sich dann auf seinen schweren Gang machen. Er war ein erwachsener Mann und würde sich nicht wie ein missratenes Kind behandeln lassen, von niemandem, auch von Lord Oakbridge nicht. Nicht heute.

Entschlossen, das Schweigen zu durchbrechen, machte Tom den Mund auf. Doch Lord Oakbridge hielt Ruhe gebietend eine Hand hoch.

»Kommen wir gleich zum Punkt, einverstanden?«

Tom nickte. Seinetwegen hätten sie das schon längst tun können.

»Ich weiß natürlich, was Vicky einst für Sie empfunden hat. Und ich würde behaupten, als Kind waren Sie und Ihre Ansichten ihr sogar wichtiger als die ihrer eigenen Schwester. Aber Sie müssen verstehen, dass Vicky sich verändert hat, nachdem Sie England verlassen haben. Ein Teil von ihr ist verschwunden und nie wieder zurückgekehrt.«

Nachdenklich runzelte Tom die Stirn. Er hatte zwar eine Zeit lang gebraucht, um das zu bemerken, doch Vicky hatte sich tatsächlich verändert. Und seiner Meinung nach sehr zu ihrem Vorteil.

»Sir, warum sagen Sie mir das?«

Der Graf ließ sich in seinen Sessel zurücksinken. »Victoria hat ihrer Mutter erzählt, dass Sie ihr gestern Abend einen Heiratsantrag gemacht haben.«

Tom nickte. »Das ist richtig.« War Lord Oakbridge etwa verärgert, weil er nicht zuerst seinen Segen eingeholt hatte?

»Ich nehme an, Sie haben vorher gründlich darüber nachgedacht«, fuhr der Graf fort und musterte Tom eindringlich.

Tom zögerte nur für den Bruchteil einer Sekunde. »Das habe ich.«

Vickys Vater nickte kaum wahrnehmbar. »Versuchen Sie sich bitte in meine Position zu versetzen. Auf der einen Seite ist da ein Mann, der als wohlhabend und ehrwürdig bekannt ist und sein Interesse an Vicky explizit kundgetan hat. Auf der anderen ein Junge, den sie in ihrer Kindheit sehr mochte, der aber nun in großen Finanzschwierigkeiten steckt – wenngleich er auch über einen bedeutsamen Titel verfügt – und mit dem Makel behaftet ist, ihr schon einmal das Herz gebrochen zu haben. Welchen Kandidaten würden Sie als Vater wohl bevorzugen?«

»Ich bin aber längst kein Junge mehr, Sir«, erwiderte Tom tonlos.

Lord Oakbridge neigte den Kopf. »Mag sein. Mit Ihren neunzehn Jahren würde ich Sie allerdings auch noch nicht als Mann mit großer Erfahrung betrachten.«

Tom schwieg. Ja, in dieser direkten Gegenüberstellung war er als Heiratskandidat klar im Nachteil. Doch die Aussage ihres Vaters, er habe ihr das Herz gebrochen, hatte ihn völlig aus dem Konzept gebracht. Sie war noch ein Kind gewesen, als er England verlassen hatte. Sie waren Freunde gewesen, beste Freunde, jedoch eben auch nicht mehr als das.

Als der Graf sich räusperte, sah Tom ihn an. Er wusste, welche Worte Vickys Vater von ihm hören wollte. Doch Tom würde niemals zulassen, dass sie Carmichael heiratete. Schon der Gedanke daran ließ wieder die Wut in ihm hochkochen. Er ballte die Hand, die auf seinem Knie ruhte, zur Faust. Nein, das würde er niemals zulassen!

»Ich weiß nicht, ob Victoria es Ihnen gesagt hat, aber wir hegen beide unsere Zweifel im Hinblick auf Mr Carmichael—«

Lord Oakbridge hob die Hand. »Ich werde mir keinen weiteren Unsinn über Mr Carmichael anhören. Er hat diese Familie sehr unterstützt und verfügt über einen moralisch makellosen Charakter.«

Seufzend ließ sich Tom gegen seine Rückenlehne sinken. *Moralisch makelloser Charakter?* Wie war es möglich, dass die meisten Leute so blind waren und Carmichaels wahre Natur nicht erkannten? Er sah dem Grafen ins übel zugerichtete Gesicht. Dem Mann, den er schon als Kind respektiert hatte.

»Haben Sie damals nicht dasselbe über Dain gedacht?«

Verärgert stand Vickys Vater auf. »Das reicht. Es mag nicht in Ihrer Absicht gelegen haben, aber Sie haben die letzten fünf Jahre eine dunkle Wolke über Victorias Leben gehängt. Nun ist es an der Zeit, ihr Leiden zu beenden. Damit sie mit ihrem Leben weitermachen kann.«

Tom schüttelte den Kopf. »Sir, Sie missverstehen mich –«

»Das tue ich ganz gewiss nicht«, unterbrach ihn Lord Oakbridge. »Lassen Sie Vicky gehen.«

Siebenundzwanzigstes Kapitel

Er kann sich nicht länger selbst täuschen.
— Jane Austen, *Mansfield Park*

Kurz nach fünf Uhr nachmittags kam Tom zu Hause an. Der Stachel, den Vickys Weigerung, ihn zu empfangen, ihm ins Fleisch gebohrt hatte, saß immer noch tief. Er kam sich furchtbar dumm vor. Er hatte ihren Namen quer durchs Haus geschrien und trotzdem nichts anderes geerntet als eine Standpauke von ihrem Vater.

Tom ging in die Bibliothek und klingelte nach dem Butler. Als dieser hereinkam, bat Tom ihn, Susie zu holen. Der Butler verbeugte sich und ging.

Anschließend setzte Tom sich an seinen Schreibtisch, holte aus einer Schublade ein Blatt Papier und tauchte seine Federspitze ins Tintenfass. Doch seine Hand hielt wenige Zentimeter über dem Blatt inne – was sollte er nur schreiben? Wer zum Teufel konnte schon wissen, wie Vicky inzwischen zu ihm stand? Tom war so erschöpft, dass er den kleinen Tintentropfen, der aufs Papier fiel, nicht rechtzeitig auffangen konnte. Resigniert tunkte er die Feder in den Tropfen und schrieb ein M.

Meine liebe V–

»Tom?«

Er sah auf. Susie stand auf der Türschwelle und er bedeutete ihr einzutreten. Mit Blick auf ihre rotblonden Locken und ihre Wangengrübchen wurde ihm bewusst, dass dies vielleicht der letzte Tag war, den er mit ihr verbringen würde. Nein, verdammt! Morgen würde er sein Schicksal selbst in die Hand nehmen!

»Ist alles in Ordnung?«, fragte Susie.

Seufzend steckte Tom die Füllfeder wieder in ihre Halterung. »Ich möchte dich um einen Gefallen bitten.«

»Aber natürlich, ich würde alles für dich tun.« Susie setzte sich in einen der Armsessel.

Tom holte tief Luft. »Wenn ich morgen nicht heimkehren sollte …«

»Bitte sag so etwas nicht.«

Er schluckte trocken. »Wir müssen auf alles vorbereitet sein. Falls es zum Schlimmsten kommt – wovon ich *nicht* ausgehe –, könntest du bitte Lady Victoria einen Brief von mir geben?«

Susie riss erschrocken die Augen auf.

»Ich weiß, ich hatte nie die Gelegenheit, euch beide vorzustellen, doch das kann Charles ja nachholen. Wenn ich *ihn* beauftrage, den Brief zu ihr zu bringen, würde er das vielleicht immer weiter hinausschieben und irgendwann ganz vergessen. Außerdem wäre es schön, wenn ihr euch kennenlernt. Ihr teilt in vielen Bereichen die gleichen Ansichten. Sie könnte eine Freundin gebrauchen. Und du auch.« Er schenkte ihr ein schwaches Lächeln.

Ja, er hätte die beiden jungen Frauen schon viel früher miteinander bekannt machen sollen, allerdings hatte er dafür auf den richtigen Moment gewartet. *Jetzt* war es leider zu spät.

Tom schüttelte den Kopf. Gab es überhaupt den richtigen Moment, um die Verfehlungen seines Vaters zu offenbaren? So lange hatte er dieses Geheimnis vor Vicky verborgen, dass er das nicht mehr hätte sagen können.

Es war von Susan viel verlangt, diesen Brief auszutragen, aber Tom wusste, dass sie es nicht ablehnen würde. Auch wenn sie ihm noch nicht geantwortet hatte und die Stille sich schwer über sie beide herabsenkte.

»Weiß sie von mir?«, fragte Susie schließlich.

Tom senkte den Blick auf das Blatt Papier. »Nicht wirklich.«

Aus dem Augenwinkel sah er, wie Susie die Augen zukniff. Er schaute sie an. »Tut mir leid.«

»Hast du ihr je erzählt, was Vater dir und den anderen angetan hat?«

»Was er mir angetan hat, hat sie damals selbst mit angesehen. Und inzwischen weiß sie, dass es kein vereinzelter Vorfall gewesen war. Aber der Rest ...« Er räusperte sich. Die ganze Wahrheit hatte er bisher nur ein einziges Mal ausgesprochen. Nachdem Susie ihn monatelang belagert hatte, er möge ihr Geschichten über ihrer beider Vater erzählen, hatte er eines Tages in Solothurn die Beherrschung verloren und die schrecklichste Erinnerung an den alten Mann war aus ihm herausgebrochen. Nach jenem Tag hatte Susie nie wieder nach ihm gefragt.

»Also hast du zugelassen, dass sie all die Jahre in Unwissenheit gelebt hat? Hast du deswegen nicht mehr mit ihr sprechen wollen? Meinst du nicht, sie hätte es verdient, die Wahrheit zu erfahren? Vor allem für den Fall, dass, wie du sagst, das Schlimmste eintreten sollte.«

»Ich habe Victoria gesagt, dass ich sie vor ihm schützen wollte. Mehr muss sie nicht wissen.«

»Warum nicht?«, hakte Susie nüchtern nach.

»Das spielt doch überhaupt keine Rolle mehr«, murmelte Tom.

»Wegen deines Stolzes? Deine Ähnlichkeit mit Mr Darcy ist wirklich unglaublich.«

»Wie bitte?«

»Ich weiß, dass die Auswirkungen von Vaters Lasterhaftigkeit auf die Familie dich schrecklich belasten. Dennoch schaffst du es kaum, darüber zu reden, in welchem Ausmaß es dich beeinträchtigt hat – oder Charles und mich. Oder sie.«

Mit einer Hand fuhr er sich durchs Haar. Wie oft hatte er diese Gedanken selbst schon gewälzt? »Aber was würde es denn bringen, die ganze Vergangenheit wieder hervorzuholen?«

Susie schüttelte den Kopf. »Hast du dir schon mal überlegt, dass du vielleicht nicht nur dir selbst, sondern auch anderen schadest, wenn du nie darüber sprichst?«

»Ich habe versucht …« Ja, er hatte neulich versucht, das Thema bei Vicky anzusprechen, allerdings war es ihm dadurch auch nicht besser gegangen. Obwohl sie zumindest verstanden zu haben schien, warum er damals ihre Freundschaft hatte beenden müssen.

Als Tom schwieg, legte Susie den Kopf zur Seite. »Auch Mr Darcy wollte nie über den Fluchtversuch seiner Schwester mit Mr Wickham reden, um ihren Ruf nicht zu gefährden. Hätte er es jedoch getan, wäre es Wickham nicht gelungen, mit Elizabeth Bennets Schwester durchzubrennen. Man schadet immer jemandem, indem man Geheimnisse bewahrt,

Tom. Und wenn du für deine Umwelt ein Rätsel bleibst, tust du auch dir selbst keinen Gefallen.«

Kopfschüttelnd erwiderte er: »Vater ist tot. Er kann niemandem mehr Schaden zufügen.«

Susie seufzte. »Trotzdem hat er dich so weit gebracht.« Sie zeigte auf das Papier vor ihm.

Tom verzog das Gesicht. Hätte all das verhindert werden können? Er wandte den Blick zur Decke. Verdammt, irgendwann würde ihn dieses Gedankenkarussell noch in den Wahnsinn treiben!

»Vielleicht hätte ich es ihr sagen sollen. Aber es war nicht mein Stolz, der mich daran gehindert hat. Es war …« *Scham.*

»Dann frage ich dich noch mal: Wieso darf sie nicht die Wahrheit wissen? Weil du in sie verliebt bist?«

Tom riss den Kopf hoch. »Was?«

Doch Susie sah ihn nur schweigend an.

»Ich kann nur nicht zusehen, wie sie Carmichael heiratet«, fuhr er nach einigen Sekunden fort.

»Und woran mag das wohl liegen?«, bohrte sie weiter.

»Dafür gibt es so viele Gründe, dass ich sie gar nicht zählen kann! Der Mann ist ein Mistkerl. Ein arroganter, selbstverliebter Angeber, der …« Er spürte, wie sich in ihm wieder die Wut anstaute, also klappte er den Mund zu und holte tief Luft. »Mir würde jede Frau leidtun, die ihn heiraten muss.«

Susie verschränkte die Hände im Schoß. »Würdest du dich auch für jede Frau duellieren?«

Tom fing ihren Blick auf. Sie hatte eine Augenbraue fragend hochgezogen. »Na gut, mir liegt etwas an ihr.« Die Worte kamen lauter aus seinem Mund als beabsichtigt. »Ist es das, was du hören willst?«, fügte er etwas leiser hinzu.

Susie nickte. »Das ist nicht zu übersehen. Seit du begonnen hast, Zeit mit ihr zu verbringen, bist du so glücklich, wie ich dich seit unserer Rückkehr nach England noch nie gesehen habe. *Natürlich* liegt dir etwas an ihr! Die Frage ist nur: *Wie viel* liegt dir an ihr?«

Tom raufte sich die Haare. Verdammt, woher sollte er das wissen? Auf jeden Fall genug, dass der Gedanke, sie würde Carmichael heiraten – oder irgendeinen anderen Mann –, ihm regelrecht Übelkeit bereitete, das stand fest. Aber Vicky hatte ihren eigenen Kopf und mit der Art Ehe, die er ihr bieten konnte, wollte sie sich nicht zufriedengeben. Und das sollte sie auch nicht müssen.

»Tom, Vater ist tot. Du kannst leben, wie du es für richtig hältst. Welchen Grund sollte es geben, deine Gefühle für sie zurückzuhalten?«

Tom hielt Susies durchdringendem Blick stand. »Gefühle zu zeigen, hat mir noch nie etwas Gutes eingebracht.« Stattdessen hatte es Schmerzen bereitet, ihm und all denen, die er liebte.

Susie schüttelte den Kopf. »Das stimmt nicht. Deine Gefühle haben dich zu mir geführt. Und hierher, zurück zu deiner Familie.«

»Das war reines Pflichtgefühl, Susan. Meine Ehre. Keine trügerische Emotion.«

Verächtlich schnaubte Susie. »Wenn du das glaubst, dann bist du ein Narr. Bildest du dir wirklich ein, du würdest dein Leben morgen aus reinem *Pflichtgefühl* aufs Spiel setzen?«

Tom ging nicht darauf ein. »Ich *bin* ein Narr, Susan. Gewöhn dich dran.« Er nahm die Feder wieder in die Hand.

Sie stand auf und ging zur Tür. »Wag es ja nicht aufzugeben,

Tom Sherborne«, sagte sie mit strenger Miene. »Das werde ich nämlich nicht zulassen.« Damit verließ sie den Raum und überließ Tom seinem Brief, in dem immer noch lediglich ein paar jämmerliche Worte standen.

Die Erinnerung an Vicky, wie sie blutend im Park gelegen hatte, stürmte wieder auf ihn ein. Und wurde dann von einem Bild überlagert, wie sie in Carmichaels Armen lag.

Tom ballte die Faust so fest, dass er die Federspitze abbrach. Seine Hand zitterte, als er sich zwang, die Faust zu öffnen. Verzweifelt schleuderte er die Bruchstücke der Feder über den Schreibtisch. Dann stützte er den Kopf in beide Hände. Nein. Wenn er dafür sorgen wollte, dass Vicky nichts passierte, durfte er nicht aufgeben. Auf keinen Fall.

Achtundzwanzigstes Kapitel

Ärger und Beschämung drohten sie zu überwältigen.
– Jane Austen, *Stolz und Vorurteil*

Vicky erwachte schlagartig, mit pochendem Herzen und keuchendem Atem. Ein dünner Streifen Mondlicht schien durch den Vorhangspalt herein und auf dem Kaminrost glühten noch winzige Holzreste. Ihre Bettdecke lag zerknüllt am Fußende, ganz offensichtlich das Ergebnis eines weiteren Albtraums. Sie setzte sich auf, um sie zurückzuholen, legte sich dann auf die Seite und kuschelte sich wieder ein.

Dann atmete sie tief durch, schloss die Augen und versuchte wieder einzuschlafen. Doch in ihrem Kopf hallte immer nur Toms Stimme wider, wie er ihren Namen quer durchs Haus gerufen hatte. Was war sie bloß für ein Feigling, dass sie nicht in der Lage war, sich ihm zu stellen! Was, wenn er ihr etwas wirklich Wichtiges hatte sagen wollen? Wegen irgendeiner Belanglosigkeit hätte er sicherlich nicht so eine Szene gemacht. So gut kannte sie ihn.

Tom hatte nach ihr gerufen und sie hatte ihn ignoriert. Und danach hatte sie geträumt, sie würde ihn brauchen – aber er kam nicht.

Vicky rieb sich über die Stirn. Die Erinnerung an seinen klaren Blick, als er ihr den Heiratsantrag gemacht hatte, schoss ihr durch den Kopf. Einen Moment lang hatte er ihr das Gefühl gegeben, die ganze Welt gehöre ihnen allein. Als würden sich die Hoffnungen, die sie in ihrer Kindheit in ihrem Herzen verschlossen hatte, endlich erfüllen. Als hätten sie eine gemeinsame Zukunft. Eine Träne lief Vicky über die Wange.

Verzweifelt seufzte sie. Nein, sie durfte nicht mehr an Tom denken, jedenfalls nicht auf diese Art. Die Träume ihrer Kindheit waren ... eben genau das gewesen, die Träume eines dummen Kindes.

Ein Klopfen an der Tür unterbrach ihre Gedanken. Langsam setzte Vicky sich auf. »Wer ist da?«

Die Tür ging einen Spaltbreit auf und Vicky sah Sheldons blasses Gesicht, von dem Licht einer Kerze erhellt.

Er kam nicht ins Zimmer, sondern flüsterte ihr vom Flur her zu: »Lady Victoria, am Dienstboteneingang steht ein junges Mädchen, das Sie zu sprechen wünscht.«

Vicky runzelte die Stirn. »Wie spät ist es?«

»Viertel vor vier.«

»Was könnte denn jemand um diese Uhrzeit bloß wollen?«

Sheldon räusperte sich. »Sie erbittet eine Audienz. Sie sagt, Lord Halworths Leben stünde auf dem Spiel.«

Vicky erschrak. Was hatte das zu bedeuten? »Sie soll warten, ich komme sofort nach unten.«

Nachdem Sheldon die Tür geschlossen hatte, sprang sie aus dem Bett, warf sich ein warmes Tuch über und griff sich eine Kerze von ihrem Frisiertisch. Vicky zündete sie im Kamin an und eilte nach unten.

Sheldon wartete bereits unten an der Hintertreppe und wirkte erstaunlich wach und gut gekämmt, trotz der nächtlichen Uhrzeit und des Morgenmantels, in dem Dienst zu tun er nun gezwungen war. Als Vicky ihn erreichte, begleitete er sie in die Küche. Er deutete auf die Tür, die nach draußen zu den Stallungen führte, hielt sie Vicky auf und trat beiseite.

Sie hatte nur einen Schritt nach draußen gemacht, da trat ihr schon eine junge Frau mit dunklem Umhang entgegen. Als das Mädchen Vicky erblickte, schob sie ihre Kapuze herunter, sodass sie auf ihren Schultern ruhte. Rotblonde Löckchen umrahmten ihr ovales Gesicht.

»Lady Victoria?«, sagte die junge Frau.

»Ja«, erwiderte Vicky misstrauisch.

Das Mädchen runzelte die Stirn. »Bitte verzeihen Sie mir die späte Störung. Mein Name ist Susan Naseby ...«

Sie hielt inne. Vicky starrte sie an. »Nun?«, drängte Vicky. »In welcher Beziehung stehen Sie zu Lord Halworth?«

Die junge Frau schob das Kinn vor und holte tief Luft. »Lady Victoria, ich bin seine Schwester.«

Vicky sah sie eine gefühlte Ewigkeit wortlos an, bevor sie ihre Fassung zumindest so weit zurückerlangt hatte, dass sie den Kopf schütteln konnte. »Das ist lächerlich. Tom hat keine Schwester.«

»Wir wussten nichts voneinander – bis zu dem Tag, als unser Vater ihn zwang, Halworth Hall zu verlassen.«

Vicky wich zurück. »Ist das wahr?«

Miss Naseby nickte.

»Großer Gott.« Vicky griff sich den nächstbesten Stuhl und ließ sich darauf fallen. »Wann haben Sie ihn dann kennengelernt?«

Zögerlich machte die junge Frau einen Schritt ins Haus. »Als Tom vor fünf Jahren Halworth Hall verließ, ging er nach London. Dort traf er auf Mrs Robbins, sein altes Kindermädchen, das dort eine Anstellung hatte, und durfte bei ihr wohnen. Mrs Robbins war gleichzeitig mit meiner Mutter bekannt und hatte ihre Hausherrin überredet, Mama als Näherin einzustellen. Als meine Mutter krank wurde, übernahm ich es, die Näharbeiten zu Mrs Robbins zu bringen. Eines Tages traf ich dort auf Tom. Er fand mich offenbar zu jung oder zu klein, um allein durch die Straßen zu laufen, denn er bestand darauf, mich nach Hause zu begleiten.«

»Als er meine Mutter sah«, fuhr Miss Naseby fort, »erkannte er in ihr die Frau, die in seiner Kindheit als Zimmermädchen auf Halworth Hall gearbeitet hatte. Er fragte Mama nach meinem Vater und sie sagte, er sei ein Gentleman aus Hampshire.«

Vicky riss die Augen auf.

»Bis dahin hatte ich nie etwas über meinen Vater gewusst. Mehr sagte Mama auch nicht, aber Tom redete Mrs Robbins gut zu. Und die erzählte ihm dann, wer mein Vater wirklich war – Lord Halworth persönlich. Daraufhin bot Tom an, sich um mich zu kümmern, wenn Mama Hilfe brauchen sollte.«

Vicky schloss überwältigt die Augen. Wie es für den vierzehnjährigen Tom wohl gewesen sein musste, herauszufinden, dass er eine Schwester hatte, von der er nichts wusste? Ja, er hätte bestimmt keine Sekunde gezögert, ihr zu helfen. Miss Nasebys Geschichte klang glaubhaft und Vicky sah die Aufrichtigkeit auch in ihrem Gesicht.

Vicky stand auf und erklärte Sheldon, er dürfe sich nun gern zurückziehen. Dann wandte sie sich mit freundlicher

Miene der jungen Frau zu. »Miss Naseby, bitte entschuldigen Sie, dass ich vorhin so unhöflich war. Kommen Sie bitte herein und erklären mir, wie ich Ihnen behilflich sein kann.«

Das Mädchen lächelte. »Bitte nennen Sie mich Susie. Ich habe das Gefühl, Sie schon so gut zu kennen – nach allem, was Tom mir über Sie erzählt hat.«

Vicky erwiderte ihr Lächeln. Was hatte Tom seiner Schwester wohl über sie gesagt?

»Kommen Sie mit nach oben, da ist es wärmer.« Sie führte Susie aus der Küche und die Treppe hoch zu ihrem Zimmer.

Sobald sie außer Hörweite waren und die Tür hinter sich geschlossen hatten, bot Vicky Susie an, sich auf ihr Bett zu setzen, während sie in der letzten Glut stocherte, um den Raum etwas aufzuhellen. »Leben Sie noch bei Ihrer Mutter?«, fragte sie dann über die Schulter.

Susie brauchte ein paar Sekunden, um zu antworten. »Mama ist schon vor einiger Zeit gestorben.«

Mühsam schluckte Victoria den Kloß in ihrem Hals hinunter und setzte sich neben Susie aufs Bett. »Das tut mir sehr leid.«

Susie senkte den Blick zu ihren Händen im Schoß. »Tom hat mich zu Mrs Robbins gebracht, dort sind wir dann zwei Wochen geblieben. Bis er eine Nachricht von seiner Mutter bekam, dass sein Onkel ihn aufnehmen würde. Mithilfe des Geldes, das seine Mutter geschickt hatte, nahm Tom mich mit nach Solothurn, in der Hoffnung, sein Onkel wäre so großzügig, mich ebenfalls bei sich aufzunehmen. Das hat er auch getan, allerdings mussten wir dort beide im Familienhotel mitarbeiten – ich als Zimmermädchen, Tom am Empfang.«

Vicky spürte, wie ihr unwillkürlich Tränen in die Augen stiegen. Sie faltete die Hände.

»Das erzähle ich Ihnen nur, damit Sie die Hintergründe kennen«, versuchte Susie sie zu beruhigen. »Tom hat immer nur verzweifelt versucht, das Richtige zu tun. Doch jedes Mal wirft ihm das Leben Knüppel zwischen die Beine. Er hat das Gefühl zu versagen, egal was er auch probiert, und deswegen denkt er, er habe es nicht verdient, glücklich zu sein.«

Vicky presste die Lippen aufeinander. Das glaubte sie nur zu gern.

»Und die Sache mit Mr Carmichael hat alles nur noch schlimmer gemacht.«

Beim Klang des Namens erstarrte Victoria. Wie viel hatte Tom seiner Schwester wohl darüber erzählt?

»Der Zwischenfall neulich Abend war wirklich unangenehm«, gab sie zu.

Susie nickte. »Deswegen bin ich hier. Innerhalb von nur einem Tag hat Mr Carmichael Toms Hotelpläne durchkreuzt und seine Kreditwürdigkeit ruiniert. Mir scheint, Mr Carmichael hat schon seit ihrer ersten Begegnung versucht, Tom zu einem Duell zu provozieren, und jetzt hat er es endlich geschafft. Sie müssen mir helfen, das zu verhindern!«

Vicky wich alle Farbe aus dem Gesicht. »Ein Duell?«

»Im St. James's Park, noch heute, in den frühen Morgenstunden.«

Verständnislos schüttelte Vicky den Kopf. »Warum sollten sich die beiden duellieren?« Doch dann wurde ihre Kehle schlagartig trocken, als ihr einfiel, was Mr Carmichael im Garten zu ihr gesagt hatte. *Ich komme wieder ... Was man von*

Halworth nicht behaupten kann ... »Es ist doch nicht etwa ... meinetwegen?«, flüsterte sie.

»Ich fürchte doch«, sagte Susie leise.

»Wieso macht Tom so etwas? Das sieht ihm so gar nicht ähnlich.« Vicky musterte Susan. »Finden Sie nicht auch?«

Susie nickte. »Doch. Aber er liebt Sie.«

Vicky blieb beinahe das Herz stehen. »Er liebt mich?«

Susie nickte erneut.

»Woher wissen Sie das?«

Als Susie lächelte, vertieften sich ihre Wangengrübchen. »Das sieht jeder, der ihn gut kennt.« Dann räusperte sie sich. »Anders kann ich mir das nicht erklären. Ich glaube allerdings, dass ihm seine Gefühle selbst noch nicht bewusst sind«, fügte sie hinzu und verdrehte die Augen.

Vicky senkte den Blick. »Er hat mir jedoch gesagt, er könne mich nicht lieben. Weil er innerlich ganz kalt sei.«

Susie schüttelte den Kopf. »Was er durch seinen Vater erlitten hat und das, was dann nach dessen Tod geschehen ist ... Tom weiß selbst nicht mehr, was er will. Er hat mir erzählt, er habe Ihnen gesagt, dass er Sie vor seinem Vater beschützen wollte.«

Vicky nickte.

»Hat er auch noch mehr darüber gesagt?«

Schweigend schüttelte Victoria den Kopf.

Susie seufzte. »Meine Mutter war nicht die Erste, an der unser Vater sich vergriffen hat. Und auch nicht die Letzte.«

Übelkeit stieg in Vicky hoch.

»An dem Tag, als Sie miterlebt haben, wie er Tom schlug, hatte Tom versucht, ein Zimmermädchen vor ihm zu schützen. Tom hat ihr Geld gegeben, damit sie weggehen konnte, bevor … es zum Schlimmsten kam. Denn immer wenn der Graf herausfand, dass die Frauen, die er missbraucht hatte, schwanger waren, warf er sie hinaus – ohne jedes Arbeitszeugnis oder Empfehlung.«

Vicky war so angewidert, dass ihr fast die Galle hochkam. »Ist es auch Ihrer Mutter so ergangen?«

Susan nickte. »Der Graf kam dahinter, was Tom versucht hatte, und warf das Zimmermädchen trotzdem aus dem Haus. Und dann hat er Tom verbannt.«

Vicky erinnerte sich an Toms Gesichtsausdruck, als Lord Halworth ihn damals zu Boden geschlagen hatte – und sie zufällig ins Zimmer gekommen war. Dass sie nicht gewusst hatte, was sie davon halten sollte, aber sicher gewesen war, dass Tom dem Mädchen nichts angetan haben konnte. Schmerzerfüllt schloss sie die Augen. Was musste Tom all die Jahre mit angesehen und ertragen haben! Ihre Albträume waren für Tom Wirklichkeit – die Wirklichkeit seiner Vergangenheit.

Er hatte also versucht, jenem armen Mädchen zu helfen. Und hatte es nicht geschafft.

Danach hatte er auch aufgehört, mit Vicky zu sprechen. Und zwar nur, um sie zu schützen. Man konnte nicht wissen, ob sein Vater sie ins Visier genommen hätte, wenn sie weiterhin nach Halworth gegangen wäre. Bestimmt wäre ihr Risiko weit geringer gewesen als das der weiblichen Bediensteten, doch offenbar hatte Tom seinem Vater alles zugetraut. Also hatte er versucht, sie zu beschützen – und jetzt tat er es wieder. Doch wer würde *ihn* beschützen?

»Wann soll das Duell stattfinden?«

Susie runzelte die Stirn. »In der Morgendämmerung.«

Vicky sprang auf und warf einen Blick auf die Uhr auf dem Kaminsims. Viertel nach vier – nicht einmal mehr eine halbe Stunde, bis die Sonne aufging.

Vicky klopfte leise an Altheas Tür, und nachdem diese »Herein« gesagt hatte, trat sie ein. Ihre Schwester setzte sich im Bett auf, mit wachem und besorgtem Blick.

»Du hattest recht in Bezug auf Tom. Ich hätte auf dich hören und mit ihm reden sollen, als er hier war.«

Susie, die hinter ihr stand, räusperte sich höflich.

»Tut mir leid, ich habe keine Zeit für ausführliche Erklärungen. Ich muss schnell in den St. James's Park, um Tom und Mr Carmichael davon abzuhalten, einander umzubringen.«

»Was sagst du da?«

»Sie wollen sich im Morgengrauen duellieren.«

Thea erbleichte. »Du solltest aber nicht allein hingehen.« Sie schwang die Beine über die Bettkante.

»Susie ... Miss Naseby ...« Vicky gab den Blick auf Susie frei, die einen Knicks in Altheas Richtung machte. »... Sie wird mich begleiten. Susie ist Toms Schwester.«

Stirnrunzelnd musterte Thea Susie und nickte schließlich. »Schön, Sie kennenzulernen, Miss Naseby.«

»Leider haben wir keine Zeit für Begrüßungsformalitäten, wir müssen dringend los«, wiederholte Victoria.

»Ja, natürlich«, sagte ihre Schwester. »Ich rufe einen Wachmann, der soll euch begleiten.«

»Nein, bis wir jemanden geweckt haben, ist es zu spät«,

widersprach sie und warf einen Blick in den Flur. »Mit etwas Glück sind wir schon bald zurück.«

Ihre Schwester schüttelte noch den Kopf, aber das bekam Vicky, die mit Susie auf den Fersen aus dem Zimmer stürmte, schon gar nicht mehr mit.

Neunundzwanzigstes Kapitel

Für meine Gutmütigkeit möchte ich allerdings nicht die Hand ins Feuer legen.
– Jane Austen, *Stolz und Vorurteil*

Noch war die Sonne zwar nicht aufgegangen, doch die ersten Lichtboten der Morgendämmerung durchdrangen bereits den dichten Nebel, der den St. James's Park und seine frühesten Bewohner einhüllte. In wenigen Stunden würde die Sonne den Dunst verglühen, aber Tom konnte nicht umhin, ihn in diesem Augenblick als ein böses Omen für alles Kommende zu sehen.

Silby und Charles, die als Sekundanten fungierten, luden und überprüften die Pistolen. Carmichael stand, mit schwarzer Jacke und schwarzer Hose bekleidet, neben Silby und sah ihm bei seinem Tun zu. Seine Haltung war scheinbar entspannt, allerdings zuckten seine Kiefermuskeln immer wieder. Der Arzt, dessen Anwesenheit obligatorisch war, stand ein Stück weiter weg und stöberte in seinem Medizinkoffer. Vermutlich um sicherzugehen, dass er alles dabeihatte, um eine eventuelle Schussverletzung zu versorgen.

Tom wandte sich ab. Er konnte es immer noch nicht fassen, dass er dabei war, sein Leben aufs Spiel zu setzen.

Schon in wenigen Augenblicken würde sich entscheiden, ob er weiterlebte oder starb. Trotz seines dicken Mantels fröstelte er in der eisigen Morgenluft, die ihm bis in die Knochen drang.

Den ganzen vergangenen Abend hatte er damit zugebracht, darüber nachzudenken, was er angerichtet hatte. Susie hatte recht. Er hätte Vicky alles erzählen müssen – über seinen Vater, über Susan und darüber, welche Auswirkungen das alles auf die Familie gehabt hatte. Selbst sein Verhältnis zu Charles hatte er ruiniert. Tom hätte sich besser um seinen Bruder kümmern sollen.

Irgendwann hatte er sich zwingen müssen, das Gedankenkarussell abzustellen, sonst hätte er überhaupt keinen Schlaf mehr bekommen. Also hatte er *Stolz und Vorurteil* zu Ende gelesen. Das hatte ihn seine Sorgen zwar kurzfristig vergessen lassen, ihn aber dann doch wieder zu dem Schluss geführt, dass Susie recht hatte. Genau wie Mr Darcy hatte auch Tom zahllosen Menschen Leid zugefügt, indem er die Wahrheit über seinen Vater verschwiegen und die ganze Last der Familiengeheimnisse allein geschultert hatte. Auch wenn er nicht recht wusste, mit wem er die Bürde eigentlich hätte teilen sollen – unterm Strich blieb die Erkenntnis, dass seine Bemühungen nicht genug gewesen waren und Menschen deswegen gelitten hatten. Mit dieser Schuld würde er den Rest seines Lebens zurechtkommen müssen.

Tom versuchte, die Erinnerung an das Gelächter seines Vaters zu verdrängen, das als Echo in seinen Ohren dröhnte. Wenn Miss Austens andere Romane auch so waren wie *Stolz und Vorurteil* – wo die Guten am Ende belohnt wurden und die Bösen sich durch ihre Taten selbst entlarvten –, dann konnte er es Vicky nicht verübeln, dass sie Bücher der Wirklichkeit vorzog. Im echten Leben standen die Dinge niemals so einfach.

»Es ist alles bereit«, verkündete Charles.

Ängstlich wirbelte Tom zu seinem Bruder herum, der mit seinem braunen Anzug und der grün gestreiften Weste erstaunlich makellos wirkte. Seit dem Debakel in Carmichaels Klub hatten sie nicht mehr miteinander gesprochen, doch Charles wirkte regelrecht unbeschwert, so als sei dieser Tag nichts Besonderes.

Es war eine unumstößliche Tatsache, dass die beiden Brüder über Jahre in unterschiedlichen Welten gelebt hatten. Sie waren zu Männern herangewachsen, die kaum etwas gemeinsam hatten. Trotzdem konnte Tom sich unmöglich in dem Wissen in dieses Duell begeben, dass Charles ihn hasste – weil Tom weggegangen war und ihn mit den Grausamkeiten ihres Vaters allein zurückgelassen hatte. »Charles, ich …« Er bedeutete ihm, ein Stück weiter weg zu gehen, wo niemand sie hören konnte. Mit Toms Pistole in der Hand folgte Charles seinem Bruder.

Als sie außer Hörweite waren, räusperte sich Tom. »Ich möchte dich um Verzeihung bitten. Für gestern und für neulich Abend. Und überhaupt für alles.«

Charles runzelte die Stirn.

»Du hattest es nicht verdient, Vater allein ausgesetzt zu sein. Und du hast recht, ich hätte etwas tun sollen. *Egal was.*«

Toms Bruder knirschte mit den Zähnen. »Und warum hast du nichts getan?«

»Es stand nicht in meiner Macht. Gott weiß, wie gerne ich deinen Platz bei Vater eingenommen hätte, wenn du dafür irgendwo anders hingekonnt hättest, wo du in Sicherheit gewesen wärst.«

Etwas in Charles' Gesichtsausdruck veränderte sich.

»Ich kann nicht wissen, was genau du unter ihm durchzustehen hattest, aber das hättest du nicht verdient, verdammt! Keiner von uns hätte so etwas verdient.«

»Lord Halworth, wir wären so weit«, rief Silby, der inzwischen neben dem Arzt stand.

Tom nickte den Männern zu, dann streckte er seinem Bruder die Hand hin.

Für einige Augenblicke stand Charles schweigend da, ehe er nach Toms Hand griff und sie schüttelte. Tom atmete auf.

Schließlich reichte Charles ihm die Pistole, die er geladen hatte. Tom nahm die Waffe und wog sie in der Hand. Kunstvolle Schnörkel zierten den silberbeschlagenen Lauf, und das glatte Holz des Griffs fühlte sich kühl an. Da Carmichael der Herausforderer war, hatte Charles die Duellpistolen ihres Vaters mitgebracht.

Tom schluckte. »Wenn Carmichael wirklich so ein guter Schütze ist, wie du sagst, wird Halworth möglicherweise doch bald dir gehören«, scherzte er in dem Versuch, die Stimmung aufzulockern.

Doch Charles' Miene blieb unbewegt.

»Gentlemen, nehmen Sie jetzt Ihre Plätze ein«, rief Silby.

Charles ging auf ihn zu.

»Ich zähle die Schritte, bei zehn gebe ich das Signal, dann drehen Sie sich beide um und feuern«, erklärte Silby.

Tom und Carmichael gingen beide auf die Mitte des Platzes zu. Tom versuchte, Carmichael ins Gesicht zu schauen, aber der wich seinem Blick aus. Carmichaels Augen waren nach unten gerichtet und seine Kiefermuskeln zuckten weithin sichtbar. Schließlich stellten sie sich auf, Rücken an Rücken, die Pistolen gen Himmel gerichtet.

Eigentlich hätte Tom mehr als eisiges Schweigen von Carmichael erwartet, aber offenbar wollte der nun doch keine letzten Beleidigungen oder Spötteleien loswerden. Vielleicht machte ihm die Ernsthaftigkeit der Lage auch zu schaffen. Egal – je schneller die Sache vorbei war, desto besser.

Silby begann zu zählen.

»Eins.«

Mit zusammengebissenen Zähnen machte Tom einen Schritt nach vorn. Ja, er würde sein Schicksal selbst in die Hand nehmen. Das vereiste Gras knirschte unter seinen Stiefeln.

»Zwei.«

Beim nächsten Schritt fühlten sich seine Beine wacklig an. Er dachte an Vicky und den Brief, den er Susie für sie gegeben hatte. Würde Vicky seinen Tod betrauern? Er holte ein Mal tief Luft und spürte, wie neue Kraft in seine Gliedmaßen strömte.

»Vier.«

Natürlich würde sie ihn betrauern. Immerhin waren sie Freunde.

»Fünf«, sagte Silby.

Da schoss ihm ein Gedanke durch den Kopf, der ihn erbleichen ließ. Wenn er starb, würde niemand mehr seinen Bruder Charles davon abhalten können, Carmichael zum Duell aufzufordern. Denn wenn Tom durch Carmichaels Hand zu Tode kam, würde Charles ihn sicherlich rächen wollen. Tom umklammerte die Pistole fester. Seine Arme und Beine fühlten sich auf einmal eiskalt an. Vielleicht war es doch noch nicht zu spät, diesem Wahnsinn ein Ende zu setzen. Selbst wenn weder er noch Carmichael einen tödlichen Schuss abgeben sollten, wäre schon allein eine Verletzung ein großes Risiko – Wunden konnten eitern, einen Mann monatelang ans Bett fesseln und sogar zum Tod führen. Carmichael war bestimmt genauso wenig scharf aufs Sterben wie er.

»Sieben.«

Tom hatte sich durch Carmichael und Charles zu diesem Duell verleiten lassen, und er war so dumm gewesen zu glauben, dass der Kampf der Sache ein Ende machen würde. Er hatte gedacht, Carmichael auf diese Art von Victoria fernhalten zu können. Und jetzt wurde ihm klar, wie sehr er sich geirrt hatte.

Vicky war alt genug, um Entscheidungen selbst zu treffen. Tom konnte nichts anderes tun, als sie darin zu unterstützen. Das war der einzige Anspruch, den er an sie stellen konnte und jemals hätte stellen dürfen – dass sie ihm erlaubte, sie zu unterstützen.

Das alles hier war doch absurd! Er musste es abbrechen. Sich erneut entschuldigen. Schwören, dass er sich nie wieder einmischen würde. Das tun, was sein Vater niemals getan hätte.

»Neun.« Silbys Stimme klang wie durch fernen Nebel an seine Ohren.

»Halt!«, schrie Tom und wirbelte zu Carmichael herum, die freie Hand weit zur Seite ausgestreckt, die Pistole immer noch nach oben gerichtet. Carmichael sah über die Schulter, bevor er sich ebenfalls umdrehte.

»Zehn. Feuer!«

Carmichael senkte die Waffe und zielte auf Tom. Die Schusshand unbewegt, schaute er Tom direkt in die Augen, dann hielt er die andere Hand beschwichtigend hoch.

»Feuer!«, schrie Silby noch einmal.

Carmichael musterte seinen Gegner finster, tat aber nichts. Tom atmete auf.

»Mr Carmichael, ich –«

Und dann fiel ein Schuss.

Tom schloss instinktiv die Augen, sein Körper war in Erwartung der tödlichen Kugel zum Zerreißen angespannt. Sekunden vergingen.

Er spürte nichts.

Langsam machte er die Augen wieder auf. Carmichael lag ausgestreckt am Boden. Aus den Augenwinkeln erhaschte Tom eine Bewegung und drehte sich zu Silby um. Dessen Kopf war in Rauch gehüllt. Und plötzlich holte er aus und schlug dem entsetzt dreinblickenden Arzt mit dem Griff der Pistole ins Gesicht.

Beim Klang des dumpfen Schlags verzog Tom das Gesicht. Das Herz klopfte ihm bis zum Hals, doch er riss seine Pistole hoch und richtete sie auf Silby. Im selben Augenblick schob Charles seine Hand unter die Jacke. Und brachte eine weitere Pistole zum Vorschein. Obwohl er nur eine Armlänge von Silby entfernt stand, richtete Charles die Waffe auf Toms Brust.

Die Zeit schien stillzustehen. Fassungslos starrte Tom

seinen Bruder und die Pistole in dessen Hand an. Er durchbohrte Charles mit einem fragenden Blick, dessen Miene allerdings wirkte eiskalt und hasserfüllt.

»Erschieß ihn!«, brüllte Silby Charles an.

Tom holte tief Luft. Gleich würde sein Herzschlag ihm den Brustkorb sprengen. Rot glühender Zorn breitete sich bis in seine Fingerspitzen aus.

Charles stand stocksteif da, den Finger am Abzug. Dann zog er einen Mundwinkel hoch. Tom blinzelte. Silby machte Anstalten, seine Pistole zu heben.

Da drehte Charles sich zu ihm um, rammte ihm den linken Arm vor die Brust und schlug ihm dann mit seiner Waffe gegen den Kopf. Als die Pistole Silby traf, löste sich ein Schuss in den Himmel und Silby fiel mit einem dumpfen Aufprall zu Boden.

Charles schleuderte seine Waffe beiseite und wandte sich wieder seinem Bruder zu.

Tom senkte seine Pistole und ließ den angehaltenen Atem entweichen. »Gütiger Gott«, keuchte er, sicherte seine Waffe und fuhr sich mit der linken Hand über den Nacken. Dann ging er unsicher auf Charles zu. »Was ist ... wieso ...?«, stammelte er.

Charles holte einen geflochtenen Streifen Leder aus seiner Manteltasche, drehte Silby auf den Bauch und begann, dessen Hände zusammenzubinden. »Nachdem du Dain damals hast abblitzen lassen, entschied er, mir ›ein höchst lukratives Angebot‹ zu unterbreiten. Er hatte mitbekommen, dass du und ich nicht gerade das beste Verhältnis haben, und wollte sich Teile von Oakbridge unter den Nagel reißen. Ich habe mich zum Schein darauf eingelassen, um hinter seine wahren

Absichten zu kommen. Kannst du mal nach Carmichael und dem Arzt sehen?«

Beide Männer lagen reglos am Boden. Den Blick immer noch auf Charles gerichtet, überquerte Tom die Freifläche und kniete sich neben Carmichael. Aus dessen Arm sickerte Blut ins Gras. »Carmichael hat eine Schusswunde am Arm. Schau mal nach, ob im Arztkoffer etwas ist, womit wir den Blutfluss stillen können.«

Inzwischen hatte Charles Silby gefesselt und nahm den Kopf des Arztes in Augenschein. »Ich glaube, bis auf starke Kopfschmerzen wird er nach dem Aufwachen keine großen Beschwerden haben.« Er griff sich den Arztkoffer, brachte ihn zu Tom und holte einige Rollen Verbandszeug heraus. Dann begann er Carmichaels Wunde zu verbinden.

»Nachdem ich mich einige Male mit ihm getroffen hatte, versuchte Dain mir einzureden, ich könnte über Halworth herrschen, wenn ich dich erledigen würde – und besäße dann mehr Macht, als ich mir je erträumt hätte. Als sein Verbündeter.«

Wütend schüttelte Tom den Kopf. »Dain wollte mich tot sehen?« Er hatte zwar gewusst, dass Dain keinen Funken Ehre im Leib hatte, aber dass er zu so etwas imstande sein würde … Unglaublich. Ein Glück, dass Charles ihm auf die Schliche gekommen war. »Und Silby?«

Charles bandagierte weiter Carmichaels Arm. Das Blut sickerte bereits durch die Mullbinde. »Ich nehme an, Dain wird ihn gut bezahlt haben. Und ich denke, Dain wollte auch Carmichaels Tod, wegen eines Stücks Land, das sie gemeinsam besaßen. Wie du weißt, hege ich nicht das geringste Interesse an Geschäftsdingen, aber selbst ich habe verstanden, dass Dain von Carmichaels Tod extrem profitieren würde. Also ließ Dain Silby auf Carmichael einreden, dass du so verschuldet wärst und dich nur mithilfe von Victorias Aussteuer retten könntest. Dain kannte Carmichael gut genug, um zu wissen, dass er ihn damit in eine Konfrontation mit dir treiben würde. Silby und ich hatten die Aufgabe sicherzustellen, dass ein Duell stattfindet – und weder du noch Carmichael lebend vom Feld geht.« Nachdem er eine letzte Bandage um Carmichaels Arm geschlungen hatte, sicherte er sie mit einem doppelten Knoten.

Tom war wie vor den Kopf gestoßen. Das erklärte natürlich, warum Charles ihn gestern so zum Duell drängen wollte. »Beruhigend, dass du nie wirklich vorhattest, mich zu erschießen.«

Charles verzog das Gesicht. »Als ich erfuhr, dass Dain deinen Tod wollte, habe ich so lange mitgespielt, bis ich in der Position war, das verhindern zu können.« Er hielt inne, den Blick auf den Blutfleck auf Carmichaels Verband gerichtet. »Nicht, dass ich nicht darüber nachgedacht hätte, es zu tun …« Er sah hoch und fing Toms Blick auf. »Aber nur für eine Sekunde.« Dann zuckte er mit den Schultern. »Immerhin bist du mein Bruder.«

Tom runzelte die Stirn. Darüber würden sie sich zu einem späteren Zeitpunkt noch unterhalten müssen.

Auf einmal stöhnte Carmichael und schlug mühsam die Augen auf. Sofort verfinsterte sich sein Gesicht – ob vor Schmerz oder weil er Tom über sich erblickte, war schwer zu sagen.

»Was zum Teufel ist passiert?«, stammelte er schwach.

»Silby hat auf Sie geschossen«, sagte Tom.

Carmichael reckte den Hals. »Silby?« Er sah auf seinen Arm hinunter und legte sich dann wieder rücklings ins Gras. »Warum in alles in der Welt sollte Silby mich erschießen wollen?«

»Er hat auf Dains Anweisung gehandelt«, erklärte Tom. »Dain wollte, dass wir uns gegenseitig töten. Charles und Silby sollten sicherstellen, dass wir seinen Plan auch nicht vermasseln.« Auf einmal wurde Tom bewusst, dass Carmichael tatsächlich nichts mit den Machenschaften gegen Vickys Familie zu tun gehabt hatte. Er fuhr sich mit der Hand durchs Haar.

Carmichael blinzelte. »Dain? Ich hatte mir schon gedacht, dass er nach der Sache auf dem Hauskonzert einen Groll gegen mich hegt, aber …« Seine Stimme versiegte, als habe er Schwierigkeiten, Dains böse Absichten zu begreifen. Dann hob er den Kopf und versuchte, sich aufzurichten. »Wo ist Silby jetzt?«

Charles stützte Carmichaels heilen Arm so, dass er sich aufsetzen konnte. »Ich habe mir das Vergnügen erlaubt, ihn außer Gefecht zu setzen«, sagte Toms Bruder.

Eindringlich musterte Carmichael ihn. »Dann haben Sie sich also entschieden, Dains Pläne nicht umzusetzen?«

Charles nickte. »Könnte man so sagen.«

»Ich schulde Ihnen eine Entschuldigung, Carmichael«, sagte Tom.

Der verzog das Gesicht, als er seinen verletzten Arm mit dem gesunden abstützte. »Das haben Sie doch schon zweimal versucht, Halworth.«

Aber diesmal würde er es richtig machen. »Ich hatte Ihnen zugetraut, mit Dain unter einer Decke zu stecken. Allerdings waren es meine ...« – *Gefühle für Vicky* – »... Es war meine mangelnde Selbstbeherrschung, die uns in diese Lage gebracht hat.«

Carmichael nickte. »Ich gebe zu, ich habe von Ihnen auch nicht das Beste gedacht. Jetzt verstehe ich Ihre Feindseligkeit natürlich besser. Wo bleibt denn dieser verfluchte Arzt eigentlich?«

Eine nettere Reaktion auf seine Entschuldigung war von Carmichael im Moment wohl nicht zu erwarten. Tom sah über die Schulter zu dem Arzt, der immer noch ohnmächtig am Boden lag. »Silby hat ihn bewusstlos geschlagen.« Tom stand auf. Die Sache mit Dain würde warten müssen. Nun galt es erst einmal zu überlegen, wo man um diese Uhrzeit einen anderen Arzt auftreiben könnte.

»Tom!«

Tom wirbelte herum – und sah Susie durch den Park auf sich zurennen. Als sie ihn erreichte, konnte sie vor Anstrengung kaum sprechen, und Tom stützte sie, während sie mühsam wieder zu Atem kam.

»Gott sei Dank, du bist unverletzt«, keuchte sie. »Lady Victoria wurde entführt!«

Tom blieb beinahe das Herz stehen.

»Was sagen Sie da?«, drang Carmichaels Stimme zu ihnen herauf.

Susan sah zuerst zu Carmichael nach unten, dann schaute sie Tom in die Augen. »Wir wollten hierherkommen, um das Duell zu verhindern. Sie lief vor mir.« Susie atmete tief durch, während Tom das Blut in den Ohren rauschte. »Als wir uns dem Parkeingang näherten, sprang plötzlich ein Mann mit hellbraunen Haaren aus einer Kutsche und packte sie. Ich habe versucht, ihn aufzuhalten, aber er hat mich zu Boden geschlagen. Ich tat so, als wäre ich bewusstlos, habe aber gesehen, wie er Victoria in die Kutsche zerrte und mit ihr davonfuhr.«

Tom war es, als würden seine Beine unter ihm nachgeben. In seinem Brustkorb flammte der Zorn erneut auf. Er sah an Susie vorbei zur anderen Seite des Parks und versuchte, sich den Überfall vorzustellen.

»Dain«, stieß Carmichael finster hervor.

Dieser kranke Mistkerl!

Tom blinzelte, um den Kopf klar zu bekommen. Sie hatten keine Zeit zu verlieren. Niemand konnte genau wissen, was Dain vorhatte. Doch nach dem zu urteilen, was Vicky in den vergangenen Wochen schon alles zugestoßen war, hegte Tom keinen Zweifel an dem Ausmaß seiner Böswilligkeit. »Geht es dir gut?«, fragte er Susie.

Sie nickte. »Mach dir um mich keine Sorgen.«

Er musterte seine Schwester von Kopf bis Fuß. Tatsächlich schien sie unverletzt zu sein. Er würde sie also in Charles' Obhut zurücklassen können. »In welche Richtung ist die Kutsche gefahren?«

»Green Park. Und dann ist sie Richtung Piccadilly abgebogen.«

Tom wandte sich Charles zu. »Vielleicht will er die Stadt verlassen. Hat er dir irgendetwas über seine Pläne verraten?«

Stirnrunzelnd schüttelte Charles den Kopf. »Von einer Entführung habe ich nichts gewusst.«

Tom schluckte trocken. »Vielleicht kann ich die Kutsche noch einholen.« In seinem Kopf rasten die Gedanken durcheinander. Wie sollte er Vicky bloß finden, wenn er die Kutsche nicht mehr einholte?

»Er will bestimmt zu seinem Landhaus bei Richmond«, warf Carmichael ein und versuchte, auf die Beine zu kommen.

»Woher wissen Sie das?«, fragte Tom.

Charles half Carmichael auf die Füße, indem er ihn am gesunden Arm hochzog.

»Er hat das kleine Landhaus mir gegenüber einmal erwähnt. Dass er manchmal Frauen dorthin mitnimmt. Aber das möchte ich in Gegenwart der jungen Dame hier nicht weiter ausführen.«

Tom sah Susie an. »Carmichael, darf ich vorstellen – Susan Naseby. Charles' und meine Schwester.«

Carmichael warf ihr einen Blick zu und nickte. Dann beschrieb er ihm in knappen Worten den Weg zu Dains Landhaus. »Nehmen Sie mein Pferd.«

»Danke«, erwiderte Tom.

Carmichael knirschte sichtlich mit den Zähnen. »Bringen Sie Victoria einfach heil wieder zurück.«

Tom nickte entschlossen. Ja, er würde Vicky unversehrt zurückbringen. Aber nicht für Carmichael. Sein bislang unterdrückter Zorn breitete sich nun wie ein Lauffeuer in seinem Inneren aus. In seinem Kopf hatten nur noch zwei Gedanken Platz. Erstens: Dain würde für das bezahlen, was er getan hatte. Zweitens: Tom musste Vicky wissen lassen, was er wirklich für sie empfand.

Dreißigstes Kapitel

Niemand kann so wenig menschlich, so wenig auf seinen eigenen Wert bedacht sein, dass er einer solchen Tat fähig wäre.
– Jane Austen, *Stolz und Vorurteil*

Vicky zerrte mit hämmerndem Puls an den Fesseln um ihre Handgelenke. Dain hatte ihr die Hände über Kreuz mit langen Lederstreifen zusammengebunden. Ihre Arme schmerzten noch immer an der Stelle, an der er sie zuvor gepackt und in die Kutsche gezerrt hatte.

Dain saß ihr in der Kutsche gegenüber und grinste sie wie wahnsinnig an, eine Pistole in der Hand.

»Was genau erhoffst du dir hiervon?«, fragte Vicky höhnisch.

Dain schnaubte und sah aus dem Fenster. »Ach komm schon, liebe Schwägerin. Ich hätte dich für schlauer gehalten. Du kannst dir doch sicher ausmalen, was ich vorhabe.«

Es kribbelte Vicky in den Fingern, ihm die Augen auszukratzen. Ihre Gedanken flogen zum St. James's Park. Vielleicht lag Tom schon längst tot am Boden – und zwar nur deswegen, weil Dain beschlossen hatte, den Entführer zu spielen.

»Da *ich* mich gerade in der Kutsche befinde und nicht deine

Ehefrau, kann ich nur annehmen, dass du vorhast, mich bei meinem Vater gegen die Einstellung des Trennungsverfahrens einzutauschen.« Bestimmt hatte das Kirchengericht Dain inzwischen einberufen lassen. Warum sonst sollte er solch drastische Maßnahmen ergreifen?

Dain brach in verächtliches Gelächter aus. »Das käme nur dann infrage, wenn ich nicht eine wesentlich nachhaltigere Lösung anstreben würde.«

Vicky runzelte die Stirn. Was sollte das denn heißen?

»*Mein* Ruf wird jedenfalls nicht besudelt werden.«

»Darum geht es dir also? Um deinen gesellschaftlichen Ruf?« Vicky sog hörbar die Luft ein. »Und was ist mit dem Ruf meiner Schwester? Was ist damit, was du ihr angetan hast?«

Wütend funkelte Dain sie an. »Ihr Ruf wird keinen Kratzer abbekommen, wenn sie zu ihrem Ehemann zurückkehrt.«

»Du hast deine eigene Schwägerin entführt! Sobald das bekannt wird –«

»Das wird aber nicht bekannt werden, *liebste* Schwägerin. Du bist das Letzte, was noch zwischen mir und dem mir versprochenen Besitz steht.«

Vicky hielt den Atem an. Also hatte es Dain tatsächlich die ganze Zeit auf Oakbridge abgesehen. Und es gab nur eine Möglichkeit, Vicky davon abzuhalten, das Anwesen zu erben: Er musste sie loswerden. Vickys Hände begannen unkontrollierbar zu zittern und sie verschränkte die Finger, damit Dain es nicht bemerkte.

Dain konnte doch unmöglich ein Mörder sein! Höchstens ein Mistkerl, genau wie Tom gesagt hatte. Ein skrupelloser Mann, der Menschen einschüchterte, um zu bekommen, was er wollte.

Trotzig schob sie das Kinn vor. Sie würde sich von ihm nicht einschüchtern lassen. »Oakbridge wurde dir nie *versprochen*.«

Er grinste. »Du glaubst doch nicht im Ernst, dass dein Vater vorhatte, *dir* das Anwesen zu vererben. Du mit deinen Büchern und deiner Besserwisserei – welcher Mann mit Verstand und Titel würde so etwas denn heiraten?«

Vickys Wangen brannten vor Scham.

»Nein«, fuhr Dain fort. »Oakbridge steht mir zu – mir als Altheas Mann. Und ich werde es mir nicht wegnehmen lassen. Sobald ich dich los bin, werde ich auf die zwei schönsten Stücke Land in North Hampshire Zugriff haben.«

Vickys Kehle war wie ausgetrocknet. Dain wollte sie also ernsthaft aus dem Weg haben. Für immer.

Seit er bei dem Angriff verletzt worden war, hatte ihr Vater sich nicht mehr in der Gesellschaft gezeigt. Vermutlich wusste man in der Öffentlichkeit also nichts über seinen aktuellen Gesundheitszustand. Dain glaubte bestimmt, er sei dem Tode nahe. Und das konnte er nur denken, wenn *er selbst* hinter dem Anschlag auf die Kutsche der Astons steckte. Die Angreifer hatten ihm bestimmt berichtet, welche schweren Verletzungen der Graf davongetragen hatte.

»Wieso die *zwei* schönsten Stücke Land?«, versuchte sie Dain in ein Gespräch zu verwickeln.

Er verzog den Mund zu einem Grinsen. »Nach dem heutigen Tag wird Lord Halworth kein Hindernis mehr darstellen, und wie es der Zufall will, bin ich mit seinem Nachfolger engstens befreundet.«

»Charles?« Vicky war angewidert, mit welcher Beiläufigkeit er über Toms Ableben redete.

»Halworth in eine Situation zu manövrieren, in der er sein

Leben selbst aufs Spiel setzt, hat allerdings schon einiges an Planung gebraucht«, fuhrt Dain fort. »Charles hat sich als williger Handlanger erwiesen. Und wie so oft hat sich von allein eine Gelegenheit ergeben, als Carmichael den Fehler beging, mich auf dem Hauskonzert bei den Chadwicks wegzuschicken. Trotz unserer geschäftlichen Beziehungen besaß Carmichael doch tatsächlich die Dreistigkeit, mir zu befehlen, mich von euch fernzuhalten! Wie sollte ich zulassen, dass dieser hirnlose Riese mir sagt, ich dürfte meine eigene liebe Familie nicht mehr sehen?!« Er lachte, als sei Carmichael der größte Dummkopf Englands. »Ich kann deine Missbilligung in deinem Gesicht ablesen, Victoria. Wie schön, dass du noch so feurig bist wie immer. Da macht es umso mehr Spaß, dir zu erzählen, wie genial ich das alles eingefädelt habe.«

Vicky durchbohrte ihn regelrecht mit Blicken. Der Mann war ja völlig verrückt! Warum hatten sie das alle nicht erkannt? Wie hatte er das all die Jahre so gut verbergen können?

Mit einem boshaften Kichern erklärte er ihr, wie er Carmichael und Tom gegeneinander ausgespielt hatte, bis sie sich gegenseitig hassten. Und wie er Silby und Charles engagiert hatte, um sicherzustellen, dass es zum tödlichen Duell kam.

Also war Silby auch Teil von Dains schrecklicher Intrige? Kein Wunder, dass Vicky ihn nicht leiden konnte. »Wie hast du Silby überzeugt, sich dir anzuschließen?«

Dain wirkte enttäuscht, dass sie nicht von allein auf die Antwort kam. »Wie naiv du doch bist. Mit Geld, meine Liebe. Sein Vater hat vor langer Zeit aufgehört, seine Schulden zu bezahlen. Und der alte Mann scheint zäh wie Leder zu sein, es wird also viele Jahre dauern, bis Silby den Titel erbt.

Deshalb habe ich ihm eine großzügige Entlohnung für seine Dienste angeboten. Seine finanziellen Nöte wogen offenbar wesentlich schwerer als seine Skrupel.« Dain hielt inne und betrachtete Vicky aus zugekniffenen Augen. »Unglücklicherweise ist der Mann allerdings nur bedingt brauchbar. Mit der törichten Zweispänner-Geschichte hat er viel zu viel Aufmerksamkeit erregt.«

Vicky fröstelte vor Entsetzen. Dann war das wirklich eine List gewesen. Die Bestätigung des Verdachts, dass Silby an dem Tag tatsächlich versucht hatte, sie umzubringen, jagte ihr einen eisigen Schauer über den Rücken. Sie dachte daran, wie Silby sich aufgeführt hatte, als sie sich von Tom nach Hause hatte begleiten lassen. Was hätte er wohl versucht, wenn sie nicht auf Toms Begleitung bestanden hätte?

Dain grinste wieder, die Augen so gefühlskalt wie Felsgestein. »Zumindest wird mir dadurch das Vergnügen zuteil, *dich* für deine Frechheiten persönlich zu bestrafen. Den schönsten Spaß sollte man niemals seinen Lakaien überlassen.«

Vicky erstarrte. Das Herz klopfte ihr bis zum Hals. In ihrem Kopf rasten die Gedanken durcheinander. Sie musste einen Weg finden, den letzten Rest von Menschlichkeit in diesem Mann zu erwecken. »Genug der bösen Scherze. Im Ernst jetzt – du bist doch kein Mörder«, sagte sie.

»Bin ich nicht? Sag das mal eurem Anwalt, Mr Barnes.«

Vickys Handflächen waren plötzlich schweißnass und ihre Beine zitterten. Vielleicht log Dain auch nur, um ihr Angst zu machen. Aber Carmichael hatte ihrem Vater ja gesagt, dass Mr Barnes verschwunden war.

Sie sah Dain in die Augen. Er zog die Brauen hoch und begegnete ihrem Blick mit einem selbstgefälligen Grinsen.

Dann griff er in seine Jackentasche und holte eine Taschenuhr heraus. An der Kette ließ er sie vor Vickys Gesicht baumeln.

Bittere Galle stieg in Vickys Kehle hoch, als sie die rostroten Blutflecken auf der Uhrenkette sah. Und dann entdeckte sie die Initialen, die in das Silber eingraviert waren: *E. B. Edward Barnes.* Eine Welle der Übelkeit erfasste sie. Jetzt gab es keinen Zweifel mehr daran, wozu Dain imstande war. Und wenn er einem Mann, den er kaum kannte, schon so etwas Abscheuliches antun konnte, was würde er dann erst ihr antun?

Hasserfüllt funkelte sie ihn an. »Warum tust du das alles? Du hast doch weder Geld noch Land nötig.«

Er stopfte die Uhr wieder in seine Tasche. »Oakbridge steht mir zu und ich werde es mir nehmen. Halworth ist nur ein Bonus obendrauf und eine gute Möglichkeit, mich an Tom Sherborne zu rächen, diesem selbstgerechten Idioten. Wäre er nicht aus dem Land verschwunden, hätte ich das schon längst getan.«

Vicky erinnerte sich daran, dass Tom ihr erzählt hatte, wie er Dain damals in Eton öfters einen Strich durch die Rechnung gemacht hatte.

An Dains Wange zuckte ein kleiner Muskel. »Niemand beschmutzt *meinen* Ruf und kommt ungestraft davon.« Dann musterte er Vicky vom Scheitel bis zu den Sohlen ihrer knöchelhohen Stiefel. »Die Lektion wirst du heute auch noch lernen.«

Vicky drehte sich der Magen um. »Den Antrag auf den *supplicavit*-Beschluss magst du verhindert haben, aber vor dem Kirchengericht ist die Sache nach wie vor anhängig.«

Dain schoss ihr einen scharfen Blick zu. »Ich kann Althea immer noch dazu zwingen, die Klage fallen zu lassen. Wenn sie erfährt, dass ich dich habe, wird sie keine Sekunde zögern. Was allerdings nicht heißt, dass ich dich danach wirklich freilasse.«

Vicky schluckte schwer.

Mit einem schmierigen Grinsen richtete er den Blick auf ihre Brust. »Eine Schande, dass ich dich nicht vor Althea kennengelernt habe. Du hättest zwar eine miserable Ehefrau abgegeben, aber ich wette, im Bett hätte ich mit dir wesentlich mehr Spaß gehabt.«

Wieder stieg Vicky die Gallensäure hoch und sie würgte sie hustend hinunter.

»Ich bin sicher, in dir steckt mehr Leidenschaft als in der dummen Langweilerin, die ich geheiratet habe«, fuhr er fort.

»Sie hatte immerhin den Mut, dich zu verlassen«, zischte Vicky.

Er zuckte nur die Schultern. »Mut nennst du das? Ich würde eher Überlebensinstinkt dazu sagen. Und über den verfügt selbst ein Straßenköter.«

»Du bist widerwärtig! Wie kannst du es wagen, so über meine Schwester zu sprechen?!«

Dain lachte.

Vicky zitterte vor Wut am ganzen Körper. Solch bodenlose Boshaftigkeit gab es nicht in den Romanen, in die sie sich seit so langer Zeit flüchtete – und in die sie ihr eigenes Leben hatte verwandeln wollen. Tom und Althea hatten recht gehabt, ja selbst Mr Carmichael. Sie war so unfassbar naiv gewesen. Und zur Strafe würde ihr dieser Wahnsinnige jetzt das Leben nehmen – und wer weiß, was noch.

»Tolles Temperament«, stieß er hervor und ließ den Blick lüstern über ihren Körper streifen.

Sie zerrte an den Fesseln und hatte Mühe, sich nicht zu übergeben.

»Mal sehen, wie viel Temperament du noch aufbringst, sobald ich mit dir fertig bin.«

Einunddreißigstes Kapitel

Wie er das anstellen will, weiß ich nicht.
– Jane Austen, *Stolz und Vorurteil*

Tom drückte Carmichaels Pferd die Fersen in die Flanken, um es anzutreiben. Von einem ortsansässigen Gasthausbesitzer hatte er genauere Ortsangaben zu Dains Landhaus bekommen und galoppierte nun über einen schmalen Feldweg dorthin. Die Bäume, die den Weg zu beiden Seiten flankierten, wurden immer dichter. Seit dem Gasthaus hatte er kein einziges Gebäude mehr passiert.

Der frühe Morgennebel hatte sich zerstreut, als Tom aus London hinausgeritten war. Und obwohl in der Ferne dunkle Wolken standen, blieb das Wetter trocken. Also vielleicht war Tom das Glück wenigstens dieses eine Mal hold – auf nassen Straßen hätte er es noch schwerer gehabt, Dains Kutsche einzuholen. Groß konnte der Vorsprung jetzt nicht mehr sein.

Immer wieder stellte er sich vor, wie er Dain für die kriminellen Auswüchse seines kranken Hirns würde büßen lassen. Es waren diese Gedanken allein, die ihn seine Wut, seine Angst, seine Besorgnis und die fünfzig anderen Empfindungen aushalten ließen, die er in diesem Ausmaß seit vielen

Jahren nicht mehr gefühlt hatte. Der Zorn in seinem Inneren war so glühend heiß, dass er alle Vernunft übertönte. Doch das war Tom vollkommen gleichgültig.

Wozu sollte Vernunft noch gut sein – jetzt, da Vicky sich in Gefahr befand? Sie hatte ihm schon am Tag nach dem Angriff auf die Kutsche der Astons gesagt, dass Dain dahinterstecken musste. Aber Tom hatte, von Eifersucht umnebelt, seine Aufmerksamkeit lieber auf Carmichael gerichtet. In Wirklichkeit war Dain das größte Ungeheuer – und in seiner Ungeheuerlichkeit enger mit Toms Vater verwandt als dessen eigene Kinder.

Tom umklammerte die Zügel fester.

Er schüttelte den Kopf, seine Wut zerschmolz alle anderen Gedanken außer dem einen: Er musste zu Vicky. Und es war nicht mehr weit.

Und dann tauchte es plötzlich zwischen einigen hohen Bäumen zu seiner Rechten auf – Dains Landhaus im Tudorstil oder eher eine Art Kate, mit weiß verputzten Mauern und dunklen Holzbalken. Es war klein, aber gut in Schuss, und sah genauso aus, wie der Gasthausbesitzer es beschrieben hatte. Erleichtert, es endlich gefunden zu haben, brachte Tom Carmichaels Pferd ein gutes Stück davon entfernt zum Stehen und stieg ab.

Er führte das Pferd zwischen die Bäume zur Linken und band es an einem tief hängenden Ast fest. Mit ruhigen Händen holte er dann seine Pistole aus der Innentasche seines Mantels und überprüfte das Schießpulver.

Die Waffe schien noch voll geladen zu sein. Aber sie war auf dem Ritt von London bis hierher kräftig durchgeschüttelt worden. Tom biss die Zähne zusammen. Jetzt konnte er nur noch hoffen, dass die Waffe funktionierte, falls er sie wirklich würde einsetzen müssen.

Vorsichtig schlich er sich zwischen den Bäumen hindurch zur Kate, wobei er bei jedem Schritt nach irgendeiner Bewegung Ausschau hielt. Vor dem Hauseingang stand eine große Kutsche, doch vom Kutscher keine Spur. Tom duckte sich hinter eine Hecke nahe der Hauswand und lauschte. Als er außer Blätterrauschen nichts hören konnte, kroch er zur Seitentür der Kate, drückte sich an die Mauer und spähte durch das nächstgelegene Fenster ins Haus. Doch von Vicky war nichts zu sehen. Der Raum, in den er hineinschauen konnte, schien eine Küche zu sein, die aber bis auf einen hölzernen Tisch in der Mitte komplett leer war.

Langsam drückte Tom die Türklinke hinunter. Die Angeln quietschten leise, als er die Tür aufschob, über die Schwelle trat und hinter sich wieder zumachte.

Jenseits der Küche führte eine schmale Treppe nach oben. Direkt daneben befand sich eine Tür, hinter der Tom den Rest der Räumlichkeiten im Erdgeschoss vermutete. Er huschte durch die Küche und presste das Ohr ans Türblatt.

Nichts.

Doch dann polterte es über seinem Kopf. In Tom erwachte der Zorn erneut zum Leben.

Er hastete zur Treppe und eilte die Stufen so leise und doch so schnell wie möglich hinauf.

Vicky verzog das Gesicht, als Dain seinen schweren schwarzen Mantel zu Boden fallen ließ. Ihr war immer noch übel, und sie schloss die Augen in der Hoffnung, ihren Magen etwas beruhigen zu können.

Da hörte sie, wie Dain zum Fußende des Bettes ging.

Sofort riss sie die Augen wieder auf und funkelte ihn verächtlich an, obwohl in ihrem Inneren die Angst tobte. Er warf ihr einen lüsternen Blick zu und schleuderte im nächsten Moment auch seine Weste zu Boden. Vicky bekam kaum Luft, in ihrem Kopf drehte sich alles.

Sie konnte es nicht fassen, in welcher Lage sie sich gerade befand. Allein mit einem Wahnsinnigen in einer abgelegenen Kate, ohne jegliche Hoffnung, dass jemand sie würde retten können. Susie wusste natürlich, dass sie entführt worden war, aber sie hatte bewusstlos am Boden gelegen, als Dain mit Vicky davongebraust war.

Und wegen ihrer Dummheit war Tom jetzt vielleicht tot – oder Mr Carmichael. Oder vielleicht auch beide. Vor Vickys innerem Auge tauchte ein Bild auf – Tom, wie er blutüberströmt im Gras lag. Sie versuchte, das Bild zu verscheuchen, doch es gelang ihr nicht.

Dain hatte sie die Treppe hochgezerrt und in dieses kleine Zimmer geworfen – da hatte es ihr auch nichts genützt, dass sie sich mit aller Kraft gegen ihn gewehrt, ihn gekratzt und aus Leibeskräften geschrien hatte. Gegen seine schraubstockartige Umklammerung hatte sie keine Chance gehabt. Am Ende hatte er ihr zwei so mächtige Ohrfeigen verpasst, dass sie vor Schmerz ganz benommen war. Dann hatte er sie aufs Bett geschleudert, ihre Hände und Füße an die Bettpfosten gefesselt und ihr einen Knebel in den Mund geschoben.

Vicky tat ihr Bestes, die Panik zu unterdrücken, die sie zu

verschlingen drohte. Sie kniff die Augen fest zu, um Dains grässliches Gesicht über sich auszublenden.

Ihr Leben hatte mit den Romanen von Jane Austen nun wirklich überhaupt nichts mehr zu tun. Auch nachdem Dains Handlanger ihren Vater fast zu Tode geprügelt hatten, hatte sie immer noch gedacht, am Ende würde alles gut werden – irgendein gut aussehender Gentleman würde plötzlich auftauchen und um ihre Hand anhalten.

Wie unglaublich dumm, dumm, dumm sie doch gewesen war!

Dain hatte das Leben so vieler Menschen zerstört – Altheas, Toms, Carmichaels, Vickys … Und wenn Dain sie am Ende tötete, würden auch der Rest ihrer Familie und die Angestellten auf Oakbridge für immer darunter leiden, sobald er sich das Anwesen unter den Nagel riss.

Hätte sie sich Toms und Carmichaels Getue bloß nicht so zu Herzen genommen! Wenn sie einen der beiden Heiratsanträge angenommen hätte, statt sich wie ein bockiges kleines Kind zu verhalten, wäre das alles hier nicht geschehen. Dann hätte Dain nicht die Chance gehabt, sie im Morgengrauen unbemerkt zu entführen.

Sie hätte mit Tom glücklich werden können. Irgendwann hätte er sie bestimmt lieben gelernt. Susie war sogar der Meinung, dass er es schon längst tat. Aber nun hatte sie ihn für immer verloren.

Sie rang unter dem Knebel nach Luft und schaute sich verzweifelt nach einem Fluchtweg um, nach einer Möglichkeit, diesem Albtraum zu entfliehen. Aber sie wusste, es war vergeblich. Sie konnte nichts anderes tun, als ihm die Genugtuung, sie schreien zu hören, zu verwehren.

Dain schien ihre Verzweiflung zu spüren, denn er setzte ein teuflisches Grinsen auf und begann dröhnend zu lachen.

Oben angekommen, spähte Tom vorsichtig um die Treppe herum. Drei Türen führten vom Flur ab, zwei auf der rechten Seite und eine auf der linken.

Hinter der nächstgelegenen Tür zur Rechten dröhnte auf einmal Dains widerwärtiges Lachen. Tom entsicherte seine Pistole.

Er rannte zur Tür.

Das Holz krachte und Splitter flogen nach allen Seiten, als er die Tür eintrat.

Die Szene, die sich seinen Augen bot, ließ ihm die Haare zu Berge stehen. Vicky lag auf dem Bett in der Mitte des Zimmers, Hände und Füße an die Bettpfosten gefesselt, einen Knebel im Mund. Dain, der nur noch Hose und Hemd trug – die restliche Kleidung lag am Boden –, ragte über ihr auf.

Vicky schrie unter dem Knebel auf.

Als Dain herumwirbelte, erkannte Tom in seinen Augen den lodernden Wahnsinn.

Wutentbrannt richtete Tom die Pistole auf Dains Brust. »Lass sie los.«

»Dann haben Silby und dein Bruder mich wohl verraten. Hoffentlich liegt Carmichael wenigstens tot am Boden«, erwiderte Dain mit einem Schnauben und schob sich dabei wie unabsichtlich auf einen kleinen Beistelltisch neben dem Bett zu – auf dem eine Pistole lag.

Tom trat vor. »Noch einen Schritt weiter und ich erschieße dich«, zischte er.

Dain blieb stehen. »Das bezweifle ich. Du warst doch schon immer ein Feigling, der vor jedem Kampf zurückgeschreckt ist.«

Tom umklammerte die Pistole fester, als ihm die Erinnerung an das grausame Grinsen seines Vaters durch den Kopf schoss. Ja, der böse alte Mann war der Grund dafür, dass Tom sich keinem Kampf aussetzen wollte. Aber diesmal drängte er die Erinnerung bewusst nicht zurück. Trotz seiner glühenden Wut würde er niemals so werden wie sein Vater. Oder wie der Mann, der nun vor ihm stand. Das wusste er auf einmal mit hundertprozentiger Sicherheit. Er wusste, er würde Vicky und alle anderen, die er liebte, bis zu seinem letzten Atemzug verteidigen. Das teuflische Brennen in seinem Inneren erstarb, und ihm war, als wäre ihm eine tonnenschwere Last von den Schultern genommen worden.

Dain verzog den Mund zu einem widerlichen Grinsen. »Dachte ich's mir doch. Nur warme Luft und keinen Arsch in der Hose.« Damit näherte er sich dem Beistelltisch.

»Heute vielleicht doch.« Tom drückte den Abzug. Das Schießpulver in seiner Pistole explodierte mit einem ohrenbetäubenden Knall.

Vicky kniff die Augen fest zu, während der Schuss im Zimmer widerhallte. Selbst als das Echo langsam verklang, blieb sie noch einen Moment reglos liegen. Schließlich schlug sie vorsichtig die Augen auf.

Dain stand immer noch aufrecht – und lachte. Die Pistole hatte anscheinend nicht richtig gefeuert. Entsetzt schaute Vicky zu, wie Tom sich auf Dain stürzte. Die beiden krachten zusammen, dann schleuderte Tom seinen Gegner mit einem lauten Poltern gegen die Wand. Aber er lebte! Tom war am Leben!

Vicky drehte ihre rechte Hand hin und her, in der Hoffnung, die Fessel lockern zu können. Beim Klang jedes Fausthiebs verzog sie das Gesicht, kämpfte jedoch unablässig gegen ihre Fesseln an. Endlich gab das Leder nach und Vicky konnte ihre Hand herauswinden.

Hastig befreite sie auch ihre linke Hand und die Fußknöchel von den Fesseln, riss sich den Knebel aus dem Mund und sprang vom Bett.

Den Bruchteil einer Sekunde später hatte sie sich die Pistole vom Beistelltisch gegriffen, entsicherte sie und zielte auf Dain. Doch der rollte mit Tom zusammen über den Boden und sie wagte es nicht zu schießen, um nicht etwa Tom zu treffen. Dann holte Dain plötzlich aus, schlug Tom die Faust gegen den Kopf und pinnte ihn am Boden fest.

»Aufhören!«, kreischte Vicky und zielte auf Dains Rücken.

Aber der drehte sich erst um, nachdem er Tom noch einen Hieb verpasst hatte, diesmal ans Kinn. Während er Tom immer noch zu Boden drückte, schaute er über die Schulter zu Vicky. Grinsend musterte er ihre Hand- und Fußgelenke. Sein Gesicht war vom Kampf geschwollen und blutverschmiert.

»Aufstehen«, befahl Vicky. »Lass ihn los, sonst schieße ich.«

Das Grienen verschwand aus Dains Gesicht und er rappelte

sich langsam auf. »Ts, ts, du kannst mich doch überhaupt nicht erschießen, Victoria«, höhnte er. »Das bringst du nicht übers Herz.«

Er kam auf sie zu, die Hände offen nach vorn gestreckt.

Mit ruhiger Hand hob Vicky die Waffe ein Stück an.

Dain blieb stehen. »Außerdem ... Was würden die Leute wohl sagen, wenn sie erfahren, dass du deinen eigenen Schwager umgebracht hast?«

Vicky schielte aus dem Augenwinkel zu Tom. Auch sein Gesicht war blutüberströmt, doch er stand auf und machte einige Schritte seitwärts, um ihr freie Schussbahn auf Dain zu ermöglichen. Sie hätte beinahe gelächelt.

Tom war gekommen, um sie zu retten. So, wie er es schon immer getan hatte. Aber er traute ihr auch zu, dass sie ihrerseits tun würde, was getan werden musste – um sie beide zu retten.

Und dafür liebte sie ihn.

Sie zwang sich, den Blick wieder auf Dain zu richten. Inzwischen hatte er sich näher an sie herangeschoben.

»Komm schon, liebste Schwägerin. Ich glaube kaum, dass du mit der Gewissheit weiterleben könntest, einem Menschen das Leben genommen zu haben.«

Liebste Schwägerin? Wie konnte er es wagen, sie immer noch so zu nennen?! Vicky dachte an Althea, die er gebrochen und in einen Schatten ihrer selbst verwandelt hatte. Sie dachte an Mr Barnes und seine Familie, die ihn nun nie wiedersehen würde. Sie dachte an ihren Vater, wie er nach dem Überfall blutend am Boden lag. Und zuletzt dachte sie an Tom und daran, was ihm bei dem Duell hätte zustoßen können.

Und all das nur, weil dieser Irre sich noch mehr Land und Macht unter den Nagel reißen wollte.

Das Blut rauschte in ihren Ohren. Die Welt wäre besser, wenn Vicky sie von diesem Mann befreite. Aber würde sie es wirklich über sich bringen, ihn zu töten? Konnte sie ihm in die Augen sehen und ihn erschießen?

»Leg die Waffe weg und ich verspreche, dass dir nichts Schlimmes passieren wird«, sagte Dain mit einem selbstgefälligen Grinsen.

Monster.

Vicky drückte den Abzug. Sie roch den säuerlichen Rauch, spürte den Rückschlag in ihrem Arm und sah, wie Dain in ungläubigem Entsetzen die Augen aufriss. Als könne er es nicht fassen, dass sie wirklich geschossen hatte. Dann stürzte er zu Boden.

Vicky ließ die Waffe sinken.

Eine Sekunde später spürte sie, wie Tom die Arme um sie schlang. »Es ist vorbei.«

Sie vergrub den Kopf an seiner Brust, während eine Welle der Erleichterung sie erfasste.

»Bist du verletzt?« Tom hielt sie auf Armeslänge von sich weg, um sie von Kopf bis Fuß zu mustern.

»Nein, mir geht's gut – jetzt, da du hier bist«, antwortete sie und sehnte sich nach der Wärme seiner Umarmung zurück.

Tom begutachtete ihre Wange und sie sah, wie er die Zähne zusammenpresste.

»Er hat dich geschlagen«, stieß er eisig hervor. In seinen Augen flammte der Zorn auf, aber seine Hand strich mit unendlicher Zartheit über den Bluterguss an ihrer Wange.

Vicky holte ein Taschentuch hervor, um ihm das Blut vom Gesicht zu tupfen. »Und wie geht es dir?«, fragte sie.

Er lächelte sanft, als sie gegen seine aufgeplatzte Lippe und sein verletztes Kinn tippte. »Ich habe nichts – nichts, was ein bisschen Ruhe nicht heilen könnte.«

Vicky ließ die Hand sinken und sah Tom an. Als seine braunen Augen aufblitzten, spürte sie die Schmetterlinge in ihrem Bauch flattern. Ihr Herz raste immer noch und sie nahm ein paar tiefe Atemzüge, um sich zu beruhigen. Tom strich ihr über die Oberarme, die trotz der langen Ärmel ihres Kleides eiskalt waren. Wie hatte er das wissen können?

»Nun kannst du endgültig nicht mehr an meinem perfekten Heldentiming zweifeln«, sagte Tom mit einem warmen Lächeln.

Es raubte Vicky den Atem, den alten Tom wiederzuhaben. Belustigt schnaubte sie und neigte den Kopf. »Aber *ich* war es, die den letzten Schlag getan hat.« Ihre Mundwinkel hoben sich. »Ich würde mal sagen – keiner hätte es ohne den anderen geschafft.«

Tom strich ihr eine Haarsträhne aus dem Gesicht. »Du bist wirklich unglaublich, Victoria Aston. Warst du schon immer.«

Vickys Herz klopfte so heftig, dass sie fürchtete, er könnte es hören. Sie spürte, wie ihre Wangen glühten, und wich Toms Blick aus.

»Lass uns gehen«, sagte er.

Sie nickte.

Als sie die Kate verließen, sog Vicky erleichtert die kühle Luft ein. Tom führte sie zu den Bäumen, wo er das Pferd angebunden hatte. Als sie fröstelte, zog er seinen Mantel aus, legte ihn ihr um die Schultern und half ihr in die Ärmel. Sofort spürte sie seine Körperwärme im Inneren des Mantels und genoss das schöne Gefühl. Tom sah sie lächelnd an und knöpfte ihr den Mantel zu, was sich so intim anfühlte, dass Vicky den Atem anhielt.

Als er den obersten Knopf zumachte, streiften seine Finger Vickys Kinn. Unwillkürlich entfuhr ihr ein leiser Seufzer.

Behutsam hob Tom ihr Kinn mit Daumen und Zeigefinger an. »Dieser ganze Schlamassel ist zu einem Großteil der Tatsache geschuldet, dass ich mir dich nicht an Carmichaels Seite vorstellen konnte. Das wollte mir einfach nicht in den Kopf. Ich dachte, er ist für all das verantwortlich, was in Wirklichkeit – genau wie du gesagt hast – Dains Schuld war. Ich war so ein verfluchter Narr.«

Vicky ließ den Atem entweichen. »Du musst dich nicht entschuldigen ...«

Tom schüttelte den Kopf. »Nein, bitte, ich muss dir alles sagen.«

Also nickte Vicky ihm aufmunternd zu.

Er nahm ihre Hand in seine. »Als Susie mir an den Kopf warf, ich sei genau wie Mr Darcy, wollte ich es nicht wahrhaben. Doch inzwischen ist mir klar, dass ich mich tatsächlich wie er verhalten habe – ich habe entweder das Falsche oder gar nichts gesagt. Oder viel zu lange damit gewartet, das Richtige zu sagen – und jetzt ist es vielleicht zu spät.«

»Du bist nicht wie Mr Darcy. Und ich würde auch gar nicht wollen, dass du so bist. Du bist *du*. Für kein Dutzend perfekter Gentlemen würde ich dich je eintauschen wollen. Der wahre Tom ist um Längen besser, als jede Fiktion es je sein könnte.« Die Worte waren aus ihr herausgesprudelt, noch bevor sie darüber nachgedacht hatte. Und als ihr bewusst wurde, dass sie alles genau so meinte, fing sie an zu lächeln.

Tom drückte ihre Hand. »Ich habe mich oft so dämlich benommen.«

Vicky seufzte. Damit konnte sie wahrlich mithalten.

»Das Einzige, was ich je wollte, war, dir zu helfen. Dich zu schützen … Das geht mir heute noch so. Und ich bezweifle, dass sich daran jemals etwas ändern wird.«

Vicky musste die Stirn gerunzelt haben, denn er strich ihr mit dem Daumen die Falten glatt. »Aber das liegt nicht etwa daran, dass du nicht auf dich selbst aufpassen könntest. Sondern daran, dass ich dich jeden Tag meines Lebens an meiner Seite haben möchte. Ich kann mir keine Zukunft ohne dich vorstellen.«

Fassungslos schüttelte Vicky den Kopf, und ihr Herz pochte so schnell, dass es zu zerspringen drohte.

Eine Furche erschien auf Toms Stirn. »Ich weiß, ich habe dich nicht verdient. Aber ich würde dir gern alle Liebe schenken, die du verdienst. Ich werde alles dafür tun, Victoria. Wenn du mich noch haben willst.«

Sie hielt den Atem an. All die Jahre hatte sie sich bemüht, ihn zu vergessen. Ihre Freundschaft, die kindischen Hoffnungen auf eine gemeinsame Zukunft … Aber sie hatte sich die ganze Zeit nur etwas vorgemacht. Sie hatte ihn schon immer geliebt. Und jetzt liebte Tom sie auch. Er liebte sie! Das zerzauste Haar stand in alle Richtungen ab, doch seine Augen strahlten sie voller Hoffnung an. Vicky blinzelte ein paar Tränen der schieren Freude weg.

Halb lachend, halb weinend schlang sie beide Arme um Toms Nacken und drückte ihn an sich. Er taumelte nach vorn und erwiderte ihre Umarmung. Vicky lachte, als ihre Tränen auf Toms Schulter tropften. Er duftete nach frischer Morgenluft und Toast mit Zimt, genau wie damals auf Oakbridge.

Nach einer Weile zog Tom den Kopf zurück, um Vicky in die Augen sehen zu können – vielleicht um zu sehen, ob sie es wirklich ernst meinte. Als ihre Blicke sich trafen, brachen beide in glückliches Lachen aus und Tom zog Vicky wieder an sich. »Ich bin so froh, dich zu haben«, murmelte er in ihr Haar. »Die ganze Zeit habe ich gedacht, ich müsste dich retten, aber in Wirklichkeit war ich es, der gerettet werden musste.«

Vicky ließ ihn los und schaute zu ihm hoch. Toms Lächeln war einer ernsten Miene gewichen. Sein abrupter Stimmungswechsel verwunderte Vicky etwas. Doch dann beugte Tom sich zu ihr herunter und drückte sanft seine Lippen auf die ihren.

Vicky keuchte überrascht, konnte aber nicht wegsehen. Seufzend genoss sie die Berührung seiner Lippen. Tom schloss die Augen und zog Vicky an sich heran, bis ihre Körper miteinander zu verschmelzen schienen. Er vertiefte seinen Kuss und Vicky schlang ihm erneut die Arme um den Hals. Die Welt um sie herum verschwand, es gab nur noch sie beide.

Vicky stellte sich auf die Zehenspitzen, um sich noch enger an Tom zu schmiegen. Er schlang die Arme um ihre Taille und hob sie hoch. Vicky ergab sich seiner Umarmung und wusste, noch nie im Leben hatte sie sich so geborgen gefühlt wie in diesem Augenblick. Dann löste sie sich von ihm und strahlte ihn an.

»Ich fürchte, jetzt wirst du mich nie wieder los, Tom Sherborne.«

Als plötzlich Pferdehufe den Boden erschütterten, stellte Tom sich schnell schützend vor Vicky.

Charles, Althea und einer der Wachleute, die Tom auf Oakbridge die Treppe hinuntergezerrt hatten, kamen auf ihren Pferden angeritten. Charles und der Leibwächter waren mit Pistolen bewaffnet.

Erleichtert atmete Tom auf und Vicky kam hinter seinem Rücken hervor.

»Wo ist Dain?«, fragte Charles und sprang aus dem Sattel.

Tom blickte grimmig drein. »Tot.«

Charles wandte sich zu Althea, um ihr vom Pferd zu helfen. Victorias Schwester nickte knapp. »Ich glaube, es wird nicht viele Leute geben, die ihn vermissen werden.«

Argwöhnisch sah Vicky zu Charles. »Dain hat gesagt, dein Bruder hätte sich mit ihm verbündet, um dich umzubringen«, raunte sie Tom zu.

»Ja, Charles hat sich aber nur zum Schein darauf eingelassen, um herauszufinden, was Dain vorhatte. Hätte er das nicht getan, wären Carmichael und ich jetzt beide nicht mehr am Leben.«

Vicky atmete auf. »Was ist überhaupt mit Mr Carmichael?«

»Es geht ihm gut, kann ich euch versichern«, sagte Charles, während er Althea auf dem Boden absetzte. Die eilte sofort auf Vicky zu und riss sie in ihre Arme. »Es war ein sauberer Durchschuss im Oberarm.« Charles sah seinen Bruder an. »Der Arzt ist wach geworden, kurz nachdem du weggeritten warst. Und es ging ihm schon wieder so gut, dass er Carmichael versorgen konnte. Und dann kamen Lady Dain und Mr Jones angeritten.« Charles deutete auf den Wachmann. »Ich hatte das Gefühl, ich bin es euch schuldig, euch zu Hilfe zu kommen«, wandte er sich nun auch an Vicky. »Ich schwöre, ich hatte keine Ahnung, dass er vorhatte, dich zu entführen, Victoria. Es tut mir leid.«

Vicky nickte und drehte sich zu ihrer Schwester. »Er wollte dich dazu erpressen, den Trennungsantrag fallen zu lassen. Mein Leben gegen deine Freiheit.«

»Hat er dir etwas angetan?« Altheas Blick huschte ängstlich zwischen Vicky und Tom hin und her.

»Wegen Dain musst du dir nie wieder Sorgen machen«, sagte Tom rasch.

»War eigentlich auch ein Kutscher dabei, als er dich entführt hat?«, warf Charles ein.

»Ja, aber den habe ich nie zu Gesicht bekommen«, antwortete Vicky.

»Mr Jones, könnten Sie vielleicht im näheren Umkreis des Hauses nachsehen, ob da noch jemand ist?«, wandte sich Charles an den Wachmann. Der nickte nur und machte sich auf den Weg zu Dains Kutsche.

Tom warf seinem Bruder einen vielsagenden Blick zu und zog ihn dann beiseite. »Dains Leiche liegt noch da oben. Vielleicht sollten wir die örtlichen Behörden alarmieren?«

Charles verzog das Gesicht. »Du hast einen Mann vom selben Stand getötet. Er hatte zwar eine Verschwörung inszeniert, um dich umbringen zu lassen, aber ich fürchte, vor Gericht hättest du dennoch nicht besonders gute Karten.«

»Eigentlich habe ich –«, ging Vicky dazwischen.

»Tom hat nichts dergleichen getan«, unterbrach Althea sie. Alle Köpfe wirbelten zu ihr herum.

»Lord Dain und ich wurden von Straßenräubern überfallen«, fuhr sie fort. »Lord Halworth hat sie in die Flucht geschlagen, aber leider war er zu spät gekommen, um meinem Mann noch das Leben retten zu können.«

Tom starrte Althea an.

Charles räusperte sich. »Bist du sicher?«

»Ich werde nicht zulassen, dass Tom, Victoria oder sonst jemand von uns noch weiter unter Dain zu leiden hat. Das haben wir alle schon genug getan. Und mein Vorschlag ist die einzige Lösung.«

Tom sah Vicky an.

»Thea«, sagte sie leise. »Du musst das nicht für mich tun. Ich habe getan, was nötig war, aber –«

»Kein Aber, Vicky.« Althea reckte das Kinn und sah die beiden Männer an. »Mein Entschluss steht fest, Gentlemen.«

Tom musterte ihr Gesicht. Ihre Miene war ernst und entschieden.

Charles nickte. »Der Leibwächter … Kann man sich auf seine Diskretion verlassen?«

»Ach, das glaube ich schon.« Althea schaute Mr Jones, der gerade wieder zurückkehrte, mit einem kaum wahrnehmbaren Lächeln entgegen.

Erstaunt zog Tom die Augenbrauen hoch. Jones schien sehr an seinem Job zu hängen – oder hing er etwa noch mehr an seiner Auftraggeberin?

Charles grinste. »Na schön. Dann werde ich mich jetzt um alles im Haus kümmern und überlasse Sie Mr Jones, Lady Dain.«

Kopfschüttelnd drückte Althea Vickys Hand. »Bitte nenn mich wieder Althea, Charles. Den Titel ›Lady Dain‹ mag ich vielleicht noch innehaben, aber im Herzen werde ich nie, nie wieder Lady Dain sein.«

Letztes Kapitel

Mögen andere Federn bei Schuld und Elend verweilen.
– Jane Austen, *Mansfield Park*

Zweieinhalb Monate später, als der Skandal um Lord Dains Tod aus den Klatschblättern und dem Kurzzeitgedächtnis der Gerüchteköche verschwunden war, versammelten sich die Astons, die Sherbornes und die Carmichaels auf Oakbridge, um Altheas Freiheit zu feiern. Es war eine informelle Feier, die am frühen Nachmittag unter zwei großen weißen Zeltdächern auf der Rasenfläche des Anwesens abgehalten wurde. Zwei runde Tische bogen sich unter der Last großer Blumenschalen, aus denen üppige Sträuße leuchteten, mehrerer Etageren mit Petit fours und kunstvoll angerichteter Obstpyramiden. Gastgeberinnen und Gäste saßen im Schatten des zweiten Sonnensegels an einem langen rechteckigen Tisch und bedienten sich an kaltem Wildbraten, Seespargel, Stilton-Käse und Taubenfleischpastete.

Als Vicky Toms Blick auffing, neigte er lächelnd den Kopf nach vorn. Sie strahlte ihn an und sah dann zum Garten hinaus, der unter der sommerlichen Sonne in voller Blüte stand. Wie schön, zu Hause sein zu können! Nun, da die schrecklichen Geschehnisse rund um Dain Vergangenheit waren, kam ihr Oakbridge noch atemberaubender vor. Und sie fühlte sich endlich wieder geborgen.

»Wie haben Sie es geschafft, sich Ihre versteigerten Pferde zurückzuholen?«, sprach Carmichael Tom über den Tisch hinweg an. Er saß nah beim Kopfende des Tisches neben Althea, zu deren Rechten Vickys Vater Platz genommen hatte. »Lady Dain zufolge soll es ein genialer Coup gewesen sein.«

»Eigentlich war es sogar Theas Idee«, sagte Vicky und lächelte ihre Schwester an.

Die zuckte nur mit den Schultern.

»Bescheiden wie immer«, sagte Tom. »Charles und ich hatten Vicky und Althea erzählt, dass Dain unsere Pferde bei Tattersall gekauft hatte. Wir wussten, dass der Großteil von Dains Besitz an den nächsten Viscount übergehen würde, also sind Althea, Mr Jones und ich zu Dains Stadthaus gefahren, um nachzusehen, ob er sie vielleicht in den dortigen Ställen untergebracht hatte.«

Vicky schielte in Richtung des breitschultrigen, rothaarigen Mr Jones, der am Zelteingang stand und auf Altheas Bitte hin zugestimmt hatte, weiterhin ihr persönlicher Leibwächter zu sein. Seit Dains Tod zuckte Thea nicht mehr bei jedem Geräusch ängstlich zusammen und sah sich nicht ständig hektisch um. Doch Mr Jones' stille Anwesenheit schien ihr ein besonderes Gefühl von Sicherheit zu vermitteln.

»Dains Stallmeister war der Einzige, der mir jemals geholfen hatte«, sagte Althea. »Also dachte ich, vielleicht würde er es auch diesmal tun.«

Tom nickte. »Als sie ihm erzählte, dass Dain tot ist – damals war das noch nicht allgemein bekannt –, äußerte er seine Besorgnis darüber, dass der neue Lord Dain ihn vielleicht nicht anstellen würde. Deswegen habe ich ihm eine Position auf Halworth Hall angeboten. Und dann haben wir die Pferde aus Dains Stall ... entführt«, gestand Tom. »Althea hat das eine geritten, ich das andere.«

Vicky grinste ihre Schwester an. Wie schön, dass sie beinahe wieder die Alte war.

Carmichael verneigte sich vor Thea. »Gut gemacht, Madam«, sagte er anerkennend und wandte sich dann Tom zu. »Klingt auf jeden Fall deutlich abenteuerlicher, als wochenlang das Bett hüten zu müssen und einen Arm nicht benutzen zu können.«

Allen Widrigkeiten zum Trotz hatte Charles sich durch das Aufdecken von Dains Machenschaften Mr Carmichaels Respekt verschafft. Als Ausgleich für den Schaden, den er Tom durch das Verprellen seiner Geldgeber eingebrockt hatte, hatte Carmichael beschlossen, sich mit Lord Axley zusammenzutun und Toms Hotel zu finanzieren. Inzwischen konnten er, Tom und Charles jederzeit friedlich und ohne Ressentiments zusammensitzen und reden. Außerdem schien Carmichael Susie ins Herz geschlossen zu haben, genau wie seine Mutter.

Nachdem die Lage sich etwas beruhigt hatte, war Vicky zu Mr Carmichael nach London gereist. Sie hatte ihm ihre Dankbarkeit ausgedrückt und mitgeteilt, dass sie nicht mehr die Absicht hatte, in absehbarer Zukunft zu heiraten. Glücklich war er darüber nicht gewesen, schien aber zu spüren, dass in Dains Kate zwischen ihr und Tom etwas geschehen war.

Zwar hatten sie und Tom seitdem nichts entschieden, doch jetzt, nach Dains Tod, hatte die Frage einer Heirat auch keine Dringlichkeit mehr.

Vicky konnte nur hoffen, dass Mr Carmichael eines Tages darüber hinweg sein würde. Eigentlich hatte er sie nie wirklich verstanden. Außerdem würde ein Mann wie er sicherlich schnell mehr als eine Anwärterin finden, die nur allzu gern bereit wäre, ihn zu heiraten.

»Zumindest hat Ihre liebe Frau Mutter sich aufopfernd um Sie gekümmert, Mr Carmichael«, warf Vickys Vater ein und nickte über den Tisch hinweg Mrs Carmichael zu.

Sie lachte herzlich auf. »Was allerdings kein Spaziergang war, das versichere ich Ihnen«, sagte sie.

Alle Gäste fielen in ihr Lachen mit ein.

»*Meine* Familie hat mich seinerzeit allein zu Hause liegen lassen, während sie sich im Theater oder auf Bällen vergnügte«, fuhr Lord Oakbridge fort.

Lautstark protestierten Vicky, ihre Schwester und ihre Mutter, während die versammelten Männer lachten.

»Armer Lord Oakbridge, da haben die Damen in Ihrer Familie Ihnen offenbar übel mitgespielt«, sagte Carmichael belustigt. »Ich hingegen war gleich doppelt vom Glück geküsst. Nicht nur, dass meine Mutter immer an meiner Seite war, nein, auch Miss Naseby hat sich höchstpersönlich um mich gekümmert.«

»Nachdem Charles davongeeilt war, um Tom dabei zu helfen, Lady Victoria zu retten, hatte ich doch auch keine andere Wahl«, sagte Susie, die ein Stück weiter Richtung Tischende saß.

Charles verdrehte die Augen. »Ist ja nicht so, dass wir ihn

völlig unversorgt zurückgelassen hätten. Der Arzt war wieder zu sich gekommen, bevor ich gegangen bin. Und die Situation war damit komplett unter Kontrolle.«

Susie zog die Augenbrauen hoch. »Nachdem Mr Carmichael mir berichtete, was passiert war, hätte ich am liebsten einen Untersuchungsrichter hinzugezogen.«

»Ich war zum Glück so weit wieder bei mir, um Miss Naseby zu erklären, dass das Duell illegal gewesen war«, fügte Mr Carmichael hinzu. »Als Silby wach wurde, sagte ich zu ihm, dass er sich schleunigst vom Acker machen sollte, wenn er nicht wollte, dass ich ihn wegen versuchten Mordes verhaften ließ.«

Vicky atmete auf. Das war sehr klug von Mr Carmichael gewesen – ansonsten hätte Silbys Verstrickung die Geschichte darüber, wie Dain zu Tode gekommen war, doch sehr infrage gestellt. Zum Glück hatten sie bisher nichts mehr von Silby gehört. Laut ihren Bekannten in London schien er sich regelrecht in Luft aufgelöst zu haben.

Tom hatte inzwischen bestimmt, dass die Verantwortung über das Anwesen von Halworth hälftig zwischen ihm und seinem Bruder Charles aufgeteilt wurde. Seitdem hatte Charles alle Hände voll zu tun. Außerdem wollten die beiden – natürlich mit Vickys Hilfe – eine Pferdezucht ins Leben rufen und Horatio sollte der erste Zuchthengst sein. Nach Horatios kurzem Auftritt bei Tattersall hatten etliche Gentlemen und Pferdebegeisterte – darunter selbst Mr Carmichael – Interesse daran bekundet, ihre Vollblutstuten von ihm decken zu lassen.

Vicky sah in die Runde. So viele Menschen, die ihr am Herzen lagen, saßen bester Stimmung hier am Tisch. Je lauter das Gelächter unter dem Zeltdach hervordrang, desto mehr entspannte sie sich. Sie sah Tom an und sein Lächeln wärmte sie von innen. Der Gedanke streifte sie, dass ihr Leben nun doch eine Wendung wie in Jane Austens Romanen genommen hatte. Gut möglich, dass es noch eine Weile so harmonisch weitergehen würde, doch Vicky fürchtete sich auch nicht davor, dass es irgendwann wieder Veränderungen geben könnte. Sie liebte Miss Austens Bücher nach wie vor. Aber nach allem, was geschehen war, glaubte sie nicht mehr daran, dass man das echte Leben mit der Sichtweise einer einzigen Schriftstellerin vergleichen konnte. Warum sonst sollte es so viele verschiedene Bücher geben, wenn nicht, um aus unzähligen Perspektiven Wahrheiten über das Leben in all seiner Komplexität zu erzählen? Sosehr Vicky sich immer gewünscht hatte, sie könnte sich in eine Elizabeth Bennet verwandeln, so froh war sie nun, einfach nur sie selbst zu sein.

Später, als die Gäste sich gesättigt und gut gelaunt zerstreut hatten – manche gingen ins Haus, um dem schwülen Wetter zu entgehen, andere spielten auf dem Rasen neben den Zelten eine Partie Krocket, während wiederum andere in die kleine Höhle tauchten, um die Tropfsteine zu bewundern –, bot Tom Vicky seinen Arm an.

»Kann ich dich vielleicht zu einem Spaziergang überreden?«

Sie spähte unter ihren Wimpern zu ihm hoch. »Ich denke schon.«

Gemeinsam schlenderten sie durch den parkähnlichen Garten, bis Tom am Fuß eines Hügels stehen blieb, auf dem alte Eichen wuchsen. Grinsend deutete Tom auf die dickste Eiche, auf die sie als Kinder so häufig geklettert waren.

»Was hast du vor?«, fragte Vicky lachend.

»Ein Wettrennen, was sonst«, erwiderte er mit gespieltem Ernst.

»Soll das ein Witz sein?« Sie sah auf ihr narzissengelbes Kleid hinunter. »Dafür bin ich wohl kaum angemessen gekleidet.«

»Als ob dich das jemals davon abgehalten hätte …« Toms Augen funkelten belustigt.

Vicky reckte das Kinn. »Das stimmt wohl.« Und dann rannte sie los, auf den Hügelgipfel zu. Als sie Toms überraschten Aufschrei hinter sich hörte, beschleunigte sie ihren Schritt.

Der Anstieg war steil genug, dass sie schnell außer Puste war, und Toms dröhnende Stiefelschritte kamen immer näher. Der Baum war nicht mehr weit entfernt.

Doch auf den letzten Metern überholte Tom sie, und als er kurz vor dem Ziel so tat, als würde er stolpern, lachte sie in einer Mischung aus Freude und Empörung. Dann streckte Vicky eine Hand nach vorn und berührte den Baumstamm nur Bruchteile von Sekunden vor Tom.

»Das war unfair«, keuchte sie atemlos.

»Moment mal, du warst doch diejenige, die zu früh losgerannt ist«, protestierte Tom und kam näher auf sie zu.

»Ich meinte ja auch, das war *dir* gegenüber unfair«, entgegnete sie lachend.

Kopfschüttelnd nahm er ihre Hand. »Nein, du hast durchaus zu Recht gewonnen.«

Vicky sah ihn an. Wie konnte es sein, dass er so gar nicht

außer Atem war? »Du hast mich immer schon gewinnen lassen«, sagte sie und ihre Wangen, die vom Laufen ohnehin gerötet waren, glühten noch mehr, als sie ihm in die Augen schaute.

Tom trat vor sie und legte nun auch seine zweite Hand auf ihre. Leise keuchte Vicky und konnte ihren Blick einfach nicht von ihm abwenden.

»Dann bist du also nicht die starke, selbstbewusste junge Frau, die mir das Leben gerettet hat?«

Vicky hielt den Atem an. »Was hat das denn damit zu tun?«

»Du hast es gar nicht nötig, dir von mir einen Vorsprung einräumen zu lassen – oder dir selbst einen zu verschaffen, wie in diesem Fall.«

Es war zwar sehr charmant von ihm, das zu sagen, dennoch kniff Vicky die Augen zusammen. »Du kennst mich einfach zu gut.« Sie fuhr sich mit der Zunge über die Lippen und wünschte sich, Tom würde sie auf der Stelle küssen. Seit den Geschehnissen in Dains Kate war so viel los gewesen, dass sie kaum ungestörte Zeit zu zweit verbracht hatten.

Tom lachte. »Mir fällt gerade auf, dass unsere Situation viel eher der von Emma und Mr Knightley ähnelt als der von Elizabeth und Mr Darcy.« Seine letzte Lektüre war *Emma* gewesen, nachdem er auch Jane Austens andere drei Romane zu Ende gelesen hatte. »Ich bewohne das Nachbargrundstück, wir sind zusammen aufgewachsen ...«

»Ich dachte, ich hätte dir schon mal gesagt, was ich von fiktionalen Gentlemen halte, Tom Sherborne.«

»Dass sie alles verkörpern, was eine echte Lady sich wünscht?«

Sie lachte. »Na ja, eher dass ich dich gegen keinen von ihnen jemals eintauschen würde.«

Toms umwerfendes Lächeln wärmte ihr Herz.

»Du hast eigentlich nie so richtig auf meinen Antrag geantwortet«, raunte er.

Vicky biss sich auf die Lippe. Ja, sein Antrag. Sie hatte tatsächlich nie darauf geantwortet. Aber bisher war er auch nie wieder darauf zu sprechen gekommen. »Ich war mir nicht sicher, ob du immer noch –«

Er unterbrach sie mit einem Kuss, der ihre Zweifel zerstreute und ihr Herz ein weiteres Mal stahl.

Dann drückte Tom ihre Hand. »Wäre es sehr schlimm, wenn wir damit warten, bis ich dir außer Schulden auch noch etwas anderes zu bieten habe?«

»Nein, überhaupt nicht. Angesichts der neuen Geldgeber für dein Hotel wird es wohl ohnehin nicht lange dauern.«

Tom verzog das Gesicht. »Ein paar Jahre vielleicht schon.«

Schulterzuckend drückte sie seine Hand zurück. »Unterschätz dich selbst nicht. Aber so oder so – es ist für mich völlig in Ordnung, wenn wir damit warten, bis wir beide so weit sind.« Ihr Blick wanderte in die Ferne, zum Haus und den sattgrünen Feldern und Hügeln, so weit das Auge reichte. »Und bis dahin weißt du ja, wo du mich finden kannst – nur einen Steinwurf entfernt.«

Tom lächelte angesichts ihrer offensichtlichen Freude. »Was meinst du, was deine Eltern dazu sagen werden?«

Vicky legte den Kopf schief. »Das ist doch *unser* Leben, oder nicht?«

Mit einem ernsten Nicken strich Tom ihr sanft eine Haarsträhne aus dem Gesicht. »Du hast recht. Von nun an bauen wir uns unsere Zukunft selbst auf.«

Vicky stellte sich auf die Zehenspitzen und küsste ihn. Dann strahlte sie ihn an – diesen großen Jungen, den sie so gut kannte und liebte. »Ja. Gemeinsam.«

Historische Anmerkungen

Im Rahmen meiner Arbeit an diesem Buch begann ich zum Thema Ehe und Scheidung im England der Regency-Ära zu recherchieren. Zu meiner Überraschung stellte ich schon bald fest, dass es Frauen damals durchaus möglich war, sich von ihrem Ehemann scheiden zu lassen. Selbst in *Verstand und Gefühl* kommt eine Scheidung vor: Die Frau, die Colonel Brandon in seiner Jugend liebt, ist gezwungen, seinen älteren Bruder zu heiraten. Weil er sie vernachlässigt, begeht sie Ehebruch, woraufhin er sich von ihr scheiden lässt. Diese Nebenhandlung wird aber von vielen Verfilmungen des Romans komplett außer Acht gelassen.

Im achtzehnten und in der ersten Hälfte des neunzehnten Jahrhunderts wurde der Begriff »Scheidung« sowohl für die vom Parlament ausgesprochene Scheidung als auch für die gesetzliche Trennung verwendet, die (wie in meinem Buch) von einem Kirchengericht verkündet wurde. Die vom Parlament ausgesprochene Scheidung entspricht der Scheidung, wie wir sie heute kennen. Die gesetzliche Trennung hingegen bedeutete, dass das Ehepaar auf juristischer Ebene in jeder Hinsicht voneinander getrennt wurde und nicht wieder heiraten durfte. Ich habe in meinem Buch bewusst den Begriff »gesetzliche Trennung« gewählt, um den Unterschied zwischen den beiden Arten deutlich zu machen.

In einem Fall wie dem von Althea und Dain gab es im Grunde zwei weitaus einfachere Möglichkeiten: Man konnte entweder den Ehepartner verlassen (also die Ehe aufgeben) oder die Eheleute einigten sich privat auf eine Trennungsvereinbarung. Die meisten unglücklich verheirateten Paare werden sich wahrscheinlich für eine dieser beiden Varianten entschieden haben, statt die Gerichte zu bemühen. Doch wenn eine Frau ihren Mann verließ, verlor sie damit automatisch allen persönlichen Besitz. Und in unserem Fall hatte Dain natürlich keinerlei Interesse daran, Althea (und ihre Aussichten auf das Familienerbe) zu verlieren, indem er einer friedlichen Trennungsvereinbarung zustimmte.

Wie einige von euch vielleicht bereits vermuten, hatten Männer viel mehr Möglichkeiten, ihre Frau zu verlassen, als umgekehrt. Allerdings behandelten die Gerichte Fälle, in denen Paare sich einfach zerstritten hatten (meist wegen Ehebruchs), durchaus anders als solche, in denen der Mann gewalttätig wurde (in den Aufzeichnungen ist fast immer nur von gewalttätigen *Männern* die Rede). Bis Anfang des neunzehnten Jahrhunderts galten schon 1–2 körperliche Auseinandersetzungen oder sogar nur Androhung von Gewalt als ausreichender Grund für eine Trennung. Es sind etliche Fälle verzeichnet, in denen Frauen sich wegen häuslicher Gewalt von ihren Männern scheiden ließen.

In einem solchen Fall (*Trust gegen Trust*) schlug der Mann seine Ehefrau, um sie dazu zu bringen, ihm ihren ganzen Besitz zu überschreiben. Als sie ablehnte, versteckte er erst die gemeinsamen Kinder vor ihr und drohte dann, sie in ein Irrenhaus zu bringen, in dem sie nie jemand finden würde. Die Frau konnte entkommen und lebte von da an unter einem falschen Namen. Der Einzige, der sie besuchte, war ihr Bruder. Nach neun Jahren fand ihr Mann sie doch, sperrte sie in einem Zimmer ein und verprügelte sie – und forderte wieder, dass sie ihm ihren Besitz überschrieb. Sie musste die Tortur mindestens vier Tage über sich ergehen lassen, bis ein Dienstmädchen sie schließlich rettete. 1738 reichte die Frau die Scheidung ein und das Gericht entschied zu ihren Gunsten. Ihr Mann wurde sogar dazu verpflichtet, ihr Unterhalt zu zahlen, allerdings hatte sie nie wieder Kontakt zu ihren Kindern. Das ist nur ein Beispiel für extreme häusliche Gewalt. Davon gibt es leider viele – und etliche waren noch viel schlimmer und trauriger.

Wie bereits geschrieben, durften geschiedene Eheleute nur dann ein zweites Mal heiraten, wenn das Parlament der Scheidung zustimmte (was in etwa der heutigen juristischen Scheidung entspricht). Allerdings sprach das Parlament solche Scheidungen nur für Männer aus – mit der Begründung, Männer sollten nicht gezwungen werden, ihren Besitz an Nachkommen zu vererben, die nicht ihre leiblichen Kinder waren. Und in einer Zeit, in der es weder Vaterschaftstests noch DNA-Analysen gab, konnte ein Mann nie ganz sicher sein, ob ein Kind von ihm abstammte, wenn er mutmaßte, seine Frau könnte ihn mit einem anderen betrogen haben. Die Scheidung von Lord und Lady Boringdon, über die sich Althea und Vicky im zehnten Kapitel unterhalten, war so ein Fall. Lady Boringdon ließ sich mit Sir Arthur Paget ein (seines Zeichens Diplomat und Mitglied des Parlaments und Geheimrats), nachdem ihr Mann sich eine Mätresse zugelegt hatte. Lord Boringdon reichte daraufhin die Scheidung ein, das Parlament hob ihre Ehe im Februar

1809 auf und zwei Tage später heirateten Lady Borgindon und Sir Arthur Paget in Heckfield, Hampshire. Sie zogen nach Southampton, wo Sir Arthur ein Anwesen besaß, und lebten fortan, soweit bekannt, glücklich und zufrieden bis zu Sir Arthurs Tod im Jahr 1840. Sie hatten zusammen neun Kinder.

Zwar durften auch Frauen die Scheidung einreichen, wenn ihr Mann Ehebruch begangen hatte, aber ihr Antrag wurde nur höchst selten und wenn, dann nur in abgeschwächter Form positiv beschieden. Denn wie auch sonst in der Menschheitsgeschichte haben Frauen auch hier am kürzeren Hebel gesessen. Ein paar legale Möglichkeiten gab es aber trotzdem. Wer sich näher mit dem Thema Eheschließung und Scheidung in jener Zeitepoche beschäftigen möchte – Lawrence Stones Bücher *Road to Divorce* sowie *Uncertain Unions and Broken Lives* waren mir in dieser Hinsicht von unschätzbarem Wert. Ich habe mich in meinem Buch möglichst genau an alle reellen Vorgaben zu Ehe und Scheidung gehalten, die im Jahr 1817 galten, habe aber dennoch bewusst einiges ausgelassen – ich hoffe, man verzeiht mir die kleinen Ungereimtheiten, *Dangerous Relations* ist nun einmal ein fiktives Werk.

Zu der Zeit, in der das Buch spielt, gab es in London bereits einige wenige Hotels. Dort pflegten Gentlemen zu wohnen, die kein Stadthaus besaßen oder sich eine Zeit lang nach Mietobjekten umsehen wollten. Riesige Luxushotels, wie Tom eins bauen wollte – mit besonderem Komfort, Sauberkeit und allen möglichen Annehmlichkeiten –, existierten in anderen europäischen Städten bereits, in London aber noch nicht.

Die Glasharmonika, die Emily Chadwick in meinem Buch spielt, war ein Instrument, das Benjamin Franklin im Jahre 1760 erfand, nachdem er zugesehen hatte, wie Artisten auf Wassergläsern Musik machten. In der *Mansfield-Park*-Verfilmung von 1999 erklingen sogar einige wenige sphärische Glasharmonika-Töne im Hintergrund. Auch Mozart und Beethoven haben Stücke für die Glasharmonika komponiert. Die Musik, die für dieses Instrument erschaffen wurde, klang himmlisch, aber die Gefäße bestanden aus Bleiglas. Und während der darauffolgenden Jahrzehnte häuften sich die Verdachtsmomente, dass Menschen, die darauf spielten, davon krank wurden. Bis zum heutigen Tag ist unklar, ob so viel Blei in den Glasgefäßen war, dass es zu Vergiftungserscheinungen geführt hat. Im achtzehnten und neunzehnten Jahrhundert enthielten viele Gegenstände Blei, sodass eine Vergiftung sehr häufig vorkam. Benjamin Franklin selbst war ein langes Leben beschieden. Und gleichgültig, was an der Theorie von der Bleibelastung dran ist – die Glasharmonika kam im neunzehnten Jahrhundert aus der Mode.

»Sprechende« oder sonstige »begabte« Tiere wurden mit Beginn des siebzehnten Jahrhunderts als Attraktion in Großbritannien eingesetzt. Toby, das »weise Schwein«, ist vermutlich das berühmteste unter ihnen. Es zog Anfang des neunzehnten Jahrhunderts mit seinem Besitzer (der sich als geschickter Illusionist entpuppte) durchs Land und galt auf jeder Messe, jedem Markt und jedem Vergnügungspark als Sensation. Zu seinen gefeierten Fähigkeiten sollen lesen, Karten spielen und die Uhrzeit ablesen gehört haben. Außerdem soll Toby das Alter von Menschen im Publikum erraten haben – und deren Gedanken! 1817 veröffentlichte Toby sogar seine eigene »Autobiografie«. Vickys Hoffnung, ein weissagendes Schwein zu sehen, habe ich als Verneigung vor dem Orakelschwein Hen Wen aus Lloyd Alexanders *Die Chroniken von Prydain* hineingeschrieben.

Ann Radcliffes Romane, die Vicky für sensationsheischenden Unsinn hält, gehören zu einem Genre, das heutzutage »Schauerliteratur« genannt wird. Zu Mrs Radcliffes Zeit hießen ihre Bücher allerdings »Liebesromane«, von daher habe ich es vermieden, den Begriff »Schauerroman« zu verwenden. Auch damals schon hielten die meisten Kritiker Schauerromane für billige Unterhaltungsliteratur, doch Mrs Radcliffes Bücher galten gemeinhin als positive Ausnahmen. Ihre Romane waren wahnsinnig erfolgreich (so erfolgreich, dass Ann Radcliffe in den 1790er-Jahren als bestbezahlte professionelle Autorin galt), sodass es durchaus vorstellbar war, dass jemand wie Tom sie selbst in der Schweiz hätte lesen können. Jane Austen macht sich in *Northanger Abbey* ganz subtil über Radcliffes Romane lustig. *Northanger Abbey* wurde genau wie *Überredung* im Dezember 1817 veröffentlicht, also erst nach den Ereignissen, von denen *Dangerous Relations* handelt.

William Godwin, dessen Roman *Fleetwood* (1805) Vicky ihrem Vater voll Unbehagen vorliest, ist heute eher als Vater von Mary Shelley und Ehemann von Mary Wollstonecraft bekannt als für seine eigenen politischen und philosophischen Werke. Auch in seinen Romanen finden sich Elemente der Schauerliteratur. Sein *Die Abenteuer des Caleb Williams* (1794) war einer der frühesten Kriminalromane überhaupt und wurde ein großer Erfolg. *Fleetwood* hingegen wurde zum

Verkaufsflop, möglicherweise wegen einiger besonders gewalttätiger Szenen.

Jane Austen verfügte bereits zu Lebzeiten über eine große Leser*innenschaft. Als *Emma* im Jahr 1815 veröffentlicht wurde, erhielt sie längst zahlreiche Briefe von Mitgliedern des Adels, die ihr schrieben, wie sehr sie ihre Romane liebten. Selbst der Prinzregent, der de facto König von England wurde, nachdem König George III. den Verstand verloren hatte, soll in all seinen Wohnsitzen ein komplettes Set von Austens Romanen gehabt haben. Zwar wurden Jane Austens Bücher zeit ihres Lebens nur unter der Verfasserangabe »by a lady« veröffentlicht, doch rund um ihren Wohnort Chawton, Hampshire (wo sie *Vernunft und Gefühl* sowie *Stolz und Vorurteil* überarbeitete und *Mansfield Park*, *Emma* und *Überredung* schrieb) machte ihre Familie sich gar nicht die Mühe, ihre Identität zu verbergen. Jane Austen starb am 18. Juli 1817, kurz nach Ende der Handlung von *Dangerous Relations*. Heute, über zweihundert Jahre nach ihrem Tod, hat sie Millionen begeisterter Leser*innen überall auf der Welt. Sie ist, wie Viginia Woolf 1932 schrieb, »die Schriftstellerin, deren Bücher unsterblich sind«.

Warum ich meine Geschichten am liebsten in jener Zeit ansiedle? Ein Grund besteht darin, dass gegen Ende des achtzehnten Jahrhunderts selbst die Engländer*innen der Oberschichten der Meinung waren, gegenseitige Zuneigung sei eine unabdingbare Voraussetzung für eine Heirat. Zuvor waren – häufig lieblose – Zweckehen üblich gewesen. Während dieser Zeit wurde es wichtiger, in seine*n Zukünftige*n verliebt zu sein, statt den Wünschen der Eltern nach einer vorteilhaften Verbindung nachzukommen. Und wenn man richtig viel Glück hatte, konnte man die beiden Beweggründe sogar miteinander verbinden! Ich hoffe, die Geschichte der Astons und Sherbornes und der kleine Einblick in ihr Leben im späten Georgianischen England hat euch Vergnügen bereitet.

Danksagung

Von der Idee bis zu dem Buch, das ihr jetzt in der Hand haltet, war es eine lange Reise – eine vierzehn Jahre lange Reise, um genau zu sein. Manchmal habe ich die Arbeit an *Dangerous Relations* für lange Zeiten unterbrochen, doch irgendwann zog es mich wieder zu diesem Projekt zurück. Und jetzt, da das lang gehegte Ziel endlich erreicht ist, gibt es viele wunderbare Menschen, denen ich für ihre jahrelange Unterstützung danken möchte. An alle meine Verwandten und Freunde, die mich immer ermutigt und mich auf meiner Odyssee begleitet haben: Ich kann euch unmöglich alle aufzählen, aber ihr wisst, dass ihr gemeint seid. All meine Liebe und Dankbarkeit gehört euch.

Eine der allerersten Leser*innen war Gina Nahai, die Betreuerin meiner Abschlussarbeit auf der U.S.C. Danke, Gina – du warst einer der ersten Menschen außerhalb meiner Familie, die mich in dem Glauben bestärkte, ich könnte Autorin werden. Meine bezaubernden Autorenkolleginnen Kate Abbott, Rebecca Chastain, Delilah Marvelle, Tara Creel und Lana Pattinson haben *Dangerous Relations* in verschiedenen Stadien gelesen, haben mir ohne jede Gegenleistung gezeigt, wo ich etwas besser machen kann, und mich ermutigt, den Text immer wieder zu überarbeiten und infrage zu stellen. Ladies, eine goldene Schreibfeder und tausend Umarmungen für euch!

All meinen Freund*innen von Novel Nineteens – danke für eure Unterstützung und euren Enthusiasmus während dieses aufregenden und zuweilen beängstigenden Debüt-Jahres, das wir zusammen erlebt haben.

Ein großes Dankeschön an Jessica Cluess, Alexa Donne, Shelley Sackier, Samantha Hastings und Tobie Easton für eure wunderbaren Texte zu meinem Buch. Ich weiß eure Großzügigkeit unglaublich zu schätzen!

Tausend Dank an Brenda Drake und alle anderen bei *Pitch Wars* 2016, einschließlich meiner *Pitch-Warrior*-Mitstreiter*innen für das Gemeinschaftsgefühl, den Informationsaustausch und die gemeinsamen Jubelausbrüche auf Twitter und Facebook. Wie könnte ich außerdem *Pitch Wars* erwähnen, ohne Tobie Easton meinen besonderen Dank auszusprechen – du hast dich entschieden, mir bei *Dangerous Relations* als Mentor zur Seite zu stehen (obwohl du so viele andere tolle Projekte zur Auswahl gehabt hättest), hast mir all die Probleme des Textes aufgezeigt, für die ich nach unzähligen Überarbeitungsrunden schlicht blind geworden war – und bist mir am Ende zu einem der engsten Freunde meines Lebens geworden. Danke, Tobie, dass du mir ich-weiß-nicht-wie-oft über alle (echten wie eingebildeten) Hindernisse und Komplikationen hinweggeholfen hast. Danke für deine Selbstlosigkeit, für dein angeborenes Talent, Probleme im Leben und Schreiben gleichermaßen mit der Wurzel auszurotten, und dafür, dass du immer für mich da warst. Du bist der Beste.

Ein riesiges Dankeschön an meine Verlegerin Kristen Pettit, die sich in *Dangerous Relations* verliebt hat, mir geholfen hat, es immer besser und stärker zu machen, und es möglich gemacht hat, dass es am Ende tatsächlich zu einem echten Buch aus Papier und Herzblut wurde. Danke an Kasi Turpin für die tolle Coverschrift und an Jessie Gang für die wunderschöne grafische Gestaltung von außen wie von innen, die perfekt zu meiner Geschichte passt. Danke an Clare Vaughn, Jessica Berg, Gwen Morton, Alison Klapthor, Meghan Pettit, Shannon Cox, Kristopher Kam und alle anderen bei HarperCollins, die mit mir an *Dangerous Relations* gearbeitet haben. Und natürlich an meine unglaubliche, unerschütterliche Agentin Jennifer Unter – danke für deine Professionalität, deinen Erfahrungsschatz, deine Orientierungshilfe und für alles andere, womit du mir geholfen hast, mir diesen Traum zu erfüllen.

Last, but not least – danke an meine Familie, die mich immer geliebt und unterstützt und mir das Gefühl gegeben hat, ich könnte meine Träume in die Tat umsetzen. Cheryl und Manouch – danke, dass ihr mich in eurer Familie aufgenommen und mich all die Jahre ermutigt habt. Ich liebe euch! Shaida – danke, dass du *Dangerous Relations* so oft gelesen und mich zu Lesungsveranstaltungen begleitet hast und überhaupt für alles andere.

Dicke Umarmung an meinen Bruder Aaron, der mir immer wieder eine andere Perspektive aufgezeigt und hinter mir gestanden hat. Danke an meine Schwester Mariella, die immer zugehört hat, wenn ich mir mal Luft machen musste, die mich angefeuert und meine Figuren genauso sehr geliebt hat wie ich selbst. Und dafür, dass sie einfach die beste Schwester der Welt ist.

Meine Eltern waren mir zeitlebens das größte Vorbild dafür, wie Liebe aussehen sollte. Sie haben mir von frühester

Kindheit an die Liebe zum Lesen und zu Büchern eingepflanzt, mir das Selbstbewusstsein geschenkt, alles erreichen zu können, was ich mir wünsche, und mich auf meinem Weg auf vielfältige Art und Weise unterstützt. Danke, Mom, für die vielen Nächte meiner Kindheit, in denen du aufgeblieben bist, um mir die Bücher aus der Bücherei vorzulesen. Und für die Liebesromane, die du mir wie selbstverständlich und zum perfekten Zeitpunkt nahegebracht hast.

Danke an meinen Dad, Jonathan Cohen, dessen Liebe zu Büchern grenzenlos war und der mich sofort angespornt hat, als ich beschloss, Schriftstellerin zu werden. Er freute sich immer darauf, die neueste Version von *Dangerous Relations* zu lesen. Ich wünschte, du hättest diesen Tag miterleben können, Dad. Aber ich weiß, was du gesagt hättest, wie dein Gesicht dabei gestrahlt hätte, und ich weiß, dass du dich genauso unbändig gefreut hättest wie ich. Danke, dass du mir immer eine Inspiration warst. Ich hab dich lieb.

Und schließlich zu dir, Nasson: Du bist mein bester Freund, mein größter Fan und mein entschiedenster Befürworter. Ich liebe dich für alles, was du für mich getan hast und immer weiter tust, und ich bin so ein Glückspilz, dich als meinen YA-Helden zu haben.

Quellenverzeichnis

Erstes Kapitel

Zitat auf S. 7 aus: Jane Austen. *Emma. Roman*. Übers. v. Horst Höckendorf. Hamburg: Nikol Verlag 2022, S. 10.

Zweites Kapitel

Zitat auf S. 35 aus: Jane Austen. *Stolz und Vorurteil*. Übers. v. Karin von Schwab, 6. Kapitel.

Drittes Kapitel

Zitat auf S. 58 aus: Jane Austen. *Stolz und Vorurteil*. Übers. v. Karin von Schwab, 9. Kapitel.

Viertes Kapitel

Zitat auf S. 74 aus: Jane Austen. *Emma. Roman*. Übers. v. Horst Höckendorf. Hamburg: Nikol Verlag 2022, S. 10.

Fünftes Kapitel

Zitat auf S. 93 aus: Jane Austen. *Stolz und Vorurteil*. Übers. v. Karin von Schwab, 11. Kapitel.

Zitat auf S. 110 aus: Jane Austen. *Emma. Roman*. Übers. v. Horst Höckendorf. Hamburg: Nikol Verlag 2022, S. 435.

Sechstes Kapitel

Zitat auf S. 122 aus: Jane Austen. *Stolz und Vorurteil*. Übers. v. Karin von Schwab, 16. Kapitel.

Siebentes Kapitel

Zitat auf S. 126 aus: Jane Austen. *Mansfield Park*. Übers. v. Helga Schulz. München: dtv 2022, S. 512.

Achtes Kapitel

Zitat auf S. 134 aus: Jane Austen. *Emma. Roman*. Übers. v. Horst Höckendorf. Hamburg: Nikol Verlag 2022, S. 114.

Neuntes Kapitel

Zitat auf S. 158 aus: Jane Austen. *Emma. Roman*. Übers. v. Horst Höckendorf. Hamburg: Nikol Verlag 2022, S. 505.

Zehntes Kapitel

Zitat auf S. 179 aus: Jane Austen. *Mansfield Park*. Übers. v. Helga Schulz. München: dtv 2022, S. 469.

Elftes Kapitel

Zitat auf S. 223 aus: Jane Austen. *Mansfield Park*. Übers. v. Helga Schulz. München: dtv 2022, S. 536 f.

Zwölftes Kapitel

Zitat auf S. 232 aus: Jane Austen. *Mansfield Park*. Übers. v. Helga Schulz. München: dtv 2022, S. 229.

Dreizehntes Kapitel
Zitat auf S. 240 aus: Jane Austen. *Verstand und Gefühl. Roman.* Übers. v. Erika Gröger. Hamburg: Nikol Verlag 2022, S. 47.

Vierzehntes Kapitel
Zitat auf S. 261 leicht abgewandelt aus: Jane Austen. *Stolz und Vorurteil.* Übers. v. Karin von Schwab, 16. Kapitel.

Fünfzehntes Kapitel
Zitat auf S. 269 aus: Jane Austen. *Stolz und Vorurteil.* Übers. v. Karin von Schwab, 16. Kapitel.

Sechzehntes Kapitel
Zitat auf S. 292 aus: Jane Austen. *Emma. Roman.* Übers. v. Horst Höckendorf. Hamburg: Nikol Verlag 2022, S. 158.

Siebzehntes Kapitel
Zitat auf S. 306 aus: Jane Austen. *Emma. Roman.* Übers. v. Horst Höckendorf. Hamburg: Nikol Verlag 2022, S. 116.

Achtzehntes Kapitel
Zitat auf S. 311 aus: Jane Austen. *Stolz und Vorurteil.* Übers. v. Karin von Schwab, 16. Kapitel.

Neunzehntes Kapitel
Zitat auf S. 322 aus: Jane Austen. *Emma. Roman.* Übers. v. Horst Höckendorf. Hamburg: Nikol Verlag 2022, S. 209.

Zwanzigstes Kapitel
Zitat auf S. 341 aus: Jane Austen. *Emma. Roman.* Übers. v. Horst Höckendorf. Hamburg: Nikol Verlag 2022, S. 117.

Einundzwanzigstes Kapitel
Zitat auf S. 355 aus: Jane Austen. *Stolz und Vorurteil.* Übers. v. Karin von Schwab, 10. Kapitel.

Zweiundzwanzigstes Kapitel
Zitat auf S. 380 aus: Jane Austen. *Stolz und Vorurteil.* Übers. v. Karin von Schwab, 3. Kapitel.

Dreiundzwanzigstes Kapitel
Zitat auf S. 395: Jane Austen. *Stolz und Vorurteil.* Übers. v. Karin von Schwab, 11. Kapitel.

Vierundzwanzigstes Kapitel
Zitat auf S. 407 aus: Jane Austen. *Emma. Roman.* Übers. v. Horst Höckendorf. Hamburg: Nikol Verlag 2022, S. 159.

Fünfundzwanzigstes Kapitel
Zitat auf S. 417 leicht abgewandelt aus: Jane Austen. *Stolz und Vorurteil.* Übers. v. Karin von Schwab, 16. Kapitel.

Sechsundzwanzigstes Kapitel
Zitat auf S. 429 aus: Jane Austen. *Emma. Roman.* Übers. v. Horst Höckendorf. Hamburg: Nikol Verlag 2022, S. 155.

Siebenundzwanzigstes Kapitel
Zitat auf S. 443 aus: Jane Austen. *Mansfield Park*. Übers. v. Helga Schulz. München: dtv 2022, S. 230.

Achtundzwanzigstes Kapitel
Zitat auf S. 450 aus: Jane Austen. *Stolz und Vorurteil*. Übers. v. Karin von Schwab, 43. Kapitel.

Neunundzwanzigstes Kapitel
Zitat auf S. 460 aus: Jane Austen. *Stolz und Vorurteil*. Übers. v. Karin von Schwab, 45. Kapitel.

Dreißigstes Kapitel
Zitat auf S. 474 aus: Jane Austen. *Stolz und Vorurteil*. Übers. v. Karin von Schwab, 17. Kapitel.

Einunddreißigstes Kapitel
Zitat auf S. 482 leicht abgewandelt aus: Jane Austen. *Stolz und Vorurteil*. Übers. v. Karin von Schwab, 46. Kapitel.

Letztes Kapitel
Zitat auf S. 500 aus: Jane Austen. *Mansfield Park*. Übers. v. Helga Schulz. München: dtv 2022, S. 536.